作者简历

朱学文，安徽芜湖人，大学文化，1976年1月参加中国人民解放军，在海军东海舰队服役。历任战士、学员、政治教员、新闻干事、军事记者、副政委、舰队政治部政研室主任等职，海军上校军衔，先后荣立三等功4次。2000年转业到地方新闻单位工作，任某刊总编、高级编辑等职，现为宁波大学兼职教授。

其主要著作有：《思想政治教育学》《第二次辉煌》《海天军魂》《刘浩天中将》《征程万里》《蓝色群雕》《超越蔚蓝》《美丽守望》《美丽定制》等。

2010年10月获得中国新闻奖一等奖。

24 岁第一张海军军官照

▲参军前留影

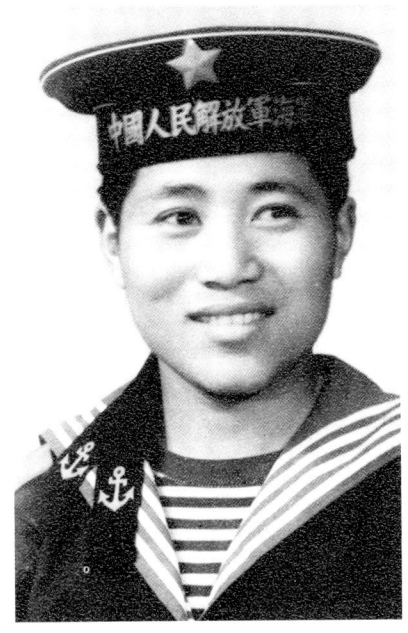
▲新兵年华

▲摄于1979年春天的海军军官照

▲父亲朱克义

▲母亲刘家娣（右）与我小姨妈

▲1993年春，父母、弟弟学东在宣城车站合影。

▲2005年与弟弟朱学东、侄女婷婷在宁波三江口留影。

▲2012年秋天与小弟朱学敏在合肥逍遥津公园留影

▲岳父陈淑裕，1947年春参加中国人民解放军，先后参加济南、淮海、渡江、上海、福建等战役。

▲岳母张佩玲，1949年春参加中国人民解放军，参与抗美援朝医务工作等。

▲前排为岳母张佩玲、岳父陈淑裕。后排为妻子陈玫、妻兄陈雷、妻姐陈玲。

▲2009年秋天,陈玫在杭州西湖留影。

▲陈玫在长城留影

▲陈玫2005年夏天在武汉长江大桥留影

▲童年的朱迪看到下雪，感到无比新奇。

◀18岁的朱迪很喜欢大海的颜色

▲在赫尔辛基进行文化考察

▲2010年11月8日,在北京参加第二十届中国新闻奖、第十一届长江韬奋奖颁奖报告会。

▲在纽约进行文化考察

▲2014年11月,出席在长沙召开的中国报协表彰大会,上台接受中国记协书记处书记顾勇华的颁奖。

▲在联合国参观留影

点击青春

朱学文 ◎ 著

中国青年出版社

图书在版编目（CIP）数据

点击青春 / 朱学文著. ——北京:中国青年出版社，2022.1
 ISBN 978-7-5153-5042-4

Ⅰ.①点…Ⅱ.①朱…Ⅲ.①报告文学-中国-当代Ⅳ.①I25

中国版本图书馆 CIP 数据核字（2021）第 203666 号

责任编辑：王　莹

*

中国青年出版社　出版　发行

社址：北京市东城区东四十二条 21 号　邮政编码：100708
网址：www.cyp.com.cn
编辑部电话：（010）57350412　门市部电话：（010）57350412
三河市三佳印刷装订有限公司　新华书店经销

*

700 毫米 *1000 毫米　1/16　31 印张　62 千字
2021 年 12 月北京第 1 版　2021 年 12 月河北第 1 次印刷
印数：1—5000 册　定价：70.00 元

·序言·

最美塑造力

　　任何人生都只存在于一段时光之中。不声不响的时光却一刻不停地雕刻改变着我们,它让青春绽放,星辰大海,也让岁月荣枯,暮色苍茫。春去春回,时光留不住,但会在每个生命载体中留下光阴的故事、生命的印迹、时代的音符、青春的标识。

　　青春岁月,大都平凡,只因信仰的力量,怀揣梦想,用非凡精神进行平凡努力,奋发昨天,珍惜今天,憧憬明天,在时光的悄然磨洗中不断成全、丰盈、完善自我,体现出平凡却闪亮的生命历程,筚路蓝缕,一路攀登,看到不同地域不同季节不同高度的人生风景。

　　《点击青春》是我的一部自述体长篇报告文学,全书62万字。

　　走出皖南山乡,我在部队服役26年,时光对我最大的雕刻是在军队。几十年间,我发表过数以千计的新闻作品,前后出版过10部著作,但从未写过自己的人生。晚年的曹操在《龟虽寿》一诗中写道:"老骥伏枥,志在千里;烈士暮年,壮心不已。盈缩之期,不但在天;养怡之福,可得永年。幸甚至哉,歌以咏志。"我想,凡人比不了"智多星",咱就不歌咏了,但写本书说说家人说说自己还是有必要的。

　　《点击青春》记述了一名来自皖南山乡的普通青年成长为人民解放军与地方媒体的一位思想政治工作者、新闻工作者,在思想政治教育与新闻工作天地的不断探索、实践与思考。青春迸放异彩,凭借的是人民军队红色基因的力量。我是人民解放军红色基因的接受者,也是传承者。本书以我的亲身经历,反映了红色基因的强大塑造力,留下了时光的印记、岁月的模样、时代的背影。

　　人民军队集中与积淀了人类有史以来一切优秀道德品质和最高等级的智慧、最严格的纪律与最科学的管理,也集中了中国青年的精华部分,90多年间,数百万人的血肉搏杀与坚守,形成了它独特的基因。军队的严格是无处不在的,这是无处不在的爱,无处不在的塑造力。这种基因的塑造力能彻底改变一个人。一个普通青年,一旦植入了这种基因,就会形成人民战士所特有的"三观",形成战士的性格、眼光、情怀、秉性、品格、形体、面貌、作风等,具有特有的定律与一往无前的精神,具有"修身齐家治国平天下"的情怀。

　　这种基因的塑造力不畏惧任何强敌,不畏惧任何艰难困苦,不畏惧任何荣辱得失。遇到艰难曲折,哪怕跌入谷底,"我献身了,怕什么?"逆风飞扬,飞得更高,这就是战士的品格与情怀。

　　这种基因的塑造力能让人干事特别执着,特别扎实,在任何岗位,即使再微不足道，也会找到发扬火力的阵地，活出一片精彩。人民解放军数百万现役军人与5000多万复转军人创造的无数精彩与辉煌，都是这种基因塑造力起作用的结果。是这种基因的塑造力将我军成千上万普通战士塑造成军、师、团指挥员，成为能征善战的军事将领，包括我军缔造者在内的元帅战将们，也是这种塑造力的结果，他们缔造军队创造了塑造力，同时也塑造了自己。

这种塑造力就像熔炉一样，人民军队成为中国社会最大的人才摇篮。有人说，最好的商学院是军队。说几个代表人物吧，任正非当过10年兵，他今天率领的华为是中国高科技企业走向世界最大的技术公司，华为5G技术的先进与强大，领先全球所有竞争对手。须知，百年中国，科技领先世界，这是第一次。可喜的是，中国顶尖科技公司，大都是复转军人领军，中国500强企业，有200多位掌门人都当过兵，这都是军队基因塑造力造就的。这里，还要提到一位文化人莫言，这位中国第一个诺贝尔文学奖获得者，是位1976年入伍的老兵，解放军艺术学院作家班35名学员之一。全国各行各业军人创造的优秀与辉煌，不胜枚举。当然，更不能不看看我军最高统帅部。

对常人来说，有些巍峨傲然耸立在你面前，今生没上去，如果让你重来一遍也未必能够攀越，但战士只在意一步一步往前走，哪怕是万水千山、万里征程。

这种塑造力还包括它塑造的平凡也不一样。但凡具有军队基因的军人，即使退伍了当工人、当农民，在外打工，他们的劳动态度、劳动表现、劳动效率都是不一样的。

如果说本人获得中国新闻奖一等奖有什么偶然性与必然性，那归根结底是这种基因塑造力的结果。几十年咬定青山不放松，坚忍不拔，朝着太阳升起的地方，砥砺前行，从未懈怠。

本书阐释了这种基因体系形成发展的根源与传承的基本途径，揭示了我军这种塑造力是通过党与军队性质、宗旨、纲领主导，经过一系列思想政治工作、思想政治教育基本方针、原则、规律、形式、要求传导，是在代代相传的军队条令条例与严格纪律、传统规章的遵守与无处不在的严格管理中成形的，是在战争的熔炉中熔炼的，在代代相传的爱国主义与革命英雄主义军事行动与军事生活中培养与点滴养成的，叙述了士兵之路、成才之路、人生之路。

本书有些章节记下了我在国内外的游记足迹，但展现的风情都是战士的眼光与情怀。

点击青春，是一种回眸，是一种生命状态与生活状态，也是一种向往未来的人生心态与姿态。

今天会走过，明天会如约而至。不觉中，发现暖风已吹绿江南水乡，2020的春天已经来临，清晨起来，惊鸿一瞥，已是万紫千红，当下不就是人生最好的季节么！

珍惜当下，用心感受，决不辜负，春光里遇见，金秋里回眸，这就够了。

目 录

最美塑造力 …………………………………………… 1
第一章　朱姓人家 ……………………………………… 001
第二章　六月里好阳光 ………………………………… 015
第三章　汗　雕 ………………………………………… 026
第四章　生长季 ………………………………………… 038
第五章　心　思 ………………………………………… 050
第六章　新兵的味道 …………………………………… 064
第七章　快乐水兵 ……………………………………… 080
第八章　我的手枪 ……………………………………… 092
第九章　军校生 ………………………………………… 104
第十章　给人净化灵魂的机会 ………………………… 119
第十一章　超级大学 …………………………………… 132
第十二章　处女作 ……………………………………… 146
第十三章　军部来了年轻人 …………………………… 159
第十四章　驰骋海天 …………………………………… 172
第十五章　选　择 ……………………………………… 183
第十六章　水兵记者 …………………………………… 196
第十七章　触　碰 ……………………………………… 208
第十八章　在朦朦胧胧中行走 ………………………… 222
第十九章　突　破 ……………………………………… 231
第二十章　昆明年会 …………………………………… 246
第二十一章　东海舰队 ………………………………… 258
第二十二章　蓝色大跨越 ……………………………… 270

目 录

第二十三章	大洋艇队	281
第二十四章	敬礼，扫雷舰	293
第二十五章	女兵的英姿	303
第二十六章	自塑的群雕	317
第二十七章	忠孝古难全	328
第二十八章	重大典型	340
第二十九章	能官能民	352
第三十章	孺子牛	365
第三十一章	至高荣誉	378
第三十二章	感受塞上"种"文化	393
第三十三章	在帕米尔高原	401
第三十四章	走进西藏	411
第三十五章	北欧印象	420
第三十六章	台湾纪行	435
第三十七章	美国印象	448
第三十八章	中国突破	467
第三十九章	兼职教授	476
后记		489

第一章

朱姓人家

正是江南四月天,艳阳下,皖南田野油菜花开得一片灿烂。

母亲与姑父领着一位身穿藏青色军装的海军上校走在一个叫戴家冲的山间小道上,与上校同行的还有一位美丽女性,还有一位高个子海军中尉,肩上扛着摄像机。

走进一片向阳山坡的油菜地中,姑父说:"你爷爷从江北迁移到江南后,就在这个位置,搭建了几间房子,住了很多年。"

这位海军上校就是我,年轻女性是我的妻子陈玫,高个子海军中尉是东海舰队司令部周参谋。

穿着军装寻觅爷爷的家园,并用摄像机摄录下,这对我来说有重大意义。作为海军东海舰队的新闻官,这些年来,我见证了东海舰队与海军的许多重大军事演习与行动,时常跟随潜艇、水面舰艇航行远海大洋,追波踏浪,足迹遍布东海舰队6300千米海防线与祖国辽阔海洋国土。上至党和国家、军队领导人视察舰队,下至基层舰连官兵先进事迹,舰队军事行动对外新闻发布都是我的工作职责。

人生虽值盛年,但我已决定脱下这身军装,回到老百姓之中。26年风雨从军路,行囊里装满了奋斗的足迹,装满了青春的骄傲,装满了千辛万苦,更装满了对军队深深的眷恋。有过一帆风顺,也一次次遇到怒海狂涛,获得过千万人祈盼的荣誉,也跌入过人生的谷底。

当获知人民解放军总政治部已批准包括我在内的海军上报的转业干部名单时,我想回趟皖南,让当年把我送到军队的家乡父老见证我的转业,也让我的亲戚朋友见证我的离开,让我的祖辈知晓他们一位当海军的儿孙向他们的在天之灵报告,更重要的是我想寻觅我们家的根。

哲学研究最基本的问题,是物质第一性还是精神第一性。其实,我们来到这个世界上,也应该搞清楚我们来自哪里,属于什么人群血脉,根在哪里。

但在年轻时,奋斗打拼,没有心思顾及这些。

而我,从军队转业到地方,工作安置几乎有一年的空闲时间,可供我进行这种思考与寻觅。

这是我在离开军队前想做的第二件事。

第一件事,是出版一本书,反映我在东海舰队服役期间主要工作成就与记者足迹,要对21世纪的中国军队与中国海防说几句话。于是,我在解放军出版社出版了我写作的第三本书《超越蔚蓝》,在序言《献给21世纪的中国军人》中,我列出了中国国防、海防面临的主要问题与中国军人所承担的重大使命,寄语21世纪的中国军人。

中国有300多万平方千米海洋国土,鸦片战争以来,帝国主义从海上侵略中国就有470多次。21世纪,中国军人如何守住中国海防?如何建设一支令侵略者对中国领土、领海、领空不敢有越雷池半步冲动的军队?

1982年10月在天安门广场留影,此后,几十次来北京,每次都会在天安门城楼前照张相。

台湾尚未统一、钓鱼岛、南海诸岛中被侵占岛礁等还未收复。更为严峻的是,中国依然面临严重核威胁,世界上主要核大国制造的核弹头,按世界人口计算,相当于每个人头上顶着20吨TNT炸药。中国军队如何确保中国与世界人民永远远离核战争威胁?

当解放军出版社出版了这本书,尤其是一字不改地出版了我撰写的序言时,我似乎有一种如释重负的感觉,觉得现在精神上真正可以放下了,可以解甲归田了,可以回到皖南山乡,向亲人向长辈追溯我们朱家的从前了。

我开始研究朱姓人家,天下朱家。

中华文明是世界最早的文明,姓氏的产生也最早。400万年前,人类起源,今天我们每个人身上流淌着400万年前祖先的血液,我们会有许多进化,但不变的是基因。人类在发展演进过程中,发现血缘进化的重要,为避免近亲结婚,影响后代健康，发明了姓氏，作为血缘的标识，将各自的血缘区别开来。这种编程是多么宏大，多么系统，又多么科学。5000多年前，中国已建立了庞大的姓氏系统，血统使婚姻系统变得科学。世界上多数欧美国家直到中世纪才开始采用姓氏制度，亚洲的越南、朝鲜、韩国等直到10世纪前后才使用姓氏，最晚的日本，到1870年才准许百姓有姓氏。

作为祖先血统的一支，远古社会，这个部落的人群身材特别高大，攀爬能力特别强，他们常年在原始森林里集体劳动生活，获取食物与生活木材。远古人类都有图腾崇拜，这个部落的人群对原始森林高耸入云的赤心木，产生特别的亲切、依恋、敬畏、崇拜之情，这种图腾崇拜代代相传，融入了血脉。于是，当人类发明文字后，这个崇拜赤心木部落的人便以朱为姓，象形文字"朱"，就是一棵高大的树木，一群朱姓人聚集在一起，就是一片丛林。

朱氏族群人口分布，已由起源之初的中原与华北地区，迁徙到南方，以江、浙、皖与西南居多。古代中国整个西南地区都称"朱方"或"朱天"，足见朱姓人群在云贵地区的密集与影响。

朱姓人群血脉，在华夏历史上总体留下了哪些文明与足迹，这是每位朱姓后人都想知道的。

尧是上古时三皇五帝之一，是圣人与贤君，也是朱氏始祖丹朱的父亲。朱氏参与国家社会生活尤其是参与文化创造的起点还是蛮高的，有典籍记载的第一位朱姓人物，当推上古传说中伏羲神农时代的古天子朱襄氏，是中国象形书契文字的发明者之一，中国传统的弦乐器五弦琴就是朱襄做天子时发明的。

秦汉时期朱氏开始兴盛，名人众多，封侯晋爵者多。仅《汉书》所记载的秦汉时期朱氏名人包括丞相重臣在内的就有近40人。

从汉魏到宋，朱姓有八大郡望。分别是沛国、丹阳、永城、吴郡、钱塘、义阳、太康、河南。唐太宗李世民称朱姓为江南八大姓之首。

唐代的掘墓人是一个叫朱温的将军。这位来自安徽砀山的农民，因战功显赫，公元908年废除了唐昭宗，"灭了唐朝三百年社稷"，自己当上了开国皇帝，改国号为梁，建都开封，建立了五代后梁王朝。

但是，一个没有文化与道德支撑的王朝是注定走不远的。公元923年，建国仅15年的后梁王朝灭亡。尽管这是一个历史评价极为负面的皇帝，但他毕竟是朱氏族群中出现的第一位皇帝。他的军事才能与政治胆识，可能对460年后，一位雄才大略的朱姓皇帝的诞生有着不同寻常的鼓舞与借鉴意义。

可以这么说，在朱姓历史上，此前杰出人物，大都出生在战场。但到了赵宋时代，朱姓族群却由军事贵族型突然转向文化贵族型，其代表人物，就是东方文化贵族的杰出代表人物朱熹。

中国封建社会几千年，最推崇儒家文化。举世公认的儒家文明，继孔孟之后,朱熹是最伟大的思想家。朱熹祖辈生活在古徽州婺源,后因朱熹父亲朱松赴任官职迁居福建建州政和县治(今福建建瓯县)。

虽然,朱熹父亲是南宋官员,但他出生时正值父亲被贬之时,连居住的房屋都没有,寄人篱下。父亲去世后,他被托孤。苦难的童年是不幸的,但也使朱熹从小就体察了劳苦大众的生存状态,确立了正直、善良、勤奋、苦学的人生品格。朱熹18岁中举,19岁中进士,随后赴福建泉州同安县当秘书,一任4年。后来,他有23年任祠职。这个职务有禄无事,使他有了大量时间研究学问,建立了庞大理学体系,终成宋代理学集大成者。

朱熹研究的理学又称道学,是以研究儒家经典的义理为宗旨的学说。公元1182年,朱熹52岁时,开始突破性著述,他将《大学章句》《中庸章句》《论语集注》《孟子集注》四书合刊,中国经学史上"四书"之名才第一次出现。朱熹将《四书》定为封建士子修身准则。朱熹的学说,对后来明朝王阳明的心学有深刻影响。朱熹现存著作共25种,600余卷,总字数在2000万字左右。主要有《周易本义》《启蒙》《蓍卦考误》《诗集传》《大学中庸章句》《论语集注》《孟子集注》《太极图书解》《楚辞集注辨正》《家礼》《近思录》等。

1194年8月,朱熹给南宋最后一任皇帝宋宁宗着重宣讲《大学》,他主张"格物、致知、诚意、正心、修身、齐家、治国、平天下"八目,希望通过匡正君德来限制君权滥用,因而得罪了皇帝统治集团,随之卷铺盖走人,他的这一哲学思想虽然没能拯救南宋昏庸朝廷,但却照亮了时代精英与国人心头。

朱熹同样是世界有影响的大教育家,他对小学与大学教育有完备的教育思想体系,直到今天,其科学性依然照耀人类。他写过一首《劝学诗》文字优美,朗朗上口,过目难忘,透着浅显而又深刻的哲理。

少年易老学难成,一寸光阴不可轻。
未觉池塘春草梦,阶前梧叶已秋声。

我女儿朱迪读初中时说喜欢这首诗,我请宁波市书法协会主席周律之老先生书写装裱了这首诗,挂于女儿闺房,以示祖先的教诲与激励。直到女儿高中考上宁波效实中学,大学考上浙江大学,后来研究生就读美国加州大学,这首诗一直挂在房中。

朱氏族群中,还出过一些有代表性的文化名人,如明朝嘉靖年间的王子朱载堉,15年间7次上书求让王子位,潜心学术研究,成为世界闻名的大数学家、大音乐家,他的最伟大贡献是创立了"十二平均律"理论,影响了世界音乐文化史的发展;他在计量学、物理学、天文学等研究上均有突出贡献。他一生谱写了大量乐谱、操缦谱、旋宫谱,填写了许多歌词,制造了许多乐器。同时,他还是一位舞蹈设计家与舞蹈理论家，他描绘了中国历史上最详尽的舞图与舞谱。著有《嘉量计算》《圣寿万年历》《律历融通》《乐律全书》《律吕正论》等。

不需要太多了！朱熹就是中国文化高峰，他给朱氏家族注入了最丰富也是最高贵的文化基因。

有趣的是，宋朝之后，尤其是朱明王朝竭力推崇朱熹理学，连皇帝朱元璋开国登基时让人修家谱，都想千方百计把自己的家世同紫阳朱熹联系到一起，最终被文臣劝止，这就为朱熹后代的繁衍生息与发展创造了有利条件。

这倒是应了那句古话："盛德之人，其后必昌。"朱熹生后800多年间，朱熹后裔三大派子孙，即建亭派、婺源派、杭州派已繁衍发展为中国最庞大的宗族，目前在中国人口已达数百万之多，构成现代朱姓的主干。这就是朱姓族群的直接文化基因，如果发现朱姓有文化会写文章的人，那是因为确有文化基因。

文化上高峰说了，那就不能不说说朱氏族群在军事、政治上的高峰。朱氏王朝先后16任皇帝，统治中国276年，它对中国社会的影响是广泛而深远的。

也许是政治信仰与传统基因使然，我每次到北京漫步天安门广场，总感觉心情特别舒畅，神情特别宁静，那个气场特别舒服。

我曾游览过欧美多个国家的皇宫、总统府，再到天安门看看故宫、天安门城楼、天安门广场，感觉到那种气通宇宙、胸怀天下的气概，世界上没有哪个国家能比。这是朱姓族群创造的世界建筑文明，它今天依然活着。

这是具有什么样眼光、什么样胸怀、什么样审美的帝王才会有这样的抱负与杰作？

无疑，它与我最佩服的明朝两位皇帝是密不可分的。

首位，朱元璋。这里不评价这位祖先一生的功过是非，但他一生的贡献是不可磨灭的。

朱元璋从安徽凤阳本乡召集700个农民参加红巾军开始军事生涯，这支由农民组成的队伍，凭着一股血性，由不会打仗到学会打仗，由不懂战略战术到学会排兵布阵，从攻打小县城盘踞的弱敌，到出动几十万军队进行大兵团作战，从初期冲锋陷阵挥剑砍杀，到指挥多路大军北伐南征同元朝精锐部队进行战略决战，他成了中国乃至世界史上一位杰出的军事家，创造了以弱胜强以少胜多的辉煌战绩，歼灭元朝与陈友谅等正规军150多万人。

朱元璋谋略过人。初期，他建立了以应天为中心的根据地，处在强敌包围之中。长江上游有陈友谅，下游有张士诚，东南邻方国珍、南邻陈友定，谁的军事实力都比他强，更危险的是，元朝大军离应天并不远，随时可以踏平应天。他采取"高筑墙，广积粮，缓称王"的政治方略，打开了军事、政治局面，走出了一条以农村包围城市、先打小城市再打大城市、先打弱敌再打强敌的武装夺取政权道路。

朱元璋实施了史上最大规模的水战。1363年7月他与陈友谅进行的鄱阳湖水战，双方动用战船近2000艘，兵力80多万人，规模空前，远远超过历史上的淝水之战、赤壁之战、长平之战，这也是以弱胜强以灵活机动战略战术战胜强敌的典型战例。

朱元璋是中国历史上最重视农业与农民问题的皇帝。执政第二年，他下令垦荒。开垦北方郡县荒芜田地，不限亩数，由政府供给耕牛、农具和种子，免3年租税。他还采取强制手段，把人多地少地区的农民迁往地广人稀的地区；规定，农民有田5至10亩的，必须栽种桑、棉、麻各半亩，有田10亩以上者加倍种植。要求农民种植桑树、柿子、枣树，屯田的军士也必须种植。他发现红薯产量高，生熟都能吃，命令大量种植。这些都写在他亲手写的圣旨里：

今天下太平，百姓除粮差以外，别无差遣。各宜用心生理，以足衣食，如法栽种桑、麻、枣、柿、棉花，每岁养蚕，所得丝绵，可供衣服，枣、柿丰年可以卖钞，歉年可以为食。里老尝督，违者治罪。

制定了奖惩措施。如他规定初年种桑、枣树200株，次年400株，第三年600株，多种棉花的免税。栽种方法也派人教民，每年造册报告。如果不栽，全家发配从军。他自己还带头在南京朝阳门钟山上种植桐、棕、漆树5000多万棵，收获桐油、油漆用于造海船。强令之下，全国栽种此类树木10亿棵以上。这些措施大大激发了农民垦荒、植树、种植经济作物发展农林生产的积极性。

朱元璋还实行军屯与商屯制度。既解决了军粮问题，同时也开发保卫了边疆。与此同时，朱元璋大修全国水利。每年冬季，全国有数十万人口在水利工地上。黄河、淮河等全国大江大河、小江小河与湖泊、海塘坝堰，在他任上都得到修理与建造，到1395年，全国共开塘堰大约40987处，疏通河流大约4162道，坡渠堤岸50048处。浙江海宁、临海、宁波、奉化、上虞、定海等海堤都在此间得到建修，宁波的东钱湖进行了大规模兴修，灌溉良田数万顷。

朱元璋管制闲人懒汉也有一套。对懒汉，他下昭全国，村一里之内，有懒人（逸夫）村人必须将其绑交官府。如果不绑被官府发现，懒汉处死，全村受牵连全部外迁。为减轻社会负担，他下令减少全国僧侣人数与寺庙。当时全国有僧侣20954人，他认为闲人太多了，下令男年20岁以上者不准落发为僧，女年40岁以下的不准落发为尼。对现有或新入僧侣，全部进行统一考试，考试合格者，发给"度牒"，不合格者打一顿开除掉，返乡为民。这一招，大大减少了僧侣人口，提高了僧侣素质。

朱元璋的反贪也是帝王中最严厉的。他规定百姓发现贪官可以直接扭送到朝廷。他用残酷刑法处置贪官，采取"剥皮揎草"、挑筋、断指、断手、削膝盖等酷刑。"剥皮揎草"刑法，就是把那些贪官剥皮，然后在皮囊内填充稻草和石灰，将其放在现任官员办公桌旁，警示继任官员不要重蹈覆辙。朱元璋当政31年，先后发起6次大规模肃贪，杀掉贪官污吏15万人。

朱元璋寝室的屏风上写着唐人李山甫《上元怀古》一诗：

南朝天子爱风流，尽守江山不到头。总为战争收拾得，却因歌舞破除休。尧将道德终无敌，秦把金汤可自由？试问繁华何处在，雨花烟草石城秋。

这首诗是写南朝几个末代之君因骄奢淫逸而亡国的故事。朱元璋朝夕吟诵，警醒自己。

朱棣是朱元璋去世后明朝最杰出的一位帝王，像他父亲一样，他也是一位事业心超强的皇帝。在位24年，干了几件大事。

第一件就是他5次亲征。登基之后，朱棣没有在皇宫里享受他的三宫六院，接受文武百官朝拜的生活，他让太子监国，自己率领几十万大军，从公元1410年（永乐八年）开始，出征漠北，剿灭元朝残余势力。第一仗历时半年，在飞云山大战中击破50000蒙古铁骑，蒙古本部的鞑靼向明朝称臣纳贡。其后4次征战，又分别击败与歼灭瓦剌与鞑靼残部，最远打到今天的蒙古与俄罗斯接壤边界，致使蒙古势力进一步削弱，维护了明朝边境安宁。艰苦的北方征战生活，严重损害了朱棣健康，朱棣亦在第5次亲征得胜回朝途中病逝。

明朝前期版图辽阔，东起日本海，包括库页岛、外兴安岭，南抵孟加拉湾、越南中部、马来西亚，北达戈壁沙漠、大兴安岭，西至印度次大陆，极盛时国土面积1233万多平方千米。

朱棣干的第二件大事就是建都北京。公元1406年，朱棣下令臣僚征调工匠、民夫几十万人，正式营建北京宫殿紫禁城。1421年正式迁都北京。今天人们看到的天安门、故宫、天坛、太庙（劳动人民文化宫）等规模宏大的建筑，就是自此开始陆续建造的。朱棣的这个抉择，客观上为后人留下了一笔珍贵的文化遗产。故宫的宫殿建筑是中国现存最大、最完整的古建筑群，总面积72万多平方米，气魄宏伟，极为壮观。宫城周围环绕着高10米、长3400米的宫墙，墙外有52米宽的护城河。"紫禁城"里曾居住过24位皇帝，是明清两代皇宫，现为"故宫博物院"，被联合国教科文组织列为"世界文化遗产"。

明朝北京内城墙开有九门，那时定下的名称大多沿用至今：东面有朝阳门、东直门；西面有阜成门、西直门；南面有正阳门、崇文门、宣武门；北面有德胜门、安定门。

朱棣干的第三件大事是编纂《永乐大典》。它是中国古代编纂的一部大型类书，收录入《永乐大典》的图书均未删改原著，是中华民族珍贵文化遗产，是中国古代也是世界上最大的百科全书，比18世纪中叶出版的《大英百科全书》和《法国百科全书》要早300多年。

朱棣干的第四件大事是疏浚了大运河，使兵力调动与国民经济发展增加了大动脉。15年的奋战，使南方通过大运河输往北方的粮赋由每年7万石达到460万石。

朱棣干的第五件大事是派遣郑和七下西洋。到过30多个国家，最远抵达非洲东岸，抵红海、麦加，可能还到过澳大利亚。

朱棣的文治武功，何曾了得。

朱氏族群在漫长的封建社会里涌现出了灿若星河的杰出人物。在当代中国，更有杰出人物涌现，如朱德、朱镕基等。朱德是中华人民共和国、中国人民解放军的主要缔造者和领导者之一，中华人民共和国十大元帅之首，他是伟大的无产阶级革命家、军事家、政治家、国家领袖，他的伟大与崇高，建立的不朽功勋，与山河同在，日月同辉。

更多担任执政党、国家与军队各级领导人、领导干部的朱氏族群人们，由于相关规定，这里不再叙述。

朱姓今天在中国各姓氏人口排名中居第13位，约1500万人，在东南亚尤其是越南、朝鲜、韩国、日本有数百万人。朱氏族群近代开始移居美洲，到目前，在美国华人中，分布美国30多个州，朱氏族群，在旧金山、奥克兰、洛杉矶、新奥尔良、休斯敦、新墨西哥、纽约、波士顿、费城、芝加哥等地都建立了朱氏

2018年秋天在天安门广场留影

宗堂，并定期举行祭祖活动。

也许是生活环境所迫，也许是远方的召唤，大迁徙是朱氏族群一个显著特点。这些特质在我祖辈、父辈的身上也是明显的。

在我这次回乡探亲寻找祖居地过程中，姑父赵庆山同我详谈了我的家世。

爷爷朱性满，出生于1879年，身材高大魁梧，跟随太公从凤阳县迁徙到巢湖，常年在巢湖打鱼维持一家人生计。爷爷打鱼的网当地称为"旋网"，鱼网其实是个小围网，爷爷把网绳拴在胳膊上，双手托起鱼网，一个侧身旋转，鱼网从手中撒出去，直径10来米大的水面都被鱼网覆盖了，鱼网沉入水底后，就要慢慢收起，这个时候，一些鱼虾就被网在了鱼网最底层约1尺多深的网兜里，爷爷一用力，将鱼网提出水面，将网底从头到尾抖搂一遍，把活蹦乱跳的鱼儿虾类掀到船舱里。在那国家遭受外敌入侵与社会严重动荡的年代，巢湖也像旧中国一样贫困，湖里鱼不多，爷爷有时候有些鱼获，有时候空网而归。凡是捕获的大鱼全部提到集市上卖掉，一家人穿衣吃饭油盐酱醋茶全靠这点收入，每天剩下的小鱼小虾才留着自己吃。四季捕鱼，最煎熬的是寒冷冬季，大地冰封雪裹，滴水成冰，湖岸边结了冰，用竹竿敲击半天，船才能下水，湖面上，朔风凛冽，爷爷的手被刀子风与网冰割开一道道小口子，流着血，他忍着疼痛，用僵硬的身手向湖面撒下一次次鱼网，向恶劣自然环境讨生活。爷爷打鱼时，湖面上时常有许多野鸭子出没，湖面起大雾时，船行到离野鸭子十来米的地方，野鸭子也不动，爷爷灵机一动，悄悄提起鱼网，一网抛过去，总能网住几只野鸭子，能卖能吃，碰上几次，收获比打鱼还要大。爷爷身体好，力气大，水性也好，胆量也大，后来全家感觉巢湖边鱼资源少，又开始搬家，举家搬到了无为县一个叫花大门的乡镇，搭建房舍，住了下来，就在长江边上。从此，在水里讨生活的爷爷把滔滔长江当成了自家的田园与粮仓，一年四季在江水里耕耘。长江里打鱼，十网九空，但只要一网命中，网住的就是大家伙，少则十几斤，重则几十斤，也有鱼多得拖不动网的时候。汛期，发洪水，江水暴涨，湍急的洪流瞬间流速就有几十米，无为到江对岸芜湖的万米江面，不见一片帆影，可爷爷却带着他的一位兄弟，借此大汛在江水里捕鱼。一叶扁舟像利箭般在江水里穿行，只见他挺立船头，一个转身，鱼网撒向了江面，渔船瞬间向下游漂去，爷爷手里紧紧握着网绳，快速收网。汛期的鱼群，都有戏浪的兴奋，成群结队往上游游，一网罩到鱼群中，那收获是巨大的，有时候网里鱼多得不得了，根本提不上来，爷爷不得不网开一面，让大量鱼跑掉。对大多数人来说，在这样浊浪滔天的大江里别说捕鱼站立船头，即使坐在船舱里过江也会吓得浑身颤抖，可爷爷仗着水性好，力气大，每年汛期都成了他的丰收期。

家还在巢湖的时候，一个人走进了爷爷的生命里。一天早上八九点钟的时候，太公的家门口走来一位小要饭的，小姑娘瘦高个，黑黑的脸上，长着一双大大的眼睛，穿着一身破烂的衣裳，手里拿着一根讨饭棍，一个脏兮兮的破碗。

"小丫头，你今年多大了？"正在门口洗衣盆搓衣服的太太看了看小姑娘便问。

"14岁。"小姑娘怯怯地看了太太一眼，轻声应道。

"你家里都有些什么人？怎么忍心让你这么小一个人出来讨饭？"太太接着问。

"没人了，父母全不在了，家里也没人了……"小姑娘眼泪流了出来，用脏兮兮的手背擦眼泪。

太太站了起来，撩起围裙抹了抹手，走回屋里，用自家碗舀了满满一碗山芋粥递给小姑娘，还随手抓过凳子，叫小姑娘坐下吃。然后，又转身进屋端出一碗咸豆角，放在凳子上给小姑娘吃。

小姑娘好感动啊，今天怎么运气这么好，遇到这么好心的大妈妈。她饿了，大口地吃着。

太太边搓衣服边与小姑娘说话："你家在哪场子？""父母什么时候去世的？""有兄弟姐妹和亲戚吗？""你出来讨饭多少日子了？"

……

小姑娘边吃边答话。一碗山芋粥吃完了，太太又进屋装了满满一碗。

两大碗粥吃完后，太太问小姑娘愿不愿留下来做她的女儿，小姑娘愣了一会儿，扑通一声双膝跪地，向太太磕了个头。

她怎么不愿意，从今后她有父母有家有吃有衣穿了。当天晚上，爷爷从外面打鱼回来，见家里坐了位小姑娘，感到新奇，母亲告诉他，给他捡来个妹妹。当天晚上吃饭时，太太说，等小姑娘长大几岁，就给爷爷当媳妇。

这一年，爷爷28岁。小姑娘1893年出生，当年14岁。3年后，小姑娘长到一米七左右了，亭亭玉立，她与爷爷结为夫妻，这就是我爷爷奶奶的婚姻。他们成婚不久，江北无为发大洪水。

当地有一个民谣：

江北无为州，十年九不收。
若要收一年，锅巴盖墙头。

爷爷被滔天的洪水淹怕了，他不想再过那十年九不收的生活，尽管他的田园是在滔滔长江里。正好爷爷有一房堂兄弟生活在皖南的南陵县戴家冲，爷爷决定去投奔他们。没有什么家具，也没什么细软，把鱼网渔船挑上，吃的穿的盖的，几个大小包袱一捆，一家人肩挑手提就上路了。

到达戴家冲以后，爷爷与他的堂兄弟们看中了戴家冲山峦中这片向阳的舒缓山坡，从山上砍来树木，垒起土墙，很快就盖起3间遮风挡雨的农家小屋，开始了江南人家的新生活。

最朴实的人家过着最普通的日子，最希望的就是生儿育女，儿女成群，爷爷奶奶做到了。旺盛的生命力不断孕育出新的生命，前后10来年，我奶奶生了5男3女8个孩子，成活了7个，只有最小的孩子夭折了。

这8个孩子，都出生在这小屋里。这便是我与妻子陈玫和母亲、姑父正站立的这片艳阳高照的一片金黄的油菜地。不知道，今天，这片油菜地的主人是谁？

按照朱氏家谱，他们给二儿子取名叫朱克宏，三儿子也就是我的父亲取名叫朱克义。大儿子、四儿子叫什么，姑父已不知道了。3个女儿二女儿叫朱兰子，小女儿叫朱珍珠，大女儿叫什么我姑父也不知道。他们的四儿子参加了新四军，皖南事变那一年之后，就再也没有与家里联系过。从情况分析，要么牺牲，要么失踪了，被俘人员中没有他。

非常了不起的是，爷爷奶奶养活的这些儿女，儿子身高都在1.78米以上，个个长相英俊。女儿的身高都在1.65米以上，个个长相秀气。

苦难的岁月，庄户人家一年忙到头在地里刨食，耕种的土地交完地主的租子后还能剩下点粮食，再从山野田间采摘一些野菜野果，糠糠菜菜的能把肚子填个几分饱，家里人饿不死就烧高香了。至于平时遭受国民党政权保长、甲长、地主恶霸、兵痞流氓的欺负，一般的打骂，不算什么，弯弯腰忍着就过去了，但是，遇到以国家政权名义进行的压迫，百姓人家谁也逃不过的。国民党政府抓壮丁抓到了戴家冲，保甲长上门要人，爷爷与一家人怎么也躲不过去了，眼睁睁地看着国民党兵捆走了二儿子朱克宏，奶奶上前拉，被国民党兵一脚踢倒在地，疼痛哭泣在床上几天没起来。

我的二伯伯平时话不多，人却机灵。在国民党军队里，连长、排长根本不把士兵当人，班长、老兵都欺负他，动不动就打他，新兵训练才几天，身上就被打得到处乌青，夜晚只能躲在角落里抹眼泪。一天，连里炊事班一个伙夫把他叫到身旁，悄悄对他说，我们对面（指解放军）那些队伍听说当官的从不打当兵的，是穷人的队伍，国民党军队是地主老财的队伍，仗打赢了，天下也不是我们穷人的，你要跟对面的打，到时候把枪口抬高点，别伤他们人，逮到机会，你到对面去，或者跑吧，在这里送死不值得。二伯伯把这话牢牢记在心里。半年后，1948年冬天，在一次夜间与解放军部队的作战行动中，他趁着黑夜，把枪扔进河里，悄悄跑了。用身上仅有的一块大洋，在老乡家吃了一顿饱饭，脱掉黄狗皮，换到一身破衣裳和一点食物，风餐露宿几个昼夜，他跑回来了。半夜拍开了家门，全家人又惊又喜，奶奶激动得泪花滚滚。爷爷头脑冷静，他知道，被抓的壮丁跑回来，轻则要捆起来押送到县衙，重则要吃枪子。爷爷吩咐奶奶，赶快给儿子做点饭吃，然后赶紧趁天不亮把儿子送走。他已打定主意，将儿子送到外乡一个堂弟那里落脚。

　　这一躲就是一年多。1949年4月22日，安徽芜湖市、繁昌县、南陵县等全部解放。朱家与千千万万的江南人家这天直起腰抬起头来了，他们发现国民党军队与地方当官的全跑了，顿时感到一阵从未有过的喜悦与轻松，从此，不再受压迫受剥削了。二伯当天下午就回到山冲，向父母亲报告这一喜讯，乡亲们奔走相告。奶奶杀了一只大公鸡，做了一桌好菜，打了一斤白酒，全家人吃了一顿比过年还丰盛的饭，庆祝翻身解放。

　　接着，葛林乡很快就住进了解放军与地方干部组成的土改工作队。

　　这里不能不说一说我的父亲。家住戴家冲后，父亲朱克义就到邻村一户富裕人家打长工。这户人家有几亩田，有耕牛，一家人忙不过来，要请一名长工，他雇请的正是我的父亲朱克义。最初，父亲只有16岁，但他身材高大，力气大，干活从不惜力气，只一年工夫，他跟着姓刘的雇主，就学会了犁田、插秧、打稻、播种几乎所有庄稼人必须掌握的农活。勤劳与聪明总是受人喜爱的，从此，刘姓雇主每天不论做什么，都喜欢带着他，有时，到县城里去买生产生活资料，也会带上他。他喜欢与小伙子边干活边聊天，边走路边聊天。有趣的是，刘姓雇主并不识字，但却记忆力惊人，满腹经纶，他会说书。《三国》《水浒》《西游记》《杨家将》《岳传》等几十种古典小说他都能一章一章往下说，绘声绘色，行云流水，给你一部一部一回一回地说。二人在一起，都像身上长了磁铁一样，深深吸引着对方。小伙子不愿回家了，雇主也不让小伙子回家，即使寒冬腊月农田里无事可做，雇主也让小伙子每天到家里来，与他一起在屋里烤火，喝茶，他说书给他听。

　　小伙子不愿回家还有另外一个原因，就是雇主家的女儿刘家娣比他小9岁，早早晚晚与农闲时节喜欢跟着他玩。春天，跟着他在稻田里捉青蛙，看他爬到树上掏鸟窝，掏到的鸟雀蛋统统归她所有。夏天，跟着他捉知了。秋天的夜晚，他还带她到村头的打谷场与一群小孩捉迷藏，玩老鹰捉小鸡。冬天，小伙子有时候还带她到邻近村庄去看黄梅戏。小伙子在雇主家打工一打就是15年，自己由小男孩长成了大小伙，小姑娘也出落成美丽的大姑娘。他喜欢她，她也喜欢这个大哥哥，一天不见，彼此都感到心里空落落的。

　　这就是青梅竹马。尽管小伙子二十六七了，尽管姑娘十七八了，都深深喜欢对方，但他们彼此谁也不会说。小伙子感到自卑，他是一名长工，家庭贫寒，他怎么有资格娶雇主如花似玉的女儿。姑娘也觉得，尽管一天到晚离不开这个大哥哥，但要是谈婚论嫁，打死也开不了口。

　　但是，雇主看在眼里，雇主老婆记在心里。有一天，妈妈找女儿谈话了，雇主找长工谈话了，他们夫妇做主，要将女儿许配给长工。谈好了婚事，朱家一家人高兴得合不拢嘴，奶奶说，朱家几辈子修来的福，一个穷苦人家能娶上富家千金小姐，而且一件嫁妆都不要。

有趣的是，土改工作队来村里搞土改，划分家庭成分，本来雇主家应被划成富农，但朱克义不能定义为长工，他是女婿，这就划成了富裕中农。

现在不得不庄严宣布一下，这位雇主就是我的外公刘先生（真的罪过，我不知外公的名字，我从小就叫他"家公"），雇主夫人（更不知姓名）就是我的"家婆"，刘家娣就是我的母亲。

父母成亲后，与外公外婆住在同一个村。父亲作为雇农，土改时不只分到了土地，还分得了一套地主家的房屋。这是一幢有建筑品质的瓦房，房梁屋柱都是用合抱粗的樟木、杉木与松木做的，不知用什么工艺处理过，木料全部乌黑发亮。在这个屋子里，我的大姐姐朱九香、小姐姐朱桂香出生了，我也出生了。听母亲说，我出生时，正逢江南雨季，瓢泼大雨接连下了五六天，村乡河流洪水暴涨。母亲前面生的两个孩子都是女孩，这下生了个男孩，全家人十分高兴。父亲冒着瓢泼大雨到几里外的镇商店买红糖给母亲补身子，也用红糖煮鸡蛋给亲友中的长辈吃。他买了六七斤红糖返回时，原先只有十几米宽的一条河流又宽了许多，河水更为湍急。父亲将雨伞往背上一背，红糖用布袋子一扎顶在头上，游泳过河，可是他一下水就被河水冲得老远，别说一个胳膊根本无法划水，就是两只手同时划水也控制不住身体，再加上他一只手托着头顶的红糖袋子，水流冲击身体立即失去平衡，连糖带人一下被急流吞没了。尽管他好水性，但急流河水从口鼻里灌进了呼吸道与嗓子眼儿，他的头顿时爆裂般疼痛，短暂失去意识。一下漂出上千米，他被冲到一处河湾边，微微有点意识，他伸手一把抓住在水中抖动的柳树枝，慢慢上了岸。在地上坐了好一会儿，才辨清了东南西北，朝河岸上游走了很远拐上了通往村头的河岸，天黑时分，在一家人的焦急等待中回到家里。

"买红糖差点丢了性命。"一家人听听都后怕，好在人平安回来了。

江南雨季年年有，但这种由于连续下暴雨而暴发的洪水并不多见。乙甲杨村地域环境好，土地肥沃，村民生活富足。可是，不知出于什么原因，父亲却决定把家搬到三四千米外的另一个生产队，这里离南陵县县城要近很多，属于城郊，但人民生活富裕程度远远不及自己的村庄，不知他为何作出这样一个令人不可思议的决定。直到今天，我不能不佩服父亲当年的深谋远虑。

这可能是一个春天或秋天的凌晨，天还没有亮，有薄雾，一点都不冷，父亲背着三四岁的我，母亲与两个姐姐自己行走，我们奔向一个陌生的村庄。在路上，我看到好几个比衣橱还要大的黑乎乎的东西朝我们奔来，有点害怕，伏在父亲背上，我把父亲的脖子抱得更紧了。后来才知道，那移动的衣橱叫汽车。

我们住下的村庄叫施村。一个村庄的人，大部分姓施。这个村庄周围都是一望无际的稻田，紧挨着村庄有一条人工小河，宽二三米，清清的河水，静静地流过，它灌溉着沿河两岸上万亩农田。极目远望村庄四周，相隔五六百米以至千把米，分布着柯村、季村、恒塘村、邵家塘村、闵村等十几个村庄。我们村庄右前方有个很大的池塘叫前塘，村庄后面有个更大的池塘叫庙子塘，东边有个超大的池塘叫恒塘，它围着柯村、恒塘村，转了个大圈，然后流向水域面积十几里路长的草塘。这就是江南水乡，到处是水，向水而生，被水包围。池塘里集体养鱼，池塘边种有茭白，水面上长着菱角。夏天，村上小孩跳进池塘里洗澡，双脚扑扑一打，一群群的鱼便跳起来，有的鱼用劲不当，跳到塘埂上或稻田里被我们活捉拿回家做菜。还有一些鱼它不跳，但在水里乱撞，有时撞得屁股、肚子、腿生疼。

离我们村庄千米左右的地方，还有一座迤逦几里的山峦，上面种植了上万棵桃树。春天里，桃花开了，一片嫣红染了半边天。夏天桃子熟了，又大又香又甜。实行人民公社化后，这一片十几个小村庄组成一个大队，叫桃园大队。真是名副其实。

我参军后，家乡实行乡镇化，葛林公社变成葛林乡这没什么，将桃园大队改成"西五"，我感觉严重可惜，每次写信回家依然写"桃园大队"，好在乡亲们记住了参军卫国的儿女，每次依然精准送达。

这就是我儿时的家乡，儿时的村庄。后来，妹妹朱腊香、大弟朱学东、二弟朱学敏、小弟朱小宝出生了。最小的弟弟小宝因生急性肺炎，遇到庸医不幸去世，只活了五六年。

小宝特别聪明，嘴巴特别甜，见到谁都按辈分叫一声，长得白白净净的，成天喜欢笑，不只是父母视他为命根子，村上人都喜欢他。他在生病高烧时，疼爱他的小姨妈去医院看他，第一天，他说："小姥姥，我的病可能瞧不好了，怎么办？"姨妈安慰他一番。第二天，小姨妈又去了，昏睡中的他突然睁开眼睛，强打精神对姨妈说："小姥姥，我要死了。我死后，姆妈一定会想我，你要劝她，叫她不想我……"父母与在场的人听了全哭了。几小时后，这条幼小的生命离开了人间。

最小的弟弟去世后，父母仿佛一下苍老了许多。我们兄弟姐妹只是默默流泪，默默干活，也不知怎么安慰父母才好，失去亲人之痛是伴随整个人生的。

儿时的记忆会遇见痛苦，儿时的村庄还是美好的。春天里，油菜花、紫云英开得铺天盖地，一眼望去，除了水面就是花。青蛙的叫声，此起彼伏。群燕呢喃，贴着田野，贴着水面，快乐飞翔。夏天清晨起来，打开门一看，田野一片绿，天空一片蓝，微风吹过，禾苗像绿色的波涛一样起伏不停。秋天里，田野里一片金黄。清晨与黄昏，家家户户，炊烟袅袅。冬天里，田野依然覆盖着一片绿色，那是越冬的紫云英、油菜与麦苗。

我就在这个村庄长大成人，走向学校，走向社会，走向远方，走向共和国的海防线。

第二章

六月里好阳光

一个人的名字往往会成为自己人生追求的标识。学文，这是父母根据朱氏家谱辈分排序与老师商量后给我起的正式名字，没想到，这一生一世都在学文。细细一想，前后曾三上大学。

1. 大学的源头

要过年了，皖南人家有家家户户贴春联的习俗。一位叫柯庭春的老先生被请到了施村。生产队长买回许多红纸，在村头和暖的阳光下摆了一张桌子，让老先生给我们村家家户户写春联。柯先生磨好墨提笔前提出一个要求，找一位书童帮他牵纸，一方面保持纸的平整，另一方面，他每写一个字，让牵纸的孩子把纸朝前拉一下，这样，他端坐不动的身姿就可与笔、墨、纸保持不变的距离，轻松地写对联。不知大人们是怎么想的，反正在一群小孩中，队长挑选了我，让我给老先生牵纸。

于是，我们开始。老的写，小的牵，一副写好了，老的铺纸，小的把对联拿到场地上晒，让太阳把墨迹晒干。

从上午八九点，写到太阳快下山，除了中午短暂吃饭时间，这对老小配合相当默契。

临别时，老先生当着我父亲面，"狠狠"把小孩夸了一顿："这孩子斯文，有耐性，是个读书的料，你春上送他来我这里念书吧。"

共和国20世纪60年代，还没有实行义务教育制。每个家庭的孩子是否上学读书，完全取决于家长的态度。老先生这么一说，父亲满脸笑意答应了。

我大学的源头，从这里开始。

大概在二月二龙抬头的日子，我成了柯村小学的一名学生。用现在的话说，这是一座民办小学,有50来个学生,分成两个班级。老先生个子很高,背略驼,解放前就教了几十年私塾,有着满腹经纶与丰富的教学经验。除了老先生,还有一名年轻帅气的教师,这是老先生的儿子,叫柯日新。听说他高中毕业只差几分没考上大学,于是,父亲让他回乡与他一起教书。

我们称老先生为"老老师",叫他儿子"小老师",见面就这么叫。

老先生扬其所长,专教语文。其他课程,由儿子担纲。

当别的孩子每天还在玩耍或进行野外劳动时,我每天背着书包上学堂,心里充满自豪感。

2.朗读与背诵是最大特色

教学内容古典又现代,这很有趣。

赵钱孙李,周吴郑王。冯陈褚卫,蒋沈韩杨。朱秦尤许,何吕施张……

《百家姓》这本书产生于北宋那个文化昌盛的年代,作者不知是哪位秀才,全中国人的姓氏都被收编在书中,而且读起来朗朗上口。

弟子规,圣人训。首孝弟,次谨信。泛爱众,而亲仁。有余力,则学文。

这是清朝李毓秀编写的《弟子规》,他让少年懂得人无理而不立,事无理而不成,国无理而不宁。它是儒家文化的核心价值内容的组成部分,帮助幼小的心灵树立正确的价值观,从小养成良好的生活习惯。

"学而时习之,不亦说乎?有朋自远方来,不亦乐乎?人不知而不愠,不亦君子乎?"

"吾日三省吾身:为人谋而不忠乎?与朋友交而不信乎?传不习乎?"

孔孟圣人的书哪有不读之理。

我国首都是北京,建筑已有几千年。山明水秀风景好,陆空交通都方便。故宫建筑都雄伟,还有天坛颐和园。天安门前广场大,人民歌声响连天……

老老师教我们学古典,小老师教我们学现代。就古典来说,一年级小学生学的东西确实太深奥了。但是,这可能就是过去私塾教育质量高的一个窍门所在,它将深奥的教育内容让儿童在朗朗上口中背记下来,不要求你明白它的精神内涵，你"小和尚念经"就可以了，这样儿童就没有压力，接受教育的过程还是快乐的。

还有老老师把古代读书人的"念姿"教给我们了：他让我们学会摇晃。摇晃动作分两种，一种是坐姿，即坐在课桌前凳子上摇晃。一种是站姿，即站着摇晃，站姿摇晃是用来背书的。老师上课时，带着学生朗读课文，朗读过后，全课堂学生自己读，各读各的，整个课堂的学生全部"摇"起来，边摇边读，往大脑里记。大约"摇"上个把小时，老师开始挨个叫学生到他桌前背书。叫到谁，谁带上书，走到老师面前，将书交给老师，老师点点头，学生开始"摇"，这个过程，只要是学生一直在摇，说明背得流畅，如果记不住课文，就摇不下去了，立即停止不摇。这时，一般情况下，老师还会给一次机会，让学生回到自己课桌上去继续"摇"。老师给第一轮学生"摇"得差不多了，再把前轮没能过的学生叫来再"摇"，如这轮"摇"出，学生高兴回座，如果还没"摇"出，还会给一次机会，学生会有点紧张感了，因为接下来如果还"摇"不出，老师会给点惩罚措施，让学生站到黑板前"摇"。这似乎有点丢人现眼，整个教室，人家都坐着，就你站在黑板前摇啊摇，可又摇不到外婆桥，很难堪。有时，黑板前，一下站了五六个，大家一齐"摇"。记得有那么几位男同学，他们站在黑板前摇晃的概率比较高，也有一位女同学，岁数比我大，她背书时喜欢用两只手的大拇指与食指捏着自己耳垂，仿佛只有这样才能拉捏出大脑中的记忆。一个学期中，总有那么几次，老师面对多次"摇"不出的学生释放他的震怒，将学生课本扔出几米外，学生只能很狼狈地捡起课本回到座位，有的女生眼含泪水。旧的教育方式霸道与蛮横，表露无遗。

这里不能不表扬一下我儿时的记忆力。从入学开课第一天，到告别小学，告别这种教育模式，我还一次没有"摇"不出的记忆。更显风光的是，每学期结束时，老师让我们把学过的一本书从头到尾"摇"一遍，这有点难度，但我每次都是一次"摇"过。

我很会背书，最先被大姐姐九香知道了，她一说，父母也知道了。家里来人时，父亲高兴，也把儿子的聪明拿出来夸一夸，展示一下，这下不要紧，每年过年时我去外婆家要小住半个月，外公、舅舅们与亲眷们聊天聊到开心时，就喜欢让我背书，有时一背整本。

看到过一个资料，说儿童的大脑发育与成人已经差不多了，可能这个原因吧，我儿时记忆力特别好，不只是能背记整本的书，读过几年的书都能背出来。长大一点听评书，听一遍，就能从头到尾八九不离十地说一遍。

学习就是记忆学问，记性好，获取知识的效率才会高，运用起来稍稍一想就会从大脑中提取出来，非常快捷。

3.快乐少年

六月里花儿香,六月里好阳光。六一儿童节,歌儿到处唱。歌唱我们的幸福,歌唱祖国的富强。我们自由地生长,在这光荣土地上,我们要学好本领,把身体锻炼强壮。努力努力努力,为了实现毛泽东的伟大理想。六月里花儿香,六月里好阳光。六一儿童节,歌儿到处唱……

教我们唱歌的是尹老师。她是另外一所学校的老师,是小老师请她来教我们唱歌的,尹老师嗓音好听,什么曲子经她唱两篇谱子就会唱了,她也是这样教我们,每隔一段时间她就会来我们学校教歌。这么多年过去了,她教唱的许多歌已经忘记,但她教的《中国少先队队歌》与这首《六月里花儿香》的旋律与歌词还记得。

小老师也会唱歌,他教过我们一首《打靶归来》,也是很棒的。

脖子上戴着红领巾,唱着这样的歌谣,这样的儿童是幸福的。

学校离家很近,约380米。我们村与学校之间只隔一片稻田。春天的清晨,我赤脚走在田埂上,燕子在头顶上飞,一路上青蛙见我走来,扑通扑通跳到稻田里。不知青蛙真是因为害怕,还是有意逗人玩,跳到稻田里后,它在禾苗旁搞出一团浑水,自己躲在里面,以为我看不到它。它的雕虫小技,我看得清清楚楚,有时,会伸出双手,来个左右合围,一下就抓住了它。它的背是青禾色,肚子雪白,两只眼睛瞪得大大的,也不叫,也不动,一副听天由命的样子,可能它想这下凶多吉少吧。可我从没伤害过它,老师告诉过我们,青蛙是益虫。把它扔回稻田,洗洗手,上学去了。

每天到教室,我的第一件事是先取出砚台,到离学校十几步的池塘边弄点水,磨墨,写毛笔字。一年级刚开始时,我们写的是描红,练习本上一页页的都是红色的大字,我们用毛笔蘸点黑墨,按上面的点横竖撇捺将红字覆盖掉,描得

母亲养育了我们7个儿女,含辛茹苦,缝补浆洗,天刚刚亮就开始劳作了。

越精确越好。老师会在我们描红本上打圈，他认为描得好的字，会用红毛笔在字边上画一个圈，夸奖你描得好。过了一阵子，我们脱红直接写字了。一张大字，一张小楷。写好后，交到老师那儿。老师批改时用红笔打圈与打叉，大部分字写得不错，老师既不打圈也不打叉，对写得特别差的，老师会打个差，这很糟糕了。对写得特别好的字，老师不只是打一个圈，有时打2个，最多的打3个圈。不管是谁，获得2个圈就如同获得珍宝，得3个圈，真像获得冠军似的，珍藏在心头，喜欢得不得了，可有时候按捺不住，还是要给同桌看看，尤其是获得3个圈，那是伟大的骄傲。

　　进入高年级后，我的同桌是位女生，叫陈金娣，一位比我大3岁的漂亮女孩。用儿时的审美，也觉得她在我们班长得最好看。

　　这里不能不写一下，她当年对我的"亲切关怀"。学习成绩我比她好，偶尔她会问我一个学习上的小问题，这也许对她有帮助。她对我的好有两件事，至今难忘。一件是，每到夏季栀枝花（亦称黄栀子）开放季节，她每天上学总会带十几朵花给我，有开放的，有大蓓蕾。她说，她家两棵栀枝花树有三四米高，上面开的花可多了，特别香。可是，我们村上没有这种树。她给我，我就每天带回家，交给两个姐姐。她们用碗放点清水，将花养着，家里满屋清香。还有就是，每到秋冬时节甘蔗上市，她每天上学，坐到课桌前第一件事就是从书包里拿出一段段的甘蔗，那是一根很长的甘蔗砍成的。她一声不吭，把甘蔗从桌下抽屉里递给我，我伸手接过，装到书包里，两个人一句话都不说，仿佛这是每天上学见面时的一个小交接，非常默契。之所以在桌下交接，说明她赋予这种赠送的秘密性，不希望别的同学看到。可是，这哪能瞒得住那一双双机灵鬼的眼睛，有一天，突然传开了，说某同学有相好，天天都有甘蔗吃。我们听了，有点害羞，但谁也没生气，她每天甘蔗照带，我照拿，只是赠送方式有点变化，由桌下变成桌上。一些同学尽管眼馋，但慢慢也不说什么了。

　　这是我的"同桌的你"。当年她对我这么好，我们彼此心里没有一丝"杂质"，除了学习之外，我们没有说过一句话。后来，我被保送上初中，听说她小学毕业就没再念书，几年后就嫁人了。除了童年的记忆，她现在故乡的哪个角落，一点不知道。如果有一天我回皖南走在一条很窄的乡间小道上，我与她两人相遇只能侧身让对方通过，即使这样，我们彼此肯定认不出对方是谁。这就是人生，这就是人生的河流。

　　儿时读书还有一个美好，就是没作业。放学了，回到家，书包一丢，或与同伴玩，或下地帮大人干点小活。寒假期间，更有大把可供玩乐的时间。我最长的娱乐期间，就是过年时尽情玩半个月，超级快乐。

　　少年时在皖南乡村过年的甜美，直到今天还甜美在心头，使自己还是那么喜欢过年时光。

慈祥的外婆，给了我童年最甜美的关怀与最多的快乐。这是我参军后与外婆唯一的合影照片。

感觉儿时过年，那简直充满了天真期盼的所有美好。

最重要的是有许多好吃的。除夕与正月十五前，家人吃年夜饭与亲友互请，桌上的菜肴摆得满满当当，各种糖与小点心任你吃。

有压岁钱。除夕吃过年夜饭后，母亲就给我们压岁钱，钱不多，全是崭新的票子，一直保留着，平时根本舍不得用。

父母要我年初一就到外婆家拜年，这一拜不要紧，一玩就到过完正月十五才回家，晚上都跟外公外婆睡，后来是跟外婆与小姨睡。

相比较自己的家，外婆家那地方皖南传统文化保持得更好一些，过年好玩的东西多。几乎是白天看戏，许多村庄都搭戏台，唱黄梅戏，晚上看灯，鱼灯、马灯、龙灯、摇旱船应有尽有。今天这个村演，明天那个村演，内容与形式差不多，只是演的人不同，但只要演，两位待字闺中的小姨都拉上我去看。

看完戏，回家睡觉，早晨眼睛还没睁，外婆已做了许多好吃的叫我起床吃饭了，美好的一天又开始了。

这才叫吃喝玩乐。

过年印象，现在想想还无比美好。当然，每到过年，更想起慈祥的外婆，她老人家身上真是集中了中国外婆的所有美好，直到今天我手机里还保留着唯一一张与外婆在一起的照片。想起外婆，就欢乐起整个青少年时代……

4.当起跳级生

小学读了4年，突然当起跳级生。中国的一场"文化大革命"开始了，有一种理论认为，学生在校读书的时间太长，从小学到大学毕业要读16年书，大好的时光都消逝在课堂上了，"提出学制要缩短，教育要革命"。

"革命"给我带来的变化是，小学四年级就被保送上南陵县初级中学。当然，这种保送也不是人人晋级，我们学校连我在内只有两名学生。走进中学，一身惶恐。

首先是独立生活。上小学，就在家门口，衣食住都在家里，心里感觉就在村里一样，一切都是熟悉的，无忧的。上中学，路并不远，但学校要求我们住校。要自己带上被子，自己安排自己的衣食住行。一点不会，感觉怕怕的。上学那天，是大姐姐九香送我去的。家离学校约 3 千米，姐姐帮我拿着行李，我背着书包，提着生活日用品，走着去学校的。

大姐姐是个漂亮姑娘，说话总是带着笑意，她比我大 6 岁，历来关心我，在她看来，大弟弟身上全是优点，凡在人前，她总是笑眯眯地夸奖我，这下弟弟被保送进县里初中，她听到后可高兴了。进入学校独立生活后，记得自己被安排睡在上铺，有天晚上，不知怎么搞的，居然连人带被子摔了下来。也叫神奇，不只是人没摔伤，还在地上呼呼大睡，天亮时起床，同学们才发现。

吃饭要自己买。家里经济不富裕，上学时母亲给我 2 元钱，要买菜、饭票。开饭时，学生食堂排起长队。我也不着急，静静地排着，只是临近窗口要选菜时有点犹豫，鱼呀肉呀狮子头呀，都是我爱吃的，但炒青菜 3 分钱一碟，猪血烧黄豆 1 角一碟，鱼要 2 角一碟，其他菜大都是 1 角左右。想想口袋，买 3 分钱青菜，有一次实在馋了，买了 1 毛钱的猪血烧黄豆。窗口的阿姨几乎给装了一大碗，简直没法打饭了。我干脆端着碗走到饭桌旁，吃上一阵，再去打饭。真好吃啊！那感觉真像明朝皇帝朱元璋一辈子念念不忘的珍珠翡翠白玉汤一样鲜美，其实，那是什么呢？珍珠就是白菜，翡翠就是小菜叶儿，白玉就是馊豆腐和剩锅巴煮一起的杂剩菜汤，典型的穷人饭食。

生活有点窘迫，但没有到余秋雨教授在上海戏剧学院读书时家里无分文给他，让他完全断饭只能向人借饭票度日的程度。

几个调皮的女同学看出了我的窘境。之所以说她们调皮，是她们曾集体欺负过我。我是保送生，她们要大我几岁，有次下课后，教室里只剩下她们 3 个女同学与我，不知她们哪根神经搭错了，她们居然把我放倒在地，几个人一齐满身挠我痒痒。弄得我满地打滚，她们却满身挠。那感觉，真要被她们挠死。

更不可思议的是，领头的居然是我们的班花，不，是校花。那时不讲什么花，但她肯定是学校最漂亮的女同学，那些岁数大的男同学背后都喜欢议论她，她叫马爱兰，是城里人，个子和我差不多，肌肤白皙，眼睛黑亮，一根短辫扎在脑后，可那时全社会都时兴扎两根大长辫的，一年四季，衣服穿在她身上总像长在身上一样合体，用现在的话说，肯定是女神范儿。可不知这几个"坏人"，怎么欺负起乡下来的男同学。此后，每每下课，我看都不看，以最快速度走出教室。

把"坏人"记得很牢，还因为她们身上还有好人的一面。班上要评助学金了，从内心来讲，我很想要，但又不好意思开口。可班上那些男同学，都比我大，平时也是欺负我的，记得上体育课进行传篮球训练，男同学扔过来加了大力的还带旋转的篮球，好几次砸得我手指盖里面出血，但又不好向老师告状，那时学生已不怕老师了，只能咬牙忍着。我在想，这帮男同学肯定不会同意评我。可就在这时，马爱兰说话了，她说，感觉应该评朱学文一个，他来自农村，又住校，经济比较困难，我们经常看他吃饭吃得很节俭。她说后，另两个女同学马上跟着帮腔，那帮平时很捣蛋的男同学只是小声嘀咕几句也没有再说什么，于是，全班2名获取助学金的同学就有我一个，每月学校发给我们3元钱补助。我一下变得很有钱了，每月伙食费再也不用愁了。到寒假回家时，我还给了母亲6元钱，母亲笑着问我哪来的，我说是学校发给我的助学金。

　　助学金，这是国家关怀。不过，这里面依然包含着女同学传送的温暖。

　　独立上学的惶恐，还怕学习进度跟不上。四年级的学生，怎么跟上那些大哥哥大姐姐们的数理化理解力？没过多久，这种担忧就被化解了。我发现，这时的中学，上课已不太正规，我们只有4门课，语文、数学、音乐、体育。语文课以讲授毛主席著作、毛主席诗词为主，这是我的强项。因为，在小学小老师已领着我们把那时公开发表的毛主席诗词学了一遍。我已有几年的文言文根底，学诗词的领悟力要比没学过古文的学生强一些。所以，戴高度近视眼镜的曹晋冠老师给我们讲课提问时，站起来回答问题的除了马爱兰等几个女生外，就是我回答问题最多。每首毛主席诗词写作的时代背景、词中大意、主要用典，我大都能说出来。这给了我很大的自信，也令一些同学对我刮目相看。

　　一开始跟不上的是数学。解方程，一元一次方程、二元一次方程我没学过。怎么办？不能整个坐在课堂上当傻子吧？于是，我自己从家里拿来小学课本，自习补课，自己演算公式。苦补一阵以后，勉强能跟着听数学课了。数学老师叫胡婵娥，她是一位海军军官的妻子。后来得知，她的丈夫在海军部队当兵，驻守在浙东地区。有一年，她丈夫回去探亲，买了一些黄岩蜜橘带回去，学校组织在南陵电影院看电影时，我恰巧坐在胡老师边上，她拿给我一个蜜橘。我没见过这种水果，更别说吃了，拿到鼻下闻闻，真香啊！没舍得吃，装在口袋里带回宿舍，后来回家时，拿出来给母亲、姐姐、妹妹、弟弟们闻，他们都感觉新奇。在那个物资匮乏、商品在社会上根本没有民间流通渠道的年代，南陵县国营市场上根本就没有这种水果。

　　胡老师教学要求严格，自尊心特别强，班上有的男同学调皮，她都是严厉批评，上课时男同学搞点小杂音，她马上停下讲课，用锐利的目光审视着这个学生，她给人的感觉是，她的认真教学是不容亵渎的，她的威严，是不容挑战的，她对课堂纪律的要求是不容小觑的，也许她是解放军的妻子，她不怕歪风邪气。

　　但胡老师对我一直很好，尤其是她每次讲课，我没听懂的问题，下课后我去

2000年春天我携妻子、女儿回皖南探亲,与母亲、舅舅、舅母、姑父、小姨、姨父、堂哥嫂、姐夫、弟弟等及其子女合影。在老家,我的亲属、亲戚数以百计。

问她,她都耐心辅导,有好几次,因为下节课还要给别的班级上课,她就与我约好时间,让我到她办公室慢慢给我讲解。前后几十次补课讲解,我没有给予老师任何物质酬谢,如果说有物质交往,那就是我收到过她一个橘子。

这就是纯真年代。

学校还有两名声乐老师给我留有印象。一位男老师,叫胡宴南,他的嗓音与女声差不多,那时,不知这是不好的,反而学着他的嗓音歌唱,大概把嗓子眼唱细了,直到今天我还唱不出粗犷的歌。还有一位教声乐、舞蹈的老师姓窦,名字忘记了,是位二十来岁的姑娘,特别喜欢笑,见人笑,唱歌笑,跳舞也笑,仿佛她装了一肚子喜事,压制不笑,简直不行。她教过我们多次舞蹈,挥臂,摆腿,旋转,她体轻如燕,仿佛能飞翔。除了班上几位调皮的男同学不认真学之外,我们都很喜欢她,她教歌,我们一句一句唱得很认真,她教舞蹈,我们一招一式学得很认真,一听说下一堂是她的课,同学们脸上就露出了笑意。

这是百灵鸟效应。

战胜了惶恐,就是成长。我完全适应了独立住校的生活,心里憧憬着美好未来。可是,没想到后来发生的变化,使我所有的憧憬顿时化为泡影。县里根据上级指示精神,要送教下乡,决定将整个中学搬到南陵县丫山公社去办,不只是路远了很多,而且明确规定现中学学生不转学去丫山,可是,这一校的学生也不安排我们进哪所中学去继续学业，只跟我们说，不用担心，很快全县各个公社都有中学。那你给我们出个学历证明或转学证明啊，也不出。这下好了，我们被放羊了，失学了。尽管变故很大，但我们也只能坦然面对。家在县城的，回家，家在农村的，回乡。

文凭没有，但后来社会给了一个称号，叫回乡知青。有点与从全国各大城市上山下乡的知青大潮对接的味道。

一个新的大学，向我们敞开了大门。

中国一位伟人说，农村是个广阔天地，在那里是可以大有作为的。后来历史证明，就在这片天地里，几十年后，走出了治国伟人与领袖集团，一大批国家栋梁，包括政治家、军事家、外交家、文学家、经济学家等，还包括一大批顶尖科学家。

社会大学，是人类社会最高等级的学府。

5.只要跨出一步，我就是大学生了

回乡后，心里还是产生了从未有过的失落感。不是怕当农民，我是喜欢农村与劳动的。只是一想到这辈子可能再也不能读书了，心里就迷茫。

家乡的秀美山水与清新空气，很快让我从迷茫中走出，我投身到火热的集体劳动生活之中。几年下来，熟悉了全部庄稼活，成为队里勤奋劳动、积极向上的年轻人。加入共青团后，很快被选为团支部书记，在桃园大队的十几个村的年轻人中我有那么一点出类拔萃的模样。

机会总是属于有准备的人们。1971年，中国的一些高校陆续复课，但并没有恢复高考，学员都是推荐工农兵上大学，那时的说法是"上大学，管大学，用毛泽东思想改造大学"。1973年，桃园大队分来一个名额，推荐一名青年上大学，主要在上山下山与回乡优秀青年中推荐。推荐的大权交给了大队贫下中农协会丁主席。丁主席住在我们相邻的柯村，我上小学时他就认得我了，回乡劳动后我参加过许多社会活动，经常得到他的肯定与鼓励。大队党支部向他推荐了两个人，一个是一名下放知青，还有一个是我。由丁主席在我们两人中推荐一人。最初，丁主席表达了他心中对一位年轻人的喜欢，推荐了我。这事被那名知青知道了，一个体重近200斤的汉子，感觉天要塌下来了，他找到丁主席哭了一顿，倾诉了他对上大学的渴求。丁主席被他真诚的眼泪打动了，但他并没有立即改变决定，他找到我，把那名知青哭鼻子的事对我说了，请我谈谈自己的看法。我几乎没作考虑话就出口了："他远离家人，在农村锻炼这么多年了，很不容易，丁主席你推荐他吧，我没关系的。"

丁主席用慈祥的目光看看我，笑了笑，说："你是不是早就想好了要让给他？"

我说:"听说大队要推荐我们俩,我想应该首先推荐他,然后推荐我。"

丁主席用手拍拍我的肩膀,笑着说:"真是个好青年,再有推荐名额,一定是你。"

就这样,做梦都渴望读书的我,当遇到可以直接上大学的机会时,却拱手相让了。

后来,这名知青被推荐上了安徽师范大学。

2000年春天,我带着妻子陈玫回皖南探亲。青年时代的好朋友陈瑛是芜湖市人民检察院的一名检察官,还担任了领导职务,她安排我们在市区玩玩。漫步在镜湖边,她征求我的意见,是住宾馆还是住安师大招待所。我毫不犹豫地选择了后者。夜晚躺在安师大招待所,我想了很多。突然发现自己内心的秘密,原来,尽管当年18岁的小伙子没能走进安师大,但安师大却一直装在如今已毕业于军队院校、成为海军上校的人的心里。

可能就是青少年时代书没读够,得了读书饥渴症,似水流年几十年间,上学读书一直是我渴求的目标。也许是圆梦,也许是上苍眷顾,后来,我曾三上大学。

初读海军政治学校;再读海军政治学院;又读解放军政治学院。

再后来,又接读社会大学。

现在,每天读书,已成生活习惯。

第三章

汗　雕

世界上的雕塑无穷无尽，有木雕、竹雕、根雕、石雕、金雕、铜雕、玉雕、冰雕等。可能还没人见过汗雕，如果说有，那青年时代的我可能就算一个。

6. "鹭鸶腿"

刚回到村里参加生产劳动，看到我的模样，村里相当一部分施姓长辈对我抱有偏见，村庄的人们有力量崇拜，喜欢力气大的汉子，有点小愚昧，连老师都在他们嘲笑之列，他们不喜欢四体不勤五谷不分手无缚鸡之力的人们。当时，我人很瘦，腿细长细长的，他们给我起了绰号叫"三根筋""鹭鸶腿"。这话也传到了父亲耳里，他很生气，同时，看我的眼神里也有了一种恨铁不成钢的成分。

他们认为我干不了农田里那挑担子磨肩、犁田打耙重体力活，适应不了农村的繁重劳动。尤其是姓名最后一个字叫"来"的农民，他在我父亲耳里灌输了许多"读书人无用"的东西，认为他儿子没读书，现在体格健壮，是村里力气最大农活最会干的年轻人。这增加了父亲对我的不满情绪，劳动中时常冲我发火,有时还付诸武力。

作为过渡期，父亲提出让15岁的我为生产队养头牛，工分可以低点，大家给评工分，给我评了3.5分一天。而村里一般劳动力都是10分，妇女们5分，未成年的小姑娘们有3分的有4分的有4.5分的。我看看几位个子比我矮很多的小姑娘评的都是4分，这分明是认为我不行，心里有一种被歧视的感觉。

糟糕的事情还在后面。养牛分工时，其他脾气温和好养的4头牸牛全被她们选去了，留给我的是一头像野马一样的沙牛。这头牛年龄相当于人的20岁左右，它也不生育，平时根本不让公牛碰，力气特别大，特别好斗，经常找牸牛打架，别的牛在安静地吃草，也没惹它，它却冲上去，歪斜着两个角，瞪着眼睛，脖子伸得像长颈鹿一样，这是牛发出的强烈挑衅信号，如果对方逃走就算了，如也抬头表示应战，它便用它有力的双角把牯牛头部顶得到处流血，牯牛逃跑时，它还跟踪追击，用它的角把牯牛屁股与身上挑得遍体鳞伤。极少数比它厉害的牯牛，它也竖起头，向人家挑衅，用角上去猛烈一撞，轰隆作响，感觉双方不成脑震荡才怪，但牛没事，在撞击中，它感觉到了对方力量的强大，立即奔逃。也许公牛与男人有共同之处，当母牛逃跑时，也许公牛懂得男不跟女斗的道理，一般不再追击。

我在接手的第一天，它就给了我一个"下牛威"。我牵着它在稻田路边吃草，它不停地吃禾苗，我顺手给了它嘴上一鞭子，只是提醒它不能吃庄稼。可是，它用大眼睛朝我狠狠瞪了一眼，表达严重不满，头一抬，蹄一扬，直接从稻田里跑了，边跑边吃，一路狂奔，不只是跑出了大队边界，居然跑到别的公社去了。我人生地不熟，没办法了。生产队派出一些人去寻找，发现它被扣留在10多千米外的外乡。让对方放牛，人家提出要赔偿损失，生产队只能赔偿一些稻谷，但这些要从我的所得工分中扣除。

还有它的坏。水牛是会游泳的，很宽阔很深甚至水流湍急的水面它们都能轻松游过。也许是村上女孩们有意戏弄我，离我们村二三千米的地方有条漳河，穿过漳河有片河滩，面积有几平方千米，再往里面走就是山峦，为主的一座山叫笠帽山，山顶形状就像笠帽，是整个山峦的制高点，最顶上，还残存着日本鬼子当年侵略皖南时修的碉堡。水太深太急，明明可以不过去的，可这几个姑娘偏偏表现得很勇敢，一个个骑着牛过去了。没办法，不会骑牛的我只好也骑上牛背，跟着她们走。刚开始，这牛游泳时还把头露在水面上，游到100多米的河心时，它玩起了扎猛子，它整个身子全部潜游到水下，我被"灭顶"了，一下从它身上漂起来，哗啦一下就被水冲走了，瞬间就冲出数百米外一个大湾处，那里水深浪急，波翻浪卷，我接连呛了好几口水，感到危险正要吞没我，看了一下河面，在弯角处一个大旋涡的边缘，拼命挣扎一阵猛划，冲到了岸边，抓住一蓬灌木，上了岸。不夸张地说，这次是有生命危险的。如果我不会游泳，如果不抓住灌木挣扎上岸，小命不保。

7.过难关

好在岁月的河流在流过，我在成长。这段艰难的时段慢慢也就过去了。

考验还是有的。割稻子，看似简单，但一旦比起速度，那就像八路军当年领导抗日军民在日本鬼子炮楼周边抢割麦子一样，动作可快了。它根本不是一棵棵地割，它一刀要割前后两排稻子，从右往左，两排6棵稻子全割到手里，这时左手抓住举起往左边身后一放，要与前面堆放的稻子摆在一条线上。这个过程，还是有点窍门儿的，左手举起稻子往身后一丢放的瞬间，其实它起到了整理稻谷的作用，让裹在稻草中的稻穗摔出来，这样便于脱粒机脱粒。而且，要求在收割者的身后没有掉下散乱的稻穗。这才是一个合格庄稼人的拿手活。我根本不行，但搞不干净也就算了，你必须跟上大家收割的进程，不然，你在前面，后面左右的人超过你了，就你收割的6棵稻一块长条被摆在田中间，无声的语言会说出全村人心里的话，你不行。尽管生产队评工分时已给我评了7分，我心里一直不服气，我认为自己比成年劳动力差不了多少，有几位长辈干农活力气还没我大。心里这么想，就想处处逞强。割稻子别人不时直腰站一站，以缓解腰部胀痛。我不直腰，只有把一趟稻子割到头上时才会站起来。我割稻子的速度，很快就比一般人快了。村上有好几个手脚麻利割稻速度比男人还快的姑娘，她们是我的大姐九香、小姐姐桂香、施爱玉、施爱香、沈爱华、施木秀、施桂葆、施桂兰、施桂英等，那些成年劳动力腰力不行，根本不是她们对手。很快，我就能与她们一决高下了。有一天，我挥镰干得正欢，突然，左手小指头一麻，随后传来钻心的疼痛。抬起手一看，小指头已被镰刀割开一道口子，鲜血直流。离我身边不远的施爱玉、施爱香姐妹俩走了过来，看我手指在滴血，爱香赶忙从裤子口袋拿出一块小布与一段白线，用劲捏住我的手指，让血不再滴得那么快，然后与姐姐一道为我包扎起来。她俩是我们村长相最秀气而又知书达理的姑娘，全村人都喜欢她们，即使是与她父母关系不好的人，也从来不会说她们一个不字。姐姐长得是鹅蛋脸，古典美女模样。妹妹下颌尖点，现代气息浓一些。看来，她俩考虑问题还很周到，出门劳动时，已做好处理伤口的准备。她俩充当了一次卫生员。我手指被包扎后，很快将布染红了，血往外渗漏，脚下犹如下了血雨，红了一片，但流过一阵子，血凝固了。这使我发现，我的血凝固力很强，身上什么地方弄破了流血，即使你不去包扎，过会儿血就自动凝结了。

　　手指头割破后，一连几天，割稻子就不灵活了，速度大不如前。十几天后，伤口好了，但却留下了永远的伤疤，一小块肉凸了出来，边上一条弯曲的小沟，直到今天还这模样。

　　出洋相的事还有。当时，中国政府有个规划，要在多少年后基本实现农业机械化。有一些大型机械化农具分配到了大队与生产队，队里分到一台手扶拖拉机。这使我想起读过的一篇课文：

> 我的名字叫铁牛，
> 耕地割麦是能手。
> 不吃草，
> 只喝油，
> 刮风下雨都能走。
> 赛过驴和马，
> 气死老黄牛。

大姐姐朱九香、姐夫胡宝如与生育的两个孩子。在我的童年,大姐姐对我总是百般呵护。

生产队挑了几人专门驾驶,但没选我。手扶拖拉机的工作效率10头牛也赶不上它,它一天能轻松耕犁十几亩田。我想,自己是有文化的青年,应该驾驶现代化生产工具。于是,我提出要学习驾驶。他们看我那不容置疑的样子,决定让我一试。向我讲解了挂挡、刹车等几个要领后,我便独自驾驶了。起先,一切顺利,约有半亩地很快在我的驾驶中耕犁完毕,这时,需要把拖拉机开到边上一块田里去,要爬过一个田埂,机头前轮刚过去,一轮在田埂上,一轮陷到田沟里,机身瞬间失去平衡翻掉了,但机轮还在飞转,把泥水打起几米高,我身上也打了一身泥水。这时,驾驶员跑过来,关掉了柴油机,又叫来几个人一起将侧翻的拖拉机扶正过来。这时,他问我还学不学了,我果断放弃了。

书生干农活是外行,但对待农活我也有一些自己的创造。农田里的活,最累的就是弯着腰干的活,如割稻子、插秧,一连十几天人们都要"脸朝黄土背朝天"地劳作,累得腰都直不起来。但我却每天精神抖擞,从没人们表现的那种痛苦状况。除了正处在生长发育季,身体耐受力强,消除疲劳快之外,也与我创造的一套劳动适应法分不开。每年,到插秧季前半个月前,我凡是能坐的时候都不坐,吃饭也是一样,我端着饭碗蹲着吃。一顿饭的时间,我都蹲着。用这样的方式,练腰部、腿部力量,让身体提前适应接下来繁重的插秧季生活。清晨起床后,会提前活动一下腰肢,这样身体进行高强度弯腰劳动时适应性就会显著增强。

我觉得,同样是种地,有文化与没有文化,劳动状态是不一样的。

8.蒸笼33天

《西游记》一直是我喜欢的读物,最喜欢的人物是孙悟空。我觉得孙悟空从来不畏惧任何妖魔鬼怪与艰难困苦,面对最可怕的敌人与环境,即使陷入绝境,也从不躲避，从不退缩。玉皇大帝调集天兵天将捉住了孙悟空，将孙悟空押去斩妖台下，绑在降妖柱上，刀砍斧剁，枪刺剑刳，弄得火光四射，伤不了其身。南斗星急令火部众神，放火煨烧，亦不能烧着。又着雷部众神，以雷劈钉打，越发不能伤损一毫。就在玉帝不知如何处置这厮时，太上老君即奏道："那猴吃了蟠桃，饮了御酒，又盗了仙丹。我那五壶丹，有生有熟，被他都吃在肚里，运用三昧火，锻成一块，所以浑做金刚之躯，急不能伤。不若与老道领去，放在八卦炉中，以文武火锻炼。炼出我的丹来，他身自为灰烬矣。"玉帝于是把孙悟空交给了老君。真够狠的，整整炼了七七四十九天，太上老君以为孙悟空化为一滩炉水，命人开炉取金丹，没想到孙悟空从炉中跳出，一脚踢倒炼丹炉，更加神武得不得了。尤其是这49天让其练就了一双"火眼金睛"，手搭凉棚一看，能看十万八千里。妖魔鬼怪不论装扮成什么，孙悟空瞪眼一看，全都现出原形。

农村生活，最苦最累最难熬的是"双抢"阶段，即抢收抢种。先要把早稻收割掉，然后要把晚稻秧插下去，如果不能在立秋前完成"双抢"，秋后种下的秧在冬季来临前就长不成稻子了。

最考验人生理极限的是高温。皖南7月，气温已升到摄氏40度左右，水田午间泥水晒得发烫，温度可达摄氏45度。头顶上太阳晒得人身上发烫，一脚踏进泥水里，哪怕没膝深的地方也烫人。田边泥鳅、小鱼死得一堆一堆的，全部是被烫死的。走进田间，你即使不劳动，几分钟全身就被汗水湿透。但不是让你站那里不动当稻草人，需要进行高强度劳动，割稻、打稻、犁田、插秧，没有一样不是高强度体力活。每时每分每秒，汗流浃背，衣服湿了干，干了湿，我不知道一天会流多少汗，但知道一天要喝十几斤水。母亲烧好茶，我们用大茶壶装着带到田头，隔会儿就跑过去喝一阵子。那喝水简直就是牛饮，我一次总要喝二三大碗，走路时，能听到肚子里水的晃荡声。每天喝这么多水，但全队50多人，除一两个处于哺乳期的妇女外，没有人会去"解手"。其实，中午与晚上收工回家吃饭时人们都能发现，每个人的衣服上都有厚厚一层白白的盐霜，那是汗水流下的结晶与印记。

可是，还有一种高强度劳动，叫打稻。中国农耕文明的历史很长，早在春秋战国时期已发明了"犁"这一生产工具，水稻种植已有7000多年历史，这一点已被河姆渡出土的稻谷所证明。我们的祖先在很久远的年代就发明了收割稻子的脱粒方法。即用一个2米多高的围帘（大都是用竹子编织的）围住一个约1.6米宽、2.2米长的长方形禾桶，桶的下方有两根上方下椭圆形的木轨，桶前端上方左右两侧各有一个耳朵，人们打稻要移动禾桶时左右两人就抓住这个耳朵拖动禾桶前行。打稻时，前方桶沿处摆有一块竹片制作的挡板，像百叶窗形状，姑娘与年轻妇女将割好的稻子以双手合围能抓住大小的稻把递给打稻的男人，男人不停地举起稻把，猛烈地在"百叶窗"上摔，将熟透的稻粒摔打下来。因为有围帘，当打稻人高高举起稻把时，稻谷也不会被抛撒到田里。但是，打稻人每次的举起稻把的摔打也是使尽全身力气的。一天连续十来个小时这样摔打下来，要什么样的体力才能支撑？

剩下的就是割稻、插秧，全是将腰弯曲下来，把背部整个身子让烈日暴晒，将脸部、胸部与腿部让泥水熏烫。

说说插秧。插秧前，将拔好的扎成一把把秧把子（将清洗干净的秧苗用一根稻草捆起来，像包粽子一样要打活结，一拉就开）扔到平整好的田里，秧把子的分布要能满足栽种秧苗的需要，即手里一把秧插完了，这时，手边正好有个秧把子就抛在那里，插秧人随手一抓，不直起腰就能接着插，这样插秧速度才会快。插秧人左手抓起一把秧苗，用大拇指与食指将秧苗分出六七根，右手立即食指与中指夹住，将它迅速插到泥土里，入泥不能太深，太深了影响禾苗的生长，很长时间从泥里长不出来。也不能太浅，太浅了容易"飘棵"，即秧苗从水里漂了起来，等于秧苗没栽下，入泥的最好深度在2.5公分的样子。一趟秧苗插6棵，插秧人从前往后退着插，横排的6棵秧与插秧人对应的站立位置是，左边2棵，右边2棵，两腿之间2棵，每棵秧要前后左右对齐，前后左右行距间距约12公分。好的插秧人一趟秧苗从田的这一头插到另一头，即使田亩100米、200米长，6棵秧都像6根直线一样通到另一头。这样的播种方法是科学的。接下来，耘田（给禾苗松土、锄草的方法，一般从禾苗插下去，到收割要耘田3遍）人们一趟也是耘6棵，收割稻子时一趟也是割6棵，劳动始终是按恒定的程序进行的，非常顺手、省力。劳动中，我熟练掌握了插秧技术，是生产队最快的插秧能手之一，一个人一天能插1.2亩以上。皖南农民的水稻栽种技术已很先进了，任其拉出一位老农，到非洲一些国家当水稻种植专家没有问题。

插秧是诗意的播种，但劳苦的过程，使人感受不到任何诗意，只有苦意。42度以上气温，上面晒，下面烫，汗水不停地流淌，流到嘴里是苦的，流到眼睛里是辣的，而且没有东西擦汗，双手都沾满了泥巴，没法擦，为了赶速度，必须全然不顾。只有一趟秧苗栽种完了才会捧起田边浑浊的水擦把脸，根本顾及不了干净不干净。好在皖南那片土地人民健康，没有流行病。

前后30多天，一般为33天，我们都这样泡在汗水里。高温下的高强度劳动，不是每个人都能吃得消的，几乎每天，村上都有人中暑回家休息，也有人被热死了。这就是我家的一位汪姓邻居，他曾在国民党部队当兵，部队战败后他被俘参加了解放军，他没文化，解放后也就回家务农了。这位汪叔叔为人耿直，性格火爆，谁要是引爆了他的暴脾气，他一定会拿出刺刀见红的战斗精神与你干一仗。有一天他严重中暑，送进医院遇到了庸医，明明他中暑还给他输葡萄糖，很快弄得他丢掉性命，留下中年的妻子与六七个儿女。他的儿子与几个女儿年龄都与我相仿，有的比我大几岁，有的比我小几岁。一下成了可怜人家。

不知是不是受孙悟空精神的鼓舞，反正我是不怕热不怕苦不怕累的，高温酷暑反而成了我逞能的疆场。很有趣，村上中暑的小伙子很多，个个长得比我壮实，我从来不中暑。我发现，我的肚子好像是个温控冰箱，外面温度越高，我肚子温度越低，用手一摸它，冰凉的。所以，当别人热得满脸通红，加上剧烈劳动，也许心动过速时，我劳动强度再大，心跳一直是平稳的。

这给了"三根筋""鹭鸶腿"很大的自信，"双抢"成了我表现的舞台。村里集体劳动，是个大呼隆，平时出工不出力、不出大力的人大有人在，"双抢"要抢时间，为不误农时，村里采取分组劳动竞赛法，由村里劳动力自由组合。我牵头，与村上干活特别利索而又平时相处友好的一群年轻人组合到了一起。主要成员有：朱九香、朱桂香、朱腊香、何小平、何寿子、何扁太、何爱玉、施明和、施爱玉、施爱香、施桂兰、施明义、沈馀、沈爱华、沈爱娣等，再加上我与年轻伙伴们的父亲。每年会有一些小变动。这个组合还有一个高过别人之处，就是我们的基础工分比人家低很多。但计算工分是按每天打多少斤稻谷、插了多少亩稻秧来计算的，我们可以用最低的基础工分分得全村当日劳动时最高的工分。每天，我们组的姑娘们分得的工分比别的组强壮劳力还要高，我一天要挣30多分，是其他组强壮劳力的一倍以上。你不是说我"三根筋""鹭鸶腿"吗？怎么干起来比你们这些大力士还要厉害？

这种自信带来一个成果。来年生产队评工分时，生产队长提议我为10分档，我目视会场看有没有人反对，谁要是胆敢反对，我会当场找他叫板，全村没有一个人表示反对。其实这一年，我才17岁，还是少年。

9. 大切岭

汗雕，还雕塑在7个县联合施工的水利工地上。中国人民伟大领袖毛泽东主席说："水利是农业的命脉。"

中国人民在政府领导下，新中国成立后就不停地兴修水利。长江、黄河、淮河与许多江河湖海，这期间都不断得到治理与修建，河

到宣城看望当警察的弟弟朱学东，与他夫妇合影。

南林县人民这期间还修了一条"红旗渠",堪称世界奇迹工程。皖浙人民修了陈村与新安江等大型水库。

  17岁的冬季,我走上了由安徽省政府牵头组织的7个县合力施工的大型水利工地。我们大队分到了一块难啃的骨头,一个叫"大切岭"的地方。河道要从一座有700多米高的两山之间穿过,工程要将山沟底部的河床由几十米拓宽到几百米。河床底部所有的石块与泥巴全部要挑到山顶上。山体很陡,早期施工人员只在山体上凿出一级级台阶,每上一个台阶有点膝盖要碰到下颌那样的感觉,即使你空手上下都不容易,但现在必须挑起上百斤的泥石往上爬。劳动第一天,挑第一担土石往上爬时,虽是冬季,但我里面衣服全湿透了,感觉每往上爬一步,都是拼死一搏。大脑中有过一个闪念,秦始皇当年调集百万民工修长城大不了就是这个样子,三国时的川人明修栈道大不了就是这个样子。这可要一干几个月,弄不好要把小命丢在这里了。我只是17岁的少年,父亲咋这么狠心,他自己不来,让我上,花木兰从军又不是她父亲要她去的,是父女相争,花木兰争出来的。我的亲爹呀!后又一想,既然来了,总不能当逃兵吧,别人能行,我为什么不行。这么一想,决定咬牙坚持,跟它拼了。每挑一担到山顶,将土石倒掉后,有人发给你一根筹码,放到口袋里。第一天挑下来,我挑了10趟,第二天挑了15趟,第三天20多趟……我的劳动表现接近工地上的强壮劳动力了。

  人的身体潜能在艰苦的劳动中会逐渐适应,逐步发挥出来。每天,我们都是汗人,每爬升一步,都会掉下一串串汗珠,讨厌的是汗水淌到眼睛里辣得眼睛睁不开,还必须强忍着把眼睛睁开一条缝,不然一脚踩空,后果是可怕的。每一步的攀爬都是挣扎,都是嫩嫩身子骨里的全部力量,拼尽全部力量就爬这一步。但百十斤的担子压在肩膀上,没人替你卸下,也不能歇脚,必须爬上去。状态就是挣扎,就是挥汗如雨,就想着爬上去后再也不要下来了。从早到晚,贴身衣服从没干过,少年是个真正的汗人。

  汗人还是那个心律,再累再激烈也不狂跳。一天下来,人累瘫似的,但走回工棚就忘记劳累了。

  最诱人的是伙食好。每餐,都有一脸盆猪肉烧白菜,肉比菜多,特别香。8个人围着脸盆吃,每个人都会吃得很饱。

  就在我们吃饭时,工地上传来隆隆炮声,那是负责放炮的民工在爆破山体,为我们明天的劳动提供充足的土石方。

  饭后,我跑到伙房要盆热水躲到山林树边,擦擦身子。很奇怪,白天流那么多的汗水,身上却没有臭汗味,却有点甜甜的味道,真是奇了怪了。工地上,没有任何文化活动,饭后歇一会儿,大家钻进被窝就睡觉了,一会儿,整个工棚,鼾声一片。但这鼾声我并没听到,我一夜深睡,是听别人说的。

  1天、2天、10天、20天、60天、80天,依然泡在汗水里,我顶过来了。

工棚里住了百十号人，大队派去了一位漂亮女性，人们叫她小银子，人长得特别白，根本不像农村人，也不像黄种人，她就是晒不黑（有的民工背后说她长的是狗屎肉，越晒越白），一天到晚喜欢笑，见谁说话都是笑呵呵的，眼睛像弯弯的月亮。她在炊事班，主要任务是择菜、洗菜，给大家分菜。我也受到过她的关心，有一天她经过我的床头，掀起我的被子看看摸摸，见被头被角好几个地方都脱线露出棉花，便马上拿来针线帮我缝好了。还对我说，有要洗的衣服就交给她，但我从未麻烦过她。

严冬腊月，快过年了，我们从水利工地撤回。到家时，父亲看了我几眼没说话，他就是这样人，有话喜欢放在心里。母亲看看我摸摸我的肩膀说："学文你没瘦，好像还长高了点，也结实了，肩膀宽了点。"我对母亲说，我的力气比原来大了很多。

这是汗水中的生长。

第二年冬天，我又上水利工地了，继续去年的工程。可我到水利工地劳动的第三天，退伍军人出身的大队书记周家珍把我叫到了他的工地办公室与我作了一次简短谈话，让我从当天开始担任大队的土方测量员与水利工地广播站通讯员。我感觉有点压力，量土方没问题，在小学就学过土石方计算，但是对当工地广播站通讯员没把握，因为我不知道广播稿是怎么写的。书记说没关系，你听听人家写些什么东西，学着写几次就会写了。

由不得我了，干吧。当晚吃饭时，我端着饭碗，走到一旁，竖起耳朵听广播。7个县的大工地，广播内容还蛮丰富的。听出来了，播出的都是水利工地上方方面面出色劳动的人们。第二天，边测量土方边思考，第一篇广播稿写点什么？有一个场景不断在我眼前浮现，那就是那些打钎放炮的民工。一个民工扶住钢钎，另一个民工抡起大锤，从半空砸下来，丝毫不偏打在钢钎上，如果打偏一点，砸到扶钎人的手上，那轻则皮开肉绽，重则打断骨头，太危险了。但每天他们起早睡晚，打出一个个炮眼，炸响一洞洞炮。大切岭是7县水利工地最高最艰难的工程，这群爆破手是最大功臣。想好后，我就利用测量间隙，跑到岭上，与几个爆破手聊了聊，主要是了解他们每天打多少炮眼和我好奇与不懂的问题。情况了解清楚后，我坐在一块大石头上，把小本子放在膝盖上写了我人生的第一篇新闻稿《大切岭上爆破手》，小笔记本纸张小，写了五六页，然后撕下把它交给了书记（当时不知道通过什么途径送到广播站，只好让大书记当我的送稿员）。傍晚吃饭时，端着碗我就聚精会神地听，听了5篇都是别的县的稿子，我很失望，以为自己没写好，很懊丧。就在这时，突然听到女播音员说："下面播送通讯，《大切岭上爆破手》。"我的心激动得怦怦跳，啊！我写的稿子被采用了，我会写稿子了！当时，激动得碗里饭菜什么时间吃完的都不知道了。书记听到了，许多民工小伙子听到了，有几人还把播音员最后说的"由朱学文来稿"拿出来说事，因为高兴，没计较他们的下流粗俗。

首发命中，信心大增。此后，每周都会听到我写的广播稿。18岁的小伙子心里充满了自豪，得意起来，走路都一蹦一跳。从此，在大切岭，劳动已不再是一种艰苦，而是一种快乐，一种施展才华的天地。

这应该算作我新闻从业的源头。

每天的劳作，每篇的广播，对青年来说是一片崭新。却不知道，这时，有一双眼睛，一直看着自己的进步。

10.田园诗意

农村劳动不只有艰苦，也有田园浪漫曲，有我们的快乐时光。

春天砍花草。皖南农村，十分喜欢种红花草，又名紫云英。冬天，各生产队所有农田除少部分种植油菜与麦子以外，全部播种紫云英。到了阳春三月，紫云英花开了，数千亩田园一片花海，甭提有多好看了。清晨打开窗户，一股馨香扑面而来。微风起时，无边的花浪。想说云南迪庆香格里拉的花海美吗？感觉比不了那个时候我的皖南老家。不过，家乡的紫云英不是用来供人欣赏的，是用来做绿色有机肥的。花开最灿时，春耕大生产也就开始了，农民们每天要赶着耕牛将这些紫云英全部犁翻到泥土里，让它们"零落成泥辗作尘"，"化作春泥更护花"，成为水稻生长的养料。前后有一星期左右，我们的任务就是砍花。紫云英长得很厚，每根花径提起来有半米长，如果不事先将其砍断，枝蔓相缠的紫云英会将犁开的泥土缠住，力气最大的牛也拉不动犁。所以，每天，我们一群人都会有说有笑地砍花，大家拿着刀挥舞一阵，又说笑一阵。花中砍花，真的富有诗意。现在人们在全球旅游也不会找到这么好的旅游项目了，但对我的青春来说，它是一种周而复始的劳动。

最快乐的劳动还有耘田。皖南早稻栽种在5月1日前就结束了，几天后，进入耘田季，5月、6月村里的农活全部是耘田。每天清晨，生产队长一声哨子响，大家下田。耘田的工具是耘耙，一种四方带弓形的铁器，前面是块像铲刀一样的小铁板，发现杂草就用它将其先钩出来，然后用脚将其踩到泥土中，让它化作春泥。发现土壤不平整的地方，用其进行平整，同时，通过耘耙来回耘松动土壤，让禾苗茁壮成长。

耘田有点田野嘉年华的味道。男人，女人；年轻人，中年人，老人；大嫂、少妇、姑娘、少女……每天下田，在路上他们都是做好与谁同行的准备。想同谁在一起，就走在一起，因为下田是依次一个接一个下去，前后就成了左右。有时候，与不喜欢的人在一起，或者说与喜欢的人分开了，人们通过放慢或加快耘田的速度，在下次换田或换趟时就会走到一起。

少年回乡第一年参加劳动就看出了其中的端倪。队长等年纪大的男人们在一起，谈的都是生产、生活中的事，有些内容直接就是生产队的工作计划。青壮年男人在一起，喜欢谈论女人，说些黄段子，也有些外出争强好胜的故事。年轻的媳妇们在一起会有些生理期、同房、怀孕的私密话与养儿育女的经验互通。姑娘们在一起，喜欢谈的是穿衣打扮，也会谈到本村与邻村帅哥。柯村一位在宁波陆军船艇部队当军官的叫易木保的英俊青年，是她们最喜欢谈论的话题。她们也会评论周边村庄的漂亮姑娘，尤其是前村一位叫周小兰的姑娘的穿着打扮与两条拖到腰间的大辫子，时常受到她们的称羡。

  我一般不参与他们所有人的话题。我喜欢听收音机。这部收音机，是我家盖起新房子时大外婆家大舅舅刘家田、小舅舅刘青山，二外婆家大舅舅刘松木、小舅舅刘松林，小外婆家大舅舅刘松果、小舅舅刘松田等出钱买的。这件事的策划者是小舅舅刘青山，他曾在20世纪60年代初期参加过解放军，对事情很有主见。我家新房子快盖好时，他领着5位舅舅来了，先鞭炮、双响放了一阵子，然后拎出了宝贝。这架半导体收音机是上海一家无线电厂生产的，大约12厘米高，20厘米长，10来厘米厚，外面有个黑色皮套，可以背在肩上。销价25元多。在当时一个鸡蛋只卖7分钱的年代，这简直就是奢侈品。它成了我的专享，开心极了。平时在家开了大家听，凡是出门，我十之八九都要背上它，包括耘田这样的轻松劳动。在田野里，收音机经常播放7个样板戏，还播放歌曲，我就把音量开到最大，让全田野的人都听到，周边的村庄都听到。那感觉好极了，似乎有点现在都市小青年开上跑车打加力弄出巨大响声来嘚瑟差不多。除了听收音机，我还喜欢唱歌。《阿佤人民唱新歌》《见到你们格外亲》《打靶归来》《北京的金山上》《北京有个金太阳》《远飞的大雁》《毛主席是我们社里人》《情深谊长》《歌唱二郎山》《我的祖国》《学习雷锋好榜样》《赞歌》等都是在田间歌唱的，而且是放声高歌，不只是一块农田，附近田野劳动的人们都能听见。有一次，我唱青海民歌《在那遥远的地方》，当唱道"你那红红的小脸，像个红太阳……"时，一起劳动的大队会计丁海清马上打断我："学文你说说，姑娘的小脸像红太阳，那她和毛主席一样了……"好在我根红苗正，在那高度政治化的年代也并不怕人，照唱，不理他。村上一批姑娘们耘田时喜欢与我在一起，同行最多的是施家两位姑娘。一般我的左边一个人是我姐姐桂香或妹妹腊香，右边往往就是施爱玉、施爱香，平时爱香更多一些。在村上的年轻人中，我们3个人有个共同习惯，全村人都知道，下田劳动，即使是盛夏酷暑，全村人都是穿短裤的，唯有我同施家两位姑娘3人都是穿长裤的。而且，极其爱干净，类似耘田这样的农活，一天活干下来，衣服上几乎没有泥巴。这在老农眼里是看不惯的，父亲骂我是"斯文屌"。但我们习惯不改，所以也可以说，在全村的劳动者中，我们3人的腿是最白的，这是事实。爱香与我一起耘田，对我特别好，我耘的6棵禾苗，与她交界的2棵都被她耘好了，也就是说两趟12棵禾苗，她耘8棵，我耘4棵。村上人认为我们恋爱了，但我们没有，也不理别人怎么说，反正每天劳动依然紧挨着，已成一种习惯。

那种感觉，甜甜的。

劳动生活的美好还有夜间。紧张劳动一天，收工时，我们大都扑通一声跳进池塘，百十来米的宽度，我从此岸游到彼岸，然后在水里悄悄脱掉裤子，简单搓几下又穿上就回家吃晚饭了。饭后，夏夜满天繁星，银河系看得特别清楚，村庄寂静，成群的萤火虫静静翻飞。真有点那晚唐诗人杜牧写的《秋夕》的味道：

银烛秋光冷画屏，
轻罗小扇扑流萤。
天阶夜色凉如水，
卧看牵牛织女星。

虽然，这时是夏夜，但我时常能感觉到"秋凉"。

我喜欢到村上去玩，玩得最多的是施明义家，施爱玉、施爱香家。他们每家都有一个或两个竹床放在门外纳凉。我到他们家转悠时，喜欢躺在他们竹床上，不论是爱玉、爱香还是明义的媳妇，总有她们自己摇动的扇子的清风拂到我的身上，没隔一会儿，她们会用扇子在我身上腿上扑打几下，替我赶走蚊子。

这种清风只在那个纯真年代的少男少女之间吹拂，它带着淡淡的田野清香。

第四章

生长季

世界上最强大的力量，就是生长。万物生长的季节简直太强大了，小草从石缝里钻出，枯树发出新芽，池塘生春草，柳树长出绿叶，桃花绽放枝头，随之，大地露出一片新绿，万紫千红铺满大地，皖南田野，万顷禾苗发芽生长，这种天地间普遍性勃发，不可抗拒，没有任何力量可以遏制。

自然界的生长季是取决于天地季节轮回，人类社会的生长季也是这样。对一个年轻人来说，生长季的好坏，取决于所处时代的社会环境。

11.工作队里的年轻人

夜幕降临了。位于漳河边的陈家湾村，每每这个时辰大都准备睡觉了。70年代的皖南农村，过的依然是日出而作，日落而息的生活。但这个夜晚，全村30多名社员却聚集在一起，进行夜间政治学习。

灯光下饭桌边，坐着一名19岁的青年，正在给他们读当天的《人民日报》，介绍学大寨的经验。这是一篇很长的事迹通讯，占了报纸一个整版。

当时的中国，开展"工业学大庆""农业学大寨""全国学人民解放军""解放军学全国人民"运动。根据安徽省委安排，芜湖市地委与南陵县县委作出了派遣县委工作队入驻农村每个生产队的规定。一下子抽调那么多干部入驻各村是不现实的，于是，每个大队就会有几位优秀团干部被抽调到县委工作队之中，作为队员同市、县、公社干部一起被派驻下面承包生产队，白天组织社员们开展农业生产，晚上组织社员学习政治，同时，也负责对社员们工作状况进行管理。

这个夜晚坐在灯下为社员们念报纸的青年就是我。

当大队书记周家珍来到我家，通知我参加县委工作队时，父母亲都很高兴，他们感到儿子有点出息，被领导器重了。我自己心里觉得，书记对我的认可，可能是大切岭那段难忘的水利工地劳动与写广播稿的表现。在那时，我经受了最艰苦的劳动考验，几个月干下来，我觉得，农村里没有任何苦活累活能够使我害怕，没有什么更大的困难能够难倒我。在这里，我还开始了写新闻稿的生涯，尽管连应该怎样写新闻稿的 ABC 都不知道。集中到公社开了一次会，听了市、县、公社领导对工作队的任务、时间安排、纪律要求的动员，回到大队后，周书记又进行了补充动员，然后进行驻队分工。我被分配到入驻陈家湾、胡家村两个生产队，有50多户人家，160多口人。

我也不知道书记有什么用意，按讲这块硬骨头是不应该由我来啃的。在当时桃园大队近20个生产队中，这两个生产队社员宗姓抱团性最强，民风彪悍，曾发生过与外村人集体打架事件，外村人被打得落荒而逃。而且，在生产劳动中，上级搞科学种田，要求水稻栽种搞合理密植，对原先比较稀疏的水稻行间距进行收缩，他们就不干，发现问题，周书记亲自去检查纠正，多次遭遇顶撞，他们就是不改。把这样的村庄交给我，顿时感到肩上担子重。还有一个令我痛苦的事，这个村庄，有我最害怕见到的一位姑娘与她的父亲，我来这个村工作，遇到他们又不想同他们说话，这太尴尬了。

为此，我曾想过，干脆不干这个工作队了，可思想斗争的最终结果，还是决定服从分配。

12.汗水往一块流

到了生产队，我向胡队长作了报到。队长对我不冷不热，但队长媳妇笑容满面地说欢迎，并对丈夫说："吃饭就到我们家来好了。"

后来我一直叫她大嫂，但她叫什么名字，我一直没问过，直到今天都不知道。

胡队长说："我们队比较难管，你不要着急，有什么事对我说好了。"他的态度好像又好了一点。

接下来干什么？白天，社员们都在田间劳动，我在村里没有任何事可做，睡觉？闲逛？这显然不是我的习惯。于是，我决定，白天就同社员们一起劳动，农田里的活我都会干，我正有力气，干吗不干活？

我叫胡队长为我准备一套劳动工具，于是就跟着他下地了。第一天，队里干的是起田沟。这个农活是针对排水系统不好的水稻田，在田里间隔几米将一棵水稻连泥带根挖出来放到其他禾苗中间，开出一条小沟，让水从小沟里流出，达到放干水稻田积水的目的，以保证稻田耘田后可以晒棵，即把水稻田晒到五六成干，这样再放水供水稻生长，稻子即使长高了稻穗沉重，水稻也不会倒伏在田里，影响水稻晚期生长，也不会陷落到泥土中烂掉。这个活的难度在于，要用铁锹先在水稻四周像切豆腐一样切出四个平面，然后将铁锹平放插入稻根底部，一

与几位青年伙伴在一起

手拿铁锹,一手扶住稻苗,并用脚托举配合,三力合一将挖出来的稻子放到边上一行的稻行空隙处,一条沟要开成直线,一排叠放在稻行间的稻苗也必须成一条直线。还有,手在提起稻时,不能让禾苗承重被拉离泥土,如果用力不当将禾苗拉离泥土,禾苗过几天就要死掉。如果出现禾苗死掉的现象,社员们凭记忆,很快就能找出这活是谁干的。

好在这个农活我在自己生产队干过多次,而且技术要领就是父亲教我的。父亲对农活精通,当过几年副队长,后来坚决不干了,在村里是数一数二的老把式,生产队长有吃不准的问题都向他请教,生产队有些技术含量高的活,如撒稻谷育秧等,都由父亲等老农上阵,我们年轻人全部靠边稍息,但干大力气活由我们冲锋陷阵。

快吃晚饭了,社员们从田头走过,有意看看我做的农活,看我把秧沟做得这么好,几位老农连称"不错"。

后来与他们朝夕相处久了才知道,这个村的农民最讨厌他们一把泥水一把汗地在农田里劳动,干部穿着袜子鞋站在田埂上指手画脚,所以,他们喜欢顶撞干部,与干部对着干。

此后,只要不到大队、公社开会与其他活动,我都与这两个村的村民一起干活。汗水流到一起,打通了通往心灵的脉络。渐渐,从调皮捣蛋的小青年,到这个村最有威信的老农民，包括平时村上那些"刺头"，都喜欢与我说说笑笑，谈天说地。他们时常夸我是个好青年，如果当干部一定是个好干部。这对我是一种精神激励，我记住了那句话：当干部的，喊破嗓子不如做出样子。

尽管我是一个毛头小伙子，他们也服从我的领导，一些村民家里米快吃完了，要挑稻谷到碾米厂加工大米，也提前向我请假，得到我同意后，他们才去。

大凡他们家遇到一些事需要处理时，我都积极支持、成全他们，需要帮助的尽力提供帮助。

农民的感情是淳朴的，他们觉得你好，就会想方设法对你好。每次去村里，他们都争先恐后请我到他们家吃饭。那时，干部到农民家吃饭吃就吃了，是看得起他们，是不给钱的。我知道他们大多数家庭并不富裕，只要你答应到他们家吃饭，他们就会杀鸡、买肉、买酒、买菜来款待你，而这些他们只有逢年过节来亲戚时才舍得破费的。我谢绝他们好意，坚持除了生产队长家，其他一家也不去。

在队长家吃饭我也规定，不许花钱买菜招待，他们家吃什么我就吃什么。但是，嫂子总是变着法子弄出个什么鸡啊、豆腐的好菜，说是自家养的、做的。她还让队长陪我喝酒，一般我都推掉，只有在寒冷的冬天有时浅尝。嫂子家的山芋特别好吃，又粉又香又甜，在她家一次可吃一碗。那时的生产队长都是模范，干活、操心是全村最多的人，但他们没有额外报酬，反倒经常有干部到他们家吃饭，为了村庄，他们就是这样默默奉献。

两年多的工作队生活，想起来心头充盈着美好与快乐。但是，也有痛苦时光。

13.真的很尴尬

皖南农村有订亲风俗，我历来觉得这不是一种先进文化。

现代青年都应当是自由恋爱，搞什么订亲！谁也没想到，这一封建枷锁，有一天却莫名其妙地降临到我的身上，把我捆住了，感觉就是一场人生灾难。

18岁，还没过生日，应该只有17周岁，瘦弱的身体还没发育，对异性没有任何感觉，感觉男人女人没什么区别。可突然有一天，父亲对我说要给我订亲娶媳妇，这是什么感觉？最初是震惊、羞耻、不可思议、不可接受、如何逃离……

父亲受村上一户人家影响。这家人也不管近亲不近亲，让自己儿子与他表妹订了婚。表妹人是不错的，长相秀气，也是村上劳动能手。父亲夸奖他们家找了个好儿媳，可这个人却趁机劝说我父亲也给儿子订个亲，而且超级热心，没几天就把邻村一位陈姓女孩与父亲思想说通了，还擅自做主，男方家给女方做8套衣服作为聘礼。父亲很满意，母亲也说女孩子好，有模样，会干活，身体好，他们儿媳妇的最佳标准全具备了。

我的回答是愤怒。

最初，父母以为我是因为害羞而拒绝。可接连几天谈话，我除了拒绝就是坚决拒绝,后来明确宣告:"我这辈子是不会要她的!打八辈子光棍也不会娶她。"父亲怒了,见我蹲在门口,他像武松打虎般扑了过来,骑在我身上把我痛揍了一顿。天下还有这样的事,真是不可理喻。我逃离了家门,想从此再也不回了。在邻村童年伙伴家,母亲找到了我,对我说:"你现在让你父亲去退掉这个亲,没有可能。要么,先就这么放着,等你过几年人长大点再说。"

没有办法,最后我只好以"三不"来与父母妥协:不与女孩讲话;不与女孩父亲讲话;不到女孩家里去,打死也不去。

从此,我原本快乐的青春期没有了,被订亲成了我青春期最大的羞耻、烦恼与痛苦。

其实,女孩也是无辜的,她也是包办婚姻的受害者,但那时我还没有把握自己有那个力量使自己获得自由解放并帮助她获得解放。

端午节、中秋节、春节,每逢大的节日,她都到我家来,这使我感觉痛苦而羞耻。我从房间里出来,她迎面走来,我目不斜视,旁若无人走过。吃饭时,她坐在桌旁,我就不上桌,或者干脆不吃饭了。人家过节,对我来说就是苦难。这门亲对我来说是不存在的,但它却一直在折磨我。

参加县委工作队,她与父亲,还有一个姐姐就生活在我驻村的生产队,是我的工作对象,这对坚持我的"三不"很不利。但我坚守底线,不与他们说话。父亲要利用这个机会让我屈服,他找到器重我的周家珍书记,要求我见到这个老人与姑娘要一视同仁,要打招呼。我给书记来了句"书记不要压我向封建制度屈服",他听后一笑:"你这年轻人,人家姑娘很漂亮啊,姐妹俩远近闻名两朵花,你怎么就是看不上人家呢?"

在进驻生产队的日子里,我多次与她和她父亲擦肩而过,但"三不"坚定不移。但是,真的很尴尬。

一个新时代的青年,身上居然还背着一副包办婚姻的枷锁。这也是当时社会状态的一个缩影,因为这个社会从旧社会脱胎而来,正如一位哲人说的那样,"它还带有从旧社会脱胎来的痕迹"。

14.民兵战士

皖南山多,崇山峻岭,绵延数百里,故而,当年新四军把军部设在这里。就是对这片土地过于眷恋,当国民党8万大军包围了新四军军部9000余人时,新四军政委项英仍不顾中央的电令与叶挺军长的再三请求,拖延了3天时间,使7000余名新四军将士牺牲与被俘。也是因为大山的掩护,有2000多名新四军指战员突出重围,转移到了江北。

皖南是一片洒遍新四军将士鲜血的土地,我的四叔叔也牺牲在这片土地上。这也是一片兵力资源密集的土地。从新四军、解放军、志愿军,以至于和平年代参军的一代代青年,皖南兵员全军闻名。17岁,我还是一名少年,但以成年人的状态,被大队民兵营长柯兴来破格吸收为民兵,发给我一支乌黑发亮的步枪,还有10发子弹。从此,年年岁岁,直到参军前,这支钢枪都挂在我的床头,陪伴着我,我也陪伴着钢枪,用它护卫着村庄、护卫着皖南,更重要的是护卫着我们的心灵,有钢枪在,心灵就会感到平安。

每年,民兵营都组织基干民兵打靶。一般只打3发子弹,我们打9发。更令我们紧张与震惊的是手榴弹实弹投掷。每当这个时候,柯营长总是率领我们来到千峰大队。千峰,千峰,在这个大队范围内有大大小小的山峰1000多座。柯营长是复员军人,有着组织民兵进行轻重武器实弹射击与投掷手榴弹的丰富经验。投弹时,他选择一个山头,利用坡坎,稍作修理,就像一个战壕。我们将一箱箱手榴弹放在战壕的左侧,严防投弹手投弹时右侧失手将手榴弹扔在战壕内引发灾难性后果。尽管我们已不是新手了,可每次投弹,柯营长总是第一个上前,拿起手榴弹,拧开弹盖,将拉火环套在小手指上,奋力一扔,我们全体在战壕里趴下,"嘣——"一声巨响,手榴弹在30米开外的山沟里爆炸。我们一个接一个,往山沟里扔手榴弹。由于是从山顶往山下扔,即使臂力最小的人,也能扔出30多米远,臂力大的人可扔出60米开外,我一般能扔到45米左右。

轻重武器射击是我们每年必须进行的项目。打靶前,我们要进行瞄靶训练。春天天气暖洋洋,田野里油菜花一片金黄,紫云英铺满田间。我们数十名民兵肩背钢枪来到晒谷场上,匍匐在阵地上,出枪瞄准。也练练立姿射击,但大多数练的是卧姿。瞄靶时,我们熟记"左眼闭,右眼睁,缺口对准星",标尺上的缺口、枪口上的准星对准靶子的中心,这时,屏住呼吸,轻轻扣动扳机,其实是捏动扳机,用食指与拇指的合力,而不是扣动,如果是一扣,枪身哪怕发生轻微的摆动,不说打中靶,子弹飞哪里去了都不知道。可是,艳阳下瞄准,排除太阳光线投射在标尺上的虚光十分重要,虚光不排除,打靶时子弹肯定打飞了。3天瞄靶有点枯燥,但瞄得好,靶场上才会打得好。重机枪、轻机枪能打上靶就算成绩,冲锋枪、步枪,则要计环数。每次,我的成绩都在良好以上。

一次打靶过程中,轻机枪一个机件打坏了,需要送到县武装部修理。柯营长把这个任务交给了我。打靶结束时,我直接把轻机枪扛回了家。第二天,我又扛着它,步行约4千米送到县武装部。武装部管枪械的解放军干部,用了约15分钟修好了枪。把枪交给我,他拍拍我的肩膀:"你还是未成年人吧?你们营长怎么放心让你一个人来?要不要我们送送你?"我说:"不用!我不是一个人来的吗?"扛起枪就迈出武装部大门。一个17岁瘦瘦高高的男孩,肩扛一挺轻机枪从街上走过,还是引人注目的。不时,有些小青年走过来,伸手摸摸我的枪,我表情严肃,一句话不说,走我的路。他们不摸我的底细,也不敢轻举妄动。我顺利完成任务,把枪交到了营长手中。

那个年代，中国全民皆兵工作抓得很好，社会风气也很好。我的枪与子弹，就挂在我的床头。白天我参加生产劳动，母亲到菜地摘菜、到池塘洗菜，甚至有时候走亲戚，家里就处于无人状态，门也不锁，但我们民兵营，从未发生过丢枪丢子弹事件，全县数千民兵也没丢失过枪和子弹。钢枪保卫人民安心从事和平劳动，人民像爱护眼睛一样爱护民兵的武器，又保卫了钢枪。

钢枪陪伴我成长。它使我不只是有了基本的军事素质，更重要的是，它使一个少年建立了国防观，懂得一个国家需要他的儿女来保卫的道理，有了一点家国情怀。

15.阿佤人民唱新歌

村村寨寨，
　哎打起鼓敲起锣
　阿佤唱新歌
　共产党光辉照边疆
　山笑水笑人欢乐
　社会主义好
　嘿架起幸福桥
　哎道路越走越宽阔越宽阔
　哎江山木罗
　……

青少年时代的朋友周根木，至今联系密切。

教歌员是下乡知青陈瑛，一位芳龄18的姑娘。这群插队知青有点特殊，他们大都是南陵县委、县政府几位局长的子女。县级机关的局长，在大城市干部队伍里也许是末端干部，但对南陵县40多万百姓来说，他们可是大官。陈瑛父亲转业前是北京卫戍区的一位营长，本来完全可以一家人留在京城生活，可他偏偏喜欢老家，便毅然返回故乡。平时，他对儿女要求很严，所以，陈瑛虽然出身干部家庭却没有一点娇生惯养的毛病，念书特别刻苦，特别喜欢书写，读到好的文章，她喜欢抄在笔记本上，练出一手漂亮的钢笔字，那隽秀、流畅、大气、飞舞、跌宕起伏的行书，足可成为字帖，别说中学同学，就是学校一些老师，也未必有她写的好。她知书达理，见到农村长辈，总是有礼貌地称呼一声，同任何人说话，总是面带微笑。虽说只有18岁，但处事老练，因为人长得漂亮，聪明伶俐，又独立在外插队，身后追求者不少，但她宠辱不惊。根据公社要求，大队成立业余文艺宣传队，插队知青点的知青大都参加，再抽调全大队在文艺方面有特长、有文化、长相出众的五六位青年。这个演出队，陈瑛会教歌、会编写节目、报幕，还会一般的舞蹈。李爱玲、李金花等人擅长跳舞。还有的会吹笛子，有的会拉二胡，有的会小品、活报剧。

集中排练的日子，我们每天都在吹、拉、弹、唱中打造着一个个节目，大家情同手足，亲密无间。李金花身高约1.65米，一个农村姑娘却生得白白净净，面容姣好，可她平时好睡觉，一有机会，便在床上睡着了，音乐声对她根本没有影响。我们几个男队员，不管谁发现了，就把她从床上一把拖起，似乎她是个小伙子。我平时"编剧"，累了，也往陈瑛床上一躺，睡一会儿，她不嫌我的衣服脏，让我懒一会儿，再叫我起来工作。她有个妹妹，有时来看姐姐，平时，我们坐在她姐姐床沿"编剧"，夏季，她穿着短裤短衫，就躺在床上看我们工作，就像一家人一样。有时，夜间临时有活动，也没有其他通信工具，我就背上钢枪，一户户上门，通知几位姑娘晚上出来活动。叫李金花与赵秀枝最多，我敲门进入，她母亲见是我，二话不说，就对闺女说："书记来叫你，赶快跟他走。"

书记，也是我的一个职务。加入共青团后，我后来担任团支部书记。乡下人淳朴，喜欢抬举人，就把我叫成书记了。

女孩子胆小，有很多个漆黑的夜晚，姑娘跟着我，有的路段难走，丢下她几步路，她就叫了，让我等等她，有时干脆一把抓住我的手，让我牵着她走。

她与她妈妈为什么对我那么信任？与其说是我肩上的钢枪，不如说是对人的信任。这是纯真年代、无邪岁月。

编好了节目，排练结束之后，农闲季节，我们就到各村去巡演。一般，第一个节目是舞蹈《阿佤人民唱新歌》等，我们集体踏着旋律节拍，手舞足蹈走上场，跳出节奏感，跳出快乐就蛮好了。3段歌词唱毕，舞蹈结束，我与陈瑛上场，宣读一段中央与省、市、县等对农村工作的重要指示精神，提一些学习大寨、建设社会主义新农村的要求，再有队员上去用竹笛吹首歌，有几名队员演个小品，差不多就结束了，转向别的村。每到一个村庄，都被全村的男女老少笑脸相迎。

16. 编　剧

我们演出的节目，有一个天津快板词《进军号角响》，就是我写的。这里摘录几段：

……
农业为基础,
工业为主导,
工农联盟齐奋进,
凯歌飞云霄。

全国形势好,
葛林也一样,
基本路线宣传队,
先前成立了。
理论指航向,
思想齐武装,
219个字,
牢牢记心上。

党委发号召,
山河铁臂摇,
全社实现一盘棋,
连村路修好。

综合搞基建,
当前看长远,
分步实施讲效益,
及时又必要。

山上树成行,
山下田成方,
渠道配套河网地,
通行无阻挡。

积极办机械,
快建新村庄,
三年计划两年干,
分秒抢时间。

农业学大寨,
掀起新高潮,
干群并肩齐奋战,
葛林大变样。

进军号角响,
干群斗志昂,
会议精神大落实,
永远跟着党。

党是领路人,
前进方向明,
坚决紧跟毛主席,
永远向前进。
……

文笔是稚嫩的,但又是清新的,押韵的,朗朗上口,而且具有一定概括力,把政治性内容,说得颇有表现力。这样的文字出自一位中学还没毕业的小青年之手,也是值得称道的。

受到不少鼓励,除了大队班子成员认为这个节目与工作结合度好之外,还受到一位美丽姑娘赠诗赞美:

桃园宣传队,
结识一同志,
你要问是谁,
姓朱名学文。

提起朱学文,
文艺很精通,
有心向他学,
特把师生结。

宣传队成立来,
工作中有了解,
但愿老师进步教,

学生才能有成效。

……

最后一句话，
也必须细说，
学生真心把话表，
老师不要笑。

这种赞美，使我如饮醇醪，如沐春风。尽管她说要拜我为师这是玩笑话，但也极大增强了我的自信，一种文化自信。从此，我俩携手，成了演出队名副其实的"编剧"，它使我增长了另一种才干。

难度大点的文艺活动是大型集会上的演出。演出前，我们要一个个节目先排一遍，对表演进行打磨，纠正表演中的纰漏与瑕疵，提升熟练程度。

除了参演，我与陈瑛还是男女报幕员，每次演出的主持词都是我写，陈瑛修改，订稿后，我俩一句句对台词。每次上场前，陈瑛、李爱玲是我的化妆师。她们给我描描眉毛，还帮我扑个红脸蛋。陈瑛找退伍军人借来一身的确良绿军装与武装带，军衣挺合身，就像为我量身定制的一样，扎上武装带，戴上军帽，我俨然是名军人。陈瑛不止一次嬉笑着对我说："朱学文，你一看就是当兵的料，你不当兵，可惜掉了。"

锣鼓催开幕，歌声起舞台，我与陈瑛走上场：

青弋江奔流放歌，
葛林山麓起舞，
千万张笑脸汇聚拢来，
千万颗红心欢乐开怀。
各位领导、各位乡亲，
葛林公社桃园大队文艺演出队的演出现在开始……

阵阵微风吹来，带着夏日的清新。万顷田野，禾苗正生长拔节。应该说，这是一支扎根在乡村大地的文艺轻骑兵。它所有的节目都是接地气的，带着泥土味，稻花香。

长江流域的土壤是最有文艺细胞的，3000多年前的先民即使身下只围着草裙，在农闲与晨昏，手舞足蹈也是万民出动，集体颂咏，"关关雎鸠，在河之洲。窈窕淑女，君子好逑"，歌唱劳动生活，歌唱美好爱情，韵律里散发着浓郁的稻麦香与虫鸟声。黄梅戏在这片土地上长成、徽班进京,绝非偶然,它是在一片沃土上开出万户花。旋律优美,简便易学,男女老幼,集体参与,抒情寄志,朴实唯美,平和安详。

这就是这片土地的文化基因。一个青年的文化成长,也源于最早的遗传,最初的萌芽。

第五章

心　思

梦想是心灵的彩虹，是成长的翅膀，是飞翔的彩翼，是前行与超越的动力。梦想也是一种挥之不去的感觉，是潜藏在人们心灵深处强烈的渴望与企盼。心怀梦想的人即使落入尘埃，往往从尘埃里也能开出花来。因为梦想，星星找到了银河，小溪拥抱了大海。

拥有梦想是一种心态与智力，实现梦想是一种能力与状态。

17.发出响声的房梁

东方发出了鱼肚白，整个村庄还在沉睡。露珠挂在禾尖，村边的小河在静静流淌，拂晓前的江南人家，显得格外宁静。

可就在这时，18岁的小伙子悄然起床。在床前活动了几下身子腿脚，然后往上一跳，一把抓住挂在房梁上离地面有2.2米高的一对吊环，胳膊一个反转，吊环已置于腕下，做起了吊拉动作。一气做了十来个，又紧急收腹，平端起双腿，保持几秒钟的平衡。

房梁在吊环力量的拉动下，发出一阵阵咔咔的响声。

从17岁开始，我就有了清晨练吊环的习惯。父母亲还有姐姐弟妹们，大都被我的吊环拉动房梁的声音给弄醒。尽管天还没亮，但他们知道，学文一练吊环，天就快亮了，于是，眯一小会儿，他们全部起床，开始洒扫除尘，然后等生产队长一声哨响，下地干活。一般情况下，我们家的5个劳动力都走在村庄社员的前列。

这是吊环的带动效应。

吊环是青年伙伴司重庆送给我的。他是插队知青。父母在芜湖市精神病医院工作，后来，这家医院直接搬到了我们大队，砍掉了数万棵桃树，在千亩桃园里建起了医院。按规定，司重庆要下乡插队，但市医院已插在我们大队，他将户口迁到了大队的一个生产队，就算插队了。吃住照样在家里，只是到生产队去干活。

浓眉宽肩，体格健硕，这是一个喜欢体操与武术的帅哥。团总支会议上我们相识，很快意气相投，我们成了形影不离的好朋友。他见我身子骨比较瘦弱，建议我练吊环，于是，送我一副吊环，帮我安在房梁上，还向我示范了基本动作。

一副吊环，象征着一种不同追求的人生选择。

一般来说，农村青年并不喜欢这些东西，觉得没有意义。但不知从何时开始，我对自己的身体与劳动方式有了自己也说不清的要求。

心里憧憬着未来，但未来到底是什么，不知道。知道的是，我要有一个强健的身体，我的未来可能有远方。

我住家里一个独立的房间，村上一些姑娘、小伙看过后，戏称"闺房""鸽子笼"。里面除了一张很大的双人床，一个竹子书架与衣箱外，靠南的墙壁上贴满了我用毛笔书写的诗词。诗词大部分是毛泽东主席的，这是我除喜欢那些万古传颂的唐诗宋词之外，最喜欢的现代诗篇。那种融古于今，大气磅礴的气息，深深吸引我。如贴在房中就有："红军不怕远征难，万水千山只等闲""江山如此多娇，引无数英雄竞折腰。惜秦皇汉武，略输文采；唐宗宋祖，稍逊风骚。一代天骄，成吉思汗，只识弯弓射大雕。俱往矣，数风流人物，还看今朝。""恰同学少年，风华正茂"……

当劳累的时候，当困惑的时候，当静思的时候，看一看，就觉得心里充满力量。

还有我自己写的"诗"，40多年过去，全部内容记不得了，但记得几句："思想雨露沐房中，认真学习志凌云，遇事常思诗赋志，不负青春不负卿……"

提醒自己，要积极上进，不要泄气。

我常做一些使村上人觉得好玩的事。家里吃的水，全部由我挑。两只大水桶装满水约有110斤，祖祖辈辈，别人家都用肩挑，我不！我用手提。

从家里到池塘约150米，我两手提着两桶水，倒到厨房水缸里。这个缸比较大，能装5担水，我一气完成。

生产队每到早稻收割前，都要对晒谷场进行翻修，将原先看似平整板结的晒谷场全部重新翻挖一次，然后再用老牛牵动碾子一遍遍碾轧。这个过程中，要有十几个人挑水泼洒，浸润新土。大伙都挑着水桶上阵，我不！我从池塘打起水，两手提着，直接泼洒在新土上，干得比他们都要快。起先，一些老农，似乎看不顺眼，想说点什么，但看我干得比他们都快，也就没话了。后来，有两个青年也这样干活，我对他们的跟随感到高兴。

一件事，做的人多了，人们就不会说我出风头了。

劳动间隙，在家里，我喜欢用一只手将约25公斤的平板车轮抓起举起，能连续举几十下，充分展示一个身材文弱但臂力非凡的青春状态。

别出一格的举动，可能有一个不安分的灵魂。

18. 18岁的支书

好朋友司重庆，参军前的那几年他对我的最大影响是健身，他送了我一副吊环，我每天清晨都练。

17岁这一年，我加入了共青团。年龄差了一点，但大队团总支书记高世常、后来的书记徐金保，他们思想解放，认为吸收青年人入团，入选条件上不要太僵化，只要是优秀青年，放低一两岁没关系。

当时，大切岭上的劳动，我当了土方工程的验收员、工地新闻通讯员，后来大队每年春耕生产开始前组织十来个村庄社员维修北山渠的一条灌溉支流——西五支渠，我都与另一位大队干部是工程的验收员。当时的劳动方式是，每个村修一段，对河床进行清淤、蟹洞漏洞进行修补、堤岸进行加固与增高，保持河埂的宽阔，便于泾县、千峰与本大队十来个村庄的拖拉机、平板车、行人到县城的通行。验收时，这名大队干部往往被一些社员递支烟、拉拉家常说说好话就高抬贵手网开一面，可我坚决不同意，必须达到质量要求。为此，一些社员批评我"愣头青，不懂事"，话传到父亲耳里，父亲也劝我别做恶人，大姐姐九香也劝我。但我毫不动摇，要求他们必须补修，达到标准，方才验收通过。时间长了，大家也认可了。都知道"这个小鬼认真"不能糊弄，渠修得好，也是为大家好。

这些被周书记与广大社员看在眼里，对我多了一层信任，有了一些好的印象。

还有，青年小伙中，我还有些凝聚力。除了本村青年，在桃园大队，我还有个"四结义"朋友圈。这4个人是潘金木、周根木、柯为勇与我。可以说，这4

人除我之外都是大帅哥。潘金木长得极像八一电影制片厂明星王心刚,尤其像电影《侦察兵》中王心刚演的男主角。他在我们4人中,岁数最大,可他也有人生一大困惑,村上一位美丽姑娘爱上了他,他也十分爱她,而且,在一个夜晚,他与姑娘相约田野,还做了初恋男女热恋中最想做的事,他的双手在青春原野隆起的地方作了最深情的停留,姑娘甜蜜地接受了。这些都是他们的初次。它是刻骨铭心的,往往一生留存在记忆里。可是,姑娘家爷爷辈是富农,潘金木的叔叔是新任大队书记,坚决禁止他娶一个成分不好的姑娘做媳妇。他父亲,又给他拴上了一条新的绳索,给他订了一门亲,并在未结婚的情况下,女方已住进他们这个只有3位男人(还有金木父亲与弟弟)的家中,当起了洗衣做饭的女主人。尽管姑娘也漂亮,但金木每天在生产队劳动,看到心爱的姑娘神情痛苦的模样,真是痛苦得不想活了。

很多人不知道,桃园大队最帅的小伙子,还生活在"水深火热"之中,需要获得翻身解放。我们经常接受他的倾诉,为他出谋划策。其实,周根木也与我一样,与他同病相怜。

周根木的情况比我们略好点。他父亲原是一个公社书记,妈妈是远近闻名的美女,父母喜欢上了亲戚的女儿,将比根木大一岁的表姐许配给了他。好在表姐长相漂亮,根木在挣扎一阵之后,也就从了。

我们4人,这方面最潇洒的是柯为勇。他父亲是邻近石浦公社的党委书记。他身材高大,鼻子很高,还有点弯弯,长得有点外国人的味道。为勇长得像他爸爸,他的大妹妹柯玉兰与小妹妹都是我的同学。为勇家有一个白墙黛瓦的徽派大院,生活富足,是桃园大队姑娘们梦想的恋爱家园。

我们4人都是共青团员,到一起,除了谈婚姻的痛苦,最关注的是国家大事与人生未来。

我们联系紧密,每周都要见几次面。农闲时,轮番到各家,聊天后,就像家庭成员一样吃饭。受到父母兄弟姐妹们喜欢。农忙季节,隔那么几天,我们夜晚相聚,在明亮的月光下,在河岸、田间散步,谈天说地,倾诉忧愁,分享喜悦,评说当下,畅想未来。

最初,我们把《三国演义》中刘关张桃园三结义当小模板,但想的不是造反,而是那种彼此相互关心、相互爱护、相互帮助的情怀,也享受团结就是力量的美好,其实就是知心朋友。

在村里,我们劳动积极,我比他们3人更活跃一些。加入共青团后,在团支部,我们也是活跃青年。

我还策划过一些团的活动。学大寨,要学大寨让高山低头,让河水让路的精神,也学习大寨人热爱国家、把困难留给自己,把方便让给别人的集体主义风格,讲究村与村的团结友爱。这年,我召集团员与青年积极分子学习讨论新一年工作，当年计划发展3名团员，同时计划做几件在大队有意义的事。第一件事是帮助邻队割稻插秧。邻村人干活，性子慢，每年"双抢"，当绝大多数生产队都结束时，这个邻村还需一周才能结束，他们经常拖慢我们整个大队"双抢"结束上报公社的进度。我策划我们全村的团员带领青年拂晓前为这个队去割稻插秧。计划周密后，当日凌晨4点，我们20多名团员青年集结完毕，趁夏天天亮前的两个小时，帮助邻村割完了几亩田的稻子，第二天又帮他们插秧，邻村觉得很奇怪，这是谁干的呢？难道雷锋到桃园农村来了，但大家感觉并没有大批解放军到桃园来过的迹象。猜不出真相，他们似乎明白了，自己该加把劲了。

这件事还起了另一个很好的作用，当年，我们村要求入团的男女青年大幅度增加。无疑，我们团员的名声越来越好了。

17岁的书记还喜欢抓团员青年的政治学习。那时，县团委与公社团委还没有什么政治读物发给我们，我们的学习主要是阅读当时《人民日报》《安徽日报》上刊登的毛主席著作与一些英雄事迹，也包括一些评论员文章。

学习中，还展开讨论。要求团员青年要做移风易俗的模范，姑娘出嫁不要彩礼，不要做伤风败俗与求神拜佛的事。同时，农闲，尤其是隆冬过年时节，我还组织团员青年中的基干民兵巡逻抓赌。一般，我们集合七八名团员民兵，我们全体背着枪，夜晚七八点钟到村里，看看哪家亮着灯火就悄悄走过去，静静在门口听一会儿，听到里面有与赌钱有关的话语出现，立即敲门，开门人一看，一群民兵背着枪进入，很是紧张，如果发现谁桌上放了钱，立即将牌具没收掉，教育一番后，让他们各自回家。其实，当时，社员们钱很少，每牌输赢一般只有几毛钱，输赢几块钱的已算大赌了。如果发现是大赌，相关人员我们会带到大队进行专门教育，直到他保证今后不敢了为止。而且，"聚众赌博"的家庭会受到我们的警告。这样做，少数喜欢赌博的人对我们有意见，但绝大多数村民都非常拥护，尤其是一些家里有夜不归家男人的媳妇们更是超喜欢我们，有时候还向我们提供"情报"。

那些年，这支团员青年民兵的身影，一直是我们桃园大队平安吉祥的风景线。看似不代表任何政府机构与执法力量，但也是那个时代国家与领袖相信群众、依靠群众进行自我保护、自我教育、自我完善的一种有效形式。我们的身影，也是国家在基层最年轻的护佑身影，绽放出来的也是平安中国的时代进步力量。

每每这时，我也在想，这群身影今后人生的道路应该如何选择？人生道路，路在何方？

大队的团员队伍在扩大，成立了团委，团支部升格为团总支，我为团总支书记。

这些职务都属于兼职，包括担任县委工作队员、文艺演出队员、基干民兵，没有国家薪水，但给补助工分，根据时间单位，给予几十分工分补助，参与生产队年底分红。

那时，喜欢的是这些"职务"带来的社会实践与青年影响力，对获得工分看得很淡。

19.田间记分员

六七十年代的皖南农村，虽然物质匮乏，但社会生产、社会生活还是昌明俊朗的。对当年的青年与整个村庄的人们来说，当时，每个人都是处于集体之中的。劳动是集体性行为，分配是集体性行为，常年生活也处于集体生活之中。即使农闲季节，社员们在家中休息或外出走亲访友，也大都在集体视野之中。

生活上，人们的富裕程度，总体上差不多。家里劳力强劳力多的家庭，每年从生产队分得的粮食就多，一家人吃不了，余下的会拿到市场上卖，成为家中经济收入的来源。也有些人家有匠人，如铁匠、木匠、竹匠、桶匠、银匠等，劳动力富余的生产队允许他们不参加生产劳动，有些只是在农闲季节从事他们的匠人活动。这部分人家也是富裕的。还有一些人家会杀猪、捕鱼、养鸭、养鹅，这些家庭也会富裕一些。有的家庭人懒，或遇到突发情况，如生病等，就会差一些，但吃饱饭是没问题的，真的粮食不够吃了，政府会提供救济粮。

但总体来说，家家户户收入来源就是生产队劳动收入，它就像工人与机关单位干部的薪水一样。社员的"工资"就来源于工分，工分就相当于他们的钱。其基本分配是这样的，一个成年的男劳动力工作一天记10分，成年女劳力记5分，其他年老与未成年劳力评分从3分到9.5分不等。到年底，会计将全队一年的生产实物收入折合成人民币，再除以全队社员一年的总工分，得出每个工分值多少钱（一般每10分值1元左右，有些生产队值1.8元左右），那时的稻谷约9.6元100斤，而粮食是按每户人家的人口计算的，如一户人家6口人，当年根据收成情况每人可分得900斤稻谷，这户人家合计得到5400斤稻谷，折合成钱为518.4元。如果这户人家一年劳动工分折合成人民币为650元，这家人年底分红时，除去分得的粮食，他还会得到131.6元分红，他家就是进钱户。反之，有的家庭因劳动工分总收入比所分得的粮食总金额少，那他家就是超支户，需从家里拿出钱来交给生产队。这笔钱，可能来自他们家的副业收入，也可能是他们将分得的粮食拿到市场上去卖（一般米价要高出官价很多），然后将钱交给生产队。由于，工分直接连饭碗，因而，人人对每天得到的工分格外重视。当时的记工方式，就是给每个参加劳动的人发一个工分本，封面首页写有他的姓名，被评定的日劳动工分值。生产队专门推荐评定有专门的兼职记分员和盖章员。农忙季节，晚上全体社员到村中一户人家集中，会计对当天各组各人按劳取酬的工分经过1个多小时的核算后，由记分员记到工分本上，盖章员当场盖章。一般季节性劳动，每天在收工前由记工员与盖章员在田头给各出勤者直接记分。

有趣的是，在 17 岁那年，我就被选为生产队的记分员，一位叫张开东的中年男人被选为盖章员。他不认识汉字，但认得阿拉伯数字。此后，一年四季，除农忙季节外，每到下午 4 点左右，我俩都坐到田头，为每个人记工分。张开东对每个人当天的出勤状况了如指掌，如果对某些人当天出勤状况不清楚的，如他没见到此人，但此人被队长分配到别处干别的农活，他会现场大声问一下，得到确认后，再给记工分。有的人家中临时有急事包括生病当天只干了一段时间农活，张开东就思考一下确定给他记多少分。

所以，那些年，尽管我在田间劳动，但还需带支自来水笔。因为我后来，还担任了县委工作队成员、上过大切岭、参加文艺演出队等，当我不在队里的时候，童年伙伴沈馀代替我当记分员，而我归队则继续工作。直到 1976 年 1 月我参军时为止。

4 年记分员岁月，是乡亲们信赖的"模范记分员"，村上有些人家曾和张开东发生过争吵，但由于我在记分，大家还是没有顾虑的，他们相信一个小青年的公道、正派。

得到信任是快乐的，但时常我也在田间发愣，这个记分员我要当一辈子吗？

20. "资本主义尾巴"

那个年代，社会政治化、集体化程度很高，农村基层行政体制追求一大二公，因而，家庭与个人的经济活动受到严格限制。

首先是不准社员拥有自留土地。原先田地资源丰富的村庄每户人家会有几亩田地，大多数被收归集体，每户只给一小块菜地。这是农民争取到的很小的土地资源，当时社员们提出的问题是，如果你将土地收得一点不剩，那你生产队发菜给我们吃。这个做不到，于是，各村开了个小口子。有些村社员团结紧密度好，大家瞒住不让大队、公社干部知道，会悄悄多分一点土地给各家。而这个做法，与凤阳县小岗村悄悄搞包产到户的做法，有萌芽性相似。我家分得一块菜地，一小块稻田，还有几分荒山开垦地，种马铃薯与山芋。

这在当时的中国被称作"资本主义尾巴"。

还有，当时不准社员家庭从事专门的副业生产，不能进行商品生产与交换。但有些"思想落后"的村庄，则悄悄干起了编织草包这一新兴产业。安徽铜陵市有一个大型化肥厂，生产的化肥能保证全省的化肥使用需要。化肥的包装，用的是稻草编织的袋子，每袋能装 100 公斤化肥。可是，那时并没有与之相配套的草袋编织厂。化肥厂的技术人员把这个产业引到自己的家乡。我外婆家的乙甲杨村，在整个葛林公社首批引入了搓绳机、草包编织机、钉包针。它的基本原理与当年花木兰的织布机原理差不多，先纺线，然后进行经纬编织。

外婆家、舅舅家、表哥家、表姐夫家进行这一产业后，家庭经济很快富裕起来，收入比原先增长了多倍。这是被大队、公社禁止的"资本主义尾巴"，但由于这些村社员团结，并没有给干部们出面干预的机会。

外婆与舅舅、小姨对我家进行动员，并提供资金与机器设备购买渠道，买回机器后，大姐姐九香、小姐姐桂香去学习了几天，回来就能当花木兰了。最初，她们有的编织，有的搓绳，父亲负责装订，一天能打10多只草包，后来一天能打20多只、30多只。大姐姐九香后来出嫁了，小姐姐桂香就是主力部队，她特别聪明，又能吃苦，凌晨4点多就起床上机，晚上要打到9点多，十几个小时，她两脚踩踏板，双手从左右两端用草喂梭子，整个身体像舞蹈一般。这项技术的难度在于，头脑要高度清醒，四肢要高度协调，左脚踩起踏板，齿状四五公斤的梭轮抬起，梭子撑开网状的两排绳索，右脚踩起，1米多长的梭子最前端有个铁丝小圆孔，在梭子进入绳网前的一瞬间喂进一根稻草，梭子将稻草送抵最前端后瞬间退回，这时左脚踩下梭轮压下，将梭子喂入的那根稻草压实，形成一片草布。这块草布要织2米多长，织成后用刀割断绳索，从机器上取下。钉包人将草布两边的稻草尾巴剪齐并进行波浪式收边后，将草布对折起来，放到钉包架子上，这个架子约1.2米高，用约10公分长钉包针（针尾部有一个蚕豆大的针孔）将草绳穿上，对夹在包架上的草布进行密集缝合，草布左右两边都缝合好之后，便成了一个完全的草包袋。

这个草包袋重约0.9公斤，经销商上门收购是5角钱1只。用的只是农田里单季稻脱粒后只能当柴火烧的稻草，一般有1米多高，收购时，约1分钱1斤，每个草包袋用稻草约3斤。也就是说，每只草包袋的成本3分多钱，但出售后能净赚0.47元。如果自己用板车将其拉到铜陵化肥厂出售，每只草包袋约0.6元，力气大的劳动力每趟可拉300多只草包袋，少的也有200多只。从南陵县到铜陵市约90千米，跑得快的仅需两天，慢则3天。

这可以算一下账。按中等速度，每天打20只草包袋计算，一个家庭，一个月能编织600只草包，从门口出售给经销商后，有300元收入，扣除成本约20元，剩余280元，一年下来就能挣3000多元。再算运输草包到铜陵获取的运费，每只草包袋赚取1分钱，按每趟运输250只计算，3天能赚25元。而一个标准男劳力在生产队劳动1个月平均每月也挣不到15元。

收入是看得见的，富裕起来是看得见的。人们感到震惊。

一花引来万花开。我们村的社员家家户户买进草包纺织机，我们家成了培训基地。一传十、十传百，家家户户响起啪啪的编织机织梭闪动声音。周边村庄被影响了，整个桃园大队被影响了，周安公社被影响了，南陵县渐渐成了皖南最大的草包袋编织基地。

面对我成天在大队、公社所进行的干部活动，父亲有意见了。在他看来，全家人都进入勤劳致富的行列，唯有我还在"游手好闲"，面对他的责怪与要求，我采取了折衷办法，早晚在家时，参加家里的洗草（编织前稻草要进行清洁梳理处理，将每根草上的枯叶去掉，留下的都是直直的1根草）、编包、钉包活动，当姐姐吃饭时，我还上机学习编织技巧。在农闲季节，大队没有"公务活动"，我也参加运输草包到铜陵的运输大军。这个活虽然苦，但我是从大切岭（也堪称我少年时代参加的皖南水利界的上甘岭）下来的，不怕吃苦。刚开始只是帮助父亲做推手、拉手，后来人大了点就独立作战了，但每次都会跟着某个得力的大人，由他照看我。这个人开始是大姐夫胡宝如，一位读过中学的农民养蜂人。后来是童年伙伴施明和，他比我大3岁，是施爱玉、施爱香的哥哥，他读到小学毕业，是村上除我之外"学历"最高的人。我俩关系密切。他因爷爷是富农，家庭成分不好，受尽一些人的攻击与欺负，而且，每遇政治运动到来，大队民兵会将一些地主、富农、伪保长押到各村，给他们胸前挂上牌子，进行批斗。按讲，这事我也要做，但父亲给我一条规定，这些人都是我的长辈，解放后也没干过坏事，你不能斗他们，我只能回避。中庸之道加上了仁道，我真的不参加这类活动，大队书记几次提醒我要"注意阶级立场，划清阶级界限"。后来，大队发展优秀青年入党，我因阶级界限不清，还有一次说错一句话，而被拒之门外，而另几位在全大队根本没我出色的小伙子却入党了。大姐姐九香一直为我感到不平。

施明和与我关系密切，他认为我这位大队"红人"人好，在生产队劳动与后来的运输活动中，他一直像哥哥一样关心与帮助我。隆冬时节，滴水成冰，运送草包袋到铜陵，夜里睡在公路旁，在前端支撑起的板车下，用几个草包垫在地上，周围围上几个，我们俩将一床被子垫在下面，一床盖在上面，两个人睡在一个被窝里，相互温暖，热乎乎的。白天吃饭，我们会找路旁一户山乡人家，借用他家锅与使用其柴草，谈好给他几毛钱。那时，沿线的山乡农家人对我们都非常好，不只是有求必应，一些姑娘、大嫂、大娘与大爷还把家里菜端出来给我们吃，但我带有母亲为我准备的咸菜，不吃他们的东西，小时候看过反映八路军、新四军、解放军战斗生活的电影，不吃老乡东西，我心里当时真的是这么想的。

这些生活真是很苦，但我却不觉得苦，反倒觉得很新奇，蛮喜欢这种生活，有些日子不去了，还很期待。

这段生活里还有一段难忘的友谊。我结交了一位叫刘美功的朋友，年龄大我十来岁。他原是海军高射炮兵第十团的一名战士，好学上进，人也长得帅气阳刚，退伍后被分配到铜陵市化肥厂当采购员。那时，南陵县千家万户生产的草包就由他来验收。这个工作阵势比较大，隔一段日子天气晴好时，他验收草包，十里八里的人们用板车拉着堆积如山的草包停在路旁，由他验收。他一捆捆扒开草包袋，凡是对编织稀松透光的草包袋就抽出扔掉，这就不能卖钱了，一般人家1000只草包袋，有15%左右是要被淘汰的，有10%左右的人家则合格率能达到100%，我家就属于这个行列。这除了姐姐技术好的原因之外，最根本的是诚信，不能偷工减料，它的成本远高于质量差的草包袋。

就在这个过程中，刘美功与我认识了，凡来南陵县出差，必来我家玩，在我家吃饭，晚上不回县里的宾馆住却与我同睡一床。对无数家庭来说，与这样一位手握重权的人物关系友好那是令人羡慕的，我倒没觉得什么，只觉得两人在一起聊天很开心，他乐观开朗，经常

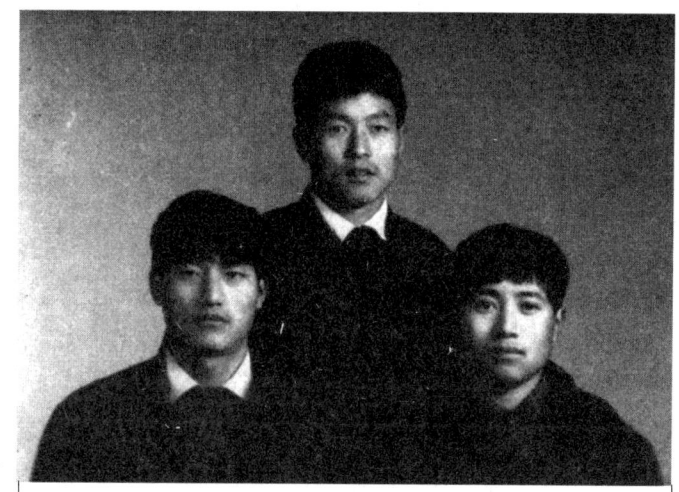

与安徽铜陵市好朋友刘美功哥哥（居中）等在一起，参军后失去联系。

给我讲他在宁波海军部队当兵的故事，给我打开了一片崭新世界，也许就是这位知心朋友给我的心灵中注入了一片最早的蔚蓝色。

那几年，这种"资本主义尾巴"带来的好处是明显的，我们家的生活显著改善，衣食无忧，母亲一次就给我做了好几套衣服，的确凉与毛料衣裤、鸭蛋绿的衬衫、海军蓝的中山装、藏青的长裤、红色背心，我都很喜欢，这都是农村青年结婚时难穿上的，可我，耘田时却穿着下田劳动，真是万顷田野里一道风景。

面对当时泛滥的"资本主义尾巴"，大队与公社干部由开始的坚决禁止到默许存在，到最后则是适度管理，引导发展。对那些生产能力弱、销路不好的村庄，帮助联系原料，出售草包，这使我又多了一个兼职，帮助这些村的社员记账分钱。

尽管如此，我思想上也时常困惑，总觉得这种发展是无序的，与国家倡导的方向冲突，不知今后社会与人生发展方向会走向何方。

21.体检合格，半夜无眠

梦想真是神奇，看似不经意遇到的情况，但说不准梦想就把你牵到了远方，使人生发生重大转折。

1975年春节，一大早，我像往常一样，按照父亲对我的要求给全村每户人家上门拜年。走到施明和家时，他家新买的一幅年画一下吸引了我的目光。蔚蓝无际的大海，金色的沙滩，一位系着鲜艳红领巾的少年正给一位穿着上白下蓝水兵服的海军战士指路，海风把水兵肩头4道白色海纹线的蓝披肩吹了起来。

真是太美了！我心头顿时一热：我就要去当这样的海军。

　　皖南山乡，青年人有参军卫国的优良传统，解放军军人在人民群众中享有崇高威望。别的不说，我们大队历任干部，基本都是复退军人。我们村与周围村庄最美丽的姑娘，基本上都嫁给了复退军人。

　　但是，每年征兵体检，因为只征陆军，我并没心动。而新年春节撞上的这幅画，心里原先被刘美功描述过的那片海军蓝仿佛一下被这幅画激活了，海浪翻滚起来了，使我心思萌动，真"忽如一夜春风来，千树万树梨花开"，心如潮涌，只要今年有海军来征兵，我要参军去了。

　　天遂人愿，1975年秋天，海军潜艇、水面舰艇、航空兵等兵种，要在芜湖市区与南陵、繁昌县征兵500多人，南陵县分到了100多个征兵名额。

　　共青团进行了动员，请适龄青年踊跃报名。我报了名，对民兵营长柯兴来说："今年当海军我一定要去！"他笑笑："你父亲思想不会有问题吧？"他一句话，使我心情沉重起来。

　　体检日期到了，全大队报名获准参加体检的青年22人。体检地址是弋江镇，离我们大队约11千米。柯营长对我说："本来是我要带队去的，既然你也去体检，人就由你带去，我就不去了。"

　　受领任务后，我们22个人被大队一辆手扶拖拉机拉到了弋江镇。

　　体检第一关是目测。我们几十名青年站在医院门外的场地上，接兵人员以审视的目光细细打量我们每个人，有五六个人被叫了出来，我们一看，有个中等个的小伙子脖子上有块紫红的胎记，有个大高个背有点驼，还有的眉目难看。后来才知道，这叫体检前的目测，专门用来发现外表上的问题，对身材与长相上明显有缺陷的人直接进行淘汰。

　　目测过后，一位身材高大、面部白净的接兵首长走到我身边，问我是哪个大队的人、什么文化程度、家里弟兄有几个等情况，并掏出笔来记在本子上。

　　我心想，这为什么呀？后来想想，可能是我的着装引起了他的注意，那天，我正穿着一套蓝色中山装，模样蛮像海军战士。

　　体检，量身高，测血压，检查耳、鼻、喉、口腔，尤其是每个人的腋下，军医闻好几遍。后来才知道，军医是在嗅有没有狐臭。现在想想，那时真是单纯透顶，明明知道是体检，但我可能至少20多天都没洗过澡，身上哪能没体味。好在那时身体确实健康，只有青春气息，又不怎么吃肉，真没有什么很大异味，否则，这个环节被淘汰了真是冤枉。军医之所以嗅得如此认真，主要是挑潜艇兵。潜艇里是全封闭钢铁舱室，如果谁有狐臭，将影响全艇人的生活。

　　一天体检下来，出现一个意想不到的情况，我带去的21人中，有19人体检不合格，连我在内只有3人留下住在医院，半夜要对我们进行抽血化验。

　　这时，那位接兵首长把我拉到一旁对我说："目前的体检结果你是甲级身体。"我一脸茫然。

"征兵体检的身体等级分为3等：甲级身体是最好的身体，这种身体的人可以当飞行员与潜艇兵；乙级身体能当水面船艇上的兵；丙级身体就是普兵。"

他还告诉我，只要血液没问题，你就甲级身体体检合格了。这使我想起挂在家里房梁上的吊环，想起常年的提水练臂，想起暑往冬来的高强度劳动，它们居然如此强健了我的身体。

傍晚，西边的天际布满了晚霞，我一个人走到青弋江大桥上。这个大桥是连接宣城市与南陵县的唯一通道，父亲带着我曾多次从桥上走过。文艺演出我与陈瑛报幕说的第一句报幕词"青弋江奔流放歌"，其心理记忆就是因为我站在这座桥上看过滔滔青弋江水，青碧的江面有400多米宽，丰水季江水快速流过，一派不可阻挡的气势。可我参加体检，父亲并不知道。在家中，我是长子，父亲年事已高，经常犯胃病，他不止一次对公社、大队干部说，只让二儿子三儿子当兵。现在怎么做通他的思想工作？

后面又出现了一个考验人的事。体检甲级身体合格后，按照相关规定，我被通知到芜湖市参加复检。晚上，我们十几个复检的青年被安排住在芜湖军分区。他们招待我们的床铺，是在地上铺满稻草，然后给我们每人一床被子，却又偏偏赶上天气降温，我起先是半床被子垫身下，半床被子盖身上，可部队的军被比较小，睡着后，身子完全落到了稻草里，稻草垫得又薄，身子落到了水泥地上，上身的被子不知怎么被睡在身旁的青年盖在身上，天亮时，我鼻子塞住了，浑身感冒症状。复检，我身体所有方面没有问题，但鼻子却写成急性鼻炎，结论：甲级身体不合格。

潜艇部队只管挑选自己合格的兵源，挑剩下的身体不合格的兵源，他们就不管了。这给我造成的尴尬局面是，普兵挑选兵源时，我不在内；潜艇兵又不合格了，失去了被任何一支部队挑选的资格。这个情况被柯兴来营长知道了，他找到公社石成道部长反映了情况，石部长不干了，马上跑到南陵县人武部找到部长，要他干预此事。于是，接兵部队让医生对我鼻子进

接兵连副排长林孟钿在我体检时一眼就看上了我，新兵编班时建议我当班长。

行复检，结果是，我的急性鼻炎好了，依然是甲级身体合格。因为各接兵部队都挑好了自己的兵员，经武装部与接兵部队商量，将我分定为"特种政治条件文化兵"，而那位一直关注我的接兵首长正是这个兵种的接兵人。

没能成为直接守卫大海的兵种有点遗憾，但"特种政治条件文化兵"又让人充满想象。

等待入伍通知书的日子比较漫长，可使我成天焦急的并不是等待本身。

因为有一件事像铅一样压在心头。

22.砸碎铁锁链

接兵首长到我家家访了。来人正是在体检时对我表示关心的林孟钿副排长。母亲按农村里热情待客的习俗，给他做了3个糖水煮蛋，可是，拉了半天他也不吃，说不能吃群众的东西。

"我家不是群众了，是军人呢。"我突然冒出这么一句话来。

林副排长看看我，笑笑，端起碗来吃了，但雪白的脸却红得像个害羞的大姑娘。

这符合我对解放军纪律形象的想象。

他在了解了我父母亲对我参军卫国的态度与家庭成员相关情况后，就到别的地方走访去了。父亲与我把他送上村边的小河埂上，一直看着他走得很远。

看着他的背影，我与父亲都沉默着。我在想，这个背影已不是林副排长一个人了。

回到家一会儿，二伯伯朱克宏与姑父赵庆山来了。母亲提起竹篮到菜园里砍菜，准备用美酒招待他们。

我的心怦怦跳。啊！"决战的时候到了！"

参军体检合格后，我找到母亲，请她与父亲同意我解除与那位姑娘的"婚约"，母亲知道这几年我是怎么过来的，4年间，那姑娘到我们家来过无数次，但我从没拿正眼看过她，没与她说过一句话，没有与她坐在一起吃过一次饭，她也有自己的尊严，没找我说过一句话。她虽然是位姑娘，但在少年与青年时代的我的心中，简直如同我的敌人。

我告诉母亲，如果现在我不同她解除婚约，等我参军后就是大麻烦了。我与母亲看过多次黄梅戏《铡美案》，虽然，我不会成为什么驸马，但参军后如果把原先订过亲的姑娘给甩了，人家就会骂你"陈世美"。

母亲知道我成人了仍不喜欢那个姑娘，又要参军了，理解我的想法。她不只是表达了对儿子的支持，还给我出了一个好主意，说："你父亲最听两个人的话，一个是你二伯，一个是你姑父，他们能劝动你父亲。"

真是我的亲娘啊！给儿子出了个金点子。

二伯的话不多，但他每次与我父亲在一起，两个人说话都是和颜悦色，从小到大，从旧社会到新社会一路走来的难兄难弟，手足深情。我的姑父赵庆山中等个，长相英俊，嘴巴很大，嘴唇薄薄的，说话特别生动有趣，能言善辩，平时，只要到我家他都会与父亲聊上半天，如果要是喝点酒，他能从中午聊到晚上，从晚上能聊到半夜。今天两位长辈同时出动，应该说成功的概率还是蛮高的。

见他们来了，我给他们每人泡上一杯茶，然后就走到隔壁房间去了。人虽在隔壁，耳朵却竖了起来，他们说的每一句话都会钻进我的耳里。

只听二伯说："那小丫头的事，这么多年学文都不同意，现在又要参军了，我看回掉算了吧。"

父亲说："那他当两年兵回来还不讨老婆啊？"

姑父说："学文参军后，提干的希望很大，你给他娶个农村老婆不是害他吗？再说，即使他不提干，复员回来肯定要当个大队干部什么的，他现在都这么出挑了。你也不想想，学文身边的好姑娘多的是，我们大队出挑点姑娘喜欢他的人大有人在，我女儿金香原来我也想许配给学文的，你还怕他当兵之后找不到对象……"

真是太坦诚太无私对我太好了。

最终，父亲同意了。我高兴得想飞起来！4年来折磨我的精神枷锁终于不存在了。姑父万岁！二伯万岁！自由解放万岁。

这一天，我去了县城的新华书店买了一本《欧阳海之歌》。

一种遥远的期待召唤着我，我的心飞向了远方，飞向了无边的蔚蓝。

第六章

新兵的味道

军队是国家政权的柱石。人类社会自有国家以来,就有军队。建立与守卫国家政权须臾都离不开军队。中国国土面积排在世界第三,军队开疆守土功不可没。

忠诚、勇敢、守纪、克敌等是军队的基本品质,但不同性质、不同宗旨、不同成分的军队,这一特质的成色是不一样的。

中国人民解放军是一支战神般的军队,自 1927 年 8 月 1 日建军以来,它由小到大、由弱到强、以劣胜优、以世界上最差的武器装备战胜国内外强大敌人,曾打败以美国为首的武装到牙齿的由 16 个国家组成的联合国军,不只是表明它是一支具有世界最先进军事思想武装起来的能征善战的军队,令人惊叹的还在于它身上集中了古往今来人类社会最优秀的道德品质,它先进的政治、经济、军事民主制度与传统对军官与士兵人生品质的塑造力是举世无双的。

因而,人们说解放军是个大熔炉、大学校。从在公社武装部脱光全身衣服换上全部军装那刻起,我感觉自己就进入一种全新的熔炼重铸之中。

23.故乡之爱

十几个新兵,我走在队伍最前列。这不只是因为我 1.78 米的身高,是武装部石部长安排的,他认为我在这批兵中最出挑,应该走在前面,他要让我一开始就当"带兵人",像个班长。

我们每个人都背着背包。我的行囊里,除了军队发的多套内衣裤外,还有一位姑娘送给我的礼物。

临行前,大队民兵营长专门将桃园大队 3 个新兵召集到一起,举行了一个简短的欢送会。有姑娘给我们戴大红花,我的大红花是陈瑛给我戴的,佩戴时,她把花拿在手上，调皮地望着我，笑着走了过来，边往胸前戴边说："祝你到了部队步步高升！"

我挺着胸，点点头，不只是对这句话。几天前，她送了我几件礼物。一个是一件海军蓝颜色的毛线衣，千针万线织起来的，鸡心领，粗粗的竖条纹，真的可以象征波浪翻卷的大海，穿着非常合身，非常暖和。这是我长这么大第一次穿上毛线织成的衣服。她还送给我一本影集，里面除了她祝我在"毛泽东思想大学校茁壮成长"的赠言外，还有她的一张3寸彩色照片。这也是我第一次收到姑娘送给我照片。需要说明的是，她与我没有谈过恋爱，我们的友谊完全是演出队的情谊，彼此亲近，有点像一起长大的兄妹那种感觉。她知道我没有女朋友，送我一张照片，确实对我那个空白地带有填补作用，也象征着陪伴。

步行了3千米，从葛林公社沿着国道走到我们村的小河边，村上许多乡亲都围在河埂上看我们，我走出队伍，用力地向他们挥了挥手："乡亲们再见啦！"

几十双手臂朝着我们挥起。

最小的一个长得虎头虎脑的少年用一双乌黑发亮的眼睛看着我，一边挥手还一边拉了拉我军装的衣角："大哥再见！"

我心头一热。他是我的二弟弟朱学东，这一年，他14岁，是一名初中生。无疑，他是代表爸爸、妈妈、姐姐、妹妹、弟弟来送我的。

队伍在行走，再走3千米，才到县武装部与接兵部队规定的集结地点——县委大礼堂。

到达时，已是傍晚。接兵部队接收了我们这批新兵，立即对我们进行分班。分好班，身材高挑、白白净净、一口标准北京普通话的接兵排长于学辉马上让我们开班务会，大家各自介绍姓名，来自哪里。

我被指定为新兵班长。虽然，不是正式任命，但它却是我参军后的职务起点，此后的任职都是往上走的，没有当过"战士"。

与此同时，我还接到一个任务，晚上要我代表全体新兵上台讲话。至于讲点什么，他们什么都没对我说，没提任何要求。凭什么呀？不知道，但似乎又应该知道。

晚上，接兵部队首长来了，县委书记等县里主要领导来了，县武装部部长与各公社领导、武装部长都来了，还来了社会各界代表，500多人，坐满了整个大礼堂。

军政领导讲话后，一片掌声响起，我登台讲话。我先向主席台上的领导敬了一个礼，又向台下的人们敬了一个礼，然后，掏出匆匆写好的讲话稿"念话"。具体内容记不得了，但记得自己赞美过军队，说当今天穿上崭新的军装时"想起了长征路上的红小鬼，两鬓斑白的老八路，想起守卫北国南疆的解放军"，表示参军后要不忘故乡父老乡亲的养育之恩，要提高警惕，保卫祖国，早日把立功喜

新兵训练结束,部队请来摄影师,我站在小河边的树下照了入伍后的第一张照片。

报寄回来。念完话,在热烈的掌声中,怎么走下台的我都不知道了。

台下,一位个子不高、戴蓝色大盖帽的首长很亲切地对我说:"嗯,讲得不错,蛮有水平。"晚上全连集合时,我才知道,他就是接兵部队连长陈荣华。此后多年,我都与他生活在一起。

第二天一早,我们全体新兵登上十几辆客车,向繁昌进发。车子开动前,许多亲人来送行,大家依依惜别。

我看着窗外,想起自己的父母。就在这时,我听到一个声音:"学文,学文……"没错,是叫我。眼睛立即在车身旁搜索,看见父亲与小姨父来送我。姨父示意我到车门口来一下,父亲上来捏了捏我的手,什么也没说,眼圈红了。我也捏了捏父亲的手,叫他保重身体。小姨父从裤子口袋里掏出20斤全国粮票塞给我。我不要,说到部队用不上,他说如果饭不够吃,你可以买点吃的东西补充一下。他是当过兵的人,起先是步兵,后来又当工程兵,常年高强度劳动,他大概经历过需要自己买点零食补充身体的事。我只好收下,感觉这已不是粮票,而是亲人之爱。

这种爱的暖流,进入我们心田后,很快进入我们新兵的血液,形成我们前行的动力。

24.学唱的第一支军歌

一声哨响,全体新兵到3楼教室集合。

这是我们到达军营后的第一个活动。此前,经过几天的行军,我们满眼满肚子的好奇还没有找到答案。

我们500多新兵全部从繁昌火车站上的车,拉我们的不是那种旅客列车,而是一种运输货物用的黑皮闷罐列车。我们一个连队的新兵被闷在一节车厢里。一路上,看不到外面的景色,也不知到了哪里。只是中途我们在途经的车站到月台上吃过两次饭。饭菜是军队兵站做好后送到车站的，我们每个人拿着军用搪瓷饭碗排队打饭，也乘机上厕所解决闷罐车厢里无法解决的问题。

这种运兵方法与其说艰苦，还不如说主要是不便。闷罐车里根本无法方便，好在我们都青春正好，一憋半天没有任何问题。

我们为自己的好奇心作出的自我解释是，军事行动最重要就是保密，而闷罐车就是最保密的铁路运兵方式。

我们好奇，我们将要被运送到哪里。

车厢里，我这个新兵班长把全班战友召集在一起，让大家各自介绍自己、家庭、大队、公社情况，相互多熟悉熟悉。同时，我从自己的行囊里还拿出一本毛主席写的《为人民服务》读给大家听。

"我们都是来自五湖四海，为了一个共同的革命目标走到一起来了。……我们的干部要关心每一个战士，一切革命队伍的人都要互相关心，互相爱护，互相帮助。"

大家静静地听着，这话全说到我们心坎里。

一次寻常的学习活动，没想到当时就受到那位个子不高的接兵连长的表扬，他要求各班都应组织这样的学习。

首长总是昭示我们前进方向，各班都行动起来，闷罐车厢不闷了。

凌晨，闷罐车停在一个空气清新的火车站，跳上月台，我们看到站牌上写着："宁波站"。啊！知道了，我们来到宁波了，中国的一个海洋城市。

登上军用卡车后，几十辆军车在大街上快速开动，我们看到街道两旁的商店都是两三层高的木房子，房顶都是平的，海洋风光，海洋城市的房屋原来是这样的。

载着一车新兵，就载着一车好奇。驶出城市，汽车速度更快了，迎面吹来的风，都带有一种咸腥味道。在一个山弯处，我们远远地朝右前方望去，看到了一望无际的水面，啊！海，那一定是大海！

但我们车队没有停留，直开到大海边的浙江慈溪龙山军营里停下。下车，齐集操场，各个新兵中队领回本中队新兵，就宣布了编班编排情况。我被分在三中队一分队四班，被宣布为四班班长。新兵中队只有分队长以上为干部，炊事班有老兵，新兵训练班没有老兵，班长都是从新兵中直接挑选。

我们三中队10个班，分住在一幢3层楼的半边楼上。一分队住在一楼，我们四班住在紧靠楼梯口旁。

入营当天晚上，全中队召开军人大会。原先接兵部队包括接我的副排长林孟钿等人回各自单位去了，我们新兵训练中队全体干部集体亮相。

中队长首先自我介绍："我叫陈荣华，是三中队的中队长……"

随后，指导员顾德润、副中队长崔明林、副指导员曹恒忠与各分队长一一作了自我介绍。

后来我从老兵那里获悉，这真是一个"战斗集体"：他们全部参加过激烈的现代战争。

1965年6月至1973年8月，中国先后派出了高炮、工程、铁道、扫雷、后勤等部队，总计32万余人，最多时兵力达17万余人，在越南北方执行防空、作战、筑路、构筑国防工程、扫雷及后勤保障等任务。在这些战斗部队中，就有我们中队的这4位海军干部。他们作为海军派出援越的高炮团部队，驻守在通往河内的一条空中航线的必经之路上，在战争最激烈的日子里，只要是晴天，每天都有激烈战斗。美军的重型轰炸机轰炸河内，路经这里时，海军的37、57、100炮团用密集的射击构成不同高度的火力网，每天都有美军飞机在这里被打下，成了美军眼中的钉子阵地。为消灭这支高炮部队，一批批美军轰炸机在这里投下无数重型炸弹与密集的子母弹、燃烧弹，每天，中国海军官兵都会有人牺牲在阵地上。这已是常态，因而，每当晴天，部队专门有一批人在驻地准备棺材，扎花圈，为烈士们办后事。美军重型轰炸机扔下的重型炸弹，一枚就能炸出半个篮球场那么大的弹坑，几小时后，就成了一个溢满清水的池塘。夜晚，战斗了一天的官兵就跳进"池塘"洗澡，洗去一天的硝烟与疲惫。大家笑称美军考虑问题蛮周到，派B52重型轰炸机帮中国海军解决洗澡难问题。

知道了他们的战斗经历后，我们对他们更充满崇高敬意。

第二天晚上，副指导员曹恒忠组织我们学唱军歌。没想到，教歌员就是他从我们新兵中发现的人才，熟识简谱的董勤河。

说起董勤河还有一个小插曲。我们全体新兵在南陵县登车出发时，武装部通报，发现董勤河年龄超过一个月，不符合当年征兵条件，要将他除名。中队长读到他名字，叫他下车。他在陆军船艇部队当干部的哥哥穿着黄色呢军装也来了，与接兵部队沟通，希望特殊情况特殊处理一下，将他弟弟带到部队，一定会是一个好兵。接兵部队讲原则，坚决不同意，就把董勤河往车下推，他死死抓住车门边的栏杆，坚决不下车。考虑到来送行的老乡人多，为注意军队影响，经与武装部协商，决定将董勤河先带回部队，然后再作退兵处理。没想到到部队后，发现董勤河还是一个有特长的兵，除了会教歌，其他各方面素质都很好，于是，中队给上级打了一个报告，申请将董勤河作为特殊情况特批入伍，上级批准了这一请示。20多年后，这位差一点被退掉的兵成了海军雷达部队的一位团政委。"海上不放过一根草，天上不放过一只鸟"，他带出了一支守卫祖国海防线的过硬部队。

副指导员为我们选定的第一首军歌叫《毛主席的战士最听党的话》：

火红的帽徽映彩霞，战斗的歌声传天下，一切听从党安排，毛主席的战士最听党的话。为人民夺政权南征北战，党指向哪里就打到哪。

光荣传统代代发扬，毛主席的战士最听党的话。

火红的帽徽映彩霞，战斗的歌声传天下，一切听从党安排，毛主席的战士最听党的话。为祖国创新业艰苦奋斗，愿做革命的一砖一瓦，能官能民能上能下，哪里需要哪里去，四海为家。

……

一个战士的理想追求与选择，全都表达了。很不容易，又非常容易，只要你这样做了，你就是一个好兵，就这么简单。40多年过去了，这首歌的歌词与旋律我还记得清清楚楚。

军事文化，第一次滋润着每个新兵的心田。

紧接着，教导队召开新兵开训动员大会。500多人行进到队部大礼堂，走在各中队前列的全部是各中队首长，包括我们中队英雄般的中队首长。

幸运又一次降临到我的身上，由我代表全体新兵上台讲话，这个决心的表达是铿锵的，但它是我们大家的心声，这从全礼堂雷鸣般的掌声中就能听出。

25.重塑一个我

我们新兵训练时间是两个月，大会上各级首长在讲话中都非常明确地告诉我们，这两个月我们军政训练的根本目的就是实现由民到兵的转变。也就是说，我们要由一名社会青年变成一名解放军战士。

很难吗？不用担心，军队有一套科学的训练制度与训练科目。

不难吗？其实，这个过程就是对一名社会青年从身体形态到思想形态彻底重塑的过程。而且，外部力量只有通过内部力量才形成变化作用，这种重塑质量的高低，最根本的还在于每个人自己接受塑造力的能动性。

外在的塑造开始了。

我们像个婴儿，要学走路，要学说话，要学举止。

要学会正确处理同级、上下级关系，要学会思想修养方法，要塑造战士的基本品格……

中队长陈荣华领着我们学习三大条令：《中国人民解放军队列条令》《中国人民解放军内务条令》《中国人民解放军纪律条令》，他告诉我们："条令条令，条条都是命令，必须做到，不折不扣地执行。"

2009年春在金沙江虎跳峡

队列条令将每个军官与士兵在队列里的位置与一举一动都做了明确规定。它是严密的科学的，完全规范的。请看看队列条令设置的主要纲目吧：首长机关职责、队列纪律、队列指挥、队列队形、单个军人队列动作、分队、部队队列动作等。

每个动作中又规定了具体动作与要求，我们上了操场，从立正、稍息开始学起。

立正、稍息是单兵队列动作的基础，看似简单，但达到队列条令的要求却不容易。如立正，条令要求两脚跟靠拢并齐，两脚尖向外分开约60度；两腿挺直；小腹微收，自然挺胸；上体正直，微向前倾，胸要挺；两肩要平，稍向后张；两臂下垂自然伸直，手指并拢自然微曲，拇指尖贴于食指第二节，中指贴于裤缝；头要正，颈要直，口要闭，下颌微收，两眼向前平视。参加阅兵时，下颌上仰约15度。立正看似最寻常的军姿，但让你站上几分钟你非全身出汗不可，如果再让你站上几十分钟、1小时、2小时，甚至一天的训练都是站军姿，你是什么感觉？而且，做一切动作必须符合队列纪律要求。这个要求就是："坚决执行命令，做到令行禁止；姿态端正，军容严整，精神振作，严肃认真；按照规定的位置列队，集中精力听指挥，动作迅速、准确、协调一致；保持队列整齐，出列、入列应当报告并经允许。

在操场上，士兵一切按条令来做，没有自己的动作。你站在那里，即使有蜜蜂来叮你脸，在指挥员没有下达命令前，你也必须做到一动不动，任其叮咬不能打。

再说一个简单动作：坐下。条令是这样规定的：听到口令后，全体军人左小腿在右小腿后交叉，迅速坐下（坐凳子时，听到口令，左脚向左分开约一脚之长；女军人着裙服坐凳子时，两腿自然并拢），手指自然并拢放在两膝上，上体保持正直。

你按条令做了，身上就会散发出所有的文明与优雅，所有的得体与大方。但你坐上1小时、2小时、3小时、4小时，都保持这种姿式不变，这就需要以体力为支撑的意志力。

学好了条令上操场；上了操场，我们走进条令。每天8小时，一般每训练1小时会有几分钟自由活动。说是自由活动，你可以蹲下，但不能坐下，可以相互说笑，但不能勾肩搭背。只要有人坐下，区队长或中队长就会一声哨响，全体集合，列队后指出有的同志违反规定擅自坐下，给予批评，现在继续训练。就是要在这样严格训练中，重新塑造我们的站相、坐相、走相。副中队长崔明林告诉我们，真正的军人姿态是什么？是立如松、坐如钟、行如风。

他是个有传奇色彩的人物。在越南战场与美国空军打过多年仗，回国后，被选调到东海舰队仪仗队工作。英俊的长相，1.8米的身高，标准的军姿，他与他的战友们接受了党和国家、军队领导人与外国贵宾一次次检阅。后来，东海舰队航空兵成立教导队选拔干部，他被选到这里主抓我们队列训练，他用标准的军姿，塑造我们成千上万的新兵。后来，部队扩编，全团的阅兵都是由他主抓的，官兵队列动作尤其是阅兵质量，在全舰队闻名。一次又一次，一位又一位将军来到我们这里，检阅我们部队的阅兵方阵。

铿锵整齐的步伐，具有山的雄姿，海的尊严，透出一往无前排山倒海般的力量，但我们每个人都为此洒下了许多心血与汗水。

踢正步可不是简单的训练动作。条令规定：左脚向正前方踢出约75厘米，腿要绷直，脚尖下压，脚掌与地面平行，离地面约25厘米，适当用力使全脚掌着地，同时身体重心前移，右脚照此法动作；上体正直，微向前倾；手指轻轻握拢，拇指伸直贴于食指第二节；向前摆臂时，肘部弯曲，小臂略成水平，手心向内稍向下，手腕下沿摆到高于春秋常服或者冬常服最下方衣扣约15厘米处（着夏常服、水兵服时，高于内腰带扣中央约15厘米处；着作训服时，高于外腰带扣中央约10厘米处），离身体约10厘米；向后摆臂时左手心向右、右手心向左，手腕前侧距裤缝线约30厘米。行进速度每分钟110—116步。

然而，就是在这样严苛的训练中，我们越来越像个兵了。

队列训练是艰苦的，但生活是丰富多彩的。炊事班每天变着法子为我们提供香喷喷的饭菜。吃饭以班为单位，吃饭前，每个班提前15分钟派出一名小值日到伙房端菜，为每个人分好菜、打好第一碗饭。吃饭集合时，我们往往先唱一首军歌，然后单列便步行进入饭堂，坐下后，大家吃饭。吃饭时，不许讲话，如果有谁讲话，区队或中队长会走过来警示一下，如果再讲会受到批评甚至全班会被叫起立。大家纪律都比较好，没有哪个班受到这种警告。高强度队列训练，使我们觉得部队的饭菜特别香，早餐喷香的白面馒头我们每人能吃七八个，喝进几大碗稀饭，榨菜是我们在皖南老家没吃过的，非常下饭；中午与晚上，每顿4菜1汤，我每餐饭要吃两大碗，估计有1斤多米。晚饭后，有半小时自由活动时间，然后一声哨响，我们或到三楼教室参加政治学习，或集体学唱新歌。每周，我们要看两场电影，战斗故事片是我们的最爱。记得看电影《南海风云》时，海战打得异常激烈，我们海军舰艇在严重遭受南越海军驱逐舰炮火重伤的情况下，最后施放火箭弹将敌人舰艇击沉。电影散场后，我对副中队长崔明林说："我们舰长指挥上是不是有问题，为什么到最后才施放火箭弹？早放不就解决问题了吗？多危险啦，差点把我舰打沉了……"崔副中队长笑了，拍拍我的肩膀："只能告诉你，一上来就放火箭弹，你就没电影看了。个中原因，要等学习过西沙之战战史，你才知道这是一场什么样的海战，现在只能告诉你这也是一场敌强我弱条件下的战斗。"

晚学习或看过电影后，值班区队长一声哨响，表示还有30分钟熄灯，我们进入洗漱时间。随之，军营上空响起柔和拖着长音的熄灯号音，各班灯光全部熄灭，我们进入香甜的梦乡。

每个新兵房间里，都有一种相似的味道，是从崭新的一次没洗过的军被、军装里散发出来的，是从每个青春的身体里散发出来的，是从轻重起伏的呼噜里散发出来的，新鲜的，有点淡淡的甜，还有点酸，但即使新兵们流了一天大汗没洗澡，也没有臭味，这是一种新兵青春的味道。

这期间，白天与黑夜，我们全体新兵轮流站岗，每班岗1小时。一天，我正在营门口站岗，只见从身后走过来一位小姑娘。少女十五六岁，个子约1.6米左右，脸庞白皙，穿着一身蓝色衣装，浑身上下散发着一种清新脱俗的气息，一种正在生长的青春美丽扑面而来，真像个小太阳，使人感觉到，不论她出现在哪里都能带给人一种心旷神怡的美好，即使是寒冬腊月大地冰封也会让人感到暖和，即使下雨也会让人感觉太阳出来了。

没敢多看，却是一眼万年。若干年后，她走进了我的生活，走进了我的生命之中。

有那么一段时间，她每天都进出我们营门，从老兵口中获知，她是一位叫陈淑裕的解放战争初期入伍的部队首长的女儿，叫陈玫，正在读高中。

新兵训练快结束时，中队请来驻地龙头场的师傅为我们照相，不知什么原因，我却选择营区小河边的一棵碗口粗的泡桐树下照了一张相寄回家。半月后，收到家里来信，妈妈对我说："儿子，看你照片全家放心了，你们部队生活好，你都长成双下巴了……"

26.塑造灵魂

如果说队列训练塑造的是我们的形体，使我们具备一名军人在平时生活、训练、行军甚至打仗的基本行动素质，而纪律条令、内务条令与政治教育塑造的则是我们的思想与灵魂。

内务条令教我们如何着装、如何执行礼节、如何忠于职责、如何处理内外关系、如何遵守作息制度、战备与日常训练与管理制度等，更重要的是如何履行军人职责。条令规定了从士兵到班、排、连、营、团、师等各级岗位的职责。

内部关系明确规定，军官与士兵、上级与下级在政治上是平等的，必须按照官兵一致的原则，互相尊重、互相爱护、互相帮助，构建团结、友爱、和谐、纯洁的内部关系，同心协力地完成任务。军人必须服从指挥、服从命令，条令规定部属、下级必须服从首长、上级。同级之间应当互相尊重，密切配合，团结协作。首长有权对部属下达命令。命令通常按级下达，情况紧急时，也可以越级下达。越级下达命令时，下达命令的首长，应当将所下达的命令通知受令者的直接首长。

命令下达后，应当及时检查部属的执行情况；如果情况发生变化，应当及时下达补充命令或者新的命令。

部属对命令必须坚决执行，并将执行情况及时报告首长。如果认为命令有不符合实际情况之处，可以提出建议，但在首长未改变命令时，仍须坚决执行。执行中如果情况发生急剧变化，原命令确实无法继续执行而又来不及或者无法请示报告时，应当根据首长总的意图，以高度负责的精神，积极主动地机断行事，坚决完成任务，事后迅速向首长报告。

在世界各国军队中，中国人民解放军以铁的纪律著称，这支军队之所以有无坚不摧的战斗力就是因为这支军队有铁的纪律。

中国人民解放军的纪律，是建立在政治自觉基础上的严格的纪律，是军队战斗力的重要因素，是保持人民军队性质、宗旨、本色，团结自己、战胜敌人和完成一切任务的保证。

中国人民解放军的纪律，要求每个军人必须把革命的坚定性、政治的自觉性、纪律的严肃性结合起来，统一意志、统一指挥、统一行动，有令必行、有禁必止，严格执行党的路线、方针、政策，遵守国家的宪法、法律、法规，执行军队的法规制度，执行上级的命令和指示，执行三大纪律、八项注意，用铁的纪律凝聚铁的意志、锤炼铁的作风、锻造铁的队伍，任何时候任何情况下都必须一切行动听指挥、步调一致向前进。

维护和巩固纪律，主要依靠经常性的理想信念、道德和纪律教育，依靠经常性的严格管理，依靠各级首长的模范作用，依靠组织监督和群众监督，使官兵养成高度的组织性、纪律性。

而在日常的纪律养成中，我军又建立了一套在战争年代与和平建设时期逐步建立健全的奖惩制度，激励官兵提高遵守纪律自觉性，保证纪律的有效执行。在学习三大条令的同时，中队对我们进行了大量政治教育。概括而又完整地让我们学习了军史，使我们知晓了这支军队走过的战斗历程，知道了这是一支什么性质的军队，她的血脉是什么，她的基因是什么，她的政治信念为何如此坚定，她为何能够由小到大、由弱胜强，能够战胜与消灭国民党的800万军队，能够用落后的武器装备走上朝鲜战场，打败以美帝国主义为首的由16个国家组成的联合国军，结束100多年来中国军队对外作战无胜绩的历史，打出了新中国的国威军威，让年轻的共和国像旭日一样屹立于世界东方。

我开始明白这支军队所具有而世界其他各国军队所不具备的品质。

比如她的性质、她的宗旨、她的血脉。我们的共产党与共产党领导的八路军、新四军、解放军是革命的队伍，我们这支队伍是完全为了解放人民、保卫人民的，是彻底地为人民的利益而工作的，她来自人民，服务人民，为人民而生，为人民而死，为人民而战，她没有任何私利，不为任何人任何政治集团谋取私利。世界上没有比她更纯洁的军队。自从1927年8月1日建军以来，她以几十万人的鲜血与生命的壮烈牺牲，建立了自己完整的思想、道德、品质体系。世界上没有哪支军队能有解放军的优秀道德品质，她集人类一切优良道德文明与道德传统于一体，又在血与火的洗礼中锤炼了忠于信仰、舍生取义、不怕牺牲、无私奉献的先进道德品质，世界上最伟大、崇高、纯洁、朴实的东西已成了她的血脉，她的基因。正因为如此，忠诚、勇敢、顽强、守纪、不怕苦、不怕死、不怕困难、无所畏惧、决不屈服、勇敢战斗，直到把侵略者消灭干净，就成了她的行为习惯。这种基因，来自红军万水千山的跋涉之中，来源于八路军大刀向鬼子们的头上砍去的搏杀之中，来源于解放军与国民党军枪林弹雨的战斗之中，来源于志愿军同联合国军拼杀的血流成河之中，她里面有张思德、白求恩、刘胡兰、杨靖宇、赵一曼的血液，有董存瑞、黄继光、邱少云等无数烈士的灵魂，有新时代雷锋24岁的生命风采，等等，几万、几十万中国军队英雄模范与先烈，塑造了中国军队的集体人格、灵魂与基因。世界上没有哪国的军队有这样的精神血脉，包括苏联红军。

比如党对军队绝对领导的政治制度。这支军队是共产党缔造的，她诞生于手无寸铁的共产党被蒋介石掌控的国民党军队血腥屠杀的血泊之中，共产党的领导一直是她的政治生命。在三湾改编之后，她的主要缔造者毛泽东确立了支部建在连上的政治制度，从此，这支军队就成了打不垮打不败的一支神军、铁军。每个解放军连队都建立了班有共产党员、排有党小组、连有党支部、营有党总支、团有党委的政治领导制度，作战、训练、抢险救灾与日常生活中，共产党员发挥模范带头作用，党支部发挥战斗堡垒作用。平时，每个党员周围都团结了一批积极分子与思想骨干，成为积极完成党和上级交给的各项任务的尖兵，同时，也敢于同各种错误倾向、不良苗头作斗争的基层力量，任何内外敌人想策反、瓦解解放军成建制的部队都是痴心妄想。这一点已被解放军的军史、战史所充分证明。

有人会问，其他国家的军队也可以这样搞啊？但是，因为军队的性质、宗旨不同，军队的人民性成分不同，政治纯度不同，道德品质不同，他们根本实现不了，一走形，就失效。

比如说这支军队的民主制度。解放军有三大民主：政治民主、军事民主、经济民主。从党中央到中央军委与各级党委作出的重大决定，包括党在不同历史时期制定的路线、方针、政策，允许官兵进行充分学习与讨论，理解、不理解、清醒、不清醒的认识，都可以讲出来，大家讨论、辩论、争论，最终大家统一思想认识。即使你想不通，不理解，只要行动上没有反对的表示，允许保留不同意见。而且，执行重大任务，评选先进，评定立功受奖人员，个人先总结，汇报自己表现、发挥的作用、取得的经验、出现的问题与教训，然后全体讨论，大家评论，最后表决，每个官兵都有神圣的权力，你可以决定你一票投给谁。班里评出人选后，再上报到排里、中队、营团机关，最后集体综合研究，确定立功受奖人员。这个过程，是发扬政治民主的过程，也是官兵进行自我教育的过程，使大家懂得要想立功受奖，平时个人努力的重要。而且，还有每周的班务会。它是落实与发扬我军政治民主的重要形式与载体。班务会上，每个人对一周来自己在政治学习、军事训练、执行任务、遵守纪律、团结友爱、日常行为进行总结，然后大家进行评论，开展批评与自我批评。看似一个微不足道的班活动，但它却是官兵自我管理、自我教育、自我修养的极好形式。世界上最有效最有力量的教育与管理就是自我教育与管理，它是自觉的，来自自我的教育与约束，使每个士兵在常年的自我教育与管理中完善自己的人格、品质，养成良好的作风与纪律，从渺小走向崇高，从平凡走向非凡，伟大的战士就是由此锻造产生的。

解放军的经济民主是经济公开。给养员每天买菜回来，到了伙房，炊事班要派专人过秤，核对所购肉菜是否量价相符，然后签字证明。每个月连队的经济委员会要审核全连开支账目。这些制度，能杜绝贪污浪费。

军事民主。在作战中，从小的战斗到大的战役，都发挥每个官兵的作战智慧。一般战斗任务，连队下达到各班，发扬军事民主后，再变成连长的战斗决心与全连的战斗行动。大的战役任务下达后，各个军师团对这个战役到底怎么打，

部队营房有一部分是中国近代史上一位名人故居,现已列为全国文物保护单位。

可能遇到哪些困难,如何应对最复杂的敌情变化,每个战士都开动脑筋进行讨论。来自天南地北的官兵,身经百战的老兵,每个人都讲出自己的想法,最后,各班将意见汇集上报到排里,排里上报到连里,连里上报到营里,营里上报到团里,上级再上报到师、军、野战兵团直到最高统帅部,中央军委集体研究后,最后变成统帅部的战役决心与战役指示、命令正式下达,组织实施。"三个臭皮匠,胜过诸葛亮。"毛泽东统率的统帅部就是这样与强大而凶恶的国内外敌人作战的。但别的军队暂不说,就纵观国民党军队的作战史,总能看到一种孤家寡人的作战方式。战前,蒋军全军士兵对作战没有讨论权,蒋军的高级将领总是先揣摩蒋介石的用意,顺着他的意图表态,鲜有人敢发表真知灼见,有些将领明明发现某种战役部署存在严重问题,但为了保存自己派系实力也不讲真话,参与战役制定的蒋军国防部也只是摆设,蒋介石没有集体研究的"中央军委"班子与习惯,最后只根据他自己的智商与判断作出战略、战役决定,等于一个人与解放军的一个军事集团搞谋略对抗。每次战役中,他动不动还喜欢写个什么"手谕"用飞机空投下去,除了"打鸡血",其指挥与战场实际严重不符,搞得部属无所适从。他还有飞到战区亲自指挥战役的习惯,辽沈、平津、淮海战役等他都飞到战区召开军事会议,似乎能驾驭战役、鼓舞士气,还给关键战役方向将领颁个勋章许个愿什么的,但从来没有奏过效,他走到哪里蒋军的仗就败到哪里,直到最后,他有点不好意思干这种事了,让参谋总长或儿子蒋经国带着他的亲笔信干这种事更没效果。实践证明,孤家寡人斗不过解放军的军事民主。

比如解放军灵活机动的战略战术。新兵连概要学习了军史,后来我又比较系统地研究了第一次世界大战战史、第二次世界大战战史、抗美援朝战史,得出一个结论,中国人民解放军是世界上最会打仗最能打仗最能打胜仗的军队,没有之一。一战二战,欧洲军队作战,主要大兵团作战基本上都是先集结部队,集中大量坦克、火炮、兵力,补充燃油与弹药,然后发动进攻,打阵地战、消耗战,拼装备、拼实力,谁胜谁负,机械呆板,主要靠实力,以少胜多、以劣胜优,基本上没有。一战二战中,德军的作战也搞一些迂回、找一些薄弱地段穿插突破,也打了一些大的漂亮战役,盟军的诺曼底战役,也有声东击西、示假隐真等战术的成功运用,但与中国人民解放军的整个作战历史数不清的战例比起来,那也相差一大截,这也包括伟大的苏联红军。但中国人民解放军从红军时期的"四渡赤水"到抗战时期的"平型关战役""百团大战",解放战争时期的辽沈战役,淮海战役,平津战役,渡江战役,抗美援朝第一、二、三、四、五次战役等,都有大量通过自己实施的军事动作来调动敌方兵力,然后吃掉敌人的成功战例,打得出神入化,最终,武器装备与兵力远处劣势的军队打败了强大敌人。战例太多了,说不完,就说淮海战役吧,解放军40万人对国民党军60万人,最终,解放军以伤亡10万人的代价,全歼了国民党军60万人,成为世界战役史上的经典战例,连斯大林都发出惊叹。须知,国民党军可全部是由美式装备武装起来的机械化部队,作战还有美军顾问团,全部灰飞烟灭。人民解放军有个军事法宝,这就是毛泽东军事思想,它集中古代孙子兵法、孙膑兵法、诸葛亮兵法等杰出的军事谋略之大成,凝结自人民军队成立以来全军的丰富战争实践,灵活运用唯物辩证法的军事创造,集中体现在人民解放军的"十大军事原则"之中。

比如解放军艰苦朴素的工作作风。

比如……太多了,一个新兵的理解、好奇与惊叹太多了。

一眼万年,我深深爱上了这支军队,决心昂首阔步,开始我的从军之路。

27.幸福时光

最幸福的时光来到了。经过两个月的训练与考核,上级决定给我们佩戴帽徽、领章了。中队长将我们全中队新兵集合起来,给我们讲解了佩戴帽徽、领章的意义与注意事项,使我们明白它不仅是人民解放军战士的标志,也是军中前辈用鲜血与生命染红的,红五星是军徽,是党的领导的显著标志。

笑意写在我们脸上,我们每个人都领到了2个红五星,一个缀在水兵帽上,一个缀在棉军帽上;2副方形红肩章,一副缀在白色水兵服肩头,一副缀在春秋蓝色水兵服肩头；还有一副红领章，缀在冬军装领口。军队的任何发放都是规范的，我们在领取帽徽、领章的同时，也领到了银针与红丝线。我们唱着军歌"火红的帽徽映彩霞，战斗的歌声传天下"回到班里，开始缀钉，中队首长与区队长也下到各班指导大家将帽徽、领章摆放到准确位置。各班笑声不断，每个新兵脸颊上一片潮红，这是帽徽、领章辉映的，也是青春洋溢的。一声哨响，我们又集合到一起，庄严地举起我们的拳头：

我是中国人民解放军军人，我宣誓：

服从中国共产党的领导，全心全意为人民服务，服从命令，忠于职守，严守纪律，保守秘密，英勇顽强，不怕牺牲，苦练杀敌本领，时刻准备战斗，绝不叛离军队，誓死保卫祖国。

蓝色的军营装满了青春焕发的军人，我们不再是那群借老兵军装照相的新兵了，我们是正式人民海军军人了。这使我们意识到，新兵分配即将来临。

一些消息灵通的战友，不时传来这样那样消息，说谁分到了这里，谁分到那里，可我一点不感兴趣。因为我想的特别简单，一切听从党安排，分配我到哪里我就到哪里。

这天吃过晚饭回来，正好与我们同一幢楼的颜指导员走到一起，我叫了一声"颜指导员好"，他突然问我："如果分配你当汽车驾驶员你干不干？"

这吓着我了！我只想服从分配，从没想过要去当汽车兵，这是我害怕的专业。说起，还有一想起就令人胆战心惊的故事。在我16岁那年，大队会计丁海清经常骑着一辆崭新的飞鸽牌自行车回村，惹得我眼馋，便在一天晚上跑到他家向他借车学。他说："这是大队刚买的一辆新车，你别给我摔坏了……"我不等他说下去，推着车就走，等我走出老远，他又冲着我喊了几声。

好奇心使我有了强行借车学车的勇气，推着车跑到村头打谷场上。月亮正在白莲花般的云朵里穿行，我一步跨上自行车，车头一歪就摔倒了，爬起来再骑，几次摔过之后，歪歪扭扭地我就能骑了，最后，我还车时，就直接骑到丁会计家门口。此后，隔三差五，我就要借他的自行车上街玩。刚学会那阵子，我骑在村里的河埂上还担心摔到水稻田里，多次骑过之后就比较稳了。一天傍晚，我骑着车子从县城返回，平坦的柏油路面，使我感到骑车太惬意了，我尝试将双手抱在胸前，让自行车在"无人驾驶状态下"行驶。这种骑法，车子必须保持很高的速度，不然车身就会歪倒，我加快速度，潇洒前行，在路过一个叫"其林桥"的镇上时，店面人家一个小男孩蹲在路边，就在我车子快速通过他身边的瞬间，他突然站了起来，我"无人驾驶"的车头躲避不及，自行车保险叉从他眼角擦过，小男孩被挂倒在地，我慌忙下车看，只见小男孩大哭，双手捂脸，指缝里全是血，我吓坏了，担心小男孩眼睛被挂瞎了，陪着她母亲、姐姐到门诊所去看，还算万幸，只是眼角被擦破了皮，流了许多血，医生给予清洗、止血、消毒、包扎处理。她母亲提出来让我把自行车押在他家，抵押医药费与后续医疗费用，这使我困惑，车子是借丁会计的，他每天上下班要骑，我怎么向他交代。见我不吭声，小男孩的姐姐说话了："姆妈你不要为难人家，让他回去吧，过几天到我们家来处理就行了。"这是个长相清秀的姑娘，过去，每每上街大都能看到她，但从没说过话，今天看她觉得她更美了。

这事发生以后，一次学开手扶拖拉机，我又将拖拉机开翻在水稻田里。看来，我缺乏操纵技艺，干不了驾驭车辆的活。

邻队颜指导员的话让我紧张了一阵子，但我放在心里没说。两天后，中队新兵分配名单公布了，军营里来了几十辆大卡车，那是邻近战斗部队来拉新兵的。从此，大家将散落在东海的千里海防线上。有的分到机场，有的分到高山，有的分到海岛，有的分在雷达部队，有的分在通信部队。操场上，大家三三两两抱在一起哭，身材高大的同乡帅哥许海峰眼睛都哭红了，抱着我，他猛哭，可我不哭。这可能是我对这种分别早有充分思想准备，我想好了"哪里需要哪里去，四海为家"，还有就是，我被三中队留下当"文书"。

这令我喜出望外，也令战友们羡慕，这不只是因为教导队有留下最好的兵的传统，还因为"文书"属于班长级。在地面部队，有许多战士当了整个服役期的兵直到复员，也没能当上班长。

人民军队，她给了我一个属于优秀战士的岗位。究竟"文书"是干什么的，我完全不知道。

第七章

快乐水兵

初夏,我们换上了上白下蓝水兵服,微风吹拂,我们水兵帽后面的两根黑色飘带与镶嵌着4道白色海纹线的披肩一阵一阵飘着,它象征着祖国四大海洋担在水兵肩上,提醒水兵时刻不忘使命。

军营像个海洋,飞舞着无数海鸥,世界上没有比海军更帅气的军种了。

白色的水兵服干净得一尘不染,人民海军基本上就是在这样的环境里锻造战斗力的,这就是技术军种的特殊性。

我们军营一部分坐落在后来被列为全国文物保护单位的虞洽卿故居里。听说这位慈溪人很小就到上海闯荡,1920年合伙创办了上海证券物品交易所,任理事长。1923年当选为上海总商会会长。抗战时期坚持抗日爱国,日军占领租界后赴渝经营滇缅公路运输,支持抗战。我们还听说他在全国抗战胜利后曾在经济上大力支持蒋介石打内战,这使我们多了一层警觉。他故居的许多房子成了我们部队机关办公用房。

我们部队的代号是37510部队教导队。这一年,各训练中队担负的任务是训练通信报务兵。

伴随着清脆悦耳的课铃,我开始了文书兼通信员工作。

28.水兵与钢枪

新兵分配当天,副中队长崔明林把我领进了中队部,指着一个两米多高的木质文件柜后面置放的一张床对我说:"这是你的床。"我一看,中队部里还放着4张办公桌,右侧靠南的第一张桌子是中队长陈荣华的,后面是指导员顾德润的办公桌,左边第一张桌子坐的是副中队长崔明林,后面坐的是副指导员曹恒中,背面靠窗一张办公桌由我使用。

无疑，我已成了中队部的组成部分。

中队长陈荣华同我谈文书兼通信员工作职责，指导员与副中队长、副指导员不时插话。

事后，我想了一想，我的职责具有以下特性：

机密性。人民解放军各总部、海军、舰队、舰航机关下发到舰连的文件，全部由我接收保管。这些文件，都是给连首长看的，许多关于基层军事、政治、后勤长远建设的规定需要常年存放。文书，必须是个保密员。

传递性。上级下达的书面与电话命令、指示、通知，都由我接收，然后向连首长报告。属于军事的先报告中队长，属于思想政治工作方面的先报告指导员，文体活动、后勤保障方面的工作报告副中队长与副指导员。中队各项工作总结汇报、书面请示等，也由我送到机关首长或部门。

书写性。中队一般的情况汇报、工作总结由我根据中队首长对核心内容的提示形成文字，然后经审核修改后上报。我常年更多的书写是中队的黑板报、墙报。中队部从1楼到3楼每层楼梯口都有一块近2米长、1.2米高的大黑板，每周都要出一期黑板报。墙报设在饭堂墙壁上，有三四米见方，一般每个月出一期。

服务性。全中队人员信件、电报的收发，都由我送到2000米外的西门外一家小邮电所。同时中队部的卫生由我搞，开水由我打。

保管性。中队部所有家当、现金、办公用品、文体器材等都由我保管，更重要的是所有武器弹药都由我保管。

我们中队部有5支枪：4支手枪，1支冲锋枪。4支手枪是4位中队首长的配枪，冲锋枪是我的配枪。我将我的冲锋枪擦得锃亮挂在床头，几个弹匣装满150发子弹，子弹带也挂在我床头，另外还有满满一箱子弹。这是一个武装起来的水兵，一旦发生战斗情况，就能立即投入战斗。

每到周末，中队党、团员过完组织生活后，大家可以理发、洗衣、写家信，搞个人卫生。我首先做的是擦枪，除了我心爱的冲锋枪之外，中队首长的4支手枪也是我擦。一次次拆，一次次装，使我闭着眼睛都能熟练地完成。我喜欢将那小颗粒的手枪子弹一颗颗退出来，再一颗颗装上去。中队每年都组织打靶。第一次打靶，我9发子弹打了81环，平均每发命中9环。那天开始几枪有点紧张，只打到8环，几枪响过之后就镇静了，命中多个10环。陈荣华中队长看我打得这么好，开心地笑了，他亲手把事先准备好的大红花戴到我胸前。

军中首次戴上大红花，心里无比高兴，走路脚步格外轻快。看来，在家乡当基干民兵还是打下了一些军事基础，这是毛泽东全民皆兵人民战争思想的伟大。

水兵喜欢钢枪，每天与枪为伍，但我们没有遇到打仗实际使用武器的机会。只有一次，背着枪行军走了几十里路。那是我们中队的新任指导员戚小根母亲病重,恰逢冬季下大雪,汽车不能通行。戚指导员原先是战斗机飞行员,因身体原因被停飞转到地面部队工作。当夜,我已熟睡,他叫醒我,让我背着冲锋枪护送他回家,他自己带了支手枪。我俩在雪地里行军,公路地面铺满积雪,有些地方已经结冰,脚下老是打滑,尽管如此,我还是打瞌睡,闭着眼走路,指导员就扶着我走。半夜后,走到了他家。住下睡到天亮,起床后,我遇到一大难题,要上厕所,可余姚的村庄没有公厕,我就在他们村上转,寻找了一圈,发现所有农家的厕所都是开放式,设在路边,与我们部队周边村庄一样,厕所上面有几把"椅子",常有一男一女光着屁股坐在"椅子"上面,边上厕所边聊天,这就是老兵对我们讲的"浙江一大怪,厕所里面谈恋爱"。指导员与妻子一听笑了,让我在他家里解决了问题。

早饭后,我背着枪回到军营。

1976年,是中国的多事之秋。1月8日,周恩来总理逝世;7月6日,朱德委员长逝世;9月9日,毛泽东主席逝世。前两位伟人逝世,中国人民的悲痛从心头还没有抹去,更大的悲痛又降临。毛主席逝世的消息在部队内部作了传达后,许多官兵哭了,我也无声地流下眼泪。

部队立即进入战备状态。我们教导队的主要首长、我们中队长陈荣华,都把手枪背在身上。指导员顾德润、副指导员指示我在营房大楼书写沉痛悼念毛主席逝世的大标语。我拿出大排笔,把黑墨汁倒到脸盆里,从上午写到下午,从晚上写到翌日,将中队3层楼房全都写上了大标语。

随后,部队在大礼堂设立灵堂,我奉命端着冲锋枪到毛主席遗像前肃立站岗,官兵们一批批来到灵堂,对着毛主席像宣誓,要继承毛主席遗志,化悲痛为力量,将无产阶级革命事业进行到底。我们从电视里看到,那些日子,整个中国都哭了,神州大地都浸泡在泪水里。

上课的铃声响起,各学员队全部上课。我发现,那些日子,每个教室都十分安静,除了清脆的电讯信号声,没有一丝杂音。对伟大领袖的深深怀念已化为岗位练兵的巨大力量。

钢枪在手,我在想,如果帝国主义这个时候胆敢侵犯中国,中国军队与人民非把它们打成粉末不可。

29.水兵与黑板报

当文书的日子,我至少有七分之一的时间是在黑板前度过的,一个水兵在黑板前的身影,给整个教导队的首长与水兵都留下了印象。

杭州大学一群女大学生到我们中队学军,见我在出板报,放下背包就跑到我的黑板前,看我出板报。

"这粉笔字写得怎么比毛笔字还要有笔锋?"

"你瞧，这战斗机画得多有动感！"

"还有这椰子树与地面开放的小花，真像相机拍下的！"

"收下我们当徒弟吧，我们拜你为老师！"

10来个女大学生像叽叽喳喳的喜鹊，围着我蹦来蹦去。我哪见过这阵势，脸都吓红了。

可是，只要我出黑板报她们就会来，这个要帮我抄一篇稿子，那个拿起彩色粉笔，帮我画图，黑板报前都是这番情景。尽管我心里有"三大纪律八项注意"，她们不能把我怎么样，但我怕对我影响不好，跑回中队部，向指导员报告，问"怎么办"？指导员笑笑说："这有什么关系，你出黑板报，大学生们喜欢帮帮你，这有什么不好？"

快乐水兵

指导员这一说，我轻松多了。过了一阵子，她们学军结束回校了。当天，我去各个房间整理卫生，走进一班宿舍，发现桌子上放了一堆水果糖，还有一张纸条。一看，是写给文书的，除了一番夸奖，还留有她们的姓名与杭州大学在文二街的班系地址。我把水果糖拿到炊事班与大家分吃了，那封信夹到了一本书里，成为美好记忆。

经常出黑板报，使我积累了书写与画粉笔画的许多技巧。

书写，粉笔用拇指与食指捏着，书写时要不断转动，这样就能保持笔锋的尖锐，写出机敏、精细如毛笔一样好看的行楷小字。

写粉笔大字时，将粉笔折断成与字体笔画粗细相当的一截，可以在黑板上挥洒自如地写大字，大字的笔锋如毛笔一样或刚劲有力或飘洒秀丽。如写黑体或宋体美术字，那折断的粉笔长度就是笔画的粗度，更是精确老到。

更好看的是粉笔画。五颜六色的彩色粉笔，既是笔又是画的颜色。除了人物画以外，彩色粉笔可画出立体逼真的表达效果。画椰子树，用青色粉笔，画出树干，层层叠叠的椰树叶，淡处用青粉原色，浓处将青粉蘸点水，就会出来一种神奇的浓密层次感来，尤其是椰子一个一个的大果实，将接近原色的粉笔蘸点水后，就是一堆堆椰子结出来了，饱满而立体。

更有趣的是画花朵。如果画腊梅，先用褐色粉笔画出梅花的遒劲盘绕的枝干，再将泡过水的粉色粉笔在枝干上点缀一朵朵梅花与花骨朵，再将泡过水的黄色粉笔点在怒放的梅花中间,形成新嫩的花蕊,其淡红、浅红、大红、深红、紫红等立体层次感全部出来,成了立体的画、盛开的花。官兵们走过,大都回眸。教导队的首长们见了,都夸奖我画得好。

三中队的黑板报,在全教导队出了名。说它好,还在于它的内容紧贴官兵思想,紧贴中心工作。中队那几年培训的是气象报务员,它比一般无线报务员的难度要大很多,报务员在不同阶段都会有畏难情绪,中队教员、干部与尖子水兵会有针对性方法帮教他们。副指导员要求每个班每周要向中队供稿1篇,我根据他们稿件内容编辑使用。每期的板报,有中队对中心工作的要求,有学员事迹消息、通讯,有老兵风采,还有我写的前言、编者按与编后。

有点像我们中队的《人民海军》与《解放军报》,水兵们看到自己的事迹上了中队板报都受到激励,学习劲头更足了。

任何军队,都会有指导与激励自己官兵的方式。

每年,教导队都举行黑板报比赛。部队政治机关主任、文化干事与各中队副指导员是评委。各中队的黑板报(用的移动木黑板)摆到一起,大家一家家看过,从内容的丰富性到形式的美观活泼,综合评比。很幸运,连续两年,三中队的黑板报都是第一名。

粉笔成了我的第6支钢枪。

这时,人民解放军各部队正开展轰轰烈烈的"四学"运动,即:向雷锋学习、向"硬骨头六连"学习、工业学大庆、农业学大寨。各部队都在评选学雷锋标兵与积极分子、"四学"标兵与积极分子。教导队要评出一名战士,出席军部与东海舰队的代表大会。

我压根儿没想到,我们这支以训练通信兵为主要任务的部队,没有推选军事教员、学员,居然推荐了我。真的没事迹好写。有理论家之称的政治处主任颜作俊亲自上阵,写我的"事迹"材料。归结点主要放在学习雷锋的螺丝钉精神上,干一行爱一行专一行。虽然我不是飞行员,不是海军舰艇兵,不是操控鱼雷、导弹、深水炸弹的技术尖兵,但我在平凡岗位上做好本职工作的思想境界与钻研精神,正是这支伟大军队的战士本色,任何伟大与崇高都是建立在此基础之上的。

我被评上了37510部队的"四学"先进,同时,被推荐出席东海舰队"四学"代表大会。

这两次代表大会,打开了我的视野。

参加这两次大会的代表有许多是海军战斗英雄与英雄集体,有些是和平年代建功的模范。我第一次知道,在海军这个部队里,还有这么多的兵种。海军有航空兵,是专门在海上作战的空军,机种有歼击机、轰炸机、水鱼雷机、直升机、运输机等。开飞机的是飞行员,维护飞机的是机械师、军械师、特设师。一架轰炸机上有飞行员、领航员、通信员、射击员,简直太丰富了。航空兵英模代表做报告给我留下最深印象的是被国防部授予"海空雄鹰团"称号的四师十团代表,他们这支部队在抗美援朝与国土防空作战中曾击落击伤敌机31架,创造了世界空战史上多项第一。"地面苦练,空中精飞",他们从实战需要出发锻造着"全天候"战斗力。这是我第一次见到飞行员,而且是开战斗机的英雄部队的飞行员,心里激荡着对他们的钦佩与热爱。

东海舰队"四学"会议,更是打开了我的眼界。我第一次见到了驱逐舰、护卫舰、扫雷舰、潜艇、鱼雷艇、护卫艇、猎潜艇等部队的代表。第一次听说在东海舰队守卫的6300千米海防线上,常年除了空中有飞机、海面有舰艇巡逻,水下有潜艇,沿海高山、海岛还有无数雷达、观通站,构成了一道严密防范入侵者的"千里眼,顺风耳"。代表们的大会发言都有事迹材料,每个人上台发言都令我听着感到新奇、激动。海军快艇某大队刚组建不久就参加打破国民党海军对长江口及其大陆沿海封锁的战斗,6艘鱼雷艇在海战中一举击沉国民党海军护卫舰"太平号"。1959年,八一电影制片厂以该部战斗故事为原型,拍摄了海战电影《海鹰》。这部电影我们入伍后看过,这次听了战斗英雄上台作报告,让人热血沸腾,我被英雄主义浸润了。作报告的还有一位叫萨本茂的蒙古族女工程师,对我国海防贡献可大了。20世纪50年代,我国海疆航标灯靠美国与法国提供的材料才能点燃,可他们对新中国实行封锁,让中国的万里海疆夜晚一片黑暗。为了尽快点亮航标灯,萨本茂把铺盖搬进实验室,经上千次试验,攻克难关,1955年研制成功乙炔清洁剂黄粉,点亮了祖国万里海疆。60年代初,苏联对中国海军快艇尾轴实行禁运。萨本茂心急如焚,日以继夜苦战,研制出世界上第一根用普通碳素钢包玻璃钢的尾轴,性能远超国外同型装备。即便在"十年动乱"身处逆境条件下,她也为海军装备攻克了20多项难题,1977年,东海舰队为她记二等功。她发言后,有一位女战士上台介绍她学习雷锋的体会。这是一位长相甜美的女战士,在海军412医院工作,她出身于干部家庭,本来可以在医院科室工作,可她却主动提出到锅炉房烧锅炉,并义务当起饲养员,一个人养了好多头大肥猪,她用自己的言行说明了一个道理:部队的岗

与战友蒋华一起担任驻地龙头场小学校外辅导员

位没有高低贵贱之分，再平凡的岗位，干好了都是为祖国海防作贡献。

几天会议，充满了战斗传奇色彩，充满了思想营养。

舰队大院坐落在一个风景秀丽的地方，依山傍水，浩荡的水面，连接遥远的天际线。会议期间，我们还看了一场电影，叫《青春》，是上海电影制片厂拍的，导演叫谢晋，演海军女通信兵的演员叫陈冲。这部电影是东海舰队一位叫李云良的文化干事根据部队一位参军前为聋哑人的女兵的真人真事编剧的，电影在军内外引起轰动。第二天，会议间隙，我还见到了这位大编剧，觉得他真是太了不起了。没想到16年后，我也调到了东海舰队政治部，成了这位军中大编剧的同事，这是当年我做梦都不敢想的。

舰队从此就驻到了我心里，坚定了我守卫祖国海防线的决心。这既是理想，是向往，是水兵梦，也使我身上生长了一种奋发向上的力量，一个水兵，从此有了胸怀。

心中仿佛有个太阳。

这年底，我没想到的事发生了：部队评功评奖，我被荣记三等功一次。这是全部队当年唯一立功的人员。这让我无比激动，也非常不安。自己也没打过仗，也没抓到过俘虏，不配立功，我心里不承认，但想着今后更要努力工作，不负军队不负荣誉与责任。

立功喜报寄到家，也把全家人吓了一跳，有人猜测我可能负伤了，母亲每天晚上睡不好觉了。从没出过远门的她，决定到部队来看我，正好石浦公社战友何嗣发回去探亲，母亲跟他来到部队。看到我一切好好的，她笑了。只住了3天，我都没领她到宁波市区去玩过，她就在战友舒继承陪同下回皖南了。

30.水兵与太阳

南方进入雨季，这个季节，部队周围村庄的杨梅熟了，一些村民将一筐筐盖着青绿山草的杨梅拿到部队营门外的河边与村镇路旁卖。

午间，部队学员、教员与部队机关工作人员都进入午休。与部队一墙之隔的龙山中学一间教室里每天这个时段都飘出优美的管风琴旋律《春苗出土迎朝阳》：

翠竹青青哟披霞光，
春苗出土哟迎朝阳，
迎着风雨长比花更坚强。
社员心里扎下根，
阳光哺育春苗壮，
阳光哺育春苗壮。

身背红药箱，
阶级情谊长，
千家万户留脚印，
药箱泛着泥土香，
药箱泛着泥土香。

翠竹青青哟披霞光，
赤脚医生哟心向红太阳，
心向红太阳。
……

雨声，风琴声，读书无声。无声读书的人里有我。

每天中午，我没有午睡的习惯，那干什么呢？读书。

从东海舰队参加"四学"会议回来后，我感到自己的文化、思想、理论水平太低了，必须下苦功夫，苦学一番。我制订了一个学习计划，每天读书3到4小时。一般是中午90分钟，晚上120至150分钟。

阅读内容主要是马克思、恩格斯、列宁、斯大林、毛泽东的著作。马列的书是选读，毛泽东的理论著作是通读。先选读的是《共产党宣言》《国家与革命》《论马克思与恩格斯》。这些经典著作的选读，使我对人类社会形态的产生与发展规律有了概略了解，对人类社会发展的过程与前景，有了理论上的了解，如何看待世界各国的现状与发展，有了一些基本的认识。知道共产主义理论的创始人，不是中国人，而是资产阶级国家大学培养出来的博士。

对《毛泽东选集》第1卷至第4卷阅读了一遍，然后，从第二遍开始，写阅读体会札记。这种阅读，使我对中国半封建半殖民地社会的形成现状，对中国革命，对中国社会各阶级，对中国共产党，对人民军队，对中国共产党选择的农村包围城市武装夺取政权的革命道路，对中共在不同历史时期的纲领、路线、方针、政策，对人民军队的性质、宗旨、建军思想、战略战术，对人民军队思想政治工作的基本方针、原则、方法、过程，对党和军队的组织原则、组织纪律、组织实施等，都有了明确清晰的了解，知晓党和军队一系列自身建设体系是如何逐步建立逐步完善的，明白了中国共产党、中国军队、中国政权是怎样一步步从无到有、由小到大、由弱到强的。一个士兵，已有看待与理解党与军队、党与国家、军队与国家的理论眼光，大脑与心头都被理论的阳光照亮着，不再是那个一切都懵懂的少年，而是有了点辩证唯物主义与历史唯物主义知识，学会用综合、全面、相互联系的观点看待事物，不再是那个看什么事物都是简单、孤立的社会青年。

这个阅读与札记过程，还学到了许多语法、修辞、逻辑知识，了解了各种新鲜活泼的政论文章的写法，尤其是一位政论文写作大师论点的提出、论据的充分、论证的巧妙、主题的鲜明、语言的丰富犀利、行文的磅礴大气与无可辩驳的力量，真是使人折服。毛泽东既是哲学家，也是语言大师，他能用老百姓最熟悉的比喻、俚语、谚语、典故、传说把最高深的理论讲得通俗易懂。这方面，在中国与世界古往今来的帝王与领袖中，没有发现比他能力更强的人。美国有个叫林肯的总统，他在演说中喜欢打比喻，是美国历任总统中演说力最强的，但是与毛泽东相比，那就有点逊色了。

这种阅读对一个没有接受过高等教育的水兵来说那就是雨露阳光。

31. 水兵与"战斗"

1977年，中国军队的军事训练掀起新的高潮。我们营房临东海，属于杭州湾海区。不时，我们会看到一架架轰炸机拖着靶在空中一圈圈盘旋，当转到濒浦空域时，海边就有密集的炮弹射向空中。我们知道，这是海军高射炮兵第十团在打靶。这个炮团装备100毫米高炮，已全部实现由电子指挥仪引导高炮向敌机开火。高炮团的各炮连部署在宁波军用机场周边，我们平时坐车往返宁波时，都能看到路边的炮连。

炮连驻守路边，看似寻常，其实，在军事专家那里，这都是精密部署，它能确保敌机万一来攻击宁波机场，不论来自哪个方向，都会受到炮火攻击，插翅难逃。在人民解放军刚解放宁波不久，刚建成的庄桥海军野战机场，曾多次受到国民党空军战机窜犯，给我军造成伤亡。

重炮团的布防不是无缘无故的。

我们中队的训练内容也在升级。除了训练气象报务学员之外，还经常有干部学员来中队训练。

一批柴油机技师培训给我印象深刻。这群来自漫长海岸线的军官，技术上都有一套，平时，他们都在东海各个独立的海岛雷达连队工作，雷达每天24小时开机警戒，用电完全靠柴油机发电。每个连队都有2部以上柴油机，工作时，一台柴油机故障停机，技师必须在2分钟以内启动另一台柴油机恢复供电，否则，就会按事故处理。

一批批不同型号的柴油机拉到了我们中队，军事教员都是舰航挑选的这方面专家。他们先上课讲原理，然后设置各种故障让学员排除。一台台大机器，被他们像玩一样的摆弄，一会儿突突响起，一会儿无声无息，我很佩服这些年轻的技术军官。

他们也有一些问题。也许是重技术轻管理的原因，也许是在海岛连队生活平时内务整理不重视，他们来到中队后，被子叠得乱七八糟，胡乱卷在那儿，连新兵都不如，卫生搞得也不干净。我们是无烟中队，他们一些人抽烟，个别人受到批评还有顶撞现象。

中队长陈荣华与其他干部决定整顿他们。先中队点名批评这种现象，提要求，然后让大家回宿舍重叠，对个别人，则与教员一起找他们谈话，进行批评教育，限定他们改正。与美国佬打过好几年仗的中队首长，个个战斗英雄出身，不会容忍这些"稀拉兵"带坏中队作风，整顿逐步展开。

我针对这一现象，专门出了一期黑板报，对轻视内务卫生现象进行分析，对临时观念与重技术轻纪律的现象进行批评，不时看到一些技师站在黑板报前观看。我的黑板报历来是坚持以表扬为主的，他们的到来，让我用上了批评，有的批评还挺尖锐，也许有一点点像鲁迅先生说的"匕首""投枪"的味道，鲁迅先生当年针对的是敌人，我针对的则是技师的思想。

管理上严格要求，生活上对他们还是非常关心的。在上级规定的伙食标准外，中队还从农副业生产中拿出资金，为大家改善伙食，原先的4菜1汤，变成6菜1汤，每个周末还有小改善，一桌菜，如过年一般。

中队的农副业生产资金主要来自养猪种菜。原先猪少，中队官兵每餐吃剩的饭菜与泔水给它们吃就够了，可猪一多，饲料不够，炊事班想出办法，到驻地打猪草。炊事班一日要做3顿饭，抽不出兵力，只有中午休息时，大家踩着三轮车往海边找猪草。

很快，我们就找到了草场。慈溪县是我国的棉花大县，当时的县长到北京开会，周恩来总理称她为"棉花姑娘"。龙山海滨，有一望无际的棉田。每片棉田，每隔几十米就有一条2米多宽的河沟。这些河沟，既可以排涝，也可以抗旱。河沟1米多深，里面长满了猪喜欢吃的"灯笼草"。盛夏响午，气温38摄氏度以上。我和炊事班班长余根宝等人穿着海纹衫、蓝军裤，戴着草帽，骑着三轮车来到棉田水沟旁，1小时左右就能捞起满满一车水草。这些水沟里，小龙虾特别多，只是那时，我们不吃这东西，同时，也认为这是群众的东西，我们不应该捕捞。

利用业余时间进行这样的劳动，我们每周都有3次以上。阳光晒黑了我们的脸庞，但红红的脸颊显示我们一个个更健康。

我们每个人或长高了或长胖了。水兵在成长，我们部队也在壮大。1978年春天，海军司令部下达命令，将我们教导队扩编为训练大队，团级编制。部队机关设有司令部、政治处、队务处，下设N个学员中队。

调干部、设机构、招学员、建新楼，部队一派欣欣向荣景象。

32.水兵与姑娘

水兵是中国青年的精华部分，小伙子们有文化，长得帅气，水兵服一穿，要多神气有多神气。一座军营，里面装满了这种帅气的水兵，肯定会引起周边姑娘们的注目与喜欢。

姑娘们对水兵的友好使我们高兴与自豪，但她们带给我们的麻烦实在不少。我经历的那次，还是被吓着了。春天的夜晚，轮到我在营门口站岗，正值部队放电影，周围村庄数百名青年赶来，非要进入营区观看。当时部队规定，每月定期给地方放一场电影，平时每周部队放电影不许地方人员观看。"解放军的电影阿拉凭索（'啥'的意思）不能看！"一群姑娘打头阵，她们挺着胸，雄赳赳地往里闯，我与陪岗的老兵加上警卫班七八个人一起阻挡，但姑娘们就用胸撞我们，我们哪敢动手推她们。眼见防线守不住，他们全部冲进营区乱窜，直奔电影礼堂。

电影没法看了，部队领导宣布，电影不放了，各部队带回。好端端的一场电影看了一点点，就这么给她们搅了，大家很扫兴。后来，我们想出一个办法，每每放电影时请来山下村的一位曾当过新四军的老人，人们叫他阿康师傅。老人在周围村庄德高望重，我们凡遇到涉及军民关系的事都找他，他一出面，一切问题迎刃而解。此后每次放电影，我们都事先向阿康师傅通报，他到点就来了，见到姑娘小伙到门口，摸摸这个头，拍拍那个肩膀，告诉她们，"部队有规定，不能混在一起看电影"，很快给打发回去了。

这使我想起我军缔造者说的话，革命战争是群众的战争，只有发动群众，才能进行战争，只有依靠群众，才能进行战争。战争年代如此，和平年代也是如此。

当然，姑娘们也带给我们许多美好。每年春天插秧与"双抢"季节，我们整个部队都要参加助民劳动。龙山的农田里，蚂蟥特别多，我们拔秧插秧，腿上不时爬上一团团黑黑的蚂蟥。

第一天下田劳动，不一会儿，腿上被人拍了一巴掌，蚂蟥滚到水里，腿上淌出鲜红血流，还是那双手，又从裤子口袋里摸出一个白色透明的小瓶子，往手心里倒出一些无色液体，涂到我的双腿小腿肚上。

做这事的是我感到面熟又不认识的一位姑娘。当着大家的面，她大大方方，仿佛我就是她哥哥或弟弟，一切都是那么亲切自然。

真是神奇，此后，蚂蟥再也不吸我血了。

傍晚回到军营，我到卫生队去要防蚂蟥叮咬的药水，却没有。

第二天，我们又下田插秧，姑娘走过来直接送给我一瓶药水，解除了我的蚂蟥叮咬之痛。可我要给她钱，怎么拉她也不要。

有趣的是，带领我们一起劳动的干部们却没有享受到姑娘的这一特别关怀，也许，她们只喜欢关心同龄人。也许，古往今来，姑娘与小伙心头都有一条河，只要走到一起，河流就会流到一起，别人看不见。

这种"无线连通"我遇到好多次。一天晚上，天很黑，我独自一人到中队长陈荣华家去通知他一件事。因部队没有家属院，他与爱人、孩子都租住在老百姓家里。黑灯瞎火的穿行村庄，又不能背着冲锋枪，心里有点不踏实。

没想到刚走出营门口的桥头，就遇到3位姑娘，她们知道我去一位海军干部家，一直把我陪到门口。我向中队长报告完毕出门，没想到又遇到她们，她们陪着我走，一直走到部队营门口。我只朝她们看了一眼，连再见都没说就进去了。

前前后后，我偶遇她们10多次。夏天的夜晚，明亮的月光下，只见她们穿着花裙子，像3只蝴蝶，见到我笑笑："又去首长家？"我说是的。她们就陪着我走，有时走在我前面，有时并排，身上香香的气息，扑入鼻孔。这是我很熟悉的夏天我们村上与大队演出队姑娘们身上的味道。

当文书的第二年，龙头场学校校长来部队联系，请求部队给他们学校派两名校外辅导员，我与队务处文书蒋华被部队确定担任此职。这所学校，女老师特别多。语文、数学、音乐、英语等老师，大部分是年轻女教师。

一次次参加学校活动，给同学们做辅导报告，与老师们熟了，姑娘与水兵心灵的河流通了，漂亮的英语老师、数学老师与我的接触中多了一层外人不易察觉的温暖气息，我也懂，但一直没有作出"懂"的反应。

我心里有条世界上最强大最美丽的力量也撼不动的军规：不与驻地姑娘谈恋爱，就是遇到当代西施也不谈。军队作出不准我军干部战士与驻地姑娘谈恋爱是有其科学性的。优秀的军人找对象也一定是驻地出众的女孩子，都把她们谈走了，驻地小伙子们怎么办？如果战士与驻地姑娘谈恋爱，战士复员回原籍把姑娘带向远方，她们的父母怎么办？如果干部战士在驻地谈恋爱结婚，那野战军一下就变成"地方军"啦，部队调防与遂行作战任务遇到一系列羁绊怎么办？

军规在胸，姑娘们即使像蝴蝶一样在身边翩翩起舞，但水兵投过来的只有欣赏的目光，不会产生拥有之念。姑娘们是祖国的花朵，水兵是祖国海防也是花朵的守卫者，这就很好了。

这是世界上最纯洁的军民关系，它只属于中国军队。这是水兵与姑娘留给龙山那片海防线上的美丽风情。

第八章

我的手枪

中国与世界各国军队有一个共同的规定，除特种兵之外，只有军官配备使用手枪。作战中，手枪杀敌的功能是次要的，主要功用是作战指挥与自卫。

1978年10月1日，部队首长正式发给我一把崭新的"54式"军用手枪，枪身编号：203999。

我特别喜欢这个号码，京剧《智取威虎山》与小说《林海雪原》里带领解放军小部队在牡丹江一带剿匪的团参谋长少剑波代号就是"203"，999好记。现在随着人民解放军武器装备的更新，这支手枪可能已化作钢水，但它的号码却一直珍藏在我心里。

这一天，我正式成为人民海军的一名军官。

1978年夏天，我被抽调到大队队务处担任书记兼保密员与机要参谋。战友们说，朱学文要提干了。大家都知道，这个岗位配备的都是干部，没有战士代理。而此前，部队对一名水兵的培养早已精心布设。

33.大姑娘上轿

有一种培养叫"锻炼"。一块钢要达到一定质量，必须放到摄氏1000多度的钢水里熔炼，出炉后，还会放到砧石上锻打，才能形成或武器或社会生产需要的器械。

部队党委专门开会，决定将我放到艰苦岗位去锻造。

在指导员、中队长找我谈话前，政治处颜作俊主任到中队检查工作，离开时见到正在出黑板报的我，特地拍拍我的肩膀："小伙子，你可能要经受磨炼，要有思想准备。"

我毫无思想准备，不懂他说的意思，但响亮回答："愿意！"

下午，我获知是让我到中队炊事班当班长。我知道，这是中队党支部也是部队党委对我的培养与关怀。

入伍后,我知道自己的从军路走得太顺了,也太令人羡慕了,老兵们心中也有一些情绪,觉得一个一年到头军装上没有污渍的新兵,又是部队先进,又是出席舰航、舰队先进代表大会,又是立功,他们每天起早睡晚,似乎什么荣誉也没有。其他中队与我同期入伍的战友,已有几人加入中国共产党,可是中队党支部几次让党小组讨论我的入党问题,却因党小组长的不同意而搁浅。

部队与中队首长们希望我在被人们认为又脏又累又默默无闻的岗位做出令人信服的成绩,让劳动的汗水浇灌成长,消除偏见。

当天,我就与接替的文书做了工作交接,随后,打起背包,提起行装就到了炊事班。见我来当班长,全班战友都兴高采烈,尤其是同乡战友副班长余根保更是乐不可支。这是一个身高约1.8米的战士,是与我同一闷罐车拉到部队的。他上学时语文不太好,参军第一年,他的家信都是我帮他写。比他晚一点的安徽怀宁籍战士王家红和汪静波因是老乡心里多了一分亲近感。开班务会时,全班8个人每个都表达了对我的欢迎,表示要服从班长领导,坚决完成班长交给的各项任务。随后,排班,每天排一名值班员。值班员要比其他炊事员早起床30分钟,负责先煮稀饭,然后大家齐上阵做馒头。中午、晚上,值班员负责煮饭与掌勺炒菜,其他人负责洗菜,打下手。全中队有110人多人吃饭,每顿4菜1汤,必须做到按时开饭,饭菜清香可口,不能出现食物中毒事件。责任还是蛮重的。

大家认为我当文书刚下来,就不要值班了。我当场宣布,明天早晨就值班。我想尽快进入角色,当一名合格的炊事班班长,并谢绝了副班长陪我值班的好意,我选择了王家红。

王家红长得像个姑娘,白白净净,平时话不多,一讲话就脸红,但当兵后从未与战友们红过脸,烹调技术超好。我让他当老师,教我。

淘米,煮饭,理论上讲并不复杂,但操作起来并不容易。第一次我独立煮饭,淘洗了60多斤大米,倒入锅里,放进了规定的水,将煤火捅燃,煮啊煮,1个多小时后,大锅底下的米饭烧糊了,打开锅盖,用锅铲铲开上面的米饭,米粒却没有完全熟,成了夹生饭。我问大家补火行不行,都说不行。我当机立断,赶快淘米,重煮。马上让人通知值班区队长推迟15分钟开饭。

余根保、王家红齐上阵,第二锅香喷喷的米饭打到3个大饭桶里抬到饭堂。水兵们排着队进了饭堂,因炊事班班长的技术原因造成开饭晚点,心里有点不安。

我觉得,这种事要是自己干,还会继续发生。如果这样下去,我们中队炊事班就成了全部队的后进班了,这是无论如何不能发生的。我决定承认现实,短时间内,文书变不成炊事班班长,那就轮到我值班时让战士们轮流为我技术保驾。

我开始抓炊事班全面学习。政治学习,以学员班的标准要求大家,学习、讨论、写心得，一个不能少。

抓烹调技术比武。看谁切菜刀功好，炒菜味道好。部队举行烹调技术比武，我们班获得第一名最多。

抓节煤。战士们充分发挥自己的创造性，不断刷新中队节煤新纪录。按中队人均煤耗计算 0.25 斤，全部队最低。

抓卫生。中队食堂不断夺得部队卫生流动红旗。

一个先进炊事班出现了，但它的炊事班班长依然不怎么会做饭做菜，中队与部队领导都觉得蛮好笑。

分管后勤工作的副大队长张凤林是部队的智多星，因在军部任过职，与战斗部队比较熟悉，他与某师宁波场站联系后，1978 年 5 月 29 日，让我带着 4 名兄弟中队的炊事员到机场空勤灶学习。

空勤灶，什么概念？就是做饭给飞行员吃的灶。我知道，首长在考虑提高全大队炊事班烹调技术，尤其想提高一下我的烹调技术。

我所在的空勤灶管理员叫杨水河，老家在河南。对我特别好，说想学什么或有什么要求尽管提出来，他保证满足，生活上对我也非常关心。

真叫我大开眼界。飞行员的伙食太好了，感觉他们每顿吃的东西多得像过年。早餐，煎蛋、包子、馒头、饺子、面包、面条等各种面点与小菜，多得数不清，还有咖啡。中餐、晚餐，除每个飞行员餐桌上标配的菜肴之外，铺满白色餐布的长条餐桌上还摆有几十碟各色鱼肉菜肴，想吃随便拿。难怪说，飞行员是国家用金子堆出来的，国家培养一名战斗机飞行员，要花费数百万乃至千万元，战斗机部队飞行灶的厨师技术，五星级酒店的厨师都比不了。

每个空勤灶除了标配的干部战士，还聘有多名地方男女职工，分工也精细。年龄有大有小，但他们身上都有一种全心全意为飞行员服务的精神。

学习几天后，我们聚到一起交流学习经验，大家最大的感受都是说服务精神上的。我说："那我们就用这种精神学习制作面点，精做菜肴，有些菜的做法，目前地面部队只有逢年过节会餐时也许才能用到，但艺不压身，学到手早晚会用上的。"

成天，我们在野战机场战斗机涡轮的尖啸中度过，大批次战鹰起飞时，地动山摇，大地震颤，部队的门窗被震得咯咯响。一有空，我就跑到外场，看战斗机起飞、降落。这个机场，当时有几个型号的战斗机，有时也有轰炸机飞来训练，有直升机、运输机。战斗机的起降最漂亮，起飞降落，一派战斗的英姿。晚上，银色的战鹰一排几十架停在一起，威武雄壮，非常好看，天气转坏与不飞行时，除了几架担负战斗值班的歼击机，其他飞机由地勤人员全部拉到机窝里。每个机窝都是马蹄形的，几米高厚的土墙上长满绿草，每窝里能停 3 架飞机。与战鹰与飞行员亲密接触，更能让人明白自己工作的意义。

傍晚，我经常在机场滑行道或林荫道上散步，望着西天的晚霞我多次想过，如果到明年服役期满了，我回家干什么？心里想的最多的是能在部队入党，复员回乡当个大队书记，把整个大队建设好，让家家户户过上富裕日子。

一天我正在择菜，管理员杨水河突然叫我："朱学文你出来一下。"我走到他办公室，看到一位人高马大的干部坐在那儿。定睛一看，是我们中队的新任指导员郑保平。

"指导员，你怎么来了？"

他笑得眼睛眯成两条缝："我想念你了，来看看你。"

杨管理员给我俩泡上茶，还端来了水果："你们慢慢聊，中午一起吃饭。"

聊了一番机场生活后，指导员切入正题，告诉我说经中队党支部研究决定，发展我入党。他带来了入党志愿书，让我填好。这让我激动了一番。填写是认真的，每个字里行间都凝聚着我由来已久的愿望。

我很快就要成为执政党的一员了。感恩伟大时代，感恩伟大军队，感恩伟大的党。想想，中共从成立到1949年中华人民共和国成立，中共还是"地下党"时，成千成万的中共党员，被高叫着"宁可错杀一千，决不放过一个"的蒋介石反动派杀害了。今天，我们可以在阳光下入党了，再也不怕国民党反动派杀我们了。这是成千成万的先烈牺牲生命给我们换来的幸福生活。

机场学习80多天后，8月21日，我们全体回到龙山部队。正当我想率领炊事班大干一场时，8月31日，部队首长把我叫到大队部谈话，让我到队务处保密室报

海边周末

到,接替一位山东籍干部曹济仁的所有工作,代理书记兼保密员与机要参谋。

一个月后,我被正式任命为行政23级海军军官,我的军旅人生进入崭新阶段。

34.机要参谋

国家与军队总是把最重要的事情交给她最信得过的儿女。这是一个不能出任何纰漏的工作岗位,否则,就会给国家与军队带来损害,而有些损害是难以估量的。

在数千份标有秘密、许多标有机密、少量标有绝密字样的文件交到我手里的同时,还有部队首长发给我的这把枪身编号203999的手枪与几十发子弹。从此,每日每夜,这支手枪一直陪伴着我,我是国家与军队机密战线的承办与保卫者。每天晚上睡觉前,我都将手枪子弹上膛,关上保险,放在枕下。如果深夜有不法之徒进入我的房间,就能拔出手枪推开保险就打,没有迟疑。当然,我也想过,打腰带以下部位,能抓活的。

每天,我接收军部送来的机要电报、机密文件。将这些文件一一登记好,然后,按文件内容分送给大队各位首长阅读,根据军政首长在文件上的批示送给相关机关干部阅办。这些人在阅读时,我人不离文,不准他们抄摘,阅后即拿走,保证文电完全置于我的视线之内。

同时,部队司、政、后机关常年也会不断给部队下发各种文件。这些文件,主要是训练计划、指示、工作通知、通报、总结等,除少数文件之外,大都是最低的秘密等级,我登记后,按机要文电下发程序,分送各机关相关部门与各训练中队,让他们签字接收。这些文件,一般年底就全部收回,除留下几份存档之外,按军队机密文件销毁程序,在一份份做好销毁文件登记后,由部队指定销毁监管干部一一核对盖章后当场销毁。

我平时大量工作是为部队所有机要文件建档。由于部队扩编时间不长,我的前任对所接收的文件没有建档,军司令部档案室干部根据军队机密文件保管规定,给我们下达了建档指示。分类是一门科学,不只是所有文件都有编号,也更有利于查找使用。当首长与机关干部需要查找某份文件时,只要报出类似于"中央军委""总参谋部""总政治部""海军司令部""舰队司令部"等这样的行文机关,即使报不出文件名也能很快帮助查找到。另一种情况是,如果知道文件内容,不知道下发机关,也能根据内容很快查找到。那时没有电脑查询系统,这样的编程是很先进的了。

近水楼台先得月,所有的文件进入传阅与保管程序,整个部队最先看到文件的人是我,我的肚子里装满了党和国家、军队的机密,但肚子同时又是一个绝密保险箱,它对谁都不讲,一个字不露。不只是在担任机要参谋的日子里,几十年后,当我退出现役工作在地方新闻界,依然,不露一字。

战士的忠诚,伴随一生。

35.公文教科书

中国有句老话，叫处处留心皆学问。我常年与各种机密文件朝夕相处，不经意间，它们也成了我的教科书。

我们队务处处长陈淑裕是位和蔼可亲的解放军南下干部。他1947年初从江苏启东县参加革命，因有小学文化，被部队当成宝贝分到人民解放军第二十九军司令部担任报务员。他天生对数字敏感，接收电报他大脑中同时能储存多组电码，报务兵抄报大脑中能够压一组电码（4个数字）已很好了，他可以压2组以上。在那人民解放军大战不断的解放战争中，他先后参加了济南战役、淮海战役、渡江战役、上海战役、厦门战役等，战场电子信号不好，他的耳朵却特别尖，别的报务兵抄不下的报文他却能抄下来，发报手法点划清晰，也是发报高手。军长直呼他的大名，战斗间隙有时还找他打几把牌，可以看出他因军事技术过硬传递战斗命令迅速而得宠。福建解放后，他被挑到海军部队工作，现在担任我们这个军直属团级部队的队务处长。我新兵连站岗看到的那位阳光少女就是她的小女儿。谁也没想到，若干年后，他却成了我的老岳父。他每周会来我的保密室看看，总是笑眯眯的，看过之后，拍拍我的肩膀，或夸我卫生搞得好，或夸我文件整理得整齐，反正一次也没有批评过我。

有一天，他看后坐了下来，同我拉起家常。他问，我答，我把家乡与家庭情况都简单做了回答，这时，他端起我给他倒的一杯开水（部队不发茶叶，我自己也不买，那时待客，只用开水）对我说："你是个好学上进的好青年，目前这个岗位干得很好，但你不能一直干这个书记、保密员，你要有被提拔担当大任的准备……"听了这话，有点蒙，我很喜欢现在的工作岗位，干个十年八年也愿意，提拔我干吗？

他走后，我想想，首长的话有道理，不论提拔不提拔，我都需要学习新知识，掌握新本领。学什么呢？

过了几天，又来了一位首长，部队的副大队长张凤林，他进门时，递给我一本很厚的书，对我说："朱学文啊，这是《机关军事应用文写作》，你好好学学，以后你提拔了，在机关不管是当参谋还是当干事，甚至当领导都能用得上，是必须掌握的基本功。"

这使我喜出望外，如获至宝。从此，工作之余，它就成了我的教科书，每日必读。在看教科书的同时，我再看文件，哈哈！全明白了。那些文件中的文体，基本上全都符合教科书上的文体行文要求。"命令""指示""计划""通知""通令""主送""抄送"等,它们的区别与联系,它们的抬头与结尾,它们的用词与语气等,学问很多。执行政治任务的军事集团,打仗与训练,都是通过军用文书下达战斗命令与指示的,行文的规范性、准确性、科学性、简洁性等太重要了。

从此,文件教科书就成了我的大学、我的研究生课堂。

36.带八一军徽的大印

1979年3月,我们部队又升格了。

这次升格为训练团,代号为中国人民解放军37974部队。虽然训练大队也是团级,但毕竟没有正规团单位编制齐全。

保密室划归司令部管辖。隶属关系变了,但职能使命没变,只是任务与事务更多一些。

我工作的一项职能就是保管与使用部队以及首长印章。部队印章有两枚,一枚是代号,是部队对外使用的,一枚是番号,是部队内部使用的。全军部队代号印章上的字数是一样的,如我们部队印章上的字为:"中国人民解放军37974部队",印章中间是八一军徽,全军部队只是代号不同而已,其他都一样。部队上报与下发的所有文件,盖的都是番号章。相比较而言,使用内部印章没有任何难点,而使用外部代号用章则要复杂很多,用量也很大。

主要表现在,全部队官兵出差与探亲休假,要开军人通行证,证件上面要盖章,每张通行证上盖有一颗半印章。之所以有半颗,是一半印章盖在通行证军人持有的部分,一半留在存根上,这也是防止坏人伪造军队通行证,验证通行证的真假,与存根部分一拼就看出来了。军用通行证是军人的通行证明,是总参谋部统一印制发放全军的,如果军人携带枪支弹药外出,军人通行证上必须载明枪支型号、弹药数量,以便军队与公安机关查检。这项工作,主要表示为例行公事,只是遇到携带枪支情况时,需要验证任务用途与批准首长。这项工作量最大的时段是一批批学员毕业奔赴战斗部队时,几十人、几百人,同时都要开具,学员人手一份奔赴征途。

还有官兵与地方接触,需要用到介绍信。部队到相关单位采购物资要开具介绍信,须写明所采购物资数量、用途。第一次让我遇到挠头事的是政治处的干部股长。有一天,他走进保密室,让我给他开一张到慈溪县百货公司换布票的介绍信。那时,全国由于商品供用不足,实行票证制度,如吃粮食,包括购买食品,要有粮票;吃油要有油票;买布做衣服要有布票,以省为范围通用。依稀记得,国家每年发给每个人的布票是16尺。我们军人发的是军用粮、油、布票,全国通用。有些干部家属随军了,将当地省份发的这类票据带到了部队,这就需要部队帮他们出具介绍信到地方相关部门去调换成当地通用的票据。可是我知道,这位干部的家属及其子女前几年就随军了,他的布票应该是从老家拿来的,再给他开介绍信是不符合规定的。我告诉他,这是不符合规定的。他朝我笑笑:"也不给部队添什么麻烦,山东的布票拿到浙江来用一下,谁也不损失什么,你那么死心眼干什么?"

他一脸不高兴。看着他满头飘霜的头发,我真感觉有点为难。开给他吧,违反原则,不开给他吧,他家庭需用。这些布票一定是他老家父母亲人平时舍不得用省下来寄给他的。思想斗争了一阵子,我决定还是不换给他,我认为作为一名军队干部应该自觉执行国家规定,不能搞变通,我明确告诉他,这个介绍信不能开。他走了,显得很不高兴。一位战友对我说,他是政治处的资深股长,是分管干部调配任免工作的,你怎么一点面子都不给,不怕他以后给你"穿小鞋"? 当时,真的没想过,当然,如果想过,结果还是一样。

此后,还有几位干部找过我,结局都是一样。

我觉得,全军每一个军人,都是军队这个伟大躯体的一部分,其言行直接关系到我军声誉,任何违纪与损害军队声誉的事都不能做。军队的印章上有八一军徽,那是成千成万的先烈用鲜血与生命凝聚的光荣与伟大,任何军人不能亵渎它。这么一想,欢乐开怀,做了一件开心事,它与捍卫心灵的神圣有关。

37.绝密行动

作战是军队的根本使命,军队所奋斗的一切,就是为了当那一天来临时为祖国而战。

平时的锻造至关重要,而这一切,让敌人知道得越少越好。这就是军事行动的保密性。

平时收到绝密文件,都是按特定程序承办的。

除此而外,每个季度我都要上报整个部队的军事实力统计表。整个部队的人员、武器装备、弹药储备等,都准确列表在里面,不能有一点差错。第一次报送,团里将全团唯一的一辆吉普车派给我使用。我带上手枪,坐在后面座位上。司机对我说,首长们都喜欢坐前

这张照片是驻地龙头场照相馆何天杰与一位师傅为我拍的

排位置，现在又没其他人，你还不坐到前面来。我说，坐前面可能会晕车。把他说笑了，他说我把晕车原理完全弄反了。其实，我心里想的是坐在后面，万一出现情况我好处置，我的包里放的可是绝密级文件。当然，他并不知道我去军部干什么。

可是，首次任务完成得并不好。由于第一次接触统计学上的门类，有些区分搞错了。军务处的资深参谋徐妙章——指出了我出错的地方，并用铅笔一一标注出来。其实，徐参谋我们早就认识，他瘦瘦高高的个子，说话很和蔼，办事非常有条理。我在三中队当文书时，被借去帮他抄过3天文件，临别时，他送给我4本稿纸。这是一种16K的淡绿格子稿纸，每页有300格，最下沿有"37510部队司令部"字样。这是一名战士收到的来自军部机关的最好礼物。我将它放在抽屉里，写家信舍不得用它，有时整理物品时看到它，心里有一种珍贵感。

这次是个教训，统计的军事实力居然不合格。回到部队后，当夜重新填报好，第二天送给团长、政委签字盖章，又发出了。这一次，准确通过。

几年间，从慈溪龙山到宁波市区的公路上，每个季度军用吉普车都要载着我跑一个往返。司机从不知道我干什么，更不知道，我鼓鼓的军裤口袋里放着一支编号为"203999"的手枪，8发子弹就在弹匣里。

38.甜美时光

军队生活是由军号来统一作息的，正值青春年华的水兵就踏着由军号调节的生活节奏板，值班、训练、学习、生活。

与战友们比起来，我的生活自由度相对较高。

午间，部队进入午休，学员队要求学员们必须进入午睡。对报务兵来说，午睡对保持大脑清醒是必要的。通信报务数码，高手每分钟能抄到300多码，一般能独立值班的报务员每分钟能抄150多码，他们的大脑，就像一个快速反应的电脑，保持大脑的高度清醒，是对每个报务兵的基本要求。对学员午睡的强制性要求，是有一定科学依据的。

我是一个从小只要上床几分钟就进入深度睡眠的人，军队一般都保持军人每天8小时左右睡眠时间，这对我已经足够。

到保密室工作后，我成天工作在只有我一个人的时空中，部队午睡时段，没有任何人来找我办事，这成了我完全个人支配的自由时间。于是，选择读书。粉碎"四人帮"之后，部队图书渐渐丰富起来，这期间，我读了鲁迅先生写的《呐喊》《彷徨》《野草》《朝花夕拾》《三闲集》等杂文作品；读了大量小说，记忆比较深的有《欧阳海之歌》《东方》《林海雪原》《山村新人》《苦菜花》《红岩》《红旗谱》《青春之歌》《红日》《山呼海啸》《戎萼碑》《太阳照在桑干河上》《保卫延安》《铁道游击队》《平原游击队》《英雄虎胆》《吕梁英雄传》《战火中的青春》《烈火金刚》《野火春风斗古城》《工作着是美丽的》《伟大的道路》《西行漫记》《钢铁是怎样炼成的》《青年近卫军》《静静的顿河》《战争与和平》《红与黑》《简·爱》《牛虻》《鲁宾逊漂流记》《马可·波罗游记》《悲惨世界》《老人与海》等上百部中外名著。后来，又把《西游记》《红楼梦》《三国演义》《水浒传》等读了一遍。

书海畅游，丰富了我的阅读内容，开阔了我的视野，增长了我的知识面，打下了文学基础，提高了形象思维能力，增强了想象力，大大提高了语言表达能力，填补了上中学阶段遭遇"文化大革命"，没有机会进行大量文学阅读的空白。

有许多文学形象，对我的世界观、人生观、价值观产生影响。比较明显的是《欧阳海之歌》中的欧阳海，他的正直、阳光、好学、上进、较真、无私、真诚、友善、勇猛等，包括他处理上下级关系、内外关系、对工作对生活对家人与乡亲的态度，都对我产生很大影响。

再就是强烈的爱国主义与革命英雄主义精神。我特别喜欢智勇双全的指挥员。最喜欢的是《林海雪原》里的少剑波、杨子荣，《平原游击队》里的李向阳，《东方》里的郭祥，他们都是身经百战的我军基层指挥员，他们身上有一种征服敌人的渴望，从不害怕任何强大的敌人，生就蔑视敌人、蔑视困苦、压倒敌人的基本性格。他们有勇气、有智慧、有能力，到处找敌人打，他们与敌人的关系就像猫和老鼠的关系，再凶恶、装备再先进、兵力再优势的敌人，他们也从不畏惧，总有办法找到敌人的弱点或薄弱环节，给敌人致命一击，克敌制胜。

除了读书，打羽毛球、爬山、看电影、看海活动也使我的周末时光充满快乐。我们司、政、后机关驻扎在虞洽卿的老房子里，保密室旁边有个天井，天井边有水池与洗衣台，一两米长的石板，将衣服或被单放在上面刷洗非常方便。每天，我洗脸、刷牙、洗衣服都在这里。

春日的一天，我正在洗衣服，突然过来一位美丽姑娘，她也拿来一盆衣服来洗。我知道，这一定是部队一位首长的千金，否则，她进不了军营。她见了我，大方地一笑，我认出来了，这不就是几年前我站岗时遇到的那位小姑娘嘛！

几年不见，她已出落成一位大姑娘了。人长高了，脸庞白皙，面颊上泛着嫣红，浑身散发着青春活力，比当年少女饱满，更美了。部队放过一部电影叫《海霞》，她的神情与女主角的扮演者吴海燕倒有几分相像，只是她更青春一些，人要小一些。

我对她说："你好！"

她说："你好！我知道你在保密室。"亲切，自然，大方里带着几分调皮。

不知什么原因，我的心怦怦跳起来，有点莫名的紧张。

匆匆洗好衣服，我就回保密室了。

从此，我们见面都相互打招呼，越来越熟悉了，她知道我的名字与职务，我也知道她叫陈玫。周末，有几次，她拿着羽毛球拍子，邀请我与卫生队几位干部一起打羽毛球。开始，发球，接球，我失误较多。原因不是技术，而是从没有与姑娘打过球造成的，技术发挥失常。

文体活动的意义，有时候并不在于活动本身，而在于它会给人们注入心领神会的元素。时间一长，它会成为一种最美载体。

我们已像朋友。有一次，我洗了被子。在乒乓球室，我卸下乒乓球网，用干毛巾擦干净桌面，铺上被单、棉絮、穿好针线，正准备缝，她从外面进来了，笑笑："你技术怎么样？"我说："不怎么样！""我帮你缝缝看。"

我也不客气，就把针线递给她。她接过针线，让我与她一道将被单四角又牵了牵、扯了扯，就缝了起来。

一双小手，可形容为飞针走线，只用了十几分钟，一床被子缝好了，与我相比，劳动生产率至少提高一倍以上。

这是一位心灵手巧的姑娘，好感一下爆表。

夜间，睡在清爽干净的被窝里，感觉有一股香香的味道，除了阳光的味道，还有一种沁人心脾的甜蜜芳香，一种从未有过的幸福感与美好憧憬浸润心头，沉入梦乡。

从此，每一个夜晚都成了美妙时光。

我相信青春男女之间有条看不见的河流，流着流着，两条原本互不相干的河水会流到一条河里。

我们交往更多了，她经常来洗衣服，偶尔也到我的保密室坐坐，我们聊一会儿，后来，慢慢，我们都有往前走谈恋爱的想法。我用军人的战略战术进行过试探，得到了她的回应。当时她确实还小，只有18岁。我们想，等到她20来岁我们再公开正式恋爱。可是，这时遇到了好事者，他们向团领导与政治处作了汇报，说我们男女交往过密。这不是什么错误，但在部队管理中，这也是一个事，是需要进行思想与物理控制的行为。部队于副政委找我谈话，说你现在还很年轻，谈恋爱不合适，再说人家姑娘岁数才18，你比人家大6岁，年龄差距太大，也不相配。明确要求，你们不能再有任何接触。

刚开始感受到一点美好，没想到突然就来了暴风骤雨，没有多少思考与商量的余地，我当场表态，我们之间5年之内绝对不谈恋爱，也不接触。

当天夜里，参军后第一次失眠。我想好了，这事女孩可能还不一定知道，我要当面对她说一声，今后我们就不接触了。天亮后，我跑到她楼上，敲了几下门，她开门让我进了房间，没等我开口，她看着我表情平静地说："领导找你了吧，不接触就不接触吧，我今天也回宁波了。"看来，部队也找过她了。说完，她递给我一张纸条，我什么也没看，装进口袋。

正在这时，部队于副政委进来了："朱学文，不是说不接触了吗？怎么还跑到姑娘房间里来了,快回去。"他是上海人,有哮喘病,感觉说话总是接不上气。他这种口气我听着很不舒服,便满腔怒火地对他说:"打声招呼不行吗?!"说完,转身就跑了。这是我参军后第一次顶撞领导。

回到保密室打开纸条一看,只见上面写着一行娟秀略斜的小字:

宁波市人民路贝家巷204室

我知道了,这一定是她家的地址。我把它夹到了日记本中。我们从认识到分开,没有一次拥抱,没有一次亲吻,连手都没有握过,我坚守了纪律,就像姑娘守卫自己的纯洁。

军规如铁,当我再次打开这本尘封的日记本拿出这张纸条时,已是5年后。似水流年,岁月无声,岁月有记忆,岁月让人生成长、经受、经历,会带走一些美好,留下一些成熟与凝重。人生,甜美时光里,也有苦涩。

第九章

军校生

军校是军官的摇篮。中国人民解放军诞生不久,在频繁的游击战中仍创办了红军大学。红军长征到达陕北后,创办了抗日军政大学,在战火中培训各级指挥员,战场上生死搏杀的战例带到了课堂上,课堂上学习的军事战略战术又带到战场实践中,使我军的各级指挥员尤其是中高级指挥员都在战争中得到了轮训。

纵观世界各国军事将领指挥水平,人民解放军各级军事指挥员的战略战术战斗指挥水平是名列前茅的,世界各国军队战史都可以证明这一点。

在战争中学习战争,把战场与课堂连接起来,这支军队在初创时期就做到了。她的缔造者说:"没有文化的军队是愚蠢的军队,而愚蠢的军队是不能战胜敌人的。"

新中国成立后,人民解放军更重视军事教育。各军兵种都建立了大批军种、兵种院校,覆盖了军兵种的各种专业。据不完全统计,百万大裁军之后,全军仍有军校50多所,它们是:国防大学、国防科技大学、解放军信息工程大学、空军工程大学、解放军理工大学、海军指挥学院、海军工程大学、中国人民解放军炮兵学院、军械工程学院、防化指挥工程学院、西安政治学院、南京政治学院、海军政治学院、海军潜艇学院、海军航空工程学院、海军后勤学院、海军广州舰艇学院、桂林空军学院、空军第二航空学院、石家庄陆军指挥学院、炮兵指挥学院、蚌埠坦克学院、第二炮兵工程学院、装甲兵工程学院、陆军航空兵学院、大连陆军学院、济南陆军学院、南昌陆军学院、桂林陆军学院、昆明陆军学院、中国人民解放军电子工程学院、空军雷达学院、空军第一航空学院、空军工程大学、南京陆军指挥学院、第二军医大学、第三军医大学、第四军医大学等。

我军战争年代与和平建设时期,有种模式是直接从战场上或优秀士兵中提拔任命干部,然后再分期分批送军事院校培训;如今,所有军官都是从院校培训毕业后再分配到部队工作。

每名军官都必须从这个摇篮走出。

我是被提拔为军官后几次走进这个摇篮的。

39.小小的一片云

这是一次没有思想准备的提拔。1981年春天,训练团任龙云政委把我叫到他办公室告诉我,团党委已开过会,决定提拔我为三中队副指导员,到新岗位后要好好干,全面增长才干,做一名优秀带兵人。

任政委是山东海阳人,1946年7月入伍,在人民解放战争中参加了淮海战役等,从北方打到南方。他有着丰富的思想政治工作经验,为人谦和,说话总是面带笑容。他有两个女儿,大女儿是海政文工团的报幕员,小女儿同样个子修长,他夫人每次到部队来,小女儿基本上也来住上几天,与我都熟悉。

当书记兼保密员几年间,几乎每天都与政委见面,他对我总是除了表扬还是表扬,总感觉他有一种慈父般的阳光照耀着我。

想到要告别我超喜欢的工作岗位,心里真的恋恋不舍,感觉任职3年还不到就被提拔了,太快了。但是,团党委已经研究决定了我只能服从。

连续几天办理文件与印信等交接手续,包括交掉了我的203999号手枪。到中队后,发给我的手枪我就没记住号码了。

副指导员干什么的,不知道。工作一交到手里,也就明晰了。这个岗位主要是协助指导员开展全中队的思想政治工作,同时,让我主管中队俱乐部,中队没有配备副中队长,也让我分管伙房。好在我当过炊事班班长,对炊事班所有工作都熟悉,我有管到点子上的资质。

上任后,多少有点当首长的感觉了。中队配有通信员,是个福建莆田籍小伙子,叫陈荣辉,长得白白净净,文文气气,像个女孩子。我一到中队,他就要我教他出黑板报,有事没事就跟着我,像个小尾巴。

早晨,全中队要出操。中队长是董京余、指导员是郑保平,我的入党介绍人,也是代表党组织找我谈话的人,现在我成了他的副手,他应该感到高兴,可能也为自己多年不进步而有想法。他们俩都是山东人。出操,我们按队列条例要求,站立排头,带着队伍跑步、行进。每周有二三个早晨进行早操队列训练,我们站在操场不同区位,对各班各区队队列动作进行观察、指导、纠正,最后集合起来讲评,然后吃早饭,开始上课。

这一期,中队培训的是一批无线电报务兵。

第一天出早操,遇到一个情况。一名战士在床上睡觉没起来,缺操。过后,我问区队长彭满林是怎么回事,他告诉我,这个兵是全区队表现最差的一个,入伍前曾多次参与打架,兵员素质不好,但地方执意输送。我心里有数了,决定要

女兵们正在聚精会神听课

改变他,不能让他掉队。

第二天起床号响起,战士们龙腾虎跃跑向操场。我走进3班宿舍发现他还在睡觉。我推了推他,没反应。

我一把掀开他的被子,他睁开眼。我说,都出操了,你怎么还睡觉?他说,头痛,晚上没睡好。我说,起床,没睡好也起床,我陪你走走,这样对你恢复清醒有好处。他虽然老大不情愿,还是起来了。穿好水兵服,与我一同来到操场外。公路上,十几个水兵方队有的跑步,有的练正步,有的在练行进间转法,口号震天,龙腾虎跃。他走路时弯着个腰,毫无生气。我在他背上拍了一巴掌:"挺胸抬头!这么漂亮的水兵服,1.75米的身高,被你糟蹋了。"他被迫挺直腰,我边走边对他说:"记住,从今天开始,我要求你做一个帅气阳光的海军战士,与病恹恹的你告别!从明天开始,你是让我专门训练你一个人还是加入区队出操?选一个。"他略显迟疑地告诉我,他参加区队出操。我觉得,他一定感觉到了一个人由副指导员陪着溜操,全团各中队官兵看着他,有点不好意思。其实,我真没批评他什么,只是把他自尊心唤醒了。

中队、区队干部发现了他的可喜变化,他们把我表扬了一番。

带兵是操心的,要关心每一个战士。中队一日生活、一日训练、一日安全,不能出任何纰漏。晚上,熄灯号吹过,我们要查一次铺,看每个战士有没有就寝,缺一个也不行。

半夜与凌晨,我们还要查一次铺,夏天帮战士们披蚊帐,冬天,发现有的战士踢掉了被子帮他盖好,防止着凉。遇到生病的战士,夜里看他睡着了没有,摸摸他的头烫不烫。

一个好的带兵人,既是父亲,又是母亲,还是兄长。

到中队后,指导员叫我给大家讲一堂政治课,确定的主题是"战士的荣辱观"。我稍做准备就讲了半天。大概是我与战士们年龄差小一点,我又喜欢讲故事,一个下午,我给大家讲了我军英模人物的一个个故事,也讲了几个叛徒的故事，让大家思考，做出喜恶选择。听说，过去，中队搞政治教育，有些战士喜欢开小差，低着头看自己的书，几个区队长为纠正这种现象就在课堂"巡逻"。但从这天开始，课堂上没有这些现象，有的只是笑声与歌声。

每节课开讲前，我都让战士们先唱支歌，有时唱到兴头上就多唱几首。中队，每周都教大家学唱新歌。周六，团员活动，我有时就安排两小时唱歌，有时候，我把部队带到龙山海边，或爬伏龙山，或到海边码头看海。春秋时节，海风轻拂，空气芳菲，我们围坐在一起唱歌，先唱军歌，也唱一些校园歌曲，包括台湾校园歌曲。

小小的一片云呀慢慢地走过来请你嘛歇歇脚呀暂时停下来
山上的山花儿开呀我才到山上来原来嘛你也是上山看那山花儿开

小小的一阵风呀慢慢地走过来请你嘛歇歇脚呀暂时停下来
海上的浪花儿开呀我才到海边来原来嘛你也爱浪花才到海边来
……

唱得战士们一个个脸上神采飞扬，快乐的水兵比任何时候都昂扬。海边漫步，队伍是散着的，有队形也是便步走。经过渔村时，我下达口令："起步走！"大家个个昂首挺胸，走得齐刷刷，大家肩头的披肩与飘带全都欢乐起舞。

40.接兵与考试

任务摩肩接踵。1981年冬季，全国征兵工作开始了。海军组建了多个接兵师奔赴全国各地，我被部队派到福建接兵。全团参加接兵的干部有20多人，在福州接兵师领受任务后，我与3位男军官与一名女军官被分到莆田接兵，女军官叫曹秋珍，舰航通信站参谋，是位上海姑娘。

就在这时，我还领受了另一个新任务，让我抽时间复习，参加海军政治学校（后改称海军政治学院）的招生考试。没有给我们下发招生考试提纲，告知主要考政治、语文、历史、地理，其深度与范围不超过全国高校招生内容。

我开始认真复习作准备。4门课，我一门门地做习题。带了4个笔记本，一题题地做，一门门地啃。几个月时间里，每门课我都做了150多道复习题。接兵走访时，也把小本子带在身边，有空就拿出来看一会儿，背几道题。有时，白天开会或走访时间紧张，回到宿舍，晚上几小时就关在房间里复习。有次在餐厅吃饭遇到曹秋珍，在所有接兵干部中，她的年龄应该是最小的，只朝她点点头，我便转身离去。事后想想，觉得自己有点不够男军人，对女军人没有丝毫关心。但那个时候，我心里只有复习题。

体检过后，我们与当地武装部长、兄弟部队一起分兵，有争抢，也有协商，最后我分到北高等几个公社一批兵，他们大部分是高中生，我们都喜欢挑文化程度高的青年。在北高公社走访时，武装部长詹海珍陪同我。她自己骑了一辆自行车，也给我借了一辆。我俩骑着车在乡村道路上快速行驶，想在一天之内把几名体检、政审合格的青年都走访了。就像当年林排长接我一样，要与本人见面，要与其父母见面，看看本人精神面貌，看看家人是否支持，还看看有没有什么未知情况。

詹部长岁数与我差不多大，长相秀气，对人热情。她骑着车子在前面带路，遇到一个大下坡，她骑着车子冲了下去，到坡底时，坡路中间遇到一个水流冲刷过的沙坑，快速行驶的车轮一下被沙子卡住，她扑通一声从车上摔了下来，车身压在她身上，半天爬不起来。我骑到坡底后赶忙跳下车，搬开车子，将她从地上拉起来。见她手心磨破了皮，出血了。

"为我们接兵，部长流血了。"我真觉得过意不去。她说擦破点皮没关系，不算个事。拍拍身上的沙子，我们又出发了。我回到部队很多年，与她都保持通信联系，这是因为我们有鲜血凝成的友谊。

走访结束后，定好兵，这时已到了我要考试的时间。这期间，我还到中队其他接兵人员的点去了解情况，人在厦门。我就从厦门火车站买票返回。那时，可能火车班次少，我买的是一趟厦门到杭州的车票，已经没有座位了。站票，那就站吧，反正能按时回部队参加考试就行。我穿着一身海军军官服，站在过道上，还是蛮显眼的。但我没有心思管南来北往的人们，我掏出笔记本，开始复习我的考试题。列车在半边山坡半边江的铁道上快速奔驰，车轮发出有节奏的摩擦声，复习时间长了眼胀了，我就看看车外风景，突然想起毛泽东主席写的诗"赣水苍茫闽山碧"来，形容得是多么大气而贴切啊。在红军刚建立的战争岁月，弱小的红军面对蒋介石几十万军队的围追堵截，只能在湘赣闽边界打游击，利用崇山峻岭隐藏自己，出其不意地打击敌人，敌驻我扰，敌疲我打，敌进我退，敌退我追，打得赢就打，打不赢就走，依靠灵活机动的战略战术，粉碎敌人一次次围剿，取得了以弱胜强的胜利。后来党内的左倾冒险主义者掌控了军权，德国的军事顾问李德指挥红军"御敌于国门之外"，同国民党50万正规军打阵地战，弱小的红军损失惨重，被迫进行战略撤退。

列车经过之地，不少是赣南当年的战场。对这段历史，我的记忆更深切了。站了一会儿，一位老大爷将小孙子抱到自己腿上，拉着我坐到他身旁。再后来，列车长也告诉我有座位了，他领着我到了另一节车厢。

赶回部队后，在舰航招待所住了一晚上，因为第二天的考试安排在军用机场的一个学员队，那也是我们训练团的部队，是以培训干部为主的六中队。

参加考试的有50多人，我们团参考的有两人，另一人是团政治处的政治教员,原则上,一个单位只录取一人。这对我有点小压力,因为政治教员原本政治、文化基础就比我好,复习资料也多,而且,我在外省接兵,他就在团部,每天都有时间用于复习,但不管那么多,进了考场只想考试。一个上午,一张综合试卷考完了,当我走出考场时,我发现他与大部分人员还没有交卷,尽管离交卷时间已不到2分钟了。

他走出考场后,立即问我有几题是怎么答的,最后一道联系工作实际谈谈如何改进与加强思想政治工作的论述题是怎么写的。

一番交流,我心里似乎有底了,他可能没我考得好,我上军校还是有希望的。

考试结束后,我回了趟中队,又拿了一点换洗衣服。莆田那边比宁波暖和多了,冬天都不用穿棉衣。只一宿,随即,我又踏上了征程。快要运兵了,我要去福建,与战友们一道把120多名新兵接到部队。千里行军不掉队,保证不漏一人,安全无事故,是我们的基本任务。

41.故乡啊故乡！

新兵入营后,展开了入伍训练。

随后,进入专业训练。又是一批通信兵,祖国海疆一批新鲜血液要补入蓝色的军营。

8月份,我收到了入学通知书。报到地点是海军政治学校（后更名为海军政治学院）3系,在天津草坨子,它位于天津市老城区与塘沽之间,由当年的海军"五七"干校改建而成。

部队政治处主任找我谈话,非常关心地让我上学前顺路回家探亲休假一阵子,然后9月1日前,直接去学校报到。

开好军人通行证和组织、粮油供给关系介绍信,整理好行装,我出发了。与两年前我第一次探家一样,踏上在南京转车的火车我就激动了。列车员一口南京话,土土的,与我们老家话差不多,听到乡音无比激动。在芜湖下火车,转汽车,到南陵。快到村边的小河旁时,已经有"朋友"来迎接我了。太佩服我们家的这条大白狗了,不知是它

好朋友陈瑛是我参军的强力鼓动者,也是我从军路上的不断鼓舞者。

鼻子尖，还是它的眼睛特别亮，我每次探家，离家还有400多米它就跑来了。紧贴我的腿边走，不停地用头用身子擦我的腿，欢快地用尾巴在我腿上敲打，然后撒开腿跑回家叫几声，又跑过来迎接我。除了它之外，我在家里还有一位好朋友，一只大黑猫。它与我可好了，冬天天冷，它常常后半夜睡到我的枕边打呼噜，它是捉老鼠能手，有时我早上醒来，发现枕边有四五只死老鼠，被它咬死后吃不掉，它一声不吭地拖到我的枕边，大概是送给我吃。所幸，那些老鼠没病。还有，春天，它还会抓鱼，夜深人静，它蹲在一个流水的缺口，鱼从池塘里往稻田里戏水，它伸出利爪一把抓住，嘴一叼就回家了，放下鱼，它就大叫。我们开灯一看，总会是一条大鲫鱼，一夜它要抓好几条。

狗狗报信，不只是父母家人知道了，很快全村人都知道了。不一会儿，男女老幼就站满了家里家外。我带了几斤糖果和一条宁波牌香烟，母亲见到小孩，就给几颗糖果，我见到会抽烟的乡亲就拿烟给他们抽，家里像过年一般，很热闹。第二天，我挨家挨户看望乡亲，同龄人、老年人，大家小户，满口乡音，看着听着问着聊着，无比亲切，童年、青少年许多往事涌上心头，使自己谨记，前行路上，不可懈怠。

很快，我就去看外婆了。几年过去，外婆头上的白发多了一些，但身体蛮好。小舅舅刘青山让我坐椅子，外婆坐在边上，我拿了个小凳子坐在外婆身边。外婆对我在部队的衣食住行问得很细，她对大外孙一个人在远方倾注了最真切的关心。此前，按照路线图，我已看过二外婆、小外婆与舅舅家的亲戚们。刘家田、刘青山是我的亲舅舅，他们与外婆家住在一起，我同时看到了他们与舅妈及表哥、表弟、表姐、表妹们。我请外婆到我家来小住，她老人家答应了。在家门口屋檐前的树边，我们弟兄与外婆照了一张相，岁月匆匆，这张照片已成永恒。

尽管在家只住一周，我还参加了一天劳动。村里已实行联产承包责任制，我家分了好几亩田。正值"双抢"劳动后期，家里还有一块田秧没插完，我就参加插秧。父亲看我当兵几年插秧动作一点都没生疏，笑容堆满了脸。他一生热爱劳动，见儿子还保持着乡村本色心里无比高兴。我也是想用劳动告诉老父亲与乡亲们，解放军的官兵都是爱劳动的，她的缔造者给这支军队规定的任务是战斗队、工作队、生产队，热爱劳动是这支军队的政治本色。

探家的日子，我还到大姐姐朱九香和大姐夫胡宝如、已出嫁的小姐姐朱桂香与姐夫肖金根家里去玩了，空着手，没带礼物，在他们家各吃了一餐饭，他们家的鸡鸭遭殃。还抽空见了民兵营长柯兴来、乡武装部长石成道、大队会计丁海清，向他们汇报我在部队的基本情况，感谢他们当年对我的亲切关怀。

当然，还见了我青年时代的好朋友陈瑛。没给她带礼物，但她盛情款待了从远方归来的朋友。她这时已是南陵县人民检察院的一名书记员。她一手字写得那么快又那么漂亮，当书记员太合适了。

她有一间闺房，是检察院分给她的单身宿舍，一间临街的房子，有十几平方米，她有时住家里，有时住宿舍。知道我第二天一早要在南陵汽车站乘车到芜湖，然后坐火车到天津上学，她建议我晚上住她的房间，我觉得主意不错就接受了。当夜，我们聊到10来点钟，她回家了，我睡在她的床上。枕边，我看到一叠姑娘的彩照。照片上的女孩比她小很多，我曾见过她，无疑，这堆照片里一定有好友的美丽心意。我知道陈瑛有男朋友了，但我们是青年时代最要好朋友，除了不谈恋爱，我们是最亲密的男女朋友，每回分别时，只是相视一笑，说声再见，连拥抱都没有，也不握手。

以后每次探亲，她的这间闺房都成了我的驿站。在一位青年军人前行的道路上，她代表了所有家乡姑娘，给了我从未间断的关爱与激励。

42.崭新生活

入学第一项活动是体检。很不幸，一位同行的学员被退学了。他是一个观通部队的干部，我们在车厢里遇见，知道是同学，一路上添加了许多聊天时光与相互照应的快乐。火车开到一个叫符离集的车站停下，站台上有好几位卖烧鸡的女子大声叫卖，他经不起诱惑，买了一只烧鸡与一瓶小酒在车厢里吃了起来，让我与他同享，但劝了半天我不为所动，他只好独享。体检时，他查出是急性肝炎，不知道与这只烧鸡有没有关系。他带着一肚子懊恼走了。

体检合格的人们，系主任宣布编班情况。我分在一班。班里10名学员来自海军司令部，北海、东海、南海舰队与海军航空兵，与我在同一个舰航的是海军高炮十团的一位干部，小伙子是北京人。10个人来自10个省市，很典型的五湖四海。

我们这批学员属于一年制指导员培训班，但课程设置还挺丰富。有《世界近代史》《中国近代史》《中国革命史》《中共党史》《哲学》《政治经济学》《形式逻辑》《军队思想政治工作》《海军兵种知识》《国际关系与对外政策》等。

开学典礼一结束，教员就登台讲课，没有任何空隙。首先登台的是马仁典教员，他讲授《政治经济学》。这是一位理论造诣很深的学者，对所讲授的理论烂熟于心，讲课时根本不看教案。每一章讲授完，他都要从头到尾"拎一遍"，把重点提出来，告诉你要掌握的重点，要结合实际把握的理论精髓，同时，布置好作业题。

每次，马教员讲完课后，很喜欢到我们班参加讨论。我们根据自己的理解与社会发展中的现象抛出各种问题为难他，他都一一予以解答，还会举出一些生动的例子，引得我们全班大笑。

军校生活是有规律的。清晨，在军号声中，我们列队出操。饭后，我们身着海军军服、拎着统一下发的黑色制式书包，迈着整齐的步伐开始一天的课程。每节课 50 分钟，然后休息 10 分钟。

课程的搭配是动静结合的。连续上了 6 节课，后面会有 2 节军体课或文艺课。文艺课教员都是解放军艺术学院派来的作曲家或音乐家，非常生动，每个举例都是他们模唱。

说说这位只给我们讲过几次课却给我们留下深刻印象的音乐教员，他叫晓河。

晓河是 1938 年参加革命的文化人，他 1939 年加入中国共产党，1940 年参加新四军。曾任新四军抗敌剧团指导员，华东野战军师部文工队队长、纵队文工团副团长，参加了莱芜、淮海、渡江等战役，曾立大功。中华人民共和国成立后，历任总政治部文化部文艺处干事，解放军艺术学院教务处处长、干部进修班主任，中国音协理事。曾获三级独立自由勋章、三级解放勋章。他曾为几内亚（比绍）共和国、佛得角共和国创作了国歌。

创作的歌曲有：《罗炳辉射击手》《三杯美酒敬亲人》《进击歌》《勘探队之歌》《伟大的国家伟大的党》等，出版有《晓河歌曲选》。

他给我们上课，着重讲音乐与士气。

改革开放后，南风吹来。吹进来新鲜空气，也飞进苍蝇蚊子。当时，一些靡靡之音充斥着大街小巷。晓河首先给我们分析了《何日君再来》创作与风靡的时代背景。这首歌问世于 20 世纪 30 年代，日本侵略军占领了中国东三省，战火烧向全中国。"好花不常开，好景不常在，愁堆解笑眉，泪洒相思带，今宵离别后，何日君再来……"最初由周璇演唱的《何日君再来》就轰动了上海滩"十里洋场"。蒋介石几百万军队不堪一击，1937 年 12 月 1 日国民政府迁都重庆后，《何日君再来》却在沦陷区广泛传播，中华民族面对亡国灭种的威胁与屠杀，这首靡靡之音却引诱人们及时行乐，沉湎于男欢女爱声色犬马之中。侵华日军获知《何日君再来》后如获至宝，将它印成传单空投到中国各抗日根据地，妄图动摇军民战斗意志。随后，日军统帅部让日本歌女渡国滨子翻唱这首歌，她灌制的日语唱片在日本畅销一时。1941 年，李香兰（山口淑子）又灌制了华语和日语两种版本的《何日君再来》，还在她主演的日本侵华电影《白兰之歌》和《患难之交》作为主题曲演唱。此时，在重庆的这首歌的词曲作者刘雪庵得知这个消息后愤怒不已，他觉得这不仅侵犯了他的创作版权，也严重伤害了中国人民感情，但他敢向日本侵略者投诉吗？

日文版的《何日君再来》流传到侵华日军的军营里，居然也大受欢迎，处处在哼唱。但很快日军司令部就下了禁唱令，禁唱的理由是，缠绵的靡靡之音会使日军贪恋女色，纪律松懈，丧失斗志。但这首歌一直是侵华日军瓦解中国军民斗志的音乐武器。

《夜来香》诞生于中国人民抗日战争最艰难的岁月,却很快传遍灯红酒绿的国民党沦陷区。它的首唱者依然是李香兰,这首歌依然是日本侵略军送给中国军民的精神麻醉剂。

老八路音乐家的讲授打开了我们的思想之窗,联想到二战时希特勒法西斯军队在战争中的音乐投放,也想到那个年代中国共产党领导的各抗日根据地传唱的《义勇军进行曲》《松花江上》《黄河大合唱》《大刀进行曲》《毕业歌》《游击队员之歌》《在太行山上》等歌曲,懂得了音乐的"武器性"作用,加深了对列宁关于文艺是革命的"齿轮与螺丝钉"的著名论断的理解。

我们每门课上完后,有3天左右复习时间,然后就进行考试。每每这时,同学们就很少见到我。我有一个自得其乐的复习天地。每天早饭后,我拿上复习笔记本就走了。从学校一直向东,行走约4千米,就到了金钟河岸上。河面有几百米宽,河岸也很宽,黄黄的河水奔腾着,流向远方,向北向南望去连接到天际线。高耸的铁塔托举着高压电线横空而过穿过河岸大堤,不时有一辆辆马拉大车经过,赶车人不时甩着响鞭,马快步走着,头一点一点的。远远看去,好一幅北方冬运图。

北方大地给人以无限的空间感,我就这样遥看远方,漫步徜徉,大脑里背着一道道习题,效率比坐在课堂或自习室里高很多。

学校开饭前,我回到校区。饭后,又直奔金钟河岸。

每次考试,当我自信地交卷走出考场时,心里有种快乐在升腾,它属于金钟河岸,还有那马拉大车。

43.玉液琼浆

学校总能使我兴奋。

泛舟知识的海洋其乐无穷。小时候想读书,因为学校搬迁而辍学,有了上军校的机会,课堂上有我学不完的知识,图书馆里有我看不完的书。我想起在故乡时,无书可读,我试探着到县图书馆去借书,什么证件都没带,1分钱押金也没带,那位好心的女馆员阿姨就凭着对我的感觉判断,破例给我办了借书证,允许我每次借2本书。看完后,再去换。《山村新人》《金光大道》《艳阳天》《欧阳海之歌》等几十本书籍我都是在这里读到的。

军校课程多,让我的大脑一天比一天充实。

《世界近代史》《中国近代史》《中国革命史》《中共党史》,打开了我的国家视野,使我详细了解了第一次世界大战、第二次世界大战产生的政治、经济、军事、外交、文化与种族原因,明白了为什么"帝国主义是战争的策源地",弱肉强食,从古到今,未曾改变,社会达尔文主义的反动性也教育世界人民,要想不被强食就必须自强。一部中国近代史,就是中国不断被列强侵略、中国半殖民地性质不断加深的历史,也是中国人民不断反抗侵略的历史,但真正赢得民族独立、自由、解放,则是中国出现了一个能把全国人民团结起来、政治意志凝结起来的政治力量。这个政治力量之所以能够从地下党走向执政党、从弱小走向强大,最根本的是它有思想、纲领、性质、宗旨、路线、方针、政策的无私性、先进性,使它拥有战胜一切国内外强大敌人的无穷力量源泉。它使我看待当下国内外发生的任何一个事件时,不再是孤立的,而是透过事件,看发生事件的地缘政治、历史政治、国家政治的全球经纬。胸怀祖国,放眼世界,对我已是一种基本的思维习惯,进入中国军人自觉理想人格状态。

《哲学》《形式逻辑》的学习,使我原有的辩证唯物主义与历史唯物主义宇宙观进一步形成。物质是什么?这似乎小学生都已经解决了的问题,但哲学给出的结论却是"物质是存在于人的意识之外又能被人的意识所反映的客观存在"。唯物主义认识论告诉我们,世界是物质的,物质是不依赖于人的感觉而存在的。可唯心主义却认为世界是精神的,人的精神是先于物质而存在的,世界是由上帝创造的,世界上的一切,人生的一切都是由上帝与命运安排的。人们,你就听天由命吧。不同的哲学基石,给了愚弄世界也给了解放世界不同政治集团与国家以思想武器。哲学让人的思维变得科学,尽管它常常是把简单的问题复杂化。中国共产党不反对任何国家与人群信仰上帝与鬼神,但坚持自己的无神论宇宙观,并且从自己政党几十年间的经验教训中寻出一个永恒法宝——实事求是。这是唯物主义的最基本也是最高级境界。不论是战争,还是建设,什么时候坚持了实事求是,就能胜利与成功,什么时候背离了实事求是,就要遭遇失败与挫折。政党是这样,国家是这样,一个人也是这样。纵观西方世界,资本家信仰上帝,搞唯心主义,他们让工人阶级接受上帝的安排,好好地给他干活,你不要反抗,不能企图改变现状。资本家运用唯心主义对工人进行剥削与压迫,但对商品生产与商品交换环节的运作与管理又是唯物主义的,大都是符合经济规律的。生产率提高到一定阶段,客观需要改变生产关系现状进行社会化大生产时,触碰到经济利益,他们又不惜采用破坏生产力的方式来抑制,这就会阻碍社会生产力的发展,这种社会发展的基本矛盾决定了资本主义的社会形态早晚要被一种新的更先进的社会形态所替代。这就是全新的认识论。

《形式逻辑》我超喜欢。就在我学习这门课期间,芜湖市一位姑娘千里迢迢来到学校看我。系主任齐继华专门在上午下课时找到我,说下午准我半天假,去把姑娘接到学校来。

我吃了一惊。这位姑娘不是我女朋友,是陈瑛介绍我们认识的,希望我们成为恋人,通过半年信,从未明确恋爱关系。毫无疑问,她来军校看我,推进意图是明显的,此事马虎不得。但《形式逻辑》课程,一环扣一环,概念、判断、推理,逻辑证明,落下课程,后面教员讲的你就听不懂,跟不上。当时,我们正在学同一律、不矛盾律、排中律与充足理由律，课堂上每分钟都津津有味，根本舍不得离开。

我谢绝队长好意。给姑娘与海军航保部招待所指导员各打了个电话。对姑娘说："我还有3天课，周六来看你，你自己注意安全，在天津市中心先转转。"对指导员说："姑娘住在你们招待所，劳你关心一下她的安全，千万不能出现不愉快的事……"

周六我跟学校班车进城，下车时，齐主任跟着我："我代表系里看望一下姑娘。"

真是莫名其妙，这关系里什么事？进门一谈话，我知道他的用意了。

齐主任一坐下，笑了笑，用手推了推架在鼻梁上的高度近视眼镜问道："姑娘，你父母种田现在是不是太忙了，也不能陪你，让你一个姑娘家跑这么大老远的地方也放心？"

姑娘说："我们家不种田，是芜湖市人。"说完，脸颊飞过一片绯红，看了我一眼。

我告诉齐主任："他爸爸领导着几千人的大单位，是拿国家薪水的干部。"

齐主任一个劲地点头，又微笑着拉了一会家常，是告辞的前奏。他临出门时对我说："朱学文，你送送我。"

在一楼大厅，他站住脚转过身对我说："朱学文，这么美丽温柔的城市姑娘，百里挑一啊，你对人家不冷不热的，过了这个村，你会后悔的……"

"我们不是恋爱关系，只是普通朋友，我不想同她谈恋爱。"看我不接他的话，拍拍我的肩膀，尴笑几声走了。

这一天我要好好陪她在天津主城区转转。我们从海河边走到劝业场。海河大铁桥头与主街道上，我给她照相。后来我们到水上公园，照相时，她要求我同她合影。我对她说，我穿军装同女孩子合影不合适。

中午吃饭，在一家很干净的小饭馆，我点了好几个菜，两人边吃边聊，她不怎么动筷子，菜大多浪费了。这又增添了我对她的不喜欢，暗下决心，决不同她再交往。

傍晚帮她买好了回程火车票。还买了一本杂志与路上吃的一大袋水果、点心。回所后，吃了稀饭、馒头，各自回房间休息。第二天早晨，天还没亮，我还在睡梦中，被咚咚的敲门声惊醒，以为到了出发时间，看看手表还早，估计是她早起了，装睡，不理，可是她又敲。

我只好穿衣开门。她眼泪滔滔……此时，我特别清醒，她不是自己的选择，我不能对她有任何亲密表示，不能让她产生错觉，就劝她"别哭"，"军人不喜欢眼泪"，几哄，哄停了。

她是位纯洁善良的姑娘，我们家乡姑娘这一点蛮好。

早饭后，我按时将她送上了火车。站在车窗外，等火车要开动时对她说："一路顺风，回家后立即来信告诉我。"她笑了，又哭了。

挥手告别，这是我们永不再见的挥手。我又回到课堂啃《形式逻辑》。

44.长本事

一位又一位具有在海军战斗部队任职经历的教员领着我们进入了军事天地。海军的组成及战斗任务、海军战斗基本原则、潜艇、水面舰艇、海军航空兵、海军岸防兵、海军通信兵等使用武器基本方法、进攻与防御、单兵与合成作战、各兵种主要武器装备的战术技术性能等，我们还学习了地图、海图识别，掌握基本的地图比例尺、地物符号、地貌判读、坐标、地图与现地对照和海图相关知识。虽然，我们不是军事干部，但政治工作干部懂军事，历来是人民解放军的传统。我们学的没有军事干部们那么深，但我们也许学得比他们还认真。

用时更多的当然是对政治工作本职业务的学习。上军校前，我已在基层带兵近两年，教员讲课许多内容都能引起我的共鸣，看似在基层最基本的日常管理教育，经过总结上升到理论又用于指导实践，真是让我大开眼界，眼前仿佛突然打开一扇窗，认知基层政治工作的理论原则与规律。

3系9队全体学员毕业照

就说思想政治教育吧，正是学校课堂上的启迪，使我萌生了边学习边思考、边总结的习惯，后来产生了一本书。

这本书是课堂作业加上我后来的带兵实践，我与海军干部部的战友徐太勇合作编著的《思想政治教育学》。这本书，系统总结与论述了思想政治教育学产生的条件、对象、特征、任务、方法、意义与要求；阐述了思想政治教育的适应疏导、心理相容、理利相辅、信息动力、认识发展、适应个性、正负驱导、实践固化规律；对我国教育对象的主要人群诸如中学生、大学生、青年职工、青年士兵年龄、心理特征进行系统研究与论述；阐述了教育目的、任务、意义与政治教育、经常性思想教育、时事政策教育的基本内容；阐释了思想政治教育的基本规范；明确了思想摸底、任教培训、教育准备、教育试点、备课、考勤登记、评教评学、教育考核等教育制度；阐述了思想政治教育的基本原则：从教育对象实际出发的原则、政治信仰方向性原则、民主的说服教育原则、教育与自我教育相统一原则、循序渐进原则、分层施教原则、正面教育为主原则、严格要求与尊重相结合原则、在集体中进行教育原则、思想性与科学性统一原则、理论与实践统一原则、教育影响连贯性与一致性原则、思想教育与纪律约束相统一原则、思想教育与物质利益相统一原则、思想政治教育与奖惩统一原则；论述了思想政治教育的基本途径与基本方法，团体教育、家庭教育、社会教育是思想政治教育的三大途径，其主要方法有：说服教育法、榜样示范法、形象教育法、作业消化法、读书影响法、谈话指导法、对话交流法、影视观摩法、学导咨询法、参观访问法、表扬奖励法、惩戒警策法、群众互助法、熏陶感化法、自我修养法、实践锻炼法等；论述了后进人员与预防犯罪教育；提出了实施思想政治教育与考核的基本要求；论述了电化教学的目的、意义、途径编成；明确了政治教员的地位、作用、基本任务与基本素质要求；总结与规范了政治机关实施思想政治教育管理的目标、任务、方法与基本原则，保证教育内容、人员、时间、效果"四落实"的实施条件。

全书26万字，由海洋出版社出版发行。可以这么说，没搞过思想政治教育的人，只要把这本书从头到尾看一遍，就大体知道是怎么回事了。虽然这个果实是我回到战斗部队几年后才总结出的，但构思与写作正是从军校课堂上开始的。

45.总参谋部，我有话要说

军校学习，知识重塑了我的思维方式，逐渐使我习惯在说话、办事、写文章中坚持实事求是。这一习惯使我一生受益，但也吃过一些苦头，不过，至今想起却不悔。

一天课间休息，我们几个学员问齐主任，什么时候安排我们参观见学，他告诉我们，学校领导考虑到学员们大都来自战斗部队，也考虑组织参观见学的复杂性与学校汽油吃紧,研究决定从这一期学员开始就不再组织参观见习了。我问齐主任能否向学校再反映一下我们学员要求参观见习的意见,他表示同意。可是,几天后,他告诉我,学校的决定不再改变。

我要求看我们这批学员的训练计划,看后获悉,我们的教育计划里列有参观见习,并经总参谋部训练部批准实施。这不能含糊,我当天就提笔给总参谋部写了一封信反映这一情况,认为学校的做法是错误的,应予纠正。

总参谋部的工作效率很高。一周后,系主任找到我,说总参批转了我的信,明确指示学员的参观见习不能减。一系列活动安排开了。我们到空军机场观看八一飞行队的表演、参观地空导弹部队、参观水中兵器武器装备,学校还专门组织我们到北京瞻仰毛泽东主席遗容、参观人民大会堂与故宫,游览天安门广场等。在毛主席纪念堂,我庄严地向人民解放军的缔造者敬了一个军礼,感觉自己依然被他伟大的功勋、伟大的精神、伟大的思想照耀着,浑身充满思想的力量。

又是一年秋天到,我们从军校毕业了。回到部队后,同一批的学员职务普遍得到了提升,但唯一我没有。我不认为自己能力水平不行,也不认为自己道德品质有问题,觉得领导可能不怎么信任我。后来,一次与干部股长散步闲聊中得知,学校在对我的鉴定中有负面评定,如考虑问题不够慎重、有孤僻、骄傲、脱离群众等一些内容。

看来,学校有的领导对我写信向总参反映情况给了负面评价。好吧,那就让我留级吧,没什么。

既然不能"毕业",那我就继续学习。3年后,海军政治学院在部队开办大专培训班,我又考上了。学了3年,我递交的多篇作业被学校校刊印发全海军学员参考,短的4000多字,长的12000多字,还配有教员的评析,真是激励人。军校的阳光永远照耀着我。

又过了几年,解放军南京政治学院要在部队特招一批在海军乃至全军有名气的新闻干部破格读研究生,部队领导又推荐了我,但我觉得新闻工作主战场在一线部队,不在院校,谢绝了推荐,但是,学校又在东海舰队开办了新闻专业本科班,我又考上了,学了3年,拿到了大学本科文凭。

军校生涯,开始于军校,但不限于军校,我的真正军校在万里海疆。

第十章

给人净化灵魂的机会

一位军事家说过,世界上只有两种力量:利剑与思想。从长而论,利剑总是败在思想手下。

一个伟大的灵魂,必定有伟大的思想。人类最宝贵的财富,是思想结晶。

思想就是力量,是人生理想信念的孵化器,是行为的控制器与航标灯。

一个人如果思想失控,那就如同汽车失去了方向、战略导弹失去了飞行控制轨道。那是极为可怕的。

作为武装集团操纵着各种各样杀伤与大规模毁灭性武器的军事集团的军人,思想的健康、正确、清醒比什么都重要。

故而,当下世界各国军队,大都在军中配备有引导与梳理官兵思想的专职人员。西方国家是牧师,他们用圣经上的那套理论引领官兵思想,解决官兵贪生怕死怯战与其他精神问题。我军与二战时期的苏军,在军队建立政治指导员、教导员、政治委员制度,主要任务是提高官兵政治觉悟、认清为谁参军、为谁而战的问题,引导官兵加强思想道德修养,做一个心智健全心灵强大的人。

我在人民海军的第二个任职,就是这个政治工作系统的一员。

46.飞出的莱碟

从军校毕业,分配我回到训练团三中队继续担任副指导员,过了几个月,指导员郑保平被选拔到院校学习,由我代理指导员。

学了一些知识,开阔了眼界,提高了思想理论水平,思维能力与处事能力显然都有提高。这都是人民军队培养的结果,回来虽然没有直接被任命为指导员有点想法,但还是有政治觉悟正确对待,想一门心思用到工作上,带出一支政治思想、军事技术、作风纪律都过硬的部队。

这期间，中队训练过一批士兵生长干部班学员。近百人都是从东海舰队航空兵各部队选拔出来的优秀士兵，文的武的人才大有人在，琴棋书画一大批人出类拔萃，培养一年，就能成为海军军官了，小伙子们个个工作学习嗷嗷叫，一呼百应。这一年，团里组织的所有比赛与先进评比，几乎第一名都被我们中队囊括。年底，中队荣立集体三等功。后来，这批学员中的几十人都走上师团级领导岗位。

带这样的兵，太省心，太快乐。可能世界上的很多事情都是在发展变化中获得平衡的，一批优秀士兵过后，中队接来一批调皮捣蛋的兵，接着又迎来一批上海兵，也不让人省心。这一年，中队100多名无线报务学员全部来自广东汕头地区，他们中一些人受改革开放"南风窗"的影响大，思想活跃，纪律观念淡薄，地方上的自由散漫、哥们义气重，服从性差，出现了与过去战士老实听话、好学上进显然不同的特点，搞得中队、区队干部比较头疼。

我回到中队，放下行装，午饭号已响起。区队长一声哨响，学员们排着队走进饭堂。吃饭时，整个饭堂只有吃饭咀嚼的声音，没有任何杂音。这是饭堂纪律规定的，吃饭时不准说话。就在这时，砰的一声，就在我们桌旁的十班餐桌上飞出一个菜碟，菜洒了一地。中队长见状，叹了一口气，起身捡起菜碟送进炊事班。回到餐桌，他继续吃饭。我问这是怎么回事，中队长告诉我摔碟子的是个回族战士，他们不吃猪油，可能是炊事班炒菜放猪油了，他们遇到这种情况就摔碟子。

我觉得，这种无纪律现象必须当场纠正。我放下碗筷走到十班桌旁："刚才谁摔的菜碟请站起来！"一个相貌英俊的战士站了起来。

"先给你讲结论：今天晚上召开军人大会，你在军人大会上做检讨；同时你要赔偿摔坏的菜碟。"

说完，我对十班长说："吃过饭你到中队部来一下。"

我开始找炊事班班长王家红调查。他是我的"老"战友了，当年我当班长时他就是我的技术"拐杖"，他是一位老实人，从不会说瞎话。

我问他："既然知道回族战士不吃猪肉猪油，为何还要用猪油炒菜给他们吃？为什么不给他们单独做菜？"

他告诉我："今天大家吃的所有菜里都没放猪油，是我们用炸油豆腐的菜油炒的菜，油豆腐碎油渣看起来像猪油渣。"

事实清楚了。我告诉十班班长，请你回去找他谈话，让他今天晚上在军人大会上做深刻检讨，否则，我会当场宣布给他行政警告处分一次。一个新学员，当兵几个月就受处分，可能对他今后进步会有影响。你让他仔细想想，想清楚了，让他来找我。同时，你们全班就这一问题讨论一下，让每个人都谈谈自己的看法。

午休刚结束，我听到敲门声，一开门，发现是那个摔碟子的兵。他向我敬了个礼,说:"指导员,我错了,我愿意晚上在军人大会上做检讨。"

他获得了一个自我反思净化灵魂的机会。

晚点名是在饭堂举行的。我就人民军队的纪律、官兵关系、关心少数民族战士与军人的修养,一口气讲了30多分钟,然后,宣布让这名战士上去做检讨。他在检讨中,剖析了自己只想着维护少数民族生活习惯而不分青红皂白无视军队纪律的思想根源,表示要吸取教训,今后要多到炊事班帮厨,以实际行动搞好团结,搞好学习,做一名合格的战士。

损坏公物他也做了赔偿,菜碟进价1.2元钱他也赔了。

通过这个事,全中队官兵都受到了一次纪律教育。从此,中队饭堂再也没有出现此类事情。

每周,炊事班变换花样,总会吃一次包子,吃一次饺子。吃饺子吃包子时,他们会炒好鸡蛋,拌好韭菜或芹菜馅给十班,我都会到班里与大家一起包。包着饺子、包子与战士们聊聊天,大家情同手足。

47.钱飞了

中国军队征兵都是挑选优秀青年,很多情况下,兵员都是百里挑一、千里挑一挑出来的。改革开放后,在一些地区,尤其是开放地区,情况起了变化。青年人就业渠道宽了,生意人多了,经历复杂了。同时,在征兵把关上,也会受到各种因素干扰,极少数在地方有小偷小摸、打架斗殴、流氓习气的青年,也带到了部队,给部队的管理教育带来新问题、新挑战。

一天,晚点名过后,一区队一班发生了一件事:一个战士听到集合哨声后,把日记本往床上一扔就跑去集合了,可是点名结束回到宿舍,夹在日记本里的20元钱不见了。当时,战士们每月的津贴只有6元,20元钱可不是小数目。但即使钱再少,其性质也是恶劣的,它说明有人偷钱了,这是人民军队政治性质与纪律绝对不能容忍的。

我与中队长、区队长、一班班长与丢钱的战士坐在一起分析研究,寻找目标对象。很快有了线索,就是最后一个离开宿舍的人嫌疑最大。

怎么解决这个事有两种意见:一种意见是找这名战士谈话,查验他的物品。我谈了另一种意见,通过思想教育让拿钱的战士悄悄把钱交出来。两种意见,相互争论。中队长与区队长认为,教育如果能拿出来,他就不会偷了。再说,那么多人,你怎么教育?我问大家,如果谈话与检查物品,没发现这20元钱,或者发现了钱他说是自己从家里带来的或自己津贴费省下来的,如何处理?如果确认钱就是他偷的如何处理?他们说那就给处分,没什么好商量的。

我坚持,要启发觉悟,给犯错误的战士一个净化灵魂的机会。最后,政治工作是我主管的,他们服从了我的决定,让我做工作。

翌日下午，上完3节报务课后，值班区队长吹哨通知全体带凳子、拿笔记本到饭堂上政治课。中队没有专门的会堂，上课时都是在大饭堂，将十几张餐桌靠墙竖起，四角相连的条凳也竖起，战士们带上小马扎成12路纵队坐听。我讲课的主题叫"战士的光荣"。我讲了平时艰苦朴素一分钱都舍不得花，却把几百元津贴捐给灾区人民的雷锋；讲了中队拾金不昧司务长的故事，讲了为了战斗的胜利不惜献出自己年轻生命的志愿军战士邱少云的故事；然后，我叫起一名帅气的战士走到前面，我对大家说，你们看他这般长相、这副身材有什么评价？如果你们的亲人看了会有什么印象？如果他走出军营老百姓看了他会有什么印象？大家笑了，有的说"英俊"，有的说"帅气"，有的说"光荣的海军战士"，七嘴八舌，说了很多，课堂气氛活跃。

这时，我对大家说："说句扫兴的话，如果这么帅气的海军战士，他却偷人家东西，偷人家钱，你们说这算个什么？他还是光荣的海军战士吗？"

"还有，如果大家看电影、看电视，里面突然出现有人偷东西，人们大叫抓小偷！抓小偷！可在这批观众里，你过去曾因一时糊涂，真偷过人家东西，这时，你心里怎么想？会不会受到折磨？"

"如果你回家探亲，父母与亲人都视你为傲，夸你当兵出息了……而你却在部队偷过战友的钱，你心里会不会痛？"

"还有，当你回家探亲，挽着女朋友手臂逛街，或花前月下，女朋友对你说，找军人就是觉得军人人品好，可靠，而你却在部队偷过战友的钱，你心里会不会痛？"

讲到这里，全场鸦雀无声，我用目光巡视全场，在一班巡视了多个来回，在怀疑对象脸上多停留了1秒。我加重语气说："有位哲人说过：再光明的心灵，往往也有黑暗的瞬间。"有过黑暗的瞬间并不可怕，关键要及时走出来，给自己净化灵魂的机会，走出黑暗，走进光明。我听说有的班有的人丢了钱，我们有的同志一时心灵黑暗拿了，这不要紧，我希望他用行动净化自己的灵魂，比如，夜里起来小便的时候，悄悄地把钱放到中队意见箱里去，同时，下定决心，此生决不偷拿别人的东西，你的心灵就干净了。

我又起头指挥大家唱了《人民海军向前进》《我爱这蓝色的海洋》两首歌，在"我守卫在海防线上，保卫祖国无尚荣光"中宣布下课。

又一个夜晚来临。

又一个清晨来临。在军号声中，我与中队长董京余拿着武装带，边走边往腰上扎，经过意见箱边时，我发现上面有灰尘被划动过的痕迹。我对中队长说："钱还回来了！"

董京余一笑："这么神奇？你别搞得跟诸葛亮似的！"

我从裤兜里拿出钥匙一打开，看到里面一卷钱，一数，4张5元新币。正是那位丢钱的兵描述过的钱。

整个一天，中队长、区队长见到我都笑眯眯的，他们一定为中队的纯洁而高兴。

后来，我据此写了一篇文章《给偶犯错误的战士以净化灵魂的机会》，被海军政治部主办的《舰连政工》与《人民日报》一个专刊刊登了。

48.一刀割出鲜血

张教员来到中队部告状："又短路了，这课我无法上了。"

无疑，第一报务教练室又发生电源短路情况了。报务员训练，每个学员桌位上都有耳机、电键接入点，发报、抄报训练，如果有一个学员将电路插错，就会造成短路，导致整个教室教学中断。但这种事，如果学员不说，教员也吃不准是哪个学员造成的短路，与当事学员同桌的学员肯定是知道的。但广东汕头这批兵有一个特点，他们很讲乡土义气，谁也不会出卖同乡。

这种事，说小是学员用小动作发泄对教员的不满，说大就是破坏教学秩序，给予纪律处分一点都不为过。

张教员告诉我，此事，前段时间发生过几次了。我问他有没有怀疑对象，他说有。

傍晚，我利用散步时悄然走到操场边的一位战士身边，他是同某某坐在同一桌的，于是，同他闲走了几步，我悄悄问他："教室电源短路，说是某某干的，你与他同桌，你真实地告诉我，是不是他干的？"

他看看我，又看看周围，正要说话，我心里有数了，便对他说："你不用说了，我自己清楚了，你去吧。"

弄清是某某干的，我觉得有点儿奇怪，这个兵平时每次见到我都很有礼貌，或敬礼或打招呼，团支部搞活动，他也挺积极。有一个周末，我带领团员青年去爬伏龙山，经过一条田间小道，看见路上盘着一条蛇，全身红黑相间，是一种剧毒蛇。我正寻思着是改道还是找工具来赶走或是消灭它，他走上前，一把抓住蛇的尾巴，轻轻一抖，毒蛇就软了，他一把将蛇甩到十几米外。他告诉我，从小他就会捉蛇。此后，每次我们团日野外搞活动我都要让他走在我身边。

这样一个原本不错的兵为何要选择这种方式与教员作对？我找几名学员谈心获知，这名教员授课喜欢在课堂上动不动就训人，一点小事讲半天，耽误大家学习业务时间，大家对他都挺反感。但教员是属于团司令部管理的，中队只能提醒他注意，重点放在教育学员无条件服从上。

第二天上课，中队长与我分别到教室进行巡视。静静的电波声中，学员们在全神贯注地抄收报文，数码抄报，每分钟已超过110码以上了。过了一会，下课铃声响起，学员们摘下耳机，到操场上活动去了，有的则奔向洗手间。我走到某某身旁,叫他留下。

我对他说:"我调查了解过了,教室里几次短路都是你干的,这个性质是很恶劣的。这样吧:念你平时表现不错,给你一个痛下决心改正的机会,你是团员,写个退团申请书,团支部就不开除你了,如果把你开除了,你以后再也不能入团了,更别说入党了,这样当4年兵政治上你都不能进步了,还是自己写吧。"

他一听这话,沉默了一小会,唰地从抽屉里拿出一把刀来,我大脑瞬间想:想威胁我吗?这倒让我长见识。我站在那里纹丝不动,静观他的下步动作。他一刀割在左手食指上,鲜血直流。

我说:"你这是干什么?"

他说:"指导员,我错了,我要出点血让你看到我痛改前非的决心,从今往后,我一定要做一个遵守纪律的士兵,我要写份血书给你。"

他的这一行为让我知道,这是一位性情刚烈的战士,只要引导好了,平时能吃苦,打仗更是那种冲锋陷阵不怕死的战士,但是,如果带兵人不注意方式方法,损害他的自尊心,也容易引起激烈矛盾冲突。

我拉着他,马上到卫生所进行了止血包扎。我对他说:"我相信你,你血书不用写了。"

后来,他以优异成绩毕业,分到战斗部队后,成为第一批担任战斗值班的骨干。

岁月匆匆,人生聚散,有些人一生不会再见面了,他们这一批兵百十号人,与我至今保持联系的人只有几人,他是其中之一,他现在已是成功人士。前几年,他还专门来宁波看望我,说在他的人生之路上,我是给他以重要指引的人。

我想,人在年轻的时候容易冲动,处理事情往往不知轻重,做错了事,如果没有人给他以警示与指引,容易步入邪路。军队在基层连队配备政治指导员,就是做引路人的。

寻觅红色基因

49.有争议的"病号饭"

"麻烦大了,3班没人上课了。"中队长对我说。

我了解了一下情况,原来是3班长与几名战士有点闹肚子,找教员请假,去卫生队看病后,在宿舍休息。其他几名学员也觉得肚子不舒服,也找教员请假,说怕闹肚子进进出出上厕所反而影响大家上课。教员觉得,不能让一个班的学员都不上课,哪能有点闹肚子就不上课了,何况还没闹,于是,没有同意。

这还了得,没有教员同意不去上课为旷课,那是纪律所不容许的。于是,区队长、中队长轮番到班里去训斥一番。可是,这几名战士的倔脾气上来了,肚子痛,不能上课就不能上课,你们想怎么处理就怎么处理。

此事,军事教研室认为事关重大,向首长作了汇报。司令部参谋长赶来了,直接插到班里做工作,讲集体缺课的危害与严重性。他在讲,有的战士捂着肚子去厕所,有的战士去卫生队看病拿药。这时,团长、政委赶过来,战士们见首长来了,都从床上坐了起来,以示礼节。可能是首长们听到的情况汇报不准确,不分青红皂白,他俩训斥学员无故旷课,这是战士们所不能接受的,他们委屈得流出了眼泪。但是,没有一个人起床,反而全都躺到被窝里睡觉了。

他们气得在房间里大吼,但是,学员们静静躺着,一言不发,一切无济于事。我掀开几个人被头看看,小伙子们有的在流眼泪。

这个训斥强压的做法不对,这种训斥不对,这种教育方法行不通,但面对团首长,我不能说什么,只好一言不发。

他们朝学员与我们中队几个干部发了一通火后走了。

我微笑着对中队长说:"战士们闹肚子是实际情况,砍柴不误磨刀功,今天下午让大家好好休息。"拉着他与区队长轻轻走出3班寝室。

17:45部队开饭了。我让炊事班给3班端去一盆子病号饭。所谓病号饭,其实,它是人民解放军内务条令规定的,战士生病时,伙房应给他们做病号饭。一般就是面条加3个荷包蛋,用心的再加点猪肉与青菜。

3班这次多人闹腹泻,估计是他们买了大门口小贩的水果吃造成的,属于轻微食物中毒。我让王班长在面条里多加了一些米醋。我小时候每每闹肚子,母亲就做米醋酱油葱花汤给我喝,每次准好。

战士们吃了病号饭,全都起床到操场散步了。我问大家,明天上课会不会有问题,大家都说没问题,即使还闹肚子也坚持上。

这事给我招来一个麻烦。团长、政委知道我当天晚上让炊事班给3班做了病号饭后,结合他们平时听到的反映,觉得我带兵有问题,把兵宠坏了,他们很生气。于是,他们与司、政部门领导一合计,成立一个工作组,由副政委任组长,成员是司政部门领导,决定对三中队的带兵问题尤其是我的带兵问题进行调查,如果真属于我的问题,将对我进行调离或降职处理。

副政委工作很深入,发了问卷调查表,并逐个找各班长谈话。我气定神闲,我的良知、良心与自信心让我听任调查处理结果。3天调查下来,副政委代表工作组找我谈话,说只有9班长认为你带兵太软,其他所有人都认为你带兵方法最科学,对战士感情最深,他们最喜欢最钦佩的人就是你。结论是团里听到的一些反映不够准确,要我谈谈对团机关的意见。

我把早想说的话都说了。认为全团的带兵人都要实现观念转变,用过去那套带先进青年的办法带改革开放复杂社会背景下的兵是根本行不通的。过去的战士,都是全社会挑选来的先进青年,他们老实、听话、肯干,不会计较干部的态度与带兵方式,管理起来是非常省心的。现在的战士文化程度高了,有自己的思想与见解,他们大多数人当兵并不是想解决出路问题,挑选来的青年,有些人也并不是先进青年,也许还是问题青年,这就要求我们以平等的态度、以深厚的感情、以科学的方法带兵。尽管如此,我认为,只有不会带兵的干部,没有带不好的兵,你可以把全团认为后进的战士全放到三中队来,我可以把他们带好。

这也是我对新时期战士的认识论。管理与被管理是一对矛盾,部队管理教育中出现了对立情绪,干部是矛盾的主要方面,解决矛盾,就是要解决主要方面的问题。副政委当过团理论教研组组长,我从认识论高度与他理论了一番。

他听了,拍拍我的肩膀:"这次,我算认识你了。"带着他率领的工作组回团部了。

第二天,又是周末。中队长召集几名干部过完党支部活动后,在中队部打扑克牌80分,一种打对门协调性的娱乐,一周,也就是这个时间段到晚上9点前官兵们有这个娱乐机会。团支部学习后,我带领大家爬山看海。伏龙山上,杜鹃花开得特别鲜艳。我让每个班采一盆花,回去养起来。战士们一听这话乐坏了,整个山野一片欢声笑语。

当天晚上,每个班都拿出一个脸盆,盆里放满了杜鹃。养杜鹃,我有经验,可在脸盆里滴十几滴红墨水,几天一过,杜鹃格外红艳,鲜嫩若滴,而且,花期更长。

太阳出来了,三中队从1楼到3楼开满了鲜红的花朵,远远看去,非常好看。也许有人把这说成花花草草,属于小资产阶级情调。难道无产阶级在夺取政权后,一定要把自己的生活搞成苦行僧吗?这从根本上是违背共产主义学说创始人的科学理论的。后来,我写了一篇文章,专门批评那种把在洪水里救人、大粪缸里救人、烈火中救人等牺牲的事说成是共产主义凯歌进行过度宣传的现象,认为会有负效应的,共产主义是人间天堂,绝不是去死,绝不是人间地狱,它是社会生产力高度发达、社会财富极为雄厚,个人身心所有需求得到全方位高度满足、健身娱乐成为人们第一需要的社会,它是极度美好的,而不是西方歪曲的社会宣传上误导的洪水猛兽,不是动不动就去死。

心有理论,也很自信。没有在乎人们会议论什么。

年底,这批广东兵以优异成绩毕业。理论似乎得到了验证。

50.斩断情丝

带兵人,担心的问题里有一个就是官兵与驻地女青年谈恋爱。我们驻地龙山下的几个村镇,姑娘大都身材苗条,长相漂亮,衣着亮丽,夏天穿得清凉。而我们军营,有千百个帅气的水兵,对姑娘们来说,也是一个巨大的魅力场。而且,我们训练团1号院与2号院中间就是龙山中学,这里的高中女生已是青春少女。

青春男女之间有条人们看不见的河,看似两条不同的河流,流着流着就流到了一起,汇成一条美丽的河,在人们不易察觉之中,他们已对上了眼,谈起恋爱。

我作为一名年轻海军军官,驻地有些出挑的姑娘,我们是彼此看着对方成长的。她们看着我,由一位水兵帽后面有两条飘带的水兵变成头戴大沿帽、腰佩手枪、脚穿皮鞋、走在队伍最前面的军官。我也曾接到过驻地学校与村镇姑娘抛来的绣球,还有亲笔信,感觉很美好,但思想3分钟就将其扼杀了,"不准与驻地姑娘谈恋爱",这是一条不可逾越的铁律,我知道,我的恋人是谁不知道,但我知道肯定不是驻地姑娘。让一切不该开始的感情都不要开始,是一个中国军人对待驻地姑娘必须把持的原则与底线。

我们每天出操、出队列,或集合到团部开会、看电影,常遇到这种情况,龙山中学的学生上学、放学时,总有战士走错脚步,或出现张望情况。在战士们的青春期,这应该是一种正常心理现象。一次,中队在营门外出队列,龙山中学一群少女走过,一些战士东张西望,我下达口令,休息5分钟。

战士们的目光自由了。自由5分钟后,我集合队伍对大家说:"看美女,是每个男子汉天经地义的权利,不受指责,但我们是人民海军战士,又不能滥用这种权利,如果遇到美女走过,目不斜视,是君子的目光;只瞟一眼最多瞟两眼是常人的目光;看了一眼又一眼,傻瞪着看,那是色眯眯的目光。你们选择什么样的目光?想好了,请你们今后养成习惯。"

这一讲,后来即使遇到的姑娘再多,战士们的队列步伐也整齐多了。但是,这只是表面现象。

不久,我担心的事还是发生了。

一天晚上,我正在中队部看《解放军报》,八班一位思想骨干走了进来,他悄悄告诉我,胡忠与龙头场一位姑娘谈恋爱了。我一惊:"上海兵会与龙山镇的姑娘谈恋爱?这不可能!""不可能"出现的问题更严重。

我们这一年带的是一批上海兵。大上海的兵，文化程度普遍较高，聪明好学，机智灵活，也不乏能吃苦的战士，我从小最喜欢看的电影《英雄儿女》，那里的英雄人物王成、王芳都是上海人。但是，也有些上海兵比较滑头，学习、劳动、守纪，领导在与不在，他们表现是不一样的，有的人说话的诚实度也有问题。胡忠这个兵我印象比较深，他个子比较高，1.8米以上，长得白白的，通信业务学习中等水平，但中队搞卫生或助民劳动时，他动作迟缓，不是很积极。

我打开他的档案看看，他家住在上海杨浦区，是繁华地段，家庭成员中，父母、姐姐都在单位上班，父亲还有一官半职。这样的战士会在乡下找一个姑娘带回上海当媳妇？不大可能。

我找来一名上海兵，小伙子会理发，我就让他给我理发，边理边聊，说起胡忠的事，他把所了解的"秘密"都告诉了我。胡忠这个兵，参军前在家就谈过好几个女朋友，后来都吹了。他见到年轻漂亮女孩有主动打招呼的习惯，参军后收敛了许多，但外出时偶尔还有表现。这名龙山中学的高中生就这么认识了，因他有恋爱经验，这名女生几次被他约了见面。一次是他星期天请假到龙头场照相馆照相，照相后，他让陪他一道去的战友在龙头场闲逛，他带着姑娘不知跑到什么地方去了。后来，一起请假外出的战友看请假规定时间快到了，左等右等不见他的人影就独自往部队赶，但快到营门口时，胡忠一头大汗跑来了，两人一同向区队长销假，就像什么都没发生过。还有一次是星期天胡忠请假爬伏龙山，同去的战友虽有3人，但见有女孩找胡忠后，他们都"识相"地走开了。这次爬山前后3小时，胡忠都与女孩在一起，最后下山时才分开。

我问，胡忠与女孩大概谈到什么程度了，他告诉我，从爬山那次看，他们好像谈得比较深了，女孩分别时含情脉脉，满脸绯红，具体细节不知道，估计恋爱初期行为都有。

必须立即遏制。当天傍晚，我将胡忠叫到办公室谈话，开门见山我问他有没有与地方中学生有联系，他断然否认。看来，他是一个不诚实的人，只有亮底牌。我点出了他在龙头场照相那次与爬山那次与谁在一起，与那女孩在一起几个小时是干吗，不认识的人，可以在一起待上几小时吗？你不想讲真话，需要我把女孩与她的父母找来与你对证吗？

他一看，我都掌握了他的约会秘密，只好承认，但表示只是一般性朋友，绝没有做违反纪律的事。我告诉他，不要低估群众眼睛的观察力，不要低估我们对你行为的洞察力，不要模糊事情的严重性，不要认为乱搞男女关系还有道理，是不是还要让我表扬你在搞"军民鱼水情"？此事，你写一份检查，根据你的态度我们再作处理。

他写的检查遮遮掩掩，但决心表达还可以，表示要与这位女孩一刀两断，不再有任何接触。这正是我想要的。

区队长提出"杀一儆百",让他在中队军人大会上做检讨,我没有同意,这毕竟涉及战士情感世界那片最隐秘的部分,知道的人越少越好。但这个教训需要大家共同吸取,我利用了一个机会。那天,部队放映电影《柳堡的故事》,第二天我让各班专门组织一次讨论,围绕这部电影,请大家谈谈革命战士要树立什么样的恋爱观。

我专门参加了8班的讨论。胡忠见我去了班里,有点紧张,他怕我点他的名,说他的事。我话里有话地对大家说:"今天我们讨论对事不对人,大家谈谈自己的看法,那位新四军副班长在处理同房东姑娘爱恋问题上,遵守部队纪律方面哪些方面做得不对,哪些方面又做对了?"

他们从认识到相互走近、倾慕、牵挂、思念到指导员批评教育、副班长用战士胸怀正确处理婚恋感情渴求与部队纪律约束的关系,无条件服从了纪律,把二妹子从恶霸魔掌中解救出来,立即奔赴抗日战场。充分表明,战士自有战士的爱,战士自有战士的胸怀,战士自有战士的情操,这正如歌词里表达的那样:

九九那个艳阳天来哟
十八岁的哥哥呀告诉小英莲
这一去呀翻山又过海呀
这一去三年两载呀不回还
这一去呀枪如林弹如雨呀
这一去革命胜利呀再相见

九九那个艳阳天来哟
十八岁的哥哥细听我小英莲
哪怕你一去呀千万里呀
哪怕你十年八载不回还

只要你不把我英莲(哥哥)忘呀
只要你(我)胸佩红花呀回家转
……

这就是人民战士的婚恋观,这就是海军战士对待驻地女青年的正确态度。

应该说教育是及时的,方法也是灵活的,但是,让年轻人斩断情丝真不是那么简单那么容易的事。

教育过后,我们对胡忠每次请假外出严加控制,尽量做到有一名班长陪同,并规定不许他单独活动。夜间站岗,轮到胡忠派双哨。尽管这样,在他们这批兵业务考核结业前，在胡忠要分到战斗部队前夜，还是发生了情况。八班班长与思想骨干向我报告，那个姑娘隔着部队院墙，向胡忠抛过来东西，胡忠也向姑娘抛了纸条。在胡忠与姑娘完全被物理隔离的情况下，我真不明白，他们怎么又联系上了？姑娘怎么知道这批学员马上就要分配到战斗部队去了？八班班长告诉我，他发现胡忠经常站在班里窗前发呆，每天几乎都有一两次。他分析，他从窗前发现了姑娘，姑娘从路上发现了他。可是，班里西边的窗口离马路有200多米呀，中间隔着河流与稻田，这真是爱恋的神奇。

不断汲取知识

胡忠不可信任，他可能要在违纪的道路上走下去。中队长与我商议，兵虽然要走了，但不能让他带着问题走；姑娘尽管我们不认识，但不能看着她走向痛苦甚至不堪设想的深渊。

我们联合找胡忠谈话，对他进行了最后一次教育。同时，决定把他的这些行为告诉他的新单位，防止他犯错误。我们做出了一项决定：将他分到几千里外的一个北方部队，那里周围几十里荒无人烟，这将大大减少他拈花惹草的概率。

分兵送兵那天，我与中队长、区队长商定，这个兵我们要一直将他送上船。这次分兵，东海舰队驻宁波地区部队与往年一样，直接来车，将我们分配给他们的学员都接走了。远的部队有的来人接了，大部分让学员自己走，我们规定了报到日期，不准在路途停留。胡忠需要在上海转车，然后去山海关，出关后，再坐长途汽车。为防止他坐火车在余姚、上虞、绍兴、杭州一线下车或让姑娘上车，我们给他选定了从宁波老外滩到上海十六铺码头的轮船。我们已不能信任他。

他上船后，我对中队长说："我们先不要走，你马上会看到胡忠到甲板上来寻找那个姑娘。"中队长朝我笑："会吗？你就是诸葛亮，那就看看。"几分钟后，胡忠果然出现了，向码头张望。我转过身，扫视码头，只见我们身后右侧站着3个姑娘，其中一个姑娘拼命向船上挥手。胡忠只挥了一次手，估计是看到我们中队几个干部了，转身往船舱里走了。

汽笛一声，轮船开了。我们往回走，经过几位姑娘身旁时，那位哭红了眼的姑娘，用红肿的泪眼狠命地瞪了我们一眼，那泪眼里仿佛对我们充满了十万分的怨恨，直到今天，那眼神我都难以忘怀。

我想，姑娘，你恨吧，骂吧，这没什么，等你人生成熟时，你就懂了，我们没有害你，是爱你的，如同你的父母与兄弟姐妹爱你一样。

带兵故事，可能几天也讲不完，这里讲的是几个调皮兵的故事，更多的故事，是战士心灵之美，这些都留在心里了，真是装了一肚子美好。

第十一章

超级大学

不满是向上的车轮,渴望是学习的动力。

我对知识的渴望,非同寻常,可很多年却一直处于饥饿状态。这不是因为青年不爱学习,而是那个年代你想自学都买不到书,找不到老师。

这种情况,在1982年发生了重大改变。

这年秋天,中国诞生了一所超级大学。

51. 一校24万生

说它是超级大学,是因为它创造了一系列中国之最。

学生人数在全中国全世界都是最多,共有24.7万人。

这所大学的诞生,不能忘记一个人,更不能忘记一群人。

20世纪70年代的中国,本来大学就不多,平均1000人中,才有一名大学生,参加高考的青年人中,每100人才有4个人能考上大学,可就是这样的教育规模,在"文化大革命"中却中断了10年。粉碎"四人帮"后,全国青年对提高自身文化素质可谓如饥似渴。1978年,北京师范大学讲师李燕杰与几名老师在北京市西城区工人俱乐部办了一个文学讲习班,起初只有几十人,可到了1980年,招生扩大到2000人,依然不能满足青年报名者的要求,寄到他家里要求报名学习的信件有几麻袋,他的夫人与孩子每天都帮他拆信。这使他与一批教育工作者想到,如果能办一所大学,满足全国大量好学青年的渴望,为提高全民族的文化素质做点贡献,那是极有意义的。老师联络老师,大学串联大学,数十位老师愿意为此事出力。听说国家地质部领导正为提高几十万职工的文化水平发愁,李燕杰他们跑到地质出版社找社长兼总编边知非一谈,当场获得支持,随后又获得部长、副部长的支持,并作出一个决定,地质出版社承印刊授大学讲座刊物，如果报名人少，赔钱也做。

筹备方案出台了，校名为"北京语言文学自修大学"。一批副部级以上官员担任组织机构领导，中华全国总工会副主席顾大春、团中央书记处书记陈昊苏、教育部副部长张文松、地质部副部长谭申平等都参加这所大学的领导工作。

教员队伍强大得惊人，不仅包括北京大学、北京师范大学、中国人民大学、北京广播学院等8所大学的老师，还有首都与全国一大批顶尖专家学者，如王力、吕叔湘、沙汀、萨空了、穆青、朱德熙、王国璋、王景山、方明、冯至、余冠英、周祖谟、林非、林焘、钟敬文、伍真等50多人。许多讲座都是他们亲自撰写，全国没有哪一所中文大学有这么雄厚的师资队伍。

主要开设有现代汉语、古代汉语、写作、古代文学、文学理论、外国文学、现代文学、当代文学8门大学中文基础课程，教材均由顶级学者、大师撰写，前后出版讲座36期，600多万字。

学制为3年，不发文凭，只灌注知识。不能不提一下，每期讲座近19万字，连同寄费在内，收费不到9毛钱，这里面已包含全部学费了。应该说，这是当年发生在中国大地上一桩最大的教育公益。作为一名学员，作为24.7万名学员永远不会忘记。后来我看到，有两位副总理以上领导人，在公布的简历中就填有我们这所自修大学结业的学历。这是对这所大学最好的纪念。

这三年的大学学习，给了我丰满的灌注。

52. 古典文学很难啃

文言文，是我们老祖宗的创造。在夏朝就已经出现，但是只有商朝有记录被发掘出来，那时的使用已比较广泛。

文言文的出现，它首先是远古时期的一种书面语言，主要包括以先秦时期的口语为基础而形成的书面语，文字的载体用的是竹简、丝绸等物，而丝绸价格昂贵，竹简笨重且记录的字数有限，为能在"一卷"竹简上记下更多事情，就需精炼，将不重要的字删掉，文言文一个字往往代表一句话甚至一段话，它最初的功用就是这么来的。后来当纸大规模使用时，统治阶级来往"公文"使用习惯已经定型，"文言文"成为文本规范，演变成整个社会读书识字的象征。"古代汉语"在不同语境中赋予了它三个不同的含义：古代的汉语、上古汉语和文言。古代汉语首先是指"古代的汉语"，古人的口语，我们是听不到了，但从甲骨文算起，古代汉语大约有三千多年的历史。世界上任何事物都是发展变化的，语言也一样，三千多年来，汉语有了很大的变化，根据汉语语法、词汇和语音变化情形，学者将古代汉语分为三个发展时期：上古期、中古期和近代期，上古期是指商、周、秦和两汉时期。

打开了一扇窗。我开始啃文言文。

勾践之地，南至于句无，北至于御儿，东至于鄞，西至于姑蔑，广运百里，乃致其父母昆弟而誓之，曰："寡人闻，古之贤君，四方之民归之，若水之归下也。今寡人不能，将帅二三子夫妇以蕃。"令壮者无取老妇，令老者无取壮妻；女子十七不嫁，其父母有罪；丈夫二十不取，其父母有罪。将免者以告，公令医守之。生丈夫，二壶酒，一犬；生女子，二壶酒，一豚；生三人，公与之母；生二子，公与之饩。当室者死，三年释其政；支子死，三月释其政；必哭泣葬埋之如其子。令孤子、寡妇、疾疹、贫病者，纳宦其子。其达士，洁其居，美其服，饱其食，而摩厉之于义。四方之士来者，必庙礼之。勾践载稻与脂于舟以行。国之孺子之游者，无不哺也，无不歠也：必问其名。非其身之所种则不食，非其夫人之所织则不衣。十年不收于国，民俱有三年之食。

这篇《勾践灭吴》片断，老师已经给我们做了翻译，但我们需要将单独的词汇搞懂，不然就无法完成老师布置的大量作业。我们边看翻译边对照：

勾践的地盘，南到句无，北到御儿，东到鄞，西到姑蔑，土地面积长宽达百里。又招集他的父辈兄弟发誓说："我听说，古代贤明的国君，四方的老百姓都来归附他，就像水往低处流一样。现在我无能，将率领你们夫妇们繁衍生息。"于是下令：青壮年不准娶老年妇人，老年男子不能娶青壮年的妻子；女孩子十七岁还不出嫁，她的父母有罪；男子二十岁还不娶妻生子，他的父母同样有罪。快要分娩的人要报告，公家派医生守护。生下男孩，公家奖励两壶酒，一条狗；生下女孩，公家奖励两壶酒，一头猪；生三胞胎，公家给配备一名乳母；生双胞胎，公家发给吃的。嫡长子死了，减免三年的赋税；支子死了，减免三个月的赋税；埋葬的时候还一定要哭泣，就像自己的亲儿子一样。还下令孤儿、寡妇、患病的人、贫苦和重病的人，由公家出钱供养教育他们的子女。那些明智理之士，供给他们整洁的住处，给他们穿漂亮的衣服，让他们吃饱饭，而切磋磨砺义理。前来投奔四方之士，一定在庙堂上举行宴享，以示尊重。勾践亲自用船载来稻谷和油脂。越国出游的年轻人，没有不供给饮食的，没有不给水喝的；一定要问他叫什么名字。不是自己亲自耕种所得的就不吃，不是他的夫人亲自织的布就不穿。这样连续十年，国家不收赋税，老百姓都存有三年的粮食。

最难啃的是《左传》，作者相传是春秋末年的左丘明，书中有大量的战争描写。这里摘一小段《齐晋鞌之战》：

楚癸酉，师陈于鞌。邴夏御侯，逢丑父为右。晋解张御克，郑丘缓为右。侯曰："余姑翦灭此而朝食"。不介马而驰之。

译文：

六月十七日，齐国和晋国的军队在鞌摆开了阵势。邴夏为顷公驾车，逢丑父担任车右。晋国解张为卻克驾车，郑丘缓担任车右。齐侯说："我暂且先消灭了这些敌人再吃早饭。"不给马披上甲就驱发奔驰。

弄了半天才搞懂点意思。有趣的是这几行课文中发现了一个典故："灭此朝食。"

学起来极为费劲，但这些历史散文啃起来也很有味道。

53.泡在诗词中

中国古典文学作品浩如烟海，我们捧起讲义，就进入了一个诗意的世界。古代的神话传说唯美动人，女娲补天、嫦娥奔月、夸父追日，怎么古代有责任感的都是女人？天要塌下来了，男人们为什么不去补天，却只让一个女人施尽浑身解数："炼五色石补苍天，断鳌足以立四极，杀黑龙以济冀州，积芦灰以止淫水。苍天补，四极正；淫水涸，冀州平；狡虫死，颛民生；背方州，抱圆天。"嫦娥成功探索宇宙空间，但始终没忘记把最美的青辉洒向地球。男人在干什么？追赶太阳去了，尽管奔跑无比快，但越快越渴，喝干了江河里的水，又给人类带来了新问题，这种事干得太不着调了吧。

黄帝擒蚩尤，那是为民除害，也是一场残酷战争。中华民族的始祖，最初表现出的是杰出的军事能力，然后才是治理社会的能力。原始人类的作战，更是打得血流成河。军事阅读总能开阔军事视野，但很快讲座就把我带入了诗歌年代。

《诗三百》是举起成数，实际上《诗经》共有诗305篇，

在舰航某野战机场

按《风》《雅》《颂》排列。《风》是15国风，有诗160篇；《雅》分为《小雅》与《大雅》，《小雅》有诗74篇，《大雅》有诗31篇。《颂》有诗40篇。

《诗经》的创作经历了约5个世纪。起源于公元前11世纪，到公元前6世纪（春秋中叶），产生的区域为黄河以北和江汉流域，从15国风来看，主要包括现在的山东、山西、河南、河北、陕西、安徽与湖北。它的创作者是谁？其实它是劳动人民劳动与生活的歌咏，其收集与整理是周国的太师与宫廷乐师。从汉代开始，《诗经》被奉为儒家经典。《诗经》广泛地反映了周代各个方面的生活状况：有民族初创者的丰功伟绩；有农耕渔猎的生活场景；有劳动人民的啼饥号寒；有徭苦兵役压迫下的幽怨哀愁；有甜美爱情的恋歌，有相思婚恋失败的苦痛；有社会各阶层写给没落王朝的挽歌。

在春阳初升的上午，学员们都进课堂上课了，这时，我喜欢搬个小凳子坐在二楼宿舍门口，身旁还有一盆粉红鲜嫩的杜鹃花，翻开《讲义》，轻读低吟：

关关雎鸠，
在河之洲。
窈窕淑女，
君子好逑。

参差荇菜，
左右流之。
窈窕淑女，
寤寐求之。

求之不得，
寤寐思服。
悠哉悠哉，
辗转反侧。

参差荇菜，
左右采之。
窈窕淑女，
琴瑟友之。

参差荇菜，
左右芼之。

窈窕淑女，

钟鼓乐之。

那些力度铿锵又不失优雅的诗行，跌宕起伏，四字四字排开，使人感到，这是音乐，这是舞蹈，还是劳动的号子，是夜幕降临之后村庄河畔、谷场的篝火晚会。正如教授评点的那样："一切动作感胀满其间，却又毫不鲁莽，优雅地引发乡间村乐，咏之于江边白露，舞之于月下乔木。终于有时间定格，成为经典。"展示了黄河与长江流域先民平和、安详、寻常、世俗以及有节制的谴责与愉悦，让人们闻到了满鼻的稻香味，听到了虫鸣声，看到了禾苗上滚落的露珠，瞧见了恋人那顾盼生辉脉脉含情的双眸与姑娘摆动的手臂，含蓄、奔放、快乐而唯美。

在世界诗歌史上，抒发爱情最好的诗篇就是《诗经》。

超级有味，恨不得读它3年，可一大批让你读一生可能都不一定读得完读得懂的大思想家、大文学家又站到面前：老子、孙子、孔子、庄子、孟子、荀子、墨子、屈原、司马迁、班固、曹操、陶渊明……让你根本就来不及消化，正对庄子的大鱼、大鹏、大鸟扶摇直上九万里感兴趣，一下又被初唐、盛唐、晚唐、宋代那群不得了的诗词歌赋吸引了。

看看我喜欢的大诗人的名字吧：王勃、陈子昂、张若虚、王昌龄、王维、李白、杜甫、高适、岑参、李益、韩愈、柳宗元、白居易、刘禹锡、李贺、杜牧、李商隐、范仲淹、欧阳修、王安石、苏轼、苏辙、黄庭坚、秦观、李清照、陆游、辛弃疾、文天祥等。

宇宙苍生、家国情怀、边关冷月、大漠孤烟、长河落日、横戈勒马、黄沙百战、春花秋月……感觉一下被一种博大、唯美、灿烂滋养着，心里被注入了一种无穷的力量。

《从军行》王昌龄，青海长云暗雪山，孤城遥望玉门关。黄沙百战穿金甲，不破楼兰终不还。《出塞》王昌龄，秦时明月汉时关，万里长征人未还。但使龙城飞将在，不教胡马度阴山。《使至塞上》王维，单车欲问边，属国过居延。征蓬出汉塞，孤雁入胡天。大漠孤烟直，长河落日圆。萧关逢候骑，都护在燕然。《早发白帝城》李白，朝辞白帝彩云间，千里江陵一日还。两岸猿声啼不住，轻舟已过万重山。《黄鹤楼》崔颢，昔人已乘黄鹤去，此地空余黄鹤楼。黄鹤一去不复返，白云千载空悠悠。晴川历历汉阳树，芳草萋萋鹦鹉洲。日暮乡关何处是？烟波江上使人愁。《春望》杜甫，国破山河在，城春草木深。感时花溅泪，恨别鸟惊心。烽火连三月，家书抵万金。白头搔更短，浑欲不胜簪。《登高》杜甫，风急天高猿啸哀，渚清沙白鸟飞回。无边落木萧萧下，不尽长江滚滚来。《长恨歌》白居易，汉朝重色思倾国，御宇多年求不得。杨家有女初长成，养在深闺人未识。天生丽质难自弃，一朝选在君王侧。回眸一笑百媚生，六宫粉黛无颜色……《乌衣巷》刘禹锡，朱雀桥边野草花，乌衣巷口夕阳斜。旧时王谢堂前燕，飞入寻常百姓家。

《竹枝词》刘禹锡，杨柳青青江水平，闻郎江上踏歌声。东边日出西边雨，道是无晴却有晴。《赤壁》杜牧，折戟沉沙铁未销，自将磨洗认前朝。东风不与周郎便，铜雀春深锁二乔。《无题》李商隐，相见时难别亦难，东风无力百花残。春蚕到死丝方尽，蜡炬成灰泪始干。晓镜但愁云鬓改，夜吟应觉月光寒。蓬山此去无多路，青鸟殷勤为探看。《渔家傲》范仲淹，塞下秋来风景异，衡阳雁去无留意。四面边声连角起，千嶂里，长烟落日孤城闭。浊酒一杯家万里，燕然未勒归无计。羌管悠悠霜满地，人不寐，将军白发征夫泪。《水调歌头》苏轼，明月几时有？把酒问青天。不知天上宫阙，今夕是何年。我欲乘风归去，又恐琼楼玉宇，高处不胜寒。起舞弄清影，何似在人间。转朱阁，低绮户，照无眠。不应有恨，何事长向别时圆？人有悲欢离合，月有阴晴圆缺，此事古难全。但愿人长久，千里共婵娟。《鹊桥仙》秦观，纤云弄巧，飞星传恨，银汉迢迢暗度。金风玉露一相逢，便胜却人间无数。柔情似水，佳期如梦，忍顾鹊桥归路。两情若是久长时，又岂在朝朝暮暮。《如梦令》李清照，昨夜雨疏风骤，浓睡不消残酒。试问卷帘人，却道海棠依旧。知否？知否？应是绿肥红瘦。《卜算子·咏梅》陆游，驿外断桥边，寂寞开无主。已是黄昏独自愁，更著风和雨。无意苦争春，一任群芳妒。零落成泥碾作尘，只有香如故。《钗头凤》陆游，红酥手，黄縢酒，满城春色宫墙柳。东风恶，欢情薄。一怀愁绪，几年离索。错、错、错。春如旧，人空瘦，泪痕红浥鲛绡透。桃花落，闲池阁。山盟虽在，锦书难托。莫，莫，莫！《钗头凤》唐婉，世情薄，人情恶，雨送黄昏花易落。晓风干，泪痕残，欲笺心事，独语斜阑。难，难，难！人成各，今非昨，病魂常似秋千索。角声寒，夜阑珊，怕人询问，咽泪装欢。瞒，瞒，瞒！《过零丁洋》文天祥，辛苦遭逢起一经，干戈寥落四周星。山河破碎风飘絮，身世浮沉雨打萍。惶恐滩头说惶恐，零丁洋里叹零丁。人生自古谁无死，留取丹心照汗青。

除了读这些有名的诗词，我还开始背诵《唐诗三百首》，不问谁写的，从第一首《感遇》背起：兰叶春葳蕤，桂华秋皎洁。欣欣此生意，自尔为佳节。谁知林栖者，闻风坐相悦。草木有本心，何求美人折。江南有丹橘，经冬犹绿林。岂伊地气暖，自有岁寒心。可以荐嘉客，奈何阻重深。运命唯所遇，循环不可寻。徒言树桃李，此木岂无阴……

有点偏科了，顾不得元、明、清了，好在对"四大名著"，早有研读。

54. 奇妙文明

人类文明的发展是多种多样的，但有趣的是，尽管相隔万里，不同文明的发展却有许多相似的阶段性。

在我国出现女娲补天、夸父追日、嫦娥奔月、精卫填海等神话故事的年代，若干世纪后，欧洲文明中，也出现了许多神话传说。

欧洲最经典宏大的神话传说就是荷马史诗。

给我们上欧洲文学课的是北大中文系教研室副主任徐京安老师，生动的教案使我一下被一种新奇的文明吸引。欧洲文学，规模宏大，我用时较多的有三个重点：一个是荷马史诗，一个是《红与黑》与《浮士德》，还有一个是莎士比亚戏剧。"荷马史诗"包括《伊利亚特》和《奥德赛》两部史诗。这两部史诗相传为盲人说唱艺人荷马所作，故以此统称。此人，相传生存于公元前8世纪。

荷马史诗叙述的是古代希腊人与居住在今小亚细亚西北隅的特洛亚人之间的一场战争。根据古代文字史料，这场战争发生在公元前12世纪初期，它被描写为一场由神祇间的纷争波及人类的战争。根据神话传说，主神宙斯很喜欢女神忒提斯，但是命运规定，宙斯若娶忒提斯，他们的孩子将强过宙斯。宙斯为了保住自己的权力和地位，便设法将忒提斯下嫁凡人，嫁给希腊东北部佛提亚地区米尔弥冬人的首领佩琉斯。在为忒提斯和佩琉斯举行婚礼时，所有的神明都前来参加，但是，在这样一个喜庆甜蜜时刻，只有纷争女神没被邀请，她知情后十分生气，她心生一计，要搅乱这个婚礼。于是，她便向婚宴扔下一个金苹果，上书"给最美的女神"。神后赫拉、宙斯的女儿雅典娜和爱与美之神阿佛罗狄忒都认为自己应该得到这个金苹果，于是发生激烈争吵。宙斯也难以决断，只好让她们去找特洛亚王子帕里斯作裁判。帕里斯是特洛亚国王普里阿摩斯之子，由于出生时有凶兆，被父母丢弃于小亚细亚的伊达山中，长大后在山中放牧。3位女神气冲冲地由天而降，找到帕里斯决断。她们向帕里斯说明宙斯的旨意，并公开表明，只要将金苹果断给自己，就给帕里斯好处。赫拉凭自己的地位和身份许以权力，尚武的雅典娜许以武功，阿佛罗狄忒则许以让世上最美的女子给他做妻子。他对与美女结婚最动心，结果帕里斯把金苹果判给了阿佛罗狄忒。

阿佛罗狄忒没有食言。一次她带帕里斯来到希腊，拜访斯巴达王墨涅拉奥斯。墨涅拉奥斯的妻子海伦是宙斯与凡间女子所生，被认为是世间最美女子，就是这个海伦，引发了两个国家一场旷日持久的血腥战争。

传说约在公元前8世纪，斯巴达有户人家生了个女儿，取名海伦。小姑娘俏丽无比，渐渐长成一个罕见的美女，惊艳全希腊王公贵族。希腊各国的公子王孙们都纷纷追求她，许多人明知自己没有希望，但即使能看她一眼也是人生最大的渴望，海伦成了各国公子王孙贵族的偶像和精心保护的珍宝。这时，海伦的追求者们达成协议：让海伦自己选择丈夫，大家保证尊重她的选择。后来，斯巴达王阿特柔斯的儿子墨涅拉奥斯被海伦看中，两人成亲。不久，墨涅拉奥斯做了国王，两人相亲相爱，是一对美满夫妻。可这一切，都因为一位女神带着一位帅哥的到来发生了变化。

帕里斯长得风度翩翩，风流倜傥，特别讨女人喜欢。阿佛罗狄忒3人到来后，墨涅拉奥斯宫廷盛宴款待，举行了盛大舞会，女神从中用计诱惑，聚会中让帕里斯与海伦幽会，海伦对帕里斯一见钟情，深深爱上了帕里斯，在宫廷密室里，就迫不及待发生了关系，海伦体验到了从未有过的新奇与刺激，沉醉其中不能自拔，决定与他私奔，临走时还带走了宫廷许多珍宝财富。他们上船后扬帆逐浪时，墨涅拉奥斯与家人才发现。痛失爱妻，真是奇耻大辱，整个家族与克里特岛城民都觉得不能容忍。因此在海伦被拐后，这件事引起全体希腊人的愤怒，在海伦丈夫墨涅拉奥斯的请求下，很快便集合各城邦的英雄首领，一场复仇之战便在酝酿之中。但是，希腊人依然先礼后兵，在海伦被拐后，希腊人首先遣使交涉，在交涉未果情况下，先后花了10年时间，组成了一支庞大的军队进行征讨，从而发生了有名的特洛亚战争。

阿佛罗狄忒与帕里斯同海伦一起来到特洛亚，开始了甜蜜生活。

可以看出，这是希腊精心准备的一场战争。根据史诗中的描写，希腊军队几乎囊括了希腊大陆和沿海岛屿以及被称为有"百座城市"的克里特岛的各部族，分别由各地方和城邦的首领率领，共计有战船千艘，人数在10万以上，由墨涅拉奥斯兄长、迈锡尼王阿伽门农统率。希腊军队到达特洛亚海岸后，先进行了滩头战斗，付出了一些代价，但很快攻克滩头阵地，控制了海滩，向纵深发展。由于难以立即攻克特洛亚，因此他们便一面进攻特洛亚，一面不断对特洛亚周围地区进行劫掠，一场强攻战变成了一场绵延10年的持久战，攻城久攻不克，希腊军队统领奥德赛经过深思熟虑后，想出了一条妙计，决定采用木马计，里应外合，攻克洛城。

战争阶段，帕里斯每天都带着海伦在城楼上观察战况。两国军队的血腥屠杀，使海伦忧心如焚。

这天清晨，帕里斯登上城楼瞭望，看到非常惊奇的场景，海面上，希腊联军的战舰突然扬帆离开了。平时喧闹的战场变得寂静无声。特洛伊人以为希腊人撤军回国了，纷纷跑到城外，却发现海滩上留下一只巨大的木马。大家惊讶地围住木马，他们不知道这木马是干什么用的。有人要把它拉进城里，有人建议把它烧掉或推到海里，有些人拿出斧头猛砍，有些人点起火把来烧，特洛伊的祭司拉奥孔跑来拿长矛刺向木马，木马发出可怕的响声。正在这时，有几个特洛伊人押来了一个遭捆绑的希腊人，特洛伊国王亲自审问他，希腊人告诉国王，这个木马是希腊人用来祭祀女神雅典娜的，它是希腊人的一个妙计。希腊人认为特洛伊人会把仇恨发泄在木马上，会击毁它，这样就会引起天神的愤怒，就会惩罚特洛伊人，降灾特洛伊，这样，希腊人再战就会轻易取胜。但如果特洛伊人把木马拉进城里，天神就会给特洛伊人赐福。希腊人把木马造得如此巨大，就是为了使特洛伊人除了毁坏，根本无法拉进城。

国王听信了这番话，他下令军民将木马拉进城，让天神给特洛伊人降福。可是，木马实在太大了，它比城墙还高，城门根本进不去，国王下令把城墙拆开一段，拉进木马后再筑上。一番努力，他们成功了，当天晚上，特洛伊人欢天喜地，载歌载舞，喝着美酒，庆祝胜利，他们喝啊，跳啊，唱啊，喝光了一桶又一桶美酒，直到深夜才解散回家休息，做着和平与天神降福的美梦。

可是，悲剧发生了。深夜，全城一片寂静之时，劝说特洛伊人把木马拉进城的希腊人其实是个间谍，他走到木马边，轻轻地敲击了几下，藏在木马里的几十名全副武装的希腊勇士听到了预约信号，他们打开机关，一个接一个地跳出来，然后，悄然摸向城门，杀死了睡梦中的守军，迅速打开城门，让希腊大军进入。与此同时，这些勇士迅速在城里到处放火，制造恐慌与混乱。

接到信号，趁着夜幕，隐蔽在附近的大批希腊军如潮水般涌入特洛伊城。国王带领守军进行了拼死抵抗，但是，根本不是希腊军队的对手，一场血腥屠杀在特洛伊城展开，连国王与家眷也惨遭剑劈刀砍，倒在血泊中。希腊人把特洛伊城掠夺成空，烧成一片灰烬，男人大多被杀死，妇女和儿童成了战利品，从此沦为希腊奴隶，特洛伊的财宝都装进了希腊人的战舰驶向希腊。

海伦也被墨涅拉奥斯带回了希腊，美人依旧，但牵着这个女人的手，感觉与从前却不一样了，这是他的海伦，又不是他的海伦。

希腊人获得了彻底胜利。史诗《伊利亚特》描写的只是战争进行到第十年时发生的一件事情，对往日的事情略有涉及。全诗被分为24卷，纯粹一部战争史诗。

由荷马史诗，我想起我国新疆柯尔克孜族的著名史诗《玛纳斯》，有23万多行。它是一部传记性的英雄史诗，它描写了玛纳斯及后代共8代人反抗异族侵略保卫柯尔克孜族人民和平生活的英勇事迹。

看来，反抗侵略的英雄事迹是人类社会最壮美的诗篇。

55.八面来风

进入知识大补状态。现代汉语开课了，学习后才知道，过去总以为，汉族人会说话就会汉语，会写字就会表达汉语，一学吓一跳，其实，相当多数的人都不真正懂"现代汉语"，书面表达中，不犯语病的人真的不多。主语、谓语、宾语、定语、状语、补语，细读老师写的讲义，举的范例与对句子成分的分析，对病句的分析与布置的作业，方知个中窍门，原来，汉语言，是有它语法内在的规定性要求的，有它自身的运用规律。这个阶段，看报纸，看文件，就习惯分析句子成分，居然能不时发现病句，大长本事。

这就是学习的力量。

中国现代文学课，郭沫若、朱自清、郁达夫、柔石等人的作品我都喜欢，但最喜欢的还是鲁迅与郁达夫的作品。鲁迅的杂文思想深刻,喜欢嘲讽黑暗势力与愚昧,似匕首,如投枪,非常富有战斗性,嬉笑怒骂皆成文章,辛辣的讽刺,幽默言语中带着严肃和深重的悲怆,战斗一生,被誉为"民族魂",他不愧为中国现代伟大文学家、思想家和革命家,"横眉冷对千夫指,俯首甘为孺子牛"是鲁迅一生的写照。

鲁迅的杂文《坟》《热风》《华盖集》《华盖集续编》《南腔北调集》《三闲集》《二心集》《而已集》《花边文学》《伪自由书》《附集》《准风月谈》《集外集》《且介亭杂文集》《且介亭杂文二集》《且介亭杂文末编》等我都读过不止一遍,其中许多精彩论断我都作了摘抄,不时拿出来品读,成为思想营养的一部分。

鲁迅的小说集《呐喊》《彷徨》《阿Q正传》《狂人日记》《伤逝》与散文集《朝花夕拾》,尤其是《从百草园到三味书屋》等都成为我有限藏书的组成部分。

写作知识课,训练培养了我基本的写作能力。这种培训真的是全方位的立体的,功课优秀的学生,想不成为写作"多面手"都困难。

教师队伍太强大了。写电影剧本的名家,给我们讲影视剧本的写作;话剧高手教我们写话剧;大诗人教我们写诗;新华社社长与记者、编辑部主任教我们写新闻;中央人民广播电台权威教我们如何写广播剧,等等。

文学文体的写作教学包括:报告文学、抒情散文、杂文、诗歌、小说、剧本(话剧、电影、电视、京剧)、文学评论、曲艺(相声、小品、快板书、鼓词)等。

这期间,学校还专门请在国家机关当过秘书、办公厅领导的人们编写教案,指导我们机关应用文写作,包括:指示、简报、报告、工作计划与总结、请示、汇报、决定、批复、通知、通报、通令、布告、合同,还有解说词与科技文体写作等。

还学习了社会生活中的一些常用文体写作,包括:贺电、贺信、信件、介绍信、公函、旅游介绍、壁报、广告、海报、黑板报等,超齐全。

我曾自学过军事应用文写作,经过自学大学这次培训,感觉对军内军外的各种文体都能把握了。

很多文体的写作,都离不开一个基本功,这就是要有提炼主题、采集材料、把握结构的基本功。

提炼主题是在大量占有材料的基础上构思写作的重要基本功。思维过程,要精于总结材料,提炼思想,展开丰富联想,进行今与昔、形与理、主与客、远与近的对比,展现客观变化,最后,一个主题思想的出现,使所有材料变得鲜活、生动、有用起来,成为一个严密整体。

记叙文写作的题材，离不开三个要素：人物、情节、环境。

采集材料，更是一门细致入微的艺术，没有捷径可走。它需要长期观察，逐步积累；调查采访，直接搜集；还需要查阅文献，专门收集。在此过程中要做到全面占有材料、历史地占有材料、辩证地占有材料、要占有感性材料，还要占有旁证材料。这就需要提高自身基本功，增强对生活的观察力、对问题的分析力、对事物的联想力、对是非的判断力。去粗取精，去伪存真，由此及彼，由表及里，把素材变成题材，从题材中生成主题。

文章的结构直接决定文章"长"的模样，它是千变万化的，但总体布局上也是有规律可循的，它包括：层次与段落、主次与详略、过渡与照应、开头与结尾。不同题材的文章，常常具有不相同的结构形态，记叙文偏重于写人叙事，往往按照事物发展变化的过程来布局，体现情节完整、线索分明的特点。论说文则偏重于议论说理，一般按问题的内部规律来划分层次，它的结构表现为条理清晰、逻辑严密。诗歌分行分节，戏剧分幕分场等。

文章的构思是否精妙，体现在三个方面：深、新、巧。也就是说，它要有深度，要新颖独特（不能似曾相识），要巧妙。

这就是大学教育的好处，它不只是让你知其然，更让你知其所以然。

56.艺术课程

这是大学教育的丰富。一期期的课本寄到手中，中国顶尖的学者、教授、艺术家在给我们开课。音乐欣赏、雕塑欣赏、影视欣赏、诗歌欣赏、话剧欣赏、舞蹈欣赏、油画艺术欣赏、版画艺术欣赏、雕塑艺术欣赏、漫画艺术欣赏、陶瓷艺术欣赏，一个个专题，为我们打开一个个中国艺术之窗，展示了这些艺术的"门道"。

这些艺术讲座我都喜欢，它成了我给战士们开讲座讲艺术的极好教材，现学现用，用中学习。在这些艺术讲座中，我对京剧艺术更为喜欢。这可能与小时候正月里经常跟着小姨看黄梅戏有关，身体里有戏曲基因。

喜欢京剧，是因为京剧是一门与安徽乡土密切相关的艺术。雄霸明清商界500余年的徽州商帮以盐商出名，黄山歙县的盐商尤其出名，富甲一方。随着社会经济的发展和戏曲声腔昆山腔的兴起，江南江北文人士大夫和富商巨贾纷纷蓄养家庭戏班。从黄山到安庆，无数戏班登台献艺，吸引了全国各个戏种前往安徽登台。人们思想解放，从各个剧种中吸收营养，出现了"乱弹乱唱"百花齐放的局面。这里面就融入了从两千年前的汉代乐舞，到唐代的梨园百戏，再到宋代的南剧，明清的昆曲，秦腔、汉剧、黄梅戏都为京剧的形成提供了丰富养分。

1790年（清乾隆五十五年），随着"四大徽班"进京献艺，向皇帝祝寿，京剧艺术博采众长，逐渐进入成熟期。

喜欢京剧，还因为京剧是一门综合性艺术。在世界戏剧史上，没有哪一种艺术像京剧那样融合了多种艺术形式而形成的。京剧舞台艺术在文学、表演、音乐、唱腔、锣鼓、化妆、脸谱等各个方面，通过无数艺人的长期舞台实践，构成了一套互相制约、相得益彰的格律化和规范化程式。由于京剧在形成之初，便进入了宫廷，使它的发育成长不同于地方剧种。要求它所要表现的生活领域更宽，所要塑造的人物类型更多，对它的技艺的全面性、完整性要求更严，对它创造舞台形象的美学要求也更高。因而，它的表演艺术更趋于虚实结合的表现手法，最大限度地超越舞台空间和时间的限制，以达到"以形传神，形神兼备"的艺术境界。表演上要求精致细腻，处处入戏；唱腔上要求悠扬委婉，声情并茂；武戏则不以火暴勇猛取胜，而以"武戏文唱"见佳。

京剧的四大表现艺术手法唱、念、做、打，构成了综合艺术的基础。唱指歌唱，念指具有音乐性的念白，二者相辅相成，构成歌舞化的京剧表演艺术两大要素之一的"歌"，做指舞蹈化的形体动作，打指武打和翻跌技艺，二者相互结合，构成歌舞化的京剧表演艺术两大要素之一的"舞"。

京剧的演艺角色划分很有趣。京剧舞台上的一切都不是按照生活里的原貌出现的。京剧舞台上的角色也不是按照生活当中人的本来面貌出现的，而是根据所扮演角色的性别、性格、年龄、职业以及社会地位等，在化妆、服装各方面加以若干艺术夸张，这样就把舞台上的角色划分为生、旦、净、丑四种类型。这四种类型在京剧里的专门名词叫做"行当"。

生，除了花脸以及丑角以外的男性正面角色的统称，分老生、武生、小生、红生、娃娃生。

旦，女性正面角色的统称，分青衣（正旦）、花旦、闺门旦、刀马旦、武旦、彩旦。

净，俗称花脸，大多是扮演性格、品质或相貌上有些特异的男性人物，化妆用脸谱，音色洪亮，风格粗犷。"净"主要分为文净、武净两大类。文净又分正净（重唱功，称铜锤花脸、黑头）、副净（重工架表演，称架子花脸），武净分重把子工架的武花、重跌扑摔打的武花（也称为摔打花脸）、油花（亦称毛净）。

丑，扮演喜剧角色，因在鼻梁上抹一小块白粉，俗称小花脸。分文丑、武丑等。各个行当都有一套表演程式，在唱念做打的技艺上各具特色。

唱中，在对嗓音的运用上又有很深的艺术造诣。分为真嗓、假嗓、左嗓、吊嗓、喊嗓、丹田音、云遮月、塌中、脑后音、荒腔、冒调、走板、气口、嘎调、长吭、砸夯等，简直是一门用气的科学体系。

喜欢京剧，还因为京剧的脸谱也很好玩。红脸含有褒义，代表忠勇；黑脸为中性，代表猛智；蓝脸和绿脸也为中性，代表草莽英雄；白脸与黄脸含贬义，代表奸诈凶恶；金脸和银脸是神秘，代表神妖。脸谱最初的作用，只是夸大剧中角

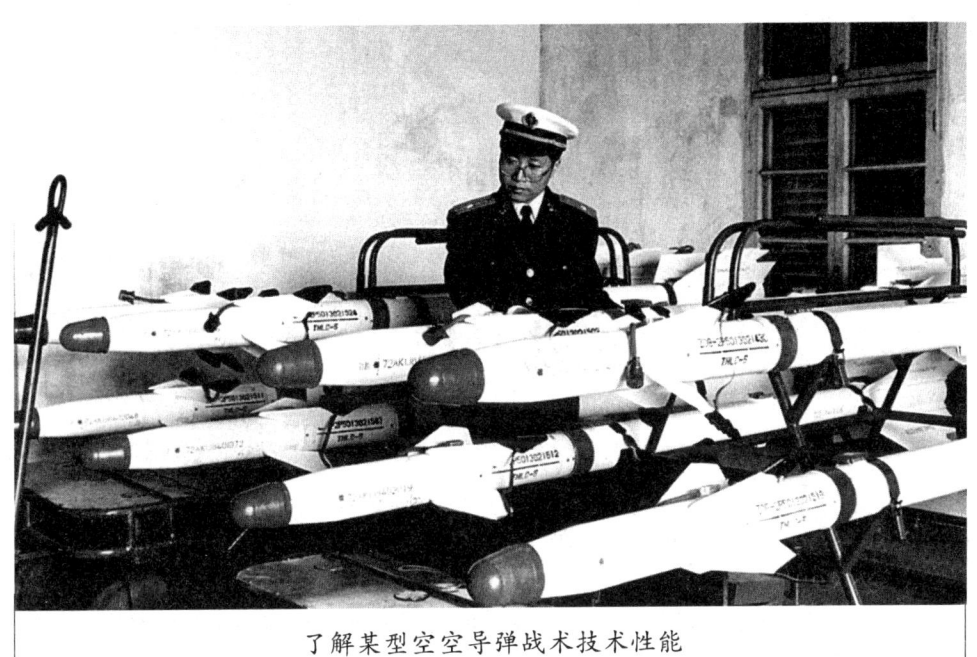

了解某型空空导弹战术技术性能

色的五官部位和面部纹理,用夸张的手法表现剧中人的性格、心理和生理上的特征,以此来为戏剧情节服务,可是发展到后期,脸谱由简入繁、由粗到细、由表及里、由浅到深,本身就逐渐成为一种富有民族特色、以人的面部为表现手段的图案艺术了。

京剧的乐器多得不得了。京剧伴奏乐器分打击乐器与管弦乐器。打击乐器主要有板、单皮鼓、大锣、铙、钹等,称为"武场"。管弦乐器有京胡、二胡、月琴、三弦等,称为"文场"。

京剧的道具更是多得说不尽。

中国京剧,世界公认的国粹。不过,尽管艺术上喜欢京剧,但平时喜欢唱的还是黄梅戏。京剧起源于黄梅戏的基因,但黄梅戏却更亲民,它适合劳动人民在村头巷尾田间地头随意哼唱,不需京剧那样一板三眼气沉丹田。

一种自信力在暴涨,学完这些知识后,我觉得今后自己可以在各种文体中游走,即使被调入军队与地方再大的机关,感觉也不会害怕了。

也许,超级大学给了青年军人一种底气与前所未有的前行力量。

第十二章

处女作

知识就是力量。这种力量对一位青年来说，表现为它提高了你观察事物、分析事物、认清事物的先进与落后、是非与曲折、发展与朽腐的现状与意义，有了反映与判断事物存在价值的能力。

《写作知识》课程教学过程中，学校还刊登了许多学员习作，请名家帮助修改，也刊登了许多大家勤奋自学、勤奋写作的故事，如鲁迅、老舍、巴金、丁玲等勤奋写作的故事。我按捺不住自己的跃跃欲试，开始了我的试探。

有播种就有收获，我开始发表自己的处女作。

57.身正不怕影斜

人生的第一次总是令人激动的，哪怕再微小。如婴儿长出第一颗牙齿，幼儿走出第一步，第一次喊妈妈，尽管步态不稳，尽管口齿不清，母亲与家人都会乐不可支，那是对生命成长状态的欣喜。

1979年2月17日，为回击那个想当"世界第三军事大国"的国家的挑衅，中国军队发起了对越自卫反击作战，大规模进攻作战进行了18天，中国政府宣布从谅山撤军。这再次向世界表明，我军作战不是为了占领越南领土，也不是为了占领越南首都河内，如果是为了占领河内，从谅山到河内一马平川，无险可守，只有130千米，坦克推进个把钟头的事。但是，中国军队宣布撤军了，一片惊慌的河内可能都感觉不可思议。一场现代条件下打的不太现代化的战争，它是热带山岳丛林地带作战，是几十年没打过大仗的中国军队所没有经历过的，通信、指挥、穿插，都遇到新问题，战争初期，我军伤亡大一些。但大国军队的摧毁性是作战对手不可阻挡的，凯旋之师组成的几十个英模报告团走进了工厂、机关、学校、企业、街区。

可是，就在这个时候，有一位功臣却悄无声息地回到了他的故乡。这就是慈溪县对越自卫还击作战一等功臣余建国。在艰苦异常的丛林进攻作战中，满山都是树木、灌木，很像热带雨林，敌人山顶上的阵地是看得见的，可当部队多路进攻时，满山遍野却到处都冒出了敌人的机枪、冲锋枪火力点与地雷阵地，冲锋的部队成片倒下，有些人牺牲了，有些人受伤，有些人卧倒，余建国受伤倒地，他端起冲锋枪，看准射击的敌人一梭子子弹扫过去，接连几个手榴弹砸过去，敌人倒下，他往前跳进，一直冲到山顶。打扫战场，战友们发现了负伤昏迷中的他，经抢救，身受7处重伤的他居然活过来了。他被荣记一等功。

战后，部队征求他对未来工作选择的意见，他觉得自己文化程度不高，通过对越自卫还击作战更加知道，没文化是要付出伤亡代价的，作战之初，有的连队打穿插，在丛林之中根本搞不清东西南北，不能按预定时间到达指定位置，后来，桂林陆军学院的教员补入连队，这就不是个事了。于是，他向组织恳请复员回乡务农。这真是"落红不是无情物，化作春泥更护花"，部队批准了他的请求。回乡后，慈溪县领导根据他的战功与身体伤残情况，安排他到逍林镇供销社当了一名售货员，转成了非农业户口。可是，这种安排尽管也不错，但它却没能满足人们对一等功臣应有待遇的习惯想象，于是，惯性思维就张开了传统习俗的翅膀："哪有一等功臣回乡种田的，一定是犯了错误。"人们议论，从身后指指点点，一个小小的舆论场形成了。这些话很快传到他父母耳里，后来又传到他女朋友耳里，姑娘憋了一段时间，实在憋不住了，在一个花前月下的夜晚，她问余建国："外头讲的是真的？"他告诉她，这是绝对没有的事，劝她不要听，身正不怕影斜。他还劝慰姑娘，那么多的战友都牺牲了，自己活着回来了，是幸存者，比比生死，这点委屈根本不是个事，战士坦然的胸怀与阳光，照亮了姑娘的心房。

当我听说这个故事后，我决定去采访他，我要写篇稿件，赞美这位功臣。

一个阳光灿烂的周日，吃过早饭，我带上了从司令部作战参谋那里借来的五万分之一的军用地图，骑上自行车，向逍林进发。骑一阵子，拿出地图看一看，确定方位后，继续前行，约90分钟后，我来到了逍林供销社，没费大劲就找到了他。我详细听取了他的作战经历与回乡后的心路历程，还采访了他的未婚妻与他的父母。这次采访，还有一个美丽的遇见：我们部队副政委的女儿付蓝英正好在这儿当售货员，和余建国还是同事，别小看这份工作，它可是吃皇粮的差事。蓝英长得漂亮，部队看电影时，她总是到保密室找我借凳子（部队礼堂没配置板凳），已非常熟悉。她热情地招待了我，不只是请我吃饭，饭后，还请我到她闺房休息。可她的房间里，坐的凳子也没有，她梳妆什么的只能坐床上，于是，她请我坐床上。这是我们首长的女儿，见了，犹如亲人。两个人并肩坐着聊了一会儿，我觉得，不能影响她休息就告辞回部队。她把我送出很远。此后，我们天各

整天写材料,感觉神经与视觉疲劳时,喜欢到俱乐部水池边小憩。

一方,再也没有见过面。20多年后的一天早晨,在宁波效实中学门口河边健身的我遇到她清晨散步的父亲,我问退休后定居宁波的老首长蓝英现在哪里,得知她后来嫁给了一位海军军官,现生活在北京。

回到部队后,我写了一篇议论文《身正不怕影斜》,寄给了《解放军报》,不能确定能不能用。

一天晚饭后,我例行散步,卫生队的石军医走到我身旁问我:"朱学文,你写的文章《解放军报》登了会有稿费吗?"

我浑身像触电一样一麻,似乎不敢相信这是真的,便问:"你怎么看到的?"他说:"你写着37974部队朱学文啊,我们部队还会有第二个朱学文?"

当天的报纸我还没看,转身回到保密室,打开《解放军报》,在第三版理论专版,我看到了这篇几乎没修改过的文章。

这是我在《解放军报》发表的处女作。后来,在军队专门从事新闻工作我才知道,在《解放军报》上稿简直太难了,军报记者写稿见报,尖子记者上稿采用率90%,二流记者采用率80%,三流记者采用率50%,部队通讯员来稿采用率0.0003%,每年有相当一批陆海空和二炮部队军级单位在军报上稿"剃光头",因而,一些部队采取重奖措施,凡是有人在军报发表一篇稿记三等功一次,尽管如此,"剃光头"现象年年还是有一大批。

一次偶然,一次成功,也许,这种偶然里有必然因素在起作用。

58. 青青田野一堂课

适应于改革开放官兵思想活跃的需要，20世纪80年代，人民解放军各部队普遍开展了一次《社会发展史》教育。全军下发总政治部编印的统一教材，其中心思想与教育的根本目的是通过教育使官兵认识到人类社会是由低级阶段向高级阶段发展的，高级社会形态取代低级社会形态是历史的必然，从而坚定理想信念。

我拿着教材在备课时想，在课堂上讲清楚封建社会取代奴隶社会、资本主义社会取代封建社会、社会主义社会取代资本主义社会、共产主义社会取代社会主义社会这是不难的，难的是让官兵通过认识身边的事物看到这种取代的变化痕迹，建立巩固的概念与记忆。

我决定将生产力与生产关系变化这种哲学与经济学概念形象化一下，于是，决定在中队的《社会发展史》教育开课这天上午先拿出2小时，把部队带进社会大课堂，让官兵先看，看出一些社会发展印记，然后我们再回到课堂讨论。

江南四月，莺飞草长。部队驻地艳阳高照，白云飘飘，田野麦子青青，油菜黄黄，紫云英铺满田间，天空，不时有歼击机飞过。我率领着100多名身着全蓝水兵服的战士穿行在田间。刚走出营门，就看见小河里老百姓的几条小船摇过，我对大家说："你们要注意观察，回去后我要向大家提问。"

战士们马上朝船上看去，看船舱里装的是什么东西。

又走了一段路，路旁有一座窑正吐着白烟。我又问大家："这是什么窑？"战士们马上走近观察，说这个窑里烧的都是青灰色的砖头。

千米穿行，我们经过一个自然村，我对大家说："大家看看这个村庄有什么特征？你们第一眼看到的是什么？"

"都是砖墙。""村头有许多菜缸。""房屋没有固定的朝向，没有任何规则。""只有儿童、妇女、老年人，青壮年很少……"

不论战士们作出什么样的回答，我既不说对，也不说不对，只说回到课堂再讨论。

出村后，一望无际的农田里有人赶着水牛在犁田，也有多台拖拉机正在耕地，在挥舞的牛鞭的噼啪与马达的突突响声里，花开满地的紫云英一片片不见了，它们被农民犁翻到泥土里，将成为有机肥，滋润禾苗一个季节的生长。

到海边了，海面上，一艘艘飘扬着国旗的渔船开足马力驶向远方，寻找渔场，也有一些渔船满载而归停到了码头，渔民们正把一筐筐带鱼、梭子蟹、大鲳鱼、青鲇鱼等往岸上搬。渔民们脸色黑里透红，精神饱满。渔姑与渔嫂们个个脸上写满笑意，那是对亲人平安归来与丰收渔获的喜悦。

见一些战士新奇地围着渔筐说笑赞叹，渔民们拿出一些螃蟹与鱼货给我们：

"拿回去煮了吃，下老酒。"战士们听不懂当地方言，不知他们说啥，把螃蟹与一条条鱼拿在手里不知如何是好，不停地拿目光扫我。我对大家说："看看就好了，要记住咱们纪律。"大家听懂了，纷纷将螃蟹海鱼丢回鱼筐。

　　参观结束了，第3节课，我们开始了课堂讨论。开始提问："刚才我们大家看到了渔船，我现在提出的问题是，人类是什么时候有能力到江河湖海里去捕鱼？"一番七嘴八舌。最后得出的结论是7000多年前。一位上海兵说，这已经被河姆渡出土的文物所证明。河姆渡，离我讲课的地点直线距离10多千米，固然没有带战士们参观过，但有些战士已从教科书中了解了这一长江文明的发源地，它的水稻种植技术被证明是世界最早的，一些被发掘的稻粒出土前还是金黄色的，只是出土后接触空气被迅速碳化，成为焦粒。"那世界上什么时候有轮船？"我又问。同时，让参军前坐过轮船的战士举手，有几十人举起了手。一位姓齐的北京兵说："世界是哪年造出轮船的不知道，它应该在瓦特造出蒸汽机之后。"有的战士补充，瓦特发明蒸汽机是在18世纪，造出轮船应在19世纪。我又问人类社会征服野牛，抓住它让它犁田为人类服务是在什么年代？拖拉机的出现在什么年代？大家只知道拖拉机的出现是新中国成立之后，其他国家造出拖拉机应在20世纪初，对野牛耕地时间不知道。我告诉大家，中国犁的发明时间是在春秋战国时代，犁可代表被驯服牛的年代，也就是说春秋时期是在公元前770年至公元前403年这一时期。据史料记载，这是东周的一个时期。春秋时代周王的势力减弱，群雄争霸，齐桓公、晋文公、宋襄公、秦穆公、楚庄王相继称霸，史称"春秋五霸"，春秋之后便是战国时期。公元前770年周平王迁都洛邑，标志着东周春秋时期开始。367年后，战国时期开始，中国正式进入封建社会。关于村庄，我提出的问题被一位芜湖籍战士猜到了。我一说村庄，他就举起了手，生怕回答问题慢了被别人抢了。他告诉大家，村庄他看到最多的是许多人家房顶上耸立的锯齿型电视天线。我问他世界上电视机是什么时候发明的，他说，"准确的不知道，只知道是现代"。在大概念上，他的回答无疑是对的。有备而来的我接着对战士们说："有人说是苏格兰人在伦敦实验中发明的，有人说是美国人斯福罗金发明的，发明时间都是1925年10月，但真正发明世界第一台黑白电视机是1939年，1953年美国正式推出彩色电视机。"

　　讨论在深入。战士们搞清了世界上最早的制陶技术在中国。这一技艺的产生可追溯到公元前4500年至公元前2500年之间，从原始的彩陶、秦砖、汉瓦到唐三彩、青白瓷，反映这一技术的历史性进步。我们祖先在新石器时代就发明了陶器，制陶业开始发展。东汉晚期出现成熟的青瓷。南北朝成功烧出白瓷，为制瓷业发展开辟了广阔前景。唐朝后期，瓷器一度取代丝绸成为中国外贸出口的最大宗商品，中国瓷器，闻名世界。

　　这次课堂讨论持续近2小时，直到军号响起，区队长吹哨各班小值日打菜，我才宣布结束，只布置了一道讨论题：联系自己所见所闻，说明人类社会是由低级向高级发展的，要求每人写一篇心得体会，不得出现雷同内容。

这堂教育课，由"你打我通、我讲你听"的灌输式教育变成了运用社会课堂的自我教育，战士们建立了一个人类社会发展形态不断进步的清晰概念，教育效果蛮好。

我向中队报道组布置任务，把我们中队这种做法写成新闻稿，向《人民海军》投稿，传播这种形式。可是，3天过去了，报道组5名战士都说不好写，没动笔。看来，只有我"王婆卖瓜"了，当天晚上草成一稿寄往了人民海军报。

一周后，我接到了北京打来的一个电话，是人民海军报一位编辑打来的，我也没问他姓名，只是挺激动的，他问我报道中涉及的牛、犁、渔船、制陶等史料出于何处，我一一做了回答。

此后，每天看报纸，我都比平时仔细了许多。

又一周后，我终于看到了我写的报道，《田野一堂教育课》，抄录如下：

四月上旬，祖国浙东沿海的田野山麓，已是杨柳青青，油菜黄黄。
37974部队三中队一次别开生面的社会发展史教育课，正在进行。
"哪位同志能说一下，我们的祖先多少年之前，就驾着船到江河湖海里撒网捕鱼了？"副指导员向大家提出了问题。"大约在七千多年前，长江流域的父系氏族社会时期。"战士们答。"那么我们入伍到部队时乘坐与看到的大轮船、大军舰又是什么时间制造的呢？""在我国解放后制造的。""我们刚才在路边看到的一个小砖瓦窑，请问我们祖先最早烧制陶器是什么时间？""六七千年前的新石器时代。""我们后来制瓷最有名的地方是哪里？""景德镇。"战士们讨论着，回答着，课堂气氛活跃。大家无形中明白了这些道理：人类社会总是由低级向高级发展的；人类社会的历史，首先是生产发展的历史，是生产工具不断更新的历史，是社会的物质生活与精神生活不断提高的历史。试想一下，今天人们已能驾驶飞船"九天揽月"，能开着核动力潜艇"五洋捉鳖"，这在几百年前，还都是神话，然而，今天有了。那么再过若干年，人类社会不是更高级发展了吗？共产主义不是越来越近了吗？最后，副指导员作了提示与小结，布置了思考题，结束了这堂有趣的政治课。

（报道组）

这是我在《人民海军》发表的处女作。此后，每年都有稿件被采用，报纸一直被我珍藏着。没想到，这种开始，也会成为一种抵达。若干年后，我成了《人民海军》特约记者，又过了若干年，我成了《人民海军》驻东海记者站站长。

59. 发表一篇爱情小说

文学属于形象思维，我一直觉得自己形象思维不发达，但读古今中外小说，总觉得凡是写得好的小说，凡是名篇，凡是流传千古的经典小说都是在讲故事，讲精彩的扣人心弦的故事。这种故事，有小故事，有大故事，有讲爱情的,有讲战争的,有讲现实的,有讲科幻的,有讲复杂社会的,也有讲单纯人生的,风云变幻,气象万千,但都是讲故事。不讲故事的或讲不好故事的小说，都是失败的。

观看水兵文艺演出

正处青春年华，喜欢看爱情小说。冯德英写的《苦菜花》，魏巍写的《东方》，老舍写的《月牙儿》，鲁迅写的《伤逝》，郁达夫写的《迟桂花》等，故事写得都非常真实生动，里面的爱情即使是悲剧，也是唯美的。于是，我也跃跃欲试。我根据自己听说的军中故事，也拿起笔写了一篇小说《献给战争的吻》，约有3万字，写1979年发生在南中国海的一场短暂海战后，一位战斗英雄来东海舰队航空兵部队做报告，女兵与他产生的友情与爱情故事，主要写了他与一位女兵连连长的爱情。为了提高采用率，我找了通信站字写得很漂亮的女兵任晓红帮我用政治部的方格稿纸抄了一遍，前后她抄了半个多月，然后寄到了《解放军文艺》，几十天后，我收到《解放军文艺》一封牛皮纸信封寄来的很厚的信，我知道完蛋了，被退稿了，但还抱有一丝"是不是叫我修改"的希望打开，却纯粹就是退稿。编辑认为我写作的主题是好的，文字唯美流畅，但缺乏生活细节。我想想也对，谈恋爱的细节我哪有，尽管我25岁了，但我还没有跟姑娘拥抱接吻过，肯定找不到感觉。于是，想想，一动手就是中篇，驾驭不了。写个短篇，也许好点。

苦思冥想几日，写了个短篇《月上柳梢头》，寄给了中国空军杂志社。那时，我阅读每期杂志，那上面有个栏目，是刊登爱情题材小说与纪实文学的。写好后，寄出，30多天后，我收到杂志社用大信封寄来的两本杂志，《中国空军》

刊登了,而且几乎没有改动,让我激动了一回。全文5000多字,这里转录两段:

……

"沾衣欲湿杏花雨,吹面不寒杨柳风。"那是一个柳叶青青,油菜黄黄,紫云英铺满田间的假日,高放同雅芬在蜂飞蝶舞的田径上信步走着,尽情地呼吸着田野沁人心脾的花香,领略大自然赐予恋人的美丽时光。经组织批准,他们确立恋爱关系已近一年了,但从来没在阳光的田野上度过这样相恋的时光。可是他压根没有想到,今天的恋人美景带给他的既不是花,也不是蜜,往常柔情似水的姑娘带给他的却是一个挠头的难题:雅芬要他在未婚妻与飞行之间作出抉择。

难道真的是"秋天的云,姑娘的心?我要是把同学遇难的事不告诉她多好啊……"高放懊恼地想起一周前在湖畔公园度过的那个夜晚。看着夜航飞机航行灯在夜空像星星一样闪烁,雅芬学生味十足地来了诗情:"你们飞行员生活真浪漫,昼持彩练当空舞,夜上九天揽月亮。"高放微微一笑:"是嘛?飞行可是勇士的事业,浪漫总是与危险结伴的,我航校的一个同学最近在一次复杂气象飞行中牺牲了。"雅芬打了一个寒颤。"你冷吗?我们回家吧。"回到雅芬家,岳父岳母正在看电视,不一会儿,屏幕上报道了一个大国的空军在飞行表演时,不到一分钟,4架飞机全部坠毁的消息。高放起身返回部队时,雅芬蹙着眉一言不发地把他送到门外。

……

几天后,高放收到了一封红笔书写的信:"高放(原来她只称'放'),我爱你是真诚的,真诚到不能自拔的程度了。既然你心中只有飞行,我只有作出这样痛苦的抉择了。相爱期间你所送物品等开支请开个清单,我全部还你。"一纸红书,给高放心头带来从未有过的沉重失落感。

姑娘以等待报复的心情观察高放的反应。她深知飞行员的自尊心特强,高放则更甚。但完全出乎意料,高放给她的"报复"竟是这样一封信:雅芬,失去你这样一位好姑娘我感到十分痛苦。这几天,我的心情一直很沉重,既为自己,也为你。我真想不通,一个文化素养极好的女孩,为何惧怕想象中的危险?实际上,人生何处没有风险呢?坐在车船里,行走公路上,游弋在海滨浴场,谁也排除不了"人有旦夕祸福",甚至躺在床上也不能幸免,如唐山大地震。生活中存有危险的因素,难道人们就不生活了?飞行固然有风险,但人类能因此中断飞行吗?我看过一个资料,在世界空军中,我军的飞行事故万时率最低。说句吹大牛的话,我一点也不怀疑自己的技术。操纵飞机得心应手,你不信么?空军和海军航空兵那些飞行了几十年、几千小时的成百上千的"老飞"就是例证。再说,即使有点风险,军人也应该担当,没有风险,国家还要军人干什么?你不是读了很多反映军人爱情生活的文学作品吗?我以为军人的爱情之所以那么可歌可泣,光彩夺目，很重要的一点就是因为他们的爱情中包含着对祖国、对人民的爱。亲爱的同志，你能三思吗？你能回忆一下我们相爱的过程吗？

雅芬，爱情不在，友谊长存。送给你的物品怎能作价取钱呢！人与人之间应有一颗爱心，盼你不要拒绝同志的馈赠。我现在唯一的愿望就是在第一次同你约会的地方，向你致一个分手的军礼！

"月上柳梢头，人约黄昏后。"初夏的明月给大地洒满了银辉。郊外的田野，嫩绿的禾苗上挂满了晶莹的露珠，如鼓的蛙声和各色虫鸣汇聚成优美动听的田园交响乐。高放想到要在这"洒满人间都是爱"的环境里进行爱的告别，心头充满惆怅。

没想到，随着一阵清脆的车铃声，婀婀娜娜走来的姑娘带给他的却是这样的场景：一阵相对无语的凝视，雅芬低下了头，用手扯住高放夏装的衣角："你真坏，连吹灯信都写得那么勾人魂灵，让人夜夜失眠，一合眼就'演电影'。我把心思向妈妈、爸爸作了汇报，没想到他们把我好好狠批了一顿，并声言不要我这个女儿了。第二天，妈妈又串通公司团委书记带我走访了海曙区一位飞行员家属。她给我看了丈夫安全飞行2500小时，立了二等功的军功章。她可真会开导人，说什么飞行员最会疼老婆啦，最会体贴人啦，还一口气说了十几件丈夫疼爱她的事，那神情仿佛她就是天下最幸福的女人，飞行员才是天下最可爱的人。"说到这里，雅芬抬起了头，用手一拉高放的手臂，充满柔情地说："原谅我的动摇吧，我不能没有你……"

月光下，两个人影重合到了一起。

呵！把爱洒向共和国大地，立志献身飞行事业的人终究赢得了姑娘的爱。谁能说这不是爱的报偿？！

后来，编辑几次来信，鼓励我继续写下去。但我觉得自己的理想与才能都不是小说家，还是脚踏实地干好自己本职工作吧。处女作也成了几十年间唯一的小说作品，尽管它是稚嫩的，但它是唯一的。

唯一总是宝贵的。

60."发表"一首诗

我喜欢古典诗词，对格律诗的兴趣是少年时代老师让我们读《毛主席诗词》时形成的。对现代自由诗喜欢看，对那种所谓朦胧诗基本不看，但总觉得自己没有写诗的基因。

突然，有一天，我不只是被逼着写诗，还要直接登台，在全团集会的场合，朗颂诗作。

起因是全团要召开诗歌朗诵会，主题是歌颂身残志不残、自强不息的张海迪，团里要求每个中队要派人上台朗诵一首诗。却偏偏这一年我们三中队接训的一批报务员全部是广东汕头兵，他们的普通话大都不太标准，有些人说话都不流畅，谈不上登台声情并茂地朗诵。我要求大家报名，没人报，找了几个对象人物谈话，让他们献诗登台，却说"这个真不行"，眼看半个多月过去了，中队无诗无人，没办法向团里交代，这可是我这个副指导员代理指导员抓的工作，只好我自己上了。

我打定主意，我上场，不打算歌颂张海迪，我觉得她被大众传媒赞美得太多了，全社会歌颂得太多了，我想歌颂我们自己，或者用诗歌反映一下我们部队的生活。

在几个夕阳西下的夜晚，我漫步在龙山田野、山峦、海边，一个一个想法从大脑中冒出。

夏天的夜晚，微风习习，夹带着大海的咸味与田野禾苗的清香，全团官兵集合在操场上，以中队为单位，直线加方块，坐在马扎上，开诗歌朗诵会。

团首长与机关领导干部端坐前排。

掌声响起，一中队一名上海籍女战士登台。

又一阵掌声响起，二中队一名南京籍男兵登台。

一阵更热烈的掌声响起，三中队副指导员朱学文登台。我说："歌颂张海迪的诗已经够多，我不想歌颂她了。她是军人的女儿，她那么坚强，是因为她身上流淌着军人的血。我现在歌颂军人，歌颂我们自己。"

我像讲故事一样，说了一些战士分到龙山训练团，思想上还有些想法，认为当兵来到这么个小地方，又没有飞机，又没有军舰，有的只是脏脏的村庄，有些人还给驻地编了一个顺口溜：

……
房子矮，地面脏，
出门就是大粪缸。
小河水，脏又臭，
边洗马桶边洗肉。
大姑娘，超爱美，
猫样走路摇摆腿。
……

全场鸦雀无声，可能是被我这种直白的批判主义精神吸引了，也许是有某种共鸣，也许是惊呆了，这是什么诗歌朗诵？

可是，突然，我反问："这里真的是那么平淡与低俗吗？下面，诗朗诵《这里通向海空》：

看起来这里分外宁静，
听不到战舰雄鹰巨大的轰鸣，
只有军营里声声军号，
伴随清脆悦耳的课铃。

这里没有边海防弹满枪炮的一等，
只有灯下备课的园丁，
为向战斗部队输送合格通信兵，
把自己全部知识与技能向学员灌送。

这里没有诸军兵种协同演习的场景，
只有演兵场震天的口令，
队领导站立排头，
培养学员一言一行。
这里没有林立的高楼，
只有海畔农田几幢红色的屋顶。
但是条件再差学员依然努力，
海军蓝的血液里本来就有"抗大"精神。

看起来这里分外宁静，
听不到战舰雄鹰巨大的轰鸣，
可是亲爱的战友，每当你看到这里的一切，
你是否明白：这里通向海空。

全场掌声雷动，我敬礼致谢，看到团首长们全都鼓掌了。心里想，看来首长们还是持肯定态度的，认可了我的"离经叛道"。

大概是一个月后，团里对我下达了一个新的任命：训练团政治教员。

毫无疑问，这个任命与夏天的这场诗歌朗诵会有关。讲道理，讲官兵们愿意听的道理，上台几句话，就能使千人部队屏声静气，一个有争议的青年军人具有这种能力。

这是我写诗的处女作，算作口头文学，但它又开启了我当政治教员的处女航。这段航程时间不长，只有3个月，为全团官兵讲了6次大课，主要是讲人民解放军的性质、宗旨、革命军人的人生信念、价值观、荣辱观、生死观、前程观，还有现代战争条件下军人使命任务等。

正是年轻力壮时，精力旺盛，记忆力特别好。每次讲课前，我会花几天时间备课，到大礼堂讲课时，我已经什么都不带了。一个人站在舞台中央，走来走去，比画来比画去，从不坐在课桌前念讲义。基本上是以讲故事为主，所有观点都是用故事来诠释，而故事又是古今中外的，以军事文化为主体的，手势与语气张扬着褒贬。大礼堂里，时而鸦雀无声，只有我的话语音节的抑扬顿挫，我不说话时，礼堂里仿佛掉下一根针都能听得见。时而，礼堂里又爆发出哄堂大笑，官兵们乐开怀，笑得纯净、爽朗、豪放、突然，前仰后合。

谁说政治课难上？政治教育难搞？政工干部难当？快乐的大礼堂，给了一名中国军队的政治教官以充分的自信，上课，不论是大课还是小课，都是一件快乐的事。

进了机关，不带兵了，不用查铺查哨，不用操全连官兵日常管理与安全防范的心了，顿时感到浑身轻松。单身军官，更逍遥，清晨与黄昏，春花秋月，龙山的田野、山冈与海滨小道都留下我与战友赵宏武、汪跃军等人的足迹。而业余时间回到单身宿舍，始终是我的读书室，除了部队放电影的夜晚，包括星期天与节假日，每天我都在读书。不能说自己是博览群书，但这段时间确实读了许多书。越读，我越觉得知识不够，越有一种急切感、危机感，冥冥之中，总觉得自己未来的一天不在训练团，觉得自己会飞向远方。

这时出现了一个小问题让我苦恼了好几天。团政委任龙云好几次说叫我不答应，其他人也有说起，我感到吃惊，自己是很讲军人礼节的人，怎么会这样呢？我一次也没感觉到呀！反思自己，突然明白了，可能问题出在眼睛上，我发现自己对十几米外的人脸缺乏识别能力了。于是，赶紧跑到海军412医院去检查，不查不要紧，一查苦恼极了：左眼近视50度，右眼50度，医生建议我佩戴眼镜。参军体检时，可是2.0的视力，与飞行员一样的，短短几年，成近视眼了。医生说，如果你不佩戴眼镜，近视会越来越严重。于是，只好当起了毛驴（我们老家年轻人喜欢称戴眼镜者为毛驴，大概是毛驴拉磨蒙上眼睛的缘故）。不习惯，也觉得丑，鼻梁上架个东西也不舒服，不知内情的人还以为我装斯文，于是，平时就拿在手里，看远处事物时才戴上。这可能也是一种代价，一种增长知识付出的代价。

这里还要说一下，在我调到团部来之前，我在《中国青年报》还发表过一篇处女作。一位大学的干部提出一个让他苦恼的问题，组织大学生学习讨论老是冷场，讨论不起来，希望得到解答。编辑部把这一问题推给了全国读者，向全国征稿。我看了这个问题后，当夜写了一篇稿子，题目是《防止冷场，注意"三性"》，根据我组织青年官兵学习讨论的实践经验，我提出组织年轻人学习讨论的议题的设置与组织上要有"导演性""文学性""争论性"，有近千字，《中国青年报》几乎全文刊登了，还给我寄来了报纸。

直觉判断有时候是准确的。3个月后，军队高级机关在召唤我了，军政治部一个电话通知，使我从此走入舰航政治部与后来的舰队政治部机关干部行列。

想起一句话来，机会永远属于有准备的人们。

第十三章

军部来了年轻人

军部是人民解放军指挥部队作战的高级机关。在古代，军是最大作战单位，它拥有许多战车，万人以上。人民解放战争时期，解放军由若干个军组成兵团，由若干个兵团组成野战军。现在的集团军，除了拥有大量步兵，还拥有炮兵、装甲兵、武装直升机等部队，能独立遂行重大作战任务。

对基层连队官兵来说，任何事情只要与军部有关，就是一种重大事务，能走进军部大门都是一种荣耀。压根儿没想到，自己仅当了7年兵，就会成为军部人员的组成部分。

61.光荣舰队航空兵

清晨的春阳，晒在身上暖暖的。江风吹过，清新中带有咸腥味，这是海的味道。

军部东面大门口，走出一片移动的蔚蓝，那是一个分队的女兵完成一夜值班后，返回连队。蓝军装、蓝帽套，是海的颜色。指挥所里值班的女兵是作战指挥的神经中枢。值班十几小时，她们端坐机位前，眼耳口鼻手编织的网络，构筑祖国东海岸的"千里眼""顺风耳"。

作战指挥所里，司令员、政委端坐长形会议室顶端，副司令、副政委、司令部参谋长、政治部主任、后勤部长、工程部长分列两边，再后面是作战、训练、雷达、通信、气象、机务、军务、机要和政治部、后勤部、工程部等各处处长与参谋、干事、助理员，当夜值班人员，一个个按军事序列起立向首长汇报24小时部队战备值班情况。每天起飞了多少架次飞机，空中训练了多少科目，警戒、跟踪、拦截了多少架次外军飞机，各师团部队作训状态，等等，都在报告之列。

"昨天，某师十团战斗起飞6架次拦截的外机是从什么地方起飞的？是航母上还是 R 国基地?"司令员问。

"报告司令员,是从 R 国基地起飞的。"作战参谋答道。

报告过程中,舰航首长不时会询问情况,任何时候不被首长问倒,是优秀处长、参谋必备军事素质。

第一次我感受到守卫祖国海空一线作战部队的战斗氛围。有新奇,有兴奋,也有一点紧张。其实,这也是我的一次见习,随后,作为政治部值班员,我必须从思想政治工作角度向首长们汇报各师团情况。

我已是军部的组成部分,可我对军机关尤其是对舰队航空兵的现状与历史一点都不了解。我首先翻开了军史,可没想到它竟是那样辉煌!

东海舰队航空兵组建于 1955 年 2 月,刚诞生,就参加了一系列国土防空作战,终止了美蒋飞机对宁波、定海一带的报复性轰炸,夺取了防区制空权。配合陆军与空军,解放了一江山岛,参与了与带"响尾蛇"导弹的蒋空军大编队作战,歼击机部队赴海南轮战,掩护西沙部队作战,年轻的东海舰队航空兵与美、蒋飞机作战 47 次,击落敌机 24 架,击伤敌机 11 架;高炮六营赴越南对空作战 50 余次,击落敌机 60 架,击伤敌机 46 架;高炮五团部队赴越对空作战 30 次,与兄弟部队一起击落敌机 8 架,击伤敌机 4 架。战斗中涌现出"海空雄鹰团""飞行安全一大队"等英雄集体和王昆、王自重、舒积成、王鸿喜、高翔、顾品康等战斗英雄和一批万里海疆闻名的英模人物。

对空作战中,创造了世界空战史上的奇迹。1958 年 9 月 24 日,蒋军 24 架 F6 携带世界上最先进的"响尾蛇"空空导弹窜入温州上空,东海舰队航空兵一个米格-15 比斯大队、一个米格 17 大队升空拦截作战,敌人的机型本身就比我机先进,更严重的是首次带有世界上最先进的空空导弹,我军飞机只有航炮,而敌机却能用导弹远距离攻击我机。但是,我军年轻的飞行员们毫无畏惧,两个中队的飞机进入作战空域,敌机见我机升空,立即往海上转移,我机看穿敌机鬼把戏,坚决贯彻指挥员关于不进入海上作战的原则,两个中队只在空中待战。这时,我军 3 号飞机不幸陷入螺旋,这是世界各国空军飞行时最可怕的事故状态,飞机机头朝下,旋转着急速往下栽,眼看就要爆出一团火光,机毁人亡。飞行员王自重凭着高超的飞行技艺,居然将飞机从螺旋中改了出来,飞机停止了旋转,进入平飞状态,可就在这时,敌人 24 架飞机飞了过来,对王自重的飞机进行围剿,王自重毫不畏惧,驾驶着 3 号飞机在敌机群中左冲右杀,先后击落敌机 2 架,就在飞机油量即将耗尽驾机返航之时,敌机发射多枚"响尾蛇"导弹,击中了 3 号机,王自重英勇牺牲。这一仗,我军创造了用常规火炮击落敌人携带导弹战机的世界首次战例,获取了敌人"响尾蛇"导弹的残骸与秘密,为我军后来与敌机作战、研制空空导弹创造了有利条件。

1961 年 12 月 28 日,飞行员王鸿喜驾机接近美制蒋机 RF101,当时,王鸿

在军部大礼堂门前留影

喜的高度9700米,略低于敌机高度,他昂起机头,3炮齐发,向敌机开火,瞬间,敌机冒起浓烟,王鸿喜打得敌机凌空开花,驾机继续追击,在距敌机240米时,继续开炮,未能击中,这时,飞机油量告急,遂驾机返航,就在这时,敌机冒着滚滚浓烟,坠入披山岛东北29千米处海面,蒋空军六大队四中队少校作战官飞行员谢翔鹤海上跳伞后被我海上民兵活捉。这是蒋军先进飞机又一次被我军用劣势武器装备击落。

空中部队捷报频传,地面部队也创造了奇迹。东航的探照灯部队在浙江省路桥进行了一次成功探照灯夜间防空作战。1957年11月5日20时29分,台湾国民党空军B-26C型轰炸机1架进入路桥上空骚扰。30分38秒至31分4秒,东航防空兵探照灯某营4个站先后开灯,其中1个站以散光迎头照中飞机,敌机飞行员眼前一片白光,什么也看不见了,这时,地面高炮部队开炮射击2发,敌机飞行员更加惊慌,出现操纵失误,飞机迅速跌落,陷入盲目飞行,32分2秒,敌机在路桥以东撞上海堤,2人跳伞毙命,3人被俘。

年轻的东海舰队航空兵创造了一个又一个神奇的战例,成为世界空战史上的首次。我翻阅鲜红的军史,心里想,来到这样一支英雄部队的军机关,必须为它争光添彩。

一种强大的精神力量激励着我,每天走在军部大院里,感觉脚步有一种别人看不见的节拍,一种别人看不见的力量与自信。

62.进入政治部

超越体制的超级调动,给了我超视距的驰骋空间,这个天地太大了。一名基层连队的带兵人,感觉眼花缭乱。

主持政治部宣传处全面工作的张副处长递给我一张电话号码表,那上面有舰队航空兵各师、直属团、各独立大队的番号与电话,并且告诉我,给各师政治部打电话时要谦虚一点，不要给人以下命令作指示的感觉。

　　他是一位长相斯文的海军军官，白亮的近视眼镜架在一张白净的脸上，他老家在山东东营市，后来，东营发现了石油，发展很快。他是我调到军政治部工作的推荐人。其实，我俩根本不认识，他原先是我所在训练团干部中队的带兵人，因为有大学学历，后来升任为政治部宣传处副处长。

　　由于干部更替青黄不接的原因，宣传处老处长退休后，正副处长配备不齐，只有他一名副处长主持全处工作。政治部宣传处的结构是，正副处长、理论干事、部队教育干事、新闻干事、文化干事等，人数十多位，同时，下属还有俱乐部、广播室。俱乐部负责军机关的图书阅览、电影放映、文化活动等工作。广播室负责军部的广播、作息，每天的军号声就从这里发出。而我们所有干事、处长，分管的则是整个部队思想政治教育、新闻报道、文化、体育与宣传鼓动等各方面的工作。

　　报到的当日，张副处长领着我到各个办公室一一认识老干事们。大家对我都很友好，态度谦和，没有一丝排斥的目光，这使我心里感觉亲切。理论干事是一位叫叶昆枢的老干事，金华人，相貌堂堂，对人也亲切随和，他对我说："你来了，太好了，现在党委理论中心组学习我要管，部队教育没有其他干事，也要我来管，实在忙不过来，我们宣传处这一摊子人手真是太少了……"他发了一些感慨，又问了我多大岁数结婚了没有等个人问题。此后，每天，我俩打交道最多，遇到不熟悉的问题我就请教他。如给政治部首长送文件，主任姓什么？副主任姓什么？办公室在哪里？舰航其他首长姓名、办公地点在哪里？起草文电的抬头，各师、团、大队等序列怎么排，我都问他，他有问必答，讲得明明白白。

　　接着，我认识的是几位"风云人物"。他们是新闻干事徐锁荣、李凤泰、宋连跃。宋连跃是新闻摄影干事，大概是常年下部队的原因，尖尖的脸黑黑的，他喜欢抽烟，有点外翻的嘴唇已变成紫黑色，他爱人是军门诊部的护士，中等个，容颜白净，长相秀气。当时的《解放军报》《人民海军》《解放军画报》等报刊，隔些日子就有他的作品发表。李凤泰是位山东汉子，国字型的脸很黑，戴了一副近视眼镜，见到他容易让人想起"黑旋风"李逵。他是新闻（文字）干事，稿件在《人民海军》和《解放军报》时有发表。徐锁荣是江苏常州人，他也是新闻（文字）干事，一手钢笔字写得特别漂亮，真的可以做硬笔书法字帖，他的新闻通讯、报告文学写得特别好，其作品不时在《解放军报》等报刊发表。他发表在军报上的新闻特写《九朵金达莱》，军报在第三版发了一个整版。这篇报道事迹生动、有趣，文笔优美，一群朝鲜族海军女兵被他写活了。

　　除了新闻报道，他还撰写长篇报告文学。后来，他被任命为宣传处副处长，这已是副团级职务，而且是军部的干部，可是，他只干了不到半年就找领导软磨硬泡坚决不干，要求组织上给他这个职务免了，当了个副团职干事。他的道理很简单,他不会管理人,不善于做协调性工作,只爱好采访写作。

这是我遇到的一位真心"不愿意当将军的士兵",他坚定地走在文字工作的从军路上。功夫不负有心人,他后来真的成了海军专业作家,发表了许多作品。看看360对他的介绍吧:

徐锁荣,号种墨道人,别署结庐,江苏金坛人。中共党员。1990年毕业于武汉大学中文系,文学学士。2001年研修于首都师范大学美术系书法本科专业。现为海军政治部创作室国家一级作家、正高职称。1970年应征入伍,历任北海舰队海测战士,北海舰队宣传部及东海舰队航空兵宣传处干事、副处长,海军航空兵政治部创作室主任。1993年加入中国作家协会。

著有长篇小说《百年初恋》《无帆的海船》《琵琶行》,中短篇小说集《十八岁流浪》《蓝色的部落》,长篇报告文学《海空雄鹰》《铁骑雄风录》,短篇小说《走出运河》等30部。中篇小说《地铁站口的吹箫女人》被选入《2005最佳华文情爱小说选》;短篇小说《国宝》被选入由中国作协创研部主编的《2006年最佳短篇小说选》。

文化干事人蛮多,有王干事、徐干事,新调来比我还晚几天报到的女干事叫张薇,一位长得挺漂亮的大龄姑娘,她妹妹叫张小蕾,一位崭露头角的青年演员。必须一提的是,原先有位文化干事叫李云良,他就是写电影《青春》的作者,后被调到舰队政治部工作了。

除了他们,还有俱乐部、广播室一群女干部与男兵女兵,当时顾不上认识她们就投入工作了,只是在每周几次晚上看电影前收到她们送来的电影票。

就在这个时候,处里又发生了一个变化,来了一位老处长。之所以说他是老处长是因为他原来就是政治部文化处处长,海军部队机关搞了一次精简整编,文化处撤销了,其功能与人员合并到宣传处来了。正好宣传处没有处长,文化处长王大校就调配到宣传处当处长。因为他最熟悉的是文化工作,其最大兴趣也是文化工作,因而,他对部队思想政治教育这一块就没怎么管,由张副处长全权负责。平时,我们遇到一般事情,也不向他请示,在张副处长领导下就直接干了。

军部机关工作按照它原有的运行规律在运转,军部来的新干事就踏着这个节奏快乐前行。

63.第一行足印

舰航耿副司令要到驻奉化的一个部队调研,让政治部一名干事跟着一道去,主要任务是撰写调研报告。王大校处长问张副处长派谁去,他指定了我。快下班时,王处长对我说,奉化这个季节水蜜桃上市了,你回来时,帮我买点水蜜桃。

我记住了这个事，其实，我最不喜欢买东西。

一辆小轿车载着耿副司令与司令部一位处长一位参谋出发了。当夜，我们住进了部队招待所，每天，吃饭与这个部队机关干部在一起。每顿四菜一汤，没什么特殊。

耿副司令是飞行员出身，在空中飞了数千小时，是名副其实的飞将军。他调查的范围比较广泛，干部军事技术状况、战备值班情况，同时，也了解官兵思想反映与后勤保障方面遇到的问题。将军叮嘱我详细记录，他自己不做笔记，对部队反映的重点问题，他总要看看我，我朝他微微点头，这是我俩的目光交流，彼此都懂。其实，作为军机关的工作人员，机智、灵活、眼观六路、耳听八方，敏锐掌握观察现场情况、领会首长意图，都是必备素质。

每天傍晚，部队开饭过后，耿副司令喜欢散步，部队军政主官与工作组成员都陪着他，大家沿着山旁公路信步而行，随意闲聊。我一个年轻小军官，只听不说，但一切信息全都进脑，这也是长知识。

一周的下部队就要结束了。随行的处长有位朋友在宁海温泉饭店当主管，提议我们去看看，耿副司令表示同意，但要求我们自己买票进入，大家泡泡温泉，结束就回部队，不在地方就餐。这是我第一次看到温泉，开始好奇，走进房间却没有什么感觉，只一个陈旧的浴缸，打开水龙头流出的水是热的，放了半缸水，可我却不敢躺下去泡。听说有皮肤病的人喜欢来这里泡温泉治病，我担心弄不好会被传染。于是，又将水放掉，站在浴缸里洗了个澡，然后跑到大门口等大家出来。

约莫一小时后，耿副司令出来了，其他人跟在他身后，我们上车后，立即返回。车子又穿越奉化县城，路边有许多卖水蜜桃的农民。耿副司令叫停车看看。军人买东西也没怎么还价，就称起桃子。我自己称了5元钱桃子，给王处长称了10元钱桃子。回到处里交给了他，他说等发工资时给我钱，我说好的。十几天后，发工资了，我将装着他工资的信封交给他，他二话没说收下了。可他忘记了还我钱的事，于是我提醒他："处长，你买桃子10元钱还没还我。"他说："对了，幸亏你说，不然我都忘了。"我心里想，这可不能让你忘记，占我月工资七分之一呢。

这本来是发生在上下级之间一件很普通的事，可后来，知道这件事的人却批评我"不懂事"，说人家想巴结领导还怕找不到机会，你却是领导让你买点桃子还找他要钱。尤其是后来发生在我身上的一件事，人们非要往上扯。

我在宣传处帮助工作4个月后，政治部党委研究给我正式下命令。因为我在训练团任职的职务是副连职政治教员，党委研究时，有人提议任命我为正连职干事，有人说朱学文好像还很年轻，部队干部这个岁数应该都没到正连。政治部主任征求王大校处长意见，他说真不知道我的任职资历是长还是短。于是，政治部主任把这个权限交给了干部处，干部处让参加会议的山东籍姓王的干部任免干事承办此事，他与我是同一年兵，其任命已下，是副连职干部干事，主任让他了解一下部队大部分像我这个兵龄的干部任命是正连还是副连多，王干事估计首先以自己作参照系了，第二天向政治部徐福海主任说："部队绝大多数干部任职都在副连这一级。"主任说："那就下命令为副连职干事。"命令公布后，宣传处张副处长知道了觉得有点问题："朱学文任副连职已有4年，怎么能还下副连命令？"他跑去找徐福海主任，徐主任说："这个事你们不能怪部里，开会时你们王处长都不知道朱学文任职几年了，他都没提出来，他一提任职4年了，我们肯定给他下正连。任命已下，等以后统一职务调整吧。"

这一等待，足足等了4年，我成了一位在连职岗位任职8年的干部。此后，在机关同资历的干部调职进程中，我始终慢了一拍，后来到了军队实行干部任职年龄年轻化、规范化时，我始终处于踏不上节奏的状态。

尽管如此，可我一直觉得，这与向王大校处长要桃子钱没有关系，是我自己一天到晚只顾干工作，从来没有向他汇报过自己的任职经历，在那个纯真年代，上下级关系就是那样的。记得我在当文书的那几年，每年正月初一，中队长陈荣华都会把我与炊事班全体人员请到他家里，与嫂子做上一大桌菜请我们喝酒，让我们享受到亲人般一起过年的快乐。而我们这些兵到他家，都是空着手的，一根针都不准我们带。他与其他中队干部立下的不成文的规矩就是，干部可以请战士吃饭，但干部不能接受战士的一针一线。人民解放军官兵纯洁的相互关系就是这样的。

回到机关的第二天上午10点多，我就将工作组下部队的调查报告交到了耿副司令手中，他看了看对我说："你还是个快枪手。"无疑，这是表扬，我向他敬个军礼，转身退出。

下午，又接到司令部处长打来的电话，通知我明天到航某师调研。我知道，这是一支歼击机部队，是舰队航空兵的主力。在抗美援朝与国土防空作战中击落击伤31架敌机的"海空雄鹰团"就在这个师。

满心好奇，我要真正与飞行员打交道了。下到部队，正值一个歼击机团进行昼间复杂气象训练。机场起飞线上，几十架战鹰威武列阵。一列飞行服套着橘黄海上救护背心的飞行员迈着矫健的步伐走到战鹰旁，依次走到自己驾驶的战鹰前，一列身穿蓝色作训服的地勤兵向飞行员敬礼报告战鹰技术状况，飞行员举手还礼后，便爬上挂在飞机上的舷梯，翻身进入座舱，地勤机械师为飞行员关上座舱盖，撤下舷梯，随后，飞机发出巨大轰鸣声，滑向起飞线。在起飞线停留不到1分钟，双机便发出尖利的长啸，拖着长长的尾焰，直冲蓝天。间隔一二分钟，又有两架战鹰升空。整个机场，一片涡轮的啸叫声。我们跟着耿副司令来到指挥飞行的塔台。只见飞行指挥员端坐指挥台前，手握话筒，下达"0091号、0092

号可以起飞"的口令,"0091明白!""0092明白!"飞行员响亮的回答声在报话机里响起。

耿副司令戴着墨镜,这大概是飞行指挥员与飞行员的标配,用以保护眼睛,在大机群全部升空后,便询问飞行指挥员与塔台其他干部当日的飞行科目、训练空域与飞行进度情况,尤其是新改装机种的飞行员与飞机性能了解得特别仔细。看来,在技术军种,军事干部必须懂行,飞行部队的干部必须是飞行技术尖子,这样才能指挥飞行训练与战备巡逻甚至作战,话也能说到点子上,很容易打成一片。

塔台空间不大,除了飞行指挥员与雷达、通信、标图、气象、军械等参谋人员,容不下更多人。我们工作组除了耿副司令与我,大家都没上去。我也不是受邀上去的,只是我认为,既然我要写调查报告,耿副司令到哪里我就应该跟到哪里,不然他的调查情况就"失控"了。

"001,0081请求降落!""001,0082请求降落!""001,0083请求降落!""001,0084请求降落!"……

指挥员随即下令:"0081,可以降落!"……

战鹰一架接一架落了下来,最先接地的机翼下的两个轮子接地的一刹那腾起两股蓝烟,可见战机高速接地产生的巨大摩擦力瞬间熔化了轮胶浅表。飞机落地后,尾部立即抛出一个巨大的降落伞,飞机像拖着个大气球往前跑,我知道,这是减阻飞机滑行速度,让飞机尽快停下,不然高速滑行的飞机就会冲出跑道。

一架架战鹰在停机坪停稳,机械师爬上舷梯打开座舱盖,飞行员沿着舷梯下到地面。然后,他们快步走到塔台下的飞行员休息室。我面对面看到他们飞行服被汗水浸湿了,现在还不到盛夏高温季节都这样了,高温季节飞行体能消耗一定更大。他们每人腰间都别着一把小手枪,小腿上插着一把匕首。后来,我才知道,这两样武器都是飞行员防身用的。如果飞行或空战飞机出现意外,飞行员的手枪是自卫用的;匕首是万一海上跳伞时防止鲨鱼袭击,或割断伞绳。

片刻休息,飞行员们喝喝水,上上洗手间,又走向鹰群,进行新一轮飞行。

这时,我在塔台一侧,看到一个一手拿着望远镜一手拿着信号枪的战士,只要有飞机返航,他就不停地举着望远镜张望着,我不明白他在干什么。他看了我一眼,可能也对我产生了好奇:机关首长中还有这样外行的人,连这个都不知道。他告诉我,他这个岗位就是观察飞机降落时起落架3个轮子是否放下了,如没放下立即发射信号弹,提醒复飞,不得降落。看来,他是保证飞行安全的最后一环。飞行员、指挥员,如果这两个环节都没发现问题,他最后看到了,还来得及命令没有"腿"的飞机不得降落。这无疑,一定也是在惨痛的事故教训中得出的经验,作出的科学设置。

这一天,除了中午、晚上回师部吃饭,直到深夜,我们都是在机场度过的。

白天，飞行了一天的 A 团训练科目一结束，B 团的夜间复杂气象又开飞了。

夜间的机场，是灯的海洋。跑道两旁有各种飞行指示灯，红、黄、蓝、白，应有尽有，跑道旁数以千计的灯光犹如数千米闪亮的珍珠镶嵌在跑道两侧，使飞行员在几十千米之外就能看到机场跑道。近道后有目视下滑道指示灯，为飞行员提供下滑道指示。还有三色灯光系统，由一个单独的反射三色目视进近通道的灯光单元组成。下滑道下方的指示是红色的，下滑道上的颜色是绿色，下滑道上方是琥珀色。当在下滑道下方下降时，可以看到一小束琥珀色区域。在飞机着陆的瞬间，还有探照灯强大的光束，把跑道照得如同白昼，飞机滑到停机坪后，探照灯又立即熄灭。每架起飞或降落的飞机，机翼下的各色灯光塔台也看得清清楚楚。

战鹰升空，人们看到的都是高速移动的灯光，这种灯光渐行渐远，就变成了星星。后来才知道，每架飞机夜航时，都闪烁着航行灯，也叫位置灯，分别为左红右绿尾白。这三组灯是不会闪烁的。星星闪烁，灯光起落，构成飞行夜晚天宇最美风景线。

临近 10 点，塔台上升起两颗红色信号弹，这是指挥员告诉整个野战机场各个岗位的官兵，当日飞行全部结束，各路兵马全部回营。

对我这位从非飞行部队调到军部的机关干部来说，这个飞行训练日，也是我完全彻底的机关业务培训日，有了对飞行全过程的了解，今后，下部队调查提问、说话、写文章、下指示、搞总结，就会少说或不说外行话了。

回营的路上，夜已经很深了，可我依然精神抖擞。

这次调研结束后不久，我们又到驻岱山部队调研。使我感到新奇的是乘坐海军交通艇。从甬江边的码头登艇，穿过镇海出海口，进入舟山群岛海域，虽说还是航行在内海，但吨位只有几十吨的小艇还是摇晃得厉害，工作组成员大都坐在艇舱里闭目养神，有的躺在水兵床铺上，也有人呕吐了。可我一点晕感也没有，他们说我是天生干海军的料。

航行 5 个多小时，眼前出现一个很大的海岛。我轻轻哼出几句歌词：

蓝蓝的海水青青的岛，高高的山峰白云绕，一遍遍歌声起，
红旗迎风飘，
……

这是我参军前在大队文艺演出队时学唱过的一首歌。新奇、快乐的心情绽放出的旋律，使它成为献给海岛的歌谣。

连续几天在海岛机场大队、中队、连队、科、股、仓库、小点转悠，发现了一些不同于驻城市部队的飞行、保障工作、日常生活与思想特点。这个海岛还有

一个奇特之处就是铁板沙。这个沙滩特别坚硬，军用重型卡车开上去只留下轻微辙印，重型坦克开上去也不会有问题。它位于岱山岛东北部的后沙洋。沙滩南北长 3600 米，东西宽约 500 米，沙质细腻而坚硬，滩坡平缓呈铁灰色，故素有"铁板沙"之称。赵朴初先生观赏了该沙滩后，连连称道："东方奇观，神州罕见。"

白浪触沙滩。我对大海有本能的亲近感，上了沙滩便脱掉鞋，挽起裤管走进海浪之中，任凭一波接一波的海浪轻轻打来，快速退去，不停地从沙滩这头走到那头，从那头走到这头，直到沙滩上光影暗淡，人影渐少，在部队陪同人员的几次叫喊声中才恋恋不舍上岸。

64.初生牛犊

从部队回到机关，刚走进政治部老旧的办公楼就看到了秘书处秘书郦宝夫正提着水瓶打开水。随便聊起，迎面走过来一位瘦瘦高高戴眼镜的英俊海军军官，他与宝夫打招呼，可我并不认识他。郦宝夫说："朱学文，你们俩是一个处的，好像你们还不认识？"他接着介绍，"他叫潘锡弟，是从高炮十团调来的，到你们处帮助工作，负责理论学习这一块。"潘锡弟露出笑容，伸过手来与我握了握："今后还请你多多关照！"我用审视的目光打量了他一下，第一印象不错，从这一天开始，我与潘锡弟同一个办公室朝夕相处 8 年多，亲如手足，密如兄弟，工作、学习、生活，配合密切，相处快乐。

3 位战友来自 3 个省份，野战军里都是五湖四海。

调研报告上交后，张副处长来到我办公桌旁布置了一项新任务：政治部拟给舰航各连队、飞行大队下发一套政治教育材料，对部队系统进行一次坚持改革开放、坚持理想信念政治教育，这套材料要能做到深入浅出，通俗易懂，要把政治大道理寓于官兵

堂弟朱光文，1976年12月入伍，在陆军某师炮团服役，是业余篮球队员，入伍第三年染病不幸去世。临终前专门给我留有遗书，托我照看他母亲。直到今天，我还保留着当年去上海部队看他时与他的合影照片，也保存着他的遗书。发表这张照片，表达对他的深深怀念。

们易于理解的表达之中，要做到，让基层指导员、教导员甚至团政委，拿到这套材料后，就能给官兵宣讲。这个任务是政治部徐福海主任亲自下达的。

不是说机关就是服务吗，这就是在做服务工作。我心里挺赞同的。见我没吱声，张副处长接着告诉我，徐主任高度重视这项工作，要将舰航机关5位"理论家"找来，与他们谈话，由他们分工撰写，你给他们做一些服务性工作，包括作一些他们需要的文字上的协助。

接受任务后，当天就让我打电话，通知大家第二天上午9点钟到徐主任办公室，主任亲自给他们布置任务。

开会时，徐主任迎到门口，眼睛笑得只剩弯弯一道缝，与大家一一握手，让秘书一一上茶，大家落座后，主任开宗明义，讲了这项工作的目的、意义、任务与时间要求。要求大家30天内交稿子，再三表示，辛苦大家，他代表政治部表示感谢，请大家有问题提出来，他来解决。

5位"理论家"相互看看，没提什么问题。走出主任办公室他们问我，宣传处准备了哪些参考材料？我说，目前没有，我到处里再问问情况。

在处里，张副处长让大家自报选题，每人一个，同时告知大家，处里目前没有什么资料可以提供给大家，全靠老理论家们的理论功底，如需购买参考书籍，处里统一给大家报销，并与大家商定，15天后交初稿。

我以为事情顺利进行，可是，并不顺利。截稿日期即到，张副处长打电话询问大家完稿情况，结果让我俩都吃了一惊：5 位"理论家"都没动笔。他赶快把他们请到处里，商谈解决办法。有意思的是，5 位"理论家"都提出让我当他们助手，他们谈谈想法，请我整理成文字。我对这种"办事拖拉踢皮球"的做法极为反感，于是，毫不含糊地提出："时间已经很紧了，让我逐个地跟随老前辈去整理，肯定来不及了，不如我来写，写好后，请理论家们来把把关吧。"

大家一听，全部赞同。只是张副处长为我担心，5 篇东西，5 万来字，一个刚刚调到机关帮助工作的年轻干部，能完成吗？写出来的东西能用吗？主任那里能通过吗？怎么能自己往身上揽！

初生牛犊不怕虎那是无知无畏的力量，除此之外，还有我军校毕业后带兵到当政治教员讲过的几十堂政治课。这几个选题，并不是什么前沿课题，只要论点正确、观点鲜明、事例生动、表述通俗，是能够写好的。

张副处长怕我在处里受到电话与人员进进出出的干扰，让我半个月不要上班，集中精力在宿舍写稿。我谢绝了他的好意，每天上班来到办公室，打开水、扫地、接电话、做记录照样干，材料照写。每个材料，我每天上班前就在心里拟好了提纲，一坐下写起来行云流水，隔一小会儿就会撕下一张稿纸，那是满满 300 字，从早到晚，当下班的号音响起，我已写满 30 多页稿纸，那是 10000 多字。

"青山遮不住，毕竟东流去"；
"理想信念是人生的航标灯"；
"辩证看待形势，坚定人生信仰"；
"春江有水春江月，万里无云万里天"；
"潮起潮落，自有定律"。

5 天时间，我坐在办公室里，也没搞深夜加班，写完了 5 万余字的部队教育讲课材料。张副处长把每篇稿子拿到手里，看了不到 10 分钟，就交给打字员："先打印 10 份。"我提出要求，材料打好后，我来校对我来改。他同意了。

修改材料，不只是改错别字，还有我大脑中新冒出的观点、语句、新词，还会丰富它。

校对用了 3 天，所有材料递交 5 位"理论家"审查修改，又遇到一个插曲：5 位"理论家"逐个看完原本属于自己撰写的一篇材料，都觉得写得不错，表示认可，他们与我见面时只提出一个问题：你材料里的所有论点参考的是马列毛著作和军委、总部、海军下发的哪些文献？我们怎么一个注释都没看到？我告诉他们，5 篇材料里所有主题、论断、观点、论证都是我自己根据平时知识积累，从大脑里想出来的，没有参考任何文献与文件。没想到，这下遇到麻烦了，他们一致认为我胆子太大了，没有参考文献与文件居然写出5万多字下发部队的材料，一致表示，对这样的材料下发部队他们从政治上不能负责。

从基层调到军部大机关，第一次让我开眼了。还有这样的机关理论权威，他们离开了文献与文件连话也不敢说字也不敢写了。我觉得，他们好可怜。但这不能怪他们，他们这代人，经受过一次又一次政治运动，被整怕了，被斗怕了，思想僵化，墨守成规，照抄照搬照套照转文件材料，是他们基本的工作与精神状态。而我们这一代军人走进军营就遇到党中央粉碎"四人帮"，很快参加真理标准大讨论，国家实行改革开放，我们没有精神枷锁，没有条条框框，没有前怕狼后怕虎，我们身上有着时代军人的朝气与锐气。

他们的否定给我带来了忐忑，担心横生枝节，带来折腾。但我想好了，除非他们真的能找出某个观点某个提法错误的证据，我还会与他们论辩，其他的一律不改，除非他们重写。

将军徐福海采取开放态度。他自己事务多，没空看，他说具体的文字我就不看了，请宣传处找几个文字功底好、有理论水平、有代表性的人员看看，张副处长照办了，包括宣传处的理论干事叶昆枢也参加了。他们读完材料后都说很好，没问题。需要指出的是，这5位"理论家"中，有一位就是叶昆枢的老岳父，在老泰山提出疑义后，他能作出这样的反映，从这里也可看出他的政治、思想与道德素养。

这就是军机关的政治部。

材料印刷千份以上，下发到部队。这是我调到军部后做的第一件比较重要的工作。看到自己起草的材料能为部队建设服务心里乐开了花。

听说徐主任后来对这件事的评价是这样的：看来你们选人很准，朱学文很能写。张副处长告诉我，你刚来才几个月，就得到主任这个评价太难得了。政治部有位老干事，写的材料主任看了3次没通过，不仅严肃批评了他，还将这个材料交给政治部的"1号笔杆子"重写了，这位干部难过得掉眼泪。

男儿有泪不轻弹，他真应该去看部电影《莫斯科不相信眼泪》。我想。

第十四章

驰骋海天

　　军队是随时面临生死考验的特殊群体。尤其是人民军队,没有西方国家雇佣军的高薪,甚至没有一些第三世界国家军人的优厚待遇。中国军队从创立那天起就是为人民的利益而集合而战斗的,是一支为民族独立、人民自由解放舍生忘死抛头颅洒热血的军队。和平鸽音萦绕共和国天空的年代,虽然军官有了薪酬,士兵也有津贴,尤其是在我服役的年代,也是不高的。高度的政治觉悟,是我们这支军队凝聚力、战斗力的源泉。

　　乐于奉献、甘愿牺牲,这种精神这种情怀是容不得杂质的。可是,改革开放,国门打开了,"资本家夹着皮包回来了",大量普通劳动者成了雇佣工人。允许一部分人先富起来,社会上"两极分化"现象开始出现。靡靡之音充斥大街小巷,歌舞厅、桑拿浴、按摩屋、陪侍小姐出现了。对这些从资本主义世界传来的花花绿绿的东西,官兵们看不惯,思想上困惑,对社会发展方向感到疑惑。

　　部队经历了百万大裁军,大量军官转业到地方工作,军队的编制体制进行了许多重大改革,都给官兵思想带来前所未有的冲击。

　　不能让官兵们带着思想问题守卫万里海防线,不能让飞行员带着思想问题飞上天。这就是我们军政治部思想政治教育面临的工作任务,它摆到了我们面前,是艰巨的,也是工作舞台。

　　舰航宣传处工作活跃,繁忙时,为了赶时间,我们刚抓好某飞行团的教育试点,接着又要赶赴千里之外的野战机场上课,坐火车、轮船、汽车根本来不及,将军们就专门给我们派出运5与直升机,快速抵达,驰骋海天。

　　频频出动,南征北战,王大校处长与新闻干事李凤泰、宋连跃与文化干事们戏称我为"教育大臣"。

　　每项教育如何进行,我们从制订教育计划到讲课、讨论、运用社会大课堂进行开门教学，到教育结束总结经验，都是我与一位刚从海军指挥学院学习归来的陈姓副处长（后来任处长）直接干。闪电行动，经验频传，后一个试点还在进行中，往往前一个试点的经验已被海军政治部转发。

对一个军级政治部机关来说，一年之中能有几次政治工作经验做法能被海军转发全海军部队，那是成果性表现，有的干部工作多年，也没有一份经验被采用，而对我们，经验被转发就是家常便饭。

这里呈现几个侧面吧。

65.英雄团队开鲜花

上级指示我们到某歼击机师搞一个教育试点，重点化解官兵对军队重大制度改革的思想认识问题。

1985年中国军队百万大裁军后，部队每年转业干部数量大，有些在空中飞行数千小时的飞行员也被安排转业，这使一些年轻飞行员对飞行前途产生困惑。战斗机部队的机械、军械、通信、特设等76种原先由干部担任的职务全部改为由战士担任，它给官兵带来了很大思想冲击。这些问题仅靠说教是难以解决的，但思想问题的根本解决是离不开"明理"的，解开了思想疙瘩，官兵们才能昂首阔步从军路。

歼击机师是一支英雄的部队，在英雄的部队搞教育，我们完全可以利用其自身所固有的独特资源，突出自我教育。

这个师的一个歼击机团1965年12月被命名为"海空雄鹰团"，这是人民解放军中，新中国成立之后第一个被国防部授予荣誉称号的团级单位。

"海空雄鹰团"的前身是新四军第6师第18旅第54团，抗日战争期间，这个团曾在兴化战役中与数倍于己的日伪军展开白刃战，战功卓著，被授予"兴化团"光荣称号。1951年春，这个团由陆军改建成空军歼击机团。1954年6月，正式调归海军航空兵建制。他们历经10余次调防，参加过抗美援朝、解放一江山岛和国土防空作战，曾在万米高空以劣势装备击落击伤11种型号的美机、美制蒋机31架，创造了"同温层开炮击落敌机""双机对头着陆""零高度击落敌机"等世界空战史上"八个第一"，涌现出王昆、舒积成、王鸿喜、高翔等一大批战斗英雄。该团先后有140人记战功，副大队长舒积成被授予战斗英雄称号。毛泽东主席先后接见该团代表25次，周恩来总理接见作战有功人员79人。

和平时期，常年担负战备值班任务，飞行训练一直走在海军航空兵前列。我刚调到机关第一次下到飞行部队就听说，同一个机场几个团的飞机在飞行，机场的人们，只要看看飞机起飞与着陆时的状态就可看出哪些飞机是雄鹰团的。那种起飞时如利箭直刺苍穹、着陆时的轻三点高超技艺，一看就知操纵者是一群海天虎将。

我们开启了自我教育模式。

团长、政委带领全体飞行员走进了团史室。一张张图片、一件件实物,哪一次空战不是猛士高超飞行技艺与勇猛精神奏响的长空凯歌,哪一次不是用劣势装备战胜优势装备强敌的空战奇迹!一双双剑眉在凝视,一个个飞速运转的大脑在深思,站在英雄面前,任何思想上的小疙瘩都显得小家子气,都不配当驰骋天宇振翅万里的英雄团队的飞行员。接着,老英雄高翔被请回团里,与年轻飞行员们交谈。老英雄目光依然锐利,笑声依然爽朗,言谈还是那样机敏。

年轻飞行员们围住老英雄,思绪被带到了那片无垠的天宇。

20世纪60年代中期,美国发动的越南战争已进入白热化阶段,不只是不断轰炸河内,美机也不断侵犯中国领空。为严惩美国空中强盗,毛泽东主席亲自点将,"海空雄鹰团"秘密南下,待机歼敌。

1965年9月20日10时47分发现敌情后,南海舰队航空兵(简称"南航")指挥所发现敌机入侵企图,于53分下令"海空雄鹰团"高翔大队4机一等战备。56分30秒,敌机于峨蔓港260度方位逼近我领海,大队长高翔、副大队长黄凤生驾歼6双机起飞。

高翔笑眯着眼对飞行员们说:那天我在机舱里坐一等,正巧,师政治部主任来给我们上社会主义教育课。他到起飞线对我喊:"老高,来了两架小的。"我心里想,什么大的小的,来了一起收拾了!绿色信号弹腾空而起,我即刻驾机起飞。刚上天,我机温度表指零,红灯亮了,飞机出现故障,我想糟了,一报告肯定返回地面,这个空战就没的打了。我看看飞机其他仪表,显示正常,飞机操纵也没有问题,我决定不向地面指挥所报告,等打完仗回来再说。空中转弯,我驾机扑向西南待战空域1万多米高空,飞机不仅与一度中断联系的南航指挥所恢复了无线电联系,其温度表此时也奇迹般恢复正常,一切进入空战状态。这时,我接到南航指挥所发出的指令,向琼州海峡和雷州半岛出击。南航指挥所不断向我通报敌机高度6000米、8000米、10000米,

1995年参加人民海军报特约记者年会

不一会儿工夫，敌机与我机几乎连成一线。南航指挥所告诉我敌机是美国当时最先进的鬼怪式飞机，实际是美国 F-104C 战斗机，而我驾驶的是国产歼 6 战斗机。美军 F-104C 战斗机小巧玲珑，展翼不到 7 米，飞行高度可达 2 万多米，最大时速达 2400 千米，除装备航炮外，还携带了 4 枚空空导弹，十几千米外就能发动攻击；我军歼 6 展翼 9 米多，飞行高度 1.7 万米，最大时速只有 1300 多千米，只装备火炮，有效射程 1000 多米。敌机性能远远优于我机，但我有信心战胜强敌。我保持着每秒 15 米的上升速度，距敌机还有 50 千米时，指挥所让我返航。我心想，敌人是不是又在搞擦边球战术，你起飞，它出去；你飞走，它又进来……"

指挥所发现敌机在我领海线附近时进时出，判断敌机可能利用其在北部湾的加油航线佯动飞行，趁我不备突然入窜，使我来不及拦击。指挥员决心令我机飞到加来地区上空巡逻待战。11 时 8 分，我机进入巡逻空域后，地面引导我作南北往返飞行。敌机入侵，我机向北；敌机外转，我机向南。19 分，敌机再次入侵，直窜雷州半岛，指挥员随即果断下令我机出击，25 分 50 秒，下令投副油箱；28 分 10 秒，令航向 30 度，飞机开加力增速，并通报敌机在我机左前方 30 千米区域；29 分 30 秒，通报敌机高度 10500 米，令我机以最大速度追击。

我令僚机与自己拉开距离，形成战斗队形。我又查看了一下炮弹上没上膛，把加力也打开了。这时，敌机往东飞向琼州海峡上空，敌机开始转弯，我看准了就一架飞机，看敌机转弯我也跟着转弯，我切的半径非常精确，如果半径切多了，机尾就会暴露给敌机；半径切少了，又可能被敌机甩掉，坐失战机。

31 分 35 秒，我在左前方 8 千米发现敌机。31 分 50 秒敌机右转，我乘敌机转弯之际，迅速切半径追了上去，占据了有利攻击位置，并稳稳地用瞄准光环套住了敌机。此时，僚机黄凤生立即提醒说："大胆攻击，后面我掩护。"指挥所果断下令："后面没有敌情，靠近些，狠狠打！"

"我趁敌人麻痹大意之机，靠近了敌机。接敌过程中，又始终将我机置于敌机右侧阳光照射面，乘敌机转弯之隙，隐蔽迅速地从敌机尾后追了上去。敌机虽然性能优越，但是处在毫无准备之中，便丧失了飞机的优越性能。这时，我机距敌机 1000 米，在有效射程之内，敌机已经清晰地被套入我的瞄准光环，我没开炮，要打近战，我曾编过一个顺口溜："凡空战要趁高，下狠心向近靠；不到两百不开炮，炮弹开花飞机掉。"我打飞机从来没想过要击伤敌机，而是要击落敌机。打不下来，我也把它撞下来。高翔手臂情不自禁猛地向空中一挥。

"当时，我紧紧咬住敌机，我机速度太快了，靠近敌机的瞬间，我有些发蒙，太近了，眼看我机就要扎进敌机尾部，此刻，我想即使撞上敌机，也要打掉它！我用手同时按住 3 门火炮按钮，3 门火炮炮弹'咚咚咚'齐发……然后，我使出全身力气猛拉操纵杆，飞机在距敌机只有 39 米时猛然升起，在拉升的同时按炮钮的手指并没有松开，向天空又打出了一连串排炮，200发炮弹打得只剩19发。飞机在剧烈颤抖中拉升，整个飞机就像要拉得稀巴烂似的。我控制不住自己的情绪，兴奋地喊叫：'打爆了！'我伸着脖子透过舱窗60度角看到敌机拉着一股黑烟向下栽去……我检查一下飞机，右发动机被敌机爆炸碎片打坏，另一台发动机也受了伤。于是，我关了报废的右发动机，把受伤的发动机由12300转慢慢地、柔和地降到12000转，成功返航。我创造了歼6战斗机靠单发动机成功降落的先例。美国F-104C战斗机第一个败倒在我的脚下。最后，我又检查一下自己，不但没有受伤，而且大脑还很清醒，我高兴地想蹦啊！想跳啊！可是坐在机舱里我被'五花大绑'动弹不得！哈哈哈！"高翔爽朗地笑着，手舞足蹈像个孩子似的。

指挥所雷达显示：11时33分，高翔从敌正后上方距敌机291米开炮，长连射，74米命中敌机，打到39米从敌机右上方拉起脱离。攻击时，敌机时速约1000千米，我机时速约1300千米。

高翔对飞行员们说："我打爆的敌机碎片，把我驾驶的飞机发动机、襟翼及机头、机翼蒙皮处穿了51个洞。"

11时48分，双机安全着陆。我机从起飞到击落敌机前后不到1个小时。

美军飞行员菲利普·史密斯飞行经验丰富，在飞机爆炸前一瞬间跳了伞，飘落在文昌县翁田抱虎港海面。随后，摆脱降落伞，游上了岸。这一切，被正在海边烧制石灰的45岁原琼崖纵队老队员符气合和民兵王禄元看见，符气合当即吩咐王禄元回村里报告，自己则冒着危险机智地绕到史密斯背后，用竹竿顶住他的脊背，大喝一声："举起手来，不准动！"史密斯吓得浑身发抖，乖乖举起双手就擒，被收缴了手枪。随后，村里的基干民兵和海军指战员陆续赶到，史密斯第一个反应就是举起双手，掏出用13种文字写成的"救命符"——这是一块长50厘米、宽30厘米的白绸子，绸子上的文字意在请求给予美军人员帮助，美国政府将予以回报。

一股浩气升腾在每个飞行员心田。"与战斗英雄相比，任何飞行意志的松懈都是耻辱！"一位飞行员的发言胜过千言万语。

教育没有到此结束。第二天，副团长张天兴又走上讲台。连续15年飞行出满勤，这就是立在身边的旗杆。小伙子们的劲头进一步被激发出来，训练干劲更大了，参加歼7改装的17名飞行员全部以优异成绩结束理科学习，随后全部安全放了单飞。歼7三大队到6月中旬就飞行1021架次，人均飞行69小时。

不久，一份题为《"海空雄鹰团"采取多种形式开展适应战略转变思想教育》的教育经验被海政转发。

66.迎上去

这是我们不能不承认的现实，改革开放之后，社会环境变得复杂了。官兵与社会联系千丝万缕，思想不会不受影响。这种影响的最初表现，就是出现种种担忧情绪。

思想教育要有针对性，遇到疑难问题就不能绕道走，而是要迎上去，敢于触碰不好解决的思想问题。

形势是国家走向的风云状态，它直接牵动国家保卫者的信念之帆。为给部队形势教育探索一些经验，我们决定在部队抓一个教育试点。

我们来到某野战机场油料库。教育前，我们搞了一个无记名问卷思想调查，请官兵们"谈谈对形势的看法"，发现官兵们最担忧的问题是："现在社会上流行一切向钱看，党内存在着以权谋私等不正之风，国家的前途命运令人担忧……"

好吧，那就大家一起来分析，看看社会、国家、党内的主流到底怎么样。我首先登台，讲解我国当前政治形势的八大表现，然后，让大家学习党和国家领导人在全国党代表大会上的讲话，学习131位老同志的辞职信以及《解放军报》刊登的盛其顺等人的事迹，在此基础上让大家围绕三个方面实事求是地进行"光明面"与"阴影面"的对比：比较党内的光明面与阴暗面；比较社会上的光明面与阴暗面；比较军队内部的光明面与阴暗面。这些对比，让大家摆事实，讲道理，自己得出结论。

有些同志在问卷中对我们说，现在社会上物价普遍上涨，产品质量下降，还出现了假药、假酒等现象，对改革形势感到担忧。那么改革开放形势的主流到底是个什么状况？为了使大家有亲身感触，我们在宣讲党的十二届三中全会以来中国经济体制全面改革取得十大标志成果的基础上，请来当地洋市乡党委书记到部队做报告，组织官兵参观驻地种植、养殖、工业品加工等各类专业户，让大家自由提问、集中座谈，使大家对真实情况有明晰了解，思想的顾虑与担忧，很快得到化解。

社会在国门大开、高速发展中出现一些问题本属正常，为何有些官兵就感到不可思议，仿佛整个国家与社会、党与军队就应该是纯而又纯的，其实，这是一种脱离实际的理想主义在作怪，理想之中，掺进了世外桃源般的幻想，不说是在改革开放历史条件下不切实际，就是在战争年代也是不现实的。我们又与官兵们一起进行"政治信仰与思想方法"理论学习，学习《矛盾论》《实践论》等哲学著作，开展辩证唯物主义与历史唯物主义与唯心主义宇宙观的讨论，让大家从哲学思考中深挖大脑中残存的形而上学思维方式，建立科学世界观。

没有绕过任何问题，官兵在看待形势方面所有问题我们都触碰了，最后官兵自己从理论与实际的结合上全部回答了这些问题，得出了自己的结论。

不回避任何尖锐问题，这是一次富有针对性的成功教育。1985年11月11日，海军政治部转发了我总结的这次教育经验。看看标题吧：《辩证看待形势　坚定理想信念——海军某油库形势教育形式活效果好》。着重介绍了三个方面的经验：分清"光明"与"黑暗"，坚定政治信仰；分清"主流"与"支流"，坚定改革信心；分清"理想"与"幻想"，明确历史责任。

67.女兵唱活一台戏

机关某通信站四中队女兵占半数以上，这些从北京、上海、南京、天津等大城市精挑细选来的女兵，不只是容貌出众，里面更是人才济济。当全军开展做"四有"军人政治教育时，我来到四中队，与站教导员和中队指导员经过一番策划，决定这次教育要改变过去的几种偏向：

纠正那种"不看教育对象"的偏向。摒弃把政治教育权利化，克服干部成为真理化身的做法，纠正干部唱"独角戏"的偏向。把干部战士中的"演说家""理论家""诸葛亮"发动起来，用群众自我教育的方法搞教育。

纠正"隔靴搔痒"的偏向。抓住大家平时议论最多、普遍关心、过去政治教育多次触及而又一直未得到解决的难题，用集体研究式、民主讨论式方法进行教育。

方法是生动的。这批以1983年入伍兵为主体的女兵，普遍喜欢读书，古今中外的名人传记、人民军队灿若星河的战斗故事、小说诗词，机关俱乐部几千册图书被她们啃得差不多。爱读书的姑娘爱思考，书写能力强，口才也好。舰航组织"四有"军人演讲比赛，中队电传室南京籍女战士朱荣莉获得一等奖，参加了舰航演讲组，到万里海防线各部队去演讲。围绕主题，中队决定开展一场演讲赛。女兵们自掏腰包，利用午间休息，跑到中山路上的宁波市新华书店，买回《当代青年人生》《青年生活百题解》《人往高处走》《当代青年谈人生》等几十本书，个个钻研，奋笔疾书。

"人生是舟，理想是帆""此岸与彼岸的距离""什么东西既是目标又是动力""人有理想才有真正的生活，人无理想便是行尸走肉""触礁的都是迷航之舟"……

周日安排一个下午的演讲时间，根本不够用。端坐不动的身姿，凝神静气的倾听，若有所思的神情，用力拍击的掌声，反映了官兵的学习收获与精神风貌。苏州籍女战士邓蔚演讲登台。这位服役期间一直担任舰航文艺演出队报幕员的美丽女兵说："入伍前，我在考大学与当兵之间选择了后者，今年是我当兵的第四个年头，有的同学已开始报考研究生了，虽然我一时还拿不到象征知识的文凭，暂时还是同学中的落伍者，但我相信，只要从现在开始努力，凭着坚强的毅力，定能用青春燃起事业的火炬。"

这次教育结束后不久，分队长丁继玲、女兵朱荣莉、戴奕、孙正静等10多人报名参加了地方自学大学学习。中队成立了英语自学小组。男兵们发出挑战，女兵们坚决应战，中队的技术大练兵活动开始了。话务、载播、配线、传真、自动值机、电话、电缆、摩托、维修等专业"十大员"都开展了"一帮一"群众性技术练兵活动。话务分队39名女兵开展了"争当三满意话务员"活动。一个生龙活虎连队的男兵女兵们正昂首阔步行进在从军路上。

1986年5月7日,《海军宣传工作》刊载了我总结的这篇教育经验。

68.回老部队

从1984年4月26日我被调到舰航政治部宣传处当部队教育干事,到1989年2月,近5年间,我每年都在部队思想政治教育战线上忙碌着,撰写的教育材料约200多万字,每年都有总结的多篇思想政治教育经验被海政等机关转发。

这无疑是一种能力,一种成长,一种代表政治机关的工作能力。这种能力主要来自舰航政治部的丰富实践,但最初的能力无疑来自我的老部队。调到舰航政治部一年后,我想无论如何我要找一个侧面总结一下老部队建设经验,消灭一个团级单位不出思想政治工作经验的空白点。

我对训练团每年训练新兵的做法是了解的,团里各中队带兵人都有着丰富经验。于是,我的总结就想从新兵入伍教育训练经验入手。我有意识地给司令部训练股、政治处宣传股长打电话,请团里在科学带兵上有所创造,我想来总结一下。

我出了个题目,办法由他们去想,有了效果我会去总结,彼此分工明确。一项工作受到军政治机关重视与指导,团里领导很高兴。据说,团党委为此专门召开会议,研究新年度新兵教育训练改革创新工作。

一天我刚从上海某飞行部队出差回来,走进办公室还没坐下,就接到训练团打来的电话,说今年新兵训练即将结束,请我回团里指导工作。

第二天清晨,我没问车队要车,骑上宣传处配给我的一部老旧自行车就出发了。从部队机关出发到训练团有22千米,一条国道线,2小时左右能够到达。这条路,我乘车走过无数次,对道路两旁穿越的集镇、高炮部队驻守点、海边靶场等都很熟悉。时值早春,天气有点冷,但过了骆驼桥之后,一路上坡,当我骑上澥浦山头大转弯处时,内衣已被汗水浸湿。在路旁,我坐了一下,眼睛掠过棉田,看见了大海。这里是高炮团靶场,当兵在训练团的那些年,每年站在办公楼走廊上都可看见轰炸机拖着靶标在空中掠过,地面无数炮火射向空中。看似一场普通的打靶训练,其实,部队开赴战场,打起来也就这个阵式,只是拼个你死我活,你不打下敌机,敌机就会炸死你。中国军队的海空防御能力越来越强了,在宁波解放后的十多年里,美制蒋机曾多次窜犯庄桥军用机场,从多个方向掠过机场上空,成为驻守部队防空的深刻教训。因此,才有了高炮团各炮连布防在马路旁的炮群,那是经过军事专家论证的,保证敌机从任何方向进入都有一个火网等着它。

极目远望，已能看到伏龙山了。一路下坡，耳边风呼呼作响，吹在脸上耳上有点发痛，但还是感到扑面的亲切，满腹回娘家的感觉。这里是我成长的摇篮，把我由一名新兵哺育成思想、政治上基本成熟的海军军官。

进了营门，碰到熟悉的官兵，打招呼的声音特别响亮，握手都是使劲地捏。我没有去拜访领导，直接去了训练股、宣传股，两位股长陪我在一、二、三、四、五中队了解训练情况。我重点了解今年新兵训练不同于往年的特点，各个新兵训练中队的主要收获体会与存在问题，几位老指导员都写了汇报稿，有做法，有事例，蛮生动。

上午谈了3个中队，就到吃午饭时间了。他们告诉我，团首长有指示，要我们在食堂打几个菜，陪你吃顿饭。

这使我想起了在团里那些年看到的情景。团里由大队改成训练团后，上级机关来人检查工作的多了，经常可看到机关炊事班几名战士抬着蒸笼往团会议室跑。一位安徽泾县籍战友告诉我，蒸笼里装的是一碟碟菜，团领导陪人吃饭。

官兵们对这种做法很反感，认为这不是人民军队的优良传统，是一种搞特殊化的不正之风，对团首长的信任在内心里打了一些折扣。没想到今天轮到我了，我坚决不干。他俩说，已经准备好了，我大步流星走进饭堂，让炊事班给我找副碗筷就到窗口排队。机关干部大都认识，大家亲切地打招呼。团长、政委等领导见我回来，也都上前握手交谈，说了一些表扬鼓励我的话。

饭后，洗好碗筷交给炊事班，我又下中队了。

调研到下午4点多钟，我要返回了。团政委专门下楼送我，见我骑车，一定要派吉普车送我，被我谢绝。我向他敬了一个军礼，转身上车，傍晚回到机关。

《转变旧观念，用科学方法带兵》，1985年3月10日，海政宣传部编发了一期"新兵入伍政治教育专辑"，将我撰写的训练团的教育经验放在第一篇刊登了。看看这篇经验的开头与文中的几个标题吧：

训练二团在今年新兵入伍训练中，转变旧观念，运用科学方法带兵，使425名新战士经过两个月入伍训练，做到安心服役，服从分配，军政素质好于往年。他们的做法体会：

转变"唯老实听话是好兵"的旧观念，不搞"下马威"，让新战士感到部队温暖；

转变"慈不掌兵"的旧观念，不搞"疲劳战术"，提高训练质量；

转变"政治教育全靠灌"的旧观念，不搞"单打一"，增强教育效果；

转变"清水白菜出传统"的旧观念，不搞"艰苦体验"，改善物质生活。

作为政治机关干部，这是我应该做的本职工作，但总结训练团的新兵教育训练经验,我确实怀有一颗对老部队报答的心,写是正常的,不写也是正常的,饱蘸激情的写作一定是有情感驱使的。一天之内骑自行车往返40余千米下部队,写出一篇被海政宣传部转发的部队教育经验,这是我唯一的一次。它只属于从训练团走出的一位风华正茂的海军军人那个时段的体能与精神状态。

69.第二枚军功章

教育干事当了5年,是繁忙的、充实的、开心的,也是劳累与心无旁骛的。

那时,机关没有专门的单身干部宿舍,把东航招待所506房间给我当宿舍。

吃饭就在机关干部食堂军官灶就餐,饭票都是掏钱买,我吃的饭菜普通,没把吃饭当回事,嘴也不馋,每顿饭吃饱就行,节俭不节俭、改善不改善,包括逢年过节,似乎从来没想过。平时从不买任何水果零食吃。

一天到晚,心思都在工作上。大脑中装的都是各部队教育训练、战备情况,装的都是部队出现的新情况新问题,想着要到哪些部队去抓教育试点,总结部队思想政治工作经验。

参加各类工作组也特别多。司、政、后、工各大部,凡是政治部派我参加的工作组,其调研报告基本上都交由我来写。舰航每年的老兵退伍工作总结,按讲,应该由司令部军务处来写,可司令部参谋长说"你们政治部笔杆子多,还是你们写吧",政治部许仁道主任也不推脱,接了回来,交给宣传处,处里就交到我的手里,从此,每年这一总结都由我写。大的工作总结也是这样,百万大裁军是各部队的重大工作,我被选入军部精简整编领导小组,最终,这一工作总结就落到我身上。

当时没有注意到,常年沉浸在高强度文字工作劳动中,除了调研、上课外,几乎每天都在写,少则几千字,多则上万字。由于没有注意补充营养,那时是自己入伍后最瘦的时期,1.78米的身高,体重不到60公斤,脸上瘦得皮肤起皱,汗毛老长,脸上气色也不太好,但身体健康,精力依然旺盛。还有一个有意思的现象,进了舰航机关后,原来每月都会出现的一二次青春期生理现象没有了,这种状态大概只属于情感单纯、心无旁骛、把全部精力都倾注到部队建设事业中的军人。

政治部首长与机关干部对我的工作表现大都给予高度评价。1987年年底,政治部进行年终工作总结,部里近百名干部战士,只有两个立功名额。经过个人总结,各处推荐,政治部党委研究,决定给我记三等功一次。

立功奖章是解放军总政治部统一制作的。奖章外部是红色塑料制成的小盒子,上面印有八一军徽,下面印有"三等功奖章""中国人民解放军"字样。军功章放在衬有海绵的盒内,上面的挂件白底黑边中间有3条红线,下面是金光闪闪的五角星中间叠加立体八一军徽。这是人民军队颁发给当年度工作表现最优秀军人，也是国家荣誉的象征。

一个军人，即使你对军队的贡献再大，获得军队这样的表彰，就享受到所有的荣光与幸福了。

这是我第二次荣立三等功了。第一次是1977年11月，当文书的我，获得37510部队政治部颁发的军功章与立功证书。军政治部给一个营级教导队的文书颁发立功证书，是因为营级单位没有三等功审批权限，只有军政治部直接颁发了，偶然获得却是超规格荣誉。

记取第一次立功，喜报寄到家乡后父母却担惊受怕的教训，这次立功后，我立即给家里写信，告诉父母，我没有抓特务受伤，就是一年到头写字写得比较多比较好，部队给我记了一功，这就像生产队评出一个好社员一样。

军功章没有挂在我胸前，却戴在我心里，新的一年工作更加奋发。

第十五章

选 择

有人说，人生是花，爱便是花酿的蜜。

我也算个文学青年，不缺浪漫主义情怀，也不缺对美丽爱情与婚姻家庭的向往，但自从 1979 年春天在训练团经历的"恋爱风波"后，我曾向团领导表态 5 年内不谈恋爱。

军人说话应该算数，可我从这一天开始，真的把自己的情感世界冰封了 5 年。

70.热心人

似水流年，不觉间，我已快 30 岁了。军中小伙也到了男婚女嫁的年龄。

我回皖南探亲，慈祥的外婆生病躺在床上，她拉着我的手对我说："我的外孙，你什么时候讨个老婆带回来给我看看，你再不找，外婆就看不到了。"

村上小婶家来了一位亲戚，老人是上海杨浦区人，听说我快 30 了还没找对象，马上跑到我家问我需要姑娘什么条件，说你是东海舰队，在上海有基地，完全可以找个上海姑娘成家。

舰航机关热心人更多。有的让我考虑眼睛经常能看见的美女同事，有的介绍起机关领导的孩子，有的介绍地方大学生干部，比较要认真对待的是，一位将军的女儿不知在什么场合看过我后，让一位处长来试探我的意向。处长经验老到，对我说："认真考虑一下，一旦开始，就不要停下。你是明白人，道理我就不多说了。"

经过一番考虑，我阻止了这种开始。

还遇到一群小调皮。有位女兵，把我当成她最依赖的人，遇有机会送传真给我，她在女兵连遇到什么问题总会告诉我，有时，还到我住处看我，聊聊工作、学习与人生。我住在舰航招待所 5 楼，舰航演出队集中排练、演出时，一群女兵也住在 5 楼。夏日每天夜晚，洗澡过后，我们都到洗衣间洗衣服。这群女兵，是整个部队挑出的花朵，个个相貌出众，聪明伶俐。此前，因为工作原因，我与她们当中的好几位已很熟悉，她们见我住招待所每天自己洗衣服，人少时，有的女兵就同我开玩笑，有人还帮我洗过衣服。沐浴后的女兵，身上散发着淡淡的香味，她们的玩笑，很容易在我心里激起情感涟漪，要走近是很容易的事。但我心里有一条明晰的军规，决不同女兵谈恋爱。

说过笑过，擦肩而过。

也不知什么原因，只要人们提起与找对象有关的话题，我心里都会想起在龙山遇见的那位姑娘，新兵站岗第一眼看见心里萌生的奇妙感觉，又会涌上心头。帮我缝被子时的飞针走线，礼堂里飞舞的羽毛球，小楼上的灯火，保密室的身影，还有副政委不许我们接触脸红脖子粗的表情。

现在我不受那时的束缚了，束缚的时空条件已经不存在了，但是这位陈玫姑娘现在何方，是不是已经嫁人成家了？

也许就是巧合，一天傍晚，我从舰航指挥所发报出来，走到 2 号院大门时，看到一位女孩牵个小男孩从营门口走过，好熟悉的身影，我心头触电似的一颤，这不是陈玫吗？她孩子都这么大了？我没有上去打个招呼聊几句的勇气，但我要确认一下是不是她。我疾步从她身后侧面走过，趁她不备突然回头一瞥，没错，就是她。我加快步伐走到前面西草马路路口返回 1 号院。回到政治部，心里有一种从未有过的失落。

在抽屉里，我找出她当年写给我的那张字条：

人民路贝家巷 44 号 204 室

5 年过去了，这种结果不也正常吗？这些年你找过人家一次吗？当年彼此间有过承诺吗？一切与你相干吗？对这种客观存在你有痛苦的资格吗？……

理智是清醒的，但情绪好几天都莫名低迷。一个多月后，战友邹有琦为我安排了一次相亲。他告诉我，对方是海军某基地一位副政委的女儿，将军回宁波休假身体不适，住在医院，周日上午他陪我一起去看看。我一想，海军某基地，与我不在同一个兵种部队，权威压力与人们传统观念对我的压力会小一些。再说，到医院见面，那是一次看望，大家都会比较自然。可这时，充当介绍人的阿姨提出建议，让我买点水果带着。要放在现在，我会觉得很正常，你到医院看个长辈，总不能空手。可是在那时，这是我不能接受的，我觉得俗气，感觉好像是一方祈求另一方，开始就不平等。我说，我不买，如为难可不去。阿姨一听，说我来买，你提着，我没反对，提着，到达病房楼层时，我将水果又交给了她："这

2007年10月在北部湾海区

是你买的,我不能提。"

到了病房,我向某副政委敬了个军礼,询问了一下他的身体康复情况。

那位阿姨将水果递到副政委夫人手里,说是我买的,夫人将水果递到一位姑娘手中,说洗点葡萄。我知道,这就是她女儿了。感觉这是位身材偏瘦的姑娘,模样与衣着朴素大方,但没有青春气息。瞬间,我的主意已定,这不是我要找的那一位。

前后,半小时不到,我便告辞。将军夫人让她女儿送送我们。走到楼梯口,我对姑娘说,请留步,向她敬个礼便转身离去。

路上,那位阿姨问我印象怎么样,为不使她难堪,我对她说,还好,具体我与邹有琦商量一下。回到机关,我对邹有琦说,那姑娘身体偏弱,没有青春活力,不合适。他知道我是有主见的人,没多说一句劝婚的话。介绍对象我最讨厌有些人,还没见面就搬出什么"高级干部,家庭条件好,对你前程有帮助"之类的话,太功利主义,违背婚姻本意。这也是同一批老乡中,我与邹有琦关系比较好的重要原因。

热心人一个接着一个。一天晚饭后,处里放着副处长不当却一心当新闻干事的徐锁荣叫住了我:"学文,你有没有空?我们江边走一圈。"他说话总是以征询你意见的温和口吻。

"好啊!你难得有空与我们饭后散步。"我的话略带戏谑,也是实话,他常年行走在边海防,我也经常下部队,很少遇到一起。

我们从1号院走到人民路,又转到西草马路,经过通信站门口,我们见到正从军营里走出的四中队女兵分队长,徐锁荣与我同她都很熟悉,于是,站在路旁聊了几句,各自反向而行。

走了几步,徐锁荣突然对我说:"学文,听说你还没找对象,我给你介绍一位怎么样?这次到南海舰队航空兵采访刚认识一位女兵,家是杭州的,身材特别好,开始我还以为她是南海舰队文工团的……"

徐锁荣是位为人正直的老大哥,他的话我是听得进的。我说好啊,可以先了解一下情况。

从江边水兵码头走了几个来回,他又向我说了几个形容姑娘美好的细节,真是小说家,观察生活观察人就是细腻。

习习江风带着大海的咸腥味,看着鼓胀的潮水与江面掠飞的海燕,踏着脚下灰蓝色引桥,踱来踱去,直到天黑,我们穿过白沙公园进入人民路,返回1号院。

走到新落成的政治部大楼门口,见我要上楼,徐锁荣对我说:"学文,你在办公室等我一下,我回趟宿舍,那位女兵照片我放在行李箱里,我马上拿给你。"

真是位热心的老大哥。过了一会儿,他拿来照片,递给我时,他说:"学文,你看多像个女明星。"

"我们的女军官肯定比明星漂亮!"我笑着接过照片。"那等你打定主意我们再谈,如果确定见面我给她打电话。"

这是一位身材高挑、端庄、秀气的女军人。江南姑娘,眉宇间,总有一种灵秀,一种妩媚,一种柔美,使人想起烟雨江南,想起江南四月天。

我把照片放到抽屉的红笔记本里,这里有我当兵的第一张水兵照,有我两次荣立三等功的红色证书,这里有那位姑娘给我的贝家巷家庭住址。这儿,属于单身青年军人的珍藏。

夜晚,躺在军部招待所506宿舍床上,思绪展开了想象的翅膀,飞过南海椰林,飞过大海边的海军机场,看见了那片无边的蔚蓝。南中国海太大了,浅蓝、淡蓝、湖蓝、五光十色的蓝,无边浪涌,让人感觉世界上没有陆地,蓝得让人心醉。飞呀飞呀,飞累了,回到现实中,想了对方是什么态度呢,不知道。想到调动、住房、家具、经济能力一系列问题。看来,这就是婚姻恋爱的复杂,它使人明白,不只是诗意、不只是美貌、不只是单独因素可以确定的。

但不管怎么说,一个成天只想着工作的军人,似乎从此时开始,进入了恋爱季节。

71. 重　逢

军营生活是由军号调节的,作息有规律,一日时间节点都有军号来提示、指挥与要求你。

晚饭后,按习惯,我一人去江边散步。在西草马路通信站门口,遇到了一位女兵分队长,她带着一位女兵,也出门散步,往江边走。因为已经很熟悉了,打了招呼,就走到一起。她年龄比我要小七八岁,提干后,工作红红火火,分带的几十名女兵被她管理得既生龙活虎,又服服帖帖,是位工作能力很强的女军官。

聊工作,聊部队新鲜事,也聊我们自己。渐渐,原与她并肩前行的女兵可能是有意放慢脚步的原因,在我们身后被落下了,成了我与分队长并肩散步。她也没什么扭捏，继续着我们不紧不慢的脚步。她问我是哪里人，我给她讲了许多皖南的风土人情，讲到皖南人的年俗文化，讲了自己小时候每每过年在外婆家从正月初一就要住到十五，跟着小姨看灯的故事，她觉得很有趣，说浙东过年没有皖南那么热闹。闲聊中，我知道她就是宁波本地人，从主城区到她家也才20来千米。在部队搞调研的习惯，喜欢引导谈话，喜欢刨根问底，很快就把她家庭成员情况都了解得清清楚楚。

富裕人家一朵花，条件优越，这样的带兵人是没有后顾之忧的。当然，也弄清了她的出身年月与待字闺中的婚恋状态。

这次江边漫步，迅速拉近了我俩的距离。此后，我们又多次遇见，有时在江边，有时在指挥所，有时在政治部办公楼。还有一次，我在政治部值班，她带着两名女战士，来征求我们对通信保障的意见。政治部是各处干事们轮流值班的，值班时，一周都住在值班室。主要任务是接听上级机关电话指示与各类通知，处理各部队上报的各类情况，包括请示答复的问题，接待军内外来访人员，处理突发情况。属于请示的问题直接请示政治部主任、副主任，属于通报性、协调性问题，直接与相关处室协调。政治部值班员每天一上班要参加舰航首长大交班，向首长们报告一天之中部队思想政治工作情况。分队长来征求机关、首长对她们通信保障的意见，我就代表政治部接处了。她说明来意后，两位女战士打开笔记本笑眯眯地看着我，等待着要记下我对她们工作的意见。

"好吧！领导亲自带队来政治部征求意见，那我说3条意见。"女兵听了，收住笑容，面露严肃，以为我要提大意见了。

"第一，对你们通信保障服务很满意；第二，对你们通信保障服务相当满意；第三，对你们通信保障服务超满意。好了，意见说完了。"分队长说："领导，不兴你这么夸我们的，说点意见吧，便于今后我们改进工作。"

她的话语是真诚的，但从我平时与担负话务与传真等通信保障的女兵们的工作接触来说，她们的工作真的堪称完美。真提不出意见。可她偏要意见，我只好讲了工作接触中她们服务态度好、联络无差错、通信效率高等事例，说说笑笑，她又到我值班室里面的卧室看了看，对我的内务卫生给予好评。

我们接触频繁起来。一天晚上，我从外面散步回来，在招待所一楼又碰到她，问她怎么来这儿了，她说看望来机关出差的战友。我邀请她上楼到我宿舍坐会儿，她跟着我就往5楼爬。

事有偏巧，当天有个部队给政治部送了许多苹果，我们每个干部分到一脸盆。那时，尽管水果很便宜，但我从不买水果零食吃，没想到分队长第一次光临我的宿舍，我还有水果可招待她。我拿了几个苹果，跑到洗漱间清洗后放到她面前的一张白纸上请她吃，可她一推再推，就是不吃。这使我感觉不悦，觉得她这个人身上还有种端着的东西，让人相处不舒服，不默契，于是，不想与她多聊，不咸不淡的话说了一小会儿，见我没有深聊的兴趣，她便起身告辞，我也没挽留，便起身把她送到楼梯口。

不知什么原因，看似一个完全可以忽略不计的小细节，却使我产生了一种莫名其妙的不想与她再深入交往下去的想法。不知是否与徐锁荣送来的照片有关，不知是否与后面的一次5年后的重逢有关。

也不知是不是天意，送走分队长后不几天，我在政治部楼前遇到训练团来机关办事的一位干部，他问起我的近况，说："成家了吧？"我告诉他，没有。"有没有女朋友了？"我说没有。他这时说："在龙山时传说你们俩谈恋爱的陈玫姑娘，听说她也没有谈对象，听说她家就住在人民路。"

我猛然想起那天看到她手牵小孩在东航大门口行走的情景，我说有一次好像看到她，手里牵个小孩都会走路了。

他说绝对不可能，上个月还见到过她，问过她的婚恋状态，那小孩肯定是亲戚或邻居家的。

我决定了解一下这个情况。晚饭后，我打开抽屉，从红色笔记本里找出当年她留给我的地址，就去寻找贝家巷。出东航1号院大门右转，走过白沙公园路段，又往前走了几百米，看见街道右侧的白沙居委会牌子，边上有个小巷，不时有人走出。看见一位中年妇女，我迎上去打听贝家巷在哪里，她说这条巷向前走不到百米，向左一拐就是。

这大概是20世纪60年代建的5层居民楼，水泥建筑，楼道与墙壁没有任何粉饰。我走进门洞，直奔2楼。这个楼层，每层住有4户居民，但各家门牌上的字却看不到。我走向前，敲了左边一户人家的大门，开门的是一位白发老大娘，面貌慈祥，我找她打听陈玫住在哪里，她说对门就是。

敲开门后，正准备介绍自己，没想到她说："是你呀，进来。"

没有任何客套，没有任何假装，没有任何陌生，就好像我们是从未分开过一样。她住的这房子类似于单身公寓，东西走向，三小间，进门是厨房，摆了一张吃饭桌，西边的窗口是煤气灶台，紧挨旁边的是水池。往里走第一间是个小客厅，摆有家具。最里面一间大一些，约12平方米，是卧室。外面有个小阳台。卧室窗户很大，光线透亮，通风很好。离对面一幢楼大概只有六七米远。

刚进门时，我看见厨房地上放有五六个香瓜，见我眼睛瞟了好几眼，她对我说："你吃瓜吗？"我说："好啊，吃。"

她从地上拿起一个瓜，到水池边洗了洗，拿起一把水果刀，飞快削掉瓜皮，剖开瓜，刮去瓜籽，往我手里递。我也不客气，洗了一下手，接过瓜，也不问她吃不吃，一会儿就把两个半边瓜吃完了。她又问："再来一个？"见我点点头，她又重复了刚才的动作，十分麻利。

两个瓜下肚，似乎更是老朋友了。坐在她闺房里，我们闲聊起在训练团的日子，聊离开训练团各自的变化，她参加工作已好几年，我也告诉她，调到舰航政治部宣传处工作了。

她笑笑，亲切自然，甜美。

此后，只要不下部队，隔天，我都会来她居室聊天。这倒不是小气，每次来，可能是习惯原因，我都空着手，但在她这里，都有瓜果吃。其实，只有瓜果我才会吃，要是点心与其他类食品，我就不喜欢吃。一个军人的生活习惯，一般是不怎么改变的，尤其是不喜欢吃别人的东西。

瓜果飘香的季节，给了我们这种贴切的自然，自然的贴切。

我们见面，我们聊天，但我们从不谈婚恋，但无意中会谈到人生经历，知道她在分别的岁月，走过令她生厌的复杂选择地带。

但这就是人生啊！当初一眼千年的浪漫主义情怀要让位于社会现实与生活真实。如果不参军，我们根本不会遇见；如果我不是军人，当年遇见了也不会分开。不论在战争时期，还是和平年代，军人在使命与纪律面前，服从与牺牲都是原色。

又要下部队了，我告诉了她，半个月后回来。问她有没有照片，我想要一张，这是一种象征。她抽开抽屉，翻了翻，递给我一张黑白照，一个圆圆脸胖胖脸女孩的笑靥与一朵玉兰花开放在一起。

其实，我这时，并未打定主意与她在一起。因为有分队长，因为有南海女兵的照片，我要考虑一下，看谁对我最合适。

我下部队到了江苏的一个野战机场，成天与一群摆弄重型轰炸机的官兵们实行"五同"。夜深人静，每每洗漱完毕，我会拿出她的照片看一会儿，也会想想，谁对我最合适？南海的倩影没见面，谈不上印象；分队长的条件是蛮好的，但大脑中不时会冒出那盆苹果，冒出那两个青瓜来。

感觉决定了选择，也许训练团那一眼千年的遇见作用了感觉判断，我决定，不再犹豫。

这就是抉择。

从部队回到机关后，我去看她。什么礼物也没带，但进门后，给了她一个长长的拥抱，还有影视作品里常有的镜头。人类社会表达喜爱的方式，不论什么种族，大体相同。

从这天开始，我们互为彼此恋爱对象。没有宣告，也没有向父母报告。她有没有我不知道，但我没有。

日子一长，我们见面后不只是待在屋里，我喜欢带着她在人民路、草马路、甬江边散步。一个秋天的傍晚，我俩正走到通信站门口，遇见分队长正带着两列女兵走出。我们的目光碰在了一起，她微微点头，我们擦肩而过。

可能她心里想过我们多次面会的发展方向，第二天上午，她给我打了两次电话，说"如不忙见面聊聊"，我告诉她正在写东西，从部队刚回来，比较忙。过了一会儿，她又来电话，说晚上到招待所看看我。我知道她认真了，我不能误导她，辜负她，于是对她说："晚上别来，过几天我结婚了，你给我送个礼物吧。"她说："你闪电速度啊，祝贺你！"

她是聪明人，果断挂了电话，从此，依然是战友，但在某些方面，咫尺天涯。

72.大阅兵的见证

生活要有仪式感，结婚，就更不用说了。即使在农耕文明商品经济不发达的社会，青年男女结婚，也有一套成熟的婚庆模式。

我大概12岁就给村上结婚的小伙当过伴郎。参军后，第一次探家，一位叫桂英的大嫂在我正在吃饭时送来一碗韭菜炒螺蛳肉。她说，螺蛳是她上午下水在池塘里摸的。这么朴实的赠送，真是令人感动。我拉住她坐下一起吃，饭间，她问我："学文，你还记得不，我结婚是你给当的伴郎。"我告诉她"记得，回到家，你给我两个褂子口袋里都塞满了糖"。

全家人都笑了起来。

大姐姐九香、小姐姐桂香、妹妹腊香结婚，婚礼宴会，首席座位都是担负送嫁的我坐的，因为我代表娘家，当天宴会排席次我最大，即使男方家有祖辈老人参加，也必须排在我的后面。这是千年婚庆仪式感传承下来的。

但轮到我自己了，我却想学习我党我军老一辈革命家、军事家的做法，不举行什么婚礼，两个人把背包放到一个床上就好了。除了不喜欢那个仪式感之外，还有一个原因，我没有钱。

1983年，皖南遭遇了一场罕见的大洪水，我家6间房屋全被冲毁。得到消息后，我请假赶回去救灾。因家里是发电报到部队的，这事被文书传出去了，一批广东汕头兵悄悄捐款七八百元，全被我退回。我在部队提干后，一年有600多元，自己除了必要的生活开支，全都寄回家。探家回去时，我将存在银行里的700多元钱全部取出，放进行囊，我要回去为家人建一幢洪水冲不倒的房子。

那十几天里，我与父亲等家人全部住在临时搭建的棚子里。经与家人协商，决定建一幢既防洪水又防地震的房子。房屋地基全部用花岗岩石块砌成，地下1米，地面1.5米，上面再用砖头砌成。房屋使用穿枋，全由木料榫与榫对接，即使发生10级地震也不会倒塌。

连续多日，战友余根保带着大卡车，从泾县买回一车车花岗岩，我与父亲、姐夫们再用板车一车车将其拉到宅基地上。皖南8月，天气热得冒火，但为了建设新家园，我们干劲冲天。这些石料备好后，我就回部队了，但每月领到工资留下必要的生活开支，全都寄回家。

一个有钱的海军军官小伙变成穷光蛋了。

这样的经济状况，不足以去安排花费巨大的婚礼。陈玫表示同意，但她提出要同父母家人商量一下。

我对此抱有信心。

这不是无缘无故的。岳父陈淑裕是我的老首长，战争年代一路打仗的老革命，他为人正直，善良，谦和，是位宽容大度的老革命，他会支持我的革命化结婚方案的。

岳母张佩玲是1949年年初入伍的干部，从军后一直在部队任军医，曾参加医治抗美援朝志愿军伤病员工作，没日没夜的救死扶伤，被人们称为最能吃苦的医生。后转业到地方工作，任劳任怨，勤奋敬业，是位知书达理的女性，她不喜欢那些世俗的东西，却对年轻人勤俭持家、努力奋斗历来赞赏。

妻姐陈玲北京外国语学院毕业后，作为优秀毕业生被新华社选为记者，在对外部工作，她才貌双全，她采写的新闻稿，一份是中文的，一份是英文的，作为骨干记者，全国人代会、党和国家领导人的重大活动，她大都会参与报道，一些领导人都能叫出她的名字。这类知识女性，主要是看妹夫素质如何，而不在乎他家在何方口袋里有多少银两。

大舅子陈雷曾是海军东海舰队某驱逐舰支队的一名水兵，退伍后上学，毕业后到国企建筑公司当经理，工作敬业，待人诚恳，他处世的信条是"宁可朋友负我，我决不负朋友"，喝酒酒量不好，他宁可喝到吐也不赖皮，也不灌别人半杯酒。见到妹妹找个军官当老公，更是乐不可支，按规矩我应叫他哥哥，但他岁数又比我小，于是直呼他大名，他却喜欢叫我妹夫大哥。

陈玫一家全部支持。我们决定来一场"旅行结婚"。国庆节前一天晚上，我们乘船前往上海，傍晚上船，天亮抵达上海十六铺码头，然后坐公交车前往虹口区海宁路216号丁奶奶家。

其实，丁奶奶并不是我们家的亲戚。老人家的儿子与我岳父是战友，就这样，他与我岳父全家人都像亲戚一样相处，经常走动。我们结婚，决定以她们家为基地，在上海逛街。放下行装，我们就逛南京路，道路两旁的商店，许多商场门口摆放的电视机里正在播放国庆35周年北京大阅兵盛况，邓小平检阅受阅部队。宽阔的广场，威武的方队，铿锵的脚步，隆隆开过的坦克战车，浩大的群众游行队伍，令人振奋，令世界惊叹中国的发展变化。我拉着陈玫，看着不走了。

我在想，10月1日，国庆35周年大阅兵，这就是我们的婚礼，没有比这个更隆重的了，我们"旅行结婚"在南京路观看大阅兵，没有什么比这个更浪漫让人记得更牢的了。

中午，我们吃的是点心，然后在南京路徜徉，直到傍晚才回到丁奶奶家。

丁奶奶是那种长得很清秀的上海老人，思维敏捷，温婉善良，对我们的到来

人民军队忠于党，誓言回荡在大洋上。

十分热情，晚上专门做了我喜欢吃的淡水鱼，还有其他许多菜，劝我们多吃。第二天，我们从上海返回，"旅行结婚"结束。

我要上班了。

一上班，大家听说我结婚了，一定要吃喜酒。我与陈玫商定，请几个同事到家里吃一顿。

傍晚，陈玫做菜，我适度帮厨，鱼肉是主菜，做了满满一桌。下班后，徐锁荣、李凤泰、潘锡弟、刘新生、李道明等人来了，大家围坐一起，频频举杯，祝福的话，徐锁荣说的最多最生动，大家都是宣传干部，个个不缺溢美之词。喝掉20多瓶啤酒后，大家转入歌唱环节，潘锡弟打头阵，大家接着来。陈玫会拉手风琴，为大家伴歌。少不了要让我们夫妻来一个《天仙配》，可我虽是安徽人却唱不好这支歌，但有节奏的掌声，完全绽放了美丽心情。

这顿饭，虽说家常，但却深深留在我与战友们记忆中。几十年后，李道明升任海军东海舰队政治部主任，少将军衔。一个周末，我请他与来舰队探亲的妻子侯志琴到我家里吃饭，举杯间，他又谈起那个夜晚，那顿饭，那夜琴声。我说："就在这顿饭之前，李道明背着背包，手提行李包到宣传处报到，我替他拎着背包，将他领到政治部大楼后面那幢两层楼广播室边房间里，对他说，李道明，你就睡这张床。"

他们夫妻也笑了。

岁月悠悠，那个年代结婚，我们没有婚礼，但我们依然充实而快乐，直到今天，记忆犹新，这就很美好了。

73. 团　圆

大概这也是一种平衡，却是客观存在。当年父亲生怕我找不到媳妇似的，我17岁不到就强行给我订亲。受了多年折磨，最后得以解脱，可我现在从找对象到结婚父母亲都不知道。

好在老人们也不计较，他们知道儿子现在是军队干部，有自己的主意，他们不懂不知我的情况，就采取了认同政策。

1985年春节快到了，我决定带着媳妇回皖南老家过年。

父母亲很重视。那个年代，也没有手机，我只说了大概回家的时间，准确日期父母并不知道。可是，当我们到达村庄前的碾米厂，离家还有300多米，我们正踏着满脚泥水往家走时，父亲带着学敏突然在门前放起鞭炮来，表示对新儿媳妇的欢迎。

这说明父亲与家人每天都处在"战备"之中。

参军以后，这是我第一次，也是26年军旅生涯中唯一一次在家过年。

全家沉浸在喜庆的氛围中。欢庆大儿媳回家，欢庆新年到来。母亲一早就起床做饭，到菜园里砍菜，杀鸡烧鱼，父亲给她打下手，把我小时候最喜欢吃的那些只有过年时才能吃到的菜都做出来了。

沉浸在美酒飘香中。中午、晚上，每天两顿酒。红烧鱼、红烧鸡、红烧肉、芹芽炒香干、藕圆子、腊肉、腊鱼、腊肠、腊鸭、腊鹅、腊肫、黄心菜烧豆腐，有近20个菜，饭桌上摆得连饭碗几乎都没地方放。一家人在一起喝酒，父亲、母亲、弟弟都端起酒杯，只是陈玫从不喝酒，就以茶代酒。这种模式从到家之日开启，直到我初五返回部队。

姐妹兄弟，他们相互协商，排了一个吃饭日程表。这是必须的。

外婆家舅舅家，这是必须要去的。走到乙甲杨村头，大外婆家小舅舅刘青山就放起鞭炮，吸引来几十位乡亲。小舅舅当过兵，知道用一种隆重的方式迎接远方到来的晚辈。屋里刚坐下，看到小舅母已做了大半桌菜。堂屋的正上方挂着外婆的大幅照片，老人正慈祥地看着我们。我坐不住了，对小舅舅与小姨妈说："我要去看外婆的坟。"小姨妈劝我们吃过饭再去看，我说那不行，不看，我吃不下饭。

小姨妈领着我和陈玫走出村头，在一片高地的农田旁，看到了外婆的坟墓。在坟头，我摘下军帽，向外婆坟墓深深三鞠躬。陈玫向外婆坟墓磕了头。我是军人，不兴中国乡村给逝世的人烧纸钱那一套，穿着军装也不向坟墓里的外婆磕头，但我心里对外婆的怀念深似大海、巍如高山，外婆永远活在我心里，她对我

与陈玫在军政治部门前合影。

的慈祥关爱,永远温暖着我,照耀着我的从军路、照耀着我的人生。

团圆的日子,也沉浸在浓浓的乡情中。村庄富裕起来了,实行包产到户后,大大解放了农村生产力。过去农村最繁重的体力劳动插秧与收割被科学种田取代了,插秧变成了撒播,割稻用上了收割机。大量剩余劳动力去往上海、杭州、宁波、北京等地打工。不只带回大量现金财富,也带回了大量城市文明。家乡的年轻人,从衣着打扮与生活习惯,与城里人已没有太大区别。

与过去每次探亲一样,我到家之后,喜欢到村上看看,从村头看到村尾,一家也不落下。看见童年伙伴、大哥、大嫂、长辈,无比亲切,每一个称谓,每一声问候,都满面乡风,满腹乡情,他们中的许多人是看着我长大的,许多人是与我一起长大的,而有许多儿童,我已经不认识他们了。贺知章写的《回乡偶书》跨越千年,还是能那么贴切地表达我的心境:

少小离家老大回,乡音无改鬓毛衰。
儿童相见不相识,笑问客从何处来。

他们有的喊我的乳名,讲我小时候的事。有的不断夸奖,赞扬人民军队培养人、出息人,希望我在部队不断进步。

当然,免不了要去看望当年演出队的伙伴们,尤其是陈瑛,看望其他亲戚朋友,对长辈赠送一点糕点,可他们赠送我的却是珍贵的精神宝藏。

故乡,一直是激励我前行的能量场。

部队在召唤,我与陈玫在皖南老家住了七八天就返回了宁波。

人们说江南春来早,其实,部队春天来得更早。还在千家万户团圆过年的日子,部队已经开训了。万里长空,战鹰长啸,拉出一道道白色的航迹。

我又投入到火热的部队教育训练生活中。

足迹踏遍千里海防线。尽管三十而立才结婚，可我依然与陈玫商定，现在我要工作、要学习军队院校的课程，没有精力养育孩子，我们要晚育优育。

3年后，我们的女儿朱迪出生了。她出生在万物生长的季节，是我们的最美结晶。新时代的幸福阳光照耀着她茁壮成长，甜美辛劳求学路，留下一串串闪光的足迹，中学毕业于宁波效实中学（中国首位诺贝尔医学奖获得者屠呦呦与许多中国"两院"院士，就毕业于这所中学），大学毕业于浙江大学，研究生毕业于美国加州大学，现在是一家企业高管。

人生选择有千万种，每种选择都会有不同的结果，适合自己的就是最好的。

踏踏实实的人生是最真实的人生。

第十六章

水兵记者

青春有一种美好，就是会有各种各样的机遇向你迎面走来，给你选择的机会。选择错了，让你"长一智"，选择对了，让你走上一条金光大道，甚至登上人生辉煌的顶点。

74. "被迫"转身

人生奋斗的事业场，有很多转身，被人们称为"华丽转身"，可在1988年秋天，我却"被迫"转身。

这客观上缘于处里人员发生重大变化。"功勋卓著"的一批老干事大量离开，副团职干事徐锁荣被调到新成立的海军航空兵（副大军区级）政治部创作室任创作员，走上专业作家之路。李凤泰为解决长期夫妻分住两地问题，调到青岛海军部队工作。宋连跃转业后辞去工作，到国外发展他的摄影事业去了。主要新闻工作干将全走了，处里从部队寻寻觅觅，调来两名干部从事新闻工作。一位是朱斌，是位1974年入伍的"老干事"。一位是李道明，是位年轻帅气的小伙子，他来自一支轰炸机部队，人称"从轰炸机炸弹舱里爬出的新闻记者"。他是个既聪明又勤奋的人，每天除了采访、写作，你看不到他从事任何文化娱乐活动。我经常看到他星期天写好稿子，让俱乐部的女兵曹丽丽帮他抄写。那时，部里还没有配备复印机，除了上报与下发的正式文件外送由政治部首长批准打印外，包括新闻稿在内的稿件与材料一律由作者手写。李道明他们要发的新闻稿，除了向《人民海军》投稿外，因为新闻覆盖面不同，还可发中央人民广播电台、地方电台与各类报纸。他想出的办法是，稿件手写1份，然后让人用那种蓝色复印纸再抄印几份。这种一稿多投是允许的，是部队新闻干部开办的"个人新华社"。凭着这种吃苦耐劳与聪明敬业，他与朱斌将舰航新闻工作搞得有声有色，在海航几个舰航与全海军军以上单位中都处于领先地位。

有才干的新闻干部是很出名的,大小报纸上会不断有自己的作品被刊登,广播里也会不断有声音,但是"人怕出名猪怕壮",太引人注目,也会招来一些是非。起先有些人传说李道明与女军人交往过多,常有女干部、女战士进出他的宿舍与办公室,以为他会与谁谈恋爱,别人议论,他照样我行我素,还在报纸上发表一篇言论《我就是我》,直到突然有一天,一位美丽的江苏扬州姑娘住进他的宿舍,人们才知道,他并没有与任何女军人谈恋爱。其实,他接触的那些女军人大都是帮他抄稿子的。还有他在报刊上发表各种稿件很多,地方也有人打着保密旗号来找麻烦。但是,并没有使他停下前进的步伐,改变自己的行为方式,因为他已信奉"我就是我""走自己的路,让别人说去吧",文章的刊登既是表白,也是宣告。就在这时候,人民海军报社领导向舰航发函了,要调他去报社工作。一位年轻的新闻干部,进京到报社当正式记者,他打起背包就出发。

而在此前,朱斌已被海军航空兵政治部选调去当新闻科长。

舰航的新闻干部全走了,一时找不到接替人选。就是在这种情况下,有一天,处长突然找到我:"学文,想请你帮个忙,现在处里新闻干事都走了,一时在部队找不到人,考虑再三,也向部首长作了汇报,想请你担任新闻干事。"

可我毫无思想准备。

在海岛雷达部队采访,遇到台风要来,等不及交通艇,连队请渔船送我返回大陆。

"你先顶一阵子,待物色到人选后你可撤出。"见我感觉突然,他补充说。

既然话说到这个份儿上,那还是要服从调配的。可没想到,这顶一阵子却成了我真正的转型。

我的转身,一点也不华丽,但抱定重头开始。

75.舰队三日

从一个熟悉的天地猛然走进一片陌生天地会使人诚惶诚恐,但也会使人感觉新奇。

其实,好奇心也是激发与推动人们前行的力量。

转行到新闻战线,我最担忧的不是自己写不好新闻,而是发现不了新闻,去哪儿发现新闻线索?在军机关这么多年,一直搞部队思想政治教育,每次下部队,完成任务就走人,平时与其他系统没联系,没有其他信息渠道。

最初有点焦虑。

就在这时,东海舰队举办了一期新闻骨干培训班,这对我来说犹如一场及时雨。

舰队不只是机关大,做事也大气。对战斗部队来说,这期培训班的规格是前所未有的。舰队司令员聂奎聚、副司令王继英等首长善始善终参加为期3天的培训会议。这次培训班邀请了《人民日报》、中央人民广播电台、《解放军报》《光明日报》《中国青年报》等新闻界领导来讲学,他们一上来就分享干货,介绍各家媒体在年内的报道重点、热点,需要哪些典型报道,设有哪些新闻栏目,以及组稿要求与发稿渠道,并为我们留下了通联方式。这对我们这些初搞新闻的人来说,太重要了。讲课过程中,海军政治部宣传部新闻处长沈顺根给我们讲了他采写一些重大典型的体会,给了我很大启发。在我参军来到部队后,沈顺根是个如雷贯耳的名字,《解放军报》《人民海军》上经常有他采写的报道,一见面,方知他是位身材不高、为人谦和的长者。而他所谈的经验,对我们这些来自一线作战部队的新闻干部非常有用。这次培训,舰队部队参加的新闻干部有20多人,而且大都是"老新闻",会上根本没人提出与关心"如何发现新闻线索"这一类幼稚问题。我决定个别请教,晚间散步,我有意识与沈顺根处长走到一起,找他求教。他告诉我几条,大体意思是到部队中心工作中去寻找,到部队完成重大任务的第一线去寻找,到突发事件现场寻找,到基层部队去寻找,最新鲜的新闻在千里海防线上,在新闻干部的脚底下。同时,他建议我建立一个新闻信息网络,这个网络一方面要求各师团遇有新闻线索及时向你报,也应有一些机关、部队的信息通道,做到消息灵通,八面来风。他的指点,很受启发。

我们培训,中间隔了一个星期日,舟山某基地新闻干事陈汉云邀请了女兵三连6位女战士,我们一起乘船在东钱湖湖面泛舟。我问他怎么刚到舰队机关就这么熟，他说搞新闻的要有亲和力，不论到哪里，都需要与官兵、地方群众打成一片，交际面往往也是信息面。

令我感动的是舰队首长们对部队新闻工作是那么重视。一般情况下，这类培训班，政治部副主任能到场讲个话，规格已不低了。可这次，3天培训，聂司令、王副司令等舰队首长一直端坐第一排，像学生一样，认真听课。

我知道，聂司令是位传奇人物。他是1944年入伍的老八路，曾任鲁中南纵队连指导员、第三野战军营教导员。1948年率连队参加淮海战役，全连获"钢铁连队"称号，个人荣立一等功。后参加渡江战役。新中国成立后任华东军区海军某舰政委、舰长、舰艇大队大队长，参加解放一江山岛战役。1980年任南太平洋发射运载火箭试验海上护航编队指挥部副指挥，圆满完成火箭末区警戒与回收舱打捞任务。1985年11月16日，时任东海舰队司令员的他率由132舰和X615综合补给船组成的特混编队，对巴基斯坦、斯里兰卡和孟加拉3国进行正式友好访问。这是人民海军组建36年来，首次派舰出国访问，中国海军首次驶入印度洋。但在这次出访航行途中，舰艇编队遭遇12级强台风袭击，132舰烟囱被台风吹裂开，只要指挥员下错一个口令，舰艇就有被台风狂浪击翻断成两截的危险，由于聂司令指挥得当、官兵抢险成功，终于化险为夷，圆满完成出访任务。

老司令脸庞紫铜色，看似老渔民，那是他长期以来率领舰队迎着狂风穿过巨浪的见证。

会上，聂司令还讲了话，说新闻工作传递党和国家声音，推动部队中心工作，报道具有时代精神的典型，鼓舞部队士气，嘱咐我们热爱新闻工作，为东海舰队部队战斗力建设贡献聪明才智。

风雨新闻路上，有坦途，也有坎坷，聂司令在这次新闻班上的讲话，一直是激励我前行的力量。

3天坐在会议上，王继英副司令一句话都没说。老将军身材挺拔，头发梳得一丝不乱，皮鞋锃亮，一尘不染，身上有种儒将气息。我读过老将军写的带领舰艇编队巡航南沙的散文，约有万字，将军文风朴实，叙述现场感特别强，生动传神，足见思想、理论水平与文字功力。因为将军他在舰航门诊部工作的女儿王春玲是我战友，也是好朋友，见到老将军更觉亲切。

舰队三日时间是短暂的，但收获却是巨大的。

76. "五　同"

在社会生活中，时间与空间的远近与重叠程度，决定人们对事物的了解、熟悉程度，也往往决定人们心灵的距离。

进入新闻界，入门阶段，熟悉新闻单位与新闻记者是很重要的。我入门不久，又一次进入新闻圈，而且，这一次不只是时间长，而且完全实行"五同"。

这次活动的策划者是朱斌。他已被任命为海军航空兵政治部宣传处新闻科长，负责全海航新闻工作。可能是他考虑到我是新兵，就专门策划组织了这个中央媒体记者集体采访东海舰队航空兵的活动。

采访团的成员有中央人民广播电台新闻联播组资深编辑冯素英，《解放军报》记者张柔桑、李健，《中国青年报》记者老赵等。他们，后来大都成了我的好朋友。凡是我们部队有重大新闻报道工作，我往往都先找他们帮助协调，争取同一个重大主题新闻同时刊用与播出。

如某一日，在《解放军报》《人民海军》等媒体刊发消息或通讯，在中央人民广播电台早晨 6:30 的新闻与报纸摘要和晚上 7 点的《新闻联播》节目中播出新闻。犹如在各新闻单位的帮助下开了个小新华社。

这群记者里，李健最年轻，只有 24 岁，身材高挑，长得很漂亮，更重要的是她为人真诚善良，乐于助人。她到军报当记者，还有一个传奇故事。1979 年 2 月，我军开展对越自卫反击战时，她大学即将毕业。为表达她的爱国之情，她给当时的人民解放军总政治部副主任李继耐写信，要求参军。首长认为，大学生的这种爱国爱军热情应当得到保护与弘扬，于是，作出批示，李健实现了她的愿望。参军入伍来到部队，根据她所学专长，分配她到《解放军报》记者部当记者。她可不是个想到部队混混的姑娘，她向领导提出要到前线采访，考虑到战争的残酷，且当时前线已有《解放军报》与各军兵种派出的大量记者，领导劝她不要去，可经不起她软磨硬泡。到前线后，她做的第一件事是到敢死队采访，官兵们出征时，她给敢死队员们敬酒，原本她是个滴酒不沾的姑娘，却一口喝完一碗白酒，居然不醉。血与火的洗礼，锤炼了这位新兵记者。

记者团先在舰航机关采访，了解全舰航部队教育训练情况。随后，我们分别到浙江各野战机场采访。采访对象中有师团指挥员，有战斗机飞行员，有地勤各类师，有后勤保障部队干部，还有官兵家属与地方群众。采访中可以看出各家记者的兴趣点。他们采访提问的侧重点是不同的，但有个共同点，都方便打开被采访者的"话匣子"，这就是功力。

工作间隙，我们也到地方风景名胜去玩。雁荡山国家地质公园，我们玩了一天。午饭是在景区吃的，晚上到温州某舰艇部队参加"五一"国际劳动节会餐。水兵的伙食费本来就比地面陆勤部队要高出三四倍，节日会餐，海鲜与肉类摆了满满一桌。

有意思的是喝酒。每桌喝的都是啤酒，让我开眼界的是大家都用铁饭碗喝酒，一瓶啤酒倒到碗里还不满。官兵们向我们敬酒时，一碰，一口就干了。也就是说，干杯，碰一下，就一口喝掉一瓶啤酒，这真是水兵的豪饮。但是，谁怕谁呀，依仗自己好酒量，我就与他们干杯，他们发现了我的战斗力，找我干杯的人越来越多，不知道喝了多久，也不知道喝了多少瓶，我突然发现头有点晕了。第一次长见识了：啤酒也是能把人喝醉的。意识到风险，我再也不喝了。挥挥手，"今晚到此结束"，政委没说话，我代表宣布了。可见，胆从何来！

路经杭州，听说他们都没逛过西湖，我们决定在舰队海军招待所住一宿。白天，大家逛三潭印月，逛花港观鱼，逛岳庙，我们在白堤、孤山、苏堤漫步，晚上在楼外楼用餐。我想起了诗人林升的《题临安邸》：

山外青山楼外楼，西湖歌舞几时休。
暖风熏得游人醉，直把杭州作汴州。

金军已攻陷北宋首都汴梁，徽宗、钦宗两个皇帝都被俘了，中原国土尽数沦丧。赵构逃到江南，在临安即位，史称南宋。南宋小朝廷不顾危机四伏，大军压境，不思收复中原失地，只求苟且偏安，对外屈膝投降，对内残酷迫害岳飞等爱国将士，政治腐败，秦桧当道，皇室与达官显贵纵情声色，寻欢作乐，死到临头了全然不觉。林升这首诗讽刺的就是这种黑暗现实，倾吐了郁结在广大人民心头的义愤，也表达了诗人对国家民族命运的深切忧虑。尽管诗人只将诗题写在杭州一家小旅馆的墙壁上，诗还是不胫而走，流传千古。

不朽之作，都是情怀之作，情怀写在情怀上。

还想起北宋那个兴盛年代，"苏市长"的佳作。《饮湖上初晴后雨》其二：

水光潋滟晴方好，山色空蒙雨亦奇。
欲把西湖比西子，淡妆浓抹总相宜。

太有新意了。苏轼，写活了西湖，写活了西施。一个文化人，不只是诗词佳作流传千古，还构建完美了西湖，自然景观，也成为千古文化景观。这是一个杰出文化人当官创造的伟大，这样的官员，宋朝有一大批。可惜的是，他们在军事上都不行，最后吃了大亏，遭致国家灭亡。

当夜，大家心情好，情绪高涨，又走进西湖边的一家歌舞厅唱歌跳舞。

这是真正花香伴歌舞的生活，作为国家的守卫者与文化人，置身其中，感触颇多。

7天同吃、同住、同行、同访、同乐的生活结束了，可以说，我的收获比其中任何一位都要多。

77.特约记者

一种抵达，看似自然天成，其实，也许其中凝聚着许多童年的梦与人生奋斗的汗水。

走上新闻工作岗位后，每周我至少给《人民海军》投送一篇稿件，总体采用率还是蛮高的。

有一天，我看当天新到的海军报，突然看见一篇稿件的署名为"特约记者朱学文"。那一瞬间，心里一阵激动。

从这天开始，我的名字前冠有"记者"名称了。这很了不起，很值得骄傲。从少年时代在皖南大切岭水利工地写广播稿开始，到拿着军用地图到慈溪采访对越自卫还击作战功臣，做梦也没想到哪天自己还真当上记者。而且，《人民海军》的级别不低，它是海军这一军种的机关报，级别高于省级媒体。

在报纸上的常用文体消息与通讯的写作中，也许我更擅长写通讯，在从事新闻工作最初那段时间，我接连在海军报发表了几篇通讯。

一篇是写一位飞行员飞机突发空中故障紧急跳伞后重返蓝天的，题目叫《追恋白云》，引用开头与第一段：

飞行员彭明山是从雷锋的故乡飞向蓝天的。

他战斗生活在1964年被国防部命名为"海空雄鹰团"的英雄团队。他没赶上团队那个在抗美援朝与国土防空作战中击落击伤敌机31架的风流时代。他每次护渔护航巡逻在公海上空与异国的战斗机相遇，双方都没有采取敌对行动。

和平树下巡逻的飞行员，没有杀敌立功的机会。然而，近日，全师的飞行员和领导却一起为他报请二等功。

空中遇险

夜幕笼罩着东海之滨的海军机场。

绿色信号弹划出漂亮的圆弧，打破了夜空的寂静。

引擎轰鸣，飞行员彭明山驾驶的三角翼高速歼击机狂啸着昂起机头，直插苍穹。

飞机离地2000米，他柔和而有力地一拉操纵杆爬升，顿时歼击机发出"砰砰"两声爆响，转速表显示，发动机只剩下10%的转速，排气温度表指0。

"发动机停车……"他连续3次报告。

"不行跳伞……"地面指挥员心悬了起来。

"我打开点火电门看看？"

"可以！"

"打开点火电门也没用，不行了……"

"跳伞！跳伞！跳伞！"耳机里响起指挥员急促的命令。

彭明山一看地面惊呆了：机身下闪烁着万家灯火，那是人口稠密的城镇。他来不及考虑生死问题，双手紧握操纵杆操纵失去动力的飞机向没有灯光的地方滑去。

避开灯光点，他被火箭连同座椅一道射出座舱。夜间跳伞，听天由命了。

伞开了。他很幸运，既未掉进海里，也没落在高压线、树枝、建筑物等具有致命危险的地方，掉在河畔的水稻田里。附近村庄集镇，成百上千的群众围了上来。

"飞机炸着人和房屋没有？"他从没膝的禾苗中站起来问道。"没有！"

他收拢抱起降落伞，一位小伙子骑着摩托车将他送回部队。

这篇通讯约3500字，发表后在军内外反响较好。当年，解放军总政治部在全军评选优秀新闻作品，海军报推荐了它，顺利入选。

此后，写了一位烈士。这位烈士是29岁的学生官黄益选，他从军校毕业后到海岛野战机场发电站当站长，在一次台风后帮助驻地群众修复电路，遇到意外，为抢救战士而献身。

部队报来新闻线索后，我立即赶赴海岛采访，搜集了较多的新闻素材。领导建议我到他的家乡温州苍南县苍南中学采访他的妻子陈小琴，我怕这位老师过于伤心"不敢去"，只在电话中对她进行采访。没想到不几天却收到她写来的一封长信，讲了许多她丈夫热爱海岛、热爱部队、热爱战士的事迹，并寄来一些照片，大大丰富了采访内容。

当天一气呵成，写成通讯《他把一切留给了海岛》，先后发表在《人民海军》《浙江日报》《宁波日报》等媒体上。将陈小琴的名字也署在上面，我想，对这位知识分子军嫂也将是永恒的纪念。

收集了报纸，连同她寄来的照片与夫妻部分书信一起寄给了她。

新闻从业第一年，我发表了20来篇通讯，20多篇消息，其中被中央人民广播电台采用的就有八九篇。

特约记者，渐入佳境。

78. 广州年会

这是《人民海军》的一个创造，在海军军以上单位邀请特约记者，发给特约记者证。更重要的是，为不断提高这支新闻队伍业务水平，增强凝聚力，每年，报社都召开一次特约记者年会。

这个年会都是放在各个舰队、基地召开，大大丰富了会议的内涵。好处颇多，它可以让大家熟悉海军各兵种部队，熟悉祖国海防线与天南地北各个地方的文化精华、名胜古迹与人文景点，休养身心，更重要的是，每个与会记者必须结合工作实际写一篇论文在会上交流，这是每年年会的核心内容，所交流的论文，大家评析，评比出一、二、三等奖，颁发证书与奖金。对交流的论文，《人民海军》通讯用一期杂志集中刊登，下发全海军部队。由于这些论文都是总结与探讨海军部队新闻工作者在工作实践中经常遇到的热点、难点甚至是冷点问题，对每

率领舰航部队新闻报道骨干到宁波经济技术开发区参观

个人提高新闻业务水平帮助还是很大的。同时，年会中，还会给记者们安排采访，让每个记者采写一篇新闻稿，这就带有现场教学味道了。它最大的功用就是锻炼大家的快速出手能力，采访时间一般只有半天，记者到一个陌生单位，什么情况都不知道，要抓出一条"活鱼"并不容易，不得不开动脑筋，具有敏锐观察力、判断力、快速成稿力，把自己锻炼成"快枪手"。这个活动也很受部队欢迎，许多基层部队，尤其是小、散、远单位，远离机关，工作成绩虽很突出，因为没有写手，也没有记者来，多年都没上过海军报，海军报安排的特约记者定点采访，一下就使他们单位"一举成名"。

我参加的第一届特约记者年会是在广州海军某基地。这对我具有重要意义。广州是中国开放前沿地带，这里的城市、人民与部队一定有内地城市也包括沿海其他城市所不同的东西，会有人们不熟悉的新生事物。

1989年1月12日上午，年会正式开始。基地司令员与政委亲自到会发表讲话。仪式性活动结束后，我们开始论文交流。我发表的论文题目是《把握深度报道真实性的思考》。这是我第一次写新闻论文。只当了几个月特约记者就高谈阔论，还是有点心虚。不过，所谈的选题我是作过思考的，我选取自己观察与见诸报端的事例，说明现象真实与本质真实的相互关系，涉及的哲学原理就是现象与本质的相互关系，认为，新闻工作者要有哲学头脑、哲学思维，不被大量社会假象蒙蔽眼睛，防止被假象所欺骗，产生失实新闻。

一个当过政治教员与指导员的人发言,知道语言的高低起伏,抑扬顿挫,所以我发言时会场气氛比较好。嵇振太社长对我的论文给予充分肯定,提醒新闻工作者观察事物、分析问题、采写报道,做到"不被浮云遮望眼",写出现象真实本质也真实的新闻报道。编辑部与其他各军以上单位的特约记者也对我的这篇论文给予充分肯定,只有带着我参加会议的舰队新闻科黄港洲这位老大哥提出一些不同意见,意见本身也是建设性的,但他突然跑出来打一横炮却使我感到突然。

　　我与黄港洲认识已多年,两家交往蛮多,有一次黄港洲发病,痛不欲生,他妻子凌晨给我打电话,我闪电般骑着自行车闯到为他施行脊柱矫正手术的医生家中,请医生及时为他解除了病痛。工作中,一直接受他的指导,也大力配合他的工作,彼此关系亲密。这次去广州远行,我专门约他一同出发,让老大哥带带我。

　　初次登台,需要鼓励,即使发现问题,也应以私下提醒为好,没想到他成了唯一放横炮的人,这使我感觉吃惊。不过,通过这事,我对他为人风格有了进一步了解,也激励我今后要深入研究,力争在论文写作方面取得进步。

　　这次年会,还安排了几次参观。

　　令我们感觉新奇的是参观广州白天鹅大酒店,它是中国第一个五星级宾馆。据说当时引进这个宾馆争议是很大的,许多人反对让资本家来建这个资产阶级大宾馆,最终是广东省委开常委会拍板决定建的。名字非常好听,白天鹅形状的设计也是非常漂亮的,像一只展翅欲飞的白天鹅。位置也很好,白天鹅宾馆坐落在风光旖旎的珠江口。独特的设计与周围优雅的环境融为一体,一条专用引桥把宾馆与市中心连接起来,人还没进去,已被江景、岛景、桥景与南国风情给迷住了。宾馆公园直接与酒店大堂相连,有葱郁挺拔的椰子树、槟榔树、柠檬树、香蕉树,还有数不清的生长在墙壁上的奇花异草,把宾馆的每面墙每块地都染绿了,染红了,染美了。

　　还有潺潺流水,从拾级而上的大堂高

航行在万泉河

处的山坡上流下来的一条小溪，蜿蜒的溪流里游动着无数红色与红白相间的大鲤鱼。值得自豪的是，这里的一切都是中国人自行设计、施工的，也是中国人自己管理的五星级酒店，洋人只占极少部分。后来，有一部叫《公关小姐》的电视连续剧反映的就是白天鹅宾馆的管理与生活。

它打开了中国人认识世界的一扇窗。我在想，白天鹅不只是一座宾馆的意义，它标志着中国一个与国际接轨的时代即将到来，以后，中国各大城市的"白天鹅"必将如雨后春笋般冒出。今天，在中国沿海地区，一些乡村已有五星级宾馆了。

白天与夜间，我们还游览了广州的市容市貌，最明显的感觉满面吹来的都是南国春天的暖风、香风和开放城市商品经济的热风。街头青年男女，真叫时髦，很多人是长头发，大波浪。女人不说，一些男人也是这样。有些青年男女，一袭上身黑蝙蝠衫，下身喇叭裤，那个大裤脚，走路一扫一扫，犹如马路清扫机。衣着暴露的时髦女郎，袒胸露背乳峰高耸，要是在其他地方人们非叫她们"妖精"不可。

我们还逛了几条商品街。路两旁的商店大都是卖服装的，有的卖男人短袖衫，T恤，有的卖西装，不只是黑颜色，各种颜色的都有，尤其是白色、灰色、红色、淡蓝色西装，让人感受到这个城市的时尚、前卫与大胆。女装就更多了，尤其是乔其纱连衣裙，各种款式，各种颜色应有尽有，五颜六色，姹紫嫣红，仿佛把花园里各种花的颜色都收拢来了，为姑娘们做了一件件漂亮衣裳，让你眼睛看不过来。

我们还参观了黄埔军校。它无疑是国民党军将军的摇篮，这当中，也有一些人投身革命，成为中国人民解放军的杰出将领，而相当数量的作为蒋家王朝顶梁柱的国民党军杰出将领后来成为人民解放军的战俘。参观过程中，我在想，国共合作，给黄埔军校揭开辉煌篇章，但它的结局令人唏嘘，黄埔军校给后人留下了哪些精神财富？留下了哪些启示？最大的感受就是，一个人不论为国为民还是为家，要成就一番事业，都必须有正义，有胆略，有责任感，为了事业，要有不怕吃苦，不怕牺牲的精神。还从国共两党的成败上悟出一个道理，一个政党也好，一个领袖也好，要成就大事业必须有大德，有大义，有大道，靠手腕，靠阴谋靠杀戮是成就不了伟业的，即使成就一时之功，也不能成就一世，即使成就一个小集团，也不能成就一国，最终必将被扫进历史的垃圾堆。

年会还安排我们到广州海军基层部队采访，我被安排到某综合仓库采访，第一天下午去的，第二天下午返回，我写了一篇2000字的通讯《抵御诱惑》，开头是这样写的：

诱惑有美丑之分。南风窗下，当每日美与丑的诱惑同时向人们招手的时候，抵御诱惑确实不是一件容易的事。驻守在广州市区的38001部队某综合仓库的官兵是如何迎接这场挑战的呢？1月下旬，记者驱车来到这个仓库采访，录下几个镜头。

镜头之一：面对金钱诱惑，他们精心雕塑属于军人的灵魂
……
镜头之二：面对黄色文化诱惑，他们开拓了一个属于军人的文化生活天地
……
镜头之三：面对"美食城"的诱惑，他们采取"欲要取之，必先与之"的良策，让官兵享受到美食文化的芳香
……

这篇通讯刊登在1989年2月23日的《人民海军》上。它表明我已走过一个特约记者必须走的流程，新闻新兵心里增添了一份自信，一份松弛，一份适应，一份前行的动力。

第十七章

触　碰

每一个时代的发展都需要合乎社会发展规律、体现绝大多数社会成员价值观的精神力量的推动,需要理想信念之灯照亮人们前行的道路,需要鲜艳的旗帜引领人们前进的方向。

不论是战争年代还是和平建设时期,中国共产党、中国人民解放军都培养、发掘大量英模人物,成为不同时期人们学习的榜样。

这些英模人物,这些先进典型,就是人们身边的标杆,就是指引人们前进的旗帜。

作为军队思想政治工作中用以教育人、鼓舞人、激励人、引领人的重要方式,人民军队历来重视培养、发掘、宣传典型,这也是作为意识形态领域工作组成部分的新闻工作的重要功用,就是根据军队中心工作不断推出具有时代精神能激励官兵旺盛斗志的各种不同类型的典型。

我从事新闻工作后,觉得部队发生的新鲜事物、动态消息、工作经验要及时报道,但发掘与宣传报道典型应是每年新闻工作的重中之重。但报道典型,发掘难度大,采写难度大,报道难度大,对一个新手往往是力不从心的。敢不敢于触碰,是我必须跨越的一道坎。

探索开始了。

79.鹰神之恋

海军航空兵是生活在海洋时空的兵种,如果说飞行是高风险领域是人类进入航空时代以来的共识,那么海军飞行员,就是风险中的风险岗位。

海军飞行员在海上飞 50 米以下超低空,海天一色,超音速战斗机每秒飞行速度在 340 米以上,飞行员眨眼之间的迷惑或操纵失误,飞机都会葬身海底。即使平时在陆空飞行,分布在沿海的海军机场,也经常被海雾笼罩,起降过程中也容易发生事故。

世界各国空军都有飞行万时率统计,即飞行1万小时损失的飞机数量。欧美国家平均万时率在万分之三左右,即每飞行1万小时,摔掉3架飞机很正常。我国海空军略低于这个万时率。

这充分说明,飞行事故有它的不可抗拒性。但是,在海空军又不断出现年度飞行无事故的团、师甚至军,东海舰队航空兵某飞行大队安全飞行30多年无事故,这说明,如果处理得好,飞行事故又是可控的。这当中起核心作用的是什么东西?

我在飞行部队采访时,经常与许多指挥员、飞行员、地勤各类师与各级政工干部探讨,得出一些规律性的认识。

既然飞行事故是可控的,控制它的肯定是人。人,起决定性作用,除了飞行员要正确地操纵飞机外,还有一个重要方面,就是地面对飞机的维护保养,确保飞机上天时没有故障,不会带着潜在故障上天。

一次我在上海某飞行师采访,遇到一件很特别的事。一架飞机出现重大故障,飞机修理厂的工程技术人员将飞机大卸八块,查找分析故障原因,几天后,排除了故障,飞机被组装起来拉到起飞线,需要飞行员试飞。可是,驾驶该机的飞行员就是不愿登机。在场的师长崔同贺知道个中原因,手一挥对部下说:"去把大队机务主任刘俊文找来。"参谋驾车接来了刘俊文,只见他爬进飞机座舱,发动了飞机,战鹰一会低声细语,一会高声狂啸,几番试车后,他跳下飞机,对飞行员说:"一切完好,放心飞。"飞行员二话没说,爬进座舱,驾驶战鹰像利箭一样钻进了云端。望着消失在远天的战鹰,崔师长对我说:"刘高工是全师飞行员的定心丸,只要他在外场跟班保障飞行,飞行员们飞起来劲头都特别大。"

这个高工太神了。我与他聊开了,展开采访。

还是在那个战火纷飞的年代,17岁的刘俊文参加了抗美援朝战争。那天,他所在团的一架战斗机起飞,升空不久,发动机突然停车迫降,机毁人亡,导致这起事故的直接原因是发动机排气摇臂的一个螺丝脱落。一个小小的螺丝钉就断送了飞行员的生命和昂贵的飞机,刘俊文从血的教训中,真正懂得责任心对一个机务工作者来说,是何等的重要。他发誓,决不让这个悲剧在自己手中重演。

40年前这个黑色的日子像一块铅铁一样一直压在他的心头,使他毫不懈怠。从那以后,伙伴们发现他每次维护飞机,一个螺丝,一颗铆钉,一根保险丝,一个橡皮垫,从不放过,每次检查检测归来,再疲劳他也要写机务日记,把飞机的"病症""医治过程""性格特征""历史病历"记得清清楚楚,并画上插图。就这样,他一写就是40年,如今,他的日记已有厚厚20多本,积累的各种文字资料有1000多万字。

凭着这种精神，这股韧劲，40年来，刘俊文解开的飞机疑难怪症多达300多起，攻克了同型战斗机座舱冒烟等多起设计缺陷，如今，成了海军机务战线著名专家。40年间，他维护的战鹰有上万架次，从未发生过一起空中事故。在飞行员与全师官兵眼中，刘俊文就是安全之神。

连续多日的采访，我占有了大量生动鲜活的事迹材料，我觉得可以把刘俊文作为全海军的机务工作者典型来报道。

这一想法，得到了军师两级政治机关认可。于是，我写出了长篇通讯《鹰神之恋》，《人民海军》以7000多字头版转二版的篇幅刊登了这篇通讯。以此稿为主体，我又采写了不同长短的稿子投放到中央和省、市媒体单位，《解放军报》用半个版作了刊登，我用的题目是《战鹰！战鹰！还是战鹰！》，《人民日报》、中央人民广播电台等多家媒体都进行了刊播，军内外反响很好，这面旗帜，飘扬在万里海疆。

80.高山柳

我有位大连籍战友叫刘宇，他妻子刘丽娜也是我的战友。这是一对人高马大的军中帅哥美女组合，天各一方后，我们有30多年没见了。

20世纪90年代初，刘宇被提拔到某情报部队当政委，任职后，老兄常邀请我到部队去看看。说实话，一个军级单位的新闻官，各战斗师团就够我跑的了，后勤与保障性部队我还真没时间光顾。老战友关系密切，我就去了。饭后散步，路过一处军事设施，一个地球状有半个篮球场大的球形天线吸引了我，问起详情，刘宇说这是高工柳源喜研发的。

边走边聊，我笑了："你们这里有个典型，被你们雪藏这么多年，我要让他重见天日。"

政治机关的批准是必须的，采访过程繁复也就不说了，直接介绍一下这篇题为《高山柳》的稿子吧：

没有参天的躯干，没有高贵的容颜，万绿丛中没有比柳树更平凡的了。然而，只要人们留心观察，透过柳树斑驳而粗壮的躯体和随风摇曳的柳枝又发现，平凡的柳树，却蕴含着万树丛中难以媲美的伟大。

戈壁滩上的红柳，以其矮壮的躯干，一生抵挡沙暴对一切生命的侵袭与摧残，把一抹绿色献给人间。

长江、运河两岸的水柳，一生迎风斗浪，以全部的身心护卫堤岸。

西子湖畔的垂柳，一生永葆青春，无私地向人间奉献着美丽的身姿与容颜。

……

柳树还有一个更为伟大的品格，即使躯干碎成万段，只要插入泥土之中，它就能长出一片新绿，孕育出无数个新的生命，向人类奉献出新的一生。

这多像共产党人的品格啊！尤其在熟悉了共产党员、东海舰队航空兵某部高级工程师柳源喜的事迹后，我脑海中就一直萦绕着这样的感觉。

接着，我记述他的事迹。

第一个小标题："殚精竭虑，拼命攻关，他的体重由120斤降到97斤。"

这一部分写他倾心研究新装备，240多天连续攻关，设计图纸，制备部件模型，到寒冬腊月，装备安装施工时，他半夜起来给装备工地烤火，顶风冒雪爬上3层楼高的装备组件上检测8000多个焊点等事迹，装备搞成功了，他掉了23斤肉。

第二个小标题："倾心搞科研，负债累累；休假一个月，煮黄豆成了每天的主菜，吃黄豆吃得闹肚子的小儿子眼泪汪汪地对他说：'爸爸不能再吃了，我拉得浑身没力了。'"

这一部分集中写他搞科研攻关，跑军内外工厂生产加工材料、制造装备零部件，交通、食宿、用香烟、请客不能报销，他就掏每个月90来元的工资抵用，频繁出差，不断支出，他居然欠了1100多元债，相当于他一年的全部工资收入。可他研发的这套装备却给军队节省了40多万元科研经费。有一年，他回宜昌探亲，带给全家的礼物是从部队伙房购买的20斤黄豆，直吃得小儿子拉肚子。

当然，部队还是关心他的。舰航司令员下部队调研知道柳源喜为部队研发装备弄得自己债台高筑的情况后，一拍桌子："胡闹！"当场大笔一挥，从舰航特支费中拨款补齐了柳源喜尚欠的300多元债。

第三个标题："结婚23年，他先后9年未休团圆假；当他捧回国家科技进步成果奖回到家时，妻子的一切已不属于他了。"

科研是一项需要全身心投入钻研与试验的事业，没有一种痴狂状态、牺牲精神是难以成功的。柳源喜研制装备，妻子在千里之外的老家，他前后9年没有与妻子团圆，家里的一切他都没管，很多年也没有钱寄回家养家糊口。妻子在生活的重负与情感的饥饿中，没能守住感情防线，当柳源喜夺得国家科技进步大奖被部队领导"命令"回嘉陵江畔探亲时，发现妻子的一切都不属于他了。他没有责怪妻子，却把房屋与全部家产给了妻子，自己净身出门，回到部队，毫无牵挂地投入到科研事业之中。

1990年年底，柳源喜年龄到了，从部队退休，可他回到老家，已经没有家可住了。他找到娘："娘，从今往后，我就和您住一起吧，伺候您老。"

83岁的老母亲一把抱住60岁的儿子，眼泪夺眶而出。老人当年把儿子送到部队时，儿子是一名稚气未脱的青年，40多年后，儿子回来了，已是两鬓斑白的老人。母亲感慨万千……

这篇通讯首先在宁波人民广播电台播出，收到了不少听众来信，有的听众说，她感动得哭了。这时候，有位美丽的姑娘正在电台实习，她叫李飒，是学播音专业的大学生。她知道，这篇通讯的作者是舰航政治部的新闻干部朱学文，于是，这位纯洁、可爱的姑娘跑回家对她当将军的爸爸说："这个干部可有水平了，写的文章太感人了，这样的干部部队应该提拔他。"

将军李金良笑了，连连点头，说这个干部我了解，是我们舰航的笔杆子。此时的李将军正是我们政治部主任，掌管了解、选拔全部队优秀干部的权利。

这是一个有趣的故事。

当然还不止一个。这是关于柳源喜的。柳源喜退休后的"惨状"，部队当然不会不管。为了给他一个幸福的晚年，政委刘宇亲赴宜昌，为他相亲，并协调地方，又分给他一套新房。我知道这个情况后，又赶写了一篇通讯，叫《为老雷锋相亲》，《解放军报》加花边在二版头条作了刊登。

81.真心英雄

接连报道了两个军队科技界的典型，在军内外产生较大反响，这项工作受到政治部与舰航首长与上级机关充分肯定。但我心里有数，这只是作为一位新闻新兵的初期探索，我的典型报道一定会进入部队的中心工作，进入军队战斗力建设的核心地带。

虽然没有发出什么响声，但我一直在留心发掘各师团的飞行员、飞行指挥员典型。

从搞部队教育开始，我就常去上海某飞行部队。每次行程，基本上都是傍晚在宁波轮船码头坐船出发，三等舱，上船后，先看看书，看累了再看看海。夜间海面上，能看到远处的灯光。有时瞎想，万一轮船出事沉没了怎么办？春夏秋季，我觉得没问题，只要不受鲨鱼的攻击，凭我的水性朝着灯光游上岸没有问题。那群众怎么办？救不了那么多，可以救一位，带着游。军人外出，喜欢想些险情。夜间，到了熄灯时间，船上也关闭船舱灯光，让大家睡觉。当凌晨听到广播时，船已停靠十六铺码头了。我已非常熟悉交通路线，从十六铺码头走约2000米，什么路记不清楚了，乘58路公交车就能直接抵达。

工作与采访中，我走近了一位叫郭宪玉的飞行员。他给我的最深印象，就是非常幽默，我觉得这是位心理素质与智力超群的人。于是，我先找师长、政委，后同飞行员们聊，惊喜地发现，这是中国海军航空兵的一位飞行奇才，一个用特殊材料制成的真心英雄。

说几件事吧。老天仿佛要用一种摧毁人的方式来考验郭宪玉。在一次体育锻炼中，郭宪玉打篮球扭伤了腰。飞行员的篮球，不飞行就会天天打，打球弄伤了腰腿的事并非鲜见。郭宪玉在411医院住了10来天天天做理疗，明显好转，见不大碍事了，就回到部队参加飞行。

这时正巧一个第三世界国家的元首要来部队参观，看他们的战斗飞行表演。作为尖子飞行员，郭宪玉与团长陈星楼等人开始单机自由空战。战鹰时而从低空像利箭直刺万米云端，时而从万米云端直线俯冲到低空平飞追击，时而翻滚，时而倒扣，强大的负荷挤压撕扯着飞行员的脊柱筋骨，他原来就受伤的腰椎间盘被挤得变形凸出来。

他凭着顽强的毅力驾机返航落地后，剧痛就吞没了他。他挣扎在死亡线上。一天24小时，他不能躺，不能睡，只能跪在床上，忍着针刺般疼痛的煎熬。医疗专家能想得到的法子都想了，不见效，便和部队领导商定为郭宪玉动手术。开刀，固然是世界上比较先进的一种治疗方法，但对一名飞行员来说其结局则是残酷的，只要一动手术，他便永远不能飞了。郭宪玉一听到这个情况，坚决不肯开刀。他认为，"伤筋动骨一百天"，熬过去，自然会好的。他一天又一天地在床上跪着，豆大的汗珠从额头不停地滚落。见此情景，全团飞行员都忧心忡忡，劝他动手术："你目前这个样子，保住性命就不错了，还想什么飞行！"

见此情景，一位秀气的海军女护士心疼得直掉眼泪。她叫曹桂芝，是411医院五官科护士。她是郭宪玉才谈了几个月恋爱的女朋友。见郭宪玉性命不保的样子，小姐妹们好心劝道："吹了算了吧，他即使活过来，也是个残废，你家在南京市，工作在上海，个人条件这么好，要找什么样的人找不到，他这样子你父母亲也不会答应的……"曹桂芝听着，一声不吭。这位23岁的年轻姑娘不仅心地善良，而且很有主见。她见郭宪玉一连几十天跪在那里痛得死去活来都不愿动手术，便知道他是一个人生信念高于一切的人，让这样的人终结飞行，岂不是真的要了他的命。每天，一有空她就守着他，为他擦汗，轻抚肌肤，想减轻他的痛苦，但就是不劝他动手术。一连40天，郭宪玉跪着与死神"拔河"，在死亡线上挣扎。

40天跪卧，40天剧烈疼痛的折磨，这是一个常人神经、常人的灵与肉都承受不了的，但郭宪玉仍咬牙苦撑着，他的信念，坚如磐石，毫不动摇。这期间，纯洁聪明的姑娘并没有沉浸在泪水里，她在不停地翻阅古今中外的医疗著述，她在八方打听医治这一疾患的高手。一天，她打听到上海第一人民医院的骨科主治医生林发雄曾参加过周总理提议举办的全国推拿正骨疗法培训班，对治疗腰椎间盘突出，有一套办法，便请他帮郭宪玉治疗。林医生看了病历后，被这位飞行员的坚强意志感动了！这位70多岁的老医生坦言相告："治你的病，推拿正骨，我的手部力量已不够了，给你推荐一个重手疗法医生吧！"他推荐了上海市郊罗店公社卫生院推拿医生吴文豹。二十七八岁的吴文豹热情接待了这位毅力过人的特殊病号。他一看郭宪玉就爽快地说："保证能治好！"仅一次正骨推拿，郭宪玉全身一麻，浑身刺痛全消，前后治疗9次，折磨了郭宪玉40

多天的病魔全消了。

郭宪玉犹如获得第二次生命,这是中国海军航空兵飞行员人生信念的奇迹。出院后,经过一个月的疗养,郭宪玉又恢复飞行,开飞这天,望着他驾驶着银灰色的后掠翼战鹰跃入广袤无垠的天宇,曹桂芝哭了。起飞线上,许多人的眼睛湿润了。

"自古雄才多磨难,从来纨绔少伟男。"这是洒给振翅搏云雄鹰的喜泪。

是坚强的人生信念把郭宪玉托举上了蓝天,也是爱情把他托举起来。

人们常说,大难不死,必有后福。郭宪玉的"后福"摩肩接踵:1977年金秋结婚;一年后喜添贵子;提拔为飞行副大队长、大队长……

他所在团队经常奉命赴东海前哨某野战机场担负战备值班。这里地处海洋国土防空最前沿。只要天气好,几乎每天都有图谋不轨的异国飞机靠近我领海线侦察飞行。每当战斗警报响起,在机场待战的郭宪玉与他的战友们便旋风般地驾机升空。他对那个侵略成性国家的海军航空兵有着本能的蔑视,每次飞赴公海上空,对外机进行跟踪、监视,他都百倍警惕,双目逼视着外国飞行员,"瞧你那小样",他决不让外机进入我国领空半步,只要外机有危险接近苗头,他立即驾驶战鹰进行战斗拦截,直到外机知趣地掉转机头回它的航母或基地机场滚蛋为止。

各级党委正用欣喜的目光打量着郭宪玉与他的飞行一大队发生的喜人变化。1982年金秋,东海舰队航空兵党委发布命令,任命郭宪玉为该团副团长。

这一年,他33岁。

海天巡逻,南中国海显现时代风流。

1982年早春,一项神圣的使命降临团队,郭宪玉奉命带领十几架战鹰飞赴南中国海某野战机场担负战斗值班。关山万重,险关道道,要突破陌生空域、陌生海区、陌生科目、陌生气象的困扰,通过10多个野战机场空域,并经短暂落地加油后,十几架战鹰飘然降落在南海某野战机场。

一天夜晚,郭宪玉正带领大家飞夜间复杂气象条件下的单机穿云。起飞时,云层离地面还有三四百米高,飞行不到10分钟,海面上乌云几经翻滚升腾,旋即覆盖了机场。塔台指挥员立即命令:空域内飞机立即返航!指挥员根据飞机油料和飞行员技术状态,让郭宪玉在空中盘旋待命。第一架飞机开始穿云着陆,飞行员突破云层后,飞机没对准跑道。拉起复飞,第二次着陆又不成功。这时,驾驶舱内的油料指示灯亮了,机上油料仅够飞一个起落了。塔台、空中、地面,所有人的心都忽拉一下子提到了嗓子眼。"今天怕要摔飞机了!"

"2011号,相信仪表,按平时训练的技术要求大胆飞!"郭宪玉提醒道。

"明白!"

第三次,飞机穿云着陆成功了!

为避免其他飞行员产生惊慌心理,指挥员命令郭宪玉第二个穿云着陆。

他镇静地驾驶着飞机,飞了半个大航线,通过了导航台,标准转向,反方向飞行了1分钟,转过机身,对准跑道,一次穿云着陆成功。

"很好!太好了!"飞行行家称郭宪玉飞出了穿云着陆教科书式动作。

他身上的故事太多了,许多都是惊心动魄。稿件《真心英雄》发出后,中央与地方媒体纷纷刊播。

这就是飞行员典型。

82.轰炸团长

一次成功,往往会牵引出不断成功。先看看我写的通讯《轰炸团长》吧:

初进大山的人都觉得这是一个谜——

论物质条件,寻遍万里海疆,恐怕再也难找到比这里条件更差的野战机场了,可这里的官兵士气却分外高昂,近5年有20多项工作被师以上机关评为先进。

论装备,寻遍共和国所有战斗机群,再也找不到比这里更老的轰炸机了,可就在这里,仅近几年就飞出了足足可以装备一个师的"全天候"飞行员。

论飞行环境,没有比这里更险更糟的了,可他们却创造了海军航空兵飞行史上轰炸机团的安全飞行之最,连续23年飞行事故万时率保持0的记录。

……

解谜探源,从海军、海航到舰航的12位将军与一批又一批的机关干部经过一番细细寻觅,得出一个结论:这一切与一个人分不开——他就是本文的主人公、东海舰队航空兵某轰炸机团团长、特级飞行员梁德云。

不说他抓飞行战斗力建设的故事了,说说这位河南孟津农民儿子的乐观主义精神与他身上的魅力吧。

1990年盛夏,在隆冬时节刚刚经历了大雪冰封而过了一个冬季化雪水做饭的飞行员们再次受到水的煎熬。飞行了一天,背上挂着白渍盐霜的飞行员们回到宿舍打开水龙头洗澡,没水!真该诅咒这个该死的夏日,可话到嘴边又咽回去了,他们瞥见同样飞了一天的团长梁德云正拎着满满一桶水走在逶迤的山道上。

水啊,是常年困扰飞行团的"恶魔"。团队的食用水全靠山沟下的一个水库。夏天,当人们急需水时,又因农田灌溉水库被放得见底;春秋季节,连天暴雨,又见水库吞吐不及,而使团队的房屋浸泡在汪洋之中;最要命的是,由于山沟人家与营房的厕所、猪圈、牛群的粪便与坟冢中的腐质都流入水中,大肠杆菌含量超标好几倍,每到梅雨季节,细菌繁殖快,弄得人拉稀。而秋日,一些人又摆脱

来到天涯海角

不了摆子的折磨。

面对重重困难,官兵们挺佩服团长梁德云的那种洒脱劲儿。夏日闹旱断水,他从不让公务员打水,每日飞行归来与飞行员们一样到几里外的水库库底中提水,早晨用来洗脸,沉淀后用来洗澡擦身。抗腹泻,梅雨季节他像牛吃草一样地吞咬大蒜、大葱;防摆子,预防药一吞就是3倍的量。

去年6月下旬,山洪暴发,水淹到飞行员宿舍的窗台,桌凳鞋袜全漂了起来。几名新飞行员被啸叫的山洪吓坏了,拼命往山上跑,可梁团长与全团老飞行员却旋即脱下军装,穿着背心裤衩,紧闭大门,从窗口往外泼水。每年,他们至少要经历两次这样的战斗,如今,可谓"身经百战"了。1小时后,山洪退了,看着壁橱里没受浸泡的衣服和清除积水的官兵,梁德云乐了,他与几个老搭档你一句我一句凑成了一首七律:

连天阴雨化倾盆,
风雨雷电惊梦萦。
举目山野翻白浪,
低头鞋袜任浮沉。
洪涛飞泻溪行道,
急流奔腾撞室门。
金盆银帚齐飞舞,

官兵全成"龙江人"。

在他任团长的近5年里，政委缺编或不在位达26个月，但不论碰到何种解不开的"千千结"，他一上，准能解开。一位志愿兵因家庭困难而闹情绪，他趁志愿兵妻子来队，让人从机关菜地里摘了个冬瓜送去，随后，他登门聊开了："伙计，我不会把你往火坑里推，你目前这个样实在不中，在部队不中，到地方上也不中，做人方向不正哪！要记住，是金子放哪都会发光，但土坷垃镀上金子，过几天就完蛋，你目前这样，不仅对不起人民对不起党，也对不起你老婆……"一席话，说得志愿兵潸然泪下："团长，我不干出个人样儿来，绝不离开团里！"如今，这位一人维护4架飞机的特设师，已成了在海航比武中拿第一的优秀士官。一名飞行员与妻子闹矛盾，到了双方父母介入非离婚不可的程度。飞行员回队向他汇报，他大吼一声："不准离！"他与政委胡兴义和党委一班人一起上阵，八方做工作，如今，这对夫妻已如胶似漆，妻子为支持丈夫的飞行事业心甘情愿从省城成都市随军进了山沟，两亲家和好如初。

1990年，师里组织军事大比武，团队参赛的27名选手都是"嫩手"，一听说兄弟团队的人员许多都是在海航比武中夺魁的尖子，大家都蔫了。出征动员时，梁德云去了："你们是百里之外去比武，我送给你们每人4样宝：团结牌毛巾，男子汉牌牙膏，力士牌香皂，友谊牌牙刷，全团官兵的心愿都在这里头了，只要你们发扬这4件宝中所象征的精神，不论你们是凯旋，还是败归，我们都到山外迎接你们。"掌声哗哗。"拼了！"小伙子们的士气一下被鼓了起来。比武前，师机关人员以为第一名笃定是A团的，锦旗上的字都剪贴好了，没想到擂台一开打，却被"山里人"一举夺得了第一，只得连夜改字。

官兵们最喜欢梁德云的幽默风趣，说听他讲话是一种享受。可他说："我讲的话，都是大实话，都是你们说过的话。"

飞行员李绍军给未婚妻写了一首诗，他背诵如流。在一次讲到飞行员应具备什么样的情怀时，这首诗从梁德云嘴中脱口而出：

请原谅，我没给你写信。
虽然忙，但这并不是全部的原因。
莫非忘记了你吗？
不！相反是因为思念太深。
我们不是有过约定吗？
希望都有朴实而闪光的青春。
当矫健的战鹰成为我生活中的伴侣，
那些华丽的词汇就显得太浮太轻。

我要让一朵朵靶心的梅花去代替那忠诚的表白。

我要让立功的喜报，带去我爱的芳菲。

……

台上台下，数百双眼全亮晶晶的，一片静寂，接着一片掌声。

这样的典型是有血有肉的，他们不是不食人间烟火的神，就是身边的普通人特别普通的故事，每一次的推出，官兵们反映"可亲可敬可学"。

这是我典型报道追寻的目标效果。

83.开天虎将

抓典型报道，我的目光始终没有离开过部队的核心战斗力部分，采访与了解，动笔与没动笔，都是在等待时机。

以下这篇新闻特写《海天虎将》刊于1990年10月4日《人民日报》：

海浪滚滚，雨雾蒙蒙，看着风雨浪啸的海天，飞行员们把目光投到了杨平身上："今天的超低空飞行怕泡汤了。"

"飞！"团长杨平一挥手，绿色信号弹在空中划出了漂亮的圆弧，一架精美的三角翼高速歼击机狂啸着射向阴沉沉的海空。任凭风浪在机翼下狂舞，杨团长驾驶着银色的战鹰，时而如海燕掠浪疾速飞跃，时而似雄鹰掠海疾速追逐……

团长先飞，群鹰齐追。从团长到飞行员，从单机到编队，不到一个月时间，"海空雄鹰团"全团就创造了海军航空兵海上超低空飞行训练新纪录。

"海空雄鹰团"的辉煌历史对团长杨平的影响太大了。他不会忘记，在抗美援朝和国土防空作战中，团队的老一代飞行员以勇猛顽强，敢打恶仗的勇猛精神，创造了震惊世界的空战奇迹：首开中国空军抗美援朝击落美机纪录；首次在0高度击落敌机；首次在39米距离上打得敌机凌空爆炸，赢得了"低空霸王团"的美称。1985年10月，当杨平担任"海空雄鹰团"的第15任团长时，就立下铮铮誓言："瞄准当代世界空军最高技术战术水平，再振'海空雄鹰团'雄风！"

他领着全团的海天虎将，在蔚蓝无际的海空，演出了一幕幕蔚为大观的活剧。

海上超低空飞行，是海军航空兵和兄弟军种在新型歼击机上从未飞过的科目，也是衡量世界各国空军飞行技术水平的重要标志。然而，在水天一色的海上，50米以下超低空，它给人的直觉是一种"无高度"飞行，面对机体上下左右的一片混沌，飞行员只要有瞬间的疏忽或错觉，飞机就有葬身海底或撞岛的危险。

"未来战争对飞行员的检验将是残酷的，没有平时风险考验，哪能经得起战时生与死的搏杀。"杨平对飞行员说的话掷地有声。

湛蓝的天宇,蔚蓝的海洋,一片蓝色的世界。在几十天里,他带领一群海天虎将,在海浪几乎感觉拍打机翼的状态下,以在海面上露出半个脑袋的某个小岛作为演练目标,采用超低空,利用雷达盲区,进行单机与编队突防演练,练出了一群"浪上飞"。团队的海上超低空飞行技术水平跃入世界空军超低空飞行水平行列。

杨团长对世界冷战状态下的局部战争作了一番研究。他深知,夜间飞行作战,是世界先进国家航空兵的一个重要作战手段。一个新的训练方案在他脑子里形成了,雄鹰团又拉开了夜间高难度训练科目的序幕。

关闭机场着陆探照灯;关闭飞机上着陆灯……练!练就一群"夜老虎"。夜间飞行,唯一可供飞行员观察机场跑道的就是灯火,而现在把灯火也闭了,超高速飞机如何返回本场,对准跑道落下来?在航空界,有的飞行员在机场所有灯光大开的情况下,仍发生迷航找不到机场和落不下来而摔飞机的惨祸。把机上的灯光关了,黑灯瞎火的,摔了飞机怎么办?这可关系到价格昂贵的武器装备和飞行员的生命啊!

杨团长带头给年轻飞行员探路。他从理科准备,背记数据,到拿着小飞机走航线,进座舱模拟飞行,直到闭着眼都能准确做出全部动作时,他才信心十足地驾机冲进了茫茫夜海。

试飞成功!带飞成功!老飞行员放飞成功!一架架战鹰拖着长长的火舌射向墨黑的苍穹,三色航行灯在夜空闪闪烁烁,与银河的群星交相辉映。

潮涨潮落,日沉月升,夜海挑战数十夜,一批夜老虎的翅膀强劲起来了,团队的战斗力又跃升到一个新的高度:团队不仅白天随时可以升空作战,在夜间,即使在险恶的飞行条件下,也照样随时凌空,呼啸作战,祖国的蓝天海空,又多了一群机动快速的"夜老虎"。

武器装备的不断更新,给"海空雄鹰团"插上了现代化的钢铁翅膀。杨平更加雄心勃勃,他决心打破往常一步一个台阶训练飞行员的规矩,要一步跨上两个台阶,让飞行员们早日驾驶新飞机,展翅腾飞。

无疑,杨团长对这种超越常规的飞行训练改革要承担很大风险。他把成功与安全的系数压在"严"字上。挑选教员,一个个都必须是能飞4种气象以上的技术尖子;理科学习,座舱实习,跑道上滑行……任何人哪一个环节不合格都休想过关。

起落,编队,特技……科目一个接着一个。绝大多数飞行员都给带飞合格了,可有几名飞行员特技飞行动作还不到"家",杨团长又让教员们为他们带了5个航次,直到个个合格了,才决定让他们放单飞。

引擎的长啸震颤着大地,又一批飞行员驾驶着新型三角翼跃入云端,战鹰尾焰喷吐的长长火舌，在广袤无垠的海天留下一条闪光的航迹。

接着，在近一年的时间里，他领着一群海天虎将，又创造了海军航空兵同型战斗机战斗特技、高空截击、连续起降试飞等高难度科目的4个第一。全团先后两次被海航评为"优质安全团"。作为领头的鹰，他历年的飞行训练时间在全团都是名列前茅。

"海空雄鹰团"数百次遂行战斗起飞，跟踪、监视、拦截外机和护渔护航等任务，次次都准确无误，威振海天；导弹打靶发发命中目标；多次参加由导弹驱逐舰、导弹护卫舰、导弹艇、潜艇等参加的诸兵种大规模海上实兵演习，次次"战果辉煌"。在前不久的一次对抗演习中，在天候极为恶劣的条件下，全团出动了近百架次飞机，架架如霹雳，似闪电，大显"海空雄鹰团"雄风。然而，杨团长并没有满足军事演习的成果，当兄弟部队在召开演习评功会的时候，他又领着"海空雄鹰团"在起飞线上腾飞了。

《中国青年报》与中央人民广播电台等10多家军内外媒体也先后作了刊播。

84.为圆百年中国梦

盛夏的骄阳晒烫了大地，晒热了湖水。午饭开过90分钟了，"八一"划船队女队教练赵广江再次来到湖岸上，手搭凉棚，搜寻着群山环绕的湖面，可依然不见女队员周雅新的身影。

此刻，19岁的女队员周雅新与伙伴们正在远山后的湖面上挥桨击浪，用有限之极的生理向无限之极的运动世界进行顽强冲击。

解放军八一划船队的训练基地就在宁波，尽管他们不属于东海舰队领导，但我认为，新闻工作是没有狭隘疆界的，于是，寻上门作了采访，我用散文化的语言写了在世界赛艇锦标赛上夺冠的运动员典型。

这篇通讯的题目为：《为圆百年中国梦》。之所以这样表达，是因为周雅新打破了百年来中国人在世界赛艇锦标赛上无金牌纪录，成为中国骄傲。

85.春天的使节

"一个普通的中国海军军医倾心10多年的研究，消除了全世界晚期癌症病人的恶痛之苦；一项小小的发明，给全世界亿万"打点滴"的病人带来福音；他一次发明成功的新药使千万头痛病患者解除了病痛……当3次登上国际金奖荣誉奖领奖台、5次获得国家专利的海军411医院神经外科主任鲁守龙应邀到以色列等国讲学时，异国的同行与患者对他竖起大拇指，称他是为人类带来福音的东方人，一个来自"春天的使节。"

这是我为推介海军411医院军医鲁守龙事迹写的一段话。这位典型是战友王春玲向我推荐的。她是我非常了解的女军官，当她向我推荐时，她已担任海军411医院政治处主任（后来担任政委）。信任她是因为她代表医院政治机关，更重要的是我了解她历来对人对事实事求是的态度，甚至她有点批判主义眼光，喜欢用批判的眼光看待周围的人和事，蛮挑剔的，她佩服的人，各方面都得过硬。

鲁守龙成了海军卫生战线一面旗帜。

86. 凝重的辉煌

一切服从党安排是人民军队的光荣传统，可是在新的历史条件下，新观念要体现专业对口，人尽其才。可是，它不能淹没优良传统的价值。出于对一种现象的思考，根据政治部首长指示，我推出了一个"一切听从党安排"的典型——海军高炮十团团长张仁强。

随着我军地空导弹战斗力的增强与普及，也伴随着我军空中战斗力大增，高炮防空部队被大量精简整编，许多高炮团被撤销了。海军高炮十团就是这样，它被撤编，可部队官兵请求撤销前打最后一次靶。

各级机关为这支英雄部队的请求开了绿灯。张仁强是这样走到我的笔下的：

杭州湾畔的海滩靶场，90多门火炮在空中编织着密集的火网，轰炸机拖带的靶标刚进入某空域，就被高炮群的一个齐射给击落了。

欢腾雀跃，杀猪宰羊。高炮团在抗美援朝和国土防空作战中，官兵们曾击落150多架美军飞机。在和平鸽音萦绕的年代，击落拖把一直是击落敌机的象征。

从张仁强担任炮兵连长开始，指挥官兵击落拖靶，至少也有70个了。

训练的辉煌，连年的先进，令32岁的团长张仁强激动不已。可此刻，他的眉头却凝成一个结：部队就要撤编，部队党委着眼于市场经济条件下部队建设的需要，决定让他去当粮草官。

......

此后，我又推出了团政委思想政治工作典型孙殿玮的事迹通讯《工棚政委》；全心全意又创造性为老干部服务的上海场中路干休所所长张培新事迹通讯《第76位功臣》；宁波西郊海军干休所卫生所长吕文魁事迹通讯《保你活到八十岁》；记述雷锋式好军嫂先进事迹的典型报道《嫂子》，还被评为好新闻入选总政编印下发全军部队的《部队好新闻选编》。

在典型报道的道路上，新闻新兵，不断求索。

第十八章

在朦朦胧胧中行走

新闻报道主要功用是传播信息,同时,引导舆论,指导工作,让人们作出正确价值判断与价值选择。

典型报道就是运用典型影响与指导工作,这无疑是新闻工作者的主要职能使命。但仅仅如此,则是远远不够的。社会现象是纷繁复杂的,有许多人们普遍关心、议论、疑虑、探索解决的问题,需要新闻工作者及时做出分析、解答与引领。

我们进入了一个眼花缭乱,目不暇接的世界。在这片国土上,人民勤劳,百业待兴,百废待举,新兴与衰荣同在,文明美妙与野蛮丑陋共生,色彩斑斓,五彩缤纷而又阴霾雾障沉重,浪涌无边而又曲折迂回,风流人物辈出而又大浪淘沙鱼龙混杂,富有机遇而又处处遇到挑战,实在是异彩纷呈,繁乱复杂,变幻莫测。面对这样一个复杂变化的世界,那种四平八稳的工作报道、正面报道、平面报道,显得力不从心了。使手持常规武器作战的人们发愣了,迷茫了,力不从心了。人们希望新闻舆论能出现一种新奇面孔,能为他们在社会大变革时期,在思想观念、思维方式、价值取向、行为方式、道德评判、经济运作、社会变革、世事变迁等方面提供评判思维,提供参考,能为他们释疑解惑,拨开眼前浓密厚重的迷雾,让眼前豁然一亮。

这个时候的新闻工作者要敢于在朦朦胧胧中行走,对发展变化过程中的各种事物做出评判,发挥舆论导向引领作用,使人们在雾海中看到有闪烁的航标灯。

我投入到了这场以采写深度报道为主要内容的探索之中。

87.敌恶还须谋与计

军队是执行政治任务的武装集团,它处在相对独立的特殊时空中,但它又不是生活在真空中，官兵们来自人民，与社会的变化有着千丝万缕的联系，各种社会现象往往也会对军队有影响，社会的变化也会给官兵带来新情况、新问题、新挑战。

1993年5月27日，我到某歼击团采访，团领导告诉我一个触目惊心的统计数字：今年来，该团5个月中48人探亲休假，11人勇斗歹徒负伤，其中被歹徒连砍10刀的邓旭和被刀劈头颅的罗宗义至今仍未脱离生命危险，在医院抢救。记者就此向几个部队作了调查，发现每个团级单位都有勇斗歹徒而流血负伤的官兵，有些兄弟部队的官兵则为此献出了生命。在调查中，我强烈地感受到，一个刻不容缓的课题已经摆到我军官兵面前，这就是认真研究如何在斗歹徒中保存自己，减少伤亡的问题。

从调查情况看，军人斗歹徒伤亡过大主要有以下几种原因：

赤手空拳，仓促应战。纵观歹徒作案，可以说没有不带凶器的，最常见的有弹簧刀、水果刀、杀猪刀、菜刀，少数还有猎枪与手枪。面对这些穷凶极恶的家伙，担负维护社会治安任务的公安巡警，配备有专门的枪支警棍等武器，遇有不法之徒，是在有准备情况下投入战斗的。而我军官兵大都是在手无寸铁且又毫无精神准备的情况下，仓促上阵，挺身而出的，往往凭着血肉之躯冲上去，立即便成了手持凶器的歹徒打击杀害的目标。今年4月16日，回湖南邵阳市探亲的某飞行团上等兵邓旭，在街头遇到一伙歹徒手拿菜刀在行凶，他便立即冲上去，想夺下歹徒的菜刀，阻止流血事件的发生，但穷凶极恶的歹徒当即挥刀朝他劈头盖

海上实兵演习间隙与舰航司令员刘文清少将合影

脑地砍来，在他头上、背部、腹部，连砍了10多刀，他当场倒在血泊之中，而歹徒却逃之夭夭。年仅21岁的海军某仓库副班长李俊华，在去年10月11日执行一次押运600多箱新型舰艇主机和零部件的任务中，突遇两名企图抢劫的歹徒，在与歹徒搏斗中，由于手无寸铁，被手持钢刀的歹徒一刀捅穿颈部，壮烈牺牲。目睹惨状的战友与乡亲痛心疾首地说："哪怕手里有根打狗棍，有个砖头石块，他也不会死得这么惨呀！"

孤军奋战，寡不敌众。纵观歹徒行凶作案，大都有一伙人。而出差、探亲休假或节日请假外出的官兵，大都是形单影只，孤身一人，遇有歹徒时，他们孤军斗敌，大都寡不敌众。3月中旬，回湖南永州探亲的海军某团司务长李湘梅，在公共汽车上遇到一伙流氓调戏女青年，他挺身而出上前制止，当即遭到这伙流氓的围攻殴打致伤，随身携带的旅行包等物品也被歹徒抢走。海军某飞行学院政治部干事欧阳方在携妻回家的列车上，遭遇一伙歹徒闹事，他奋起搏斗，但由于势单力薄，歹徒拔出尖刀，将他捅倒在地，因流血过多，欧阳方英勇牺牲。4月10日，回四川长宁县老翁镇探亲的海军某团中士罗宗义，见到一群歹徒拦截行人搜身，索要财物，他上前制止，歹徒拿出菜刀，照头砍下一刀，顿时血流如注，他头部被砍了一条9厘米长的大口子，当场昏死过去。送他去医院抢救的群众痛心地说："这些该千刀剐的，人太多了，当兵的一人哪斗得过他们。"

有勇无谋，陷入圈套。军人斗歹徒伤亡惨重，很重要的一个原因，还在于勇猛有余，但运用计谋战术进行智斗不足。某团战士小李探家时，见到一大帮人在斗殴，便插进去制止，谁知这是两拨流氓殴斗，见到这名水兵，便立即把矛头对准他，以击打他出气，小李当即被打得鼻青脸肿，满身伤痕。5月5日，某团文书小王从湖北黄石探亲归队，当车行到一个桥头时，被个体餐馆的一群人拦住，要一车旅客下车吃饭。由于司机已把旅客带到"关系户"饭馆吃过饭，无人再下车用餐，这群人便拦住不让开车。这时，车上的几个小青年便起哄："当兵的上！"小王便走下车与这群人说理，不想司机呼地开跑了汽车，饭店一群人便对他拳脚相加。至于一些军人斗歹徒被杀害，既有以身报国，以自己的死换取他人生的一面，也有因有勇无谋而付出不该付出的惨痛代价的一面。

有胆无技，以卵击石。除陆军步兵部队和各军兵种的侦察兵部队外，我军官兵大部分没经过擒拿格斗方面的训练，尤其是在海军等现代化技术兵种中，这种情况更为普遍。遇到行凶作恶的歹徒，他们手中既无防身出击的武器，也没有徒手格斗的本领，就是凭着一身凛然正气与勇气，豁出血肉之躯冲上去的。他们用自己的身体为群众做了"肉盾"，以自己的伤亡替代了群众的伤亡。人民群众见到我军官兵被杀被伤，既佩服官兵的勇敢，为牺牲者落泪，也扼腕叹息："好人为啥斗不过坏人？解放军怎么没学两手？"这种叹息也反映出，军人制服不了歹徒而自身遭受伤亡，也是影响我军军威的。

纵观这些现象与原因，我感到，军人们，到了该认真研究一下斗歹徒的战术、技术与技能的时候了。我认为军人斗歹徒也要运用毛泽东军事思想，做到"保存自己，消灭敌人"，"不打无把握之仗，不打无准备之仗"，要把动机与效果、目的与手段、勇与谋、胆与技统一起来，敌恶还须谋与计，不斗则已，斗则必胜，减少不必要的流血牺牲，我提出如下应对之策：

——要加强必要心理、谋略训练。应对我军官兵进行必要的勇斗歹徒这类问题的心理、谋略训练，把抢劫、杀人、斗殴、行凶等犯罪分子当作"作战对象"来研究对待，组织官兵学会如何实施正当防卫斗歹徒，如何制服罪犯，如何保存自己，遇事做到有胆有识，智勇双全，打有准备有把握之仗，尽量减少不必要的伤亡。

——要加强必要的擒敌、防身技能训练。被授予"勇擒歹徒英雄六班"的济南军区某炮连陈永军等5名战士，之所以能赤手空拳擒获向他连开3枪的歹徒而毫发未伤，就是因为平时训练中掌握了一套擒敌本领。有条件的部队，都应普及这方面的训练，使官兵掌握一手擒敌防身、为民除害的好武艺，以减少技不如敌遭伤亡事件的发生。

——要多与公安干警和武警官兵协同作战。我军并不是以执法者形象，而是以国防军的道德形象出现在群众面前的，单个军人对不法分子并不构成威慑。外出即使遇到重大案件或流血事件发生，也应迅速与公安干警取得联系，协同作战，以集中优势兵力，制服罪犯。

——军人要尽量减少单独行动。基层官兵大都很年轻，士兵们才十八九岁，各方面都比较"嫩"，他们探亲休假，应尽量安排2人以上同行，平时节假日外出，也是这样。单独外出的军人，应加入列车、轮船等有关方面组织的旅客治安联防小组，遇事，形成整体力量出击，从根本上改变孤军奋战的不利局面。

——遂行任务的官兵应配发必要武器。尤其是担负长途押运物资和常年担负警卫的官兵，有关方面应考虑配给他们枪支弹药，以防不测，减少官兵不必要的牺牲。记者在某雷达团采访了解到，过去这个团的营门等卫兵经常被地方不法分子殴打，自从部队给他们配发了电警棍等武器后，这一情况有了明显好转。

《敌恶还须谋与计》，这篇深度报道发到《解放军报》后，军报法制组组长张柔桑认为对全军这方面工作具有指导意义，于是在专版上进行了突出处理，刊登在1993年7月8日的《解放军报》上，受到部队广泛好评。年底，被全国法制好新闻评奖评为二等奖，在人民大会堂由中央领导颁奖，我由于在部队采访，没能前往领奖，张柔桑代我上台领奖，后给我寄来了证书。这是一次成功的尝试。

88.事故！事故！令人牵肠挂肚

军事飞行是世界上风险最大的领域，世界军事史上的飞行万时率曾有过飞行

1万小时摔51架飞机的可怕纪录。为保证飞行安全,是世界各国空军苦苦追寻的目标,我军也不例外。在20世纪80年代,海军航空兵个别部队为了保证飞行安全,能少飞尽量少飞,飞复杂科目就不惜降低飞行难度,以致出现了复杂气象飞成了简单气象,低空飞成了中空,夜航飞成了黄昏,部队的安全系数是提高了,但给战斗力建设带来严重危害。

在部队采访中发现"消极保安全"这些问题后,我在忧虑,平时这样抓训练,将来打仗怎么办?

带着这些忧虑,我与舰航司令部训练处处长进行了长时间分析,剖视原因,探讨破解之策。

最后,我写出了1万字的深度报道《事故!事故!令人牵肠挂肚》。为尊重他付出的劳动,稿件上我也署上了他的大名,可他审稿时,对稿件赞不绝口,却"害怕"署名,从这一细节上,我也发现部队之所以出现这一现象却一直得不到解决的一个原因。

报道一开头,我写道:

在海军航空兵部队,没有比争取飞行安全,提高战斗力,防止发生飞行事故,更令各级指挥员和飞行员牵肠挂肚的了。

飞行安全不仅关系到飞行员的生命安危和军队数十万、数百万甚至上亿元装备的存毁,而且直接影响到航空兵战斗力的巩固与提高。

然而,究竟如何赢得飞行安全,避免发生飞行事故?人们的愿望似乎都是一致的,但在追寻之中却往往有着截然不同的思路,截然不同的做法,收获的往往也是截然不同的结果。

记者试图从正反两个方面对这些现象进行一些剖视,以期从中获得一些有益的启示。

随后,列举了大量事例,从以下几个方面进行分析。

剖视之一:争取飞行安全,有的喜欢从直觉的时间概念出发,有的则喜欢在苍穹寻觅,最终还是后者手持彩练当空舞。

剖视之二:争取飞行安全,有的喜欢大胆在云端搏击,苦练硬功,有的则把安全系数放在高难度科目的简化上,尽管战争没有袭来,可安全之神却并没有垂青于后者。

剖视之三:人们为什么会陷入消极保安全的怪圈,巨大的惯性推力源于何处?要解开怪圈之迷,有待人们进行更深层次的思考与探究。

剖视之四:积极而非消极地保安全,说起来人们似乎都明白,但在行动之中,却并非都能自觉。要解决潜意识的东西,必须让全新的意识进入到意识中去,走出怪圈的突破口,只能选择在训练指导思想与战斗力标准的确立上。

这篇尖锐、深入剖视部队训练现象的稿子,发到人民海军报社后,军事处处

大东海里湿过脚

长赵存德、编辑胡春华都感觉眼前一亮,赵处长说:"这样的军事记者才有战斗力,我们的报纸特别需要这样有火药味的报道。"他们拿着稿子向嵇振太社长作了汇报,建议作突出处理,受到嵇社长坚定的支持。于是《人民海军》用整个头版转二版的篇幅发了这篇报道。

报道见报后,马上在舰航机关传开了。那个大标题《事故!事故!令人牵肠挂肚》太扎眼了,我感觉,高级机关、高级首长与有些部队可能看到后不舒服,心里作好了挨批评的准备。但我认为,这篇东西对部队战斗力建设只有好处,没有坏处,于是,也很坦然。没想到,第二天就等来了结果:海军航空兵司令员李景中将细细看了报道,认为写得很好,触到了一些机关、部队的痛处,击中了要害,大笔一挥,批示海军航空兵各部队组织全体飞行员学习,结合本单位实践,进行讨论。

这使一位新闻新兵感觉受宠若惊,这种事情可能在中国新闻史上都很少发生,让自己碰上了。它也说明,军队新闻工作者应该坚持什么样的新闻工作方向,坚持什么样的标准,在军队战斗力建设中应发挥什么样的作用,说明批评报道的建设性作用同样是巨大的。它也像一面镜子,照出人民海军高级将领的使命追求。

这篇报道扩大了我的名声,带来一些积极因素,在一些飞行指挥员与飞行员心目中,我仿佛是一位训练专家,各级领导也知道我笔触的方向与追求,下部队采访时，即使各级指挥员工作再忙，也会挤出一块留给我。

这是新闻工作者的地位。有句话说得好，有作为才会有地位。

89.常规武器

几次深度报道的成功探索，使我在新闻工作天地多了一套常规武器。下部队采访，看待人和事，喜欢用辩证思维眼光进行深挖。

到某海岛连队采访，看见训练室里冷冷清清，而农副业生产地里却热气腾腾。深入了解发现，在我军建设战略思想转变之后，这个连队的干部出现了重农副业生产轻军事训练的倾向，夜间战士们站岗连枪都不带，真是一片"刀枪入库，马放南山"的景象。一路采访，发现其他连队固然不像这个连队这么明显，但或多或少战斗思想都有所弱化。于是，我采写了一篇《"冷点"与"热点"的反思》的深度分析报道，对我军建设实行战略转变之后部队出现的新情况新问题进行了剖视，提出了引导解决举措，引起首长与机关重视，加强了对部队这方面的管理教育与引导。

没有就此止步。随着各部队积极引导出现的练兵热情，我与海军报军事部记者夏洪青又合作采写了《重铸连魂》与《战斗部队与军事院校"攀亲"，把研究成果转化为战斗力——海航某师一举突破10多个训练盲区》等深度报道，为这股和平年代出现的练兵热潮推波助澜。

后来，又与舰航司令员刘文清少将探讨，要落实训练法规，以法治训，确保部队不犯"冷""热"病。并将这次探讨写成一篇2000字的言论《落实训练法规应解决的几个问题》，以司令员的名义发表在《解放军报》与《人民海军》上。

真是"常规武器"，走到哪用到哪。

90.探 讨

这种报道形式成了我得心应手的"常规武器"，但在新闻的教科书里读不到。于是，中国新闻界开始了对它的理论探讨，在这场讨论中，军队新闻工作者没有缺席，《人民海军》记者没有缺席。

我开始探讨它的特点。新闻中的深度报道。它要呈现的不只是什么地方发生了什么事件，它要回答为什么会发生，它还会有什么趋向，还有什么利弊，还有什么因果关系、还有什么问题需要解决。

一个没有理性思维习惯的人，一个没有思想理论深度的人，一个对事态没有充分了解和掌握的人，一个对所报道题材缺乏一定专门知识的人，他是写不了深度报道的。

深度报道的思维时空，简单一点说，它往往是"在朦朦胧胧中行走"，"在亦黑亦白中搏杀"，"在亦红亦紫中鉴别"，"在亦是亦非中盘旋"，"在亦利亦弊中抉择"，"在亦好亦坏中探析"。

可以说，新闻的思想性与其所发挥的导向性功能，都是通过其释放出的理性"光泽"来实现的。可以这么说，新闻揭示真理、反映真理，呈现客观存在，而在人类社会所辐射出的"热焰"，其主要"热源"就是来源于新闻所蕴含的理性原色，新闻对人们的导向性、影响力，对社会各项工作的指导功能与效应，主要也是来源于蕴藏在新闻事件之中的理性"光泽"。因此，养成理性思维的习惯，增强新闻作品中的理性蕴含，赋予新闻作品理性魅力，提高新闻工作者在新闻世界里跃马扬鞭叱咤风云的本领，一直是新闻这个无边大洋里的弄潮儿，也包括我们普通新闻工作者不断追求的目标和倾心修炼的境界。

91. 定 位

又一年的《人民海军》记者年会召开。在交流的论文中，我专门研究了深度报道问题。就一名新闻工作者如何养成理性思维习惯，写好深度报道，发表了意见，其主要观点摘录如下：

敢于向"巅峰处"跨越。"会当凌绝顶，一览众山小。"我们要学会养成理性思维的习惯，就不能不学会从具体的事物中钻进去，再跳出来，敢于向事物矛盾运动的巅峰处跨越，敢于上去，不能像苏老先生那样犹豫，"我若乘风归去，又恐琼楼玉宇，高处不胜寒"，不要怕，要敢越巅峰，能够神情悠然地对事物进行鸟瞰，在鸟瞰中全方位审视事物的全貌，在一事物与它事物的比较之中，全面地审视事物的价值，把握事物的本质特征。

善于在"独到处"聚焦。焦点选在独到处，就能够捕捉到它的理性原色，聚集点选在"大众广场"上，也就毫无理性可言。

精于逮住"核心处"辐射。谈理性思维，发掘出新闻作品中的理性要素，有人可能会说，长篇宏论还好说，一篇短短几百字、千把字的东西中没法体现理性色彩，尤其是诸如"廉政""助人为乐""救人救火"之类的稿子，已是李杜诗词万古传，至今已经不新鲜，更谈不上写出什么理性色彩来。实际上并非如此，这恰恰是运用理性思维不够的表现。不说中央级大报，就拿地方媒体《宁波日报》来说，有些稿子就不错。如《浙东"绿肺"停止经营性采伐》写的是四明山林场停止经营性砍树的事，事情看起来很小，但作者抓住了浙东"绿肺"这个核心，把砍树提升到保护浙东生态环境的高度来写，一篇小消息便有了较深的理性蕴含。还有一篇很小的稿子写《象山八位农民出资举办乡村运动会》，看起来事情不大，但它通过一件看起来是闹着玩的小事反映了时代的变迁，也反映了富起来了的农民新的精神渴求，昭示了农村文化建设的一个方向。还有我的一个好朋友记者，他到一个单位去采访，这个单位的政治机关给他介绍了一大通这个单位的一位主官私事用车交汽油费、到连队就餐交伙食费这些鸡毛蒜皮的事，起初他感到这种东西没法写一篇像样的东西，但在采访回来的路上他反复思考，联系社会上存在的廉政建设"雷声大，雨点小""上有政策，下有对策，改头换面，我行我素"等现象，得到一个启示，搞廉政建设要敢于较真儿，于细微处见精神。"敢较真儿"，这一"核心"思想被他抓住后，一堆看似支离破碎的鸡毛蒜皮，硬是被他做成了一件华美时装，稿子很快被《解放军报》采用，编辑部还加了编后。

乐在"矛盾处"寻觅。用唯物辩证法的观点来看新闻，可以说新闻就是揭示和反映事物的形成、发展、变化的矛盾运动过程。从哲学的意义上讲，不论何种新闻，还都是富有理性色彩的。可我们为什么还在这里讨论发掘与增强新闻的理性原色呢？应该说，这是新闻自身所固有的矛盾运动规律没有得到应有的尊重而造成的。在我们的新闻实践活动中，最常见的现象有两种：一种是回避事物的矛盾性，遇到矛盾绕道走。如写先进人物，一写就是忘我忘家忘了恋人忘了妻子儿女父母兄弟姐妹好朋友，就是流汗拼命不睡觉得了病发高烧也不看，得了癌症还在拼命干，不仅当下先进得不食人间烟火走在街上美女如云也目不斜视一身正气两袖清风，连过去上小学读中学种地走路睡觉也都先进得令人肃然起敬心头发颤。另一种现象则是回避、割裂或者扭曲一事物与他事物的相互联系，要么把先进人物写得高耸入云，要么把先进人物写成长在污泥之中的一朵荷花或好大一棵树，使人感到怪怪的。而实际上先进人物与周围人群应该是红花与绿叶的关系，鲜花与沃土的关系。吕继红和张也在春节晚会上唱的一首歌，我发现歌词写得就非常好，对我们正确处理先进人物与普通群众的关系就很有借鉴作用。

这首歌的歌词大意是：都说咱老百姓啊，是那满天星，群星簇拥才有月呀月光明。都说咱老百姓啊，是那原上草，芳草连天才有春呀春意浓。都说咱老百姓啊，是那黄土地，大地那个浑厚托起那太阳红。都说咱老百姓啊，是那无边的海，大浪那个淘沙托起那巨呀么巨轮行。天大的英雄也来自咱老百姓，树高千尺也要扎根泥土中，是好人都不忘百姓的养育恩，鞠躬尽瘁为了报答这未了情。国家那盼繁荣，民族那盼昌盛，咱老百姓盼的是祥和万事顺，谁只要为了咱老百姓谋幸福，浩浩青史定将为你留美名。

谁是英雄，谁是先进，真正的英雄与先进是人民群众，世界上最伟大的哲学家毛泽东说过，群众是真正的英雄，而我们自己则往往是幼稚可笑的，不了解这一点，就得不到起码的知识。

告别一种旧的惰性习惯，我们应该养成一种寻找"矛盾"、分析"矛盾"的习惯，这就是在新闻实践活动中养成一种寻找"矛盾运动"的嗜好，搞任何事物的报道，眼睛始终盯住它的矛盾性穷追不舍，真正把握事物矛盾运动的过程在不同发展阶段的一般形式和特殊形式，揭示此一事物与彼一事物内在的、本质的、特殊的联系，从中提炼出报道主题思想与角度，阐释事物产生、发展、变化的规律。

这就是新闻报道的哲学，无处不在。

第十九章

突　破

20世纪90年代初,是产生春天故事的年代,是风云儿女创造中华人民共和国改革开放历史的时代。各项新生事物层出不穷,中国经济社会发展进入高速发展期。

人民解放军各部队建设,也进入新的历史时期。实现军衔制后,部队革命化、现代化、正规化建设进入崭新阶段,部队教育训练在改革中走上了稳定发展轨道,部队战斗力不断提高。

作为一名生活在战斗部队的军事记者,我们也以追星赶月的时代精神,活跃在军队新闻工作最前沿。

我在思考,宣传报道个人典型固然很有意义,但作为典型报道更有分量的一个方面——集体典型,不能缺席。固然,比较而言,要发掘一个过硬的集体典型难度是很大的,是可遇不可求的,但自己一定要做到新闻雷达全天候开机,如果遇到了,那就一定要"求"。

成功永远属于有准备的人们,这不,机会来了。

92.万里海疆一面旗

世界并不缺少美,往往只是缺少发现美的眼光。这话用在新闻工作上,也完全贴切。

去义乌某场站采访纯属偶然。平时不大想去,是因为这支部队出过一件大事。

这里的军民关系一度很紧张,是闻名全军的问题单位。在1977年的一次飞行训练中,驻地附近一名群众在部队战斗机即将降落时,强行穿越飞行跑道,警卫战士为了保障飞行安全,当场鸣枪示警,流弹打死了这名群众,引起轩然大

航行在台湾海峡，风浪较大。

波，600多名不明真相的群众冲进军营殴打了警卫战士，打砸门窗玻璃。当时，尽管军地双方领导苦苦劝解，平息了这起事件，但在部分群众的心里却埋下了仇恨的种子，所以说军民关系也很紧张。这件事我在训练团时就看到了海军与总政的情况通报，所以心里对这支部队印象不好。

不想去，还因为这支部队处在浙江偏僻地区，交通不方便，早晨上火车，转转来转去，到晚上还不一定能到。还因为，这支部队长期分布在46个自然村的54个小点上，"山、散、洞"，符合大战要求，可给官兵带来的生活困难是难以言喻的。这里没有一寸水泥地，没有一棵绿化树，荒山野岭之中杂草丛生，野狼出没，场务连养的13个猪仔，一夜之间被野狼叼光。那会儿，新兵一分到场站，没有几个不哭鼻子的。一些年轻干部一分到这里就闹情绪，要转业，一时间，竟有60%以上的干部人心思走。油料股长叶成良的妻子埋怨他在部队太清苦，尽管孩子都3岁了，夫妻俩依然离婚了，有人说他，你当兵十几年，到头来连老婆都丢了，你这兵当的还有什么劲，不如趁早转业算了。

尽管一些官兵在这里洒下了辛劳的汗水，可终因基础太差，直到80年代初，这里依然是海军有名的艰苦单位之一。

这样的部队，出什么新闻。可是，走上新闻官岗位之后，一次，舰航司令员下部队，他希望我跟他到义乌场站去看看，不写东西也可以，并且，他说，我们坐飞机去，时间不长就到了。说真的，首长们对我还是蛮民主的，其他干部，一声令下，还不乖乖跟他走。

上午乘车去机场，坐上直升机，中午就在场站吃午饭了。

下午听汇报。站长王光来、政委韦立汝，从场务保障、政治工作、基层建设、军民关系等方面作了汇报，给我留下一个全新的印象：这支驻艰苦地区的部队打翻身仗了。

起先，只是听印象，我并没有记笔记，这时我打开了《人民海军》发的咖啡色采访本，又写又画起来。这是我发现重要新闻线索、鲜活新闻事例的标志。

整整听了一个下午，得出一个印象：这是一支基层全面建设全面过硬的部队。

但是，耳听为虚，眼见为实。第二天，场站领导陪同首长与我们看基层单位。先看了军械股、油料股、营房股、食堂股、器材股，看了他们各种枪械、油料、器材、粮油、营具的存贮、保管与发放情况，然后，去看场务连、警卫连、汽车连、导航连等小、散、远单位，感觉眼前一亮，心里一惊，这是一支响当当的部队。

几天，听下来，看下来，大脑中一直有两个判断在拉扯：这是海军部队一个后进变先进的典型？这是一个基层全面建设全面过硬的典型？

总的看法是，这是万里海疆一面旗帜。

但是，宣传报道，从哪里下手？怎样在全海军一炮打响？脑子里全是问号。

司令员有事要返回机关，征求我的意见，是跟他一道回去，还是在这里再看看。从他含笑的目光中看出，他已判断出我喜欢上了这个单位，可能舍不得走了。

这样的指挥员指挥打仗胜算概率会很高。

他们走后，我又住了两天。先是把还没有看过的几个小分队给看了看，接着，又看了起先看过的单位。没下通知，也没要人陪，我要看看首长来与不来，他们是否一样。

得出的结论是肯定的。在场站卫生队我认识了美丽聪慧的女军人林媛。她来自大城市，也完全有理由有能力有关系调到师部所在地上海部队工作，可她就是安心地驻守在这个山沟里，全心全意为官兵提供医疗卫生服务。她以一位年轻姑娘的视角与认识论，向我讲述了场站的许多故事，真实、生动、有趣。从此我们也成了好朋友，经常通信，无话不谈，她一手娟秀的钢笔字写得像字帖。后来，她与一位飞行员谈恋爱，她父母为飞行的风险性所困扰，反对这门婚事。这令她很痛苦，小伙子帅气阳刚，人品好，分手，她舍不得，可不分手，父母那儿又通不过。她说，不受父母祝福的婚姻是不会幸福的。我给她回了信，并将我写的一篇发表在《中国空军》上的处女作《月上柳梢头》寄给了她。她与我写的那位姑娘的婚恋经历太像了，没想到，就是这篇小说，把她父母的思想工作打通了。她结婚时还来信请我赴宴，可我太忙了，给她一番口头祝福，此后，几十年忙于工作，再没联系了。

这些了解，增强了我将一个团单位作为集体典型推向全海军的底气与信心，我也要不打无把握之仗，不打无准备之仗。

93.协同作战

部队重大典型宣传报道有一套完整模式。宣传报道团一级单位与个人，首先，它必须得到师、军、海军航空兵、海军党委与司、政、后、装各级机关的考核与批准，以确保推出的典型是真实的，经得起考验的。其次，这个宣传报道必须得到所参与的新闻单位领导的充分肯定，这包括进入采访的记者、编辑、主编、总编等。否则，即使各级司、政、后、装机关发文件要求部队开展学习，那在军内外还是缺乏影响力。因为，这些文件，部队绝大多数官兵看不到，地方人民群众更不知道，必须通过军内外报刊、电台、电视台集中而广泛的报道，才能形成声势。

各级机关不断来义乌场站调研，他们要完成按既定程序的考核。

我按程序与海军航空兵政治部新闻科朱斌科长合作，开始向《人民海军》《解放军报》领导汇报，得到了他们的肯定与支持。

人民海军报社经报请海军政治部首长批准，作出决定，由报社政治工作处处长马发祥上校带队，率领我与朱斌进驻义乌场站，采写新闻报道。

我们的主要任务是发掘义乌场站精神，总结出场站基层全面建设全面过硬的主要经验。

采访开始了。我在原先了解的基础上，到基层深挖细耕。

马处长与朱斌，则以他们的丰富经验开展了全面采访工作。新闻工作，采访是最辛苦最重要的阶段，这一阶段的工作进行得全面、细致、扎实，获取大量生动事迹材料，后面写作就会进行得顺利，否则，闭门造车，就会失败，写不出好作品。

连续高强度的采访过后，马处长召集我俩研究采写哪些报道。最后形成的决定是，用一张《人民海军》来刊登义乌场站事迹。那时的《人民海军》为对开4版，用一天的报纸全部刊登一个单位的事迹，是极为罕见的。研究决定，用一篇消息、5篇通讯来推出全部报道。

考虑到我们各自对情况的掌握与部队基本事迹的采访熟悉程度，决定由朱斌采写1篇消息、1篇反映军民关系与场站拴心留人的通讯，我写基层全面建设、飞行保障、党委班子建设的3篇通讯，通讯标题与表现形式由我们各自决定，马处长负责编辑工作，我们当场写，他当场编。

一场新闻会战由此开启。

我写作的第一篇通讯《汗水雕塑的站魂》，开篇写道：

"在义乌场站采访的日子里，我们苦苦思考这样一个问题：忍耐时期，全军上下都过紧日子。义乌场站官兵却在穷山沟里建起了一个过上了好日子的"花园式场站"，凭的是什么？就这个问题，记者先后同40多名官兵探讨，他们的回答极为响亮：干！汗珠儿摔八瓣，干！是我们的站魂。那楼、那墙、那路、那一切，都是我们用汗水雕塑出来的。我们当兵在这里，哪年不流许多汗。"这里选取一段通讯中描写他们干的事例：

  油料股的建新房工程开工了。他们除了请两名木工和建房师傅外，所有工程全部都自己干。股长薛朋良、助理员叶成良，领着40个小伙子，从旧墙中砸出了5万多块砖头，从瓦砾中挖出了3吨多钢筋。大伙白天在油料库保障飞行工作，晚上到建楼工地搬砖抬瓦，拌水泥砌墙。人人压肿了肩膀，手脚磨得伤痕累累，3年里官兵们几乎放弃了所有节假日，家近在咫尺的干部往往几个月不回家一次。叶成良与妻子离婚后，将3岁的儿子寄养在群众家里，一次拉材料他顺道看看儿子，只见儿子目光呆滞，浑身生了许多疖疮。他一把抱住儿子，哽咽着说："我可怜的儿子，爸爸对不起你。"在场的官兵目睹此景，眼泪扑簌簌流了下来。他们就是凭着这种忘我的劳动劲头，先后投入两万多个劳动力，终于建成了化验楼、器材库、中心控制室等1715平方米的房舍，累计节约经费36万余元，使这个房破、地荒、食堂里一条板凳3条腿的破陋仓库，一跃成为全场站一流的"花园式油库"。人们一踏进营院，就见到绿树红花，交相辉映，大小院落，清丽宜人。亭台楼阁，错落有致。喷泉盆景牵玉壁，曲桥碧池连假山……7000多棵果树、绿化树，300多盆盆景和数不清的花卉，拥抱了整个4万多平方米的院落。春天里，桃花映红花果山，含笑、蝴蝶花、映山红、玫瑰、广玉兰百花争艳。夏秋时节，千日红、一串丹、石榴、大理花、美人蕉飘芳菲。海航、海军的6位将军，先后走到这里，都风趣地说：等老了，来这里住啊。

  我写的第二篇通讯为《经得起看的擎旗人》，开篇写道：
挥动的双臂掀起大海的波涛，豪迈的脚步滚动机群的轰鸣。"向右看！"
  当这支由义乌场站全体官兵组成的队列通过检阅台时，几百双眼睛把目光齐刷刷投向了站在检阅台上的站领导。
  这些眼睛看到了什么？通讯的4个小标题为：

  忧虑的眼睛看到了力量
  审视的眼睛看到了廉风
  担心的眼睛看到了公正
  热切的眼睛看到了希望

  看一段描写吧：
数百双眼睛审视每一个人都是全方位的，人们的眼睛落在生产经营过程和资金收益的使用上。1990年春节前，场站家属院走进一位行色匆匆送年货的人，引起干部与家属们的注目。那人背着两个沉甸甸的大包，手里还提着香喷喷的金华火腿，朝站长王光来家走去。"瞧吧，送年货的人上门了！"人们指指点点。

来人是承包部队工厂的一位负责人，在讲了一番"过年话"后，话题一转，扯到新年度的工厂承包金额上，拜年人对王光来说："只要能维持去年的承包额，我将永远感谢站长的大恩大德。"然后，客套一番，便转身要走。王光来一把抓住他："伙计，今天我可对不起你了，你把我当什么人啦，你得背着东西围着我房子转三圈再走，不然，你可坏了我的名声。""拜年人"见王光来满脸严厉，只好悻悻然背着东西下楼。此刻，站在走廊、窗前、门前悄悄斜睨着的白眼珠、黑眼珠儿全部归位。

这几年，前后几十人带着名烟、名酒、手表、自行车、压岁钱等去敲场站5位常委的家门，没有人不碰一鼻子灰的。一个死皮赖脸的人送火腿，被一位站领导从楼上扔到楼下。地方一工厂，见场站领导家境不好，从福利费中拨出款项，给站领导送来一些肉食、名烟、名酒和10000元现金，盛情难却，他们就用这笔钱买回瓜子，分到各连，将烟酒肉食全部分给飞行团和食堂。人们，服了。

几年间，场站农副业和生产经营收益360多万元。手头有钱怎么花？官兵眼里含着疑问。盖幢气派的办公楼、招待所、修建家属院，这些主意都有人出过，但场站领导都没采纳。他们先后拨出120.6万元经费，给所有基层单位配发了电视机、收音机、录音机、电冰箱；为每个股、连建起了电视音乐室、图书室、乒乓室、游戏室、台球室；为所有股连建起了篮球场、军体运动场。为空、地勤与场站所有股连装配了600台电扇，做到了每个房间有电扇。制作单人棕板床数以千计，全体官兵从此结束了睡双人铁床的历史。资助4个股连配齐了拥有爵士鼓、电子琴、长号、小号等上万元乐器的军乐队。还拨款132万元，用于补助官兵生活，改善伙食。一位曾经对场站领导不大服气的老资格干部，眼睛一直盯着他们3年，直到转业时他终于抛出一句话："场站几个领导的身子都是正的。"

我写的第三篇通讯题为《第三只翅膀》。场站工作的出发点与归宿点就是为飞行保障服务，如果这一点存有问题，其他工作做得再好也是枉然。在场站采访的日子，我多次到飞行团开座谈会，也个别采访，从飞行指挥员到飞行员、地勤各类师对他们都是交口称赞，向我讲述了一个个生动的故事。

看看这篇通讯的4个小标题吧：

当场站有了钱的时候
当飞行团遇到挠头事的时候
当飞行团远去或伤翅的时候
当飞行团振翅奋飞的时候

我在通讯"当飞行团远去或伤翅的时候"这一段中写道：

1987年，飞行团转训到千里之外的某山区野战机场。初夏的一天，灾祸降临到了飞行团的头上，一名新飞行员在进行起落航线飞行时，因小速度离地后判断错误，造成起飞中断，飞机掉了下来，飞机冲过护城河后翻扣烧毁，所幸飞行员跳伞成功。这是一起惨痛的飞行二等事故。团队停飞整顿，查原因找教训，飞行员们的求飞心情严重遭挫。

就在这个时候，站长王光来领着食堂股长、财务股长，带着2.5万元经费和价值3000余元的烟酒慰问来了。

他乡遇故知。看着风尘仆仆从千里之外赶来的站长，飞行员们动情了。按照海军航空兵的保障规定，飞行团转场到哪个地方都是由所在场站提供后勤保障的。可场站领导的心却始终跟着飞行员转，跟着飞行团跑，1980年春节间，团队在上海改装，站长、政委带着4000多斤猪腿肉和烟酒等慰问品慰劳官兵，为飞行员们鼓劲加油。团队转训千里外的山区机场时，场站张参谋长带领33个人和44台车组成特别服务队，千里跟踪保障服务，耿副站长带着电冰箱、蒸饭器、食品两次上门慰问。正在团队遭遇伤翅的时候，站长"及时雨"般地赶到了。

团队用犒劳品会了一顿餐。当飞行员们欢笑地举起酒杯，流露出对场站感激之情时，王光来开心地笑了："为了你们开好飞机，我们心甘情愿当好铺路石。"

这绝不是一句客套话。场站对飞行员胜似亲人的关怀，常使他们心潮起伏，热泪盈眶。1989年5月，飞行员们到广州疗养，几十张卧铺票难住了团领导。没等飞行团开口，场站耿副站长提前半个月住到杭州，跟军代处、上海铁路局八方斡旋，联系了一节车厢，让飞行员们直接从义乌上车。飞行员上车时，场站领导站在车厢门口，送给每人一份香蕉、苹果和面包等食品。汽笛一声长鸣，火车驶出了月台，飞行员们看到5位挥动手臂送行的站领导，眼角充满泪光。"人们送别远行的亲人，不过如此！"而从1988年开始，他们年年岁岁都是这么做的。

然而，他们这种一流的保障不仅仅限于生活方面。

按照分工，场站拴心留人与军民关系这两篇通讯由朱斌写，他拟的题目分别是《山沟沟拴住了人们心》《五凤山下恩仇记》。

我写的3篇通讯，写了3个半天。每天吃过早饭后动笔，写到中午4000字的通讯就交稿了。马处长下午编辑，令他高兴的是，每篇通讯他只改动几个字，剩下的全是对我的赞美。"快枪手，真是出手成篇。""见过效率高的，没见过这么高的……"

这些作品,全部署特约记者、本报记者我们3人的名字。当朱斌将最后一篇《五凤山下恩仇记》交给马处长时,他提出,义乌场站与地方军民关系这么好,我们还需要见证一下,到地方去看看,听听地方领导是怎么说的。马处长与我都觉得有道理,看过听过,我们对新闻作品更有把握。

94.金华之旅

我们开始了轻松之旅,多日的劳累,也需要放松一下。场站韦政委陪着我们,于是,我们一行走访义乌市、浦江县、金华市,前面一市一县其实都是金华市的管辖县级单位,市长、县长、书记,对我们的到访非常热情,在座谈中,如数家珍般讲起义乌场站对地方经济建设的巨大支持,丰富了我们的采访。金华市委书记、副书记热情迎接我们的到访,请我们吃蛇宴。这个印象太深了,蛇肉是用一个黄色大脸盆装的,满满一下。我从小怕蛇,不只是不敢吃,连他们几个吃蛇的人动过筷子的菜我都不敢吃。他们大快朵颐,可吓得我只是在后面上来的菜盘里赶紧拿点,然后不动第二筷子。

那时没有中央"八项规定",公款招待是一种普遍性状态。从蛇宴中,我们也感觉出当地军民关系的融洽程度。

韦政委还对我们说,来金华不能不去双龙洞看看,告诉我们,20世纪50年代,毛主席去过双龙洞,郭沫若为双龙洞题过诗。这一说,立即引起我们的兴趣,于是,驱车来到双龙洞。

韦政委事先并未与景区联系,可景区工作人员一看是海军部队的车便立即放行,随后,景区负责人跑了出来,亲自接待我们,领我们参观。在洞口,他给我们仔细讲解了双龙洞。

他说,双龙洞现为国家森林公园,是国家级风景名胜区,素以林海莽原、奇洞异景、道教名山著称于世。双龙洞成为自然风景名胜的历史已有1600多年。它海拔520米,由外洞、内洞及耳洞组成。外洞宽敞,面积达1200平方米。常年洞温为15摄氏度左右,冬暖夏凉,炎夏至此,有"上山汗如雨,入洞一身凉"之感。内外洞有巨大的石屏相隔,仅通水路,水路长十余米、宽3米多。内外洞的相隔与相通,形成了双龙洞最鲜明的特色。古诗云"洞中有洞洞中泉,欲觅泉源卧小船",要从外洞进内洞,须平卧小舟,仰面擦崖逆水而入,有惊无险,妙趣横生,堪称游览方式一绝,有"水石奇观"之誉。内洞略大于外洞,洞内石钟乳、石笋众多,造型奇特,使人宛若龙宫。

双龙洞有着灿烂悠久的历史文化,文化遗产丰厚,毛泽东、朱德、宋庆龄、彭德怀、陶铸、彭真等党和国家、军队领导人也在此留下足迹。

他特别对我们说,双龙洞必须躺在小船上才能进入,说当年毛主席进双龙洞工作人员还怕石崖碰到主席肚子,后经过测量才敢让主席躺到小船上。

这引起我们浓厚兴趣。遂一一按照要求躺到小船里，怀着探秘心情快乐进入。

金华几日游，我们还参观了东阳木雕厂，国家级非遗传承人、民间雕刻大师陆光正热情接待了我们。

他向我们介绍了东阳木雕的历史，它始于唐而盛于明清，如今，他们的木雕已发展到七大类3600多个品种。东阳木雕的题材内容多为历史故事和民间传说，木雕产品已远销欧美、东南亚等80多个国家和地区。

他领着我们观看了工艺师的雕刻现场，大部分是年轻姑娘，而小伙子们制作的往往是大件。

晚上，他留我们喝酒聊天。一场丰盛晚宴由大师主持，格外有味道。临别时，他给我们每个人送了一件雕刻作品《仙女飞天》，画面生动、美丽、富贵、吉祥，我们都收下了。此后，又多次去义乌采访，场站也送给我另一件雕刻艺术品"西天取经"，20多年了，一直摆放在家里，每每看见，都会想起在义乌采访的那些紧张而又快乐的日子。

95.海航现场会

这是义乌某场站建设史上值得珍藏的一页。1990年10月26日，海军航空兵基层建设现场会在场站召开。来自解放军总政治部、海军、海航首长与全海航各部队飞行团、场站等代表与部队官兵千余人出席了会议。

此次会议，《人民海军》《解放军报》、新华社、《中国青年报》《光明日报》、中央人民广播电台、中央电视台、《浙江日报》《宁波日报》与省市电台等新闻单位派记者到会采写报道。

而此前一天出版的《人民海军》用一整张报纸的全部版面刊登了本报特约记者朱学文、朱斌，本报记者马发祥采写的报道。

在头版头条消息中我们写道："海军航空兵义乌某场站全面贯彻《纲要》，一步一个脚印地抓落实，在全海军竖起了一面按纲达标，争先创优，全面建设基层的鲜艳旗帜。海航于本月26日在该场站召开现场会推广其经验。海军张连忠司令员称赞该场站"政治空气浓，综合治理好，搞得不错"。海军魏金山政委表扬"该场站地处山区，条件艰苦，基层建设搞得这么好，确实不容易"。海军李景副司令员说："这里六年没来，面貌发生巨变。"海军政治部主任评价说，"如果其他单位工作都像义乌场站这样好，海军的基层建设就能出现一个新的局面"。

我和《解放军报》记者刘声东合写了一篇消息，刊登在1990年11月19日出版的《解放军报》头版头条，题目叫《领导不搞"一点红"，基层不练"一招鲜"——海航某场站基层建设全面丰收》，海航的现场会与媒体铺天盖地的报道，标志着我们推出的一个团单位的典型报道，取得成功。

这次会议一结束，我跟随海军航空兵司令员、政委，东航司令员、政委乘直升机飞到宁波，海军报社马处长也同机到达。

马发祥处长到宁波，其实还有一项重大调动工作与我有关。

96.北京召唤

马发祥处长到宁波的当天下午就来到我家，开展他的思想政治工作。

海军报决定要在作战部队选调一名记者，有几个因素促成，马处长把目光投向了我。过去，他听处里编辑李道明多次在他面前夸奖朱学文如何能干；在常年的新闻报道中，他发现我军事报道、政治工作报道、文化类报道都能写，他觉得基本功还可以；这次义乌某场站采访报道全程朝夕相处，这次现场采写加速了他下最后的决心。在义乌场站，他已找我谈过话，明确表示想调我到海军报社工作，问我是否愿意。我告诉他，自己还需要在部队锤炼，再说，妻子陈玫可能不支持我调到北京去工作。

我只是这么一说，没想到他如此重视，亲自上门了。"海军报马处长要来我们家吃饭"，我告知陈玫。

那时，我们贝家巷的房子已让给他哥哥陈雷结婚居住，我们搬到中马路东航幼儿园旁的家属院，只有两间半房子，一点不宽敞。陈玫傍晚下班后去菜场买回鱼肉与青菜等，做了五六个菜，开了几瓶啤酒，我们就喝开了。一上来，没轮到我说话，马处长就端起第一杯酒敬陈玫："我代表报社敬你一杯酒，朱学文是我们海军的才子，我们要调他到海军报社工作，希望得到你的支持。"陈玫说："他的事他自己做主，我都支持的。"

她是个不说假话的人，心里怎么想的就会怎么说。这一来，我原先设定的"战略回旋余地"一下没有了，只好对马处长说，我暂时还缺乏调到北京海军总部工作的思想准备，容我考虑一段时间。

这一考虑，几个月过去了。海军报社副社长王兆海来东海搞调研，他也提出到我家看看。与接待马处长的"规格"一样，王副社长还给我们带了两瓶咖啡，那可比一顿饭贵多了。同样是喝啤酒，没想到他又向陈玫提出了同样的问题，并说"我也是江苏人，北京生活挺好的，没有什么不习惯"，他要以亲身感受打消她不想去北京的顾虑。可是，我还是坚持再考虑一段时间再说。

没想到，一个多月后，海军报社嵇振太社长亲自打来电话说："朱学文，今天上午海政党委研究人事调动问题，如果你同意，我上午就提交会议给你下调令了，你的意见怎么样？"

我明确告诉嵇社长，我喜欢战斗部队生活，不愿去北京大机关。他叹了口气，挂了电话。

率领机关与各师团新闻骨干参观见学

此后,海军宣传部部长黄代培、海航宣传处处长刘纪舟都找我谈过话,要调我去北京工作,都被我婉拒。《解放军报》一领导也有过暗示,我只当听不明白。可刘纪舟调兵遣将是雷厉风行的,报请政治部首长同意后,海航政治部直接下调令了,限定我几月几号去报到。

尽管我是一名军人,应以服从命令为天职,可我觉得,他要调的是一名新闻记者,是从事意识形态工作的,如果我思想不通,你调去有什么用呢?创造力如何发挥出来?可是,他已放出话来,"如果朱学文不来就处分"。

一个蓬勃向上的青年军人,受处分这不完了。这令我困惑,一个晚上都没睡好觉。但是,想出了一个既不去北京,又不受处分的办法。

此时,我舰航政治部的老首长李金良将军已升任海军航空兵政治部主任,我想找他"开后门",应该有一定把握。天刚蒙蒙亮,我通过东航1号台女兵接通了李主任的电话(这也缘于女兵们对我的了解,如果她们不了解我的身份,知道接通这个电话首长不会批评,她们是不会帮助接的),李主任说话声音洪亮:"朱学文,你这么一大早给我打电话,有什么重要的事吧?"我说了不想去北京工作的几点理由,他笑了:"你可想好了,来大机关工作提升的机会多,不比你在战斗部队强吗?人家想来都来不了。"我坚定地表示,我喜欢基层一线,不喜欢到北京工作,他说:"那好吧,后面的工作我来帮你做。"

若干年后，王兆海升任海军副政委、中将，马发祥升任海军政治部主任、中将，李道明等一批战友都走进将军行列，有些战友问我是否后悔，我真诚相告："每一种选择都有它的道理与价值。"其实，我那时不想去北京有两大原因，一是我认为真正搞新闻，不在北京，新闻在一线战斗部队，在千里海防线上；再一个，我不适应北方冬天室内外巨大的温差，尤其是冬天，那个雾霾天，下午三四点钟就天昏地暗了，一种压抑感使我不快乐，冬天去北京开会几次，次次感冒，而一到南方，我马上就觉得精神快乐。

我是一棵南方的树，我不适合北方的土壤，我是一条南方的鱼，不适合北方的海，所以选择了南方，选择守卫东海6300千米海防线。

97.再次突破

兴趣不只是人们的秉性爱好的重要组成部分，也是人生生活的情趣与事业的动力。少年时代，我就对军事有着浓烈兴趣，看一场打仗的电影快乐好几天。这种兴趣牵引我走进人民军队。又是这种兴趣牵引，在我调到军部工作后，眼睛一直盯着主要作战部队。搞部队教育后，从事新闻工作，我的主要工作时间与精力都一直盯着东航各飞行师、飞行团。海军新闻处处长沈顺根在全海军的新闻工作会议上曾表扬过我，说朱学文对部队飞行情况的掌握，堪称了如指掌，每个飞行团科目飞到什么进度了，飞行员们哪几个小时的科目飞完了全团就进入甲类作战团了，他晚上躺在床上都一清二楚。只要那最后一架飞机一落地，他马上就发新闻稿。

领导机关的表扬与肯定是准确的。甲类团，是海军航空兵飞行团进入独立作战序列的标志。舰队航空兵，进入甲类团的部队大都被我在《人民海军》、部分在《解放军报》、中央人民广播电台报道过。一次，我们乘坐飞机飞往安徽某野战机场时，司令员刘文清对我说，待这个团完成夜间复杂气象飞行科目后，东航所有战斗团就全部成为"全天候"作战的甲类团了，而且，作为一个军级单位，我们保持了连续3年飞行无事故。

"这在中国空军与海军航空兵部队都是少有的，在世界各国军事飞行史上也是罕见的。"这是一个使我激动的消息，同时，心里也默默在想：希望战友们加油，无论如何都不能出现飞行事故。

接连几天，披星戴月，我跟随军、师、团指挥员在外场看飞行。激动人心的时刻等到了。

当夜，我给《解放军报》发稿，军报随后在头版头条刊登消息《海军东航敢抓险难科目　严格质量监控　所有战斗团都是"全天候"》：

10月25日深夜，随着最后一架高速歼击机的飘然落地，传来一个振奋人心的消息：东海舰队航空兵继去年所有飞行团全部达到甲类作战标准后，今年战斗力建设又跃上新台阶，所有战斗团全部实现"全天候"，事故万时率连续3年保持零的纪录。

这个舰队航空兵所有战斗团去年全部达到了甲类作战标准后，舰航党委提出再用1年时间实现"全天候"的目标。

从甲类团到"全天候"，所飞都是险难科目。舰航要求所有师、团长必须率先飞出"全天候"，人人能当"全天候"长机和教员。一年多来，各师、团组织的30多个险难科目训练，都是师、团长们第一个驾机上天试飞。

为提高训练效益，他们建立了严格的质量监管机制，从舰航、师、团、大队建立了4级监控网。一年来，各级监控网实施监控纠查32次，有效地堵塞了冒训、漏训、跳训现象，突破了20多个训练盲区，抓出了一批全年飞行无低质量架次、无事故症候的团队。

"全天候"战斗团的普及，大大提高了舰航的整体作战、应急机动和特殊情况处置能力。

为使军内外读者明白什么是"全天候"飞行员，军报特意在头条新闻下方刊登了一个"小资料"。这在全军部队都在以上头条新闻为至高无上荣耀的"黄金版面"，是极为难得的。

军报头版头条发了这条新闻后，我在想，如何剖视东航抓战斗力建设的经验，让它成为全军、全海军的典型。

可是，要将一个军级单位作为典型进行宣传报道，需要解放军总政治部批准，而此前必须由海航、海军政治部和党委审核批准，然后一级一级写请示审批。这是我一个新闻工作者无法去做的。

那就做我能做的。我决定，就一个航空兵军级单位飞出"全天候"这项高难飞行事件进行单一经验剖视，让它们的经验传遍万里海疆。

我决定与海航的新闻科长朱斌合力来做，由我来写通讯，由他去向《人民海军》领导汇报、沟通、协调发稿。

时任社长嵇振太、军事处长赵兴德给予坚定支持。

成竹在胸，我依然找舰航司令员、训练处处长还有几位飞行师、团长，同他们聊，倾听他们总结的经验。

经过一番思考，我动笔了。一连几日，我写了5篇东航战斗建设启示录：《海天砺剑不畏险》《开天虎将展雄风》《心血驱动的涡轮》《"常规武器"的神奇效应》《捆绑的夫妻拆不散》。每篇2000字左右，从军党委以法治训，军、师、团领导带头突破训练险难科目，到激发空勤、地勤人员训练热情，缝合与弥补飞行与飞行保障编制、体制存在的缝隙与漏洞，全景式剖析了东航战斗力建设取得历史性突破的主要成因。

这里录一段吧：

求安求稳，固然能苟安于一时，但战争袭来呢？完不成战斗任务不只是可耻，而是犯罪。在利害冲突面前，东航领导站在未来战争需要的制高点上，回望过去舰航历史上曾有过的击落击伤敌机200余架的辉煌战绩，义无反顾地举起了战斗力之剑！司令员刘文清、政委卫殿斌果敢地拍板：向险难科目冲刺，用一年时间实现"全天候"舰航。

涡轮狂啸，战鹰直刺云天。高空战斗特技、海上超低空、夜间低气象……他们指挥着各师团的战鹰向舰航史上的巅峰目标发起冲击。

这一步迈的有气派！

这一步迈的有成效！金秋时节，记者随刘司令参加了一场近似实战的诸兵种对抗演习。漆黑的深夜，阴雨阵阵。轰炸机飞向远海后，飞机与指挥所失去了无线电联系，侦察到的"敌情"传不回来。

远海情况不明，看不到别的舰队舰艇，东海舰队海上突击编队就处在危险之中。舰队首长非常着急。

"×师歼击机两架，战斗起飞，实现无线电架桥。"刘司令果断地下达了命令。

在机舱里坐"一等"的某师副师长和一名飞行员随即开车，旋风般冲向夜空。

阵雨！黑夜！跑道积水，极有可能出事！参谋人员都捏了一把冷汗。可指挥员镇静自若，他了解部队的战斗力。

不久，指挥所的报话器里传来令人振奋的清晰报告："××海区发现'敌'驱逐舰编队，呈前三角队形，以每小时××节速度向我海区逼近……"

"红方"编队火速出击，向"蓝方"编队发起导弹集群攻击。第一次海上实兵对抗演习结束，舰队嘉奖令随即发到指挥所。

无限风光在险峰。一年间，这个舰航先后组织8次高难战术演练，在遇有阴雨、台风，能见度比常规飞行低一半的险恶天候下，出动数以百计的战斗机，次次威振海疆。这种战斗力则正是他们常年在风险云端磨翅练翼的必然结果。

凭借过硬的飞行技术攻险克难，向过硬的飞行技术要安全、要战斗力，这是他们留给人们的深刻启示。

抓部队战斗力建设需要的就是这种敢于降龙伏虎的气概，不计个人得失，敢担风险的精神。

这组报道，鼓舞了舰航部队士气，受到官兵好评，舰航刘文清司令员在舰航作战交班会上，专门说了一段话，"向二朱表达感谢"。

　　作为一名军级单位的新闻工作者，一不留神就把军级单位的部队战斗力建设经验总结了、报道了，这是我个人的一次历史性突破。从此，新闻新兵仿佛成熟不少，在新闻天地，似乎与重大有关的题材，春夏秋冬，走过。

第二十章

昆明年会

记忆,总会给人留下一些印象深刻的东西,或新鲜,或有趣,或惊险,或刻骨铭心。

《人民海军》的特约记者年会年年开,我前后参加了8次,印象比较深的有昆明、广州、厦门、重庆、三亚、青岛。

它是我的新闻学院,是我开阔视野的重要途径。

读万卷书,行万里路。最早打开我眼界的就是海军报的年会。

这里之所以拿出一章来写1991年3月的昆明年会,是因为这届年会有险、有趣、有很大收获,记忆深刻。

98.卧铺车厢的舞蹈

这是我长这么大跑得最远的一趟旅程。一听说到云南昆明开会,心里想到的遥远就令人兴奋。

曾读过一篇写昆明的散文《春城无处不飞花》,它描绘的春城景色深深吸引了我。我还知道,云南,不只是风景秀丽,还是我国少数民族居住人群最多的地方,五彩云霞,一定绽放多彩文化。

这使我感觉新奇。这不,只是在南行的火车上,我们已触碰到了这种绚丽多姿的文化。

长途旅行,一个人未免孤独,可一群年轻新闻工作者同行就是快乐之旅。出发前,我查看了一下铁道线的走向与乘车购票情况。北海舰队的战友们要经过上海才能乘上通往昆明的火车,我也必须从上海乘车。我们开始协同出发时间,北海舰队联系到张卫星与潘科长、上海某基地有郭一江、郭新忠,加上我和舟山某基地吴崇杰,人马就不少了。我们统一购买同一车次卧铺票,发现卧铺不在一起，一上车就找旅客换铺，基本上都调到一个卧铺包厢里。放下行李，没有过多寒暄，开战。

我们打红五星。两副扑克牌，台下的抓到80分就上台，80分以上，每增加40分就升1级，如台下的没抓到40分台上的升2级，0分升3级，从2开始打，升到A并打出就赢1局。我们没有物质刺激，就是打配合的默契与战胜对手的感觉。

比较搞笑的是北海潘科长，他出发时，妈妈知道他要远行几天几夜，给他做了许多好吃的，除了菜，还让他拎了半篮子米饭。我们打牌，他就给我们准备吃的。到了开饭时间，他将咸鱼、咸肉、咸蛋等摆满茶几，香味扑鼻，我们等不到手中一局牌打完，拉开易拉罐青啤就开始"干罐"！

一喝百里，六七罐啤酒下肚，每个人除了脸上的笑容，看不到喝酒的痕迹。尽管没穿军装，我们还是保持着出行文明。

喝好酒再战。有替补队员，我借机坐到车窗前巡视祖国大好河山。转换到我出行的常态模式：喝茶、看书、观景。一般来说，我不论是坐飞机还是坐火车，都会视情带一两本书。书的内容有长篇小说，有名人传记，有散文作品，其作者大都是中国顶级作家。智者的眼光与思想，一不留神，一个个光亮就会照亮我的思想，提升眼光洞察力洞穿力。看书时，我有一个习惯，打开书必定打开红笔，每遇精彩的叙述，会被我描画出来，甚或写上当时的评论与想法，有的是几个字，有的是一段话，有的是对一个思想观点的记取。当然，对作者叙述某个事实、某个观点我认为不准确，也会标记出来，写上我的看法；发现错别字（有些可能是校对原因）与标点符号不对，也会用红笔改过来。个别情况下，我会给作者写信，指出他书中的错误。后面有一次我到青海，读了著名作家张贤亮的书，参观了他建在西宁规模宏大的西部影城，发现有个与"文化大革命"有关的历史史实细节错了，我就给他写了一封信。谁知，被他特别认真地对待了。这位大作家、大名人、也是大企业家（仅西部影城就价值几亿元）读了我的信，不只亲笔给我写了两页纸的回信，接受指正、表达感谢，同时，还给我寄来一套他的作品集。这真的有点令我感动，后来几番搬家，因家中存放条件有限，我送掉了1000多册书，但他送给我的书一直保留着。现今，老作家已到另一个世界，但想起与他这一友好交往的细节与品读他的著作，依然会感觉温暖美好。

看书看累了，我会喝茶，看风景。列车员可能喜欢文静的旅客，一不留神就给我加水，并且，她不知从什么方面观察出，知道我们是军人。她说："每次出车，只要车厢里有军人，心都会定一些。"这个表达，没有毛病。我在想，当列车行千里，一切平安，人们不会知道我们是谁，但一旦出现险情，出现矛盾纠纷甚至坏人行凶，人们一定知道我们是谁。共和国的军人就是这样，寻常看不见，偶尔露峥嵘。

2009年4月重游石林景区

　　几番争斗，有人败下阵来，也有人想改变状态，我又上阵，一直打到夜幕降临，我们又开始"干罐"！一次普通的会议出差，被我们几个青年军人玩成蜜月般旅行。

　　饭后，我们在车厢里行走了一阵，洗漱一番，重新开战，直到列车熄灯。

　　清晨，广播里放起音乐，新的一天开始了。吃过早饭，正待我们开战，只见10多位身材窈窕的姑娘从我们车厢走过，往返好几趟，一问，是一群来自西双版纳在上海读大学的学生，她们是从上海回西双版纳，有老师带领参加泼水节采风。和我交谈的女大学生叫李丽。

　　郭一江一听，她们来自西双版纳，如获至宝，一个劲地鼓动她们跳个傣族舞看看。我知道他的用意，他是以摄影为主的记者，姑娘们一跳起来，他就会"咔嚓咔嚓"。张卫星他们几人也跟着鼓动。姑娘们经受不住我们的攻势，表示要到车厢里换衣服。她们睡在与我们相邻的车厢，不一会儿，全部一袭鲜艳乔其纱装束出现在我们面前，个个娇媚动人。郭一江端起他的长枪短炮，姑娘们扭动起她们的腰肢，手臂富有韵律感地摆动起来。虽说车厢空间狭小，依然跳得富有韵律感。其他有相机的战友，也从不同角度不停拍照。只是我具有真正的观众素养，静静观看她们舞蹈。我想，不用拍，到时候谁拍的最好，拿谁的。

　　看了好一阵子，我有点替姑娘们担心了。因为虽说是3月天了，可早晨的车厢，气温很低，姑娘们只穿了一身贴肉薄纱，不冻坏身子才怪。其他车厢也有不少人涌到我们车厢观看，前后跳了几十分钟，姑娘们双手抱肩喊冷，我叫她们赶紧回车厢穿衣休息，防止感冒。李丽说谢谢，与小姐妹们迈着小碎步跑回车厢。

后来，郭一江就在某报发出一版照片，"车厢里的傣族舞"。但姑娘们却付出了美的代价。

在昆明火车站下车互道再见时，李丽告诉我，她与几个小姐妹都感冒了。我安慰她几句，挥手再见。那时，也没有微信可以扫一扫。但是，也许有缘，不久，在西双版纳的泼水节上我真见到她了，而且见面的方式很特别。

99.激烈论战

思想在碰撞中容易爆发火花。

上午，驻昆明海军部队两位大校参加了我们年会开幕式，会上，一位大校向我们介绍昆明市的经济社会发展情况与当地风土人情，最后是全体人员合影。

约10时，我们开始论文交流。各大舰队特约记者轮流宣读论文，不时冒出新观点，新经验，新的思想火花，大家静静听着，一人论文宣读完毕，大家进行一些讨论，发表自己对论文的看法，大部分都是赞同与表扬性意见，也会有一些建设性与批评性意见，总体上如同平静的湖面，没有大的风浪。

轮到我宣读了。今年的论文，我动了一番脑筋，结合自己几年来的新闻工作实践，联系中国新闻界新闻表现形式出现的新变化，做此文。

我宣读的这篇论文的题目是《"活"在非马非驴中——论新闻表现形式创新》，我说：

新闻报道的"魅力"不仅需要有美妙内质，也要有俏丽动人的形体与容颜。这就涉及新闻报道形式的创新求活问题。新闻报道形式创新，固然传统的新闻模式有着供新闻工作者叱咤风云的广阔天地，但是，我们也发现，随着时代生活节奏的快速跳动，人们生活已经发生与将要发生的新变化，原有的新闻模式对生活旋律的快速变奏显得有些"力不从心"了。传统的新闻模式遇到前所未有的挑战。在这种情况下，从新闻天地里，呼啦蹦出一个浑身散发出青春气息的"活物"，一种被人们称之为"非驴非马"的新闻品种。对这新生的"活物"怎么看？新闻界褒贬不一，非议、赞美，兼或有之。全国新闻协会一位学者谈到这个问题，有这样一个看法："有的年轻人想突破传统形式，就有人认为是非驴非马，我对这种批评不以为然。骡子不就是非驴非马吗？耐力相当强。许多创新就是非驴非马。我说这个意思是提倡创新。中国诗从四言、五言、六言、七言到长短句、元曲，后一种对前一种是非驴非马，但它有生命力，所以应大胆创新。"笔者喜爱"非驴非马"，下面谈谈对这一"活物"的一孔之见。

接着，我从3个方面展开论述：

一、时代呼唤"非马非驴"

如同世界上一切事物的产生与发展都与一定的自然和社会环境相联系一样，"非驴非马"的问世，也是时代的产物，也是有广阔的时代背景的。这种背景就是改革开放条件下现代中国社会生活的色彩纷呈和与之相联系的人们文化素养的提高以及精神生活需求口味的变化。沧海桑田。中国社会近十几年的变化是一种复杂的百科全书，不是几句话说得清道得白的。但仅从新闻角度来审视，我认为传统的新闻模式至少遇到4个方面的挑战。

——社会物质文明的发展推动了人们精神需求的高涨，单调的新闻表现形式遇到了挑战。

——人们文化素质的提高，兴趣爱好的广泛，冲击着单调的新闻表现形式。

——现代生活色彩五彩缤纷，要求新闻报道形式多姿多彩、新鲜活跃。

——新闻传播手段的变化，也向传统的新闻模式发出了挑战。

论述完新闻传播遇到这4个方面的挑战后，我说时事造英雄，时事也造"非马非驴"。"非马非驴"就是这样孕育在时代的母腹之中，在十几年变革的躁动与震颤之中，一朝分娩的。

二、"非马非驴"的基本特征

"非马非驴"作为新闻天地的新生儿，虽然已经受到新闻界的注目，但至今人们仍没有给它画一幅完整的像，笔者根据观察，勾勒了如下轮廓。

其一，与其他新闻品种杂交。

其二，与文学融通。

其三，与作者的理性思考与真情实感混血。

其四，与一切新颖美妙之手段联姻。

三、"非马非驴"的初世效应

"非马非驴"这一新闻天地里的新生儿，虽说十分稚嫩，但它已显示了动人心魄的"魅力"和其他新闻品种无与伦比的力量。

它增加了新闻报道的可读性和视听效果。

它强化了新闻报道为人民事业服务的功能。

"非马非驴"还有一个动人之处，就是它打破了新闻天地多少年来沉寂、僵化的"八股天地"，卷起阵阵清风，注入不竭的动力，使新闻海洋里涌动起无边的浪涌。

"非马非驴"的好处还可举出很多，但笔者不想把这一新生儿描写得美若西施。但不管怎么说，社会在发展，时代在前进，生活色彩在丰富，科学技术日新月异，人们的生活方式、思维方式、价值观念、审美情趣在变化，作为新闻形式也得不断更新，不断创造，只有这样才能踏上快速跃动的时代生活的节奏板，永葆新闻事业的青春和不竭动力。

我在宣读时，整个会场寂静无声，仿佛掉下一根针都能听见。宣读完毕，全场热烈鼓掌。掌声说明大家对这篇论文还是持肯定态度的，至少它的观点都是全新的。

嵇社长请大家发表意见，大多数人都说挺好，观点新颖独特，探索的是最前沿课题，这时，北海舰队的牟建伟以开玩笑的口吻说："非马非驴，是个骡子。"大家哄笑起来。这时，嵇社长突然发言，表示他不赞成文中的主要观点，新闻就是新闻，消息就是消息，通讯就是通讯，特写就是特写，调查报告就是调查报告，你要来一个"非马非驴"，不讲规矩，不讲规范，这恐怕不行……

我认为他完全曲解了论文的本意，于是用中国新闻界也包括海军报在新闻表现形式方面创新的事例，一一反驳了他的观点。

他急了，站起身指着我说："朱学文，你告诉大家，'非马非驴'，到底是骡子还是马。"我尊敬的一位长者，讨论学术问题用这种语言来讲话我还是第一次见到，于是又与他唇枪舌剑一番。

"开饭时间到了。"一位大校用这种方式打断了我们的学术争论。

青年军人有点不服气。中午大家喝酒，我第一个举杯与同桌人干了几杯，吃了一通好吃的菜，说有事，就先走了。

我真的有事。走出海军营门，直奔邮局。用一封信，我把我的稿子寄给了《解放军报通讯》，它是全军性新闻业务刊物，也是国家级期刊。我想让国家期刊的学术权威们看看，"非马非驴"究竟是什么东西。

学术面前人人平等，我是不信邪的。

有意思的是，当昆明年会结束，我4月中旬回到部队时，一篇刊载了我这篇论文的杂志已放在我办公桌上。

这一期杂志第一篇刊登的是《解放军报》总编辑杨子才将军的文章，第二篇就是我写的《"活"在非马非驴中》，编辑部在加的摘要中说：

传统的新闻写作形式从产生、发展、形成延续至今已有百多年，在全球进入信息时代的今天，传统的新闻模式已适应不了信息大流量对表现形式的需要，它必须与时俱进，进行创新。此论系统地论述了时代变迁对新闻表现形式的客观要求，勾画了新闻形式创新的基本轮廓，反映了中国新闻界的探索成果。

需要说明的是，这篇论文的发表，在海军新闻界影响蛮大，每个参与年会的人都会感觉到，我用国家刊物的发表延伸了对一些观念的挑战，但此后，嵇社长对我还是那么好，这是海的胸怀。

100.把歌声洒向山水间

"仁者乐山,智者乐水。"更多的人可能更贪婪,既乐山,又乐水。自然山水对人类的吸引,也许400万年前的原始人类就有了。

论文交流与采写任务完成后,按记者年会惯例我们进入参观游览状态。这也是我第一次进入国家级景点,一种宏大进入视野,带着特别的民族美。

我们游览的第一站是石林景区。这种宏大,使你感觉到,在大自然的鬼斧神工面前,人类创造的任何景区都是小儿科。

3位彝族姑娘就像我们在电影里看到的阿诗玛,走到我们面前,她们是我们在景区的导游。姑娘们服装太漂亮了,感觉是这个民族把自然界一切美丽花朵都采集到姑娘身上了。

一位阿诗玛介绍说,她们头上戴的帽子叫鸡冠帽,是用硬布剪成鸡冠形状,然后再用大小1200多颗银泡镶绣而成。姑娘说,她戴的帽子耳朵上方都有两个尖尖的角,这是姑娘特有的标志,如果出嫁了,这个角就没有了。姑娘们穿的衣服都是镶边,这是一种右衽宽长的上衣,衣袖和胸襟都绣有金、红、紫、绿等色花纹图案,衣领镶细银泡,这种服装也是彝族姑娘的一种护身符。要细细说起她的一身衣帽,半天也说不完。

这就是彝族丰富的民族文化。

她接着给我们介绍石林景区特色:

石林风景区世界自然遗产,世界地质公园,国家5A级旅游景区,国家重点风景名胜区。石林景区位于云南省昆明市石林彝族自治县境内,面积350平方千米,景奇物丰,风情浓郁,石林是阿诗玛的故乡。

石林形成于2.7亿年前,是世界喀斯特地貌的精华,以雄、奇、险、秀、幽、奥、旷著称。

她要求我们跟着她,她以甜美的嗓音播送着散文般的解说:

大石林由密集的石峰组成,犹如一片石盆地。这里的石林直立突兀,线条顺畅,并呈淡淡的青灰色,最高大的独立岩柱高度超过40米。其中有"莲花峰""剑峰池""象距石台""幽兰深谷""凤凰梳翅"等典型景点,最著名的当数龙云题词"石林"之处的"石林胜境",而"望峰亭"为欣赏林海的最佳处。

走走停停,以留出时间给我们照相。我们这一行,长枪短炮几十门,一路上"咔嚓"声不绝于耳。

见我们的队伍稀稀拉拉变成散兵线,阿诗玛提出要与我们对歌,一问一答式。如果是一般旅行者可能还羞涩,可我们记者队伍里人才济济,毫不犹豫地与她展开带旋律的"爱情对话",到后面,已不满足于姑娘提问,主动向姑娘发起进攻,大胆加"狡猾的小圈套",搞得姑娘倒不好意思了。

歌声一阵接一阵，不时传出笑语声，把歌声洒向山水间，把快乐洒向山水间。年轻的心最容易相互靠拢，几小时的相处，我们就要转战别处了，临别时，大家分别拉着3位阿诗玛合影，最后全体人员又来了个大合影。

第二天，我们去看滇池。滇池亦称昆明湖，在昆明市西南，湖面海拔1886米，面积330平方千米，平均水深5米，是云南最大淡水湖。

先登高远望，环顾湖面。对从大海边来的我们，它的辽阔似乎没感觉到。我们提出车游，环绕一下。这一绕不要紧，我们来到一个叫海埂公园的地方，在滇池的东北部，离昆明市区约7千米，海埂是伸入滇池的湖中长堤，这里河港纵横，堤岸垂柳依依，海埂南面的海滩是一片细软白沙。

刚走到海埂上，就有成群结队的红嘴鸥飞来，想从我们这里觅食。大家拿出面包类食品，鸟们就扑腾着翅膀，争相到人们手上啄食，有趣极了。摄影记者们高兴极了，狂拍不停。这里游人很多，美在人与景点的海鸥们有着不停的互动。

这个景点是灵动的，有趣的，甚至是调皮的，欢乐无穷。

这次我们还参观了玉溪卷烟厂。离厂区很远，我们就闻到扑鼻的香味，看到了红塔，那就是一个香烟名字的由来。进厂后，参观了从烟业选烘到香烟进入包装盒的整个生产线，每一道工序，我们细细看过。看到切断前的香烟是无穷长的，经陪同人员同意，我剪了约1米长的一段卷好放到包里。第一次，知道白皮包装的香烟是怎么来的，其实，它与包装好的香烟品质是一样的，只是直接进了机器流水线包装盒的烟是正牌，掉到工作台下纸箱里的一支支香烟要人工装到包装盒里，这时用白色包装纸一包就成了内供的白牌，以很低的价格卖给一些单位。那些年，每到过年时，我们在部队都能分到两条白包香烟。

座谈时很有趣，烟厂领导给每个人茶几上放了一碟子烟。我不抽烟，没丝毫兴趣，可那些"烟鬼子"听了主人说，抽不完欢迎带走，他们张开皮包，一碟碟掀进去。

昆明参观时，只能算序曲，一个遥远的召唤已在我们心头撞击，更令人神往。

101. 命悬一线

如果今天有人问，你走过什么危险的道路？

我会毫不犹豫地说，乘汽车从昆明到西双版纳。

年会宣布去西双版纳时，参加年会的记者们都欢呼雀跃，可汽车一路爬坡几小时后，展现在我们眼前的却是可怕的场景。盘山公路，右侧是高山，左侧下方就是奔腾的澜沧江。道路弯套弯，弯连弯，大客车尾部还在弯里，车头又伸进了另一个弯。路面仅能容得下两辆车慢速通过，有的路段还不能交会。道路离澜沧江面大都在二三百米高，高处近千米，如果司机眨眼之间的操作失误，汽车一头

历尽艰险，抵达西双版纳。

栽进澜沧江，人车全部粉身碎骨，可能连骨头都找不到。

我们坐的是一辆中巴车，海军驻昆明军代处一位英俊机敏的崔姓少校参谋带车，负责我们的行程安排，只见他剑眉紧锁，目光紧盯前方，巡视着路况，这使我们心里安定了不少。

昆明——玉溪——元江

第一天到墨江时，天已经黑了。全天只走了200多千米，可见车速只有20多千米。夜宿墨江，没留下什么特别印象，只是我们在小宾馆如厕时，发现地上扔了好几个注射器，崔参谋告诉我们，这是吸毒者丢弃物，这使我们感觉到，云南社情的复杂。这种情况，在非边境省份是很少见的。我们住的小宾馆，薄薄的木门，一巴掌都能拍开，住在这样的地方，有点使人提心吊胆，好在我们都是军人，虽说没带武器，但遇到情况，我们总体的"战斗力"与处置能力还是不容小觑。

一路紧张劳顿，大家都已很疲劳，熟睡一夜，天没亮就被崔参谋叫醒。早饭是稀饭、馒头、煮鸡蛋，配榨菜，是我们熟悉的味道，以最快的速度解决战斗，司机发动汽车，我们又上路了。

我们又沿着澜沧江前进，开始新的一天命悬一线的行程。坐在车上，我想，从一定意义上讲，旅游就是冒险。凡是景色迷人的地方，大都山高路险，人迹罕至，人们被美景吸引，冒险探索前行，每年都会有一些人为此送命，可人类不会停止旅游与探险的脚步。

　　磨黑——宁洱——思茅

　　汽车在山道上爬行，大弯道上转山，我们每分钟都在冒险。突然间，大家惊叫了起来。我往车窗外一望，看见了一个写着西双版纳的路牌，随之，道路渐渐平坦，澜沧江面也变得平静而开阔。

　　我知道，这条发源于青海的大江，流经西藏、云南，到了西双版纳，再往前，它的名字就会变成湄公河了，它流过缅甸、老挝、泰国、柬埔寨，最后在越南胡志明市南面流入南海，是亚洲流经国家最多的河，它在中国境内长达2179千米。澜沧江上中游河道穿行在横断山脉间，河流深切，形成两岸高山对峙，坡陡险峻V形峡谷。下游沿河多河谷平坝，著名的景洪坝、橄榄坝各长8000米，是西双版纳重要风景区。

　　终于进入城区。一颗悬着的心，终于放了下来。因为要开始在西双版纳几天的快乐行程，尤其是要过泼水节，这是一个热闹、美丽、浪漫的节日，想想，心里也充满兴奋。

　　当夜，崔参谋安排我们住在武警招待所。可进入房间后，发现当夜没自来水，一路两天满身臭汗，这不洗澡是难以忍受的。年轻的心是难不倒的，有人提议到澜沧江里去洗，大家一致响应。于是，我们拿上毛巾、脸盆、换洗衣服就出发了。

　　几百米的路一会儿就到。月色朦胧，江滩上，有许多散步的男女，尤其是姑娘们特别多。脱掉上衣，我们走进江水，在水里偷偷脱掉裤子，尽情擦洗两天的风尘。后来才知道，我们这种沐浴法，是傣族女性常年沐浴方式。她们下水时是穿着衣服的，只是水没胸前时，才悄然脱掉衣服，她们边洗澡，也边洗衣服，一会工夫，身子洗好了，衣服也洗干净了。这种习惯，可能在远古人类就开始了。

　　我们洗好澡，瞅准一群一群的姑娘向江滩另一侧走去时，大家赶紧从水里钻出来，用毛巾三下五除二擦干净身子，立即套裤头，可就在这时，这些姑娘却突然转身向我们走来，我们大叫："你们别过来，我们正穿衣服！"

　　"哈哈哈！"江滩上爆出一串串银铃般的笑声，脚步并未停止。

102.水的美意

　　西双版纳几日，我们在一位傣族姑娘的陪伴下游览了橄榄坝，参观了傣家竹楼，吃了傣餐。还进入热带雨林，在打洛由多位武警携枪陪同下穿行了几千米中缅边境线。

　　西双版纳还有一景，叫独木成林，堪称一绝。

　　独树成林景点在西双版纳傣族自治州南部边陲勐海县打洛镇边境的曼掌寨子旁。独树成林的景观在西双版纳的热带雨林中随处可见，那些大榕树除主干外，还从枝干上生出许多支柱根插入土中，支柱根又变成了另一棵树，形成树生树，根连根的壮观景象。我们看到的这棵独树成林的大榕树，树龄900多年，树高约28米，占地面积120平方米，有21个支柱根立于地面，成了21棵树，枝叶茂盛，宛若一片丛林。

在这个热带城市的土地上，自然景观，美不胜收，步步都是美景。但是，给我们留下最深最美印象的当属4月15日当天参加西双版纳的全城泼水节。

回来后，写了一篇散文《水的美意》发表在报纸上，几家电台也播了，现收录几个片段如下：

……
傣历新年的节日气氛是异常浓郁的。赛龙舟、点孔明灯、放高升、赶摆，欢歌狂舞都是散发着浓郁民族风情的"节目"，但泼水节却最能体现傣家风情。这一时刻来到了。4月15日中午12时，当鹤立于城市中心的大钟当当敲响时，青龙、白象、绿孔雀和椰树交相辉映的边城，顿时鞭炮鼓乐齐鸣，白蒙蒙的水雾和傣家儿女的欢歌笑语，笼罩着景洪城这个拥领西双版纳傣族自治州70万人口的州府。以学校、工厂、街道、村寨为单位的一队队浓妆艳抹的傣族男女，随着"咚咚锵……"的象脚鼓与铜锣的节奏，跳起韵律感极强的戛秧舞，穿行在街道上。在州人民广场，当载歌载舞的队伍一露面，顿时，成百上千手持水盆水桶的人们便急速围拢上来，把盆中的水劈头盖脑地浇向他们。我发现，那清凉的水，向花枝招展、婀娜多姿的傣族姑娘身上倾洒的最多，往往一次从头而降的就有几十盆，浇得她们眼睛睁不开。光彩照人，薄如蝉翼的乔其纱筒裙紧紧地贴在身上，可她们依旧挥洒着手臂，陶醉在戛秧舞的韵律中。泼水的人们则个个心花怒放，乐不可支。

泼水，是傣族儿女心灵美意的流淌，是对幸福的追求与向往。相传，古时候有个叫棒麻乍的天神下凡后乱显神威，弄得人间冷热失调，雨旱混淆，灾害连年。傣家7位美丽的少女从神仙那里打听到了除害的秘诀。一日，7个姑娘用美酒将棒麻乍灌得酩酊大醉，趁机拔下他的头发，做成了"心弦弓"，当她们把"心弦弓"对准棒麻乍时，他的脖子便断了，头像南瓜一样滚到地上。可他的头一落地，就冒起火来，邪火到处蔓延。为扑灭邪火，7个姑娘轮流将棒麻乍的头抱在怀里。其他姑娘赶快打来清水，泼在姑娘身上，以扑灭邪焰和留在她们身上的污浊晦气。为纪念7位为民除害的姑娘，傣家人欢度傣历新年时，都要举行泼水活动，向同胞，向素不相识的人们泼去那象征友爱、尊敬、消灾和美好祝愿的圣水。面对水的美意，谁不感到快乐呢？

我想纵横全城，对泼水节有个全景式观察，可一出广场就寸步难行了。倾城的居民，没有手中不拿泼水工具的，红的脸盆，绿的小桶，尽情地向相识与不相识的人们泼洒着清凉的水雾，并笑送祝福。见我衣服微干，20多个姑娘小伙围了过来，我慌忙逃向高楼旁的走廊边，可"呼地"从楼上飘下倾盆雨，我复又逃向街心，又进入了她们的包围圈。我大吼："哎——少来点，我有相机。"她们乐了："你把相机举起来就没事了。"乖乖就范，任他们从头到脚浇个透。我此前刚刚参加了纪念周总理与傣族群众泼水30周年铜像揭幕仪式，接受过傣族姑娘用鲜花与橄榄枝泼洒的芳香圣水，总以为泼水节就是这样温文尔雅的，没想到还有如此壮观的"人民战争"场面！这时，适逢6位外国友人走过来，姑娘小伙们又一气把他们浇成了"落汤鸡"。这群来自大洋彼岸的老外干脆脱掉外套，穿着背心裤衩，任凭"沧海横流"。一对美国夫妇，见我手中拿着相机，要求来张合影。就在我们拥在一起的瞬间，一盆清泉又从脖根子上泻了下来，"祝你幸福吉祥！"我回头发现，进行"袭击"的正是火车上遇见的傣族女大学生李丽。"你也泼我啊？"我疑惑地看着她。她笑得弯下了腰："水的美意嘛！不泼朋友泼谁？"她的话道出了一种境界：泼水，是傣族人民对本民族和兄弟民族的一种友好感情。它给人一种最直接的感觉就是，"送你一阵清凉"。西双版纳每年半年雨季，半年旱季，上年11月到当年4月正值旱季。4月中旬，这里的气温已达摄氏35度左右，行走在骄阳下，人们有一种强烈的干渴燥热感。这时，泼你一盆清水，带声温馨的祝愿，谁不感到心旷神怡呢？我想，旱送清凉，这也是泼水节风情的自然魅力之所在吧。

……

呵，傣族，一个爱水的民族，一个小伙儿壮如山，姑娘美如水的民族，一个性格与心灵也像水一样美丽温柔的民族。

夕阳西下，州府的泼水节结束了，但这只是村村寨寨过泼水节的前奏曲，傣家人，要整整泼1个月，直到热带雨季的来临。

第二十一章

东海舰队

一个人在少年时受到的影响,往往会决定其一生的重大人生选择。

我曾经有过被海军报社、海政宣传部、海军航空兵政治部,后面还有《解放军报》选择调到北京工作而放弃机会的经历,在这些放弃或者说拒绝背后,其实我心里一直藏着一个心愿:我要调到东海舰队工作。

当一名东海舰队水兵是我童年的理想与心愿。之所以一直没有行动,是我觉得自己需要成长,需要具备适应副大军区级机关工作的能力,也需要向舰航政治部领导提出调离的勇气。

在海军各作战部队,提拔一名军师团级领导干部,可选用的干部大有人在,甚至可以说会"挤破脑袋",但是,要挑选一名能干的新闻干部,有时,还真是"踏破铁鞋"难寻觅。

4年多的新闻工作生涯,使我在人民海军有了一定名气,干得好好的,突然提出要调走,感觉向政治部与舰航首长开不了这个口。如果往海军调,首长们无话可说,可是我提出要往舰队调,而当时舰航只在作战方面属于舰队管辖,诸如军官任免、人员调动,舰队没有管辖权。我在舰航政治部工作近10年,主任徐福海、许仁道、李金良对我都很器重,尽管在职务升迁方面没有受到过破格提拔,初定职务可能还低了一职,那是因为我"也不急于进步",可他们之后来了位主任,我感觉与他"三观不合",于是我想,到了该离开的时候了。

在海军召开的一次会议上,我把愿意调到舰队宣传处工作的想法对有关领导说了。他们很高兴,立即向舰队政治部首长作了汇报,舰政首长居然向舰队首长作了汇报,其实按我的级别不需要报告,首长们感到高兴的是,长期以来,总是有舰队机关的干部想方设法要调到驻在宁波市中心的部队工作,现在居然来了一位从城市往山沟里调的副团职干部。接下来我需要做舰航魏殿斌政委的工作,我对他说:"政委,我知道您对我很器重,但我不能跟着您干一辈子,我们早晚总是要分开……"

魏政委点燃一支烟,深吸一口,吐出长长的雾,对我说:"你铁了心要走了?"我作出肯定性回答后,他说:"好吧!你们主任那里我去说。"

首长与新闻官关系蛮好。其实我说不能在一起干一辈子,早晚总要分开是话中有话的,他还有一年就要退休了。他听出了我话中的意思。我话中包含着做首长思想工作的成分,希望他不要留住我不放。

我不愿与我们主任说什么,魏政委帮我搞定了。

1993年7月1日,我乘坐一辆军用吉普,正式到东海舰队机关报到。这一天是党的生日,中午舰队机关会餐,喝啤酒,每桌8瓶,我的到来,宣传处的战友们喝酒情绪高涨,我也开心,喝到最后,只剩我们这桌的人。我一时兴起,将其他桌没喝完的啤酒全部搜到本桌,全部喝光。

舰队机关,离市区有1小时车程。从此,我开始了"起五更,睡半夜"的生活。清晨5点,我起床洗漱,然后立即骑上自行车赶到宁波市人民政府(地址为中山路的阳光广场),将自行车停在市政府大院里,然后乘6点的舰队班车到机关,直奔饭堂。吃过早饭后,各处开交班会,然后开始一天的工作。晚上,春夏秋季为18点、冬季为17:30,从舰队机关乘车返回宁波市政府,再骑车到家,已7点多了。"披着晨露出,顶着星月归",这是那些年我的作息状态。

我在东海舰队工作了8年,是东海舰队新闻工作的战斗员,也是指挥员。8年间,处长(副师级)伍宝中大校对我充分信任,每年舰队新闻工作抓哪些典型、到哪些部队采访、组织哪些新闻会战、到哪里出差、有哪些接待、人员有哪些调动配备等,我尽管全权安排,只要向他报备一下就可以了。正是他的信任与支持,使我常年心无旁骛抓新闻,踏遍东海千重浪,发布了大量东海舰队的新闻,推出了一批在海军、全军、全国有影响的重大典型。全军搞整顿与干部评比,舰队宣传处4个科可评定一名优秀科长,他力主评的就是我,当年荣立三等功一次。

103.英雄舰队

我在军队服役26年,东海舰队象征我在军中的全部理想、追求、奋斗与荣光。这里,不能不说一说英雄舰队。

中国人民解放军海军东海舰队,守卫着祖国东海6300千米海防线。舰队为副大军区级战役指挥机关,隶属海军和南京军区。舰队司令、政委同时兼任南京军区副司令与副政委。

东海舰队的前身是1949年4月23日在江苏泰州白马庙成立的华东军区海军。它是人民解放军第一支海军部队,以第三野战军所属部分部队为基础,吸收原海军官兵和知识青年参加，利用起义、投诚、缴获、征用及购买的旧杂舰艇、船只，组建所属各水面舰艇部队和陆上部队。1955年10月24日，华东海军根据国防部命令改称东海舰队。舰队组建后，边战斗、边训练、边建设，不断发展壮大，配合陆军、空军完成了解放浙东南沿海岛屿、剿匪、保障海上运输安全等任务。参加了长江口反水雷、解放舟山群岛及一江山岛战役，击沉蒋海军"太平号"护卫舰和"洞庭号"炮舰等。1958年后，参加炮击金门作战，进行崇武以东海战及多次反小股袭扰战斗，共进行大小战斗900余次，击沉、击伤、俘获敌舰艇（船）266艘，击落、击伤敌飞机250架，在战斗与守卫海疆中，涌现出一大批英模集体和个人，有"头门山海战英雄艇"，"赵尔春班"，"海上猛虎艇"，"战斗英雄"麦贤得，"甲等战斗模范"赵孝庵，"爱民模范"赵尔春，"献身海军事业的模范干部"张达伍，"热爱海军事业的模范"萨本茂等。

当我成为东海舰队一名水兵记者时，我也努力为壮大舰队英雄集体与英模人物队伍，为海军、全军与全国人民书写一篇篇时代的报告。

104.首　战

我到舰队报到第二天就接到了海军报社嵇振太社长打来的电话，他给我下达了到达舰队后的第一个报道任务：让我采访厦门某水警区岸炮二连。社长明确指示，写5篇通讯，全面反映这个连队全面建设、全面过硬的先进事迹。

毫无疑问，这是社长对我的信任与支持。让我以最快速度融入舰队部队，进入情况，进入工作。

按照部队宣传报道采写工作流程，经舰队政治部首长审批同意后，我向福建某基地政治部下达了工作通知，随之，协调采访时间，买了火车票，我就赶赴厦门了。

基地的安排极为周到。为便于我工作，也为了让我开阔眼界，他们安排我住在海军鼓浪屿疗养院。

这个疗养院主要承担海军飞行员与海军潜艇兵每年的疗养任务，是个正团级单位，可见规模与等级。

它坐落在日光岩下面，往下走三四百米就是菽庄花园。

我被安排住在一幢疗养楼的套间。当天晚饭后，宣传处副处长戴建中与水警区新闻干事林寒、疗养院政治处女干事陈闽玲就陪同我在岛上走了走，开启了我对鼓浪屿的亲近与了解。

鼓浪屿小岛，海碧天蓝，风光旖旎，中外风格各异的建筑物在此被完好汇集、保留，有"万国建筑博览"之称。岛上清新幽静，空气新鲜，树木苍翠，繁花似锦，特别是小楼红瓦与绿树相映，格外漂亮。鼓浪屿也叫琴岛，岛上钢琴拥有密度居全国之冠。

舰队工作8年间，一直得到处长伍宝中（居中）大校的信任与激励。

很远就能看见岛上的郑成功塑像。塑像建在鼓浪屿东部的皓月园覆鼎岩海滨，占地2万平方米。为了纪念郑成功驱逐荷兰入侵者收复台湾的历史功绩，福建省政府与厦门市政府，在此建造了郑成功纪念园。屹立在覆鼎岩上的郑成功巨型石像地形险峻，凭海临风，气势磅礴，它与海中的剑石、印斗石鼎足而立。

我平时逛得最多的地方是菽庄花园与港仔后海滨浴场。

菽庄花园依海建园，园内海湾，浪涛拍岸，依栏远眺，极尽山海之致，复有岩洞之幽，绿树掩映，鲜花满径。

港仔后海滨浴场，是游泳的好地方。这里沙滩沙子细腻柔滑，海水湛蓝，浅滩舒缓，轻浪舔逐，即使不会游泳，也可大胆泡在海中，此后几十天，我几乎每天都到这个浴场游泳。第一天中午，疗养院政委见我要游泳，按院里安全规则与陪同领导干部安全规定，让两名水性好的护士带着游泳圈陪我下海。可是，一到海里，我就向浴场设在几百米外的防鲨网游去，她们俩跟着我往深水区游，可几个来回后，她们就被我远远抛在身后，再几个来回，她们人就不见了。大概是她们这次陪泳后向政委作了汇报，此后，我每天游泳，政委再也不让人管我了。此后，不采访的日子，我早上起来游，中午游，夜间游。早晨游，海面水平如镜，我游累了就肚皮朝天，睡一会儿。夜间游，仰泳时躺看万米之外的大担、二担、三担、四担小岛的灯火。

鼓浪屿的最高峰为日光岩，它由两块巨石一竖一横相倚而立，成为龙头山的顶峰，海拔92.7米。

鼓浪屿上没有汽车。从轮渡码头坐船上岸后，到海军疗养院，沿着晃岩路要走15分钟左右。我就早晨一趟，夜晚一趟，走来走去，熟悉沿路的所有店铺与花树。

我开始了紧张采访，全面了解这个岸炮连队。

它显威于炮击金门之战中。1958年7月，在美国、英国先后出兵侵略黎巴嫩、约旦之际，台湾国民党当局在美国支持下，企图趁火打劫，叫嚷"加速进行反攻大陆的准备"，并于7月17日下令其陆、海、空军处于特别戒备状态。国民党军连日组织军事演习，出动飞机对大陆沿海地区进行侦察挑衅，金门岛上的炮兵还轰击福建沿海村镇。据此，中共中央、中央军委和毛泽东主席作出了调集人民解放军海军、空军、炮兵及福州军区部队，进行炮击金门与对蒋军实施海空作战的军事部署，在福建前线部署了地面炮兵36个营、海岸炮兵6个连共450余门火炮，于8月23日，对金门国民党军指挥机构、炮兵阵地、仓库等重要军事目标首次实施大规模炮击，持续2个多小时，毙伤守军600余人。9月8日，炮击5个多小时，发射炮弹2.17万发，轰击金门重要军事目标和停泊在金门料罗湾的舰艇，击沉、击伤满载弹药、物资和人员的登陆舰各1艘，迫使护航的美国军舰仓皇撤至外海。11日，炮击3个多小时，发射炮弹2.5万余发，摧毁岛上军事设施10余处，正在料罗湾靠岸卸载的国民党军运输舰和护航的美国军舰慌忙逃离金门海域。9月中旬，福建前线地区炮兵增至14个团7个营、14个连，海岸炮兵增至8个连。此后，对金门进行中小规模炮击和零炮射击。在前后进行的炮击中，并进行13次空战、3次海战，共毙伤国民党军7000余人，击落击伤蒋军飞机36架，击沉击伤舰船27艘，打去了国民党军嚣张气焰。

岸炮二连在作战中机智灵活。他们依托海岸构筑的坑道阵地，炮击中，他们给蒋军金门目标阵地以精准打击。打完之后，又将岸炮拖回坑道，蒋军组织过几次炮火反击，可是，他们连这个炮连的影子也没打到。

中华人民共和国和平生活就是打出来的。随着人民解放军海空军力的增强，从解放初期到20世纪六七十年代不时窜犯大陆的美蒋飞机、舰艇，不断被解放军击落、击沉，连美国给蒋军的号称世界最先进的高空侦察机也被解放军地空导弹给打下来了，渐渐，共和国的天空没有飞贼来了，海面也变得宁静，和平鸽音萦绕的劳动环境，中国打开了国门，迎来改革开放新时代。

可是，昔日硝烟弥漫的战场，猛然没有了敌情，容易给人造成可以刀枪入库、马放南山的错觉。战场，一下变成了对外开放的市场，这对驻守在厦门特区的海军岸炮部队无疑是一个重大考验。

可喜的是，岸炮二连就是在这样复杂的社会环境中创造了骄人的业绩，成为飘扬在特区上空的一面旗帜。

105.我献身了，怕什么！

一连采访10多天，我作了一番思考，然后动笔了。我发给《人民海军》的第一篇报道的题目是《我献身了，怕什么！》。

这反映的是一个英雄连队的精神底色，揭示了他们生活在特区，香风臭气熏不倒，气势如虹，一门心思抓连队建设的力量源泉。

他们胜在精气神。不是吗？

连队相邻的东坪村别墅林立，56户人家，有58辆汽车，官兵们连自行车都没有，连队几名干部家庭负债累累，因家人生病，遭遇天灾人祸等原因，还有几个家庭负债万元。在那个万元户是富人象征的年代，他们却是万元"负翁"，一年的全部薪金都不够抵债。可他们不在乎，坚定地认为，人民幸福我幸福，生活总会好起来，在困难与挫折面前直不起腰的人，不配叫战士！军心士气不动摇，工作劲头不减少，每个人都奋勇争先，建设连队，气势如虹。

特区的大街小巷，车水马龙，灯红酒绿，花香伴歌舞，花前月下，依偎着一对对恋人。可当时的老连长王宝春年近30依然"光棍一条"，其他8名连队干部也是"一条光棍"，他自称"光棍"队长，发誓说："9个'光棍'带不好一个连队，连一点吹牛的资本都没有，还有什么资格谈恋爱结婚！"9个"光棍"横下一条心，领着100多号汉子在训练场上干开了：举炮弹，练瞄准，搞协同，官兵们每天一身汗。1986年年底，二连一举夺得军事大比武、基地实弹射击优秀和达标先进单位5项桂冠。

他们尝到了"献身"的甜头。

从此，"献身的姿态"便成了二连之魂，"我献身了，怕什么！"便成了二连干部的口头禅与他们面对厄运调整心态、镇定情绪、稳定思想的灵丹妙药；也是他们在连队一呼百应的神奇魅力所在。7月19日，记者在二连采访，几位排长告诉记者一个令人吃惊的数字：全连入伍前有对象的战士，50%以上被姑娘蹬了。我问几位南京籍失恋战士："姑娘被别人抢走了，痛苦吧，哭过鼻子吗？"没想到他们坦然一笑："比起连队干部，我们这点痛苦算什么？"他们说得好潇洒。

当生活的磨难再次向洪文默、黄贤旗袭来时，自信的二连官兵言中了：这两位连队的顶梁柱依然锐气不减，从早忙到黑，备课写教案干到深夜是家常便饭。他们领着全连官兵在全面建设、全面过硬的大道上迅跑：5月份，福建某基地党委专门作出决定，号召全体官兵学二连；7月17日，在上级组织的军事大比武中，二连一举夺得7项第一，荣获团体冠军。日前，东海舰队一位将军检查了二连工作后，也当场宣布："全舰队官兵也要向你们学习。"

甘愿为连队建设献身,也是连队面对诱惑思想稳定的关键所在。

献身是一种境界,是一种忘我与付出,一个人真正做到献身是不容易的。献身,二连的官兵们付出的不只是心血与汗水,不只是青春年华,还包括他们对父母、妻子、恋人、儿女的深情炽爱。在他们的付出之中,也包括他们的妻子等亲人付出的健康和幸福。采访中,他们深情地告诉记者:"为什么我们的妻子身体都不好,难道我们全连几茬干部都找生病的姑娘为妻?……我们很想连队、家庭两头都顾上,但客观上精力、体力照顾不过来。当顾不了两头时,我们只能让妻子含辛茹苦了,我们只能用献身的姿态,豁出自己的一切,乐观地生活,潇洒地带兵。"

1993年8月12日,通讯在《人民海军》头版头条刊出。

106.汗水雕塑的特区兵形象

我在岸炮二连继续探寻。

一个普通的海岸炮兵连队为何具有这般神奇魅力?

1993年7月22日,年创汇达1.62亿美元的厦门经济特区建设发展公司35名具有研究生以上学历的员工专程来到二连,进行为期3天的学习培训,然后,这群人人精通一门以上外语的年轻人,将奔赴五大洲,开展全球贸易活动。

这是建设发展公司对出国人员例行的"出国前淬火活动"。进行这样的行动他们已是第三次了,他们要让年轻员工带着二连艰苦创业、百炼成钢的精神闯荡世界,走遍全球。

其实,他们只是二连每年接待的100多批学习考察者中的一批。6年间,这个连队已接待了9000多名这样的客人,在厦门经济特区,凡是到二连参观过的人,对官兵没有不竖大拇指的。

二连官兵的形象,是用汗水雕塑而成的,而颇能勾勒这种雕塑轮廓的当推"三金工程"。

——"金牌行动"。二连过去参加比武,每次都是名落孙山。为甩掉这顶"低人一等"的帽子,连队推出了"金牌行动":今后,只要二连参加大比武和实弹射击,必须捧回金牌!官兵们整整流淌了6年的汗水可以作证,他们不是吹牛:前后6次参加大比武,6次荣获团体冠军;4次岸炮打靶,4次获取"超优秀",而且射击精度越来越高:火炮对海上目标射击12发炮弹命中1发即为优秀,他们发射12发炮弹却命中了10发,一次射击中,仅用5发炮弹就摧毁了靶船。但他们并没有就此罢休。1990年以来原副连长、现任指导员潘信伟又领着官兵超强度苦练,刷新了中国海岸炮兵一项纪录:装填炮弹,大纲规定每5分钟装填75发即为优秀,他们却练到3分钟装填88发至91发。营里一批老炮兵听了不相信,并打赌几箱啤酒,今年7月17日比武揭晓:90发!在短短3分钟里,9

名炮手运转得像一部精密链条，手型、脚步、装弹、上药包、推弹，如出现一丝一毫的差错，不仅装弹告吹，还会出现流血致伤事件，但他们就能创造90发的奇迹！在3分钟里，3名搬填炮手搬运的重量达4086公斤，一日的训练量要举起10000多公斤。如今二连95%以上的官兵操炮达到了超优秀水平，人人成了举炮弹的大力士，昔日，军事技术的"尾巴连"成了"金牌连"。

从海军司令员张连忠、政委魏金山到舰队、基地30多位将军，到国家部长、省市领导和数千特区群众，看了他们演练和汗湿的军衣后，无不啧啧称赞。

"金牌"，是用汗水熔铸的。

——"金字塔工程"……

——"金饭碗基地"。二连曾有过一段官兵吃不饱肚子的历史。连队一个观察哨所5个人，每天9块钱伙食费，大家老喊吃不好。连长一气之下，把1元8角钱发给了个人，人均每天4包方便面，饿得大家嗷嗷叫，直往老百姓家里和兄弟连队跑。一个连队弄成这个样子，怎能不出事！打翻身仗的人们把目光瞄向了山石纵横的山包。干，砸它几年，不愁连队搞不出个"金饭碗"基地来！100多把镐头、锄钎买回来了，每天吃过晚饭和星期天节假日，所有连队干部把衣服一脱，光着膀子就干开了。冬去春来几年间，官兵们砍荆棘，锄杂草，挖石块，填沟壑，开垦出110多块小菜地，总面积达9.8亩，年产蔬菜10多万斤；挖掘3个鱼塘，年产鱼3000多尾；开辟了桂圆、荔枝、芒果、石榴、香蕉等7个果园，种植果树700多棵，总面积达60多亩；办起了养猪、养牛、养鸭场，年养猪和牛50多头，养鸭800多只。过去吃不饱肚子的穷连一跃成了年收益达30000多元的富裕连队，几年间，除去改善生活，仍结余近40000元现金，40000多斤粮食。如今，官兵每天吃过晚饭后，都要到菜地里浇水、锄草干上个把小时，用战士们的话说："哪天不给蔬菜上点肥，浇点水，哪天我们就睡不踏实。"

二连，既是献身精神扶起来的，也是在艰苦奋斗、艰苦创业的汗水里游出来的。

107.他们心中有个"太阳"

身居经济特区，金钱对人们的诱惑是常年存在的。

二连人在金钱面前也曾有过茫然与困惑。夏天到了，一位战士徜徉于厦门街头，想买件价廉物美的T恤衫，向摊贩女郎问了几次价格，女郎扭动了一下腰肢，从抹着口红的嘴里蹦出一句话来："当兵的买得起吗？"一腔热血直冲脑门。战士说："你开个价！"女郎说："45啦！"战士二话没说，扔过50元钱，抓起衬衫"哗啦"撕掉扔到女郎面前，头也不回地走了。望着战士的背影，女郎目瞪口呆，而这位战士从此再也不逛衣摊了。广东南海籍战士陆树和入伍前是拥有20万资金、雇有30名打工妹的小老板。入伍来到连队，一连几日，他望着满街摩肩接踵的人流和夜晚灯红酒绿的街景，再也按捺不住躁动的心："人家都在挣钱，都在显示金钱的价值与风流，我就这样无动于衷地在这远离金钱的世界蹲4年吗？"入伍第三天，这名还没戴上军徽的新兵往家跑了。浙江临安籍战士小钱，入伍第二天也不见了。还有的城镇兵一入伍就做起出国梦。

"一支经不起金钱冲击的部队在特区只会变成一盘'人心思走'的散沙！"厦门某水警区领导和政治部老政工们都来到了连队，与连队党支部一班人研讨特区部队的灵魂工程方略。他们得出的结论是："要抵御金钱的诱惑，使官兵正确看待军地生活反差，得让官兵人人心中装个'太阳'！"

于是，便有了安业民烈士墓前的人生观、价值观、金钱观教育；便有了胡里山炮台、鼓浪屿别墅和陈化成墓前的军人价值与使命讨论；便有了到"海上猛虎艇"和"鼓浪屿好八连"的取经；便请来了岸炮营老战士、全国劳动模范杨怀远回连做报告；便有了"党在我心中"主题晚会和党旗、军旗、团旗前的铮铮誓言："人民幸福我幸福！""保卫全国人民无上光荣！""为祖国牺牲、奉献青春是战士的快乐与荣光！"

在二连当了4年指导员的洪文默搞教育很有一套，招数是很灵的，但灵的不只是他会讲道理，还在于为别人心中雕塑太阳的人自己心中早就装着"太阳"。

洪文默有58个在厦门市外贸、海关、银行、商检、宾馆、集团公司等部门工作的同学，这些同学基本上都是拥有实权的科处级干部，也有些是腰缠百万的个体老板。每年中秋、春节，同学们都要聚会一次。节假日，同学们来看他，轿车停满了连队操场。不止一次，同学们拍胸脯，只要他转业，房子、车子、机子（移动电话）和万元以上年薪全包了，须知，房子与票子目前正是他所急需的。为给妻子治病，他已欠了4000多元债，要治好妻子的病，还不知要花多少钱。可他就是不为金钱所动心。同学们说："你一个月薪水才三张牌，真没法干啦！"他说："军人的含义就在这里啦！"

这样的干部讲道理，官兵一听就到心间。

二连的干部心中都有"太阳"。当5月份洪文默被破格提升为岸炮营教导员时，副连长潘信伟成了他的继承人。这位来自浙江省宁波市邱隘镇的29岁指导员，妻子是个拥有6位数存款的"富婆"，父亲为他建造了两幢洋楼空放在那里，年年岁岁，家中不要他一分钱，他的薪水全部是零花钱，而每次探假归队，妻子把飞机票塞到他手里的同时，都打开一个装有几万零用钱的抽屉说："要用多少带多少。"他的家庭是富有的，仅从个人角度讲，他对家庭只有象征意义，他属于连队，是一个彻头彻尾的为国家安全而尽义务的奉献者。

而其他连队干部，即使家境再糟糕，也都一身正气，两袖清风。第二任连长王志生妻子临时来队，由于经济拮据，夫妻俩经常吃白水煮面，但决不到连队菜地拔一棵菜，到伙房拿一根葱。洪文默、黄贤旗地方上的关系有的是，开口要个几千元没问题，可他们就是不开这个口。还有，连队有车、地皮、房屋、柴油机

水兵连队升国旗

和发电机,地方人员早就盯住连队干部,开口第一句就暗示"好处",但他们岿然不动。

有这样坚强的干部,还愁带不出能抵御金钱诱惑的兵?昔日逃回家的小老板陆树和,今日已成为连队的训练标兵。在一个星斗阑干的夜晚,他手握钢枪守卫在火炮旁,记者与他遥望着厦门海岸的万家灯火聊开了。攀谈中得知,他当兵后,由于比他大一岁的哥哥不会经营,家中的工厂已倒闭,损失惨重,但他无怨无悔。他告诉记者:"当兵就不能想钱啦,想钱就当不好兵啦!"官兵们认为当兵比挣钱的机会难得,当兵的机会只有在最年轻时才遇到,而挣钱的机会一生中到处都会有。

部队领导与特区人,都喜欢称二连的官兵为"精神富翁"。

福建省领导到二连考察后,时任省委书记陈光毅、省长贾庆林于去年年底亲手把一面拥政爱民先进单位锦旗授给了二连。

心中的"太阳"把二连照得一片灿烂。那象征着连队从未有过的连续3次荣立集体二等功、三等功的辉煌纪录,与从海军、舰队、基地等捧回的54项先进的锦旗、奖状,都反映着这种灿烂。

108.实实在在才是真

连续采写了4篇通讯,可最后一篇通讯主题的确立却卡壳了。

就在这时,《解放军报》政治工作部资深编辑程俊嵩大校应我的邀请来到了二连。

　　这是我的"战略构想"。岸炮二连这个典型的事迹，不能仅止于海军范围，它应成为全军基层建设财富的一部分。"老师傅"（这是我对程大校的昵称）的到来，使可能性变成了现实性。

　　一连几天，他在看了我写的4篇通讯后，又到连队进行了补充采访。

　　采访后，我们又回鼓浪屿疗养院讨论。讨论累了，带上象棋，我们到菽庄花园的石凳子上杀几盘。我俩棋艺差不多。有一天上午，我们连杀3盘，我连赢3盘，这时，我突然感到背有点酸痛，他两手抓过我的臂膀，为我做背部按摩，这一细微动作使我深受感动，几十年后依然记忆犹新，可以看出"老师傅"为人厚道。

　　现在的任务是，既要为《人民海军》写第5篇通讯，还要为《解放军报》写篇长篇通讯。

　　可思路却卡壳了。

　　尽管如此，我们依然决定结束在二连的采访，把时间留给思考。

　　就要走了，连队干部让炊事班做了满满一桌菜，战士们用笼屉抬到3楼连部，副连长搬来几箱啤酒为我们送行。几位连队干部频频给我与"老师傅"敬酒，让人感觉到年轻干部的朝气与热情。尽管我的"战斗力"不容小觑，可是"老师傅"只能象征性喝一点，我一顶仨，感觉难以抵挡他们的轮番进攻，便说这样不公平。这时，副连长一拍胸脯说："我们基层干部实实在在才是真，决不会比你少喝！"

　　"实实在在才是真！"我的大脑像触电一样有了反应，这不就是我第5篇通讯的主题吗！岸炮二连全面建设全面过硬，就在于他们样样工作干得实实在在，困难面前不低头，荣誉面前不止步，全连一条心，真抓实干，埋头苦干，一年干到头，一天干到晚。

　　如释重负，放开喝吧。

　　回到鼓浪屿海军疗养院，我铺开纸笔，到晚间疗养院政委、干事陈闽玲来喊我们吃晚饭时，我的第五篇通讯《实实在在才是真》已写好了。

　　1993年8月21日出版的《人民海军》，再次在头版头条刊登了这篇报道。

　　不久，《解放军报》也刊登了特约记者朱学文与本报记者程俊嵩采写的长篇通讯《气势如虹》。

　　我调到东海舰队的第一仗打在基层连队，并不是中央军委确定的应急机动作战部队，看似没抓重点，当时心里也是这么想的。当我在东海舰队服役8年后，我才真正明白，东海舰队作为人民海军的母舰队，它的战斗力之所以强大，就在于它一直保持着人民解放军的光荣传统，有着一系列扎扎实实建设基层部队的规章制度，基层建设搞得扎实，所以在训练、作战与日常战备执勤中，舰队部队任何时候都经得起考验，在完成急、难、险、重任务中屡建功勋。

20多天后，从鼓浪屿回来，妻子陈玫见了我，说我像个老渔民。一想，那是鼓浪屿港仔后浴场艳阳与海浪早中晚熏陶的结果。这也是大海的神奇，只要你长期生活在海上，即使不晒一点太阳，夜间的海风也能把你吹黑，吹成古铜色。

这就是海的颜色。

第二十二章

蓝色大跨越

人生一个幸福的境界就是在梦想的土地上写诗，在最美的高原歌唱，就是迎着那狂风、穿破那巨浪，勇敢地向前方，人民军队，威武雄壮航行在大海上，守卫祖国蓝色海疆。

走进东海舰队，我被《解放军报》聘为特约记者、《光明日报》和中央人民广播电台特约记者、《中国海洋报》记者，被《人民海军》报聘为东海记者站站长。这些中央级与国家机关、军种媒体的器重的并不是某个人，是对一支海上重要作战力量的期待。

作为一名水兵记者、东海发布的新闻官，我深感责任重大。有梦想引领，有使命驱动，我的主要精力义无反顾地投向了东海舰队的主要作战部队。

每年，迎着东海翻卷的第一个春潮，我就随某导弹驱逐舰支队的战舰出海了。8年间，每年，我至少有3个月航行在海上。

这里不能不说一下，我常年行走海防线上，家务事是一点管不着了，女儿朱迪出生后，她的养育、上幼儿园，到上初中、高中的教育，我也管不了。女儿幼年体弱，动不动就发烧，哪怕是深更半夜，也是陈玫抱着她到东航门诊部打针、挂水。好在军机关的门诊部离家所住的4号家属院只有一路之隔。晚上与周末，要送女儿到宁波市少年宫学电子琴，有一天夜里刮风下雨，陈玫骑着一辆旧自行车，费力地蹬上解放桥，下坡时一滑，两人都摔倒在泥水里，都哭了，但陈玫扶起车子与女儿，还是坚定地骑向少年宫。支撑她的是一个信念，要让女儿有点综合素质，长大后走向有素养的人生。

对每一个养育过儿女的女人来说，含辛茹苦都不是形容词，而是生活状态。苦累，贯穿于每一天、每一个时辰。苦累中，孩子渐渐长高长大。

女儿考上浙江大学后，有一天，我问她："你小时候最怕的事情是什么？"

她说:"最怕妈妈说不要我了。"我问:"为什么?"她说:"因为老爸一年到头不在家,妈妈一说不要我了,我就觉得这个世界上没有人要我了。"她的幼年、童年,遇事哭闹时,她妈妈一说这个话,比说"狼来了"管用百倍,她立即就不哭了。

这说明当军嫂不容易,当军人的儿女也不容易。

女儿的成长我关注不到,但东海舰队部队海上战斗力的成长我是紧紧关注的,任何一支战斗部队海上战斗力建设取得突破,便立即有我发在军内外报刊、电台、电视台上的稿子。

水兵记者始终在水兵之中。

109.海战打的是数字

20世纪90年代初,我军的装备与训练处在一种复杂探索中。部队装备依然是老旧装备唱主角,但一批批新装备装备部队后,总参与海军尚未同步出台新的训练法规,部队为了保安全保训练成绩,依然采用老的训练模式搞新装备训练。

跟随某驱逐舰一艘艘军舰出海训练,我了解到,这个支队从老支队长吴胜利(后任中央军委委员、海军司令员)开始,新装备训练不怕担风险,大胆突破,取得一系列崭新训练成果。

舰炮是近海作战的重要武器,但传统的训练方法都是用肉眼瞄准,发射炮弹,如果打得准,6枚炮弹也可击沉一艘驱逐舰。但是,后来列装的驱护舰都装备了火炮雷达瞄准攻击系统,不用人眼瞄,完全可以用雷达来进行跟踪瞄准攻击。

这是新生事物,过去没搞过,雷达也会受气象潮汐等因素影响与制约,用雷达瞄准训练,用雷达实施海上打靶,让拖船拖着靶船在万米之外打,万一雷达瞄准出现误差,炮弹击毁拖船造成船毁人亡怎么办?谁负责?还是沿袭过去用人眼瞄准、手动操炮有把握。过去,这个支队海上打靶成绩在海军是有名的,实战中也大显神威。1989年与越南在南海发生的规模不大的"3·14"海战中,兄弟舰艇奉命先行对越南舰艇展开攻击,前主炮接连几炮都没打中,这个支队的舰艇接到命令后,舰艇还没来得及转向,就下令舰尾副炮攻击,第一发炮弹打过去就掀掉了越南舰艇的驾驶台,平时的训练素养立见分晓。

"消极保安全,用老旧训练方法保成绩,打仗怎么办?"吴胜利与支队党委一班人在讨论、争论中统一认识:启用新装备,成绩再差、风险再大,这一关也要过。

出现过一些过去没有遇到过的困难,有过一些波折,但新系统训练与打靶取得历史性突破。这个支队用电子火控系统进行打靶,从晴天打到雨天,从白天打到黑夜，从简单海况打到复杂海况，打出了一个具有"全天候"海上作战能力的支队。

这是全海军具有这种能力的第一个驱逐舰支队。从消息到通讯，新闻稿发出后，《人民海军》《解放军报》《中国青年报》、中央人民广播电台等媒体立即进行了报道。

一支部队的成功探索，成为全军的训练成果。这就是新闻媒体的强大能量，它能非常醒目地把一个事件放到军队高级机关、各级指挥员与全军官兵、全国人民面前，彻底冲毁传统模式，让旧有模式迅速遭遇淘汰。随之，海军与全军的年度训练与考核标准发生变化。

支队领导探索的劲头更足了，导弹攻击训练等高难度科目进入训练海区，一个一个难题被突破。

这是我1996年夏天跟随某舰出海描述的场景：

一连几十个昼夜，从舷外狂涛撞击的深水炸弹舱，到纤尘不染的导弹发射控制中心；从噪声120多分贝的机舱到摆晃达20多度的飞行甲板，我与支队随舰出海的副支队长蒋勇、政治部主任孙伟建和舰上几十个战位的官兵交谈，我提出最多的一个问题是：在某舰上你们最感自豪的是什么？回答是多种多样的。那是令人难忘的一幕。

编队进入战斗航向。

某舰与6艘驱护舰梯次展开，对数百海里的扇面遂行电子跟踪搜索。突然，警铃大作，战斗警报拉响。

31岁的舰长罗仙林大步跨入全封闭作战指挥中心。随即下达战斗命令：

"对海导弹攻击！打击目标6002批！"

导弹分队长复诵完舰长的命令后，给战位下令，"装定射击诸元……导弹供电！"

"导弹供电良好！"

"准备发射，人员隐蔽！"

"发射准备好！"

"发射！"

导弹分队长使劲按动了红色电钮。

来自上级机关的考官们，目睹这次突然袭击的导弹模拟攻击。当场，考官们评定："导弹发射口令准确，声音洪亮，战斗气氛浓，技术熟练，成绩优异。"

然而，这一"优异成绩"却一连多日困扰着罗仙林。

新型战舰的作战指挥中心，每秒钟能多次处理由侦察雷达、攻击雷达等几十部计算机输送来的敌我各种态势数据，提供多种打击参数；10多个荧屏和数以百计的显示灯指令键盘，只要轻轻一敲，可以传达一切作战命令，整个导弹攻击过程舰长等人嘴巴不发一个字就可最快速地将导弹打出去。

可是，几十年来，舰上训练已习惯了"口喊""手摇"的操作方式。已全部实现导弹化、自动化、电子化的新舰，训练和作战操纵方式一直沿袭着老舰的做法，没人敢改！舰上曾试探着改变，官兵们无所适从不说，机关也无所适从：没有口令了，考评看不出战斗气氛，成绩怎么判？

面对几十年的训练老规章，进行改革是艰难的。改，不仅意味着要同惯性和惰性作斗争，也意味着弄不好要丢成绩，丢荣誉。但把这些往实战需要的天平上一放，罗仙林的眼睛亮了：用计算机系统传递作战指令，比嘴上的大喊大叫打出的导弹要快几十秒甚至几分钟。

在分秒必争的高技术条件海战中，几十秒那意味着一次乃至多次战场主动权的赢得与丧失。

眼盯战斗力的探索者们不再犹豫。在支队和舰队机关的支持下，他们展开了历史性跨越。官兵们按系统分班进入舰上的课堂；支队领导都成了教官；官兵们学完各系统战位技术理论，围坐在一起面对程序化的指令精心苦练，模拟操作。

日复一日，年复一年，官兵们循环往复地重复着机械、单调、枯燥的动作。苦训400多天，终于习惯了用手、眼、耳的功能取代嘴巴的功能了，实现了人与电子计算机指挥系统的连接。

在海水墨黑的海域，一场海军历史上罕见的实兵实弹演习正在进行。记者钻进某舰作战指挥中心。当指挥舰传来导弹攻击命令后，罗仙林随即启动发射程序。只见在幽暗的灯光下，数十部雷达、导弹、火箭等控制系统的显示器上红、黄、绿、蓝显示灯闪闪烁烁，荧屏上各类数据行云流水，各种蜂鸣器此起彼伏……瞬间，战舰微微一颤，甲板上腾起一片烈焰气浪，随着助推火箭残骸"嘭"地入水，导弹像快速掠海飞行的海燕，直扑大海深处目标。

过了一阵，空中传来舰载机飞行员的报告："导弹直接击毁目标。"水兵们高兴得跳起来。两位导弹设计师流下了动情的热泪。罗仙林笑了。新型导弹不仅超视距新战法攻击首次取得成功，而且时间上还缩短了几十秒。这不只象征着未来战争中的主动权，也说明某舰官兵在驾驭新装备的素质上有了突破性提高。如今，舰上所有先进的武器系统已被他们熟练地驾驭：战舰航行，他们凭着卫星导航提供的数据，使战舰在大洋任何海域定点定位精确到1分钟之内；深弹火箭系统搜索攻潜，操纵声纳计算机系统发射数百枚深弹，全部精确命中；主炮、副炮射击直接操纵计算机火控系统实施，17次实弹射击成绩均超过优秀标准。

在这次演习中，水兵们得到海军首长嘉勉，一枚闪亮的军功章也挂到罗舰长胸前。

110.电子屋子真神奇

训练改革与探索在各舰展开,但我决定以某舰为重点,对它进行详细、全面、深入的采访,然后,再去各舰做有重点的面上了解。

为何这个支队的领导不怕担训练风险,练兵劲头如此足?最重要的是缘于军人的使命感。

对支队官兵来说,有硝烟的海战未打,无硝烟的电子战早已展开。

一次海上演练,使某舰的官兵出了一身冷汗。

1994年年底,某舰与3艘驱护舰展开海上对抗演练。在战术攻击海区,某舰的多部警戒和攻击雷达紧紧自动跟踪打击目标。突然,雷达兵报告,荧屏上一片雪花,什么目标也看不见了。而本舰却暴露在多舰多方位的攻击阵位上。他们第一次尝到了电子干扰的厉害。

一身冷汗过后,一个新的训练方案形成了。几个技术最精的雷达操纵手被抽调到电子战部门和信号录取台,取代了几名"公差兵"。全舰干部和主要战位操作手进入课堂,啃起电子战原理,研究起几十起海战中电子战战例,练开了电子战攻防战术。

随着训练的深入,官兵们看到了一个浩渺无边的电子战场。每日,舰长打开指控系统,都会发现本舰周围空中、海面、水下的几十批运动目标,敌情威胁"红灯"也不断告警。在星星般闪烁的目标中,如何做到判明敌舰艇飞机运动要素,如何识别假目标,确定打击和防御方向?屏幕令人眼花缭乱,跟踪训练每前进一步,都是极为艰难的,但官兵们从未止步。他们心中清楚,外国先进的电子战系统已能同时跟踪300多批目标,我们只能艰苦训练,奋起直追。

为练出快速处理电脑数据的"活电脑",水兵陈江亚、吴增贵、吉利等人,常年在全封闭的战舰上,脚不出舰。空调世界决不像人们想象的那么美妙。刚上舰时,水兵们见到全舰各舱室温度都是由空调控制的,心里美坏了。可一年半载下来,一天到晚总觉着胸口闷得慌。新鲜氧气吃不饱,觉睡不够,早晨往往昏昏沉沉嗜睡。全封闭战舰,是为防原子、防化学、防核化设计的,它要求舰员必须适应"封闭"世界里的生活。为赢得未来战场的那份敌我双方都苦争的主动权,水兵们宁愿与世隔绝,一年四季开着空调追赶电子时代。他们起早贪黑地背雷达参数、海图要素、各型舰船运动要素与特征,在脑中贮存了几千个数据,练出了一手跟踪、识别目标和发现敌方导弹末制导雷达开机后,快速实施电子干扰的过硬本领。熟练的技术已达到了凭借条件反射不需动脑重新思考判断的程度,成了名副其实"活电脑"。在一次海上实兵演习中,某军从空中与远海数次对我遂行隐蔽电子侦察,每一次都被他们的"火眼金睛"识破。他们初次尝到了电子对抗的甜头。

舰上水兵仪仗队

成功的实践使他们认识到,战时的较量完全取决于平时对各类雷达参数、海情、敌我战术技术手段的记忆与以秒计算的快速反应。他们把电子战摆到首位,过去海上训练最闲的冷门盲区,如今成了常年训练最忙最累的热门。每次战舰出航执行巡逻、警戒、护航、演习任务前,在装填导弹、火箭、炮弹等武器弹药时,官兵们首先搬装的都是电子战设备和电子弹药。海上训练和演习中,他们20多次成功地进行电子对抗,次次显威。

凭着这份执着,近3年来,某舰对空、对海、对水下目标与航海、通信、动力等新装备系统,被官兵们全系统全功能地掌握,使这艘服役时间最短的新型战舰,一跃成了新装备系统百分之百被开发使用的战舰,在10多次实兵演习、护航、出访等重大任务中独领风骚。

111.普通水兵成学子

一艘新型战舰就是一部系统齐全、门类复杂、功能各具、管路网络血脉相连的作战机器,任何一个部门、一个系统的故障,有时哪怕是半截保险丝、一颗螺丝钉、一块线路板的损坏,都会导致战斗力锐减甚至全部丧失。

采访中,我听到在自觉的认识背后,一段令人难以忘怀的故事。

1994年8月,某舰在支队领导率领下,4舰抵达东海某训练海区。对空防御与导弹、火炮攻击科目下达后,按照分工,某舰担负为编队舰艇提供空中情报任务。可远天袭来的飞机连肉眼都看得见了，编队仍未收到某舰提供的目标信号。各舰急得直叫，罗舰长与雷达兵更是急出满头大汗。

一个让人急得跺脚的故障摆在他们面前：低空警戒雷达高压加不上，发射机电子波发射不出去，无法捕捉目标。

支队指挥员下令，某舰退出训练，任务被别舰取代。整整一天，某舰在海上漂泊，故障未排除，全舰官兵干等一天，未完成一个训练科目。

返航后，千里之外的工厂派了10多人上舰维修了多天，排除了雷达故障。故障是偶然的，但偶然的故障使罗舰长与全舰官兵一连几天睡不安，吃不香。不安的心海翻腾着相同的波浪：在全自动化的战舰上，人对装备的依赖性增大了，而装备又是依赖人来维护与使用的。在未来海战中，战场上突发的偶然情况会更多，装备系统出了故障不能动手排除，面临的将是灭顶之灾。官兵们没有忘记，西沙之战时，我方猎潜艇重创了吨位比我舰大几倍的敌驱逐舰，就在敌舰升起白旗投降时，我舰因偶然的机电故障，让眼看被活捉到手的敌舰又跑了。在激烈的海战中装备坏了，导弹不能发射，炮不能打，那意味着什么？罗舰长和政委陈军波，副舰长孟冬华、杜国栋等人坐在一起，熬到半夜，形成一个决议：不让碰、不敢碰新装备系统，怕弄坏装备的状况再也不能继续下去了，必须勇敢地跨越这个"雷池"，培养一批善排故障的好手！

决策是大胆的，但进入则是谨慎的。为使官兵们插上在微电子王国邀游的翅膀，在请100多名工厂专家、设计师系统讲解微电子、集成电路和高新技术在舰上装备中的运作原理的基础上，全舰展开了默背电子信号流程、默画本系统结构原理和接口线路走向图比赛，持续时间达一年之久。集成电路的现代化装备，一个系统有几十条乃至几百条各种线路，有几千、几万个转接环节。集成块上有几十万乃至几百万个小点，排除故障，如果对功能电路走向不知，判断不出故障点，就犹如大海里捞针，纵使全舰人员上阵昼夜不吃饭不睡觉地查，也枉费心机。一旦入门，对流程电路板块功能模板熟悉，对故障部位判断准确，排故障往往也就是换个插板、补个焊点、装个保险丝之类的事。

在默画电路流程比赛的基础上，他们又利用试航保修期300多家单机生产厂家派人上舰为新舰检测保修有利时机，让战位操作手一对一地签约拜师学艺；在检修中对照参看画图中的实物，使官兵解剖装备、排除故障的能力有了很大提高，一批排故能手在各个战位上崭露头角，一些罕见的故障，竟在他们的手下被排除。

今年2月，某型攻击雷达显示数据的分环盘不工作。检测保险丝是好的，测试集成块，没发现一个焊点虚焊或脱焊，查测线路一切正常。工厂从千里之外火速派出6名技术人员上舰排除这一疑难故障。可是，一连几日，毫无结果。

行家在排故，官兵们也在分析：会不会是集成块电容有问题呢？他们拆下集成块逐个检查，发现果然是制造者将一个触脚装反了，一换方向，故障排除了，6位行家露出了惊奇的目光。

这种成功的排故事例几乎在每个系统都有过。火箭发射输弹机故障，发射班班长鄢枝国下到底舱，仅用1分钟就使一枚枚火箭弹输入了发射架；主炮扬弹机连销装置卡槽，导致炮弹打不出去，分队长周桂明用铁锤只轻轻一敲，这一原先多年来请工厂师傅排除的故障即被化解；情报中心主计算机不工作，雷声长杨其君判断两块集成电路有故障，换上新板块，一切恢复正常；一次夜间远航，对空警戒雷达天线卡死停转，官兵们打着探照灯爬到十几米高的桅杆，用一个半小时排除了天线轴承和电机接口脱落的故障。几年来，官兵们排除各类大小故障30多起，帮助兄弟舰艇排除4起大故障，不仅节省了大量人力、物力、财力，更重要的是赢得了训练时间，确保了重大任务的完成，练出了一手确保战舰放心地驰入未来战场的硬功夫。

排故能力的提高，极大地提高了战舰的生存能力，延长了一些装备器材的使用寿命。副炮攻击雷达某波段高频接收晶体经常坏死，工厂常上舰换部件，但找不出根除故障的原因。徐长才、黄春华、洪青武等10多名技术尖子集体会诊，确诊为某大功率雷达开机照射引起，并研制出了先行开机，形成保护电路的方案，此法试用了一年多，这部雷达接收晶体再也没坏过。同时，他们提出的100多个改进新舰装备系统局部设计的方案，也被设计、生产厂家所采纳。全舰涌现了一批令专家学者刮目相看的"智能型""技能型"兼备的官兵。班长吴增桂编写的《常见与疑难故障分析150例》，不仅成了本舰的财富，还被支队其他舰和院校选用。

112. "习惯"也成战斗力

上舰第一天，喝完茶，我端起茶杯朝舰首的厕所走去。文静、秀气的文书见了，慌忙跑过来，一把接过我的茶杯。"厕所里不能倒茶叶。"见我诧异，文书对我讲了几件事。

刚接回新舰时，水兵们还按老习惯，上厕所时，白纸、卫生纸，抓到什么用什么。可是，舰艇"发脾气"了：具有自动冲厕所、自动溶解、自动分类并将粪便烘干压缩存放的电子设备发生故障，亮起了红灯，不能使用。从此，水兵们懂了，改用软绵绵的卫生纸，出海之前，卫生纸作为舰上标配发到水兵手中。新舰容不得水兵一丝一毫不循规蹈矩。有人违反舰上禁烟规定偷偷过烟瘾，刚刚点着，监控报警装置就拉响了消防灭火警报；有人违反规定没有关严舱面水管，舰上便响起了损管堵漏警报……一招一式，逼着官兵们重塑自我，养成新舰需要的良好习惯。

水兵们从与新舰打交道中认识到，集电子化、导弹化、自动化于一体的价值数亿元的新型装备，容不得半点的马虎与"怠慢"；战胜懒散陋习，养成适应新装备"娇脾气"的习惯，同样是形成新装备战斗力的"倍增器"。

水兵们再也不马虎了。那个较真劲，令人动情。

养成一个良好的用装习惯太重要了！官兵们从亲身体验中认识到，在这艘常年铺地毯、开空调的全封闭战舰上，良好的习惯可以直接形成战斗力；不良的习惯直接损害战斗力。坏习惯使官兵们吃尽苦头；好习惯也使官兵们尝到无数甜头。一次，对海警戒雷达班班长徐长才在海上值更时，按习惯到无人操控的高频室门口巡视。一看吓了一大跳：高频房海水冷却管爆裂。再晚几分钟，价值300多万元的发射机将毁坏报废。"习惯"使他从容排除了险情。

今年3月的一天，战舰即将启动远航。主机一班长顾建国按习惯先人工盘车（一种检测主机启动前有无故障的方法），机器一圈没打动却卡死了。他立即放掉滤心里的滑油进行检查，发现两块破损的10多公分长的钢片卡在里面。如果不按习惯盘车就启动机器，不仅电机要烧坏，整个主机将不能使用。好习惯避免了灾祸的发生。

正是这种"习惯"与融化在"习惯"之中的忠诚，使他们创造了一项奇迹：在海军水面舰艇中报故障最多的是机电系统，而近几年，除舰上中央空调因缺配件向基地报过一次故障外，某舰机电系统居然没给基地报过一个故障，创造了海军单舰航行500天无故障的新纪录。舰上的主、副机动力状况，比刚出厂时都要好，双车在大风浪中长时间跑最高速照样是机声悦耳，一路欢歌。

也正是这种"习惯"，使某舰导弹、火炮、雷达、声纳等全舰各系统装备，近年来，始终处于良好状态。去年8月，某舰正在某海域执行警戒任务，上级一声令下，仅用3天时间补充油水、食品和国际交往物资，即开赴俄罗斯进行访问。而在过去，担负这类任务的舰艇，备航都需一个月以上时间。去年以来，某舰执行突发性远航和军事演习等重大任务11次，次次一声令下，立即出航，载誉凯旋。舰艇的在航率与装备的良好率高，这本身就是世界各国海军衡量舰艇战斗力的主要标志。在这方面，某舰无疑同样驶过了绿水，超越了蔚蓝。

1996年10月21日《中国青年报》《人民海军》、1996年第1期《当代中国海军》《中国海洋报》等刊登了我采写的通讯。

《解放军报》上发表的稿子更多了。《驶入现代化航道》《人民海军第一支水面舰艇部队全部实现导弹化电子化》《东海舰队让指挥员在近似实战中斗智斗勇》《搏风斗浪砺奇兵》《怒海狂涛铸精师》《某驱逐舰支队实现由近海向远洋的跨越》《某舰探索出驾驭高新技术装备人才之路》《"舰校课堂"造就一代新型水兵》《"海博士"考核的启示》《造就掌握现代化武器的人》《优秀不能当标准》《围绕中心弹钢琴》《舰艇上有了博士军官》《某驱逐舰支队利用海域降雪天气摔打部队》《在滔滔大洋布阵演兵》《东海舰队实施海上导弹装填取得突

参观我国第一颗原子弹同比例模型

破性进展》《特混编队驰骋大洋》《某驱逐舰支队填补一批海上高难训练课目空白》《随舰"蛙人"建功大洋》等,几年间《解放军报》在头版包括多个头条,多次刊登我采写的这个支队训练改革的训练成果报道。《解放军报》记者任燕军、杨杨、军事部副主任、后任副总编辑的赵险峰少将等新闻高手,也多次深入支队,与我合作采写了长篇报道《东海大跨越》等系列报道。

支队的训练劲头被鼓得足足的,舰队各部队的训练劲头被鼓得足足的,海军各部队的训练劲头被鼓得足足的,这不是我作为一名水兵记者的功劳,而是记者写的这些报道凝聚了各级党委、机关、首长的意图,被中央军委机关报刊登后,成为鼓舞万里海疆官兵练兵的强大动力。

这个支队也成了将军的摇篮。时任海军司令员吴胜利、海军副司令丁一平、张展南、邱延鹏,海军副参谋长蒋勇、海军东海舰队副司令柏耀平、海军潜艇学院政委刘玉等10多位将军,在不同的岗位上为人民海军现代化建设贡献聪明才智。

这是一个美好的年代,工作干好了,素质优秀,就能被党和军队选拔到重要岗位上,成为国家与军队的栋梁。时代造就了他们,他们又成为时代精英,丰富着时代旋律,成为推动时代前进的重要力量。

这不能说是新闻工作者的作用，但也不能说没有联系，它说明新闻工作者是时代的瞭望者，是时代进步的鼓舞者，作为意识形态领域的重要组成部分，作用于社会实践，成为社会发展的推动力量。

童年的梦牵引航行到一片蔚蓝无际的海域，美丽斑斓。

第二十三章

大洋艇队

最难忘的记忆往往会成为人生信念的一部分。永远忘不了那个深秋,我带着21名青年到青弋江畔的浦桥新兵体检站体检。海军接兵部队中有一群穿呢子海军服的官兵,尤其是身穿呢子水兵服的英俊水兵们,一身蓝色的海军呢,足蹬锃亮的军用皮鞋,气质不凡,走路时肩头的蓝披肩、黑飘带起伏飘逸,简直帅呆了。所有体检合格的兵员,都由他们先选挑。他们挑剩下,再由水面舰艇部队挑选。

我知道,他们是海军潜艇部队,对兵员体质要求是与飞行员的身体条件一样的。我因复检时感冒,而失去了甲级合格标准,与潜艇兵擦肩而过。

但是,因为心中有梦,总会朝着梦想的方向走。这不,当我成了东海舰队一名水兵记者时,全舰队各舰种、兵种部队都在我的工作范围了。于是,我有大量时间到舰队潜艇部队采访。作为一支战略兵种,它不断地通过我的笔触,展现在全海军、全军与全国人民面前。

跟随潜艇出海,昼夜在水下潜航,逐个战位采访……1995年初春,东海舰队一支默默无闻而又功勋显赫的潜艇部队被我撩开了面纱。《解放军报》在头版头条以双排黑体字标题刊登了这支部队的事迹:《守海岛25年没挪窝 闯龙宫16次探险路》。随之,军内外媒体完整追踪了我采写的这支大洋艇队的事迹通讯《大洋艇队飘出的歌》。

113.狂涛奏鸣曲

咸腥的大洋季风尖利狂啸,无边的浪涌击撞着孤岛。迎着大洋翻卷的新年第一个春潮,东海舰队某潜艇支队支队长刘来明、政委朱瑞云和副支队长郭守谦、陈小文疾步跨入潜艇,随即,拉响了警铃,率领潜艇编队远航大洋,开始了又一年的海上生活。

望着挺立舰桥上和伫立于码头挥手送行的支队8名常委领导，水兵们心头涌动着一阵阵热浪。

潮涨潮落几十年间，这群"老海岛""老潜艇"用他们宝贵的年华与心血汗水，在滔滔大洋上书写壮丽的蓝色诗行，吟唱了一曲曲高亢雄浑的蓝色国土上的爱国奉献恋歌。

强台风在太平洋掀起无边的狂浪。

夜间上浮充电的潜艇已无法实施潜望镜状态航行。为防止狂浪打碎潜望镜，海水灌入潜艇，潜艇紧急上浮。

支队长刘来明疾步爬上指挥台，用绳子将自己牢牢绑在舰桥上。艇长刚刚爬上舰桥，硬是被刘来明赶了下去，理由是"减少牺牲"。

风浪太大了。潜艇左右摇摆达100多度，刘来明站在离水面13米高的舰桥上，潜艇摇晃时，伸手就能摸到海水。潜艇一会儿被狂浪托到浪峰，一会儿又被摔到浪谷，潜艇虽然航行在水面，潜水深度表仍不断地显示十几米深的潜航数据。

不少水兵呕吐了。吐出了血水，吐出了胆汁，也把心吐到了嗓子眼儿：潜艇会不会被狂浪掀翻？官兵们的担心焦虑不是没有根据的。潜艇的最大抗风力只有12级，在这样危险的大洋上航行，一个指挥口令下错，一个操舵动作失败，都意味着惨祸的发生。潜艇在水深万米的大洋一旦失事，任何救援都是无能为力的。

"关闭舰桥升降口，各战位精心操作，保证潜艇绝对安全"。危急时刻，刘来明依然是那么镇静。镇静来源于他非同寻常的经历。这位有着27年航海经历的"老潜艇"，航迹覆盖了万里海疆所有潜训海区，出访过南亚三国，有着7次远航大洋的辉煌历程，创造了潜艇首次出岛链远航，首次常规潜艇水下最长潜航，多次遂行潜艇水下侦察任务等多项纪录，练出了一身开洋探险的硬招。潜艇远航三四十昼夜，他可以一次不用雷达定位，仅靠无线电定位，而使潜艇不偏航向；曾在超过声纳视距一倍以上距离，成功地进行鱼雷攻击；对主要海区和海峡的航门水道，了如指掌，平时出海，即使躺在铺上闭目养神，只要看到手表就能报出潜艇方位。每次出航，官兵们只要听说他去，心中安全感就会大增。

潜艇不断地扭着、跳着"摇摆舞"，犹如海上漂着一片树叶。太平洋上，风雨交加，狂浪如山，不仅看不到任何生物，也感觉不到任何生命的存在。刘来明全身透湿，脸被风浪打得红肿，冷得浑身直哆嗦。他咬牙支撑着，扫视着洋面，为防止潜艇与意想不到的物体相撞，他用生命里所具有的全部胆气、力量、智慧和忍受痛苦的能力与狂怒的大洋搏斗着。他心里想着，此时此刻，祖国的千家万户在干什么？一种为祖国远航的神圣使命感、自豪感，油然而生，浑身的胆量与力量倍增。1小时以后，舰桥升降口盖再次打开。一个水兵问道："支队长你还在吗？"就在这时，一个大浪没顶盖了过来。刘来明眼疾手快，一脚踩下了升降口盖，可仅一瞬间，指挥舱里就进了一两吨水。经过6个多小时充电，刘来明解掉绳索，走进指挥室，一声"深度190米，速潜"令下，潜艇猛然钻入了海底。

当深度仪指针指向190米时，水兵们全都欢呼雀跃起来。

潜艇在强台风咆哮的海面潜入水下，是平时一个很难遇到和不敢轻易实施的险难科目，潜艇在潜水过程中，只要

2020年夏在黄山老街

有片刻的停顿，瞬间就会艇翻人亡。这次太平洋上大风暴中的历险，使水兵们又平添了一身征服大洋的武艺。怒海狂涛锻造着劲旅。潮涨潮落25年间，刘来明与他的搭档们前后18次远航大洋，在惊涛骇浪之中锤炼出一批批能独立远航大洋的艇长。仅近些年来，支队从大洋中摔打出的全训合格艇长就有25人。

114.水兵圆舞曲

潜艇在万米水深的大洋潜航。电机发出节奏轻盈的吟唱。

大洋的水热烫得就像煮过的一般，在数十米的水下，水温仍达摄氏32度，潜艇舱内，温度已达50多度。水兵们仅穿一条亚麻裤衩依然满头大汗。政委朱瑞云按照他在远航中养成的习惯，从1舱依次察看到7舱。

望着倚伏歪靠在战位上的水兵，他的心头翻卷着阵阵热浪：多好的水兵啊！水下航行已数十昼夜，水兵们昼夜值更，体力消耗已临近生理极限。晕船、高温、噪声、失眠、缺氧，人人嘴唇干裂脱皮，身上布满一层层痱子奇痒。尽管都处于精疲力竭的状态，但在每个战位值更的水兵即使歪倒在战位上都睁着一双清

醒的眼睛，所操纵的仪器仪表都处在最佳工作状况。

一阵警铃响起，水兵们像箭一样从战位弹起，以为又遇到异国潜艇、水面舰船与反潜飞机。

可迎接他们的却是一个神奇的会场。

一个别开生面的党员大会在太平洋水下召开了。二三舱的30多名党员三言两语地发言了，中心议题，讨论远航以来表现最突出的舰务兵刘朝清、舵信兵黄杰入党问题。望着双眼布满血丝、穿着裤衩背心又高又瘦的政委朱瑞云，党员们有满腹的话儿想说。

真是"好雨知时节，当春乃发生"啊，在大家的记忆中，政委的思想政治工作总是那么及时，那么令人欣喜，令人振奋！官兵们的思想脉搏，他把握得总是那么准。

水兵们刚远航时，一个个像快乐的麻雀，叽叽喳喳叫着："我们代表中国远航太平洋啦！""不办护照出国喽！"可在大洋上遇到强台风和潜艇仪器机械故障，一个个又焦急得犹如热锅上的蚂蚁。每当这时，他们准能看到朱政委的身影。这位在潜艇和孤岛生活了27年的老政工，总结出一套非常管用的潜艇部队思想政治工作程序。出航时防麻痹心理，遇险时防畏惧心理，陌生海域防好奇心理……不论是在大洋海底，还是平时在岛上，水兵们一见到他，心里就有一种亲切感、踏实感，就有一种轻松、愉快、温暖的气氛。他到支队一艘最后进的艇上当政委时，不到半年，12名号称"惹不起"的兵全部由后进变成先进；他当政治部主任时，支队官兵遇有不顺心的事找到他，保准事事有着落，件件有回音。他有一句口头禅："我们干潜艇的最能体会到什么叫同舟共济。除了上下级这一层关系，我们都是兄弟。"有了这样一种情感，他做思想工作的宗旨就是关心人、帮助人、激励人。

远航中，水兵们呕吐得最厉害，累得爬不起来的时候，他总是端清水给大家漱口，煮咖啡为大家提神；太平洋水下过佳节，他总是拿出采访机让官兵们"说句心里话"，让官兵亮开嗓门儿唱出"水下之声"。水兵们更动情的是，潜艇每次路过别国占领的我国岛屿，朱政委总会升起潜望镜，让水兵们看个真切。相撞的都是爱国的心，水兵们个个看得怒火中烧，热血奔腾，摩拳擦掌，纷纷议论："这辈子什么都不图了，就图把五星红旗插到那岛上去。"

朱瑞云凭着27年在滔滔大洋上梳理出的思路，凭着27年在孤岛上熔炼出的人生，形成了他作为党的思想政治工作者的独特魅力。在他面前，任何一个官兵没有讲不通的道理，梳不通的情感，解不开的思想"千千结"。不论在岛上、码头、海洋上，不论是来自经济特区、都城闹市，还是来自富豪或贫困之家的官兵，也不论遇到什么样的思想问题，或是实际问题，是出现了意见分歧还是口角之争，只要他出现在官兵中，在水兵的心田里，都会回旋起清新宜人的圆舞曲，使水兵们情不自禁地踏着优美的节奏,手拉手快乐起舞,潇洒前行。

115.舰队进行曲

"大西洋、大西洋,我是北冰洋,听到请回答!"

"大西洋、大西洋,北冰洋呼叫,北冰洋呼叫……"长城727号潜艇的指挥舱里,官兵们人人屏住呼吸,聆听着水兵在水声通信仪前沙哑的呼叫。可是对方潜艇一直没有回音。

面对一片死寂的大洋海底世界,官兵们的心全悬了起来。

潜艇与潜艇在大洋上的隐蔽会合,是未来高技术条件下我潜艇兵力遂行协同作战任务的一个重要手段。为突破这一潜含着重大风险的训练盲区,指挥机关设置了一系列近似实战的大洋环境。

为了达到隐蔽突然、出奇制胜的作战目的,潜艇不得不放弃卫星定位和雷达侦察等一切先进技术手段,采用手工六分仪确定舰位和用声纳与水声通信侦察目标进行通信。借着夜幕的掩护,凌晨4时,副支队长陈小文和艇长、航海长让潜艇悄然浮出海面。他们每人拿一个六分仪,利用晨光对着天鹰星测舰位。可他们刚站到甲板上,就被太平洋上突然生成的一阵狂风暴雨,把潜艇浇入海底。他们不得不依靠瞬间抓测的舰位来测算与别的潜艇互相协同会合的阵位。

当久呼不见对方潜艇回音时,官兵们实在担心本艇舰位的精确度。他们清楚,潜艇在茫茫大洋上已航行了几十昼夜,一直用6分仪定位。如果一次定位误差在1海里,那么几十天,就是几十海里。这么远的距离,水声器材不可能沟通联络。而一旦联络不通,不仅意味着数艘潜艇几十天远航演练整个失败,也给潜艇返航留下隐患。在海水深达几千米乃至万米的大洋上,同一区域的潜艇与潜艇,稍有碰擦与相撞,后果都是不堪设想的。

几十双眼睛一起聚集到陈小文身上。

只见他站到海图桌前,与航海业务长经过一番演算后,十分镇静地命令道"我艇方位准确无误,继续向对方呼叫。"官兵们悬着的心又放了下来。

信赖缘于他们对这位"老潜艇"的了解。自从海军核潜艇艇长培训班毕业以来,他与支队长刘来明、副支队长郭守谦等人累计在大洋上航行了85000多海里,施训过数以百计的科目,从未出过任何事故。当兵上潜艇27年间,从雷达兵到声纳军事长、航海长、艇长以至司令部参谋长,每个岗位他都干过;多次参加远航,一直是一名优秀指挥员;率艇出航,从未有哪次没完成任务。

大洋底层的回音再次证明了这一点。就在水兵呼叫15分钟后,海底传来回声:"北冰洋,北冰洋,我是大西洋,我现在距你×××链,水下190米处……"

"会合成功啦!"陈小文与全艇官兵脸上全都洋溢着喜悦。

潜艇隐蔽会合不一会儿,异国的3架反潜飞机飞临上空盘旋,海面上数艘外舰急速游弋。陈小文旋即下令深潜规避,率领官兵又进入了一场潜机对抗、潜舰对抗的斗智斗勇之中。

"迎着那狂风穿破那巨浪勇敢地向前方,人民军队威武雄壮奔驰在大海上,每一艘战舰都是一个钢铁的堡垒,每一寸领海都是祖国神圣的边疆,蓝色的航道上洒满了阳光,年轻的水兵忠于人民忠于党……"

潜艇突防成功后,水兵们自豪地唱起了舰队进行曲。

116. "短板"变奏曲

潜艇像个大鲨鱼,静静地伏在那里。副支队长郭守谦领着百十号官兵钻进了艇腹中。不一会儿,七八十米长的艇体内外,便响起了一片刺耳的铁器刮击的尖利噪声。

噪声刺得人们大脑胀痛,可郭守谦听着这令人难耐的噪声,却觉得比世界上最优美动听的交响乐还要悦耳。

这正是他和常委一班人精心策划的"木桶工程"。

近几年来,支队潜艇战斗力生成速度越来越快,每年都有数艘潜艇完成全训,艇长进入独立遂行大洋作战任务序列。可是,随着训练的深入,一道特大的难题也摆到了全支队官兵面前:由于维修经费严重短缺,维修计划得不到落实,支队已有6艘潜艇失修。远航的潜艇是不能带任何故障出航的,失修的潜艇也不能进行全训。

装备状况已严重影响支队的战斗力生成,常委们都很着急,人人都在绞尽脑汁想办法。分管装备和训练的郭守谦提出了他的"木桶工程"。

这缘于他对"木桶理论"的妙用。一个木桶的容量,不是取决于最长的木板,而是取决于那块最短的木板。

自己动手,修补"短板",他领着官兵出征了。

维修潜艇,刮除20多个水柜、油柜和艇体上几公分厚的海蛎子是最基础的工程,也是最艰苦的工程。油水柜大多像棺材样大小,人钻进去只能蹲着、躺着、跪着刮锈。闷热、油污、铁锈、噪声与油柜内的有毒气体,刺得人双眼流泪,折磨得有着甲级身体的水兵们干个把小时就得钻出来透口气,以免出现休克。

一天下来,人人从里到外都污浊成一个个"锈人",连吐的痰都是铁锈。

1天、2天、3天……官兵们拿出生命里最大的体能与毅力挺着。

十几天,许多人皮肤过敏,手上和身上一层层脱皮,痛得难忍,实在感到支撑不住了。可是,他们谁也没有躺下。每天,眼前总有一个身影在支撑着大家。刮海蛎,铲铁锈,潜艇中的油柜、水柜,哪一个郭守谦没钻过!水兵们都知道他

跟随某型潜艇出海训练

是一个出名的"潜艇迷""训练迷",多次远航大洋,常年领着官兵在怒海狂涛中搏击;而修艇,他吃的苦比谁都多。

榜样的力量是无穷的。除锈、打漆、维修排故,"拼命三郎"们苦拼了20多天,终于完成了一艘潜艇的自修。

这一年,官兵们自修的第5艘潜艇游向了大海。按规定,坞保一艘潜艇要60万元,小修一艘潜艇要200多万元。在历时半年的维修中,官兵们排除潜艇升降舵、主机、脏物发射器等大小故障163起,使支队潜艇的在航率大幅度提高。官兵自修装备节约1000多万元维修经费是可以计算的,而"抢"出来的战斗力则是无法计算的。

望着一艘又一艘潜艇在大洋上留下的滔滔航迹,郭守谦笑了。

117.艇长浪漫曲

"蓝蓝的海水青青的岛,高高的山峰白云绕……"带着对美丽海岛的向往,带着对夫妻团聚生活的渴望,在结婚分居3年之后,长城号潜艇艇长、现任参谋长程启新的妻子一路笑语一路歌地来部队了。

可当她站到海岸码头上,望着海峡对岸光秃秃的山和脚下黄泥浆一样的海水,她委屈得眼泪差点掉下来。

"你骗人!"

妻子的一声愠嗔,引出了程启新一个"诱敌深入"的故事。

妻子的条件是优越的。这不仅因为她长得美丽动人,还在于在四医大工作的她所拥有的西安市的良好工作和生活条件。在结婚前,程启新就想过,将她拉上海岛,但他发现"作战对象"缺乏到艰苦海岛生活的打算。于是,他便对女军官展开了"战术动作"。婚礼,他有意识利用自己在潜艇学院艇长班学习时机,选择在青岛举行。新婚蜜月,他们在碧波荡漾的青岛中山路海滨、沙滩和栈桥、礁丛间漫步。看着眼前美丽如画的大海,妻子娇媚地问他:"你们驻扎的地方比这里怎么样?"程启新笑笑:"都是大海嘛,差不多。"妻子醉了。婚后,每年妻子都要到部队探亲,可程启新一直找理由不让她上海岛。他心里清楚:一让她知道这里这么苦,再想把她从四医大调来就"没戏了"。直到3年后,当他口袋里装着妻子到支队报到的全部手续关系时,他才把妻子领上了岛。据说,支队的几名领导把妻子拉上海岛,大都采用过这种战术。

巨大的生活反差使她茫然了。海岛交通闭塞不说,连吃用水都困难,夏天一早,就没水洗澡。被水兵们称作"智多星"的程启新有的是办法。他领着妻子到支队领导家一户户地串门。军嫂们每人都是一本青春献大海的"书"啊!

她们放弃在老家城镇当干部、教师等较好的工作生活环境,来到海岛上当了一名普通的家属工。十几年艰苦的海岛生活不仅剥蚀了她们的青春,而且侵蚀了她们的健康,她们大都患有这样那样的病。但她们提供给丈夫的依然是强大的支持:不仅把家务料理得好,子女们的学习成绩在岛上也是最好的,一些人陆续考上了重点中学和大学。丈夫一出海,家中再大的事,她们也撑着,即使生病手术住院几十天,也不影响丈夫出一天海。

妻子古大菊融入了军嫂们之中。

程启新乐了,开玩笑说:"你无可奈何花落去了,这下我有后勤部长了。"

他干工作的劲头更足了。抓训练,抓管理,抓装备维护保养,抓出了全支队一艘全面过硬的"标兵艇",创造了年出海训练100天的纪录,荣立了三等功。妻子毕竟是军人,她以坚韧毅力,不仅闯过了海岛生活关,还以扎实有效的工作,被评为全军计划生育工作先进个人,也荣立了三等功,夫妻双双站到了支队的领奖台上。当他从支队的优秀教练艇长走上参谋长岗位后,这位潜院艇长班毕业的高才生抓潜艇、抓装备管理的口头禅是:"我不要第二,只要第一。"去年6月,一艘潜艇备航准备实装战雷出海执行一项侦察任务。程启新来到了艇上,艇长带着他看战位他不看,却一头钻到狭小的舱底。当他发现6舱大轴上还有不易察觉的锈迹时,便拉下脸来:"你们这样保养装备,打起仗来,你不是死在敌人手里,而是死在自己手里。"他当即下令:昼夜突击,任何一个部位,不达最高备航标准,就不准实装战雷。第二天一早,他又来到艇上,看着一尘不染的大轴、战位和熬红了眼的官兵，他点了点头。在潜艇上他的眼里容不得半点"沙子"。还有一次，他在一艘潜艇的升降口旁看到一块棉纱布，便命令全艇人员集合，宣布进行作风纪律整顿。他对大家说："别小看乱丢一块纱布！中日甲午海战时，日军就是看到北洋水师舰艇的大炮上晒着裤衩，作出北洋水师无战斗力判断的。"

严格训练严格管理出战斗力、出军威。这年，支队的潜艇在上海吴淞口接受美国三军参谋长联席会议主席维西将军和太平洋舰队司令威廉克劳将军等参观。潜艇艇长出身的威廉克劳将军面对各舱擦得铮亮的装备看得并不认真，却在艇上专找潜艇容易漏油的地方，用戴着白手套的手摸有无水和油，并摇动潜望镜，察看发射管，然后伸出大拇指说："你们装备保养得很好。"当得知这艘艇当年曾打了50多条鱼雷时，将军笑着说："那你们打得比我们多5倍。"临别时，将军高兴地送给程启新一枚铸有美国国旗图案的纪念章。

118.绿岛小夜曲

"这绿岛像一条船在月夜里摇呀摇，姑娘呀你也在我的心头飘呀飘，让我的歌声随那微风吹开了你的窗帘，让我的衷情随那流水，不断地向你倾诉……"

海面微波细浪，军港秋风飘香。跃出海面的圆月，把澄澄清辉洒满了潜艇甲板。水兵们弹起吉他，站在艇上引吭高歌。悠扬的歌声，把潜艇兵心中的中秋赏月晚会推向高潮。水兵们沉浸在欢乐的海洋中，心头犹如灌了蜜。这不仅在于政治部主任王祖共与他的妻子带着月饼和100多个热气腾腾的粽子来与官兵同乐，更重要的是水兵们十分看重主任常年心系水兵的那份情怀。

水兵们真切地感到，每当他们思想和情绪出现波动的时候，心头准会漂来一场"及时雨"。

今年春节前，支队上百名官兵要回家探亲。就在他们出发前，人人拿到了一份打印好的"探亲三字经"，那上面把购票、乘车、会友、喝酒、访亲等10多项基本常识与注意事项，全都说得一清二楚，那份细致入微，比父母亲叮嘱远行的儿女还要周到。

只有常年关心战士，研究战士的内心，才能把思想工作做得如此细。而在"细"中求思想工作落实，则正是王祖共倾心追求的目标。几年来，根据潜艇官兵思想特点和变化规律，他和政委朱瑞云、副主任周元贵研究出一套较系统的思想工作"经"。如："出海经""锚训经""远航经""节日经""探家经""婚恋经""交友经""喜事经""痛苦经""娱乐经""劝学经"等。通过这些细致入微的工作，把话说到官兵心坎上，把组织的温暖送到官兵心头，把思想工作做到实处。

前几年，他发现一些艇停靠码头后，水兵们打老K成风。不仅战士打，干部也打；不仅节日打，平时也打。如何把大家从牌瘾中解脱出来？他趁东海舰队政治部部署开展全舰队"东海魂"读书活动之机，念起了"劝学经"，引导官兵们每月读一本好书，写一篇笔记。这一活动的开展，使部队的学习风气越来越浓，使许多"老K迷"，变成了"读书迷"：有些水兵读完了新版《毛泽东选集》和《邓小平文选》第三卷；有些水兵写了三四十万字的读书心得笔记。在此基础上，他又念开了"娱乐经"，组织官兵唱军歌和清新高雅的流行歌曲。

如今，每当夜幕降临，人们都能看到一幅幅水兵"读书图"，都能听到艇队里飞出的快乐歌声。那歌声、笑声、掌声、涛声，汇聚成美妙动人的绿岛小夜曲。

119.清风交响曲

在全军廉洁自律先进个人的名单中，有一个名字叫温新超，他就是这个支队的副政委，一个有着25年"岛龄"的老海岛。在官兵心目中，他是"好大一棵树，"一棵抵御不正之风的大树。

"清清廉廉做官，明明白白做人。"这是他为自己规定的为人处世的一个基本准则。可是，他没想到做一个清白的人也会遇到那么多的诱惑与挑战，而有些挑战，居然更多地来源于自己的亲人。为适应部队现代化、正规化建设的需要，近几年来，这个支队进行了规模宏大的军港封闭工程建设。不少大中型工程项目纷纷上马。一些承包商闻风而动。温新超的妹夫得悉支队军港工程开始招标后，便自豪地向乡邻们宣布，我的姐夫在这个部队当首长，包个工程十拿九稳，并胸有成竹地组织了施工队。为此，他先后5次来岛，找到温新超，要他"定夺"一下承包工程，并许诺，只要工程拿到手，给你家中补个几万不成任何问题。但温新超始终没有松口。

妹夫见温新超死心眼说不动，回到老家把他的父亲请上了岛。温新超见父亲来了，就知道这是妹夫使出的"杀手锏"。果然如此，父子一见面，当父亲的就说："新超，人帮人，亲帮亲，胳膊肘可不能往外拐，这块'肥肉'千万别让别人吃。再说，你虽然在部队当官，可你自己家里的情况，你比我更清楚。你不为我们考虑，也要为自己的老婆孩子着想啊！"父亲的这句话，击中了温新超的要害。温新超沉默不语，陷入了思考。是啊！自己对不住妻子和孩子。结婚十几年了，夫妻长期分居两地，家里依然是结婚时的样子，没有一件高档家具，一部14英寸黑白电视机还经常打着"瞌睡"。家徒四壁，寒酸得只有那辆"永久"牌自行车。温新超的家在温州，当年的同学，复退的战友和街坊四邻，如今大都成了"大款"，可他一个副师职干部的家里居然没有一点"现代气息"。亲友劝他脑子活点，逮住机会"发一发"。

想到这里，他对父亲说："爸，我是一名党培养20多年的党员，不能为了自己的利益，而让官兵们指着脊梁骨骂我。你既然来了，就在岛上好好玩几天。"父亲一听这话，气不打一处来，指着他的鼻子大骂温新超是个吃里扒外的"不孝之子"，说完，带着一肚子的气，愤然离岛。但他没在亲情挑战面前后退半步。

温新超常说："海岛上本来生活就艰苦，带兵人必须用最清廉的形象来凝聚军心，人人都应该是一棵长得正正端端的抵御不正之风的树。"带着这份执着，在海岛25年间，他当过干部科长、岸勤部长，管过人、管过钱、管过物，在志愿兵选改和转干、战士考学、营房施工、住房和财物分配等问题上，经手的经费高达数千万元，数不清有多少人提着礼品上门找过他，可不论是谁，也不论是用什么借口找到他，都摇不动他这棵树，从他这里打不开半点缺口。

在他心目中的这片海岛，天始终是蓝的，海始终是蓝的；映入官兵眼帘的，始终是满目苍翠，一片新绿；回旋在官兵耳际的始终是一首高亢激越的清风交响曲。

120.港岸协奏曲

隆冬的一天清晨，岸勤部长王树生按照每天早起的习惯，在部队起床号吹响前半小时走进了办公室。他一到办公室，桌上的电话铃声就急促地响了起来。

上级决定一艘潜艇作为主战兵力参加远航，命令他们在24小时内完成该艇一级出航准备。

潜艇的主机和各类仪器要保养，鱼雷和一个基数的弹药要吊装，油、水、电、气及主副食品等数百吨物资要补给，24小时必须完成。这在潜艇的补给史上是罕见的。

3号码头上，寒风刺骨。一场快速补给仗打响了。望着王部长行色匆匆的身影，支队领导和艇上官兵笑了。在他们的记忆里，从未听过王树生为保障潜艇远航叫过一声苦，喊过一次难，即使碰到棘手的难题，他也能拿出办法。

转眼间一辆辆保障车驶上码头。鱼雷车伸出巨臂，将一枚枚鱼雷塞进了潜艇；油水车的软管接入了艇体；食品车辆输送的鲜货食品装进了制冷舱；军需科送来的一双双布鞋，一件件亚麻背心、裤衩，发到了水兵手中……

凌晨4时，潜艇拉响汽笛，高速急驶大洋。这艘远航的潜艇，不仅如往常一样装载着所必需的一切远航用品，与往日不同的是，还装载着两吨矿泉水。

海岛平时喝淡水都困难，潜艇远航居然装载着矿泉水，这是一个什么样的奇迹！30多年来，岛上官兵喝水全靠两个容量较小的水库供给，如果遇到旱灾，不要说水库有水供使用，连喝的水也有困难。为了解决部队和潜艇用水，支队8名常委领着军民在海岛四处打井找水。也说不清吃过多少苦，流过多少汗，在两年多时间里，共打出6口井，均因水井出水量小而干枯，最后他请来四川原子能研究所两名专家带着找水仪器，终于在一处200多米深的地下打出了水源。捧着甘甜的泉水，官兵们笑逐颜开，送到省里一化验，井里冒出的竟然全是天然矿泉水，全支队官兵乐坏了。

"衣带渐宽终不悔，为伊消得人憔悴。"官兵们喝上了矿泉水，支队的港岸保障工作越来越有声有色，他想得更多了。根据潜艇远航水比油价贵的特点，他率先在海军潜艇部队远航中使用不淘米；为适应未来海上作战，提高潜艇的续航力和作战半径，他对潜艇远航所需的副食品全部采用精加工，当时这在海军部队仅此一家；为了全体官兵上岸后有一个良好的生活环境，在艇长、政委及水兵宿舍里，全部装上了纱窗和吊扇……一项又一项实事，数也数不完，可王树生为此却付出难以想象的辛劳：每日天不亮他就在军港转开了，深夜才回家；5年中，他没有休过一次假，没有睡过一个安稳觉，他把全部的精力都用在演奏那支"港岸协奏曲"上了。

不断被我追踪的还有另一支潜艇部队。这年的春节前夕，支队政委朱瑞云带着政治部的几名干部来到我家，送给我几箱远航压缩饼干与猪肉罐头，我留他们在家里吃晚饭。妻子陈玫用了个把小时，做了10多个菜，于是我们开始喝酒，朱政委也一杯接一杯地敬我们夫妻酒，寻常的举动还潜含着一个"战略意图"：他邀请我参加太平洋水下远航，那是数十昼夜的大洋航行。

当年舰队新闻工作任务繁重，我没能挤出时间跟随他们远航大洋，但对支队的报道却从未间断。

第二十四章

敬礼，扫雷舰

引　子

第一次跟扫雷舰出海，遇着件新鲜事：编队航行的导弹驱逐舰竟吹起银哨向扫雷舰敬礼。

海军礼节对海上航行相遇的舰艇吹哨敬礼有着明确的规定，两舰相遇时，舰级低的舰应先吹一声银哨向舰级高的舰敬礼，然后受礼舰再吹银哨表示还礼。

驱逐舰的吨位要比扫雷舰大好几倍，舰长也职高几级，为何先向"部下"敬礼？当跟着扫雷舰在海上航行扫雷数日，当东海舰队某扫雷舰大队的官兵向我敞开心扉时，我才渐渐明白银哨所表达的内涵，它只献给一个素有"海上敢死队"之称的特殊舰种。

121.唯一出国参战的舰种

大家都知道，地雷，是布在陆上的，而水雷，是布在水里的。明枪易躲，暗箭难防。平常很难发现的水中炸弹——水雷，所有航行舰船都非常怕它。而扫雷舰却是哪里有水雷，就往那里冲。但要是稍有偏差，也会被威力强大的水雷炸得舰毁人亡。即使不出差错，扫雷舰也难防不测。

中国军队是和平之师，从不侵略别的国家。但为了援助周边遭受帝国主义侵略的国家，曾先后出兵朝鲜、越南、老挝。在抗美援越作战中，中国军队除了派遣高射炮兵、工兵入越作战外，还派出扫雷舰部队为越南海域、港口、重点河道扫雷。

20世纪70年代初，美军对越南港口进行布雷封锁，当时被围困在越南北方海防港内的各国商船就有26艘，其中有我国船只9艘。为了支援越南打破美国的水雷封锁，中国政府派出了由海军16艘舰艇（扫雷艇12艘、保障艇4艘）组成的扫雷队，分5批先后进入越南，对海防、鸿基、锦普及东北群岛各港口、航道实施扫雷作业。

进入越南不久，海军扫雷专家不顾天气炎热，不怕危险，查雷情，探航道，捞雷解剖，弄清了美军布雷海区情况和所布水雷的性能结构，得知美军所布水雷主要有两种型号：一种是MK52-3型磁性水雷，重500公斤，灵敏度较低，用以爆炸千吨以上的大船；另一种是MK42-3型磁性水雷，重250公斤，灵敏度高，100吨的船只通过就能引起爆炸。美军将各种水雷混合布放。MK52-3型水雷布放间隔一般为150-200米，水深最小4米。定时装置共有10个小时档与1昼夜、3昼夜、21昼夜、35昼夜、90昼夜等，可任意设定。MK42-3型水雷还有自爆装置，不时使水雷自爆，以警告过往船只。随之，中国海军有针对性地进行扫雷器械改装，部署了扫雷兵力、扫雷方式，于1972年6月9日展开扫雷。

美军不只是布雷，情报获悉中国海军赴越扫雷时，白天不停对海区进行空袭，我海军被迫实施夜间扫雷。

越南海区航道狭窄、弯曲、障碍多，水浅淤泥多、含盐度低，潮差大、流急、流向多变、风大雨多、能见度低，扫雷部队夜间扫雷风险大、难度大，但官兵们英勇善战，根据越南战场需要，采用疏通航道，检扫航道，导航扫雷和全面清扫等方法，以最短的时间，保证越南船只通航需要。

1972年8月4日至1973年5月17日，对楠潮口24号浮标到龙洲岛、东北群岛等水域以及勒苗等水道进行了扫雷，特别是对楠潮口长14海里、宽300-500米的主航道，进行了两次清扫，疏通了航道。此外，还先后4次引导数艘海轮进入格万口锚地和海防港。

就在我海军扫雷取得节节胜利的时候，美国与越南巴黎停战协议签订了。协议规定，美国海军有义务为越南扫雷，消除战争后果。为此，美国组成了40多艘舰艇、40余架直升机、4000多人的混合扫雷队。他们扫雷力量虽强，但行动迟缓。越南政府又安排中国扫雷队继续消扫内海雷区和航道，我扫雷队又连续作战两个多月，在鸿基港勒苗航道扫除了11枚水雷。同一时间里，美国扫雷队在外海一无所获。后来，美方在中国扫雷队清扫过的雷区进行检查性清扫，没发现水雷，只是在未清扫的海区扫爆了3枚水雷，但扫雷的3架直升机也被炸毁，损失惨重。美国人事后承认：中国人扫雷很彻底。

1972年12月23日，东海舰队扫雷舰部队派出的某扫雷艇在芒果岛征河口扫雷时因扫雷具发生故障，发音器未同步工作，1枚水雷在扫雷艇附近爆炸，艇体受损，艇上9人受伤，军士长朱重滨英勇牺牲。

在历时15个月的扫雷战斗中，中国海军援越扫雷总航程2.7万多海里，扫除水雷46枚，胜利完成反水雷封锁任务。

1973年5月17日，中国海军完成越南港口全部扫雷任务后回国。

122.采访英雄所在部队

登上扫雷舰后，才知道，扫雷舰上的官兵常年生活在暗无天日之中。扫雷舰时刻要防护遭遇水雷爆炸不测事件的发生，舰体都有很厚的防护钢板，舰身没有一个弦窗，大白天，舰廊与各舱室都处在黑暗之中。军舰在海上航行，我在昏暗的战位上，对官兵进行采访。

年轻的舰长，对我讲了大队抗美援越扫雷英雄朱重滨的英雄事迹。朱重滨生前是大队376舰水雷军士长。入越后，朱重滨和战友们，多次冒着敌机轰炸出海执行扫雷任务。他所在艇，有一次一夜就扫爆了8枚水雷，成为我赴越扫雷队出海扫雷次数最多和成功扫爆水雷数量最多的艇。1972年年底，上级把朱重滨派到刚从国内赴越的13号艇担任技术指导。12月23日，朱重滨随13号艇驶向中越友谊航道执行扫雷任务，在扫爆第一枚水雷之后，他不顾个人安危，跨进驾驶室检查各种仪器工作情况，并把水雷爆炸的位置标在海图上，当他跨出驾驶室时，因扫雷具发生故障，发音器未同步工作，突发意外，一枚水雷在离艇很近的水下爆炸了，朱重滨被爆炸产生的巨大气浪抛进大海，全身6处骨折、伤势严重，经抢救无效，于12月25日光荣牺牲。朱重滨牺牲后，越南民主共和国主席孙德胜亲自签发第36号主席令，追记朱重滨烈士一等战功，并颁发《一等战功奖状》和一级国旗勋章；越南民主共和国国务院总理亲自签发授予朱重滨烈士"越南人民的功臣"荣誉称号，并追赠颁发《越南人民的功臣》奖状，同时追赠颁发《团结战胜美国强盗奖状》。朱重滨牺牲后，中国人民解放军海军给朱重滨追记一等功，做出了《关于宣传和学习朱重滨同志的决定》。

几十年间，面对艰苦的海岛，面对艰苦任务，扫雷舰大队一茬茬官兵都以朱重滨为榜样，严格训练，不畏风险，闯过一个个风险科目与海区，续写了扫雷部队新篇章。

123.专闯"死亡海区"

这是一场真正的敢死战。

水雷武器刁钻鬼怪的太多了。有的水雷极为敏感，只要碰到磁性的东西，它就炸，即使是一个竹筏上绑有铁丝从旁漂过，它也炸；有些水雷定次爆炸，定100次，扫雷舰扫99次都不炸；还有的水雷引信装定为炸航母或核潜艇，其他舰艇经过上面它都不炸；现代电脑水雷则更难对付了。因而，世界上任何一种扫雷舰都难保自身不被炸。美军"技高一筹"，发明了用直升机猎雷，结果在越南清扫自己布置的水雷时，扫除了3枚水雷，3架飞机连同飞行员一道被炸毁，真是自作自受。

又一起凶险莫测的任务来了。上级敌情通报,"303"海区疑有不明水雷,舰队命令扫雷舰大队派舰扫除。

受领任务后,扫雷舰编队昼夜航行,驶往目标海区。初夏的海上,透着宜人的清新。沿海平面朝前望去,那蔚蓝的海面抖动着,没有一片浪花,就像满海的大绸缎。

谁能想到,就在这片柔美的波涛下,会潜藏着无法预测的凶险。战斗警报的长铃响过,各舰进入扫雷战斗部署。

3艘扫雷舰一线排开,间距2.5链。音响扫雷具、磁性扫雷具、切割扫雷具连同拖带的像小飞机一样的红黄浮标和数百米电缆、钢缆被一起投放到海中。扫雷兵合上电闸,各舰通电,巨大的电流、磁场在海中扩展开来,各种磁性水雷、音响水雷、水压水雷、锚雷等都被列入扫猎之中。

千米海面,波翻涛涌。密集的航迹,透射出这是一支扫雷训练有素的部队。大队成立以来,曾参与扫除长江口水雷,调查探测沉没我国第一艘远洋货轮"跃进"号,周总理曾两次登舰视察嘉勉官兵。清扫美军在越南北部湾等港口布设的水雷更是立下赫赫战功。

几十年间训练扫雷,他们清扫出的水雷和打掉的水雷难以数计。奇怪的是,这次扫雷从清晨扫到傍晚,一无所获。

也不知什么时候开始,海面刮风了。编队指挥员决定扩大搜索扇面。

拖带切割扫雷具的3号舰驶出通报"雷区"不到5海里,观察手突然报告雷索边发现漂浮物。抵近探测,原来是一个锈迹斑斑、直径一米多的圆桶形大水雷。按体积预测,该水雷至少装有500公斤以上烈性炸药,依其爆炸力,足足可以炸沉一艘万吨级舰船。照常规对这种水雷采取销毁的办法都是将舰开到安全距离后,再用舰炮将其击毁。这次上级却命令要尽最大努力将其完整地打捞上来,送上级军事科研部门研究,这样,要冒的风险便可想而知了。

全舰进入一级损害管制部署,以防不测。

海上风力6级,舰身颠簸摇摆,不远处的水雷在海浪中一浮一沉,时隐时现,要是不慎撞上水雷,其后果不堪设想。舰长使出浑身解数,稳住舰体。舰尾慢慢地靠近水雷,打捞水雷的后甲板水武部门的干部战士,一个个面色凝重,心里确实比较紧张,谁都知道面临着什么。

"放吊杆!"水武长放炮似的喊起来。

吊车操纵手小赵瞪着眼,眼睛一眨不眨地盯着水雷移去。水武长和另外两名战士用撑杆稳住水雷,以免撞上舰体。吊杆上的铁钩落到水雷上面,水武长用撑杆推水雷,在其上面找到小铁环,因浪太大,水雷一浮一沉,吊车上的铁钩钩了几次都没钩上。最后,终于被钩住了,"好——对准——钩住——起吊"。吊车"吱嘎!吱嘎!"吊起了这个半吨多重的"死神",渐渐地从水里吊向空中。"轰隆！"一个大涌浪，一下子把舰尾推上了浪头，被吊的水雷也被猛地提了起来。突然，只听"啪！"的一声，水雷上的锈铁环断了，失控的大"铁家伙"呼地一声凌空掉了下去。"防爆！"只听"哗"地一声，"呵"还好，那玩艺儿掉回海里竟没爆炸。多险哪！站在指挥台上的舰长和水兵们心都蹦到喉咙口。

"怎么搞的！"水武长发起火来，脸色变得铁青。

"继续吊！"水武长的声音变了调，吊杆又一次向水雷伸去，又钩住了另一个铁环，又一道保险索加了上去。"稳住——起——起——起——好！"早已把头偷偷伸出舱面的其他水兵，眼看"死神"被降伏，便呼呼地窜出舱面，跑过来把捞雷组的几位战友紧紧地抱起来。

是啊！此刻的他们是多么激动啊。他们又一次以集体的智慧、技能和力量，战胜了死神，他们又一次为"海上敢死队"赢得了骄傲。

扫雷舰慢速驶向基地。后经水雷专家鉴定，这是一枚第二次世界大战时侵华日军在我领海布设而未引爆的漏网锚雷。在一般舰船不敢航行的海区，被我扫雷舰猎获扫除。

124.惊心动魄水雷战

一场高技术条件下的水雷战展开了。真刀真枪的海上实兵对抗使辽阔的演习海区充满"火药味"。"红""蓝"双方扫雷舰、布雷舰上的官兵，全都头戴防震钢盔，把血肉之躯裹在厚厚的装甲之中。新上舰的水兵，从紧张的战斗气氛中感觉到了恐惧。扫雷舰在海上对抗演习，就是实战。一切环节都是动真家伙。

说它真，不光背景真，就是使用的水雷也都是真家伙。哪一个环节走火，后果往往是连后悔的机会都不会有。

初夏的傍晚，东南沿海某岛一隅，一支行踪诡秘的车队在急驰。只见一辆辆装载着水雷的战车，在逆光背景中，黑压压的由远而近，轰隆隆地开上码头。每辆运雷车上8名壮汉，头戴钢盔，荷枪实弹，站立雷车两侧。这8名钢铁卫士，在暮色辉映下，像8尊威严的雕塑，透着逼人的战神气息。

一枚枚上吨重的水雷全被吊卸在"蓝方"部队的布雷舰上。

入夜，从厚积云层缝隙间投出几束微弱的月光，惨淡地散落在波光粼粼的海面，阴森森的冷海更增添了几分恐惧。

深夜时分，"蓝方"编队借着夜幕掩护，悄悄开进了"战区"。只听"蓝方"指挥员一声令下，不一会儿东海某海区的主航道上，全部布满了水雷。一个几小时前还平安无事畅通无阻的海区，顿时成了遍布死神的海区。海底有沉底雷，海中有锚雷，水面有漂雷；磁性水雷、音响水雷、电控水雷……应有尽有。狡猾的"蓝方"成功地在"红方"作战的必经海域筑起一道牢不可破的海上钢铁防线。迫使"红方"潜艇不敢从水下潜航，舰艇不敢从水面通过。就连民用小舟也不敢越雷池半步，否则一旦触雷，就会被炸得灰飞烟灭，连个影子都找不回来。

这是海军某基地为检验该扫雷舰部队在现代战争条件下的应急作战能力，从而组织的一次高难度、高风险海上水雷封锁与反封锁实战对抗演练。

"红方"舰艇编队停止航行，组织锚地对空、对海、对潜防御，数十艘舰艇组成的编队不能通过"蓝方"海区，不敢越"雷池"半步。

现代水雷战的威力正在这里。越战期间，美军在越南各主要港口布雷之后，为了吓阻各国航行舰船，有意识引爆几颗水雷给人看。爆炸的冲天水柱像恶魔一样狞笑着向世人宣布："不怕死的船开进来试试看。"一举瘫痪了越南所有主要港口。故而，今天世界各国的军事家，都把水雷列入"战略性武器"，不惜一切代价研制先进水雷和扫雷器材。

"红方"指挥员焦急万分，立即电令扫雷舰大队进入雷区，扫清航道。顷刻，"海上敢死队"迅速组成扇面队形，以"明知山有虎，偏向虎山行"的大无畏英雄气概，威风凛凛地开进雷区，实施地毯式编队扫雷。

这是一片死亡之海。扫雷编队拖着长长的各式扫雷具，小心翼翼地在深海里搜索着、探摸着。因不明对方布设的是什么型号的水雷，扫雷舰编队不得不动用所有扫雷技术手段，在茫茫大海上"捞针"。一个波次过去了，海面毫无动静。第二个波次过去了，海面仍无情况。第三个波次又过去了……海面上的空气在分秒中凝固。雷达兵紧紧盯着荧光屏，搜索着海面上每一个可疑的光点。水武部门的同志，穿好救生衣，备便了所有器材，做好随时应付任何意外不测情况的准备，神情严峻地肃立在后甲板。最紧张的要数各舰舰长，只见他们一边冷静地下着舵令，一边用电子手段在茫茫洋面上不停地扫视着，以防漂雷等袭击。

又一个波次过去，编队正准备转向，突然殿后舰报告："编队正后方发现一个黑色漂浮物，疑似被扫起的水雷。"指挥员即令该舰再次探测核实。

"报告，是一枚被扫出的锚雷！"

海上顿时兴奋起来："雷群找到啦！"紧接着又一枚水雷被扫出水面。

"立即销毁！"编队指挥员斩钉截铁地下达命令。

如果说扫雷是一件叫人毛骨悚然的绝活，那么销毁水雷也让人心惊肉跳。

各舰驶出安全区后，负责销毁的殿后舰2门双管"37"炮转动炮口，同时瞄准水雷。只听舰长一声"放！"一梭子穿甲爆破弹喷着火舌出膛……

突然，只见眼前一个刺眼的强闪光，约两海里处忽然升腾起一个50多米高、50多米粗的超巨型水柱。天空陡然暗了下来，随即传来一声震耳欲聋的声音，犹如夏日雷雨前空中爆炸的霹雳，"轰——"站在甲板上，冲击波震得全舰剧烈颤动。水兵舱里的几个热水瓶，瞬间噼里啪啦粉碎。官兵头戴防震帽、足蹬带弹簧的笨重防震鞋都被震得猛一颤抖。

可想而知，这枚装有几百公斤炸药的水雷，在两海里外爆炸都有如此威力，假如被军舰撞上，会有什么后果？"蓝方"布设的各种水雷被一枚枚扫起，又一枚枚地被炸毁。

当扫雷舰编队在"蓝方"布雷海区纵横驰骋，用各种扫雷具反复清扫再未发现水雷时，编队指挥员沉着地抓起无线话筒："太平洋，太平洋，印度洋呼叫，404海区水雷清扫完毕……"

至此，"蓝方"精心布设的海上水雷封锁计划，宣告彻底失败。"红方"这支具有光荣历史的扫雷舰部队，以100%的扫雷成功率，为"红方"大编队的顺利开进，扫清了通道。

125.扫雷扫出万吨轮

夜幕吞没了大海，海上散落着一串串星星。那是锚泊的舰艇为防止相撞，桅杆和舰首、舰尾闪亮的标志灯。寒冷的夜风，穿过军舰的桅杆发出呜呜的声响。海浪轻轻拍打着战舰，溅起片片浪花。锚训的扫雷舰都已沉睡，只有锚位值更的哨兵圆睁着警惕的眼睛注视着海面，以防不测事件的发生和风浪走锚，发生撞船事故。

23点25分，"丁零零——"一阵急促的"紧急启航"的刺耳铃声，惊醒了大队沉睡的锚泊舰。半小时后，舰群像一头头醒狮，低吼着扑向黑沉沉的茫茫夜海。夜间扫雷训练科目开始了。

寒冷的冬夜扫雷，海水刺骨砭肌。扫雷兵们投放扫雷具，回收钢缆割刀和碗口粗的电缆，夜间手脚不时被铁件碰破，海水一泡，钻心地痛。为鼓起水兵们的训练劲头，各舰舰长都利用舰上广播，对大家进行思想动员，号召水兵们发扬"五不倒"精神（风浪大晕不倒，困难大吓不倒，时间长拖不倒，温度高热不倒，天气冷冻不倒），各舰教导员提着水壶，把热腾腾的茶水送到战位上。第一训练科目：清扫锚雷。

扫雷舰拖着600多米长、200多米宽装有几十把割刀的切割扫雷具，在茫茫夜海中探寻水雷。在后甲板担任从海里收缆的水武部门的官兵，一个个浑身被海水打湿，刀割似的西北风"割"得他们直打颤。水雷兵高速祥，手掌被钢缆磨破，鲜血直流，他咬着牙顶着，没有离开雷轨半步。也不知过了多久，1号扫雷舰扫雷兵忽地发现扫雷具的切割刀和浮标进入切割状态。舰长和全舰官兵感到诧异：这个海区并没有布置任何水雷呀，怎么会有异物？

扫雷舰减速，扫雷具被收回。大家拿起切割刀一看，发现刀上卡着块树皮。一道闪电从他们心头划过：5天前，他们出航时曾接到通报，新加坡一艘满载红木的万吨轮"金明号"在东海××海区遭遇大风浪沉没，请你们结合训练注意搜索。

"树皮可能是沉船上的。"

东方欲晓。扫雷舰再次投下扫雷具,掉过头来再扫。果然拖在后面深水里的切割扫雷具很快钩住了沉船,经仪器探测,歪躺在海底的就是"金明号"。扫雷扫出万吨轮!全舰沸腾。

夜间扫雷的水兵,居然为增进中新两国人民友谊作出贡献。当新加坡处置海事的工作船驶入海区遇到我扫雷舰编队时,船尾齐降半旗向扫雷舰敬礼。

126.海上升明月

连续两天的训练结束了,我的采访也进入尾声。一轮澄亮的明月从海上升起。"海上升明月,天涯共此时。"触景生情,我想起唐代诗人张九龄写的《望月怀古》:

海上生明月,
天涯共此时。
情人怨遥夜,
竟夕起相思。
灭烛怜光满,
披衣觉露滋。
不堪盈手赠,
还寝梦佳期。

也想起边塞诗人王昌龄的《同从弟南斋玩月忆山阴崔少府》中的两句诗:

苒苒几盈虚,
澄澄变今古。

海上升明月,美得令人陶醉。这时,耳边突然响起一个声音:"首长,舰长、教导员请你到会议室吃饭。"

来请我吃饭的是舰上文书。

走进舰上会议室,只见长条会议桌摆了十几个菜,每个人面前的白铁碗里倒了满满的啤酒。

我知道,舰艇部队在接待各级机关干部上舰就餐时有规定,接待舰队机关团级以上干部就餐时,允许上低度酒招待。既然如此,那就接受官兵盛情。但我又一想,舰上官兵人多,众人敬我一个,我就是天大的酒量也会喝醉。

必须用点军人战略战术了,舰上官兵们每年除了重大节日会餐,是没有机会喝酒的,那就借此机会,让他们多喝点。

2007年10月,在河内中国驻越南大使馆门前。

主意已定。我对舰长说,我不会喝酒,只能意思一下。舰长端起酒碗高高举起说:"您是首长,又是记者,你是我们全舰官兵看到的第一位记者,您只要喝一口意思一下就可以了,这碗酒我们代表全舰官兵敬您的。"副舰长、教导员同几位部门长一起喝光了碗里的酒。

我站起身,深深地喝了一口。

接着,他们分别敬我。我按照说好的,只喝一口。军人喝酒是豪迈的,敬了一碗又一碗,我是喝了一口又一口。须知,那一碗就是一瓶啤酒。他们每人不知喝了多少碗了,只见到后来,他们敬我的频率越来越慢了。

这时,我想回敬一下了。也按规定,我喝一口,他们喝一碗。我给每人敬了3口,他们每个人又喝了3碗。再后来,舰长、部门长都没人来敬我了,请来了几位战位长(班长)。水兵们也都是叫声首长,碗一碰,就干了。我也同样,喝一口。然后,我对舰长说,酒量不好的你告诉我,不能把任何人喝醉,我要回敬一下,舰长指指一个细高个的兵对我说:"他是一瓶啤酒的量。"我递给他一双筷子叫他吃菜,便开始回敬他们酒,每个人回敬3口,然后再敬全体官兵3口。

当我意犹未尽时,我发现再也没人来敬我酒了。

扫雷舰上官兵以他们最大的热情款待了我,我也用我一个人所具有的能量回敬了他们。

今夜无战事。也许,我们的一艘扫雷舰暂时沉醉了。

第二天上午，基地派来的交通艇接我下舰。登艇前官兵们向我敬礼，一一握手，依依惜别。当我乘坐的交通艇驶出约 1 海里时，艇上信号兵报告说："371 舰发来灯光信号说：感谢首长对全舰官兵的亲切关怀！盼望首长再次登舰指导工作！祝首长身体健康、一路顺风！"

我叫信号兵回信："感谢 371 舰全体官兵深情厚谊！祝你们取得优异训练成绩，成为中国海军王牌扫雷舰！"

信号灯收发开关有节奏地"咔嚓咔嚓"响起，灯光一闪一闪，发完报后，他依然看着远方，过了一会儿他向我报告说："371 舰全体官兵向首长敬礼！"

这是一次有趣的采访，它使我了解与熟悉了海军的一个舰种。此后，登陆舰、鱼雷艇、导弹艇、侦察船、救生船、医疗船、缆船、油船、水船、修理船与数万吨级的综合补给船，都被我采访过，写了一连串揭秘报道，也与许多官兵结下了友情，直到转业 20 多年后的今天，还有许多人与我保持着联系，经常在朋友圈里见面。

1996 年 6 月 28 日《解放军报》等刊登了我与陪同我采访的吴崇杰合作采写的反映扫雷舰部队的事迹通讯《敬礼！扫雷舰》。

第二十五章

女兵的英姿

这个世界,如果把男人比作树木的话,女人就是花朵。丛林中因有了花朵,显得美丽丰富。

无疑,女兵是军中的花朵。这并不是降低女兵在军队作战、训练、守卫祖国神圣领土等各方面的作用,相比原先在通信、卫生、科研等领域的突出表现,如今,在人民解放军各个军兵种的各个岗位,都有女兵战斗的英姿,包括女狙击手、女舰长、女潜艇长、女飞行员、女航天员、女导弹发射手等。在中国这个实现男女平等的国度与实现官兵平等的人民军队,女兵的作用无处不在。

从我从事新闻工作开始,就离不开女兵们的工作支撑,采访、发稿,都离不开女兵们的通信保障。

在长期接触中,我加深了对女兵整体素质的了解。她们不能不走到我的笔下。

这里写的就是一个女兵集体——舰队通信总站女兵三连。

127.散步发现的典型

在东海舰队机关,每天吃过晚饭后,我们都习惯去散步。有一天,晚饭后,楼下遇到司令部直政处宣传科科长章世和,他说,我们一道走走。我们从政治部楼后面向山上穿越,先在运动场上散步一圈,许多男兵女兵在打排球。我随口说道:"你看那几个女兵怎么那么厉害,我看那些男兵根本不是她们对手。"

他眨着眼睛神秘的对我说:"你就是有洞察力!"他邀请我到女兵连看看。

进入三连营门,首先映入我眼帘的是一尊白色的女兵雕像。这时,女连长施明霞走了过来,敬了一个礼,便领着我们在连队转。在宽大的俱乐部,我看到几面墙上都挂满了锦旗与奖状,特别是,还看到一张她们被评为全国"三八"先进集体的奖状。施明霞说,墙上放不下,仓库里还有一箱子。我叫她打开仓库,把一张张奖状拿出来,看了一遍。前后我数了数,好家伙,据不完全统计有128项荣誉。

"这是一个了不起的先进连队啊。"返回路上,我大脑中一直盘旋着这个念头。但是,什么时候动手,我并未下决心行动。因为,我的主要作战方向是舰队各作战部队。

又下过几次部队,回来后,就到春节了。

春节过后,一连几天,进入了我们新闻报道空窗期。因为春节间,各部队除了留足战备值班兵力以外,会安排许多官兵探亲休假,春节过后,立即开训不了,除了战备巡逻、护渔护航的舰艇,各类舰只都停泊在军港。

官兵们正在蓄能。

但是,一年之际在于春,舰队新闻工作的脚步不能停。我决定,拿出一周时间,挖一挖三连这个典型。

我把想法对直政科长一说,他好心提醒。三连这个集体,前任宣传科长每年都要在海军报发几篇稿,方方面面都写到了,再说,去年《解放军报》女记者李健在三连驻连30天,写了《爱笑的女兵》《爱哭的女兵》等6篇通讯,你现在进入三连,稿子不好写,不好发。

他讲的是实情。军报女记者李健的驻连采访是我直接安排的。她这6篇通

三连官兵在女兵雕塑前重温连队先进事迹

讯，以女记者特有的细腻笔触，写活了3连一群可爱的女兵。

但我确信，在多年来他们众多报道的基础上，通过我的深度发掘，一定能写出区别于以往所有报道的报道来。

凡我定下决心，任何劝阻都不能阻挡我行动的步伐。

第一天采访不是很顺。我按照过去采访惯例，一个个地找女兵单独采访，可是，她们大都处于羞怯之中，问一句答一句，这是采访最头疼的事，一天采访下来，人特别累。晚上我反思了一下，想想过去采访女兵的经验，觉得对象显然不同。我采访的谷莉莉那批女军官，她们参加过对越自卫还击作战，在血与火的战场上，见惯了血腥与伤亡，面对记者的采访，她们显得那么淡然，谈工作，谈人生，谈理想，谈生活，都是自然真实的袒露，女战士则不同，她们刚刚走过少女时期，面对记者她们还不能轻松地展现自己。

想好了，第二天我改变采访模式，由一对一访谈变为集体座谈，围绕一个主题让大家谈"经过"，谈感想，这一下热闹了，女兵们发言，一个接一个，一个人讲起一件事，大家七嘴八舌补充，丰富经过，真实生动，连带感受，而且，勾起大家对许多往事的回想。

6天采访，周日我没有回家，而是在空寂无人的政治部2号楼宣传处办公室铺开了稿纸，于是，就有了以下文字不断流淌到稿纸上：

《为了女兵的荣誉》

人生在世，活着的时候就被人们塑像的不多。可东海舰队通信总站三连那群烂漫可爱的女兵们却被塑像了。

一尊3米多高的汉白玉女兵塑像，浓缩了几年间这个从各级机关捧回128项荣誉，被评为全国"三八红旗集体"、"全军先进话务台站"女兵连的全部风采，浓缩了舰队官兵对女兵连这个功勋群体的全部褒扬与炽爱。

雕像，是不朽荣誉的象征，它是女兵们用迸放异彩的青春热焰和常年流淌不息的心血汗水雕塑而成的。为了女兵的荣誉，她们付出了时代青年最神圣、最艰苦、最坚韧，也是最神奇浪漫的创造。

从上午8时到下午5时，35页稿纸上布满了文字。不久，军内外读者看到了人民海军一个优秀女兵集体。

128.再沉重艰难的任务放在她们肩上，她们也能潇洒地走一回

海军通信兵，常年遨游在高科技王国里。潜艇远航大洋，战舰劈波斩浪，时常都要采用卫星通信和可以穿越全球的长波通信。每一次通信保障都潜藏着风险，都浸透着艰辛，都牵动着纷繁复杂的一片神奇世界。

然而，真正沉重与艰难的不只是对所熟悉技术的重复使用，而在于新的高科技手段走到女兵们面前时，能否驾驭它。

1993年暮春，一项艰难任务摆到了女兵三连面前：总参谋部通信部决定将一套用电子计算机实施全程控制的新式装备交付三连使用，并规定4个月必须切换。

人们担心了。别的单位使用这套设备，挑选的全都是经过院校培训的具有大专以上学历的技术干部，从施工到消化仍用了两年时间，而三连这些女兵，除了几个大学本科毕业的技师外，全都是清一色高中毕业的女兵呀，在这么短的时间里能完成这项任务吗？仅仅那砖头厚的外文资料就有十几本啦，消化得了吗？何况还有机上操作与施工。

面对几级机关疑问的目光，28岁的女兵连长施明霞和29岁的指导员张书桐表示："三连保证按时完成任务。"平静的语调透出十分的自信。

通信总站主任刘存华和政委吴茂春笑了。多年来，他们摸透了三连干部的脾气，只要她们答应干的事，表过态的，再难再重，没有一次不是出色完成的，不论困难有多大，从没有"砸锅"的时候。

施明霞和张书桐的自信也不是无缘无故的，她们最了解这一百几十号争强好胜的女兵。

只要能为连队争到荣誉，只要能完成上级交给的任务，她们什么样的苦都能吃。

爱玩爱乐是女兵的天性，但女兵们在背记电话号码阶段，只要几千个号码没有烂熟于胸，几个月里，她们谁也不会去看一回电影电视，谁也不会去翻动一本画报杂志，甚至谁也不会大声地说句话，不会爽朗地笑一声。她们认为，一个不能独立值班的女兵，对国防是毫无价值可言的。为了实现这份价值，学起业务来她们"小命里有多大能耐全用上了"。任何人都不愿当一名业务上窝囊，被人看不起的女兵。全身心投入的结果是：人人成了"活电脑"，每年她们接转电话200多万个，差错率仅为万分之0.5。

女兵普遍臂力小，但为了破全军纪录，她们人人都将手腕上绑个沙袋，每天几千次几万次地练插塞。手指磨破了，鲜血滴淌在机台上，用创可贴一裹，继续练。硬是把插塞速度提高到3分钟达195个，比一般单位超出60多个。

她们凭着这手硬功，前后从全军、海军、舰队比武场上捧回了20多块"金牌"，执行任务更是战功卓著。地方2名罪犯逃到了深圳，企图越境。女兵们配合地方公安部门，连续24小时不间断，用迂回线路在千里南海岸织成一个"网"，终于"网"住了罪犯。几年间，舰队东海鏖兵，大洋潜航，西沙演练，南沙作战，公海巡逻，女兵们出色保障了上百次重大通信任务的完成。女兵们不仅能吃苦，心更是特别细。保养仪器，常年把仪器、设备和机房擦得纤尘不染。搞内务卫生,她们时常用碱水和洗衣粉把地板玻璃窗擦得光亮照人,弄得检查人员戴上白手套也抹不出灰来。

女兵们也只是一群穿军装的普通姑娘,为何一到了三连就变得如此神奇?女战士林立明、林立晓在上海飞机制造厂当高级工程师的母亲,对比双胞胎女儿入伍前后的变化感到诧异,前后9次到连队探访,终于看出了奥秘。去年5月,她对入伍前高考录取只差几分的两个女儿说:"你们早这么能吃苦能用心,三回大学都考上了。"双胞胎甜甜一笑:"妈,您说对了,我们连女兵考军校的录取率为90%,去年9个人高考,8人被录取了。"她们告诉母亲,吃过苦受过磨炼的女兵最成熟,干事最执著。这几年,女兵们在照常值班从不脱产复习的情况下,有60多人考上军校,从一茬茬女兵中走出了70多名干部,200多名共产党员。

母亲搂着娇柔可爱的女儿笑了。

当新的任务来临的时候,女兵们全部进入"豁出小命"的状态。1993年夏天,舰队机关干部集合看电影,猛然发现,电影场上没了三连的女兵。

此刻的女兵们正汗流夹背地拼搏在高科技王国。钻硅微电路,啃外文资料,搬运安装仪器设备,背记新装备通信号码数据,操作计算机运转,熟悉那令人眼花缭乱的100多道操作程序……在女兵们面前,除了这些,世界上的一切快乐都不存在了。这段日子,女兵连的家信剧增,拆开一看,开头的内容几乎都是一样的:"女儿,怎么这么长时间不给家里写信?"她们顾不上了,一切都顾不上了。女战士康玲接到母亲病故的电报,仍不声不响地挤在训练机台,直到考试合格时,她才伏在连长怀中大哭了一场。

奇迹在女兵们的拼搏之中产生了,1993年7月28日,这套新装备启动一次获得成功。总参通信部会同海军、舰队通信部门来到连队逐个环节验收,逐人逐机地考核,三连以优异成绩获得鲜红的合格证书。

这是舰队通信史上一座丰碑。全连女兵,笑逐颜开,像庆祝重大节日一般,迎着夏夜阵阵清凉幽香的山岚,走进了彩灯闪烁的俱乐部,迈开了潇洒的舞步。

欣喜的不只是女兵,多年来,积聚在舰队通信总站领导刘存华、吴茂春心头的一个心愿再也摁不住了,他们要为这群争气的女兵塑个像。杭州最有名的雕塑家被请来了,去年8月,一尊女兵雕塑出现在女兵连的绿草坪上。

在一个暖暖的春日,记者采访时,看到一群穿白大褂的女兵优雅地端坐在全封闭带空调的机房,双手轻盈地敲击着键盘与电脑对话,不禁脱口而出:"好潇洒嘛!"

她们嫣然一笑。那笑容里绽放着三连女兵所拥有的独特的甘甜、成熟与自豪。这种自豪只有品味过特种兵专业训练的压力与痛苦的女兵才会拥有。

129.再微不足道的阵地，她们也能让青春迸放异彩

女兵，是军营中的花朵，是辉映军营的群星，也是重点保护对象。可三连的女兵，最烦人们把她们当"花朵"，列入重点保护对象。她们给人们留下一连串不解之谜。

三连的女兵特别喜欢自讨苦吃。

三连的女兵最喜欢在艰苦的地方扎根。女兵中城市兵多，独生子女和高干子弟多，既有将军的女儿，总部机关干部子女，又有地方省市领导的"千金"，还有高级知识分子家庭的后代。论关系，每个人或多或少都有一些。女兵们刚分到三连这样一个交通闭塞的连队，大多心头涌起过一种失落感，产生过想调走的念头。可只要在三连住上一阵子，女兵们就不想走了。一些父母拿着调令也拉不走她们。有些因工作需要被分到家门口，可她们就是死活不愿离开连队。记者采访时，正巧碰到位于上海市的舰队海军博览馆在连队挑选讲解员。普通话标准，眉清目秀的安徽籍女兵刘丽军被选上了。按说调到大城市，离家也近了，正是求之不得的事，可等到上车前，这位走进连队才3天的女兵仍拉着班长的衣角恳求："班长，帮我说说不去行吗？"

三连女兵的追求非常独特。这究竟是为什么？

当我把这些疑问摆到她们面前时，100个女兵的回答几乎就有100种，但有一点是共同的，她们都认为三连是一个"入伍第一天，就看到墙上奖状贴不下的荣誉单位"，我们谁也不愿给连队抹黑，更不愿当"逃兵"；她们都认为连队是一个"特种熔炉"，最能锻炼人，当一些女兵家长听说三连训练艰苦，活动着要把女儿调到家门口时，女兵们普遍急得直叫唤："离开了连队这个熔炉，在家门口舒舒服服混几年，那这4年兵不是白当了吗！"

为了连队的荣誉，为了熔炼人生，女兵们把在平凡与劳累之中的摔打，当成了意志的磨刀石。即使被分配到一个微不足道岗位上，她们也能让青春迸放出夺目的光华。

女战士林立明、林立晓，是一对双胞胎，她们的父母亲都是高级工程师。连队的女兵们轮流下伙房做饭，轮到当话务员的妹妹林立晓下伙房了，这位长得小巧秀气在家过惯了"饭来张口，衣来伸手"生活的女兵，走进炊事班，不久就成了烧火做饭的一把好手，全连公认的"伙房牛"。连长见她干得不错，征求她的意见，想让她"扎根伙房"，她爽快地答应了。她每天5点钟起床，夜间做完夜餐才休息。伙房劳作2年间，她苗条的身体变得粗胖了，那双公认的"弹钢琴的手"，手指变得又粗又黑。一到冬天她的脸上和手上就长满了紫红的冻疮，可她一天到晚干得比谁都乐呵。母亲得知此事，既心疼女儿，又百思不得其解：女儿为啥要看上"老炊"这一行？母亲来队时吓唬女儿说："你这身材，壮得穿不得

连衣裙,手指粗得戴不了戒指,看你以后怎么嫁人!"她甜甜一笑:"嫁不出去正好给你和爸做饭。"今年春节期间,她为了全连除夕会餐能吃上18道大菜,从初一到初五,天天有改善,主副食品不重样,一连七八天累得躺在床上直哼哼,心疼得比她早一刻钟出生的姐姐天天晚上钻进炊事班帮她捶背,搓洗她换下的油乎乎的脏衣服。

如今,这位生就一双娃娃脸的小女兵已担任炊事班班长,把一个只有8名女兵2名男兵组成的炊事班,治理得服服帖帖。全班不仅把连队伙食搞得很好,饲养的26头猪,头头长得滚瓜溜圆,每头重量都在280斤以上,地方菜市场老板老不愿收购女兵连的猪,说她们的猪太大,太肥,不好卖。

妹妹成了全连公认的好班长,当话务班班长的姐姐也不甘落后。她带的长话班成了连队思想和技术都过硬的尖子班,这对孪生姐妹,成了光彩夺目的"姐妹花"。

腼腆内向的女战士杨素春为了获得"一人辛苦全连甜"的那份美好,当了给养员后,仿佛换了一个人。春夏秋冬,每天她用自行车驮回七八十公斤菜,2.5千米的上坡路,她一咬牙就冲上了坡顶,每天都一身大汗。买菜时的杨素春可厉害了,一次,她买15公斤咸菜,称完后,她估摸着有问题,借称一称,少了4公斤。她双手叉腰,责问大汉:"怎么回事?"逼着这位不地道的大汉补足了斤两。还有一回,她买菜时,热得大汗淋漓,渴得不行,冲到水池前,对着水龙头一顿饱喝。一位50开外的老农见了,走过去一把搂着她的肩头说:"小兄弟,要不要菜?"杨素春吓了一跳,甩着膀子拼命挣脱:"你干什么?!"此事皆因杨素春着工作服,留短头发。

杨素春总觉得,要想战友们工作好,后勤一定要保障好。为了使话务分队的夜餐花色品种多一点,她上山采荠菜为战友们包饺子,精心做春卷让女兵们尝尝鲜。有一次,在菜场没买到鱼,她向连长提出要下河摸鱼,给战友们熬汤喝。施明霞说:"你算了吧,你是个女孩子。"

这样的女兵在三连太多了。女战士张丽莉身高1.68米,肌肤白皙,气质高雅,一双乌黑发亮的大眼睛,成天向战友们展示着笑意与美好。女兵们亲昵地称她"中国小姐"。"中国小姐"不仅能歌善舞,能说会写,还会说一口流利悦耳的标准英语,由她解说的英语旅行常识被上海铁路局制成录音,常年在列车上播放。入伍前,这位怀揣大学文凭的姑娘已经被南京一家大宾馆公关部聘为公关小姐。在三连,她成了干一行,爱一行,精一行的"女雷锋"。当话务员,她在全军比武考核中夺得"金牌",荣立二等功;走进伙房,她成了一名快乐的炊事员;拿起锄头开荒种菜,担起粪桶施肥浇水,"中国小姐"同样是一把好手。原先在一个宾馆的小姐妹听说张丽莉在连队挑粪,惊讶得直摇头:"太不可思议了。"当张丽莉探家时胸前佩戴着闪闪发亮的二等功军功章被宾馆领导前呼后拥地请去作报告时,这群小姐妹嘴又"哇"得半天没合上。

这就是三连的女兵,在少女时代她们想象都想象不到的脏活与累活,在连队她们常年会抢着去做;连队分配给她们的工作,再平凡、琐碎、艰辛与微不足道,她们都会把它当成战士发扬火力的阵地,为连队奉献出一片创造,展示一片风采。每年女兵们不仅用一流的通信保障从各级机关捧回20多张奖状,还会用劳动的汗水从农副业生产地里,换回2万多元的收入。去年年底,女兵连又从舰队机关捧回了沉甸甸的集体三等功奖状。

女战士高玉红,去年回福州探亲时,女同学对她说,看你穿着军装还挺神气的,脱了军装还不和我们一样。她说:"脱了军装和你们也不一样。"下面的话她没说。记者采访时,她说:"女兵吃过苦,人生受过磨炼,女兵敢于独立地闯世界,敢于直面任何灿烂与坎坷的人生,能在最平凡最微不足道之处让青春放光,这是一般女孩子难以做到的。"

130.再难割舍的情感与爱好,她们都能走出困惑活出豪迈

十八九岁的女兵正处在人生花季,当兵的岁月正是她们人生多梦时节和爱情的蓓蕾含苞欲放的年华。

恋爱,是每个女兵在服役期间都会面临的一个问题。然而,作为女兵,在军中出现的任何恋爱的萌芽都会受到纪律的无情遏制,部队纪律绝对禁止女兵、男兵在军营里步入"月亮湖"。

对任何一个初恋的男女来说,没有比冰封与割舍爱情更令人痛苦的了。

女战士小莉正处在这种痛苦之中。她像被一双看不见的魔手牵到了"月亮湖"边。她出生在秦淮河畔那个自古出美女的城市。秀丽的山水不仅给了她美丽的容颜,还赋予她超凡脱俗的灵气。作为长话业务中的佼佼者,她被分配到1号台当话务员,专为首长和作战部门接转电话。她甜美的嗓音,清晰的口齿,周到的服务,受到上上下下一致好评。在两年多的长话服务中,她认识了作战部门那位精干英俊的F参谋。从工作中的认识渐渐发展到倾慕相恋之中。尽管这种恋曲仅仅停留在电话之中,爱慕之情的倾吐与偶尔相遇的匆匆一瞥和微微一笑之中,这事还是被连队发现了。

"不准恋爱没商量"。连长、指导员找她谈话做思想工作了。开口第一句话是:"这事先讲结论,不准谈!"后来,她们又找到F参谋,请他"多指导连队工作,发现战士违纪请及时批评"。F参谋脸红了,当即暗下决心,这辈子即使打光棍也不打女兵的主意了。

谈话过后,女兵用被子捂住头哭了一场,她用眼泪扯断了所有情丝。此后,在日复一日的话务往来中,每每听到他的嗓音,她的心头都微微一颤,很想说上一句问候的话,可是,直到退伍回到姑苏城里,她也没有对他多说一句。与小莉

一样，三连的女兵因为种种原因前后有七八人曾悄悄走到"月亮湖"边，但她们无一不是自觉地又走了回来。尽管，与地方的同龄人相比，这是她们本应该享有的不可剥夺的权利。

纪律之剑对吟唱恋曲的每一个女兵都是无情的。如果说也有例外的话，那只有一种情况，即连队对女兵在家乡谈男朋友持不提倡也不反对的态度，但规定了一个前提：不能过多分散精力影响工作。女兵们入伍时约 10% 的人有男朋友。一走进三连，她们就感到，这些男友是个"累赘"：三连的女兵有句顺口溜，叫"天不怕、地不怕，就怕男朋友寄'内详'信和打电话"。看信，捧读家书，历来被女兵们看成是精神会餐的事儿。这天下午，女兵们又蜂拥而至到连部看信。一跨进门，被女兵们称作"林青霞"的西子姑娘封红红当即就闹了一个大红脸。战友们举着一封信对她说："林青霞，你的'内详'来信啦。"羞得她抓过信塞进口袋逃走了。当晚，她给他发了一封"最后通牒"，宣布只要缠着她老通信就断绝一切关系。在一家公司当老板的小伙子哪舍得心爱的姑娘就这样跑了，专程从杭州来到封红红当兵所在城市，在一家星级宾馆包了个套间约封红红当面谈谈。封红红硬是扯着施明霞的胳膊要她一道去。小伙子的人品相貌都是出众的，事业上有追求，经济上也富有。他对女兵说："我哪儿不好，你不谈总得说个理由嘛。"封红红说："没理由，就是不谈。"连长看小伙人品不错，悄悄耳语道："说话不要太绝情。"静坐了半天的封红红临走时扔出一句话来："要谈也得等 4 年后再说。"小伙子使劲地点了点头。

去年年底，封红红服役期满了，见到小伙子仍一往情深地等着她，很是感动。如今，他们已走到花前月下。当她寄来一些记录着她们爱情之花绽放的照片时，全连的女兵都为她祝福。

冰封爱情的女兵们，格外珍视姐妹们得到的爱情，嬉闹起来更是趣味无穷。分队长的男朋友来队了，女兵们偏要分队长带到住满女兵的二楼宿舍来，她们要"集体参观一下"，替分队长把把关。看到男方高大英俊，她们不约而同地闪向两边，欢笑着鼓掌叫喊迎人进门，然后排队沿墙根向里探头探脑，推推搡搡，个别的甚至被一下推了进去，红着脸再跑出来，外面一阵哈哈大笑，姑娘们笑得前仰后合，楼上楼下回荡着银铃般的笑声。

这笑声，只有心地最纯洁的姑娘才会拥有。楼前，那洁白的女兵雕像可以作证，这些年来，三连的女兵无一人违纪坠入爱河，她们恋爱的心思全都统一到了帽徽领章之下，即使女兵们收到大学生、记者、作家、经理与更多的英俊小伙们写来的求爱信也不例外。

为了女兵的荣誉，为了给连队添彩，女兵们什么样的爱好与个人追求不能割舍与牺牲呢?!

做头发与穿时装，历来被姑娘们视为与生命同行的人生追求和乐趣。女兵们

女兵们在话务机房值班

刚入伍时,许多人"海飞丝""飘柔"洗发膏、"摩丝"发胶和护发素就带了一挂包,至于时装,哪个没有七套八套。可连队根据条令条例宣布,女兵头发不准过肩,不准穿着部队发放以外的衣服,不准穿鞋跟超过2公分的高跟鞋时,女兵们毫不含糊地服从了。她们锁起时装,收起高跟鞋。尽管不少人泪水哗哗,一个个也都咬牙把护理了十几年的"孔雀尾""少女鬃""淑女髻"剪成了全连统一齐耳的"三刀式"短发,戴上军帽,俨然一副男儿模样。当"五一""八一""十一"舰队阅兵,她们在"八一"军旗引导下,以标准正步通过检阅台,走出山的气势、海的尊严、女儿的娇媚与女兵的豪迈时,她们个个都神采飞扬,喜上眉梢。

女兵杨丽萍、赵红艳、郭胜云、王华、陶玲等人探家时,同学们得知此事,问她们感不感到委屈,她们豪迈地说:"人的一生中,穿时装的机会有的是,而穿军装的机会一个人一生中只有一次。"

记者采访时,同几十名女兵集体座谈,问及她们这方面的心路历程。班长吴惠芬、曹连芹、刘洁、张春红对记者说,"这叫战士自有战士的爱","女兵自有女兵的追求"。

131.再孤寂的文化荒漠，她们都能开出一片精神绿洲

4名女兵突然从天而降，把全连乐坏了。

前几天，连队刚刚接到舰队机关通知。让女兵三连挑选节目，参加机关会演。

连队干部急坏了，这么快参加演出，正在探家的几名文艺骨干怎么赶得回来。

"会演比赛，接电速归。"一封同样内容的电报飞向北国南疆。接到电报后，被人称为"张曼玉"的王秀梅，"百灵鸟"的周欣，"乐队指挥"刘红军，"导演"翁明英，不约而同地从北京、天津、福建等地飞了回来。她们明明知道战士探家坐飞机不能报销，但为了给连队争荣誉，为了女兵的光荣，为了建设那片"精神绿洲"，她们说："这太值得了。"一语，道出了女兵们追求的那种境界。

连队驻地湖光山色，鸟语花香，自然风景，美不胜收。可是，由于交通闭塞，远离了霓虹闪烁、五光十色的城市，有不少战士服役两三年居然没进过一次城。连队周围的男兵直到90年代仍把驻地称作"文化荒漠"。

人才济济的三连女兵不信这个邪，她们偏要把"荒漠"变成"战士的精神绿洲"。一个大地姹紫嫣红的春夜，作为女兵首领的施明霞、张书桐、张斌霞、贺晓铃、张海鸿、孟海莉、黄春燕、范海燕与女兵骨干们坐到一起琢磨开了，直到万籁俱寂，子夜来临。

翌日，一个"荒漠"变奏曲被党团支部联手推了出来。

"变奏曲"之一：百歌竞赛。"百灵鸟"周欣、朱华敏、陶宁，每周都教官兵学唱一首新歌，从雄壮的军歌《人民海军向前进》到清新高雅的抒情歌曲《洗衣歌》《我爱你塞北的雪》《绿岛小夜曲》《涛声依旧》，从春唱到夏，从秋唱到冬，唱出了一个名副其实的"百灵鸟"连，全连女兵都能唱100多首歌曲。参军前曾多次参加合唱团在人民大会堂为党和国家领导人以及外宾演出过的女兵李京华等人更是大显身手。当她们把演唱录音录像送到海军、舰队参赛时，两次捧回奖状。

"变奏曲"之二：登台献舞。三连的女兵不仅歌唱得好，走进舞池，个个也都身手不凡。"华尔兹""伦巴""探戈""迪斯科"与"霹雳舞"，她们跳得潇洒自如。更显山露水的还在于由连队"舞蹈家"袁婷、张亮等人导演的《海燕》《印度少女》《太阳海》《晚归》《像雾像雨又像风》等舞蹈，次次登台引起轰动。仅近3年，她们节日开晚会编排演出的舞蹈就达100多个。三连的女兵能歌善舞，远近闻名。"八一"和上海电影制片厂的几名演员慕名来三连体验生活，前后有10多名女兵作为特邀演员，参加了《海上维纳斯》《多梦时节》等影视剧的拍摄。

"变奏曲"之三：演奏军乐。战舰启航，她们用雄壮的军乐为水兵壮行；舰队编队远航归来，她以优美的乐章为水兵洗尘；军中集会，她们喜添庄严色彩；地方庆典，她们送去美好祝愿……这是采访了三连的《解放军报》一位记者对女兵军乐队的赞美。凡是看过她们演出的人们，无不发出一番赞叹。演奏军乐，黑管、短笛吹起来，爵士鼓敲起来对女兵来说是不难的，可摆弄长号等乐器，这些男子汉都感到吃力的家伙，未免困难太大了。可是这群女兵们一点也不示弱。凌晨，她们用军乐唤醒群山；傍晚，她们用军乐送走晚霞。凡是见过她们演出的人们，都称她们是"中国女兵中最神气的军乐队"。

"变奏曲之四"：对抗男儿。唱歌跳舞，男兵们往往只有看的份儿，"不能让人家老当观众啊"！三连的女兵要跟男兵们赛排球。起先，一个连队没把她们放在眼里，小伙子口出狂言："打你们这帮丫头小菜一碟。"不想一场球打下来，输了。第二个连队见到她们，如临大敌了。按排球比赛规则，女排的球网高度比男排低，可男兵们不干，偏要按男排高度同女兵打。女兵们微笑着说："放他们一马。"大方地作了让步。第一局，被称为"美男子"的女兵陆成英上场发球，一连八个勾手飘球，男兵们一个没接住；"杀手"张辉和二传手李京华又吊又扣，打吊结合，居然以15:0赢了第一局。被击败后他们才得知，女兵中"有好几匹黑马"：好几人入伍前曾是省排球队队员。

"变奏曲"之五：模特展风采。女兵们爱美会美，更有展示美的天性。当纪律的约束使她收起时装时，一些女兵隔三差五地会悄悄在熄灯前，穿上时装在房间里走来走去过把瘾，有的还穿上泳装钻进被窝。班长陶宁心生一计，向连里建议，干脆组织一个时装模特队，实行"公演"。女兵们顿时一呼百应。表演那天，女兵连俱乐部灯火通明，乐声盈耳，一个接一个身着各式流行夏秋装的女兵，踏着优美的音乐节奏，款款登场。节目主持人陶宁用甜润的嗓音向大家逐一介绍：吴惠芬、徐莹、卢扬、刘丽军、梅迎春、崔萍她们展示的是现今仍流行欧美的"茜茜公主裙，它做工考究，典雅大方，是现代淑女参加舞会与社交活动的理想服装；现在上场表演的是李京华、陶琳、沈娟、夏彬彬，她们展示的是美洲牛仔装。这种装束美观大方，流畅自然，能恰到好处地体现人体的自然曲线，显示年轻女性的迷人风采，散发出浓郁的青春气息；呵！现在瞧赵莉、张辉、陶艳丽、王庆丽上场了。穿上这身西装、休闲装，多像英俊小生，她们展示的是柔美与阳刚之美相融合的奔放之美……"表演在军营引起轰动，官兵们赞美说："比起那些电视里的模特儿，三连女兵的表演更有青春风采。"

女兵们营造的这片"精神绿洲"，使军营充满轻松、快乐、神奇的魅力，也使全体官兵的心凝聚得更紧了。只要见见这几年老兵离队时的那个场景，就可见到这种亲密情谊的"一斑"。女兵离队的前夜，班里的战友们都会挤到老兵的被窝里睡一会儿，说上一番心里话，谁要是值班没轮上，那准难过得泪眼汪汪的。

在东海舰队军史馆参观,与战友邹光敏合影。

1994年4月14日《人民海军》《解放军报》《人民日报》等全国20多家媒体前后刊登了长篇报道,但《解放军报》刊登时还有一个故事。

132.房顶女兵连

事情说来凑巧又不凑巧。《解放军报》周末版主编蔡云骜收到我寄去的写舰队女兵三连的通讯后,尽管军报几十年间刊登过数以千计关于女兵的通讯,他还是决定用一个整版来刊登此稿。那时的《解放军报》平时都是黑白版面,只有周末版才出彩报,而且喜欢刊登大幅彩色照片。他给我打来电话,要求配大幅压题照片。可我此时人正在北京海军报社值班。让舰队摄影人员组织三连拍摄,3天时间,寄不到北京。

怎么办?

想了半天,觉得最好的办法就是借用海军长话台的女兵。于是,我导演开了。

先找海军长话连借官借兵。我找到长话连女连长张晓玲,她是我熟识的战友,单位与家里电话我都有。得知我的想法,她全力支持,说:"能给我们全连官兵上军报的机会,我们要感谢你还来不及。"根据连队人员值班情况,我们约定拍摄时间为下午4点左右。

再找摄影师。海军报社有大量摄影高手，可我决定请海军直属政治部的张强。他也是海军报特约记者，长得很帅，与我亲密无间。

遇到的稍微大一点的难题是要借海军军旗。海军军务部有军旗。我军的"八一"军旗与海军军旗，只要在公众场合出现都有卫兵护卫的，个人不会有单独接触军旗的机会。人民解放军内务条令明确规定，我军的奖励里有一条叫军旗前照相。也就是说在军旗前照相是一种奖励。

军报刊登这样一幅照片，没有军旗，那太不提气了。于是，我找到海军机关事务局局长丁振来。这位沧州大汉不只是当局长，还是一名北京有名的书法家。得知我的来意后，二话不说，半小时后，把军旗摆到了我面前。这是一个银色的约80厘米长的木盒，侧面有一个皮提手。

时间到了，我约来张强，提着军旗来到海司长话连。一声哨响，全连官兵集合。队伍排好了，我打开了海军军旗，让张强拍照，可是遇到一个问题：连队门前不够开阔，没有景深，相机的广角大视野拍不出来。这可怎么办？

张晓玲走过来，笑笑："没关系，我们到房顶上去拍吧！"

全体女兵登上了房顶。房顶是女兵们的晒衣场。不知这是谁的主意，在房顶上晾晒女兵的衣物真是太好了，阳光充足，而且私密性强，要是把女兵那些绝对隐私的小物件都晒在门口操场上，还真不合适。

正遇大晴天，艳阳高照，天空湛蓝。她们按连队编制序列列队，张强举起相机不停"咔嚓"着，一气照了几十张，我看差不多了，就站到连长身边让他继续照。

咔嚓声中，照下了我与全连官兵的合影。任何一名军人，不是都有机会与拥有海军军旗的女兵连合影的。一张照片，定格了一名水兵记者和女兵们青春的身影与火红年代难忘的采访生活。

年底，舰队党委作出决定，给舰队女兵三连记集体三等功。立功奖状与刊登我采写报道的《解放军报》周末版，至今陈列在连队荣誉室里，成为三连历史的一部分，与连队同在。

第二十六章

自塑的群雕

心灵世界也是客观存在。

心灵世界不只是会受到物质世界的种种影响，它更会直接地受到各种思想、各种思潮、各种信息的影响。

新闻工作作为意识形态领域的组成部分，其作用是巨大的。这也正如江泽民同志所指出的那样："舆论导向正确，是党和人民之福，舆论导向错误，是党和人民之祸。"要求"必须以科学的理论武装人，以正确的舆论引导人，以高尚的精神塑造人，以优秀的作品鼓舞人，不断培养和造就一代又一代有理想、有道德、有文化、有纪律的社会主义新人"。

军队新闻工作也是如此，它能影响与推动部队各项工作，影响与推动部队战斗力的生成与提高。

这年初，舰队某导弹快艇支队政委任光礼大校找到我，邀请我到支队部队采访。我知道，这是一支英雄的部队，支队的鱼雷快艇，当年创造了小艇打大舰的辉煌战绩，一举击沉了蒋军大型军舰。

他还告诉我一个消息，今年是国防部为支队驻温州某部"赵尔春班"命名30周年，海军在4月份要在温州召开纪念命名30周年大会。30年间，"赵尔春班"是如何保持与发扬英雄集体荣誉的，支队盼望舰队机关帮助挖掘与报道。

我想，这不只是一支部队的荣誉，它是整个东海舰队的荣誉，作为一名水兵记者，必须承担这一任务。

经报请政治部首长批准，我一个电话打到舟山某基地宣传处，约上了新闻干事吴崇杰，坐上开往温州的长途汽车出发了。

他是我亲密战友，在东海舰队那些年，他多次跟随我南征北战，我们配合默契，情同手足。这次我们去温州采访，是我们众多联合采访中的一次。

我与吴崇杰分工,他负责配照片,我负责文字采写。

一个30年来默默无闻的英模集体,被我们公开报道。同时,向海军乃至全国军民报告的,还有温州这片土地上人民的创造力。

133.雕塑前的童音

几场暖雨,几夜热风,桃红了,柳绿了,瓯江涌起阵阵春潮。

沐浴着3月里和煦的春风,记者登上了新绿覆盖的商城风景点——海坦山。站在那尊翠柏环绕的10来米高的大型雕塑前,耳畔不时飘过国际海员俱乐部传出的阵阵歌声,记者环顾车水马龙的闹市、摩肩接踵的人流与舟楫穿梭的江面,不禁思绪万千,心潮难平。在这片中国市场经济大潮最活跃、最汹涌澎湃的土地上,人们还记得30年前在这里献身的一位普通士兵吗?

晌午,一群脖子上系着红领巾的少年从雕塑前走过。记者问道:"小朋友,你们知道这个雕塑是什么人吗?"

"他是海军叔叔,叫赵尔春,为抢救人民的生命财产,牺牲了。"

清脆的童音犹如一阵宜人的春风掠过我们心头。拂开了悠悠岁月不能尘封的记忆。眼前再现勇士的辉煌。1963年12月27日,为扑灭温州市东门上岸街发生的那场罕见的大火,使蔓延的火势不再吞没新码道小学和大片的民房,海军战

1994年3月,温州市妙果寺市场民兵连民兵朱晓洁、陈静、付春晓、李晓、杨利国等人来到"赵尔春班"参观,图为班长赵立强在介绍叔叔当年英勇事迹。

士赵尔春奋力救火英勇牺牲，用热血和生命谱写了一曲爱民壮歌。

1964年3月23日，国防部发布命令，追授赵尔春"爱民模范"荣誉称号，命名赵尔春生前所在的东海舰队温州某水警区通信总站通信班为"赵尔春班"。

面对专程从北京赶到祖国东海岸宣读命令的国防部副部长许世友大将、东海舰队司令员陶勇中将和上海市、浙江省、温州市等党政军领导与万千军民，"赵尔春班"10名战士庄严地举起了拳头："让赵尔春精神世代相传！"

光阴荏苒，斗转星移。30年过去了，"赵尔春班"已换了19任班长，104位战士，但赵尔春精神却一茬一茬传了下来。在赵尔春生前所在部队，在温州大地上，在万里海疆，一茬又一茬"赵尔春班"战士用人生最迸放异彩的青春，书写了时代的新篇章。如今，"赵尔春班"战士有的成了指挥人民海军潜艇远航大洋的指挥员，有的成了万吨远洋轮上的船员，有的成了企业家和地方党政干部；有57人入党，34人提拔为军官；全班从海军、舰队、基地、大队和温州市等机关捧回了341项荣誉，3次荣立集体三等功，一次荣立集体二等功。军委副主席刘华清、原国防部部长张爱萍、海军司令员张连忠和东海舰队政委连耀廷等20多位将军先后来到"赵尔春班"，都高兴地同全班合影留念并挥笔题词。原国防部部长张爱萍在题词中写道："继承烈士遗志，再创英雄业绩。"海军现任政委周坤仁在一首《题在词中》的题词中写道："赵氏英雄业在，尔今又谱新曲，春风吹绿瓯江，颂歌飞扬城宇。"

在屹立于海坦山上的"爱民模范"赵尔春雕塑前，一位打太极拳的老者告诉我们，这雕像是全市青年自愿捐款建造的。

这使我们沉思了许久。富起来了的人们为什么会想到要建造这座雕像呢？是什么东西撞击他们的心头？又有什么能使人眼睛发亮的东西在起作用？

134.高压水龙头前的脊梁

老天仿佛要时常看看"赵尔春班"的战士们在生与死的考验面前究竟能有多大的承受力，即使在和平鸽音萦绕祖国大地的今天，"赵尔春班"的战士也时常面临生与死的考验。1990年11月5日，一场空前的灾难降临了。地方一艘油船在瓯江状元桥江面沉没，泄漏的油料起火燃烧，在江面形成了50多米宽，几百米长的火带，乘风顺潮，烧得江面黑烟冲天。部队几艘没来得及驶离码头的护卫艇旋即被浓烟烈火吞没，水兵们抱着灭火器几次想冲上艇扑火救护都被几米高的火焰燎了回来，甲板上已烫得无法立足。眼前一场更大的灾难即将发生：每艘护卫艇的弹药舱里都装满了弹药，如不迅速扑灭大火，祸及弹药舱引起爆炸，不仅战舰和整个码头会被炸毁，更严重的是距离军港码头百米之遥的温州最大的石油库也将被炸。一旦油库区储存着的数千吨油料燃烧爆炸，不仅周围的一切将化为灰烬，停泊在下游3个码头的几十艘货船、渔船和万吨远洋巨轮也将难逃厄运。

生死关头,战斗的警报在营区急促地响起。"赵尔春班"发现火情后,班长罗永义一面命令守机员向"119"报警,一面在部队领导带领下率全班人员往护卫艇码头冲。赵尔春的侄儿赵立强冲在最前头。这个参军才240天的小伙子用水浇湿衣服后,就跳上燃烧的甲板,钻进了随时都会爆炸的艇舱,拼命将伙房水柜里的水端着往弹药舱灌。头发烧焦了,衣服烧着了,脚板烫脱了皮,死亡时刻威胁着生命,一切都全然不顾。他们只有一个念头:往钢板烧得发烫的弹药舱里多灌点水,使惨剧不要发生。这时,消防车赶到了,与烈火搏斗的官兵们,心头滚过一阵惊喜。可新的难题出现了:消防皮管不够长,高压水龙头喷射出的水不能直接射进弹药舱。这时,赵立强等七八个战士冲到前甲板的弹药舱口,大吼道:"向我们身上喷!"他们手挽手,围成马蹄形,用身体筑成了一道人墙,让水龙头将水喷射到他们身上,然后反射流进舱里。一阵高压水扫射过来,他们一个趔趄,全摔倒了,随即又站了起来。又有十几名水兵冲了过去,用身体顶住他们,抵御着水龙的喷射冲击力。水柱射在头上、背上、腿上,一阵阵疼得就像皮鞭抽,不一会儿,他们全身都麻木了。可是,1分钟过去了,2分钟过去了……几十分钟过去了,那堵脊梁铸成的人墙仍挺立在那里。2小时后,大火被扑灭了,战艇保住了!可是,赵立强与他的战友们却瘫倒了,全身被水龙头喷射得红肿起来。

望着这群全身衣服被烧得斑驳破烂的士兵,大队领导的眼角湿润了,周围的群众动情了。他们看得记得最清楚:每年,"赵尔春班"的战友们都要与火魔搏斗五六次。连队驻地山后就有老百姓的一片坟地,每到清明时分,一些人上坟烧纸,不时引起山火,几米高的火头,烧得松林茅草呼呼作响,但战士们每次都毫不畏惧地冲上去,直到把大火扑灭。30年间,"赵尔春班"的战士们,历经过的灭火搏斗有150多次,每个战士因扑火被烧掉的军装就有二三套。一次次救火,战士们的头发被烧掉、烤焦,后来,干脆全体理成板刷头。

采访中,我们问班里的战士们,救火时,有没有想过生与死的问题。班长赵立强微微一笑:"救火时,只想把火扑灭,其他的没多想。但不论在平时还是在火场,我们有一点始终没有忘,就是在任何生与死的考验面前,'赵尔春班'的战士都必须冲在最前面。"正因为如此,他们才不放弃任何为人民赴汤蹈火的机会。

135.汪洋中的海魂

倾盆的大雨倾天而下,滔滔的洪水无边无涯。

这年9月,一场百年不遇的洪水袭击了浙东的黄岩、宁海、义乌、金华等几个市县,几十万名群众被围困在汪洋之中。房屋倒塌,农田被毁,庄稼被淹,没吃没喝,受灾群众陷入一片绝望情绪之中。东海舰队领导得到省委省政府灾情通报后，在派出飞机从空中向灾民空投物资的同时，命令驻浙所属各部队派出舰艇、冲锋舟、橡皮艇，从水面组织营救。一支支抗洪抢险突击队开赴灾区。听到大队也组织一支30人的突击队开赴灾区的消息，"赵尔春班"人人写了请战书。领导根据通信值班工作需要和各人水性情况，只批准副班长张旭参加。这可把全班急坏了，人人从连里找到大队，恳求参战，软磨硬缠七八回，仍未如愿。抢险队伍出发时，领导发现车上多出一人，此人正是赵立强。领导拉他下车，他眼圈都红了，眼泪扑簌簌掉了下来。

他有满腹的话儿咽在喉头。赵尔春在三弟兄中是老二，22岁牺牲时尚未结婚。老小赵尔坤出生不久，因家境贫寒抱给了别人，已改其姓。哥哥赵尔康生有二子，长子当兵体检身体不合格，全家都把继承烈士遗志报效国家的希望寄托在次子赵立强的身上。当体检合格，1990年3月8日，东海舰队特批赵立强到赵尔春生前所在班服役时，小伙子乐得一蹦三尺高。

儿子走进军营，家中经济却塌了半边天。赵立强参军前，已在临安县冰箱厂当了2年维修工，年收入6000多元。他参军后，父亲只能靠田地里的收入维持全家生活，母亲在劳累之中又得了肝硬化，日子过得很困难。即使在这种情形之下，父亲每次来信都说："家里一切都好，你在叔叔班里要好好干。"

他没有辜负家庭的希望，当兵第一年就被评为先进军人，年年被评为学雷锋学赵尔春先进分子。他有浑身的劲要使出来，他要继续用行动向家庭、向长眠在翠微山烈士墓中的叔叔作出回答，可这次面临这样一个重大任务居然没有自己的份！

他好心焦！

副班长张旭握住了他的手，30名突击队员握住了他的手：我们都是"赵尔春班"的战士……

天上雨在下，泽国水在流。一连10天，官兵们驾驶着橡皮舟穿行在汪洋之中，转运伤员，接救趴在屋顶树杈上的群众，为成千上万的灾民送去馒头、粽子、饼干和药品。10天里，大家天天穿着湿衣服，没日没夜地搏斗在洪水之中，10多名战士患感冒发烧，许多战士因整天泡在水里，烂裆，浑身起红斑，奇痒难受，但没有一个躺下休息一时半刻。在汪洋之中，只要这群穿海魂衫的小伙子出现在哪里，哪里的灾民情绪就好，人心就安稳，老人小孩脸上就露出笑容，遇险的人们就感到有了救。海魂衫，在灾民眼中成了救星的象征。10天后，当他们完成任务撤离灾区时，省长握住他们的手说："你们都是赵尔春啊！"

136.生命中的奇迹

生老病死，是不可抗拒的自然规律；长寿，则是生命中的奇迹。

温州龙湾区的滨江村就出了一个这样的生命中奇迹："五保户"朱春花老大

娘今年88岁了,依然耳聪目明,身体健康。

熟知内情的人都说"赵尔春班"与这一生命中的奇迹有着不可分割的联系。20年前,"赵尔春班"在一次助民劳动中得知68岁的"五保"老大娘朱春花进入孤独无依晚年,全班便作出一项决定:从现在开始,常年照料老人生活。从此,老人身边便有了一群知冷知热,孝敬体贴的儿女。一年四季,老人的被褥睡脏了,他们为她拆洗干净,缝好铺好;冬去春来,他们为老人拉来一车车烧火柴;长年累月,他们为老人担水搞卫生;年年岁岁为老人送去新鲜蔬菜瓜果;逢年过节,他们用自己的津贴费买上鞭炮和营养品为老人祝贺节日,演出文艺小节目;老人病了,他们为老人请医送药,端茶递水。20年间,"赵尔春班"的战士换了一茬又一茬,但照料老人生活一直没间断。老班长退役或上军校前的一件事,就是领着新班长上老大娘家办交接,嘱咐新班长要时时把朱大娘记在心上。每当见到这群战士的到来,老人便乐得合不拢嘴。如今,朱春花老大娘成了全村年岁最大的老寿星。时间最能淡漠一切,也最能创造一切,证明一切。"赵尔春班"20年如一日照料一位孤寡老人,足可证明这种恒常行动背后的伟大精神。一个没有强大精神支撑的群体,是经不起20年的岁月磨洗冲刷的。

137.平凡中的非凡

今年3月的一天,"赵尔春班"副班长马洪明和战士陈启华从市区执行任务归来。公共汽车开到半路上,走上来一位年迈老人,2人便不约而同地站了起来。全车厢一束束新奇的目光射了过来,那目光包含丰富内容。

乘车让座,这是再普通不过的小事了。可"赵尔春班"的战士们却认为,正是这些寻常小事,才最能检验人的品格,磨炼人的意志。因而,不论在何种情况之下,他们都不放弃任何做小事、做好事的机会。外出乘车,不论人们怎么看怎么说,他们始终坚持扶老携幼,为老弱病残让座;群众电话坏了,他们上门修;行走不便的人头发长了,上门理;遇到迷路的老人,生病的妇女,迷失家门的儿童,尽心竭力地给予帮助。30年间,受到他们照顾的老弱病残达2000多人,为群众排忧解难5000多次。1992年全班荣立了集体二等功,他们把获得的奖金全部捐给了"希望工程。"

正是平时这种乐做小事,不放弃任何一个可以做好事机会的品德,使他们在人民群众一旦遇有危难时,能够像赵尔春一样毫不犹豫地挺身而出:台风海潮翻卷的决口中,有他们纵身跃入海中筑成的人墙;当山洪暴发,湍急的江流将群众的几百立方米木材卷入江中时,是他们跳入瓯江,保住了群众的财产;寒冬腊月,一个小孩不慎掉入河中,是他们跳入冰冷的河水中救起小孩……一天夜里,驻地一位民工在开山采石时被炸伤了头,血流如注,昏迷不醒,其妻子急得直哭。战士成琼见状,一面向大队首长报告,请求派车急送市医院,一面用电话同市急救中心联系,请他们做好抢救准备。当运送伤员的车子一进医院,立即被早已守候在那里的医护人员推上了手术车。由于抢救及时,这位民工的生命得救了。出院后,他领着全家老小7口来到部队,抱住成琼泣不成声地说:"好兄弟啊,是你救了我一条命啊……"

138.大洋彼岸的回声

"牛仔从美国来信啦!"当这一消息传到"赵尔春班"时,辅导员魏军哭了,全班的每一个战士脸上却绽放着笑容。欣喜之中的含蓄笑靥,蕴含着他们深情的寄托与常年的艰辛。

"牛仔",原是状元桥学校里的一名男生,原先学习成绩一直很好,还担任了班里学习委员。可是,自从得知将要随父母去美国侨居后,他变了,留长发,蓄小胡子,抽烟跳舞,无故旷课,学习成绩直线下降。

这些,魏军看在眼里,急在心头。一次次,魏军坐进教室,陪他一同听课;一次次,放学了,魏军陪他走回家,一路上给他讲人生道理;一次次,魏军来到他家,与他父母共商讨帮教计划。真诚的甘泉与启迪的雨露滋润着这名同学的心田,他逐渐改掉了不求进取,追求时髦的毛病,学习成绩复又直线上升。到了美国,在五光十色而又光怪陆离的社会生活了一段时间之后,他颇有思考地给母校写信,感谢解放军辅导员对他的帮助,说"到了美国才使他真正认识到,一个人不论走到哪里,都不能没有知识"。

"牛仔",只是魏军和从第一任班长陈风林,到历任班长徐立群、丁志贞、多惠民、丁雪峰、尤如贵、潘建民、王丙芬、杨金华、王玉合、张新成、王作清、周刚、张信宏、张明、邵富军等一茬又一茬的"赵尔春班"的战士辅导的20多万名学生中的一个。"赵尔春精神",已融化在同学们的血脉之中。今天,在校园里,除了"英语角""社会角""文学角"等之外,校园里还出现了"赵尔春角"。

为了建立校园里的这片精神绿洲,"赵尔春班"一茬又一茬的战士是不惜倾注全部心血与汗水的。多年来,他们一直担任新码道小学、状元桥中心学校和永中镇中心学校的辅导员。尽管一年到头,他们担负着部队繁重通信保障任务,24小时值班,但值完夜班,白天照样到学校搞辅导;带领同学们上街做好事,凭吊烈士陵园、开展社会实践,找同学谈理想人生。一次次,当他们返回连队时,早就误了开饭时间,就买包方便面充饥。一年到头到市区学校搞辅导,往返都要乘公共汽车,每年每人的汽车票就要100多元,连里没有这笔开支,他们就自己掏津贴费。只要能为弘扬时代精神,造就一代新人出上力,再大的付出,再苦再累,他们也心甘情愿。状元桥小学去年下半年缺体育教师,藏瑞清、张展等8名战士自愿当了体育教师。每天清晨,他们提前半小时跑到学校抓晨练,练完后,又大汗淋漓地跑回连队吃早饭。每天还要为全校班级上五六节体育课。苦战3个月,硬是依据教学大纲上完了跳马、跳高、铅球、长跑等10多门课程。年底,学校组队参加龙湾区体育比赛,居然一举夺得男子乙组、女子甲组团体赛两个第一名,使熟知内情的人,无不佩服"赵尔春班"的神奇。一茬又一茬的"赵尔春班"的战士,就是这样,用他们全部的青春热焰,在军营内外,温州大地,雕塑着"赵尔春班"群像。

139.心中的雕像

海坦山上的雕塑是不朽荣誉的象征。它标志着温州军民对"爱民模范"赵尔春永恒的纪念,寄托着富起来了的温州人民不懈的精神追求。从赵尔春牺牲到今天的30年间,到赵尔春纪念馆和"赵尔春班"参观的人流常年不断。目前,前往参观的大中专院校和中小学生、个体劳动者、工人、农民、企业家和党政机关干部就有30余万人。今年早春,市委书记张友余专程来到"赵尔春班",在士兵宿舍,他对战士们说:"你们'赵尔春班'是我们温州市精神文明建设的楷模和龙头。在物质文明建设方面,温州市已走到了全国前列,人均达3000元。在精神文明建设方面,市委市政府领导全市人民开始了'第二次创业'。赵尔春和'赵尔春班'在温州家喻户晓。在这方面,你们永远是龙头。"书记一席话,集中概括了时代英雄在人们心目中的地位。"赵尔春班"的战士30年间自塑的雕像群和海坦山上的赵尔春雕塑一样,已立在温州军民心头。记者在温州采访的日子里,不论在军营、学校、商摊、街道和机关团体,都明显地感触到这种"心中的雕塑"在鹿城无处不在。限于篇幅,这里仅选取几个镜头。

140.东海作证

在赵尔春生前所在的东海舰队某护卫艇大队,有句口头禅在官兵中已流传了30年,叫:"像赵尔春那样爱民。"每当人民群众遇有灾难和地方经济建设遇有急难险重任务时,各级领导在作战前思想动员时,总要呼喊这句口号,而被这句口号激励着的官兵们无不充满为民赴汤蹈火在所不辞的渴望与激情。

1993年4月2日凌晨,温州市海运公司满载2200吨化肥和钢材的"浙海113"号货轮,不幸在茅草屿附近触礁沉没,29名船员的生命危在旦夕。大队领导接到求救急电,随即拉响了战斗警报。

稍有航海常识的人都知道,在排水量二三千吨的大轮船都因风大浪狂气象恶劣等原因触礁沉没的恶劣天候海情里,排水量才几百吨的护卫艇根本不能出海营救,可是,为了29名船民兄弟的生命,水兵们已把生死置之度外。大队领导果敢地登艇,亲率护卫艇开足最大航速钻进滔天狂浪之中。

滔滔东海可以作证,在30年间的每一个日日夜夜里,每当群众遇有危险时,他们都是义无反顾地挺身而出,舍己救人。仅近6年来,大队就出动船艇抢救海上遇难船只 30 多艘，救起渔民 50 多人。年年岁岁，不论是在海上，还是在岸上，只要群众遇有危难，官兵们个个勇往直前。当去年元月东门浦口路一个堆放着聚乙烯有毒制品和木材的楼房突然发生大火，直接威胁周围 30 多户居民生命财产安危时，是两艇官兵冲入毒焰之中切断了电源，扑灭了大火。因呼吸有毒气体过多，水兵余明思昏迷了 10 个小时，经抢救才脱离危险。当温州大学的学生在瑶溪风景区被瀑布吞没时，当三九严寒在江轮上发现女青年落水时，官兵们都毫不犹豫地跳下去抢救。

当地方在经济建设中遇有急难险重任务时，大队官兵更是一马当先。1989 年，温州市在修建机场时，一项技术性强，风险性大，直接关系到飞行安全、预算经费为 120 万元的通讯导航工程，却迟迟无人投标。大队得悉后，即派出高级工程师丁云翔带领 29 名官兵出征。经过精打细算、科学攻关、昼夜突击，苦战两年，仅用 83 万元就保质保量地拿下了工程。完成任务后，本应领取的 36 万节余资金，他们又一分不取地交给了工程指挥部。这样的事情太多了，不说 30 年间，仅近 6 年来，他们就支援地方完成了 12 项大的工程，节约资金 500 多万元。至于平时的技术助民，那就更多了。渔民捕鱼船在海上坏了，他们派艇出海抢修，近几年抢修的各类船只就达 109 艘；市区车辆增多，他们为地方培训了 1000 多名驾驶员和 3000 多名各类机械修理人员……地方领导和群众见到这些不禁动情地说："赵尔春还活着。"

东海可以作证，在万里海疆，到处都有这样"活着的赵尔春"。

141.妙果寺佳话

妙果寺市场是个体经营户云集的地方。这是块"富豪""款姐"云集的土地。"腰别 BB 机，手持大哥大，骑着本田王，喝着人头马"的主儿，在 380 多个摊位的 750 多名从业人员中已毫不稀罕。3 月 12 日，记者来到这里，对这个由 58 名摊位主组成的民兵连进行了短暂采访，惊喜地发现，赵尔春不仅活在他们心中，而且他们中间的赵尔春很多。

1993 年 7 月 28 日深夜，妙果寺个体户商场杨利国、189 号摊位的陈文俊和 206 号摊位的陈静等 10 多名男女青年民兵从赵尔春纪念馆参观并同官兵联欢归来，途经市区人民西路温州大厦时，发现大厦底层中央家电商场浓烟滚滚，大家立即跳下车，破门而入。他们一面用大哥大向"119"报警，一面投入扑火。姑娘们一身价值数千元的时装烤焦了，小伙子们笔挺的西服挂破了，锃亮的皮鞋泡水了，全身被烟火熏黑了，没有一个人顾惜。当消防车赶到时，他们已将大火扑灭。商场内价值难以估量的财产保住了，事后赶来的商场主人想向救火的人们致谢，可他们全都悄无声息地走了。

在妙果寺这个大商场，助人为乐，见义勇为成了大家的自觉行动。1991 年

10月12日，民兵摊位主周洁清、周阿英在市场拾到一只装有20万现金的大提包，在久寻不到失主的情况下，他们立即将钱包交给了市场工商所。几经周折，后来终于找到失主。成都来的徐氏兄妹手捧失而复得的巨款感动得流下了热泪，当场拿出1万元酬谢周洁清、周阿英，被他俩婉言谢绝。近6年来，这个商场有据可查的个体摊位主退还给顾客多付的现金就有12万多元。前后有25名流窜到市场作案的歹徒被他们抓获。1992年4月13日，3名来自长春的歹徒在市场持刀抢劫行凶，34号摊位的民兵排长李康、37号摊位的民兵王清江奋不顾身地冲上去同歹徒搏斗，在负伤的情况下，忍痛配合公安干警抓获了罪犯，受到公安部门表彰。去年，李康这位两次荣获市"见义勇为"奖，并被评为温州市"十佳青年"的小伙子，光荣地被选为共青团十三大代表。

在妙果寺民兵连这个连续6年被社区评为精神文明先进的群体里，民兵们也像"赵尔春班"一样，不放弃任何一个可以做好事的机会。朱晓洁、付春晓、李晓等几位女民兵，虽说摊位开设时间不长，但每当遇到社会发生天灾人祸或社区人员重病，生活出现困难时，她们总要慷慨解囊，仅近几年捐款就多达29次。近几年间，这个民兵连和市场其他摊位主累计捐款捐物达46万多元。至于平时慰问部队，开展国防活动所花费的资金就更多了。东海舰队和南京军区的30多位将军听了他们的事迹介绍后，都亲往民兵连考察。去年8月，国务委员兼国防部长迟浩田上将，专门听取了这个民兵连的汇报，高兴地同大家合影留念，并欣然命笔，题词勉励他们。

142.温大冲击波

"赵尔春班"辅导过的中小学生已达20余万，他们中的不少人已考入温州大学、杭州大学和清华、北京大学等高等学府。日前，记者来到温州大学，一群与"赵尔春班"结下不解之缘的莘莘学子向我们捧出了一串串来自校园里的动人故事。九一届行管系的沈尚颖、王颖、邵子乐、郑光西和来自赵尔春故乡的陶或等同学对我们说："墨子曾经说过，'贫则见义,富则见仁,生则见爱,死则见哀'。我校每届同学都参观过赵尔春纪念馆，我们感觉到，赵尔春和'赵尔春班'对我们温大同学影响最大最多的方面，可以归结为一点，就是他们对别人的爱心。"

为了弘扬这种"爱心"，温大的同学在校园里激荡起了一次次不同寻常的"爱心冲击波"。

艺术系九一届丁剑玲同学，1992年5月不幸患了白血病，医院准备为她施行换骨髓手术，可是，家中钱不够。去年5月的一天，温大校园里突然出现了一幅醒目的红布横幅："丁剑玲，我们盼你回来！"全校1650名师生员工，人人伸出了援助之手，不到半天，捐款多达6700多元，许多同学的捐款都是直接从自己每月的伙食费中抽出的。当丁剑玲同学在宁波老家的病床上接到校党委副书记

重温历史,是部队思想政治教育的重要内容。

翟纪凯等 5 名师生代表专程送来的钱和数不清的同学签名的慰问信时,这位坚强的姑娘动情地哭了。

为他人献爱心,温大同学也不放过任何一个可以尽力的机会。向希望工程捐款,全校一呼百应;救助灾区群众,学校 11 个社团走向街头开展义演义卖活动;抢救危重病人,同学们争相挽起手臂。去年 3 月的一天,市里展开义务献血活动。有关组织者见到同学们功课紧张,有意封锁了一下消息,可仍有 50 多名同学找到了献血站,江潮等同学献血时,被记者抓拍的照片登在报上学校才知道。更多的献血同学,直到今天,仍无人知晓。爱心,使学子们行为变得高尚,心灵变得美好,校园格外清新美丽。

通讯写好后,我们直接来到《温州日报》,请他们配合宣传,得到报社领导大力支持。3 天后,1994 年 3 月 19 日《温州日报》以一个整版的篇幅报道了"赵尔春班"的先进事迹。

隆重热烈开大会的那天,我在驱逐舰部队采访,没去参加,但出席大会的舰队政治部首长后来告诉我,出席会议首长与各界人士看到《温州日报》整版事迹都觉得写得很好,工作做得及时有力,这是对舰队新闻工作的充分肯定。

第二十七章

忠孝古难全

人生是美好的,但美好的人生也往往伴随着痛苦,人生最大的痛苦莫过于生离死别。

有人说,这个世界上除了生死,其他都是小事。

可是,对中国军事集团的成员来说,这话就不能这么说了,应该说,对军人来说,保卫祖国保卫人民是天大的事,个人的生离死别都是小事。

不是军人铁血,不是军队无情,它完全是由军队的职能与军人的使命决定的。不只是人民军队是这样,古往今来包括旧军队它也要求这样,只是不同时代为不同阶级服务的军队与军人表现的自觉程度、集体人格自觉程度的不同。

和平年代的军人不打仗,但同样面对与亲人与战友与朋友生离死别的问题,如抢险救灾、参加重大演习、调防或参与联合国维和任务等,都必须面对这一问题。我在服役期间,几年回去探亲一次,每次离别时,母亲等亲人都悄悄抹眼泪,这都是生离,也在潜意识里有远别甚至死别的意思。

和平年代,军人伤亡的概率低,却又反过来,军人又面临着与亲人的生离死别问题。

这种面对是痛苦的,但军人没有选择。古来忠孝难两全,何况是人民解放军军人。

这一章就写写参军后,我所遭遇的生离死别之痛。

143.虎鲨行动

1993年冬日的一天,我来到东海舰队侦察兵大队,跟随部队参与海上作战科目演习。

一艘大型潜艇停靠在舟山某海岛一隅。100多名荷枪实弹的海军侦察兵乘着夜色钻进潜艇，各舱室一下处于超员状态，尤其是鱼雷舱，密集坐着两栖侦察兵。

旋即，潜艇由水面航行状态进入潜望镜航行、水下航行状态。航行到午夜后，指挥员下令，侦察兵准备钻管出击。一群群小老虎钻进鱼雷发射管，潜艇兵熟练地启动鱼雷发射程序，将一批批侦察兵发射出去。

潜艇输送侦察兵，这是世界海军大国着眼于现代战争普遍设立的一个风险科目。中国海军当然不能例外，在未来战争中，当遇到从水下攻击的敌人来袭时我们必须兵来将挡。敌进我进，我们也要神不知鬼不觉地钻进敌人的老窝，实施侦察、突袭、爆破、捕俘、格斗等任务。由于前期训练针对性强，模拟程度高，官兵素质好，潜侦协同配合默契，当夜所有演习科目全部完成，没有发生任何意外。

第二天，演习科目是爆破敌军港、军舰。潜艇在水下潜航，突然，艇长下达作战命令："我艇被敌水下声纳装备侦测发现，现在潜艇将大深度机动规避。"艇长话音刚落，只听到潜艇四周响起密集爆炸声。海军的猎潜艇部队官兵正在往海里投掷手榴弹实弹，爆炸声"嘣嘣"在潜艇舱壁外响起。小小手榴弹的爆炸，在水声传播条件下都这么响，如果是遭受深水炸弹攻击那还得了，不活活把人震死！

但是，潜艇舱里除了艇长的口令与战位的回令，没有任何杂音。大家都静心屏气，希望潜艇能在深海机动规避摆脱猎潜艇的攻击，再伺机完成攻击敌军港口与舰船任务。

潜艇下潜深度越来越大，深海海水巨大水压，压得潜艇艇体钢板发出刺耳的"咔咔"轰响，几个舱室还出现了渗水现象。这使初次跟随潜艇出海的我感觉有点担心："是不是潜得太深了，漏水是不是潜艇艇体变形引起的？"我问艇长。

"朱记者，你不用担心，这个现象在潜艇性能允许范围之内，我们远航太平洋深潜时，潜艇漏水比这个还要厉害，但就是在强烈反应状态，我们测试了潜艇良好深潜性能。"艇长远航过太平洋，潜航深度远比现在深，他这么一说，我就放心了。好在我也不晕船，于是，潜艇在水下深潜，我却在各个战位跑，观察官兵操作与精神状态，拍我的照片。我相信，潜艇出水不久，官兵们就能从报纸上看到他们自己的风采。

昼夜航行，官兵身体、各种气体包括潜艇灶间、潜艇各舱室释放出的所有气体都混杂到了一起，潜艇舱室里，空气变得浑浊起来。远航过的官兵告诉我，潜艇在水下连续几十昼夜潜航，混浊的有害气体不只是侵害官兵的肺部，也迟钝官兵嗅觉与味觉，大家吃饭时，不论吃什么饭菜，吃到嘴里都如同嚼蜡。所以，潜艇需要飞行员一样健壮的身体，操纵他的一定是一个国家最优秀最健壮的人群。

连续演习，考验着官兵体能与智能，考验着海军两栖侦察兵战斗力，也考验着军事记者的战斗力。好在我能吃能睡不晕船，成了"风浪越大越精神"的那部分人。

几天后，潜艇浮出水面，艇长让我爬上潜艇指挥塔，清新宜人的海风扑面而来，真新鲜啊！

海上转驳，我们乘基地派出的交通艇登岸，准备转换后面的演习项目。

我刚走进侦察兵大队给我安排的宿舍，留守在家的政委递给我一份电报记录，我一看，心顿时悬了起来，腿像灌了铅。

144.沉重电报

这是一行最沉重的文字："父病故，速回！"

父亲一生，身体素质总体上是好的。在我的记忆里，一年365天，他天天都在劳动，没见他休息过一天。他是个绝对闲不住的人。生产队有活做，他天天出工。生产队没事做，他也要到自留地里劳动。自留地里也没活做了，他会将房前屋后的树木、场地进行整理与清扫，反正他不能闲下来，哪怕半天。在我青少年时代，见过他因劳累晚上发烧，早早就上床睡觉，母亲甚至担忧地抹眼泪，但是，第二天一早，他退烧后又下地劳动了。

他个子高，力气大，身体好，人勤劳正直，这是他留给村里与周围村庄人们的印象。也许是旧社会与几十年的劳累给他留下了胃病，近70岁时，查出是溃疡，医生认为有恶化的可能。回到部队后，我立即找到海军医疗专家、海军干休所卫生所所长吕文魁，找他咨询问医问药，后又利用父亲来部队时机，专门请军医给他做胃镜检查，当我送他回皖南时，中药我就带了两麻袋。就个人认知而言，我比较喜欢中医，我认为中医是世界上最神奇的医术，什么病都能治好，而且没有痛苦，没有毒副作用。同时，我也为他备有西药，包括杜冷丁。我告诉父亲，如果痛得厉害，就请人打上一针，小痛就不打，医生对我说，打多了会上瘾。此药，医生是不给多开的，好在我在军队大机关工作，有这个人脉资源与活动能力。为了老父亲，我是敢于找人，敢于开口，敢于提要求的。

中药吃了几年，病情没明显好转，但也没有恶化。我认为抑制住了恶化就是疗效，没想到，他此间遇到一些突发情况，突然病逝了。

我想立即回家，但是，又不能立即出发。这次我与海政宣传部新闻处副团职新闻干事江汝标一起跟随东海舰队两栖侦察兵参加实兵演习，是肩负一项使命的：海军要向军内外宣传这支尖刀部队。现在，演习还有两天科目，我一走，不能目击，后面的现场报道就无法写了。固然，江汝标可以写，但我俩已作了明确分工，拟发《人民日报》《光明日报》的稿子他来写，《解放军报》《中国青年报》、中央人民广播电台与《人民海军》的稿子由我来写，我一走，计划无疑泡汤。

这看似只是记者采访写稿子,但从国家、军队与个人角度来说,它就是为国尽忠与为父母尽孝的矛盾问题。诚然,忠孝古难全,但古往今来的中国军人作出的选择都是先尽忠再尽孝,如果发生冲突,不能尽孝,也要尽忠。这么一想,我心里已有答案。

我决定晚两天回去。我知道,在冬天里,按老家风俗,老人去世后要在家中停放几天,让亲友吊唁。

侦察兵大队两位知情的军政主官按照我的要求封锁了消息。接连两天,我跟随部队参加海上、岛上、陆地上演习,枪弹爆破,每个地点我都在现场,并利用间隙见缝插针找官兵们采访,询问他们完成战术动作的过程与感受,包括心理体验。

演习结束的当天下午,我让大队给我派了车,用最快的速度直奔火车站。

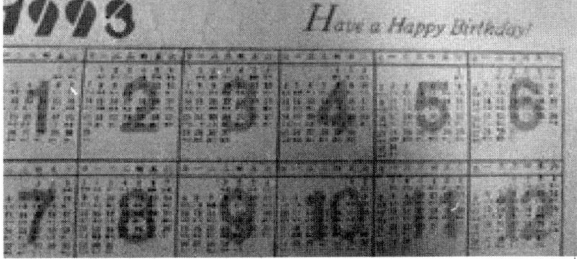

1993年春天,父亲来部队看望儿孙家人,我陪他在宁波东门口街上逛逛,遇到一处电脑现场制作年历,即劝他制作一张,却成永恒纪念。

坐上连夜发往南京方向的火车,奔向皖南。

我与江汝标已商量好了。我回家待2天,第3天晚饭前到侦察兵大队与他一起讨论写稿思路。他表示,要利用两天时间,在大队好好深挖一下。

145.与父亲永别

天下着小雨,道路泥泞。傍晚,我到家了。母亲与姐姐、妹妹、弟弟与亲友们见到我,都哭喊起来。"从此,我就没有父亲了。"我泪如泉涌。走到父亲棺材前,长跪不起,哀思老父。

堂哥朱光全、朱光武等人架起了我,村上乡亲施光宏、沈光胜与大老表等人作出一个决定,他们要打开棺材,让我与父亲见最后一面。

按家乡丧葬文化风俗，棺材封起来，表明明天就要出葬、送葬了，闭合了棺材是不会再打开的。但是，亲友们知道老人的儿子是军人，是从千里之外赶回来的。他们打开了棺材，我看到了父亲，他紧闭着双眼，就像睡着了一样。

这是父子见的最后一面，从此，永别。

73岁的父亲就这样走了。他没有给儿女留下什么话，就无声地离开了这个世界，一如他一生是个沉默寡言的人。母亲告诉我，父亲在病逝前几天突然变得话多起来，讲他的人生，讲他的父母，也讲儿女，但没有表露出他有什么叮嘱。

他生前就给自己选好了墓地。就是离自家房屋500多米的小岛上。这是我们村里一个很大的水塘，水塘中有一个100米方圆的小岛，只有一条塘埂与村庄相连。岛上有我家的一块自留地，年年岁岁，父亲在地里种油菜、马铃薯、山芋与萝卜。他早几年就同我母亲与小儿子学敏说了，如果他死了，就把他埋在那块地的地头，并且在那里栽了几棵小松树与杉树，成为他身后的陪伴。可他选择小岛水畔这块墓地，也许是为了死后他的在天之灵能够陪伴他当海军的儿子。母亲告诉我，父亲直到逝世身上都盖着我送给他的海军军大衣。

从这个意义上说，父亲不只是看淡了生死，对生死还有一种从容与超脱。就像人们传说的老子骑着青牛出函谷关一样，他选择的是走向大漠孤烟，走向黄沙漫天，走向死亡，可就那么义无反顾地走了，他觉得这是生命的自然状态，无悲可言，归于自然，归于生命的起点。

送别父亲第二天我就返回部队。紧赶慢赶，傍晚坐上了在芜湖靠岸开往上海的江轮。天低云沉，心情悲痛、惆怅、孤独，望着滔滔江水发呆。站了很久，我摘下了手臂上戴的黑纱，扔进了滚滚江水。把对父亲的思念放心里吧，戴着黑纱回部队，官兵们会不断询问与安慰，太累，也无法工作。

到了侦察兵大队，立即与江汝标讨论报道思路与各家中央媒体报道角度，半天后，按分工各自写稿。

146. 是龙！是虎！是鹰！

新闻报道年年写，但写东海舰队侦察兵大队这篇报道非同寻常，这里面有我经历的丧父之痛，有我的泪水，也有我的家国情怀。选择发在《中国青年报》的通讯《是龙！是虎！是鹰！》转录部分如下：

海军两栖侦察兵，备受世界各国军事家青睐的特种部队。

九十年代海湾战争。多国部队第一个浪头的轰炸，就重创伊拉克的军事目标，连地下指挥所也不能幸免。为多国部队飞机指示目标的，是美军的一支"绿色贝雷帽部队"——渗入伊拉克后方的两栖侦察兵。当伊军发现其中的8名美军士兵并率重兵围剿时，这些人又化整为零，歼灭伊军百余人后，全部回到了大本营。

八十年代，马岛之战。英军滩头第一仗就是运用潜艇输送侦察兵首先攻占了滩头阵地，进而攻占整个马岛的。

七十年代，一个第三世界小国用海军蛙人实施水下偷袭，用磁性水雷炸毁了某大国包括万吨舰船在内的370多艘舰船，取得了世界上任何一支庞大舰队都无法取得的战果。

这就是今日两栖侦察兵。在血与火的战场上，他们干的大都是虎口拔牙的壮举。一支小小的两栖部队，却能搅动与影响一场战争的结局。

军事家预测，未来战争的主要作战样式将是应急机动作战，因此，经过特种训练，具有非凡胆略、武艺、计谋、快速反应，能在各种环境下执行任务的两栖特种部队，将是各国军队建设的重点。

在我们海军东海舰队，就有这样一支两栖侦察兵部队。他们是龙，在海上他们出入潜艇，如"蛙人水怪"，水下突袭，破炸敌舰；他们是鹰，在空中他们搏击云路，行如闪电，机降"敌巢"，直扑"虎穴"；他们是虎，在陆地枪弹雷箭，三十六般兵器他们门门精通，擒拿格斗，十八般武艺样样强手……

他们就是东海舰队某两栖中队。军委主席江泽民与党和国家领导人曾两次接见这个被评为全国、全军先进集体的代表。

空中"飞人"

现代高科技条件下的战争，既是高新武器装备与谋略的竞赛，也是时间的竞赛，谁快速机动能力强，谁取得胜利的可能性就大，奇袭成功的把握就大。

这是一场真枪实弹的较量。

"红军"一个具有战略意义的军火库被"蓝军"攻占，由于顾及使用重火器会引爆军火库，带来不堪设想的后果，一直不敢发起强攻。"红军"指挥员急令两栖中队实施"空中手术刀"，给"蓝军"来个"猛虎掏心"。

实然间，一架新型直升机出现在军火库楼顶，只见机舱门忽地打开，几条绳索从机舱内抛下，旋即，一群全副武装的"海豹"沿着绳索，"哧溜、哧溜"滑向楼顶。转眼间像壁虎一样，从各个楼层的窗口破窗而入，直扑各个火力点。

"蓝军"阵内顿时大乱。"红军"的一位将军抬腕看了看表，不觉惊叹："神速，真是神速啊！"这群旋风般的两栖兵，从接到命令到飞临180千米外的战区，仅用了26分钟！

为了练就这身过硬的快速反应能力，他们专拣空降兵也挠头的险难科目练。

第一次跳伞，许多人吓了一身冷汗，虽说几十顶伞在空中张开了，可有的人掉进了烂泥塘，有的伞挂在了电线杆和树梢上，人悬在半空。待他们总结经验后，还嫌是顺风跳，而海上反要逆风跳。从2000米高空出机舱，两栖兵在空中要准确无误完成几十个动作，出现任何错、忘、漏，就会一命呜呼。当降落到距海面800米时，要打开胸前的包，掏出橡皮筏，拧开高压气瓶充气，给救生衣充气，然后要把橡皮筏固定在两脚之间，把身体转向逆风。等到高度降到500米时，要解开裆带、胸带，用手拉住背后的几十米绳索，如操作不当或身子被绳索绞住，那可就惨了！降落海面后，一面要快速脱伞，一面要立即定位，寻找目标快速机动发起攻击。

海上演练成功后，他们再次加大难度，把飞机开到岛屿、礁丛、自然村附近跳，逼着两栖兵们在近似实战的险境中练出快速机动作战能力，任何一个官兵什么样的苦、险、难都必须经历。为了练就鹰一样锐利捕捉目标的眼睛和猎物时"一招准"的能力，两栖兵们用地图识地形、辨地物、看地貌、判定方位，进行图上作业和数据记忆，各个作战区域实物判定数据烂熟于心，个个练得成竹在胸犹如电子计算机；而在空降和接地后的攻击过程中，人人则又有一双力大无比的"鹰爪"，悬在半空，双手提物便可挂住；攀登高层建筑，飞檐走壁，双手抓住光溜溜的墙，"咚咚"就窜到了楼顶；练出重拳，一拳砸下去具有200多公斤的力量！

几年间，在中队叫响的"要快速不怕险""要练武不怕苦"的口号声中，官兵们跳运输机，乘直升机，骑摩托，开汽车，操橡皮艇、驾冲锋舟……这支两栖兵瞄准高科技条件下与强敌交手的未来战场，练就了一身融空中、海上、陆地于一体的综合快速反应能力。

水下"蛙人"

……

我与江汝标采写的稿子各有侧重，但主要内容是接近的。成稿后，我们发往各中央级媒体与《人民海军》以及部分地方媒体。从1993年12月23日《人民日报》刊登稿件开始，随后，《解放军报》《光明日报》《中国青年报》《科技日报》《中国海洋报》、中央电视台、《解放日报》《文汇报》《大公报》《浙江日报》《浙江青年报》《宁波日报》《舟山日报》等全国几十家媒体相继发稿，在军内外产生广泛影响。

几个月后，海军党委作出决定，授予东海舰队两栖侦察队"爱军习武模范中队"荣誉称号，号召全海军各部队学习。

命名大会上，全体官兵笑逐颜开。

走出部队大礼堂，我遥望苍穹，敬了个军礼，官兵们不明就里，但大队长、政委知道：我是向在天之灵的老父亲敬礼。

回皖南,探望居住在弋江镇浦桥的大姨父、大姨妈,与母亲、小姨及她女儿她外孙合影留念。

147.父亲伴我守天涯

父子之间,基因相传,血脉相连,父亲去世后,很长一段时间,我晚上睡觉老是梦见他,直到今天,每年也会有一二次梦见。

当军事记者,几乎每天都在忙写稿的事。我决定,写一篇散文,纪念我的父亲朱克义。写好后,凭我拥有的新闻发稿渠道发个十几家没有任何问题,但我想,这些渠道还是用来发部队新闻吧,纪念父亲的散文只发一家。我将稿子寄给中央人民广播电台军事部。原文比较长,这里摘取两段吧:

……

当兵体检合格后,一连几天我不敢告诉父亲。没想到第三天晚上他把我叫到床前,用低沉的声音对我说:"你当兵体检上我知道了,你去吧,当几年兵就回来。"从武装部回家的晚上,父亲同我聊到深夜。我身材偏瘦,一米七八的个子,体重只有60公斤,父亲担心我当兵吃不了队伍上的苦,便有意给我讲了许多当兵很苦的事。他说1949年解放军大军过江,路过家门口时,天下着瓢泼大雨,解放军追击国民党军,个个身上淋得透湿,身上摔得泥巴糊乃的,没功夫吃饭,跑着吃，七天七夜没有停息，你当兵一定要能吃得了苦。我把他的话默默记在心里。

第二天，我踏上了征途。昼夜兼程的火车把我送到了东海舰队的一个新兵训练团。

在蔚蓝色的方阵之中，每当辛劳的汗水浸透全身的时候，每当工作中的种种困难缠绕我的时候，每当从军路上的风风雨雨吹打得快睁不开眼的时候，父亲讲的那个大军七天七夜追击敌人的故事便在我的潜意识中浮现，像春风杨柳一样摇曳在我心头。直到今天，他依然留遗在我的血脉之中。在后来部队和海军政治学院的政治课教育中，我才渐渐懂得，父亲讲的这个故事，他透现的正是人民军队的军魂。伟大的军魂，这正是激励一代代军人勇往直前的力量源泉。

……

父亲在家里，给我创造了一个更为稳固的大后方。洪水肆虐，家中田园被毁，粮食无收，他对我只字不提；邻里纠纷，利益被侵占，他以宽大为怀，直到化干戈为玉帛才告诉我结果；我的外婆和伯父等4位亲人去世，亲友说发电报让我回去为老人送终，都被父亲拦住了……故乡的家，成了我补给精神营养驰向远海大洋的最可靠基地，也是一个水兵远航归来，系缆靠泊的天然良港。

……

24年风雨从军路，仿佛我那沉默寡言的老父亲一直陪伴着我。

148.光辉母爱

陪伴与护佑我的除了父亲，还有我的母亲。母亲刘家娣仙逝于2015年4月11日，享年84岁。本应放到以后章节中写，这里还是把母亲与父亲写到一起吧。

我是一个唯物主义者，但我却相信母子身体信息一定相通。

我是在母亲的宠爱之中长大的。母亲告诉我，她与我奶奶把我抱到3岁，即使我在她们的呵护中已学会走路，她们依然喜欢一天到晚抱着我。3岁的我，被抱在母亲与奶奶怀中并不老实，老是一跳一跳的，想自由奔跑，奶奶年纪大了，体力哪能跟得上，累得常说："啊哟，这头牛我放不动了。"在我成长的岁月，母爱的光辉一直照耀着我。在那个生活物资并不丰富的年代，新麦子上市，母亲摊粑粑，香味扑鼻，她摊出的第一个粑粑一定给我吃。家里来人，杀鸡炒肉，总会做上一些好菜，菜还没端上桌，母亲就会用碗装上几块最好的鸡块肉块让我先解馋。这种家里好东西让我先吃多吃点的特殊化不是哪几次哪个月的偶然，是惯例，一直到我长到21岁参军为止。从小到大，过年前，第一个穿上新衣服、新鞋子的必定是我，在全村的青年人中，我是拥有多套当时最美时装的小伙。

我是在母亲的夸奖声中长大的，是在母亲的笑容里长大的。在皖南多子女家庭，父母打骂孩子司空见惯，但是，我母亲对我别说打了，从来就没骂过一声。儿时不说，上学后，学习也好，劳动也好，说话也好，处事也好，反正我什么都好。父亲与他恰恰相反，他极看不惯我在乡村劳动时怕脏的斯文模样，一不留神，他就诉诸武力，母亲就是我最大的保护伞。父亲怕我找不到对象，硬塞给我一个未婚妻，母亲对我抱有同情。每当她知道那位女孩要来我家时，她会告诉我，给我逃避见她的机会。只是父亲固执己见，她没有办法推翻父亲的决定，使我的青春期充满痛苦。但在乌云满天时，母爱的阳光不时从满天乌云的缝隙中照耀着我。

参军后，我忙于部队工作，极少回皖南探亲，母亲想念儿子，3次到部队看望我。最后一次来，我专门抽出时间陪同母亲到舰队某驱逐舰支队去参观军舰。母亲看到我们海军的军舰这么大，这么崭新气派，可高兴了，我抓住机会，给母亲拍了几张与军舰的合影。

说起此事，还有一个教训。那是父母同时来部队那一次，知道父亲没看到过大海，我陪他们到龙山去看大海，带上了女儿朱迪。因为陈玫在上班，还请女兵任晓红一起参加，帮我照顾女儿。可是，因为没想到海水受潮汐影响的情况，车子开到龙山码头时，正值退潮，父母只看到一望无际的滩涂。要是当时自己心细一点，选择去北仑、宁海或象山就好了。父亲逝世后，一想起这事我就后悔，这是永远无法弥补无法尽到的孝心了。

母亲年纪大了后，一个人独住，守着老屋。虽然儿女离她不远，近的几百米，远的约3千米，她又不愿与儿女同住。我有些担心，专门让小弟学敏为母亲安装了一部全国直拨电话，我一有空就打个电话问候一下，有时，一忙也忘了，很多日子没打。有一天，我突然想起母亲，感觉到心里有一种从未有过的不安，于是，放下工作，立即给母亲打电话，只听到电话那头的声音很微弱。母亲说话声音历来清晰响亮，我想可能有情况。立即给学敏打电话，告诉他母亲可能有情况，赶快去看。开汽车销售公司的弟弟立即放下手头事务，开着车跑到老屋，只见母亲倒在地上，神志已经不清。弟弟抱起母亲，轻轻放到车里，用最快的速度送到医院。还好，医护人员一番抢救，救活了母亲。主治医生说，只要再晚一点，人就没救了。

可是，母亲生命抢救过来了，却丧失了行动能力。我们请了一位护理阿姨，全天24小时陪伴与护理母亲。这里要感谢这位叫春梅的大姐，她整整陪伴护理了母亲3年多。这期间，母亲是活在她手里的，吃饭、穿衣、洗漱、陪伴，每个时辰都离不开她。她要是回趟自己2千米外的家，必须事先计划，向我妹妹腊香先报告，待腊香安排好时间当替补，她才能回家一趟，见见自己老伴，看看生病的儿子，就连大年三十也要陪在我母亲床边，我母亲的生命完全拴住了春梅的所有行动空间与自由。

陪同中央新闻单位部分记者到部队采访。

当然，母亲周边还有一个孝心群。母亲生病几年间，小弟学敏是最操心的，内外大小事情，都由他解决。他长得人高马大，是个大汉，但对母亲心细如丝。为便于对母亲的照顾，他与小姥姥、小姨父商量，硬是在芜湖市精神病医院桃园病区家属院找了一套房子，拉电线、装空调、安电视，添置生活设施，无微不至，安排得非常周到。母亲卧床几年能活过来，他是第一功臣，春梅是并列第一功臣，小姥姥、小姨父、腊香、桂香、崔小叶、学东、陈玉凤等功不可没。

母亲走了，但她永远活在我心里，与我生命同在。

生离死别，这是每个国家守卫者都会遇到的情况，尤其是野战军，大漠边关，边防海防，走出来的青年，远离了亲人，一别往往就成永别。在我在军队服役的26年间，也包括我转业后落户驻守城市，我的外公、3位外婆、4位舅舅、伯父、伯母、大姑姑、姐姐、堂哥朱学年、堂哥朱光武、堂弟朱光文、大表哥沈根保，还有几位表姐、表姐夫等十几位亲人们辞世，他们有些人从我参军走出故乡后，直到他们去世，我从未见到过他们。

还要说一下，我们朱家是人丁兴旺的。现在皖南，还有一个庞大家族群，尤其是姐姐、弟弟、妹妹的儿女们已经儿女成群。我曾一度加入他们的微信群，因为他们太热闹受不了而退出。看来，还是要加上，不然，以后见了面都不认识了。现代文明，高铁、飞机、高速公路，已是地球村概念，但优秀的新一代飞得更远，一不留神，有的飞过了太平洋，如平时不联系，亲情不能体现，真的丢失了亲人概念。这是家族亲情文明，需要在现代文明中保持与建立，它与保家卫国可能有时候不能两全，但它与家国情怀并不矛盾。

这也是经历过后给我的启示。

149.37711 部队副政委

如果说这也是缘分，这个缘分就是父亲的在天之灵帮我结下的。

当父亲离开人间时，我正在海军侦察兵部队采访。忍着悲痛，化悲痛为力量，我在知道父亲与世长辞的情况下，依然跟踪完成了对侦察兵部队演习的采访，随后完成了向军内外媒体的集中报道任务。这次采访与部队官兵结下了友谊，受到官兵广泛好评。4年后，正当我在东海舰队新闻工作干得如日中天的时候，遇到一个突发情况，要从舰队机关下到部队工作。东海舰队首长给了我一个特别关怀：舰队所属各部队、辖区所有城市任由挑选，挑选到水面舰艇部队还是潜艇部队工作，挑选到上海、江苏、浙江、江西、福建各大城市驻有舰队部队的城市工作，由我提出来，舰队下命令任命职务。

事发原因后面再写。历经此事后，我对整个人生与军旅生涯进行了反思，决定改变一下人生轨迹，于是，我没有选择远海大洋，决定到海军侦察兵部队工作。

一纸命令下到海军舟山某基地，任命我为侦察兵某部队副政委，这个部队的代号为中国人民解放军37711部队。成为这个部队的首长，直接投入到领导这支部队的革命化、现代化、正规化建设事业之中，为打造这支部队的两栖作战能力贡献我的聪明才智。

相比新闻工作，从体力、智力劳动上说，在部队任副政委，每一天都是幸福。

这个幸福是军队赐予的，但也与我的老父亲有关。

第二十八章

重大典型

每个时代的前进，总会有社会各个领域的精英走在前列，成为引领时代前行的力量。

人民解放军新时期战斗力建设也是一样。在新事物层出不穷，新问题、新情况、新挑战不断出现的情况下，就需要有各个领域勇于探索新事物、迎接新挑战、解决新问题的军中精英，引领方向，成为部队战斗力生成的旗帜。

不论是战争年代还是和平建设时期，党和军队历来具有运用典型推动工作的传统与经验，它是人民解放军思想政治工作的一条重要原则，也是新闻工作的重要使命。

1995年7月，我被任命为东海舰队政治部宣传处新闻科科长（副团职），负责全舰队新闻报道工作，同时，兼任《人民海军》东海记者站站长，《解放军报》《光明日报》、中央人民广播电台特约记者，《中国海洋报》记者等。从报道范围来说，上至党和国家、军队最高领导人来东海舰队视察，下至舰队各军、师、团所属部队新闻报道组织工作，都是我的工作职责。可谓岗位光荣，责任重大。

走上舰队新闻主官领导岗位后，我想，作为军队培养起来的水兵记者，完成舰队部队教育训练与战备巡航、抢险救灾、护渔护航等重大新闻发布，在海军、甚至全军不断推出一些典型与典型报道，是自己的常规工作，新闻工作如何取得重大突破？

我在想，舰队新闻科一任任科长都有建树，老科长童世平后升任国防大学政委、总政治部副主任，被授予上将军衔，是我们难以望其项背的，但是，我们完全可以在宣传报道全国重大典型方面作出探索。

全国重大典型什么概念？就是在全国有重大影响的典型，提起他，家喻户晓，如雷锋、焦裕禄、麦贤得、孔繁森等。当时，在宣传报道与后续反映上我界定了这么几个要素：报道要实现所有中央级报刊与地方媒体全覆盖，大容量，持续时间长；这个人要受到党和国家、军队最高领导人专门接见；要被评为全国"十大杰出青年"、要立一等功。

我要在自己任期内完成这项任务，我在任期内完成了这项任务。

150. 寻　觅

雷达全方位开机。在向各基地、舰队直属支队各部队政治部下达通知，让各部队筛选上报典型线索的同时，我自己利用一切到作战部队采访的机会，找支队以上指挥员聊天，从他们心里掏东西，也想在同他们的思想碰撞中，发现典型线索。

我大脑中，关于这个人的出现是有速写线条画面的。这个人必须是出在舰队应急机动作战部队、必须驾驭现代化主战装备、必须具有追星赶月的时代精神、必须具有让海军与全军乃至全国军民眼睛一亮的新闻事迹、必须廉洁与稳重有重大发展前途，这些线条，缺一条也不行，都不构成一个全国重大典型的速写线条画面。

1994年夏日的一天，舰队某驱逐舰支队遂行海上实兵对抗演练，我被支队

水兵激动的时刻

领导安排上某新舰采访。在舰艇舷梯口,我见到一位长着一副娃娃脸但却十分精干的中校向我敬礼,我随即还礼,陪同的政治部主任孙伟建介绍说:"这是舰长柏耀平。"这是我第一次与他见面,我心里想,这么年轻,要是给他穿上水兵服,真像个新兵。这么个小伙子能管好海军这艘最新型的大舰?但怒海狂涛很快改变了我的看法,我捕获了一个又一个生动的故事。

1983年7月,21岁的柏耀平分到战斗机部队时,是越过亚音速战斗机直飞高速歼击机的第一批飞行员。从简单气象到复杂气象,从起落仪表到战斗特技,从万米同温层的极限高度,到海上超低空,云空搏击600余小时,转战过从南国椰林到北国边疆的13个野战机场,是舰队航空兵的"神射手"。直到今天,他还保持着俯冲打靶命中率高达71%的舰航最好纪录。

凭着这身过硬搏云武艺,柏耀平前后60多次战斗起飞,把某大国图谋不轨的飞机拦截在"国门"之外。

连续4年夏季,柏耀平驾机驰骋在东海上空。从空中到海上,从海上到空中,海天之间留下的不只是人民海军舰长的第一道航迹,更多的是他搏击海天累积的智慧、胆略、气概与磨砺世纪大洋利剑的特殊本领。

1987年8月,中央军委着眼于我军现代化建设战略需要,批准海军创办人民海军第一个飞行员舰副长班,一批在空中飞行600小时左右的海军航空兵飞行员,经文化等综合考试选拔,走进了海军第二水面舰艇学院课堂。

四度寒暑,柏耀平以毕业考试全班第一的优异成绩毕业。按在校学习时每年的惯例,柏耀平与他的一批同学,在海军航空兵某师进行了为期1个月的飞行训练后,1991年4月,被正式分配到东海舰队某驱逐舰支队任见习副舰长。

飞行员开始学习如何当舰长了。他的表现与经历让我眼睛一亮。

151. 深 挖

这次采访,我不去其他舰了,专盯某新舰。

1993年金秋的一天,柏耀平端坐在新型全封闭导弹战舰驾驶台上,心里无比激动。新舰长第一次独自操舰在海上单舰航行,心头充满喜悦、兴奋、自豪,也夹杂着几分紧张,几分浪漫。细心的政委陆衔和理解舰长这种心情,并为他泡了一杯龙井茶,还让文书给他端了一盘水果糖。

柏耀平不时地品茶,下着航向、舵令,偶尔遇到一艘迎面而来的船只,让操舵兵拉响雾笛,按海上国际航行规则避让。他想,当舰长开军舰比当飞行员开飞机惬意多了。战斗机飞行驾驶员在天上每分每秒都操控着飞机,看着座舱里100多个电门开关与仪表,手、脚、眼与大脑始终处于高度紧张状态,一天飞下来,眼睛胀痛,空中的任何一个错、忘、漏动作,轻则出现事故征候,重则机毁人亡;而舰长操舰航行在大海上,从来都是"君子动口不动手",下下口令就行了,一切操作动作都是由舰上官兵完成的。一天的航行，柏耀平都沉浸在心旷神怡之中。傍晚，军舰返航靠码头了。"双车进一！"停车后他从容地下着舵令，可是战舰仍以巨大的惯性向前冲。由于流压太大，滑冲的舰首对着码头撞去，他赶紧下令："双车退一！"可是轮机舱没有反应，不来车！眼看着一次撞码头事故就要发生，柏耀平挥动拳头，惊呼："双车退一！"突然，车停了，旋又启动，紧急倒车的后退力拉住了战舰，舰首擦着码头的橡胶皮垫而过，留下一道深深的印痕，停住了。

柏耀平惊出一身冷汗。遇险过后，一连几日，他陷入沉思，理性的滤波器渐渐滤清了他的思路。他意识到，舰长与飞行员的区别在于，飞行员的一切动作都是由个人独立完成的，只要个人技术过硬就行了；而舰长操舰，一切技术动作都是依靠舰上一二百号乃至几百号舰员来完成的，哪怕有一个兵、一个战位、一个关键环节"故障"，战舰都操纵不了。舰长必须通过训练，使舰上百十号人的大脑变成自己延伸的大脑，百十双眼睛、手臂变成舰长延伸的眼睛与手臂。

经过一连10多天与政委、副舰长的研究、设计，在支队领导支持下，一个延伸舰长大脑、手臂工程的"学者兵工程"出台了。

计划出台的当天下午，他领着全体干部到码头出队列操。阳光下，海风中，几十名干部站了一个下午，没给大家一分钟休息喘气。讲评时，他说："今天下午舰长给你们作个样子，什么叫严格训练！你们抓部门战位业务训练照这个样，抓住不放，不让喘息。"

白天，黑夜，港岸训练，海上锚训，某新舰的所有战位都进入强化训练状态。从航海测速、系水鼓、救生、定位、抛锚，到导弹、深弹、主副炮攻击；从单一武器系统，到全舰系统，柏耀平逐个部署地抓，逐个单机操作环节地考，哪个操作手哪个操作环节不合格，都休想过关，逼着全舰官兵全身心地投入。面对这样一个舰长，全舰谁也不敢懈怠。某新舰的每一个训练科目都处在从战位，到部门系统以至全舰的4级全方位全过程质量监控之中。在一年多的时间里，官兵的技术水平所发生的变化，足使支队吃了一惊。

1995年年初，支队组织基础科目考核评比，当时支队和大队领导都说，某新舰组建时间在全支队舰艇中最短，即使考个最后一名，也情有可原。没想到一圈考下来，某新舰却一举夺得第一名。8月份，支队举行"精锐杯"大比武，共设65个比赛项目。一周下来，某新舰夺得39个第一名，从阵容强大、老手居多的驱逐舰比武高手中，毫不留情地夺取了"精锐杯"。全支队官兵吃了一惊，从此对某新舰刮目相看。"学者兵工程"，初见端倪，更令人诚服的是舰上不仅拥有了上百名技术能手，还崛起了一批"专家级"士兵群。

支队舰上装备的某新型舰舰导弹，往常每次装舰对接调试都依靠某科研所的专家来进行。一艘舰装填一次导弹要付20多万元装填费用不说，还延误训练时间。

1994年年底的一次导弹装填中,对海导弹班班长倪绍勇对柏舰长说:"导弹装填调试的所有数据我都掌握了,这次装填导弹我们自己干,为支队省个几十万吧。"柏耀平当场表态同意,导弹分队长和业务长拍手称好,让倪绍勇大胆地干。首次导弹装填,用了一天一夜,所装填的导弹经测试,全部一次对接成功。这一历史性跨越,标志着支队驾驭新装备的能力,跃升到一个崭新水平。万里海疆,中国水兵又创造了一个奇迹:

精兵群的崛起,使柏耀平感到耳聪了,目明了,脑灵了,手长了,舰长的一个口令就能使全舰像一个人一样高速灵敏地运转起来。

他觉得自己和军舰融为一体了,舰上的所有舰员和军舰也融为一体了。在滔滔大洋上,遇到惊涛骇浪,军舰变得坚不可摧了。

这次我跟随采访的演习是舰队与兄弟舰队的自由海战。战舰高速航行了30多小时,海水由浅蓝、蔚蓝、深蓝变成墨黑。洋面上已见不到鸥鸟的踪影,2米多高的涌浪摇晃着数千吨级的驱护舰。战斗警报响起,"红军"8艘驱护舰扇面展开,梯次用警戒雷达搜索着洋面,既寻侦"蓝军"舰艇编队行踪,又小心翼翼地躲避"蓝军"的导弹攻击。可是,在预定作战海区搜索了3个多小时,仍不见"蓝军"编队踪影。

柏耀平端坐作战指挥终端,瞪大眼睛细细分析着上百部电脑系统输送来的对空雷达、对海雷达、反潜声纳等目标显示信号,判断敌情威胁等级与防御打击方向。海面的平静,使他把目光转向空中:"蓝军"舰载雷达发现不了"红军",会不会采用空中侦察、引导导弹超视距攻击呢?就在这时,对空雷达抓住一个空中大型目标,雷达显示时速900千米。他立即报告编队指挥员:"空中发现目标,我舰认为它是'蓝军'侦察、预警飞机,请编队赶快确定打击方案。"

编队指挥所里出现不同意见,认为从目标回波状态、高度与900千米巡航速度看,那是一架民航机。柏耀平急了:"民航机都是有固定航线走廊飞行的,那里根本没有民航机的飞行走廊,一定是'蓝军'轰炸侦察机模仿民航飞机飞行侦察……"他据理力争,编指下令继续观察。空中的亮点仅移动了60千米,无线电传来了海上对抗演习指挥所的密报:"蓝军"侦察的"红军"编队舰艇方位准确,齐射的导弹打击有效,"红军"2艘驱逐舰被击沉,一艘护卫舰被"重创"。编队震惊!对抗结果表明,柏耀平的判断完全正确。当夜,"红军"抢修好负伤舰艇与救捞起落水官兵后,继续侦察搜索,寻找歼敌战机。午夜时分,空中又出现一个亮点。狡猾的"蓝军"以为"红军"仍蒙在鼓里,又在玩佯装民航机搞侦察的把戏。"红军"指挥员将计就计,立即遂行电子对抗手段欺骗敌方,一面迂回高速扑向"蓝军"突袭战区。"蓝军"根据侦察机引导,再次齐射导弹。正当他们得意洋洋时,整个编队却完全暴露在"红军"的导弹射程内。"红军"8 舰导弹齐射,击沉"蓝军"大型指挥舰 1 艘,驱逐舰 2 艘,远洋补给船 1 艘。

捷报传来,海上一片欢腾。编队指挥员称赞柏耀平长在头顶上的"第三只眼睛"立了一功。

在一次重大军事演习中,是他的火眼金睛识破了"蓝军"隐蔽侦察的阴谋,扭转了"红方"编队不利态势。

上天能开飞机,下海能操军舰。这可是我军为数不多的宝贝疙瘩,要是按人数来算,大概每一亿人中才出一个。这么一想,我决心把他作为一个大典型来报道。于是,利用演习间隙,我采访了柏耀平。他本人不是很"配合",谈的情况比较干巴,谈起飞行情况还较生动,可一谈起驾驭一艘祖国最新型战舰,他就非常谨慎,总是谈支队领导与老舰长"功绩",他纯粹一个配角了。我只好打外围战,采访舰上各级干部和水兵,让他们来谈舰长,那就生动了,就像我在海上演习时看到的场景一样鲜活。带着 2 万多字的采访笔记,我回到机关。

152. 遇　挫

不久,海军政治部宣传部在北京召开了一次新闻线索通气会,首都各大新闻单位都派领导参加了,尤其是《人民日报》《光明日报》《解放军报》《中国青年报》、新华社、中央人民广播电台、中央电视台等中央媒体主要部的领导全都来了。会上,我把柏耀平作为东海舰队重大典型线索作了汇报,可《人民日报》《解放军报》的领导与部主任听后,说事情分量还不够,认为作一个一般性的典型宣传一下还可以,作为全军乃至全国重大典型事迹还是轻了,尤其是没能回答这个舰长是如何完成由一名飞行员到舰长这个跨越的。回来后,我作了一些思考,觉得在对柏耀平事迹的挖掘上还缺乏起码的深度,在他锻造海上战斗力这一块缺乏"干货"。

153. 二　探

要写出全国重大典型,就要付出过去在新闻工作中从未有过的发掘采访劳动,思考从未思考过的问题。

第二次上了某新舰,我跟他们远航。为了写深这个人物,我决心也拿出柏耀平当年学操舰的那个劲头,来了解全舰各个系统。一艘现代化的军舰就是一个科学城堡,它上面有着一个博士一生都钻不完的各方面的科学知识。别的不说,仅舰上各操纵战位的技术资料就要装满一辆 8 吨的大卡车,它上面的电缆线要用一截火车皮来拉。为了在采访中能逮住这位不愿谈的舰长,我决心要在技术上懂个大概。于是,我从机电、雷达、导弹、火箭、深弹、声纳等10大系统开始,一个一个系统地钻,先听水兵谈理论,再上战位看操作,大体上知道它是怎么回事。10多天钻下来,我再"逮住"柏舰长交谈时,很多问题他已无法回避了。例如,支队舰上过去装填导弹,都是请军工厂来人装,一年要花费数百万的装填费不说,还影响出海时间。就这样的一个高技术活,柏耀平却让倪绍勇的导弹班班长去首创了,为什么有这么大的胆量?在我了解了这个装填的技术难度后,我要他谈,他怎么也回避不了了。"主要考虑到将来海战的需要,我们总不能在海上打完了导弹,再把舰开回来请工厂来人装填导弹吧。"一下"暴露"了他甘冒风险的"用心",一个破天荒的创造就在这种使命感的催促之下产生了。

我还挖掘到他智攻核潜艇的故事。

这年深秋,大洋某海域,某新舰攻击核潜艇的训练就要展开了,在演练协同会上,人高马大的核潜艇艇长拍拍柏耀平的肩膀,和气地说:"核潜艇在水下速度快,不好攻,我们就搞个简单科目,定向定速吧。"柏耀平笑笑说:"行啊,老大哥随便。"

演练开始了,核潜艇悄然潜入深海,在水下以比常规潜艇高出三四倍的航速运动着。某新舰高速驶向游猎海区,第三个航次,声纳兵咬住了核潜艇。计算机快速算出核潜艇运动航向参数后,一枚炸弹投到海中,"轰隆"一声,炸在核潜艇头顶上。艇长也顾不得拍肩膀时的承诺了,核潜艇赶紧变向变速自由机动起来。某新舰突然发现核潜艇航速航向不对劲,柏耀平立即命令声纳兵咬住不放,全舰大速度追击,一枚枚

2020年8月1日,应战友赵静邀请到"甬兵商创论坛"演讲。

炸弹不时地在水中炸响。

一连3日，某新舰与核潜艇在大洋上左冲右突，斗智斗勇。傍晚，核潜艇浮出水面，艇长见到柏耀平时，高高地竖起大拇指："老弟，你真行啊。我们和驱护舰攻了这么多年，第一次找到真正对手。"

某新舰首攻核潜艇所取得的出乎意料的成绩，得益于柏耀平的预见性。而这种预见性是在有准备的训练中形成的。

常年，白天训练不算，柏耀平每周还要安排反潜分队4个晚上夜训，外加模拟训练，让声纳兵攻潜手掌握不同动力的潜艇昼夜间在不同季节、不同海区、不同深度层的运动规律。在与核潜艇交锋前，柏耀平曾操纵某新舰在狂浪滔天的东海某大浪区进行过一次有针对性的攻潜训练。水兵们几乎人人都向大海交了"公粮"。但练出了在大浪区搜索攻击水下快速移动目标的本领。在这一狂浪区，某新舰成功攻潜73次，命中率超高。

柏耀平是带着在怒海狂滔中练就的一身本领，与水下"强敌"较量的。

装了满满"一筐活鱼"之后，我再次向首都新闻单位领导作了汇报，并送上了我与军报记者写的一篇长篇通讯和一篇报告文学《飞行员舰长》，但他们认为典型可以发，但作为全国性重大典型还缺乏鲜明的时代主题。

154.契　机

正当我为不能让柏耀平成为全国重大典型而犯愁时，1995年金秋，人民海军历史上最大一次军事演习在中国北海进行。

演习开始了，当某型轰炸机从某野战机场起飞进入演习海区空域不久，某新舰的航空预警雷达就咬住了目标，攻击雷达很快识别出飞机与靶标，随即，向主计算机输入距离、高度、飞行速度等各种运动参数，计算机高速运算，瞬间便带动对空导弹发射架起仰俯合转动起来。柏耀平看着荧屏上行云流水般的数据，紧盯着来袭目标，立即下达了发射指令。

"嘭！"一片白色的烟雾从前甲板腾起。"嘭！"前甲板又腾起一片白色的烟雾。不一会儿，只见空中一个亮点，"轰隆"一声将轰炸机身后的黑色目标炸成了两截。就在残骸坠落的瞬间，又听长空一声霹雳，残骸被炸成一团黑色烟雾。

海上沸腾了，观看演习的军委首长热烈鼓掌，江泽民主席边鼓掌边称赞："打得好！打得好！"

海天霹雳扬威就在一瞬间，但柏耀平与全舰官兵付出的心血是常人难以想象的。

柏耀平认为，未来海战，水面舰艇的最大威胁更为突出地来自空中，飞机与飞航式导弹是水面舰艇最危险的敌人。他要求导弹、主炮、副炮部门要形成高中低防空体系，足以抗击"0高度"来袭目标。

在这种"0高度"防御理论指导下，柏耀平操纵着某新舰主动出击了。原有的训练海区过往飞机少，他把军舰开到邻近某机场与民航飞机走廊某海区，让雷达兵大强度捕捉目标。导弹见习分队长郑宏标、雷达班长范低生、杜信辉等人初上机时，偶遇飞机飞到头顶都抓不住目标。苦训一个月，如今，只要飞机进入某新舰雷达警戒空域，一架也逃不过他们的眼睛。舰上的火炮全部是由计算机控制的无人自动射击装备，4门双管炮，只有4个操作手。另有一个备用通道人工操作瞄准手。水兵张贵亮初上舰时，认为副炮有计算机自动打，人没用。柏耀平交给他一项任务：用肉眼瞄准，专打雷达盲区和"0高度"飞行目标！规定他只要气象许可，对装备没损害，每天必须上机练瞄准。张贵亮豁出去了，白天瞄飞机、海鸥、渔船、岛礁；晚上瞄月亮、星星、云朵、桅灯，练出了支队有名的"一抓准"，任何时候，只要他往炮位上一跑，一两秒钟就可咬住目标，3秒钟即可打出一片弹幕覆盖目标。记者采访时问他，类似英阿马岛之战中阿根廷飞行员发射的在"0高度"飞行的导弹能否抗击，张贵亮与班长张孝全、战士长王雪峰、指挥仪班长鞠荣军信心十足地答道：只要人在炮上，3秒钟就能击毁它！去年，支队组织副炮专业比武，副炮分队一天拿了4个第一；前后9次，副炮遂行对海、对空射击，次次由火光构成的弹幕第一波次就覆盖住目标。到舰上检查装备的海军一位舰炮专家评价说："全海军这种型号的舰炮，你们保养得最好，打得最好。"这是一个飞行员舰长在海空构筑的防御体系。这是柏耀平"0高度"防御理论结出的硕果。

平时的严格训练在近似实战的检验性演习中见成效。

江泽民总书记与中央军委领导集体在海上观看了海军大规模军事演习，江主席与军委其他领导还专门登上某新舰，听柏耀平详细介绍战舰的战术技术性能，江主席对柏耀平说："海军是高技术兵种，你们要很好地学习和掌握现代化技术，成为思想、技术都过硬的海上精兵。"

看到这里，我高兴极了，我苦苦思索的全国重大典型的时代主题江主席不是全说出来了嘛！海军与总政领导机关，看到江主席在某新舰上的讲话和我们发表在军报、《当代中国海军》等媒体上柏耀平的事迹报道后，及时向中央宣传部作了汇报，中宣部同意柏耀平作为全军科技强军重大典型推向全国。我犹如在海上看见巨头鲸一样高兴。第三次我随总政与海军、舰队联合组织的采访组登上了某新舰，补充采访柏耀平在科技强军领域的探索与创新。

155. 三 探

三探某新舰，又是一番深入采访与思考，我对柏耀平的事迹有了全面立体的了解。

对柏耀平事迹的宣传，《人民日报》《光明日报》《解放军报》等首都各大报纸和新华社、中央人民广播电台与中央电视台都要进行连续报道。一支40多人的采访队伍在支队狂轰滥炸，在采访写作分工上，各家媒体的记者各有侧重。考虑到我对柏耀平最了解，海政与首都新闻单位领导要我写一篇述评，向全国人民报道柏耀平这一"上天能驾飞机、下海会操军舰"的典型是如何锻造出来的，他给我军乃至全国的人才培养有哪些启示。

有了三探柏耀平"这碗酒垫底"，我爽快地接受了任务。只用一天工夫，便写出了一篇4800字的述评《放眼大洋铸雄才》，从"全新的人才观""锻造非常之才要走非常之路""复合型人才要在系统机制中培养"三大方面，系统地回答了这些问题。

我在铸造大人才要有大目标一节中述评道：

> 柏耀平等一批飞行员舰长海天技术嫁接的成功，不仅蹚出了一条用最短的时间培训出跨世纪高素质复合型指挥员的新路子，也留下了许多值得深思的经验。
>
> ——嫁接是一条培养高素质人才的良好途径。实践表明，嫁接出优良品种，嫁接出高素质人才，嫁接符合现代高技术条件下合成作战的需要，嫁接加速现代化战斗力的生成，是现代战斗力的倍增器，嫁接推动着人类科学技术的进步。在当今美国，就有一个专门的机构，每年都把自然与社会科学的几十个学科的顶尖人才，如物理学家、化学家、数学家、工程学家、系统学家、电子学家、哲学家、社会学家等召集在一起，就某一科研课题研究进行杂交与嫁接，推动了新技术、新学科的生成与发展，形成了现代科研的一个大目标、大思路与大趋势。飞行员柏耀平与舰长嫁接的成功，也说明了在我军合成型人才培养上的这一全新探索的大目标、大思路的成功。
>
> ——培养高素质人才不能只看眼前开花结果。柏耀平等人成为全训合格舰长后，本可以在某新舰上辉煌几年，眼前多开花、多结果。但支队、舰队与海军着眼于人才培养大目标的需要，又把他放到编队指挥员的位置上锻造，让他当了一段时间的大队参谋长之后，如今又把柏耀平送进某学院进行外国语和专业技术培训，让他将来驾驭更新的装备，在更大的大洋海天驰骋。
>
> ——培养高素质人才不能以经验的多少为衡量。着眼于培养他们未来高技术条件下素质目标，而不过分地看重他们带兵经验的多少，管理能力的强弱，一次靠码头的好坏，一次实弹射击成绩的优良，更侧重于整体素质、全面素质、系统素质、高科技素质的培养与提高。
>
> ——培养高素质人才不能以失误定乾坤。由于他们海上水兵生活经验累积不够，转换岗位多，培养速度快，支队不因他们偶然的失误而定乾坤，从而怀疑人才素质，阻碍与减缓他们前进的步伐，轻易地把他们转到时间素质上来，依靠在原地踏步熬年头来累积经验。柏耀平在1995年年初刚全训时，在一次海上编

队救生科目训练中就出现过因指挥操纵不当，造成小艇上人员落水的失误，其他飞行员舰长也出现过离靠码头擦擦挂挂，大风浪中航行装备封闭不严等纰漏，但支队都不以他们一时的失误而迷失对他们培养的远大目标，而是把他们的缺点、失误包容起来，把他们的长处全都利用起来，把他们与舰员对他们的信心、力量、智慧与勇气凝聚起来，推动他们劈波斩浪，一往无前，驶向新世纪的远海大洋。

春江有水春江月，秀竹临风自逍遥。正因为柏耀平脚下有这样一片深厚的沃土，他的素质之树才能根深叶茂，岁岁常青。

由于占有采访素材丰富，述评由我写作、军报军事部副主任赵险峰大校修改，述评一稿获得通过，1998年7月29日《解放军报》在头版以半个版以上篇幅刊登了这篇述评。

述评受到中央新闻单位广泛好评，中央人民广播电台军事部领导看了述评后，特地将我也作为采访对象，对我进行录音采访，在清晨的黄金时间《新闻与报纸摘要》节目中让我直接向全国人民"述评"，第二天我从无线电波中听到了这段述评。

这太宝贵了，不只是上了中央台的报摘节目，还有我的讲话录音。

156. 思　絮

柏耀平事迹的宣传报道，在全国引起强烈反响，在1999年的"全国十大杰出青年"评比中，柏耀平以高票当选。江泽民主席与军委领导再次接见了柏耀平，海军党委为他记了一等功，他还被评为全军英模，参加了国庆50周年庆典。

回忆这次采访报道，留给我的启示与感想不少，最深的一条体会是：宣传报道重大典型要有一股韧劲，要有一种锲而不舍的精神，真正做到对典型"真知、心知、全知"。重大典型宣传也是一个复杂工程，仅靠个人单枪匹马的力量是不够的，不要怕方方面面的介入"吞了"自己成果，要在高级机关的领导与推动下，融入"集体"的力量，抓住战机，协同作战，才能成功。

157. 尾　声

柏耀平这一重大典型报道的成功，给我这个半路出家的军事记者生涯画上了一个圆满的句号。一件突发事件，使我的人生轨迹发生了重大变化。但是，从新闻工作意义上来说，这种离开只是暂别。

值得欣慰的是，我在军队的新闻工作虽然止步了，但我宣传报道的重大典型却在茁壮成长。柏耀平在建设人民海军的道路上正大步前进,他先后担任某引进装备驱逐舰支队副支队长、海军大连舰院副院长,后来我国第一艘引进的航母辽宁舰下水海试时,他专门负责指导海上训练工作,随后,被选调担任北海舰队司令部副参谋长,正式走进将军行列。2018 年,又被提拔为东海舰队副司令员,现在正全身心地率领舰队官兵锻造海上战斗力。

第二十九章

能官能民

人生是条河，在和平年代，它的流向总体是确定与恒定的，波澜不惊，平静流淌。但有时，遇到一些偶发情况，虽然也不是急流也不是险滩，但却改变了流向。

我的军旅生涯、新闻生涯也是这样。遇到新情况，触发新思考，作出新选择，开始了新的生活。

它首先是痛苦的，然而，它又是幸福的。

158.百舰大比武

1997年8月1日，是中国人民解放军建军70周年。年初，东海舰队着眼于未来海上作战需要，作出一项重要决定，开展全舰队基础训练大比武，以实际行动庆祝建军70周年，把全舰队部队基础技术操作能力提高到一个新水平。

基础训练看似寻常，但它是一切高难科目训练的起点。部队基础训练是否扎实，直接影响未来海上作战成败。比如说，舰艇对敌舰发起导弹攻击，从导弹装填、检测、通电、目标搜索、发射等环节，哪一个战位操作出现失误，导弹都打不出去。再比如，舰艇中弹，舱室进水，损害管制部门能否在最短的时间堵住漏洞，直接关系到舰艇的存毁。

大比武，就是通过一层一层的比武，让官兵们把每个战位操作技术练得十分熟练，甚至闭着眼睛都能精准操作。有了这样的技术功底，今后开展高难科目训练、护渔护航、巡逻作战，都能应对自如。

春潮翻滚，激起东海千重浪。全舰队各基地、支队、大队、各舰、各艇、各舱室、各战位，群众性大练兵全员开展起来。所有基础科目训练成绩，不断被刷新，一批批技术尖子，雨后春笋般冒了出来。在此基础上，各部队开展了全舰艇基础科目训练大比武、大队比武、支队比武、基地比武，沸腾的东海，火热的练兵场。在此基础上，7月中旬，舰队近百艘舰艇集结到东海某海区，展开全舰队基础训练大比武。

舰队首长、舰队司令部机关全员出动，舰队政治部倪步锦主任率领政治部主要处室干部组成政治工作组也直奔演习海区。倪主任点名，朱学文要放下手头其他工作，前往比武现场，组织军内外新闻报道，扩大舰队部队磨砺海上战斗力的影响力。

我与宣传处副处长刘宝善立即出发，按预定时间到达海上比武场。一连多日，我跟随舰队首长上舰下艇，观摩官兵比武。

看了航海专业。航海长们在海图上作业、潮汐、向位换算、天文计算、六分仪测角、舰艇机动绘算，看谁最快、最准。

航海兵们实测罗经差、操舵兵真风日月出没计算，一批"一测准"脱颖而出。

导弹专业指挥长、导弹发射、指挥仪各战位先考试理论，然后上战位实操模拟发射，从程序转换到检电爆管火花，一个细节也不放过，无声操作中散发着战场气息。

我来到损害管制比武现场。只见某舰水线下被导弹打了一个脸盆大的洞，海水汹涌而入，只见几个穿海魂衫的机电兵抱着堵漏器材冲了上去，瞬间堵住窟窿，并用铁棒顶住洞口，拧上了螺丝，随即启动水泵，铺接软管，往舰舷外抽水。

几天看下来，我内心感到欣喜。官兵们凭借如此熟练的技术走向未来海战战场，不会畏惧任何强敌。

舰队设武台，高手云集。10多天的大比武，舰队各部队涌现出一批批基础训练尖子，更重要的是，舰队各部队所有舰艇所有战位手操作技术能力普遍性提高。

159.再次转行

海上基础训练大比武的结束仪式是举行海上大阅兵，也是以此仪式表达东海舰队官兵对建军70周年的献礼。

数十艘舰艇辟开东海千重浪，钢铁的方阵开了过来。海面上，波涛滚滚，海军银哨声此起彼伏。

"同志们好！"舰队杨玉书中将向受阅舰致意。他的身旁站着舰队政委、副司令、副政委与司、政、后、装首长，身后站着各基地十几名将军。

"首长好！"受阅舰艇肃立在舰舷边的官兵声音洪亮。"同志们辛苦了！"

"为人民服务！"

我参加过多次海上大阅兵。其中一年前在台湾海峡参加的那次海上大阅兵,就是由中央军委副主席张万年上将率领军委总部首长与各大军区司令员进行检阅的。

见过这种海上威武阵势。这次阅兵,我带着相机,拍了一些专业摄影干部没有拍过的视角,图片里有我的思考。

我的采访本越记越厚,边采访边思考,我要写一篇舰队百舰大比武的述评,重点述评基础训练与高难科目训练的辩证关系,相信对全军部队会有启示作用。

海上阅兵结束后,政治部倪步锦主任指示我当夜写一篇通稿提供给应邀前来观看阅兵的上海、浙江等地方媒体。稿件写好后,我送舰队保密委员会领导成员、政治部副主任王景渊少将、司令部副参谋长吴福春少将审阅签字同意发稿后,我将稿子直接交给了与地方媒体领导在一起的倪步锦少将,由他交给地方媒体领导。

但是,这项十分正常的工作却给我招来一些麻烦,具体原因很复杂,现在还"不想解密"。

来到河南济源市王屋山愚公移山雕塑前,最佩服愚公那种锲而不舍的"笨"精神。

只想说，我得到了海军首长的亲切关怀，决定让我下部队带兵任职。

在新闻领导岗位上干得热火朝天，突然离开，有点不舍，但听到消息就觉得浑身上下出现了从未有过的轻松，对人民海军、对人民军队充满的都是感激之情。

听到这个消息，我还在海上。这天海上涌浪较大，海空满天乌云，太阳偶然从乌云的缝隙中钻出来露一下脸，瞬间又被乌云遮住。看着满天的乌云我在想，乌云有时能遮住太阳，但亘古以来，乌云遮不住太阳。

想想这些年的工作，自己何德何能，舰队居然给自己记了三等功，加上在舰队航空兵部队任职立的功，共立4次三等功了，一次仗都没打过，一个俘虏也没抓过，为部队建设没作过重大贡献，人民解放军总政治部制作的军功章就给了我4个，至少有几千万复转军人1个也没得到过，想想，更觉一生难以报答军队的培养与造就之恩。我想，任何人在时间的长河中都只是一滴水，这包括士兵，也包括将军，但只要世界上存在着国家，人民军队则是永远不会老的，当过兵的人一辈子不会忘记军队的培养与养育之恩。

1997年9月，我被任命为人民解放军37711部队副政委，开启了我的又一次带兵生涯。

我的第一次转型是从带兵人转到机关政治教育岗位；第二次是从部队政治教育岗位转行到新闻工作岗位；第三次也就是这一次是从新闻工作转移到带兵工作岗位。

但我现在带的兵可不是一般的兵，他们是龙！是虎！是鹰！

这支部队在履行神圣使命、执行特殊任务中必将建立功勋。

160.新体验

自1984年1月调到团机关任政治教员开始，然后进入军机关、舰队机关，16年间，我都是机关的一名文字工作者，到一支主要作战部队任副政委，上任后才知道，这才是"首长"岗位。

第一次我的大脑处于无负荷状态。在舰队当新闻主官的日子里，我的大脑一直处于成天写作的思考状态。清晨，坐班车到舰队机关上班，一路上，人们大都见我闭目养神，其实，我正进入一种绞尽脑汁的思考状态。上班后，一篇新的新闻稿该如何写？是通讯、特写、述评还是写成消息？发哪几家新闻单位？下一步，要去哪个支队、基地哪家单位采访？抓哪方面的问题？发掘哪方面的典型？根据舰队新闻报道工作需要，需要同哪家中央新闻单位沟通与邀请来部队采访，使舰队新闻工作取得一些新突破？从没有哪天大脑处于闲置状态，从没哪天有那个闲心看看田野拔节的麦苗、迎春的花叶。

走进军营，部队长姜广存、政委周华安陪着我看望了部队。一片蔚蓝，对我来说一点没有陌生感。演习采访中认识我的官兵见到我，便立正敬礼："朱副政委好！"

全部队官兵开会时，我们班子成员全部坐上主席台。按照常委班子分工，凡属我分管的工作由我发表讲话，向部队官兵作指示提要求。每次讲话前，政治处相关干事会向我请示讲话内容，为我准备讲话稿，开会时，我照着稿子念就可以了。我是当过政治教员的人，又当过多年军事记者，不习惯这种工作模式。我给他们规定了一条，今后，凡属我讲话，一律不要准备讲话稿，干事们听了，都很高兴。我自己当干事多年，知道写讲话稿的苦衷，搜肠刮肚写半天，还怕首长不满意，真是个苦差事。

下部队检查工作听汇报，这个我很有经验，因为当记者搞采访时，就是听人讲他的经历，他怎么做的，他当时的处置，他的心路。各营连主官一汇报，就能听出他们的思想政治水平与总结工作经验的能力，对是否实事求是，是否夸大其词，都逃不过我的法眼。对一些非常好的经验做法，听着听着，心里就想，这个写一写可以发什么样的报刊，老习惯一下改不了。到基层检查工作听汇报，下到各船检查工作，每到饭点总会遇到一个问题，基层单位要请我们用餐。如果在船上用餐，他们会加菜，会上酒。如果听从他们安排到外面酒店用餐，那就是宴请。我了解到，各船以及其他营连主官，手头都有一些机动经费，招待我们吃顿饭不是问题。有好多次，盛情难却，陪同我检查的政治处主任也跟着劝说，到饭点了，下午还继续工作，回大队可能过了开饭时间了。但我觉得，检查工作在基层吃喝不合适，酒杯一端，尺度放宽，要影响公正性，对部队建设不好。于是，坚定不移，回部队机关吃饭，过了开饭时间就吃剩菜剩饭，或者让炊事班下面条。我们是海军海勤灶，伙食标准比地面部队高好几倍，每天吃得很好。

早晨是部队出操时间。两栖侦察部队官兵们早晨喜欢让大家腿上绑上5公斤的沙袋跑5千米，一支像狼一样、老虎一样的部队，一般出操性的体能消耗，他们不屑一顾。我喜欢他们的野性、狼性、虎性，当然还有龙性。

有一段时间的早晨，我叫来两栖队擒拿格斗武功超强的侦察兵，教我格斗术。当水兵记者时，我曾写过《敌恶还须谋与计》，讲军人斗歹徒要讲究谋略，要有擒拿格斗方面的技能，我想，趁着当副政委的机会，我也要学几手，今后以防不测。借力打力，一招出击，击溃坏人的攻击力。学习一段时间，感觉学与不学是不一样的。

秋天，我还跟侦察船出过海。根据侦察任务，我们到达任务海区后，在海上前后要航行十几天。部队长姜广存对我去有一些担心，他认为，我在舰队时，每次出海都是跟随排水量几千吨甚至上万吨的大舰，现在选择跟随大队排水量仅几百吨的小船出远海，担心我要晕船，也担心我吃不了小船生活设施不完备那些苦，我劝他不必为我担忧。

下到船上，船长叶灿平也为我担心。但这位长相帅气、大脑聪明的安徽巢湖小伙子摆正自己的位置，他不说，只笑容灿烂地欢迎首长下基层指导工作。

启航了，柴油机轰鸣。驶离近海海区后，叶船长下令向目标海区进发。

第一次体验到小型船官兵海上生活的艰辛。船上太吵了，噪声太大，震得人头脑发痛，浑身出现疲劳感。我从船头走到船尾，没有找到噪声小点稍微安静点的地方。这种情况，我第一次遇到。

没想到叶灿平利用远海航行，向海里抛了一个网，几小时后，一网鱼撒到甲板上。那大带鱼嘴巴一张一张的，还活蹦乱跳的，尤其是许多大鳗鱼在甲板上乱游乱钻，鲜活的鱼们离了水可能不适应，白晃晃的，全部在甲板上蹦，像挣扎，也像舞蹈。

叶灿平自己在甲板上挑了几条鱼，径直到水龙头下清洗，吩咐炊事班下锅。我以为这是我们晚上的下饭菜。

多新鲜啊！我不止听一个人说过，带鱼吃不到活的，带鱼捕捞出水面，吐过3口气就死了。可我，看到了它们上了甲板时还快速游走。

不到1小时，叶灿平对我说："朱副政委：鱼烧好了，你一定没吃过这么新鲜的鱼，请你喝点老酒，尝尝我们的手艺。"

他这人说话做事有新意，我接受了。

带鱼、黄鱼、鲳鱼、剥皮鱼、梭子蟹，摆了七八个鱼。我问他船长能不能喝，他说开船按规定不能喝，我就一个人喝开了。一瓶黄酒，十几分钟就被我喝光了。他又拿来一瓶，这时对我说："副政委，看你吃得这么香，我们全船官兵特别高兴。"我说，这话客套得过了吧。他哈哈一笑："一点不过分。"他告诉我，听说我上船，他与全船官兵就担心我晕船。部队长姜广存与政委周华安私下里向他交代过了，如果朱副政委身体出现严重不适，让他们立即返航，任务让其他船只去完成。看我吃得这么香，他们高兴坏了，副政委不晕船，完成出海任务没问题了。

这是官兵真实的感情，他们是用一顿海鲜完成了对我身体反应的测试。航行这么长时间，能吃能喝的人哪会晕船？

海上的日子似乎过得很慢，但一点一滴的感受都是新鲜的，是我多年以来所没有经历过的体验，了解了官兵生活，更全面了解了一位船长的素质。叶灿平素质优秀，工作能力强，是一位今后可以担当大任的船长。

岁月证明了我的判断。后来，叶灿平担任了东海舰队最大的一艘补给舰，886舰舰长，排水量2万多吨。驾驶着这条巨舰，叶灿平两次到印度洋护航，历时一年多，并且出访欧亚多国，每次都圆满完成任务，为中国海军增光添彩。与官兵风雨同舟，与官兵打成一片，结下深厚情谊，但面对水兵们的尊敬与心意表达，我一直坚持原则。有一次，一位江苏籍战士跑来看我，可是他却送给我两瓶五粮液酒。我一了解，他是从部队军人服务社买的，于是，马上让他把酒退了，此后，只要遇到，都照此办理。一次，轮到我在部队值班，爱人陈玫带着女儿朱迪到部队玩，机关一位干部悄悄塞给女儿一个红包说是压岁钱，我知道后，坚决退了回去。我崇尚官兵相互关心、相互爱护、相互帮助，亲密无间，但不能掺杂任何金钱物质，必须是纯洁的官兵友爱，否则，就会变味。

在我分管工作中还有一项，就是军民关系，需要搞好与当地政府、乡镇、驻地群众的军政军民团结，地方领导与我相对应级别的干部是区委副书记，他叫罗悦明，年龄上比我小几岁，他曾当过共青团宁波市委书记，性格开朗，思维敏捷，我们在工作协调中相互配合，军地相互支援，关系密切。现在，他担任中共浙江省纪委副书记，兢兢业业工作在党风廉政建设战线。

快乐的时光总是过得很快，转眼到年底了。

1998年1月，舰队党委作出决定，任命我为舰队政治部宣传处理论研究室正团职研究员。干部处任免科长告诉我，元旦后要回舰队机关报到。后来看到有的干部为职务提升要给领导送钱，可我升职时自己一点都不知道，这就是东海舰队的阳光。

下部队任职仅4个月，职务就提升了，这是舰队党委与首长对我的信任与关怀，也是人民军队对我的器重。37711部队官兵都为我感到高兴，姜广存、周华安专门安排，部队班子一起与我喝了一顿酒，然后，派车把我送到舰队机关报到。

161.为红军司令立传

回到熟悉的机关，一切是那么亲切，仿佛不曾离开。如果说变化，就是生活条件更好了。离开舰队前我在机关吃的是副团以下干部灶，人数比较多，打菜买饭都要排队。提拔为正团职军官后，我们与师职干部一起就餐，吃饭不需排队，进入饭堂后，中、晚餐菜台上都有鱼、肉、禽、蔬菜瓜果几十个菜摆在那里，每个人想吃什么拿什么；白酒、红酒、黄酒、果酒与饮料也摆在那里，谁愿意喝，随便取用。我们每个人有一个饭卡，你在吃饭时，炊事班有一名战士拿着笔到你餐桌边帮你打"√"，表示你来吃过，到时候核算退伙。

吃饭不用排队，这是我喜欢的。在部队任职期间，我们吃的是小灶，每餐饭都是摆到桌上我们才吃的，颇有舒适感。回到舰队，伙食却更好一些。

工作环境好了，心里想的依然是工作。没想到政治部首长交给我的却是一份挺特殊的工作。就在我回机关前，解放军总政治部给全军副大军区以上机关下发了一个通知，要求各单位抽出精干人员为1955年人民解放军授衔时被授予中将以上军衔的将领修传。老红军、舰队老司令刘浩天中将符合这一条件。他们就把这一任务交给了我。

行走王屋山，下午登至山顶时遇到罕见雨雾，几米外不见人，在时任济源市委宣传部女部长牵引下脱离险境。

坦率地说，我认为这项工作不属于舰队中心工作，让我这位新官干这件事，意味着我要向文职干部岗位转型，尽管我的身份目前是指挥军官。

怀着对舰队老司令、一位为新中国诞生立下卓越功勋的军中前辈的崇敬，我开始了为人物传记创作的采访。我奔赴上海，采访刘浩天中将的子女；奔赴北京，在总参档案馆翻看人民解放军相关纵队、军、兵团战史；沿着刘浩天战斗的足迹，我踏上了征途。本来我想沿着老红军当年作战的主要足迹，细细考察一下那些当年红军、八路军、人民解放军浴血奋战的主要战场，尤其是考察一下延安的抗大旧址和刘浩天任纵队政委后，在山东孟良崮、潍县、济南、淮海和渡江战役中指挥作战的主战场，可是领导所给予的时间和经费又不允许我这样做，我只好去采访当年与刘浩天一同战斗生活的战友、部下。可是，作为他战友的军中前辈，我所能找到的也大多逝世，极少健在的老红军或联络不上他们，或正躺在医院的病榻上，有些人已不能说话，我的采访则变成了一种探视行为，不容我打开他们尘封半个多世纪前的记忆，医护人员和他们的老伴、子女已在催促我结束采访了。更令人心情沉重的是，我从舰队机关出发时，已与海军指挥学院院长朱军老将军的女儿朱岚妮联系好，对老将军做一个采访，朱岚妮给予了坚定的支持，可当我赶到南京时，她却告诉我老人突然发病住院了，我想那等几天吧，没想到老将军这一去就永远没回来。当我回到舰队，在湖滨的办公楼里整理采访笔记开始写作时，我不时地从报纸上看到我采访过的一些老将军相继去世的消息，这使我想起了采访江西省原副省长方谦老前辈时，他说过的一句话："70不留宿，80不留饭。"上了年纪，生命就是那么脆弱。

尽管如此，仍有一些老前辈抱病接受了我的采访。他们是国防大学原副校长贾若愚、原武汉军区政委严政、南京军区原副司令员詹大南、上海市委原组织部长叶尚志、济南军区原副政委欧阳平、江西省原副省长方谦、老红军傅泉、上海警备区原司令王景坤、上海警备区原政委章尘、战斗英雄刘奎基、兰州军区政治部原主任孙殿甲、解放军后勤指挥学院老领导乔学智、南京军事工程学院政委尚炜、南京通信兵学院老领导司东初、第二十七军老领导刘岩、严川业、姜兴厚、蔡云普、尤挺军、丁亚、东海舰队政治部干部部原部长高文明、离休老干部李达川、刘浩天中将原警卫员李作云等。这些老领导、老前辈、老功臣在接受采访的同时，还尽可能地提供了一些文字材料，有些是他们自己撰写的纪念刘浩天中将的文章，尤其令人感动的是第二十七军老领导王吉伦不顾年老体弱，得知我采写反映刘浩天生平事迹的书，戴上老花眼镜，写了一篇几万字的回忆文章，请人打印好后，寄到了东海舰队。解放军总参档案馆，为我打开了严格管控的档案馆大门，让我阅读、复印了大量第二十七军与第三野战军重大战役作战计划、命令、指示、动员、战况与作战总结。南京军区政治部宣传部部长朱争平，曾任军区新闻处长，我们相互间从解放军报刊登的稿件中"认识"对方，从未谋面，得知我的行程后，他作出周到安排，让我住在条件颇好的军区紫金楼招待所，伙食也作了专门安排，并让部下帮助我联系采访对象。海军档案馆则向我提供了保存的刘浩天中将的全部档案，让我获取了海军一些重要海战史料。刘浩天中将的故乡江西省宁都县县委宣传部、人武部、县志办、瑞金市人武部等，热情接待了我的采访，一次次用当地的特产与美酒招待我，提供了许多具有参考价值的史料和书籍。

了解了人民解放军的战史，更觉得老将军的伟大。这里略举几例吧：

解放战争时期，刘浩天和他的搭档聂凤智军长率领第二十七军一个军就歼灭蒋军22万余人；

淮海战役"十人桥的故事"，被写进新中国的教科书，这个故事是战斗中的军政委刘浩天让军政治部宣传干事写成故事，刊登在军部的《胜利报》上的；

电影《渡江侦察记》的故事家喻户晓，故事的"创作者"——组织并把一个大队的侦察兵送往江南侦察的，正是刘浩天与聂凤智；

电影《战上海》中有争取蒋军刘昌义部起义的解放军政委、有在部队攻打苏州河北岸，宁可让部队遭受重大伤亡，也不让部队使用重火器的死命令，有解放军睡马路的严明军规，这些行动的指挥员正是刘浩天和聂凤智；

抗美援朝作战中，在部队遭遇摄氏零下30多度严寒，志愿军人员严重冻伤的情况下，刘浩天与新任军长彭德清一起，指挥第二十七军，一举歼灭美军王牌第七师一个4000余人的加强团，重创美军陆战第一师，是整个抗美援朝作战中志愿军各军中唯一在一次战斗中成建制歼灭美军加强团以上兵力的部队；

当他走上海军东海舰队领导岗位后，人民海军战史上一些有名的战例又与他联系在一起：崇武以东海战、击落美制蒋机RF104、海南岛中美空战3:0击落美机……

他是人民解放军一位足智多谋、屡建奇功的指挥员，是人民解放军丰富思想政治工作经验的实践者、创造者、建设者。探寻刘浩天中将不只是掀开他与他那一代人铸就的那厚重而辉煌的历史，更能探究与触摸到中国军队与中华民族的精神蕴涵。

一年多的采访与埋头写作，我一举完成了两项任务：上报海政出版了《刘浩天传》集成本；随后，由人民日报出版社出版了30万字的《刘浩天中将》一书。尽管这与老将军建立的赫赫战功相比只是九牛一毛，但毕竟给军队、给社会、给老将军的家人留下了一些永恒的记忆。

不久，舰队党委又一次为我明确职务，任命我为舰队政治部政研室主任。

162.解甲为民

火红的帽徽映彩霞，
战斗的歌声传天下，
一切听从党安排，
毛主席的战士最听党的话。
为祖国创新业艰苦奋斗，
愿做革命的一砖一瓦，
能官能民能上能下，
哪里需要哪里去四海为家。
……

完成了为老红军司令员写传任务后，新年春节来临，在人们最美好的新年祝福声中，我突然对年龄有了明显感觉，我都44岁了。按照地方接收军队转业干部政策，正团职干部年龄在50岁左右地方就不接收了。

新年放假过后，又上班了。每天依然是披着晨雾出，晚上顶着星月归。万家灯火中，舰队的5辆大巴车行驶在宁波百丈路上，看到路边的一个个新小区冒了出来。心里突然想到，这些普通市民居住的经济适用房小区，我这个海军上校还是住不起。2000年正团职干部的我，每月的工资也只有1500元人民币，尽管与地方同级别党政干部比起来，军队干部还略高一点，但我就是住不起这样的经济适用房，全家还是挤住在47平方米的营干房里，由于光线不好，女儿写作业总是眼睛紧挨着作业本，已出现近视迹象，在妻子同龄的小姐妹中，我们家的住房是最小的。

这种攀比有点贪图享乐的思想在作怪，军人应该为国防事业献身，但是，我觉得自己在部队任职的岗位离中心工作比较远，它说明，我离开这个岗位对军队也不构成损失。铁打的营盘流水的兵，那就选择离开吧。当了26年兵，也是超期服役的老兵了，远远超出总政规定的一茬军官平均服役年龄杠杠，我的离开，可以让新鲜血液流淌进来，保持军队的青春活力。

心里想清楚了，主意打定了，我向组织递交了转业申请报告。多位首长劝我不要走，他们认为，我在军中服役对舰队对个人都有好处。海军石云生司令员听他的秘书王自定（现为将军）说了后，他专门让王秘书转告我："朱学文不转业行不行？"我把自己准备转业的想法打电话告诉了我的政治部老主任、海军南海舰队副政委倪步锦将军，他劝我说："朱学文你不要转业，如果行政岗位不能提升，你改文职好了，可以干到副军职……"

可是，就像姑娘长大了要出嫁一样，我已动了要"出嫁"的心思，再留，已心绪不宁。只是把将军们的关怀与期望珍藏在心里，成为人生继续前行的动力。

又是一年春节到，一天上午，我从海军干部部战友处获得消息，人民解放军总政治部已批准了海军上报的新年度军队转业干部方案，我的名字不在"不批准"人群行列，这使我无比高兴。下午，我带着妻子陈玫跑到紧靠宁波市中心位置的中山西路新楼盘文化家园，看上了一套坐北朝南三室两厅的502室，126平方米，3大间朝南，阳光可以晒到床上，光线特别通透明亮，而且与宁波名校效实中学只有一墙之隔（须知这个学校出了很多中国两院院士，后来获得诺贝尔医学奖的屠呦呦也出自这所中学），女儿上学太方便了。

喜欢就下手了。拿着军队发给我的11万元住房补贴，又找亲友们借了一些钱付清了首付，剩下欠的近20万元办理了按揭，转业后工作的高薪让我应付按揭没有任何问题。

这期间，又发生了一个小插曲，如不排除，我当年将无法转业，受了几个月煎熬，在海军石司令员和秘书王自定大校、舰队政治部时任主任邬华扬少将（后升任海军副政委、中将军衔）等人关怀下，终于排除障碍，顺利转业成功。

163.告别礼

要离开青少年时代梦想的海军军营了，26年，是我人生追梦时光，现在就要走了，心里有深深的眷恋。于是，作为告别，我做了一件重要的事，从1000多篇发表在军内外报刊、电台的新闻作品中挑选了50万字的作品交给了解放军出版社，出版了取名为《超越蔚蓝》的一本书，我不请名人不请大首长作序，自己写，把21世纪中国军人面临的所有使命任务与挑战都写了进去。

序言后半部分我写道：

中国军人要清醒地意识到，作为和平之师、威武之师的人民解放军，在中国和世界军事史上创造过"小米加步枪"的辉煌，"空中拼刺刀"的辉煌，"木船小艇打大舰"的辉煌，但是，还没有创造导弹战、电子战、数字战、信息战的辉煌。现在的战场已发生了从有形到无形，从有声到无声，从单一到立体，从眼睛看得见到眼睛看不见，从体能型向智能型，从数量规模型向质量效能型，从人力密集型向科技密集型的转变，没有追星揽月的时代精神，就无法面对"知识军事""科技军事"的挑战。

中国军人要清醒地意识到，21世纪是海洋世纪，我国有300多万平方千米的海洋国土，太平洋和南极、北极还有广袤的海洋和极地资源可供人类和平利用，但帝国主义不会放弃海上霸权，曾经470多次从海上来侵略我国的帝国主义列强，在新的世纪仍然威胁着我们。

中国军人要清醒地认识到，我国的台湾岛尚未收复，钓鱼岛、南沙诸岛不少岛礁等，还没有回到祖国怀抱，最终完成祖国统一大业，收复祖国领土，维护国家主权和海洋权益的重任，历史地落到了21世纪的中国军人身上。

中国军人要清醒地认识到帝国主义的战争与侵略扩张、推行霸权主义和强权政治的本性是永远不会改变的，北约已推进到俄罗斯门下，离中国边界也不远，在这个世界，强大的单极军事集团会变得更加肆无忌惮，为所欲为，维护正义，反对侵略，制止战争的责任格外艰巨，我军只有加速革命化、现代化、正规化建设进程，加快营造现代化战争的"杀手锏"，才能维护国家安全，为祖国现代化建设提供坚强有力的安全保证；才能为维护世界和平，做出中国军队的贡献。

中国军人要清醒地意识到，冷战年代形成的核威胁，今天仍然严重威胁着中国人民和全人类的安全，世界上现有的核弹头按世界人口计算，平均每个人头上都顶着相当于20吨TNT炸药的爆炸当量。人类一旦进入核战争，地球上将再也见不到生物，核爆炸产生的核尘埃将使地球上70年之内见不到太阳，中国军队一定要不断推动世界上的核大国不断裁减和最终销毁核武器，使人类永远远离核威胁。

21世纪无疑将是日新月异的世纪，科学技术大发展的世纪，也是人类的工作与生活更加电子化、网络化、自动化、智能化的世纪。进步人类，竭尽全力创造财富，创造美好、自由、民主、幸福吉祥；反动势力也会变本加厉地推行强权、霸权、掠夺财富，扼杀民主，破坏自由，毁灭美好……

希望与危机同在，挑战与机遇并存。21世纪的中国军人，任重而道远。路漫漫其修远兮，吾将上下而求索。中国人民解放军的传统血脉已融入到当代军人的血脉之中，它必将代代相传，永世不竭。

这本书出版后，海军上校朱学文了了一个心愿，仿佛与军队进行完最后一个告别仪式，敬个军礼，转身出发。

明天，将开始一个普通百姓的生活，崭新的。

转业等待安置有9个月的闲暇时间，这正好用于装修新购的地方经济适用房。每天吃过早饭，我用军用水壶装上一壶水，就来到文化家园，给来自舟山六横岛的木工师傅刘军打下手，缺少什么木料、板材、螺丝、钉子、拉手、管道等百样物件，他提出来，我马上就去买。同时，也是"装修监理"，发现任何细节问题，马上让他解决。刘军带着妻子打下手，中午、晚上，妻子从菜场买回小海鲜，随便一做，味道鲜美，有时请我品尝，我也与他夫妻一道进餐。

房子高质量装修好了，半年后我们搬进了新居。部队原有住房，许多人劝我不要交，军队干部转业到地方后，将房子占着或住或给亲友住甚至出租赚钱，几年、十几年甚至更长时间不交房的人大有人在，以至于军队从总部到军级单位都有"清房办"，但工作推动极其困难。我想，人转业了，就应将军队住房交给部队，让我们的后来者有房住，生活得好好的，一门心思献身国防事业。我立即上交了住房，完全彻底告别了军营，回到人民中间，成为一名普通百姓。

生活进入一种完全不同的形态。

第三十章

孺子牛

有一种状态看似离开，却正是进入。

对我来说就是这样。转业离开了军队，但我却又进入了新闻队伍之中，而且是职业化的进入。可是，命运有时候喜欢开玩笑，正当你沉浸在一种进入的喜悦之中时，可它又将你一把推开。不过，只要你永不言弃，命运之神一不留神就会垂青你。

164.替补队员

军转干部安置是二次就业。好在我的军事记者生涯，找对口安置工作单位宁波日报社，并没有费多少周折。在军队从事与负责新闻工作那些年，我与宁波新闻界就建立了密切工作联系，报社主要领导、部主任、编辑、记者，我们都是好朋友。转业干部安置，宁波市有一套比较科学的安置规定，采取任职档案打分加考试的双向选择分配方式。任职职务、年限、立功受奖、边海防任职，都一项项打分。在此基础上进行政治理论考试，档案分与考试分按比重相加，得出一个排名。然后，这种排名对应当年全市各机关、团体、单位可提供的公务员、事业与企业编制职务岗位，同级同职岗位安排分次序来挑，由分数最高的人先挑，然后次之。多人挑了同一个岗位，最后由用人单位进行面试，如果面试分差距太大，有可能档案分低一点的干部被录用而档案分高一点的人反而落选。大多数军转干部感觉，宁波市的这套军队干部安置方式还是比较公平、公正的，不需请客送礼，找到自己比较满意的工作岗位。

我因为在军队4次荣立三等功、军内外获奖又很多，档案分高，为稳妥起见，我决定走访一下《宁波日报》总编辑洪德裕。

这是一位为人正直、有较高理论素养的领导干部，任总编辑前曾任宁波市委宣传部副部长。他当副部长时，我已不在舰队新闻工作岗位上，彼此不认识。于是，我带去一本我写的《超越蔚蓝》送给他，汇报说自己今年转业，他翻了翻书，笑着对我说："你在中央级大报发表这么多作品，转业愿不愿意来我们报社工作？"

超级坦率，军人般性格。

走过规定程序后，我如愿进入宁波日报社工作。2000年10月8日，我正式报到上班，洪总编亲自陪同我到日报各部办公室走了一圈，让我与大家彼此认识，最后，我们走进政法科教部。这就是我工作的部门，报社任命我为政法科教部副主任。办公桌前刚坐下，部主任拿来红墨水与毛笔，让我编稿子。

我开始工作了。这叫什么转业啊？就是从部队的办公室走到地方报社办公室，由自己埋头写稿变成编辑记者采写的稿子，这种转换太简单了。

超级开心。从我家到报社1.5千米，每天早饭后，我骑自行车，沿着宁波第一街——中山路骑行一会儿就到了，一路时尚，一路轻松。编辑稿子，原则上只做减法，删繁就简，有时为记者重新制作新闻标题，在军队那些年练就的功力足使我轻松应对，偶有重大新闻，我也出去采访。宁波消防支队一名战士为抢救群众重度负伤，我采访后在《宁波日报》发了一个整版的通讯《钢铁般的战士》，报社一些不了解我的人看了报道后说："这个人还蛮会写稿子的。"这也是我出手的一个小目的，让大家知道这个军转干部不是来报社混饭吃的。

可是，好日子太短暂。年底，报社部室中层干部实行全员岗位竞聘，竞争上岗，以报社党委名义发了一个文件，其中明确规定"朱学文同志刚转业进报社，不参加这次竞聘"，一定意义上剥夺了我参与竞聘资格。这项工作进行到半个月后，一个意想不到的事情发生了：由于报社新闻研究室副主任一职无人愿意竞聘，而又有一位女副主任没有位置可以安排，指定只愿意到政法科教部任职，报社领导便作出一个决定：让我到新闻研究室任副主任，把位置让出来给这位副主任。这不仅使我感觉不公平，也觉得报社决策层领导能力比较差，一级班子哪能这样处理问题，开玩笑似的。

当年，宁波市委组织部曾专门下发文件规定，军转干部安排工作后，原则上3年内不得调整工作岗位。可我才2个月就被调整了。报社一位管人事的副书记找我谈话，我明确表示不同意，我喜欢在新闻一线工作，现在搞新闻研究还没有资格，也没有兴趣，并且告诉他，如果你们强行调配，我将向市委组织部反映。因为在军队任职，每一步部队党委都是深思熟虑后作出安排，面对地方用人随意性太大，感觉严重不适。

当天夜里，洪总编把我请到办公室谈话，使我改变了主意。他说，现在人员竞聘遇到难题，请你帮一个忙，到新闻研究室去工作一段时间，然后再让你出来。我问："需多久？"他说："半年！"无话可说，决定以大局为重，服从安排。

在宁波日报报业集团工作15年间,每天上班提前30分钟以上,先梳理一下当日必办工作思路,然后浏览一下当天国家与当地报纸。

这时的新闻研究室已并入报社群工部,主任是沈重远,一位老革命的后代,为人谦和。他还主管读者来信、读者评报这一摊子事。每周评报、每月评好稿,管理图书室、阅览室、资料室等工作,由我负责。

无疑,这些都是为采编人员服务的阵地,那我就在新闻田园里当个默默无闻的老黄牛吧。这一摊子不熟悉,好在因年龄到杠刚退二线的副主任杨顺福经验丰富,他成了我的顾问。这位老先生毕业于复旦大学中文系,满腹经纶,想入党一直入不上,让人替他惋惜。我们在一起,相处融洽。

既然在这个岗位上,那就发一分光吧。

每周五,日报举行谈版会,分析一周来报社所发新闻稿件质量优劣,洪总让我主讲。这无疑是对我的信任,给我提供作为的舞台。但是,责任也大,分析是否符合实际、评析是否有质量、是否公道,也是自我素质的"裸奔"。我坚持弘扬主旋律,突出重点,表扬为主,指明倾向性问题,总体表现受到上下肯定。

年底恰遇人类跨越新世纪。报社决定出版100个版的《世纪金版》,各部室采写,我也采写了1个整版稿子,同时,协调各部室按时交稿与修改定稿,常有老牛屁股推不动的事出现,我就上门"逼稿",最后,彻夜守在印刷厂,查看样报印出。

开春,总编又策划了一个叫《百人百业百路》的栏目报道,写100个各行各业自主创业的普通人物，此事，由我统稿，除报纸刊登外，集书出版，市委副书记作的序就是由我起草的。我还采访了下岗后创办印象画廊的张娅儿，此后，我们成了好朋友。

此后，以老黄牛的精神，干了几件实事。

报社资料室一直坚持剪报存资料，这在计算机时代就显得太落后了，我建议建立报社电子资料室，从报社激光照排室抽调2名女员工，将日报创刊以来50年的报刊全部输入电子资料库，使报社资料室全面进入电子时代。

报社图书室有数万册图书，由于图书没有电子档案，借阅查找很困难。同时，有价值20多万元的图书被采编人员借阅后没有归还。我从宁波大学图书室购买了一个图书管理软件，抽调人员将全部图书录入数据库。对采编人员没有归还的图书，限时归还，遗失者按图书原价予以赔偿，解决了历年遗留问题。

管理、设计、实施新闻研究室搬迁与布设。这项工程可用"浩大"来形容。报社购买与建造灵桥路5.3万平方米新大楼后，图书室、报刊存贮室数百平方米图书报库购买了摇轨移动书柜、报柜，所有设计与安装都是由我与厂家协商确定的，我做到尽心尽责，没有喝过商家一杯水，公事公办，圆满完成3大室3大库从鼓楼老报社搬迁到新报社全部工作，完成了所有书报的存放与江边大型阅览室的设计布阅，报社全员到新大楼办公第一天，所有3大库室全部实行同步开放。做到了安全、无丢失、无事故。

日月如梭，这一晃就两年过去了。洪总编似乎没有忘记当年对我的承诺。2002年4月中旬，他率领总编室主任温兴邦、政法科教部副主任唐慧卿、国际国内部副主任忻志伟、副刊部副主任黄百竹和我到长江日报报业集团、成都日报报业集团、四川日报报业集团考察。我们全面调研了3大集团在新闻报道改革、采编考核管理、人员竞聘、经营管理等方面的经验做法，各家单位主要领导出面接待交流，每顿美酒招待，还安排我们游览当地主要风景名胜，使我们常年劳累的身心得到放松与休息。在重庆市，我们坐上江轮后，午间开饭时间到了。一行多日，大家心绪都很好，走进江轮看着大江山城，每个人心情格外舒畅。洪总让忻志伟开了两瓶红酒，大家边观看船窗外美景边喝酒，也许是快乐心情使洪总说了一句本应该保密的话，他对我说，你把这杯酒喝了，我提前告诉你一个好消息，日报马上要成立一个编委办公室，你是主任竞选人，无疑，此事早已酝酿。大家说说笑笑喝了一顿酒，吃饭时，桌上已经没菜了，忻志伟说再叫一个菜，洪总说不用了，只见他将菜碟子中的残汤往饭里一倒，呼呼吃完一碗饭。这可看出他是个生活朴素的人。

当天夜里，我可能是喝了轮船上没有烧开的水的原因，半夜突然闹腹泻，几分钟就要上一次厕所，最后一次坐在马桶上已没有力气站起来，人接近虚脱。同住一个舱室的温兴邦突然醒了，他问我怎么了，我说："拉肚子，起不来了。"

他立即起床，从包里取出治腹泻的药，让我吞下后，几分钟就感觉人好了，半夜无事。此后，每次出差，我包里必备止泻药。至今，我常说"温兴邦是我的救命恩人，不然我可能就死在长江上了"。

不知此事是不是一种不祥预兆？国际劳动节前夕，我们一行考察归来，第三天温兴邦突然问我："洪总失踪了，你知道不知道？"我大吃一惊，当后来知道他的消息时，他已离开了人间。因家族遗传病史，他因抑郁症病发，死于故乡的河流之中。

他的辞世是报社新闻事业的损失，也是我事业进步的损失。新任总编工作风格不同，我也不想个人升迁的事了，只管每天踏踏实实工作。这摊子工作已很熟练了，阅览、图书、资料各个部门人员都能按时上下班，保持稳定、正规工作秩序，全心全意为采编人员服务，仅凭守时这一点，我就经常表扬大家。报社采编人员每天上下班并无硬性要求，受这一影响，我刚来时，发现部门的女同胞们也挺"自由"，上班迟到半小时，下班早点走，似乎很正常，我提出硬性要求，改变了这一局面。

这种状态，不足以消耗我的全部精力与聪明才智，我想，8小时之外，我得写点东西，不然就浪费了我大好的青春年华了。

165.征程万里

我在军队工作时曾采访过老红军韩振江，他曾是第四野战军尖刀团团长，人民解放战争时，他率领他的团纵横万里，从东北一直打到海南岛。在纪念红军长征胜利60周年时，我曾采访过这位老红军，搜集了大量史料，写了十几万字的采访笔记。当时，只是在《人民海军》发了一篇纪念文章，有计划要写一本书，后来转业，我也就放下了。

这时，我想，该到兑现承诺的时候了。我把这个想法与老人儿子一说，深受他整个大家庭欢迎。于是，利用一个年假，再用上一年的双休日与重大节日，一部25万字的长篇报告文学《征程万里》被青海人民出版社出版了。

此书，本交由总参出版社出版，但总参系统的审稿程序漫长，等了将近一年时间，总参系统完成了对书稿的审稿，同意出版，但他们还需将整个出版社审阅过的书稿再报总政审核通过，我的书稿虽然总参出版社通过了，还得等其他书稿也审核通过后，再报总政审核。老人在海军舟山某基地政治部当副主任的儿子韩兵对我说："这本书，我们全家人盼在老人活着的时候能看到。"这个紧急是有道理的，我心里有了火烧火燎的感觉。于是，我将书稿提要同时发到多家省级出版社，青海人民出版社最先表明态度。我在序言中写道：

为老红军韩振江出版这本传记是一件很有意义的事。中国工农红军的缔造者在谈起红军长征的意义时就以他气吞山河的诗意笔调写道："长征是历史纪录上的第一次，长征是宣言书，长征是宣传队，长征是播种机。自从盘古开天地，三皇五帝到如今，历史上曾经有过我们这样的长征么?!"它不只是前无古人的壮举，它是红军与它的缔造者在使人民获取翻身解放的征途上所创造的永恒与不朽。

在这历史性的伟大征程中，逝去的红军将士，已化作永恒的山脉，每一个健在的红军都是生命的奇迹，每个红军留在身后的足迹，都是一部厚重的史诗。

……

战争的炮火硝烟把韩振江锻炼成一位足智多谋的指挥员。他是从排长、副连长、连长、副营长、营长、副团长、团长……一步一步在战斗中成长起来的指挥员。他打仗会动脑筋，他带的部队能攻善守，能打恶仗，能打胜仗，从攻占天险腊子口到突破雁门关，从四保临江到攻克锦州，从入关作战到解放海南岛，在历次重要关头屡建奇功。他打仗的特点是对敌情、地形、地物、敌人火力分布等情况，了解侦察十分仔细，作战预案想得周到，尤其是战场出现局部失利，甚至部分阵地丢失的危急情况下，能从容处置，化被动为主动。

……打进攻战，他善于将火力集中在主要突击方向的突击点上，一鼓作气摧毁敌人工事堡垒。在攻打锦州战斗中，他将纵队配给团里作战的所有火炮都集中起来，一阵猛烈的炮火轰击之后，就为团队进攻撕开了突破口。因而，在常年作战中，他们团的伤亡一直是较小的。他非常注重战斗行动的突然性，要求部队一旦发起进攻，就用最快的动作，一举攻下敌人阵地，这样才能减少部队伤亡。在历次作战中，他身先士卒，带头冲锋，前后6次身负重伤，身上布满了弹片，右眼永久性失明。

……

韩兵大校告诉我，老人拿到这本书后，每天就捧着它翻看，看累了，就坐在海军玉皇山干休所的门前，遥望钱塘江出海口，泪眼汪汪。

老红军想起了什么？在思考什么？为何心潮难平？这里也一定有我写这本书值得他认同的意义。

166.走进"神经中枢"

2005年秋天，宁波日报报业集团党委书记、社长找我谈话，要调我到集团办公室主持主任工作。无疑，对任何一家单位来说，办公室都是神经中枢，是核心部门。但是，这又是个行政工作岗位，我并不喜欢。听了我的实话实说，社长说："党委之所以选你来，就是看重你较强的文字能力与综合协调能力，还知道，你的酒量也很好，集团每年要接待大量客人，你的这个能力也是集团需要的。今后,你就一手拿笔,一手拿酒杯,双枪为集团作战。"

这话,他是笑着说的,有点幽默感。我又问了何为一手拿笔?他的解释说到我心里:"一是集团内参是办公室主任任主编的,对外也叫总编;集团每年有大量文字材料要从办公室出来,大量向市里工作汇报、年度工作总结、集团各个领域改革创新经验的总结等,都要从办公室出来,我们需要一个高手;还有,我们知道你喜欢采访抓典型,今后,你只要看到有你想写的典型,你去采访去写好了。"

这确实是我喜欢的,那就服从组织安排吧。

这是中国报业发展黄金年代。《宁波日报》由一张报纸发展到2002年成立报业集团,下辖《宁波日报》《宁波晚报》《东南商报》、中国宁波网、宁波出版社、宁波新华书店等单位;后全国报刊治理整顿中,又将《慈溪日报》《余姚日报》《鄞州日报》《奉化日报》纳入集团,全集团有员工近3000人。中国经济高速发展,带来报业广告红火,每年给集团带来3亿多元广告收益。经常,社会各界来报社刊登广告因为赶时间要"开后门",不然还登不上。中国报界,一片红火。

我走进了集团办公室。

部队到地方,我就不是一个俯首帖耳的人,放到这个位置上,未必合适。他们为何选择我?应该说,5年间的观察,应该有基本的了解,而促成班子最后下决心的可能还与一件事有关。

《宁波日报》根据市委要求进行重大政治主题新闻报道改革,用小切口报道大主题,把重大做成了需要,把需要做成了有趣,新闻更活了,受到省委阅评组与市委主要领导称赞,集团主要领导提出要组成一个班子,总结这一经验,在中国新闻界核心刊物上发表这一经验。于是,社长、总编、副总编、政法科教部、总编室、新闻办等主任也包括我,被召集在一起开了两次会,第一次是布置任务,第二次是大家谈写作思路,前后用了10来天,依然在"会议阶段"。我觉得,一项工作总结,用不着如此兴师动众,不如自己把它写出来,交由大家修改。主动揽下任务,用了一天时间,写好交由大家讨论修改,没有大的意见,就定稿上报了,同时,也寄发国家核心期刊——人民日报社主办的《新闻战线》,不久,被刊用了。集团几位领导看后都给予好评,说:"出手很快呀!"

无疑,在办公室主任人选考虑中,被加分了。这篇论文就简单介绍一下吧:

题目是《创新中贴近 贴近中创新——宁波日报创新"三个代表"重要思想报道探索》。

论文中的3个标题为:

创新报道样式,在"小切口"上求贴近

创新报道视角,在新闻性上求贴近

创新互动模式，在参与性上求贴近

这一探索，较好解决了多年来党报在重大主题与成就性报道中在形式和内容上存在的"大""空""老""远"和重复的现象，提高报道的针对性、有效性、贴近性，"小切口"成了传播大主题的最美窗口。

就这样，一位根本不适合当报业集团党办、社办主任的人，经过综合考虑，走上了这个岗位。

但是，还似乎留有一个有疑问的尾巴。

167.职务"问题"

走马上任，报社给我下发的任用文件称：朱学文任集团党委办公室副主任（主持工作）。为主任职级待遇。

见面第一天，社长问我："你现在还不是党委委员吧？"在报业集团党委委员享受副局级待遇。我想这是明知故问，算是一种暗示吧。地方领导干部的思维方式与工作方式确实与军队不同。他告诉我，为便于我了解中心工作，今后集团党委会、社长办公会请我参加，做会议记录。

从内心讲，我不想当这种记录员，但是，不以这种方式参加就不了解集团的重大与细小工作了，集团办公室就无法承担起推动工作落实的责任。个人辛苦一点，屈尊一点，发挥在集团的建设性作用是重要的，于是，我服从了。

起先，我以为这是一个任职必须要经历的阶段，可是，2年多过去了，其他部门一个个主任提拔任用了，我还在那里"主持"。感觉，这不一定是我们党的干部路线行为，我个人可以不计较，一天到晚，一年到头，可以为集团"打杂"，当老黄牛，但从专业对口、事业自尊与人格尊严上来说，这样对我有失公平。

这时候，日报新一轮主任、副主任岗位竞聘开始了，一大批人会提拔到主任、副主任岗位。我找到时任社长，提出我要辞去办公室主任，参加日报干部岗位职务竞聘，如竞聘不上，就去当记者。

他对我说，这几年，你副主任主持工作拿的钱都是与主任一样的，只要我在这里当社长，你的待遇一分钱都不会比主任少。

我问，那为何不下主任任命，也包括副主任杨军的任命。他说，你的主任编制被我们从四川日报报业集团调来任《东南商报》当总编的同志占用了；杨军的副主任编制名额被日报新提拔的一位副主任占用了，现在要给你们下任命，市委编制办不会同意。

"呵呵！"我笑了，对他说："我正式建议，将集团办公室这一非编单位撤销，人员全部并到政治处去，这样管理关系也比较顺。"

说完，没等他表态，转身走了。

离开这个"非编单位"，我决心已定。

下班时间到了，锁门走人，当我走到天一广场路口时，手机响了，社长叫我回报社再聊一会，只有几句话。

他告诉我，经与集团几位主要领导商量，决定先给我下主任任命，享受内部待遇，等今后有编制时再递补进去。

"能当递补委员"不错了。我对他说："我进集团从安置到职务变化，这是党与国家要求集团按规定提供的工作岗位，我的职务不是任何个人与小集团恩赐的，是党和人民给予军转干部的事业岗位与待遇，不是你们几个人对我的恩赐，你们也是组织任命的，我们只是分工不同，希望你们正正规规待我，别无他求。"

一周后，任命为主任的文件下了，带了一个括号。括号就括号吧，不再让我名不正言不顺就行。

168.严格印信管理、发文格式、审批印刷流程

也许这是一种工作轮回，我又接触一摊子最为熟悉的工作。27年前，我在人民解放军37974部队从事的就是这项工作，管理部队印章、承办制作部队文件、承送文件。唯一不同的是，当年是我自己直接做，现在是管理员工来进行工作。

地方报社，这方面的管理都是按传统在做，灵活性大，有些单位没有建立一套严格管理规定与流程。我要严格按国家与省、市相关规定，参考我在军队军级与副大军区机关公文呈送的有关做法，把它严格管理起来。

建立用印登记制度。制备了用印登记表格，规定，凡是要用"宁波日报社""宁波日报报业集团""宁波日报报业集团有限公司""宁波日报报业集团党委"与社长、党委书记印章，必须登记用途与使用人、审批人，属于哪级权限的由哪级领导批准，领导先签字后盖章。领导不在位由副职领导代签批，副职领导也不在位由我代批。这项制度的建立，堵塞了用印漏洞，防止出现不按规定乱用印造成严重后果，堵塞了违规用印给集团造成经济损失等漏洞。

建立公文制作审批与印刷流程。原先印文件，各条线经分管领导签字后，就交办公室文印室印刷下发，一些本该由主管领导把关的文件，在主管领导不知情的情况下就下发了。我明确规定，凡属以集团党委、集团、报社名义下发、上报的文件，除了集团分管领导签批外，必须向集团党委书记、社长、总编报备，也必须签字；为防止文印员不敢把关，规定集团所有要印刷的文件，印刷前必须由我签字，否则不得印刷。过去的所有乱象，全被根治。

169.统一管理集团接待

这是一段中国媒体人过的神仙般日子。在报业大发展、大繁荣的大好形势下，全国各地各家报社每年都会安排大量考察。考察前，只要给考察单位所在城

市报社发个传真或打个电话,就会受到热情周到接待。

宁波是沿海开放城市,每年,全国各地许多报社会来宁波考察,集团一年要接待来访的兄弟报社客人200批左右。

那时还没有"八项规定",接待方面,尽情招待。尽管如此,我因为是从部队出来的,并且是在部队过惯"紧日子"的军人,接待时,一般招待兄弟单位喝一顿酒就不大想再管了。点菜时,什么龙虾、鲍鱼、象皮蚌等大菜,茅台、五粮液、拉菲酒等名贵酒,一律不上,而且,点的菜,要基本吃光。很快,我的这个"抠门"就受到"提醒",他告诉我,像我们这么大一个集团,接待全国各地兄弟报社来考察,用点钱都是小钱,只要使他们高兴就算接待好了。他告诉我,原则上,只要对方需要我们安排,他们到宁波的吃、住、行我们全包了。其实,不只全包,在他们离开时,还会赠送他们每个人价格不菲的纪念品,从几百元的电子产品,到雅戈尔服装,应有尽有。一次,某国一家报社来访,我们问他们希望送他们什么,他们回话说喜欢水井坊酒和雅戈尔西服,于是,这次送给他们的就是每人两瓶水井坊酒与一套雅戈尔西服,七八千元。我曾出访过这家报社,他们送给我们的就是一副价值几十元人民币的太阳镜与一盒100来元人民币的高丽参,不同国家民间交流,也应对等。

这么一说,我们只好执行。这一来就会出现乱象,各报在接待,集团也在接待,接待安排饭店四星、五星唱起了主角。集团内外用餐,各个领导都在审批。

2007年10月我与学东在宁波三江口老外滩合影。我参军后,弟弟学东、学敏的学业都受到影响,没能考取大学。

我决定,实行统一管理,凡属于一般子报来考察,由集团子报接待;兄弟集团级领导来考察,由集团接待。集团内部各部室每年接待用餐开支超出额定值部分,由集团社长统一审批,分管副社长不能审批。办公室内部,过去这方面所有的接待开支与审批都是分管副主任负责,我收归统一管理,对当时宁波南苑饭店、中信国际大酒店、华侨豪生、皇冠假日大酒店、开元名都酒店、金港大酒店、开元大酒店、天一石浦大酒店、向阳渔港大酒店等每月送来的开支发票,一张张审核,凡是不符合开支要求的发票,一律弹回,找开支者要钱。统一管理,堵塞了漏洞,避免了各种乱象的发生或再次发生。

170.全面提高文件起草质量

集团每年上报与下发的文件较多,提高文件质量是我倾注精力较多的一项工作。主要体现在这样几个方面:一是确保上报与下发文件格式正确,请示就是请示,汇报就是汇报,指示就是指示,通知就是通知,不容许文件格式混淆。二是表述准确。语言符合公文表述基本规范,不允许出现错误、概念不清、以偏概全、相互矛盾等语言。三是善于总结经验。提高集团半年与全年工作总结报告质量。集团的年终总结副处以上干部参加,有100多人,总结印发人手一册,接受这么多文字方面的高手检查,还是需要下点功夫的。更重要的是,每年集团在新闻出版、队伍建设、经营管理、改革创新等方面,只要探索出经验,我们都及时予以总结,每年都有几篇集团性工作经验论文发表在《新闻战线》《中国记者》《新闻与传播研究》等国家核心期刊上。

171.内参总编

社会转型期,也是社会各种矛盾凸显期。社会发展中的各种矛盾与问题客观上要求我国大众传媒成为时代的守望者,全方位进行舆论监督。但在实际工作中,由于认识上存在一些误区,我们的报纸、广播、电视、网络等大众传媒在舆论监督中责任缺失现象也时有发生,倒是网民在互联网上发布的"直拍""直播""微博"进行的舆论监督无处不在,形成一股强大社会自发的舆论监督力量。学者们比较一致的看法是,"现在,互联网已成我国舆论监督的主阵地"。这种现象值得大众传媒人思考。我认为,解决这一问题最重要的是要强化新闻工作者的舆论监督意识,一方面,要像抓正面报道一样重视采写舆论监督报道,凡是能公开报道的内容,一律进行公开报道;另一方面,对具有敏感性、突发性、危机性,暂时不宜作公开报道的内容,则应运用内参这一有效形式,充分进行舆论监督。内参是传媒人进行舆论监督的锐利武器。到集团办公室工作后,我一直担任内参主编。2011年,当过多年《人民日报》记者与站长的何伟签发集团【2011】10号文件,规定"内参主编对外称内参总编",以提高我工作权威性。5

年间，我前后编发集团媒体记者采写的内参近 500 篇，其中有 90 多篇内参被市主要领导作出批示，有效沟通了社情民意、化解了社会矛盾、解决了一批"热点""难点""焦点""冷点"等问题。先后有 5 篇内参被评为浙江省新闻奖一、二等奖，有 60 多篇内参被评为宁波市新闻奖一、二、三等奖。

还想说，我在集团办前后任职 10 年，白天，成天干的基本上都是跑腿打杂的事，各种各样的会议也占去大量时间，而每天下班后，一年中有近 200 天还要去接待安排来自全国各地新闻单位的同行喝酒与协商他们考察行程安排，起早睡晚，还是蛮辛苦的，一个人要干 3 个人的活，经常回到家累得一句话都不想说，而且火气大。但是，编辑内参工作，一直像一缕新闻的阳光照耀着我，它使我感到，自己不只是个打杂的，还有新闻专业。也因为这个专业，转业后，我从中级职称编辑评起，最终评上极为难评的高级编辑。浙江省人事厅 2011 年 12 月颁发的证书，标志着我能享受正教授级工资待遇与厅以上人员参加宁波市保健办统一安排的医疗保健，平时在宁波乘车、乘机、健身、旅游等都能享受社会赐予的生活芳香。

172.承办会议与参加全国各地论坛

在办公室工作的日子里，每年都会承办一些大型会议与庆典活动。集团承办过 5 次中国媒体高峰论坛、3 次社长论坛、《宁波日报》成立 60 周年、报业集团 2 周年、10 周年等大型庆典活动，最大的活动，办公室前后要忙碌几个月会务，但每次都圆满完成任务。

每年都会参加中国与浙江省新闻界组织安排的大量业界交流活动。主要有中国报业协会年会、中国城市党报协会年会、中国副省级城市党报年会、浙江省地市报社社长论坛等。这些年会，几乎让我跑遍祖国各地，不只是开阔了眼界，休养了身心，也对全国报业改革发展情况有全面了解，它为我后来摘取中国新闻界最高奖奠定了思想、理论与实践基础。

中国城市党报协会还选举我为副秘书长，兼职多年，留下许多美好记忆。

173.车队管理

集团办还管理着一支车队，有 16 辆车。这些车辆包括集团副总编以上领导用车，接待用车等。车多、人多、用车频繁，安全是个大问题。我们有一位副主任专管车队，还负责派车。但作为主管，我还是在规章制度建设、抓思想教育与奖惩方面动了一些脑筋。过程很多不必说了，说个激励小细节吧。集团车队驾驶员大都是聘用工，除"五金"外，一年到手的收入仅 6 万来元。逢年过节，集团给编制人员发钱发物，他们没有。我多次向相关部门负责人沟通，遭到其坚决反对。那好吧，我用其他形式补助他们。过年发奖金，他们没有，我找到社长何伟,同他算安全账,算集团如果出事故政治影响账,"算通"了他的思想,过春节前,我造个表,他特批一笔经费,使每个司机能拿到几千元钱。这点钱对采编人员不算什么,但对低收入人群却是个数字。从此,这个特批被制度化执行下来。看到他们拿钱时的笑脸变成工作表情,我也特别开心。

在集团15年,集团办工作了10年时间不算短,平时一幢大楼里朝夕相处,除个别人之外,我与大家都结下了同事情谊,不少人都成了好朋友。他们对我的友好感情、工作支持与多方面关爱,成为温暖与照耀我人生太阳的一部分,他们使我的工作天地变得面朝大海,春暖花开。当然,我也是个乐于助人的人,全集团人员,不论谁有事找我,只要不违反原则,我都帮,别的不说,仅在国家期刊就帮助几十人发表了论文,有些人的论文,还是我帮助出的题目,列的提纲,参与写作、修改发表的。

报业集团这些年间,不能说我干得有多么出色,但算个孺子牛还是差不多。牛的精神,吃的是草,挤出来的是奶,牛无怨言。但牛也有脾气,弄不好,也会顶你,火了就把你顶翻在地,关键看你是谁。

第三十一章

至高荣誉

人生难得有惊喜。

获得惊喜,是人生最幸福的时光。

有些惊喜是属于国家、民族、团体、社会共享的,如红军长征胜利到达陕北;日本法西斯无条件投降;中华人民共和国成立;中国宇宙飞船发射成功、玉兔月球车在月球背面成功着陆;中国女排获得世界冠军等,它瞬间带来亿万人民欢庆。

有些惊喜是属于个人的。古人讲"洞房花烛夜,金榜题名时"有一定道理。高考被名牌大学录取;硕士、博士、博士后毕业;科学发明获得国家与世界大奖;创业取得巨大成功、企业上市;职级获得重大提升;执行重大任务立功;买彩票中了大奖等。

当然,这两种惊喜既有区别,又有联系。如科学家获得诺贝尔奖、运动员获得世界冠军,它既会给个人带来惊喜,又会给他的团队与整个国家带来惊喜,个人的喜上眉梢变成万民欢腾。

我的惊喜时刻,首先是属于我的,同时,它是属于我的家庭我的单位与我所在城市的。

现在想起,还是满心喜悦。

174. 喜　讯

秋天的一个早晨,我像往常一样,在宁波市效实中学门口河畔做体操,身旁成百上千的少年像小喜鹊一样蹦蹦跳跳走过,进入校园。

一会儿,就在我做到跳跃运动时,树上突然飞来两只喜鹊,喳喳叫了起来,叫了好半天。

喜鹊叫，喜事到。不能不信，这种喜庆鸟它传递出来的就是一种喜庆吉祥。我笑笑，心里想看来能遇到什么喜事。

上班走进办公室时，每天都提前上班给我们送报纸的年轻同事蔡萍给我送来一摞报纸与信件。

我翻开，看到一封来自中国记协的信，顿时心怦怦跳起来。

中国记协发布在网上的 2010 年第二十届中国新闻奖获奖作品公示已 3 个多月了，每天，我心都是悬着的。

我撰写的长达 6000 字的论文《中国地市报现状与发展对策》，发表在 2009 年的《新闻战线》第 4 期上，被中国新闻奖初评为中国新闻奖一等奖（论文奖）。新闻事实、材料事实、引用资料事实等我都不担心，写作有无抄袭我也一点不担心，但有点担心有错别字或用错了标点符号，毕竟 6000 多字啊，万分之一的错误也许有啊。我在网上前后看了十几遍，没发现任何问题。可毕竟，这只是我的眼睛，我的眼力，我的水平。

当然，每看一遍，我就更佩服《新闻战线》主编冷梅，她的业务水平，她的敬业，她的细致入微。更重要的是，她与新闻战线领导与同事们策划了一个好主题。这一期的《新闻战线》上设置的"前沿关注"栏目的本期主题为"新形势下地市报面临的挑战和战略突破"，为此，她专门给我打来电话，向我约稿。这说明她对我的了解与信任，她了解我喜欢写论文，而且对浙江各家地市报十分熟悉。看似一次约稿，实在知人善任。

一个主题，一个约稿，成就了我人生的一次重大突破。打开中国记协的信札，只见上面清晰地写道：

朱学文同志：

11 月 8 日是新中国第 11 个记者节。为激励新闻界多出精品、多出人才，鼓舞广大新闻工作者更好地为全党全国工作大局服务，推动新闻战线"三项学习教育活动"深入开展，中国记协定于 11 月 8 日下午 3 时 30 分在京西宾馆会议楼一层大会议室召开第二十届中国新闻奖、第十一届长江韬奋奖颁奖报告会。

敬请您届时光临。此致，敬礼！

中国记协
2010 年 10 月 20 日

真是惊喜！从未有过的幸福感浸润浑身每一个细胞。

175. 领　奖

收到请柬的第二天,我又接到中国记协秘书处打来的电话,问我能否出席,是否需要安排住宿等。国家机构办事考虑得就是周到,让人感觉到一种温暖亲切。

11月7日,我带着满满一箱行李,提前飞到北京。沉重的行李,标志着我要远行,要进入一个折腾了几个月才最终敲定的行程。参加中国商务部组织的中国数字出版业考察团赴美国培训考察。

中央电视台好友是央视著名主持人,知道我的行程后,夫妻双双邀请,让我直接住到她家。一个晴暖的日子,太阳晒在身上暖暖的。她亲自驾车到航站楼接我,开到一个有天鹅雕塑的小区,离京西宾馆与首都机场都不远,但更重要的是那片友情的海洋与温馨。

我住到了她家,沉浸在美酒与美酒氤氲的幸福之中。

第二天吃过早饭,她夫妻二人去央视上班,我去京西宾馆报到。

到达目的地后,我看到了站岗的解放军战士。这使我想起京西宾馆的非凡。京西宾馆坐落在北京西长安街,与中央电视台原址、军事博物馆隔路相望。它的名字是时任中央军委秘书长罗瑞卿根据地理位置取的。它属于军队编制,归解放军总参谋部管理局管理,主要接待国家、军队高级领导,并设有国家主要领导人套房。是中央军委、国务院举行高规格大型重要会议场所,是中国党政军会议中心,在管理与保卫工作上与中南海和人民大会堂同级别,开业后的40多年间,共计接待29次人代会、44次党代会和中央全会,包括中共历史上具有转折意义的党的十一届三中全会,被称为"最安全的宾馆"和中国"会场之冠"。它是中国政治最为执着的见证者。

我出示了中国记协请柬,卫兵敬礼放行。向会务组报道后,工作人员通知我们下午提前进场,讲解开会、领奖、合影注意事项,并发给我们每个人客房钥匙牌,供住宿使用。

中午,会务组招待我们吃了午饭,虽未上酒,但菜肴很丰盛、精致、好吃。饭后,我邀上了上海、深圳、广州、武汉、西藏等几位获奖者,在京西宾馆参观,上上下下,凡是开放的门厅都参观一下,在景点与有意义的地方都照相,让一种伟大与非凡与自己有点联系。

尔后,我回到房间休息。房间里,被褥是那么洁白干净,茶杯是那么洁净明亮,摆设是那么井然有序,空气是那么清新宜人。我想,晚上是没空住了,现在要深入感受一下,于是,我打开水龙头,洗了一个澡,又躺在被窝里调亮灯光,看了一会书,又打开电视,看了一会新闻。食宿的流程大概就这么多吧,那都经过了。

下午1点30分，我们提前进场，每个人胸前都被戴上大红花，长江韬奋奖新闻工作者还披上了绶带，完成了工作人员导演的"走台"任务后，我们又在会场照相。除了随意性互拉互融之外，我还与3个人多次合影。一位是宁波电视台国际频道总监周洋文，她的一件电视新闻作品获得一等奖，我们虽然同住一个城市，同在新闻界，彼此都知道大名，但此前并未见过面，在这里，我们对上了号，她还是位大美女，种种叠加，亲切感，一下胜过人间无数，于是，我们一次又一次合影，而且我俩都是胸戴大红花照相。后来美女几次当着多位朋友的面开玩笑说："很像结婚照。"

　　还有一位是张泉灵。她是央视著名主持人，任《中国报道》记者、编导、主持人，新版《东方时空》总主持人及《人物周刊》《焦点访谈》《新闻会客厅》栏目主持人，她这一次获得第十一届长江韬奋奖，也就是新闻界的楷模。

　　她问我是哪家媒体的，我说《宁波日报》的，她笑笑对我说，我父母都是宁波人，我可喜欢吃宁波海鲜了，随后互留了通信方式。言谈间，摄影的同行为我们拍了好多张合影，最后，我让他用我的手机又拍了几张。

　　后来我看到报道，2015年7月，张泉灵从央视离职，以顾问形式加盟傅盛战队，并担任紫牛基金合伙人，她说，人生重新来过。这位北大才女有她的自信与人生选择。

　　第三位合影的是我的战友朱金平，他原是《人民海军》记者，后调到《解放军报》通联部当编辑，后任《军事记者》主编，江苏南通人，1978年入伍，他是一位新闻界拓荒牛，先后发表新闻作品数千篇，其中多篇获得中国新闻奖、"五四"新闻奖等全国性奖项，这一次他获得新闻工作者最高荣誉奖——长江韬奋奖，我们多年没见，但见面后感觉从来就没分开过。

　　颁奖典礼开始了，首先是出席会议的中央首长与领导接见全体获奖人员并合影留念，然后举行获奖报告大会。合影时，按照会务组安排，首长与各位领导坐在第一排，获得长江韬奋奖的个人站立第二排，我们中国新闻奖一等奖获得者在第三排，排序中，我站在周洋文与来自西藏、新疆、内蒙古等地的一群女记者中间，真是多朵红花簇拥着一片绿叶。

　　中共中央政治局常委李长春，中共中央政治局委员、书记处书记、中宣部部长刘云山，中共中央政治局委员、国务委员刘延东，全国政协副主席、中国社会科学院院长陈奎元等中央和国务院有关领导同志，解放军总政治部领导、中央主要新闻单位和中国记协的主要负责人，第二十届中国新闻奖获奖代表，第十一届长江韬奋奖获奖者，中国记协第七届理事会常务理事、理事等出席了大会。

　　宣布第二十届中国新闻奖一等奖与第十一届长江韬奋奖获奖单位与个人名单后，我们按"走台"程序上台领奖，中央首长与坐在主席台前排的领导为我们颁

第二十届中国新闻奖、第十一届长江韬奋奖颁奖报告会现场。

奖。我虽然身穿西服便装,还是向李长春同志敬了一个军礼,路经《人民日报》总编身边时,我也向他敬了一个军礼,表达我对《人民日报》的感激之情。没有《人民日报》的《新闻战线》刊登我的论文,没有《人民日报》与《新闻战线》的推荐,就不会有我这个中国新闻奖一等奖。这种感激永存心底,与生命同在。

176.获奖之夜

先说宁波。

获得与领取中国新闻奖一等奖,这是我个人人生最高荣誉,但它同时又是属于单位、属于同事,属于我的家人的。当天下午,宁波日报报业集团召开庆祝记者节大会,党委书记、社长何伟宣布了我在北京获奖领奖的消息,本来还请我在大会上作个报告,会上,他还宣布,为庆祝集团人员获得中国新闻奖一等奖,给集团每位在编员工奖励1000元。大家都为此感到快乐,分享集团的光荣。

此前,在宁波市的城市新闻史上,获得中国新闻奖一等奖这是第一次,是《宁波日报》与集团历史上的第一次,它表明,这一最高荣誉,离我们不再遥远。我当天下午在颁奖现场给妻子陈玫发了信息,告诉她并请她告诉爸妈我获奖的消息,请他们晚上看中央电视台《新闻联播》节目,央视的朋友们告诉我,晚上7

点钟的《新闻联播》中肯定会播。

两个家庭的电视早早打开，陈玫、女儿朱迪，她们从未如此认真地看过《新闻联播》，这个夜晚，她俩看得特别认真。国内新闻播报完后，陈玫给我发来信息，说看到胖胖脸了，说岳父岳母也都看到了。我也搜看了一下，这条新闻很长，有好几分钟，我前后出现了3次，镜头给的时间有好几秒，当时在会场，眼睛的余光让我感觉到记者的镜头多次对准我，每次，我都抖擞精神，保持良好状态，感觉好极了。

再说皖南。我给大弟弟学东、小弟弟学敏发了信息，也让他们告诉老母亲，如果她还没有休息就看一下《新闻联播》。后来两个弟弟都发来信息，说了他们看见了，表达全家的喜悦之情。这种情景，我的老父亲看不到了，不！也许他在天堂也看到了，历来信奉"棍棒下面出孝子"的他在天之灵笑了，儿子虽然没有大的出息，但长大后一直还是勤奋努力的，当兵后，在每一个工作岗位上都是不怕吃苦，从不懈怠，获得中国新闻奖一等奖看似偶然，但偶然之中也有必然，这种必然就是几十年如一日的不断学习、汲取与努力。也许，到了老年也不会懈怠，还是个爱学习的人。

再说北京。颁奖大会下午5点多钟结束，首都已万家灯火。下午开会时，《新闻战线》总编辑胡欣、副总编万仕同分别给我发来信息，说冷梅在会场，会议结束时，她会来找我，让我上她的车，晚上《新闻战线》编辑部部分人员请你吃饭，庆祝你获大奖，分享你的喜悦。

这就是世界上的最美友谊。他们在这个最美好的夜晚请我吃饭，还怕我打车不方便，还想好找好接我的人。

冷梅载着我从长安街往报社开，宽阔的长安街现在成了一片海洋，海洋里装满了车，装满了灯火，我们游不快。快8点时，我们才赶到一家离报社不远的叫"江南春"的酒店。当我走进包厢时，又让我惊呆了，胡总、万总、主编祝晓虎等9位老师分立两旁，胡总说："大家鼓掌，欢迎学文获奖归来！"

也顾不上与美女领导的"军规"礼节了，我紧紧拥抱了她。

美酒喝过数千次，今夜最甘甜。这是我与他们喝了一杯又一杯时说过的话，今夜，喝酒不醉。

不知不觉，已是11点多了。我的手机又响了，中央电视台美丽主持人好友备好美酒，夫妻俩等了我好几个小时了，冷梅又怕我打车不方便，亲自把我送到朋友小区门口。

夫妻俩敬我酒，我们喝了一杯又一杯，直到把准备的几瓶红酒全喝干。我前面喝的是白酒，后面喝的是红酒，数量都超大，可是人就是不醉。我对朋友说，美酒喝过数千次，今夜最甘甜，现在最甜美。

第二天清晨，好友夫妇可能还在睡梦中，我却起床了，记下他们家门锁密码,我就去小区外锻炼了。轻快奔跑的脚步表明,这个夜晚令我沉醉,但我酒没醉人也没醉,这里起作用的是酒量,更是精神的力量,梦想的力量。

177.梦想的方向

人生的每一个成功背后都会有故事。我这次获奖背后也有故事。

先说说我后来听到的评奖中的故事吧。中国新闻奖每年的评奖作品都有篇目数量分配的,其中,论文每年有2个一等奖评奖名额。2010年各中央媒体与各省、市、自治区推荐出来的一等奖候选作品有80多篇,这其中有正部级、副部级领导的作品,有各省级几十家大报集团社长、总编撰写的作品。在论文组的初评会上,推荐了《人民日报》总编辑"论党报头条新闻的选取"的论文,也推荐了我写的这篇论文,当时,就有评委提出,朱学文的职务是《宁波日报》报业集团办公室主任,一个做行政事务的人,会写论文吗?这话里含有质疑,怀疑论文不是我写的,也含有那么多报界巨头的论文都没有推荐,怎么推荐一位中层行政干部的作品的意思。这时候,一位评委说话了,他说:"你们可能对作者还不够了解,这个人写了大量论文,每年在《新闻战线》《中国记者》等刊物上都有论文发表,有一些论文是对全国媒体现状进行分析的,写得相当不错……"

这位评委这么一推介,最终我的论文在小组评选投票时通过了初评。可是推选结果又出现了一个意想不到的情况,一位正部级领导的论文却落选了,我与湖南一位传媒集团总编的论文被推选。这使相关媒体评委感到为难,这位正部级干部的论文都没评上,向领导真不好交代。但是,担心归担心,投票结果是不可更改的。

两篇推荐一等奖的论文上了终评大会,没有什么推介与解释,大会举行投票,结果出来了,我的论文荣获一等奖,而另一篇论文却因票数不过半被淘汰了。造成这一年中国新闻奖一等奖论文只有1篇,另1篇空缺。由此也可看出,中国记协组织的中国新闻奖评奖是公正、公平、公开的,以质量取优,没"门道"可走。

这位评委在初评会上为我说了话,但直到今天,我不知道他的名字,更没与他见过面。他对我的肯定,真的点出了事物的原委。

中国有句古话:冰冻三尺,非一日之寒。

一朝得奖,那也是我几十年梦想的结果,几十年探索与实践的结果。

这些年来,我一直行走在梦想的方向上。

下面说几个重点吧。

178. 赞　叹

尽管我不在新闻第一线，每天面对的是大量琐碎行政事务，但我无时不在关注中国大众传媒发展生态。为在党的领导下新时期中国大众传媒取得的巨大进步高兴，同时，也为在市场经济条件下大众传媒遭受的污染而担忧，就在全国上下为改革开放30年中国大众传媒取得的进步普遍赞美声中，经过一段时间的思考，我专门写了一篇找问题的论文，向新闻界发出我的思考。

我曾在中国新闻业务最高等级核心期刊——中国社会科学院主办的刊物《新闻与传播研究》上发表了一篇论文，《根治我国大众传媒顽症对策研究》，对改革开放30年来中国传媒的发展现状进行剖视与思考。我认为，近几年，党和国家一直在治理"四大公害"，虽然取得重大成果，但目前在我国大众传媒中存在的"四大公害"依然横行，有些地方还很严重。

我认为，近些年，党和国家乃至全国大众传媒在治理"低俗之风、有偿新闻、虚假报道、不良广告""四大公害"方面采取了不少有力措施，取得重大成果。但我们在总体上看到进步的同时，也不能不发现，"四大公害"虽然受到一定程度的治理与遏制，但是根还在，病菌还在，病情还在，在我国的大众传媒中，"四大公害"依然横行，即便是在治理比较好的地方，"四大公害"也有死灰复燃之势，其主要表现：

一是一些大众传媒依然热衷于渲染暴力，追求猎奇。

二是"性"依然是卖点。

三是大众传媒盲目追求经济效益，依然热衷于用低俗、负面新闻来吸引眼球。

四是大众传媒损伤我国社会核心价值观的事时有发生。经常出现一些漠视、批判、糟蹋我国传统习俗、传统道德、传统文化与当代中国先进思想、先进文化的行为，直接伤害我们这个时代的核心价值观，伤害当代中国的革命历史、奋斗理想、人生信念，伤害凝聚时代精神的伟大人物与时代典型。

五是虚假新闻依然猖獗。

六是不良广告依然在害人。

接着，我对成因进行了分析。它的形成既有市场的原因，也有体制机制的原因，还有法律法规不健全、管理不到位等原因。其表现：一是中国大众传媒同城媒体数量过多，规模过大，新闻同质化现象严重。据国家新闻出版总署统计，到2006年，中国有期刊约9500种，出版报纸约2000种，中国报刊年销售额达300多亿元。中国拥有世界上数量最多的电视台，目前全国已登记注册的各类电视台已超过3000家、60多个卫星频道和上百个付费频道。2007年年底，中国网站数量已达150万个（已备案的网站）。从笔者了解掌握的情况看，我国目前拥有

颁奖报告会上，记者们抓拍的镜头。

500万左右城乡人口的城市，大都拥有10多家大众传媒，其中广播、电视、网站等电子媒体有五六家，报纸等平面媒体一般有五六家，东部发达地区甚至有十几家。而北京、上海、重庆、广州、成都、武汉、南京、杭州、深圳这样的城市则拥有20多家乃至30至50多家大众传媒。就连宁波这样仅有560万本地人口的城市，也有13家大众传媒，另有12个县市区办的电视台、网站与4家没有刊号的报纸。此外，还有中央、国家机关、省城的三四十家媒体在宁波设有记者站与在宁波专门发行的报纸等媒体。如此密集的媒体，而且每日每时要"分食"的新闻却只有那么多。国际新闻、全国性新闻基本上各家采用的都是新华社的通稿，本地新闻就那么多，一间房子起火，一个小偷被抓，发生芝麻粒大的事几十家媒体记者蜂拥而至，报纸同质化现象极为严重。为抓独家新闻，为刊播吸引受众眼球的新闻，媒体每天都处于疯狂状态，抢不到怎么办，编！于是"三千年木乃伊出土不久后就怀孕了""布什要卖夏威夷了""鸽子生出狮子了""猪崽头上长角了""纸馅包子蒸熟了"，什么杀人放火、明星艳事、乱伦强奸、裸露照片，想刊播都找不到了，何况还有这样的新闻！避免同质化，追求独家新闻，大众传媒真是到了狗急跳墙的地步。明知有些诸如"布什要卖夏威夷""比尔·盖茨去世"之类新闻源不可靠，但一些传媒不管，先刊播了再说，发现是假的，再发一条新闻何乐而不为。有学者作了研究，近6年《新闻记者》在全国范围内评选出的 60 条假新闻，都市类报纸占了 66.7%。二是大众传媒载体低价倾销，同城恶性竞争严重。三是媒体管理法制不健全，监管能力弱，把关制度上漏洞多。四是媒体市场发育不成熟，过分依赖广告吃饭，形成低价低俗竞争格局。

研究剖析了形成顽症的主要根源后，提出了根治顽症之策：

第一，对全国大众传媒进行精简整合，构建强大传媒集团，总体上要向一城一报一台的欧美大众传媒模式格局方向发展。如今，许多城市的纸媒倒闭，证明我当年预言的状态正在到来。

第二，对全国报刊、广告进行统一定价，严禁滥烧国有资产。

第三，颁布大众传媒内容产品生产法规，建构以核心价值观为标志的内容筛选机制。

第四，提高新闻从业人员政治思想与道德素质，将把关能力放到首要地位。

第五，国家对大众传媒实行重点扶持，以优惠政策扶持大众传媒及其文化产业发展。

这篇论文还被省报协作为报业内参全文刊发，送省委、省委宣传部领导、管理机关和全省各报社领导参阅。中科院新闻研究所几位学者评价说，这样一篇反思 30 年来我国大众传媒存在问题的稿子，没想到居然是地方媒体的同志写的。

179.守望者

拿着记者证，一年到头却很少采写新闻稿件，这令我困惑，但我一直没有停止思考，一直在观察、思考、总结中国大众传媒新闻采编、新媒体发展和传媒集团经营、管理、人才队伍建设等创新实践经验，忠诚地守望着新闻田园。

看看这些年我都研究与发表了多少论文吧：

从军队到地方，我先后在《人民海军通讯》《军报记者》《中国记者》《新闻战线》《新闻与传播研究》等军队与全国性新闻刊物上发表论文共有 50 多篇，其中主要篇目：

《着眼集团发展战略构建人才高地》《杜绝虚假广告的思考与对策》《加快集团战略转型大力发展数字报业》《经营创新：拓展文化产业多元发展道路》《我国大众传媒几大顽症的成因与对策研究》《创新生成竞争力》《强化媒体社会责任提升城市文明品质》《打造媒体品牌的创新与思考》《倾力推进转型升级打造一流传媒集团》《报业集团战略转型路径选择》《党报广告"五强联盟"的探索与思考》《东南商报进行采编经营两分开的探索与思考》《建立高效治理结构激发报业机制活力》《改革中脱胎换骨创新中异军突起》《激活机制，大胆放权》《紧抓"四个环节"促进科学发展》《明晰"前列"战略定位推进报业改革发展》《实施基数总承包，深化物业改革》《适度把握"三统一"增强集团竞争力》《拓宽发行渠道发掘零售市场》《打造具有市场竞争力的文化市场主体》

《在实践中探索报业自主创新的发展道路》《着眼集团发展战略构建人才高地》《整合运作报业资产做大做强报业集团》等,省刊《新闻实践》与一些大学学报上刊登的就不说了,这些年写的论文足可出一本书,有多篇论文在《中国记者》《新闻战线》的年度评选中获得一等奖。

我在参评高级职称时提交的工作总结中写道,多年的工作实践使我感悟到:作为一个新闻工作者,只要有一颗为党和人民做好新闻工作的火热的心,不论在什么工作岗位上,都能发一分光和热,成为党和人民新闻田园里一名忠诚的守望者。这正像鲁迅先生所说的那样:是战士总能找到发扬火力的阵地。

180.重大硕果

如同一双善于发现美的眼睛总能到处发现美一样,热心于了解、掌握与思考大众传媒状态的眼睛与大脑,也能处处发现新情况、新挑战、新问题与新经验。

写作《中国地市报现状与发展对策》这一论文,我曾先后调查了全国30多家地市报。浙江新闻界每年要召开一次全省11家地市报社长论坛,浙江日报的学术刊物《新闻实践》每年也召集一次学术会议,在人们看来可听可不听的这些论坛与大会,每位传媒人的发言我都认真听,认真记,几年下来,我似乎对每家报社的情况都了如指掌。我有了写一篇关于地市报发展情况论文的想法。但觉得浙江只能代表发达地区,还需放眼全国找中部、西部不同地区的报社,于是,我利用到兄弟报社考察的机会,向20多家报社寄发问卷调查、专题调研等形式,先后对全国30多家地市报进行了调研,这样就为我的宏观分析提供了依据。

我在文章中指出,从调查情况看,地市报依然是当地最大的主流媒体,其发展规模与态势虽然直接受到当地经济发展水平制约,但地市报依然有着特有的地域性舆论引导优势、市场优势、渠道优势和巨大的发展潜力与广阔前景。同时,地市报在发展过程中也有各种各样的困惑与问题。我详细陈述了中国地市报发展的年度发行与经济收入数据,详细分析了地市报发展现状与改革过程中存在的九大问题(略),就如何解决这些问题,提出了通过改革与发展来解决的九大建议,提纲如下:

第一,要坚持正确舆论导向,为构建和谐社会提供强有力舆论保障与智力支持。这是做强做大地市报的前提与基础。

第二,要坚持创新,提高报纸内容质量。就是要真正体现"三贴近",把报纸办得受众爱看,在创新中着力打造媒体公信力、亲和力、感染力。

第三,要深化体制改革,激活机制。地市报的发展归根结底要靠激发内部驱动力来实现,要通过改革激发地市报活力,增强地市报实力,提高地市报竞争力。

第四,把握数字化发展机遇,实现新媒体与传统媒体嫁接与融合,使报社从单一的平面媒体向多媒体、全媒体转型。

第五，优化产业结构，拓展发展空间。必须落实科学发展观，坚持"两手抓"，一手继续抓"广告"，一手必须抓优化产业结构，拓展多元发展，转变增长模式，提高增长质量。

第六，构建人才高地，着力培养人才。

第七，在合作中谋求共赢、共同发展。弱势的地市报可嫁接强势媒体，可以在合作中谋求发展优势。

第八，杜绝恶性竞争，给予重点帮扶。国家媒体与意识形态管理部门要从近30年的报业竞争中总结经验教训，出台治理恶性竞争的法规，规范对跨地区办报、跨地区发行的管理。为解决亿万农民"读报难"问题，对地市党报发展，国家要出台政策，借鉴中央拨款给广播电视系统，实现全国广播电视"村村通工程"的经验，按"村村通工程"同样待遇拨出专款，对贫困地区地市报给予重点帮扶，促进报业文化大发展大繁荣。

第九，要优化报业生存与发展环境。地方党委要改变只管要报社一年到头发大篇幅报道等"单打一"做法，要创造条件帮助报社发展多元报业经济。

《新闻战线》在栏目头条刊登了这篇论文。可以看出，它不是以理论深度见长，但它有从宏观到微观的调查、分析与改革建议，贴近了中国地市报的最大实际，并以先进报社的实践为样本，提出了化解之策。

它是唯一呈现，它受到了中国新闻奖评委们的青睐，在第二十届中国新闻奖评比中荣幸地被评为一等奖。这是祖国对守卫新闻田园战士的褒奖。

181.军功章啊

如果把这次获奖比喻成一枚军功章，它首先要献给妻子陈玫与女儿朱迪。从1984年国庆35周年大阅兵我们走在上海南京路上看商店电视结婚开始，26年间，我们聚少离多。在军队那些年，常年奔走在海防线上，十几天、几十天的出差司空见惯，正常上班的日子，也只是晚上才回家，天不亮，又走了。养育与教育女儿，全部家务都由陈玫承担，这种承担是月月天天，是全面性存在，是年年的雨雪风霜，是全部油盐酱醋，是孩子对母亲的全部依赖，是一把鼻涕一把泪的含辛茹苦，是一户家庭天塌下来你顶着。这片支撑是有力的，而又是默默无闻的，只有遇到实在搞不定的事，陈玫才会对我说，平时，都是风平浪静，也正因为如此，才使我心无旁骛地今天思考写这个消息，明天写那个通讯，后天写那篇论文。须知，一个被家庭琐事搞得焦头烂额的人，不可能写出新闻的精品力作，不可能全身心地投放在工作上。

女儿朱迪从小就很乖，叫她睡觉就睡觉，吃饭就吃饭，不挑食，一碗稀饭，上面浇点菜，她一会儿就吃光了，小时候，小胖胖脸。偶尔我周末回来，她要我

上高中的朱迪担任了宁波名校效实中学文学社社长

陪她睡觉,给她讲潜艇的故事。说真的,我还真没有童话故事讲给她听,有几个二战时盟军与德国潜艇作战的故事讲一讲,她也听得津津有味。有时候我回来了,她正上床睡觉,马上提出:"爸爸,讲个潜艇的故事给我听。"我只好临时给她编一个,一会儿,她已睡着。

她喜欢听军事故事,与我对她的"国防教育"也有关系。难得我抽出时间的周末,安排了几次活动。一次带她到野战机场看飞行,回到家时,我让她写了篇作文《爸爸带我看飞行》。一次带她看潜艇,让她写了篇《潜艇像条大鲨鱼》。有次带她看舰艇,她写了篇《红领巾上了驱逐舰》。她妈妈带她去北京大姨家玩,我叫陈玫带女儿看一次升旗,她写了篇《天安门广场看升旗》。还有一次带她到战友所在集团公司去玩,她写了篇《杉杉世界好神奇》。总之,带她玩一次,就要她写一篇作文,她也不感觉压迫,自己看见了什么有什么感觉就写出来,小女孩的真情实感,蛮好的。加上通联渠道畅通,所有文章都被市级媒体刊登了,这又使女儿受到鼓舞。

但是,她从小学到中学的作业,我都没辅导过,一次也没有,全是她自己从学校课堂上解决的。在我回家的日子她把做好的作业拿来让我签字,我还嫌烦,差点想找她们老师理论。从江北实验小学,读到翠柏中学初中,高中考上效实中学,我都没过问过。上初二时,班上一位退休后返聘的女教师,对女儿态度极为不好,一次考试没考好,她除了批评还是批评,批得女儿见到数学就有心理障碍了,即使这样,也是女儿自己进行心理调整,最后毕业时以优异成绩考入效实中学,成为全校10名被录取学生之一。

进了离家只有一墙之隔的浙江名校效实中学,她学习更努力了。也许是出了多名中国两院院士与诺贝尔奖获得者的效实中学历来就是这个校风,学校对学生的学习抓得并不紧,各种文体活动却特别多。女儿高一时参加了效实文学社,担任社长,这事,直到有天晚上她在家里电脑上写辞职报告,最后落款:"社长朱迪。"我才知道。高二加入学校体操队,每周都有几次体操训练课,直跳到高三,获得全国体操竞赛二等奖,成为国家三级运动员我才知道。

高考,她根据自己获得国家奖能获得20分加分情况,报考了浙江大学特长生招生,条件都符合,可是临到浙江体委办手续时却遇到一个意外。

真的遇到了一个宁波的坏人,向陈玫提出,女儿要顺利办妥省里加分手续,需要拿出数万元钱。陈玫问我怎么办?家里根本没有那么多钱,即使有,她知道我也不会给他的。我说这种人最好把他送进监狱,可母女俩不同意我出手,只好放弃这次与黑暗势力作斗争的机会了。

高考临近了。一天,女儿告诉我,与她一同跳体操的几位同学都拿到了省体委的加分证明,就是没有她的。我一惊,知道个中原因了。我们马上找"坏人",问他要全国比赛成绩名次表,他说,已交给省体委了。我找单位请了一个假,到了省体委,找到了经办人员,可是,经办人员花了一个多小时,在一堆堆的文件材料里翻,将房间里几个文件柜翻找了一遍,也没找到宁波效实中学来办手续的存档材料。这时,我想起浙江省电台驻宁波女记者仇琼,她陪女儿来办过这一手续,一个电话打过去,问她看到女儿办手续时那摞资料放在省体委办的哪个文件柜里,仇琼记性好,清晰地告诉我,在一进门右手边紧靠门第一个木柜子中间一隔的一堆文件中。有了查找线索,可是,省机关要下班吃午饭了。我想,下午上班再来吧。

可是,我2点钟去了后,负责承办的干部又外出办事了。怎么办?我想找处长。看看门牌,敲了几下,门打开了,令我眼睛一亮:原来处长就是多次获得羽毛球世界冠军的李玲蔚。她还是那么漂亮,高雅的气质,给人的感觉是,哪怕阴霾的雨天,一看到她都是春暖花开,阳光灿烂,让你觉得世界是那么美好。我们不认识,我作了一下自我介绍,她将我陪到资料室,我指了指门边第一个柜子,说浙江电台记者告诉我的,可能在这里面。她翻了翻,对我说:"这个资料柜里没什么秘密,你自己翻吧,看能不能找出来。"她思考问题处理事情是那么大气。

真是人民公仆的行事风格。

我开始一份一份文件地翻,翻了80多分钟,在一摞杂散的公文纸里,看到了这张16开纸的成绩证明与已办好手续的几位同学的登记表。心里一阵狂喜,拿着证明跑到李玲蔚办公室,她亲自给我办妥了相关手续。

因遇见坏人才遇到了一位伟大的女性,她不只是羽毛球世界冠军,还是国际奥委会委员,人品非常高贵,她亲手的批准,相信也会给女儿带来人生奋斗的力量与好运。

这可能是我女儿12年上学过程中我为她办的唯一一件事情。

后来，她考上浙江大学外语系，直到大学本科毕业，自己向美国多所大学寄送报考研究生资料，最后被加州大学国际经济研究生专业录取，我都没有操什么心。从这个意义上讲，在我人生事业的军功章里，也包含女儿作出的贡献。

惊喜时刻，幸福时光，心里充满甜美，会想很多。

第三十二章

感受塞上"种"文化

人们常说事业天地,确实,事业往往能牵引你走向更大的天地,不论你是在军队服役,还是担任国家公务员,在民营企业工作,都少不了要出差,这就需要从此城飞向彼城,从本国飞向异国。

这就是一种开阔,一个更广大的世界会向你敞开怀抱,经意与不经意间丰富你的阅历,让你感受到各种各样的文化。

我在报业集团工作十几年,每年都会到一些省市参加一些会议、考察、采访活动。这次去宁夏,就是参加中国报业协会组织的百家党报老总看宁夏活动,其实就是采访。

从浦东机场起飞,经过近3个小时的飞行,进入宁夏境内后,波音飞机降低了高度。极目舷窗外,映入眼帘的则是无边的黄沙。从没见过这样的山!无数的沙包堆积在一起,一望无际,看不到一抹绿色。我心里想,学者们还搞什么研究:古西夏王国与楼兰古国是如何灭亡的?这么简单的问题!

我很担心处在沙漠之中的宁夏人的生存状态。

当我与来自全国各地的一批报界同行被举着大红接机牌的宁夏日报记者刘晓青接到银川市的报社,在记者顾涛、张晓慧等人陪同下,进行了4天"起五更睡半夜"的采访之后,怎么也没想到,这里居然还有一个"塞上江南"!更使我感到震撼的是宁夏这片土地,不只是九曲黄河穿行宁夏397千米,在这里留下了"沃野千里"的水稻田与72大连湖的奇妙自然风光,还有勤劳、智慧的宁夏人的"种"文化。

182.一个文化人,"种"出了被誉为"中国一绝"的西部最大影城

距银川河东机场48千米的镇北堡西部影城,现在已是银川市首家国家4A

级旅游景区、国家级非物质文化遗产名录项目保护性开发综合实验基地。

宁夏每年统计旅游人数，就看来镇北堡的人数就知道一年里宁夏来了多少人。它成了人们到宁夏旅游的必到之处。

这里原本是一片荒凉之地。镇北堡原是明清时代的边防戍塞，到了现代已成废墟。20世纪80年代初的一天，宁夏一个叫张贤亮的作家站在这里，望着荒漠中的断壁残垣与乱七八糟的羊圈，强烈的岁月沧桑感使他发现了这种原始、野性、粗犷的美在历史文化中的审美价值。

黄沙吹老了岁月，但吹不老人们的审美。

他要在这片荒凉之中"种"文化。经过一番谋划，他集资78万元资金，开始了在这片废墟上的播种。收集散落到百姓家的旧砖，购买千家万户破旧的古董。明清民国的古旧建筑石材、破床旧桌、门框门楣、马厩猪槽、战车马车、古代兵器等，花很少的钱就从农牧民家里买来一大堆。但在他眼里，这些都是价值连城的宝贝。只用二三年工夫，荒漠中就出现了一个占地300多亩的中国古代北方小镇。小镇上的景物集中反映了明清这一历史阶段人们的生产方式、生活方式、作战方式、生存状态与风土人情。

文化是人类生活方式生产方式的社会表现。张贤亮要运用文化的力量，在不太长的时间里让中国与世界几十亿人知道了这个小镇。他认为，没有任何一种力量能超过当今影视作品广泛而生动的影响力。他利用一切渠道，把它向影视界推介。这个北方小镇终于被谢晋、张艺谋、王家卫等导演看上。随后，电影《一个和八个》《牧马人》《红高粱》《黄河谣》《新龙门客栈》《东邪西毒》等影片走进了处在文化荒漠中的国人的视野，人们快乐地享受新奇的电影大餐。

随之，"种"文化的人开始出卖文化果实——"出卖荒凉"。

文化是高附加值产业。一种文化行为、场景与现象只要被激活，一下子就会身价百倍、千倍、万倍……一个电影搭建物、一个艺术造型就是一个艺术作品，就是一个能瞬间激起人们艺术记忆、艺术与生活审美情趣的载体，而且这个作品随着电影在国内外的广泛传播其附加值不断生成与增长。"种"文化的人要利用这些艺术作品，来实现与收获这些高附加值。在向当时都不敢、不愿要钱的导演、美工设计人员买下制作拍摄电影时的搭建物、造型、道具与部分服装这些作品，待拥有了"知识产权"后，他就把这些副产品推向了市场。到今年，中外影视界已在这里拍摄了91部影视作品。今天，当游人走进这个北方小镇，宛然进入时光隧道，不只是能感受到"秦时明月汉时关"，还能走进这些电影、电视之中，穿上服装拿上道具DV一把，"来时是游客，瞬间成明星"；还能走进那个年代，感受农耕文明与古代将士的生活。原国家文化部长孙家正看了这里后写了三个大字："真好玩！"文化学者余秋雨参观后说：一片荒凉，现在倒成了体现文化、传播文化的载体。镇北堡西部影城是整个宁夏的一个文学气场。

在宁夏沙湖采风

"种"文化，取得了令人难以置信的收获。16年前的78万元，如今仅影城的物质构建物的价值就超过了2亿元，无形资产价值已难以估量。有关方面调查显示，目前全国有包括影视城在内的主题公园2500多处，70%处于亏损状态，有2500多亿资金被套牢。在欧美发达国家其文化产业的产值已超过其传统工业产值，而我国目前的文化产业产值还不到国民生产总值的3个百分点。

这一比较更能反映塞上人"种"文化的价值。

播种者说："邓小平说科学技术是第一生产力，有第一必有第二，我认为文化是第二生产力。"

自治区党委书记动情地为影城题写一副对联："今日闻名遐迩西部影视城，明朝流芳百世北方民俗村。"

这次我参观还有一个小插曲。不经意间，我们走进一个"文化大革命"文化陈列馆，院落里的舞台上，几名红卫兵造反派在批判一个"走资派"。走到舞台边我一看，这几名红卫兵居然全穿着当年的解放军军装，戴着帽徽、领章。这个细节肯定与历史事实不符。作为军人的我看了心里很不舒服，回来后，我给张贤亮写了一封信，指出了这一演出存在的问题，希望他能纠正。没想到过了一段日子后，老先生给我寄了一个包裹，里面装着他写的《灵与肉》《绿化树》《青春期》《男人的一半是女人》等著作，还有一封亲笔回信，感谢我的指正。看似一件小事，足可看出西部文化播种者的心胸与文化追求。

183.一尊雕像，"种"活了大漠，"种"活了黄河

清晨6点，我们就被叫早的电话喊醒。陪同的记者顾涛、张晓慧说今天带我们去看沙漠、骑骆驼、游黄河，并说这里与腾格里沙漠相连。尽管一夜睡眠疲倦未消，但沙漠与驼铃的诱惑还是使大家打起了精神。从银川坐了几小时汽车，我们先是采访了塞上的一个农业种植基地。午饭后，驱车来到中卫市的一个叫沙坡头的景点参观。这里有一片小沙漠，面积不过几十公顷。离沙漠几百米远的地方，黄河在这里拐了一个大弯，河面宽不过300米。

坦率地说，我感到很失望。这里没有我想看的大漠孤烟，没有我想听的大漠驼铃。冒着近39度的沙漠高温，我们登上了一种外形看似装甲车的敞篷车，在一个沙包接着一个沙包的沙漠里"冲浪"，人被甩得东倒西歪，每辆车上不时传出年轻女性的尖叫声。但这种所谓的惊险与刺激对多次坐过山车的我来说实在是很平常。

就在我毫无兴致的时候，立在黄河边上的一尊5米多高的王维塑像与一块雕刻着"大漠孤烟直，长河落日圆"的石刻一下吸引了我。

真是神来之笔啊！1200多年前王维写下的千古绝唱《使至塞上》诗中的许多意境地点写的就是这里吗？

单车欲问边，
属国过居延。
征蓬出汉塞，
归雁入胡天。
大漠孤烟直，
长河落日圆。
萧关逢候骑，
都护在燕然。

往事越千年，多美的意境啊！我知道，王维诗中提及的萧关就是今天的宁夏中卫市的固原县。当地的解说员告诉我们，据诸多文化学者考证，"大漠孤烟""长河落日"指代的就是在沙坡头这里才能看到的情景。

这使我高兴。诗人指代的是不是眼前的这段黄河与沙漠已经不重要了，重要的是当地的人们把王维诗中描述的意境"种"在了这里。

一尊雕像一首诗，一下子"种"活了大漠，种活了黄河。也种活了我的心思！这里的一切都活了。

尽情地玩它一把吧。滑沙,第一次我坐在小木舟上,从180米高的陡峭沙坡顶滑了下去。头顶上,一个个空中飞人以每秒几十米的高速从钢丝上呼啸而过,飞过了黄河。人们之所以去玩这一项目,除了玩一把心跳,还因了文化的播种者用一个成语引起人们参与这一活动的广泛兴趣——"飞黄腾达",这一成语用在这里真是太妙了!是文化的芳香激活了人们心海里对人生事业美好的追求与向往。

时近傍晚,我们骑着一队骆驼,从黄河边的一块沙漠地上出发了。我回望黄河与远方,一幅诗意的画卷映入眼帘。远天,挂着一轮微红的落日;对岸,几架大圆盘水车静立着;河中,伴随一阵阵年轻的欢笑声,一排排皮筏在黄河中顺流而下;沙洲中,一群群白鹭与水鸟在青草丛中时而觅食,时而疾飞。

多美啊!情、景、境浑然一体,人文景观与自然景观交相辉映。沙坡头,国家5A级旅游风景区名不虚传。

184.一片碑林,"种"出了一片新天地

有人说,这是世界上最值得赞美的播种文化活动。也有人说,这是塞上人化腐朽为神奇的经典之作。

我说,这种文化创造不只是种出了一片文化天地,它还建立了人类与环境永恒的友好,它的价值是跨越时空的。

就在我们到宁夏进行采访的前几天,中央电视台在这里举办了一场《倾国倾城》大型文艺晚会。

看着眼前散发着浓厚文化气息的美丽花园,谁能想到两年前呈现在人们眼前的那个可怕场景。

这里原是石嘴山市大武口发电厂1号粉煤灰堆场,占地面积1平方千米。灰场高于地面13米,粉煤灰储量达11000多万立方米。几条流经这里的小河,将厂区、居民区各种生活垃圾带到这里形成淤积,浑浊腥黑,恶臭难闻,一刮大风,黑灰满天。这个巨大的垃圾场,像一块沉重的铅块压在全市人民心头,几任领导班子都在琢磨怎样治理它。

播种文化的智光在闪烁。2006年早春,一个化腐朽为神奇,把石嘴山市最大的垃圾场改造成西部有名的文化公园的方案形成了。

显山、露水、种绿、造形,全市人民被动员起来。共产党员打头阵的义务劳动大军上了工地,兰州军区官兵成了攻坚克难的主力军,推土机的喧闹声打破高原早春的寂静,劳动的汗水堆积成晶莹的艺术结晶。150万立方米的泥土覆盖了1平方千米的煤灰场,覆土厚度达1米以上;种上了26万多株各类乔木灌木;挖建了53亩湖面;从贺兰山采运来的4.2万块石头与采购来的200多块泰山、灵壁、临沂奇石,建了三大石林区与9大雕塑园,建起了大型演艺广场。看看他们的创造吧!

世界名人园，他们第一批选刻了孔子、列宁、鲁迅、马可·波罗、卢梭、林肯、居里夫人等31位世界名人；

中华名人雕塑园，第一批选刻了毛泽东、启功、陈赓、叶剑英、聂荣臻、蔡元培、梁启超、张伯苓等15位近现代中华名人。

楷模园，第一批选刻了张思德、雷锋、郑培民、牛玉儒等8个时代楷模。

民族之花园，第一批选刻了韦一平、王国兴、汪玉良、粟裕、马本斋、沈从文、关向应等14位民族优秀代表人物。

56个民族大团结园，第一批选刻了具有各民族人物特征的石雕。

石嘴山文化精神园，第一批选刻了"森林公园绿色的梦"、福塔、信、智、礼、神、天人合一7个石刻群。

这里成了湖光山色美如画的风景地带。

这里成了全市人民休闲、健身、娱乐的百花园和国内外游客的旅游观光点。

这里成了凝聚与展示人类文化精神的家园。

185.一片不毛之地，"种"出了芳香的生活

站在宁夏中部干旱带的青石岗上，看到眼前一望无垠的西瓜地，品味着宁夏人种出来的芳香生活，人们不能不惊叹，这是勤劳而又富有创造的宁夏人创造的高原奇迹。

2008年7月在宁夏采访留影

中卫市环香山地区处于宁夏中部干旱带上,这里十年九旱,年降水不足200毫米,但一年的蒸发量则是2200毫米。无边的丘陵纵横、沙砾遍地、草木不生,被联合国环境规划署确定为"不适宜人类生存地带"。可中卫市有8万多人口就生活在这里。就在5年前,这里的干部与群众发明了一种节水保墒的压砂种瓜农业种植新技术,如今已发展到100万亩硒砂瓜,这种瓜不只是咬一口甜到心里,因为含硒量高,含有钙、锌、钾等多种人体所需矿物元素,具有抗癌防病保健功能,硒砂瓜已远销北京、上海、广州等各大城,被选为今年奥运会指定的一种水果食品。

胡锦涛总书记与温家宝总理到宁夏考察工作,看到他们的这一神奇创造连连称赞,并拨开石块,与当地群众一起种瓜。

更有价值的是这片土地上的人们,不只是种出了足可以使每户农家直奔小康的硒砂瓜,而且围绕这一产业又种出了一系列文化。

记者采访时,看到一望无际的西瓜地路边的场地上停满了大型客车,一批批中外游客汇聚到这里看瓜。穿行在这些客人中的是一列高挑美丽的农家姑娘,她们身穿时尚短裙,身披红色绸带,绸带上写着4个金黄色大字:"西瓜宝贝"。人们打心底里佩服这里瓜农的文化意识,一群"西瓜宝贝"使田野变得分外妖娆,把西瓜地一下变成了旅游景点、旅游产业。

但这只是他们西瓜地里"种"文化,所策划的西瓜节、西瓜运动会、西瓜雕塑赛、西瓜文艺演出系列活动中一个很小的部分。中午1000多名旅客集中到一个特大餐厅用餐。西瓜、香瓜、甜瓜等水果宴刚开始,只见:

音乐催开幕,歌声起舞台,一群姑娘小伙舞了出来,一台带着田野气息与泥土芳香的节目开演了:

童声独唱:《家乡的硒砂瓜》;

舞蹈:《多彩的家园》;

花儿对唱:《绿韭菜》;

模特秀:《硒瓜宝贝》;

坐唱:《夸中卫》;

舞蹈:《为今天喝彩》……

节目一个接着一个,游客们全都沉浸到塞上农家生活的快乐之中。尽管餐桌上没有大鱼大肉,但吃过这顿水果文化宴,人们都带着一肚子的甘甜笑逐颜开地上路了。

塞上播种的文化不只是鲜活,淳厚,灵动,而且美丽,甘甜,芳香……

种出如此甘甜文化的人们同样能"种"出经济硕果与和谐的社会生活。去年,全自治区人均GDP在全国排名已升到第19位,经济发展势头强劲。当全国各地的煤炭产地出现无数乱挖滥采的小煤窑时,宁夏整个自治处没有一处私人承包的煤窑，目前已探明的煤炭储量 200 多亿吨、预测储量 2000 多亿吨的煤炭资源全部掌握在政府手里。目前规划投资 200 亿元人民币的"煤化 1 号工程"，引进的都是国际上的一流设备，所开采的煤炭从进入机器，直到化成电能与化工产品出来，实现全部利用，连发电后的粉煤灰、煤矸石与排放的有害气体都变成了砖头与热能，被全部利用。仅这一个大工程就能产生每年 800 亿元的 GDP，使宁夏的 GDP 到 2012 年实现翻番目标。

4 天的采访使我真切地感觉到，勤劳、智慧、淳朴的宁夏人生活得开朗、乐观、自信，非常快乐。

这是播种文化的快乐，文化带来的快乐。

第三十三章

在帕米尔高原

这是一次走进梦想之旅。

最早"接触"帕米尔高原还是我穿水兵服的时候。21岁的新战士,在中队当文书,每周出黑板报,那本黑板报报头图集上就有一页是表现帕米尔高原的。后来,不时在《解放军报》上读到一些来自帕米尔高原的报道。从此,心里记下了这些遥远的存在,播下了走进它的种子。

186. 山　聚

定下这个夏季行走帕米尔高原的时候,我的脑海里就冒出许多画面:雄奇、巍峨、壮美、险峻、莽苍、辽远、亘古荒凉、神秘莫测……

流火的季节,中国城市党报协会确定要把2011年年会放在新疆柯尔克孜族自治州开,秘书长林寒与办公室主任唐燕青几次给我打电话,促我这个副秘书长成行。

连续飞行6个多小时,又坐车10多个小时,当我走进帕米尔高原时,我觉得人的想象力怎么也比不了眼前大自然的造化,它太令人震撼了。

这里简直就是地球上一群大山相邀在聚会。帕米尔高原是地球上两条巨大山脉即阿尔卑斯—喜马拉雅山带和帕米尔—楚科奇山带的山结,地球上几条巨大的山脉—喜马拉雅、喀喇昆仑、昆仑山脉、天山山脉、兴都库什山脉等,都在这里聚首,仿佛它们结伴来到这里,祁连山与阿勒泰山脉也绵延在它们的脚下。高原最高峰为中国境内的公格尔山(7719米),与附近的慕士塔格山等同属昆仑山脉的源头,共同组成帕米尔高原的高峰山区。

这里是和青藏高原并称的另一个"世界屋脊",被称为"万山之祖"。而它的怀抱中,则是世界第一大内陆盆地—塔里木盆地。

阿合奇县的柯尔克孜族的乡亲们举行了一个隆重的仪式,迎接我们进入高原。

数十名身着柯尔克孜族民族服装的青年男女驱车数十里,在我们进入自治州的边界线上,摆开了欢迎架势:小乐队敲起"多兀勒""巴斯",弹奏起"库姆孜""克雅克""秋吾尔""邦达鲁"等乐器,最前方摆放了一线长条桌,桌上摆满了毡帽、马肉与马奶酒。当我走上前时,一位脸庞黝黑的柯尔克孜族老人给我戴上紫红色毡帽,一位脸膛红润的老大娘端给我一杯马奶酒,并请我品尝马肉。我尝了一口马奶酒,味道很咸,就放下奶杯不想再喝下去了,她轻轻告诉我,马奶营养极为丰富,它的价格是牛奶的好几倍,我又端起奶杯慢慢喝起来。她又请我品尝马肉,一块马肉吃进嘴里,感觉肉香扑鼻,特别好吃,比我所吃过的牛羊猪驴麂肉都要好吃。一位干部模样的人告诉我,一匹好马值几十万元,是舍不得杀的,这次杀掉的是一匹受伤的马。

我们晒着温暖的高原阳光,听着乐队的演奏,喝着马奶,吃着马肉,停留约半小时后,整队出发。迎接我们的车队,走在最前面。我想,这是好客的柯尔克孜族同胞迎接我们的最高礼仪,也是我们叩见世界雄奇大山的仪式。

187. 悲 怆

帕米尔高原有着神秘而悲怆的历史。"帕米尔"是塔吉克语"世界屋脊"之

在吐鲁番葡萄沟

意，高原绝对海拔 4000—7700 米。帕米尔，古称不周山，女娲补天的神话传说，都是围绕不周山展开的。帕米尔由北向南依次分为八"帕"。1890 年间，腐败无能的清王朝被帝国主义列强宰割，俄国与英国签订英俄协定，由英国取得瓦罕帕米尔，俄国取得北部帕米尔。现在，瓦罕帕米尔已属于阿富汗，留给中国的只有一条长百多千米、宽一二千米的"瓦罕走廊"，其余帕米尔的大部分属于塔吉克斯坦，只是郎库里帕米尔的一部分和塔克敦巴什帕米尔仍属中国。帕米尔高原是我国塔吉克族和柯尔克孜族同胞居住、游牧的地方。

汽车在高原上穿行。群山绵绵，白云悠悠，流水潺潺，山谷里流淌的是高山雪水。帕米尔地区有大量的高原湖泊。站在湖边，不知是什么吸引力，让人似乎瞬间就沉入宁静之中，宁静，大概是高原湖泊的最大魅力，它不像大海与内地湖泊那么烟波浩渺，汹涌澎湃，亿万年来，高原湖泊就这样静卧在雪峰之下，沉浸在远古的梦幻之中，无言中绽放着它的深邃、美丽与博大。我觉得，这高山湖泊它美得犹如纯洁、高贵、典雅、妩媚的少女，纯洁得没有一丝杂质，她像女神般沉静。

幽蓝的湖面，洁白的雪峰，令人心旷神怡。清凉的微风滑过皮肤，犹如被冰凉柔软的手抚摸肌肤，使人浑身感到透心的凉爽与舒服。

188.好客的柯尔克孜族人

清凉的高原季风仿佛也带着当地民族风情散发醉人的芳香。在帕米尔高原，我在柯尔克孜族人生活的阿合奇与乌恰县生活了几天，深深沉醉在淳朴、友爱、善良、奔放、迷人的游牧文化生活之中。

这是一个热情友善、民风淳朴、勤劳勇敢的民族。"柯尔克孜"，阿尔泰语系，突厥语族，系本民族自称，"柯尔克孜"含义有多种不同的解释：一说是 40 个部落；一说是"山里的游牧人"，"依山傍河之人"等说法；也有说"柯尔克"是 40，"克孜"是"姑娘"，"柯尔克孜"意为"40 个姑娘"，它缘于一个正义战胜邪恶的美丽传说。相传远古时，在普舍维尔地方，有一对兄妹。一天，他们在山上游玩，好奇心驱使走进了一个山洞，越往里走，山洞越大，越往里走，山洞越开阔，不知走了多久，突然发现山洞里住了一群快乐的年轻人，大家在幸福地唱歌跳舞。兄妹便和大家一块儿唱啊跳啊，不巧被统治这里的首领发现，认为兄妹的进入侵犯了他们的领地，会给他们带来灾难。首领愤怒下令，捆绑了兄妹，要将兄妹处以绞刑，现场数百男女全都下跪，为兄妹求情免死，首领不听，当场绞死兄妹，把尸体烧成灰，抛入河里。河水流入首领花园里的水池，恰逢首领 40 个如花似玉的女儿在池中沐浴，她们忽然看到水里冒出一团团气泡，听到气泡里传出"冤枉冤枉"的声音，姑娘们出于好奇，都伸手去摸，只觉一种香味钻入鼻息沁入心脾。不久，一件奇妙的事情发生了，这 40 个姑娘全部怀孕了。首领震怒，下令将他 40 个女儿全部驱逐出境。原来锦衣玉食的姑娘们一下被父亲抛弃，过起流浪生活，大家痛苦至极，抱成一团大哭，哭过一阵，姑娘们说，天无绝人之路，大家分成两个方向，寻找能够栖息之地，要凭自己的双手开始美好新生活。于是，30 个姑娘向右出发转入山区，后代称为"奥图兹·奥古尔"，这就是后来的柯尔克孜族右部。10 个姑娘向左转入平原，这就是后来的柯尔克孜族左部。柯尔克孜族人男性大多高大帅气，女性肌肤白皙，长相美丽，与白俄罗斯女性长得很像，目前，柯尔克孜族人口总数为 16 万多人。柯尔克孜族人待人十分友善、好客有礼貌，有"友谊与热情是柯尔克孜人的金子"的名言传世，能歌善舞也是这个民族的典型特征。

阿合奇县委副书记戴泉向我们介绍说，悠久的历史和游牧生产生活，造就了柯尔克孜人豪放爽朗的性格和丰富多彩的文化生活。其中最突出的是盛行游牧民族的民歌、诗歌、音乐。柯尔克孜族的史诗最著名的是《玛纳斯》，共有 23 万多行，为世界三大民族史诗及我国三大民族史诗之一，是一部传记性英雄史诗，它描绘了玛纳斯及其后代共八代人反抗异族侵略、保卫家乡和柯尔克孜族人民的安宁生活这样一个主题。这是一部思想性和艺术性很高的口头文学。在他的陪同下，我们参加了县里举行的第五届玛纳斯国际文化旅游节暨居素甫·玛玛依老人 94 岁寿辰庆典活动。

这位老人是世界闻名的传奇人物。他 1918 年 4 月出生于阿合奇县哈拉布拉克乡，一生致力于搜集、整理和演唱玛纳斯，人称"国宝"，是目前世界上唯一一位活着的能演唱八部 23 万多行《玛纳斯》史诗的人。居素甫·玛玛依从 8 岁开始就在哥哥指教下学唱《玛纳斯》，少年以惊人的记忆，用了 8 年时间，到了 16 岁就已经能将他哥哥记录、整理的史诗八部 23 万多行的内容熟记于心并进行演唱了。县长向老人致贺寿词，赞美老人为民族文化也是为世界文化作出的不朽贡献，县委书记向老人赠送了一匹用红绸缎鞍具装扮起来的白骏马作为贺礼。随后，上千名身着民族节日盛装的群众举行《玛纳斯》演唱表演。演出舞台居中的是上百位边弹边唱的库姆孜演奏人员，两旁站立的数百人合唱队以姑娘居多，大家手牵手，边唱边舞动身躯，挥动手臂，时而如波涛翻腾，时而如风啸山林，时而如海燕飞舞，时而如鹰击长空，跌宕起伏，气势如虹，成千的演出人群仿佛成了一个连在一起的巨大舞动歌唱活体，优美的多声部旋律排山倒海般地扩展开来，快乐、陶醉、动情，强大的艺术吸引力感染着每一个人。

近两个小时，居素甫·玛玛依老人一人唱，千人和唱、伴唱、合唱，老人嘴里的歌词旋律就像溪水一样，淙淙流淌，无穷无尽。

柯尔克孜族人民唱出的是对英雄的崇拜，对大自然的敬畏，对美好生活的向往。

189. 玛纳斯

一个民族如此酷爱与用全部激情演绎的文化，一定值得了解。那就让我们走进《玛纳斯》吧！这如同走进世界最大的群山云集的山巅一样，走进了《玛纳斯》就走进了柯尔克孜族的精神家园。

玛纳斯是他们民族的战神。《玛纳斯》诞生于公元9—10世纪，在流传过程中，民间歌手在史诗的创作与传承中起着重要作用，经过不同世代的柯尔克孜族歌手的打磨、提炼与丰富，变得富有传奇色彩。

《玛纳斯》是充满原始激情与新鲜活力的英雄形象。《玛纳斯》描写了英雄玛纳斯及其七代子孙前赴后继率领柯尔克孜人民与外来侵略者和各种邪恶势力进行斗争的事迹。《玛纳斯》体现了柯尔克孜人顽强不屈的民族性格和团结一致、奋发进取的民族精神。《玛纳斯》在16世纪已开始流传，几百年来，一直以口口承传。《玛纳斯》以高山、湖泊、急流、狂风、雄鹰、猛虎来象征英雄人物；它是格律诗，几乎囊括了柯尔克孜族所有的民间韵文体裁，如神话传说、习俗歌和谚语等。

阿合奇县委副书记戴泉向我提供的资料表明，《玛纳斯》歌颂了玛纳斯家族八代的英雄事迹，每一分部各以主人公名字命名。

第一部《玛纳斯》，叙述了第一代英雄玛纳斯从诞生到逝世的全过程。内容特别丰富，描写少年出走，经受各种磨炼，集合了40勇士，统一了60个分散的部落，建立了以他为首的内七汗与外七汗的部落联盟。

第二部《赛麦台依》。主人公赛麦台依是玛纳斯的独生子，父死时，他尚在襁褓之中。12岁开始重振父业，杀死空吾尔报仇。不幸内部出现了叛徒，柯尔克孜重新陷入卡勒玛克人的控制。

第三部《赛依台克》。赛依台克是赛麦台依的遗腹子，曾随母亲陷入恶霸克亚孜魔爪，母亲被霸占，他寄人篱下，母亲与恶人巧妙周旋，悉心守护儿子，幸免一死。赛依台克长到14岁，杀死了霸占母亲的克亚孜，收复了故乡塔拉斯，并杀死了叛徒坎巧劳，为父报仇。

第四部《凯耐尼木》。以第四代的主人公命名。凯耐尼木神勇强悍，他平息了强大外敌的联合进攻，消除了诸多内部隐患，营救了被困在魔鬼湖的祖父赛麦台依等人。他是家族中唯一长寿善终的英雄。

第五部《赛依特》。主要反映第五代英雄赛依特斩除七头恶魔的故事。22岁战死。

第六部《阿斯勒巴恰、别克巴恰》。这是讲两兄弟，哥哥阿斯勒巴恰中弹早殇，弟弟别克巴恰继续与卡勒玛克的统治集团作战，儿子还没出生就战死疆场。

第七部《索木碧莱克》。索木碧莱克是别克巴恰之子，屡挫敌人名将，24岁战死。

第八部《奇格台依》。奇格台依是索木碧莱克的遗腹子,父亲死后5个月出生,少年开始就与敌人作战,21岁与卡勒玛克人作战中战死。

柯尔克孜族吟唱的就是这样为民族生存发展英勇不屈、前赴后继战死沙场的可歌可泣的英雄,是真善美战胜假丑恶的英雄史诗。

190.草原唱晚

这是一场令人永远难忘的晚会。它是阿合奇县专门为我们安排的一次与当地群众联欢的晚会。

这么多年过去了,如果有人要问我:你这么多年参加的晚会中,哪个晚会给你印象深刻,我会毫不犹豫地说,在新疆阿合奇县与柯尔克孜族群众的联欢晚会。

雪山下的草原,像毡毯一样,一望无际,一排排乳白的毡房依溪而扎,草地上铺上了鲜艳的毡毯,有两米多宽,150多米长,上面摆满了各种水果、馕饼、手抓饭与牛羊肉等菜肴,玻璃杯里盛满了白酒。晚上9点,太阳还挂在天上,我们开始了草原唱晚。库姆孜弹起来了,长得像白人般的姑娘们手牵手跳起舞来,

在帕米尔高原

我们的联欢晚会开始了。人们笑逐颜开,彼此敬酒。参加联欢的群众毕竟是少数,看热闹的群众层层叠叠,有老人,有小孩,有老大爷老大娘,更多的是小伙子与姑娘们,他们就站在我们身后,看我们相互敬酒,相互照相。

　　这个夜晚,要留下点记忆的痕迹,我把手机递给身旁的人武部长,招呼已一连陪了我们好多天的县委干部、美丽姑娘阿娜尔古丽·托合达洪与她的一群小姐妹坐到我身旁,部长为我们照了一张又一张。我们平时畏惧的白酒,这时却犹如琼浆玉液,喝了一杯又一杯,怎么也不觉得醉。我端起酒杯,拿着酒壶,走到站在我们身后方的老人、小伙子、姑娘、大嫂之中,我敬他们酒,开始他们闪躲,被我抓住,一个个便笑着喝了酒,后面活跃起来,还搂住我照相。附近还有毡房,我拿着酒走了进去。这是一家两代人正在喝酒,见我走进来,主人便立即起身让座,让我坐到他们毡房最中间,我们相拥着,干杯,照相。

　　草原唱晚。边喝、边唱、边被拉去参加舞蹈,前后有10多个姑娘与我跳了交谊舞。还有一位"军嫂",也与我跳了两支慢三。她是无锡市的一位知识女性,长相漂亮,温文尔雅,穿一身白色休闲装,大方得体。之所以叫她"军嫂",是因为她的丈夫就是到阿合奇县挂职的县委副书记,她也是一年来探亲一次。不知不觉,如水的月光已照亮了草原,篝火点燃了。姑娘、小伙们牵起我们的手,大家跳起柯尔克孜族集体舞,一层一层,一圈一圈,挥动手臂,侧步摆胯,起迎俯合,唱啊,跳啊,喝啊,直跳到月色朦胧,满头是汗,直到午夜,我们依然流连忘返。

　　返回的路上,阿合奇县女干部阿娜尔古丽·托合达洪姑娘告诉我,在祖国大家庭中,柯尔克孜族是幸福的一员。尽管当地的牧民人均收入很低,每年只有1000来元,但现在沿海发达城市正结对支持他们,新建水电站与工厂正拔地而起,新盖的牧民新村房子非常漂亮,150平方米的房子,申请入住的牧民只要付5万元就可入住,并拥有自己的全部产权;钱少的牧民,也有户型四五十平方米一套的多层经济适用房供他们选取,个人拿很少的钱就可入住了。她说:"我们柯尔克孜族人感到现在是民族历史上生活最美好的时期,社会非常和谐,生活很幸福,全县基本上没有犯罪的。我们民族对祖国对共产党都怀有一颗感恩的心。"

　　这是一个善于感恩的民族,她说到"感恩",使我想起在阿合奇街头看到的一个很高的纪念碑,上面就写着"感恩"两个鲜红的大字。

　　"懂感恩,我们也懂创造,感恩也激发我们的创造力!"古丽姑娘对我说。

191. 在猎鹰之乡

　　阿合奇县柯尔克孜族有驯鹰捕猎的传统文化,这里的苏木塔什乡是中国文化部命名的"猎鹰之乡",全乡400多户牧民,几乎都会驯鹰捕猎,每到冬季,苏木塔什乡云集着数百只驯鹰,举行长达数日的猎鹰捕猎比赛,据说,这也是世界上训鹰最多最集中的地方。

县里专门为我们安排了一次放鹰捕猎表演。数十位剽悍的驯鹰手表演放鹰，小伙子们骑着马，手上托着猎鹰，沿着猎鹰场山谷一侧陡峭的岩壁行至数百米高的山顶，一字排开，猎鹰们威风凛凛地站在各自主人的臂弯上。山下，有人在放兔子。猎鹰手们放飞了他们臂弯上的猎鹰。猎鹰从山顶上盘旋而下，来到我们观看表演的捕猎场，十几只被放在山边草场上的兔子见到猎鹰来了，拼命往草丛里钻，可是，哪能逃得过猎鹰那双锐利的眼睛，它们从半空俯冲而下，一双翅膀带着一米多宽的黑影扑向兔子，一双利爪一把将兔子抓起，飞到空中。

古丽姑娘将我们引到一位猎鹰高手面前，请他向我们介绍他的猎鹰文化。

他把鹰往我们面前一举，看着鹰发亮的眼睛与尖喙、利爪，我急忙后退半步。凡是动物我把它们都不当人看，不管它们是多么得宠，总会离它们远点。其实人类与宠物相处是有许多教训的。北京有一位款姐经常与她养的藏獒接吻，可是有一天，她又接吻，被藏獒当场咬掉半截舌头并吃下去了。有个美女，经常给流浪猫喂食，还喜欢伸手摸摸猫，表达她对猫们的喜爱，一天，一只猫见她伸手，随手给她一爪，吓得她赶紧去医院打狂犬病疫苗。我们总能听到狮虎发怒，咬死驯兽员的消息，还有只熊猫居然也把饲养员给抓咬伤了。这样的教训太多了。所以，对任何宠物都不能把它们当人看，必须与它们保持安全距离。

训鹰人在讲训鹰的故事。

训鹰最危险的是捕鹰。要爬到悬崖峭壁之上，发现鹰窝后，看到里面有小鹰，趁老鹰不在时，掏出逃走。如果这时被老鹰发现，轻则人被抓伤，眼被啄瞎，弄不好，还有生命危险。但是，为了得到鹰，每个训鹰人都不畏风险，前赴后继。

捕到鹰之后，就是训鹰了。为消除鹰的野性，牧民们有一套成熟的"熬鹰"方法。最初，鹰很傲，它不吃人给的肉，看都不看一眼。驯鹰人就把鹰放在一根横吊在空中的木棍上，成天不停地晃动木棍，使鹰无法站稳，体力消耗极大，这样连续折腾它十多天，也不让它睡觉，鹰被弄得晕头转向，精疲力竭最终摔倒在地。但这还不算完，训鹰人不会饶了它，就用冷水往它头上浇，浇醒了后继续摇它晃它饿它折腾它，一点东西也不给它吃，把鹰饿 10 到 12 天后，只给它喝点水。

十几天后，鹰饿得快要死了，身上的脂肪快耗光了，这个时候才开始"养鹰"。驯鹰人挑选最好的肉放在手臂的皮套上，让鹰前来啄食，饥饿无比的鹰见了肉便不顾一切地扑过来，驯鹰人则一次次跑开，让鹰追逐，越跑越远，直到鹰飞起来啄。每次仅给它吃一点点肉，让想吃肉的渴望激励鹰展翅飞翔。

训鹰的最后阶段把鹰尾的羽毛扎起来，防止它飞跑了；再用拴着绳子的活兔作猎物，让鹰从空中俯冲叼食。这个阶段过后，剪开鹰尾上的绳索，在鹰腿上拴根细长的线,像放风筝一样,让鹰在驯鹰人的控制下捕猎,天天训练,直到解开线放飞雄鹰,训鹰人一声召唤,鹰马上飞回来,这时,一只鹰才真正养熟训好了。

柯尔克孜族人性格的豪爽与训鹰文化的美好还在于,尽管驯养一只鹰千辛万苦,成本极高,但他们并不贪婪,一只猎鹰使用5年后,猎人就执意放飞猎鹰,让它重返蓝天,获得自由,恢复野性。

千百年来,柯尔克孜人与动物坚守约定,建立了亲密感情,使这种凶猛、高贵的动物生生不息,成为高原蓝天上一道美景。

192.乌恰边境

我们在乌恰县的活动主要是采访。县委书记范宝军陪同我们采访乌恰县的戈壁滩改造项目。

我见过戈壁滩,知道戈壁滩除了刺头一样的乱石之外,是寸草不生的,可是,在这个边疆县,我却看到他们将戈壁滩改造成了"金银滩"。

汽车刚停下,映入我们眼帘的不是亘古的荒原,而是一片兴旺景象。无边的戈壁可以看到一排排红色的房屋,一片片翠绿,那是近几年建造起来的牧民新居。戈壁滩上,更多的是绵延几千米的成片塑料大棚。当地群众引导我们钻进大棚,里面却是一片春夏景象,里面的辣椒、小白菜、莲花白青翠欲滴,西红柿果满枝头,一派生机盎然。正在劳动的农牧民职工脸上洋溢着笑容。

退伍军人出身的县委书记范宝军告诉我这位坐在他身旁的海军上校,尽管他们县全地处边疆,平均海拔接近3000米,又处于强烈地震带上,去年以来5级以上地震就发生了7次,2008年还发生了6.8级强震,全县高山、戈壁、荒漠地占了99.8%,耕地只有3万亩,但边疆人民在全县开展的"热爱伟大祖国,建设美好家园"活动中,焕发了干劲,开发戈壁产业,在戈壁滩上种瓜果蔬菜,发展特色养殖业,眼前我们看到的戈壁温室大棚,每个有百十米长,30多米宽,一面墙是用戈壁滩上的乱砂石堆积起来的,呈半月形,用以抵御寒冷的戈壁寒风,支撑钢材构架,承担冰雪季的沉重,朝阳的一面覆盖着塑料薄膜,性能非常好,目前,全县这样的大棚已有2000多座。他们的目标是给没有土地的全县人民人均建造1亩大棚地。

他谈了带领全县人民改造戈壁滩的艰苦历程。自2007年以来,乌恰县委、县政府带领机关干部与农牧民群众一起,在戈壁滩上建温室大棚,种树植草,夏季,他们不畏烈日,挖沟背土,许多人脸上都晒得蜕皮,但是没有人叫苦叫累,没有人退缩,6年间,参与劳动的干部群众共有6万余人,他们用双肩背负的沙子多达28万多吨,背坏的编织袋就有3万多条,向田间撒播种子120多吨。是他们的汗水和心血,将昔日的戈壁荒滩变成了增收致富的金沙滩,去年,这个不

察看丹霞地貌

到6万人的边境县，全县生产总值达6.17亿元，比上年增长18.2%。如今的乌恰已经通过多元发展走上了由传统畜牧业向设施农业、特色林果业和特禽养殖业转型道路，实现了户均一套100平方米以上定居牧房、30亩至50亩草场、10亩林地、2座大棚、一座暖圈、一座沼气池、一个劳动力转移就业的小康生活目标。

更令我喜悦的是他们把全县481千米边防线建成了"让祖国人民放心的国境线"。他们建立了10户长制度，就是每10户人家为一个联防单位，有一个负责人，大家密切联系，互联互防。同时，还安排了1647名一线护边员，让全县近6万人，人人成了警惕的哨兵，一旦有一张陌生的面孔出现在边境线上，马上就会受到跟踪监视，插翅难逃，"三股势力"与图谋外逃的不法之徒在这里处处碰壁，转眼被抓。

晚上10点15分，我在县委宣传部女部长白尔买提·托木西的陪同下，先参观了他们的小商品一条街，每户摊贩，见到我们都非常友好。随后，在她的带领下，我们登上了乌恰县城东部的山峦，只见落日把这座帕米尔高原上的边城染成一片丹红，与原本赤红的山峦融为一体，连同我们也被染成了一片赤红，成为了祖国帕米尔高原的一部分。

微风吹来，凉意袭人，环顾边城，已闪烁着万家灯火，帕米尔高原的夜晚已经来临。

第三十四章

走进西藏

不知从何时开始,心里就有个梦,要去感受西藏。仿佛不去一趟世界屋脊,自己就不够军人,不够记者,不够文化!平时,只要人们一提到西藏,心里就有一种莫名其妙的不安,似乎今生有个约定没有践约,一种柔软的牵挂在撩拨着自己。前不久,一位友人邀我陪他去趟西藏,我便带着满心的快乐和对西藏所有美妙神奇的向往与想象上路了。

193. 飞向高原

西藏使人激动,但高原也容易使人紧张。登机出发前,第一次我的肩头多了一个小挂包,里面除了数码相机、日记本、签字笔、现金与信用卡之外,还有妻子陈玫再三要求我带上的中药"红景天""速效救心丸"和巧克力。出发前一周,她就把"红景天"买回来了,让我吃。坦率地说,这种看着像面粉一样的中药,有股难闻的气味,和着开水,吞进一口,还是需要点意志力的,但为了适应高原,还是一日三次坚持着。

如此精心准备与全副武装了,高原我不怕你!我们从宁波乘飞机到成都,住了一宿,第二天一早,从双流机场转乘的飞机拔地而起。飞行了10多分钟后,飞机进入平飞状态,凭经验判断,现在已达9000米高空。我问空姐:"现在飞行高度多少?"

"12000米。"她说。

这使我吃惊:高原航班飞得高多了!极目舷窗外,机翼下白云与青褐色的大山完全纠缠到了一起。第一次,我看见一种奇妙的景色:云层里露出无数的山峰!山峰、山腰、山峡里铺满了白云,时隐时现,峰峦叠嶂,九曲回肠,天宇仿佛变成巨大的水晶宫,山和云变幻万千,美轮美奂。

波音一路轻歌，我的脑海里却思绪万千。今天进藏的人们应该感恩啊！不说641年文成公主进藏，6000多送亲的队伍和数万牲畜走了半年，死伤过半，也不说西藏刚解放时人们进出一次西藏就要行走一年，就说57年前，新生的人民共和国与她的军队，为修建2149千米的川藏公路，在5年时间里，11万筑路大军就牺牲了3000多名解放军官兵与1000多名藏汉工人，从成都到西藏，每千米公路平均每个里程碑下就躺着2个人。

进藏真是难于上青天。机身下，横亘着二郎山、折多山、加皮拉山、达马拉山等12座大山，其中11座海拔在4000米以上；机身下，还咆哮着大渡河、雅砻江、金沙江、巴河、拉萨河等12条大河。而在北线则有巍巍昆仑与海拔5000米以上的唐古拉山、冈底斯山横亘在人们面前。千里永冻层，4000米以上雪线，不到海平面一半的氧气，使世人视西藏为畏途，为生命的禁区。

今天，白云为我铺大道。10点39分，经过空中1小时50分的飞行，飞机飘然降落在西藏贡嘎机场。

"这里的天真蓝，这里的云真白！""啊！空气好清新……"同行的人们，笑逐颜开地叫喊着。

"大家注意了，千万不要大声说话，走路慢慢的！"导游罗姗走过来，这位细心的四川姑娘一面给每人献上洁白的哈达，一面提醒大家。

这天，这云，这树，这景，多透明，多纯粹，多清新，使人仿佛进入了初夏

在布达拉宫参观

的原野。清清的雅鲁藏布江，蜿蜒的拉萨河，金黄的高原白杨，白白的雪山，迎风飘舞的经幡，啊，青藏高原，一切都是那么新美如画。

高原展现给我们的是美丽曼妙的一面，我们很快乐。然而，我们高兴得太早了，高原很快就使我们尝到了它的厉害。当夜，尽管宾馆里洁净的被褥还带有高原阳光的味道，可我躺在床上却彻夜无法入睡。更糟的是，我不时听到有人在呕吐。

天亮后得知，我们一行12人，倒下了3个。他们因头痛欲裂，呕吐不止，已被送进医院输液、吸氧。半天后，他们不仅放弃了在拉萨的参观，也放弃了整个在西藏的旅程。

他们逃出了高原。我们变得小心起来。

194.歌舞盛宴

西藏人自豪地告诉我们，在西藏，小孩只要会说话就会唱歌，会走路就会跳舞，会吃饭就会喝酒。

想想这话也是有道理的，歌舞应该是西藏的文化土特产。西藏对人们的吸引力之所以如此大，毫无疑问是它的地域文化魅力。儿时，对我们影响最大的歌唱是《逛新城》《翻身农奴把歌唱》；再后来是《祖国的边疆新西藏》；近些年回旋在13亿国人心中的优美旋律无疑是《青藏高原》与《天路》，天籁之音，把神奇的西藏送进了人们的心田，也给人们的血脉里注入了西藏的文化基因。

在这片土地上，当你走进西藏时，你必然要走进歌舞。到拉萨的当天夜里，我们就享受了一场文化盛宴。

我们走进了"唐古拉风"。可以这么说，任何行者，走进"唐古拉风"这个演出团队，就走进了西藏文化，就能全面感受到西藏的风土人情。

走到"唐古拉风"门口，10多名高大的藏族姑娘小伙，就向每位客人献上哈达。入座后，姑娘们便端上滚热的青稞酒、酥油茶、糌粑、手抓羊排与牦牛肉。你可以尽情地吃，尽情地喝，直率、实在、毫不吝啬的藏族人只要发现你盘杯空了，马上又会给你加酒、加茶、加肉，一直到你喝不动、吃不动为止。伴随着祝酒歌，捧着香甜的青稞酒，我们饱餐了约50分钟，正式演出开始了。

舞蹈、独唱、游戏、藏服表演，17个节目表演了近2小时，我们陶醉在藏族风情之中。据说"唐古拉风"的这台节目每年在这里要演出500多场，我的感觉，海内外观众之所以这么喜欢这台节目，在于它有着迷人的特点：

它展示了奇特西藏地域风情。婀娜多姿的雅鲁藏布江边的少女舞蹈，康巴汉子的雄浑劲舞，开放在林芝地区的格桑花，外着黑氆氇无袖长袍，内穿红、白或绿色衬衫，腰系鲜艳如虹的氆氇围裙，脚踏花纹美丽的"松巴"靴，乌黑的头发掺进五色丝线扎成大辫盘在头顶,朴素清新,柔情似水,犹如一朵高原格桑花。
……

它显示了高雅的艺术品位。舞蹈"飞弦踏春""拉萨汉子""吉祥鼓舞""雪域藏人"和独唱《青藏高原》《天路》《向往神鹰》等艺术作品曾参加过中央电视台等文艺团体组织的演出。

它裸露出丰富而深厚的艺术土壤。老艺人德勒江措已经70岁了,他在台上连唱3首山歌,都是清唱,观众动情地送他3束鲜花与几十条哈达。怕他耗氧太多,劝他不要唱了,他说:"我不累,我们西藏人从小就是这么唱的,像我这样能唱歌的老人在西藏成千上万。"当地人告诉我们,在台上表演的这些姑娘小伙都是普通的藏族农牧民家的孩子,演出团体到哪里一抓都是一大把。植根在这片丰厚土壤的艺术之树必定是常青的。

它有着很强的互动性。不只是捧喝姑娘们送上的青稞酒,不只是演员们献上的哈达,演出中,节目不时地与人们进行互动。从红绸缎套在脖子上再穿过胯部的拔河赛,到歌舞相伴的选女婿和藏家婚礼,再到观众全可参加的跳锅庄舞,全场观众都沉浸在互动的艺术氛围中。此前,为了保存实力,我一直坐在桌位上没互动,但实在是经不起锅庄的诱惑,于是,走上舞台,与藏族的姑娘小伙们手拉手跳起锅庄。虽说是第一次学,但凭着当年在舰队机关经常参加周末水兵舞会的功底,居然一上场就踩住了节拍,赢得了藏族姑娘的夸奖,心里美滋滋的。一会儿,就跳出了汗,也跳出了内心的快乐。

呀拉索,这就是青藏高原。

195.虔诚文化

住在拉萨的日子,我们始终感觉到这里一派祥和景象,从城市到牧村,到处氤氲着浓郁的宗教气息。广场、街头,手持转经筒的藏族群众摩肩接踵,布达拉宫、大昭寺、八角街,磕长头的人们成群结队,此起彼伏,家家户户屋顶上高挂的经幡,在高原季风的吹拂下猎猎作响。当地人告诉我们,当风吹拂经幡的时候,就像全家人都在念经祈福一样,祈盼神灵给全家带来幸福吉祥。

高原天亮得晚。清晨6点,拉萨城还在沉睡之中,我先后驱车来到布达拉宫广场和大昭寺门前,只见人流如潮。他们大都是中老年人,每个人都不停地摇动着转经筒,在广场与寺庙四周一圈圈地转经。

在他们心目中,布达拉宫与大昭寺是极其神圣的。布达拉宫始建于7世纪,是藏王松赞干布为远嫁西藏的唐朝文成公主而建。布达拉宫是当今世界上海拔最高、规模最大的宫殿式建筑群,海拔3700多米,占地总面积36万余平方米。

布达拉宫作为佛教信徒的朝觐圣地,里面珍藏着8座达赖喇嘛金质灵塔和7万余件佛像、佛塔、唐卡、壁画和精美绝伦的立体坛城与金银财宝,各类经卷典籍6万余部。从17世纪五世达赖喇嘛时期重建后，就成了历代达赖喇嘛的住息地和政教合一中心。主体建筑按颜色分为白宫和红宫，主楼13层，高115.7米，由寝宫、佛殿、灵塔、僧舍等组成。中央是红宫，主要用于供奉佛神和宗教事务，红宫内安放前世达赖遗体的灵塔，在这些灵塔中，以五世达赖的灵塔最为壮观；两旁是白宫，达赖喇嘛生活起居和政治活动的主要场所就是在白宫。宫内珍藏的佛像、壁画、藏经册印、古玩珠宝，具有很高的学术和艺术价值，是西藏最宝贵的宗教和文化宝库，已被列入国家重点文物保护单位和《世界文化遗产名录》。

大昭寺也是藏王松赞干布为纪念文成公主入藏而修建的。寺院有20多个殿堂，金色的殿顶在阳光下熠熠生辉。主殿高3层，大殿正中央供奉的是文成公主从长安带来的释迦牟尼12岁时的等身镀金铜像，是世界上最珍贵的历史文物，其两侧配殿供奉的是松赞干布、文成公主、尼泊尔尺尊公主等塑像。大昭寺是西藏重大佛事活动中心，"金瓶掣签"等重大政治、宗教活动都在这里举行。

在各地前往拉萨的大道上，人们不时见到信徒们从遥远的故乡走来。他们手佩护具，腿裹护膝，面色平和安详，口念"唵、嘛、呢、叭、咪、吽"6字真言向佛祷告，祈求保佑，赐福免灾，三步一磕，千辛万苦，一路长磕到拉萨。

除了在两个佛地磕长头外，无数信教群众喜欢每天围着大昭寺转经。藏族女大学生索朗央珍告诉我，一般来说，很多信教的人喜欢按照自己的年龄来转圈，比如一个六十岁的老人，他每天喜欢围着大昭寺转60圈，然后才回家休息。人们手中的转经筒，大多是铜质的。筒里有个小石头，人们每天不停地转，直到有一天小石头将转经筒磨破了，表明对佛的真诚就达到了一个境界。我问她信没信教，她说信的，他们这个村有100多户人家，家家都是信教的。她还告诉我，父母养育了他们姐弟4人，3人上了大学，她曾在厦门理工学院读书，弟弟在咸阳民族学院读书，妹妹在西藏大学读书。2004年，她因哥哥"出嫁"（在西藏男人出嫁是普遍现象）而中断学业回家务工，补贴弟妹上大学。她说，现在西藏青年受教育情况还是很好的，如她们这个村，大约有50多户人家都有子女在上大学。全村人，除了农牧生活，每天都要磕长头、转经、烧香，年轻人，大多数选择在重要的佛教活动日去做这些佛事。

佛教已植入到每个藏族群众的文化基因之中，他们虔诚的宗教信仰无比坚定，宗教生活，是他们每天生活不可或缺的内容。每户人家劳作收入，除了满足基本的物质生活需要外，大都把钱财捐给寺庙。逃亡印度的达赖喇嘛说藏民没有宗教信仰自由，藏族文化面临灭绝，这完全胡扯。

西藏的宗教文化土壤丰厚，总体氛围很好，但从我参观布达拉宫与大昭寺情况看，有些僧侣感觉太现代化了一些，这些人聚在一起，手机不离手，谈笑风生，使人感觉不到他们的虔诚，也没有世界最大最高高原寺院那种神秘氛围。宗教部门与寺院，对僧侣们使用现代通信工具与公共场合的言谈举止，是不是也应该作些约束？

196.感受天路

　　坐火车行驶青藏高原也是我的一个梦想，我们离开西藏时选择的就是从拉萨开往西宁的166次列车。发车时间是上午10点。我们来到红白相间的拉萨火车站，几名藏族警察在入口处查看了我们的车票，并将身份证号码输入了手提终端。在候车室，每个旅客又填写了"健康状况登记表"，里面从单位到住家地址都有详细记录。这种管理虽说麻烦一点，但对每个人的安全都是有好处的。

　　这个时段是最合适观光的。青藏高原，要到20点左右，天才擦黑。有10多个小时让我饱览高原风光。

　　在青藏铁路行驶了24个小时，我有几点明显感受：

　　第一个感受是享受高原美景。昆仑山、唐古拉山、风火山……一座座山川峡谷相连，4000米雪线之上，那是千年不化的积雪与冰川。什林错湖、青海湖，青藏高原上大小不一的湖泊数以千计，沱沱河、清水河、三岔河、三江源，大河纵横，675座桥梁穿行而过。青蓝色的湖水与碧蓝的天空连成一片，水天相连，水天一色，白皑皑的雪山、洁白的云朵倒映在明镜般的湖面上，静谧的高原风光令人沉醉。可可西里、那曲、当雄、羊八井、藏北羌塘草原，那里是牛羊的故乡。在一个个水草丰美的大草原上，你能看到数万头牦牛、绵羊、骏马觅草撒欢，一不留神，还能看到野驴、藏羚羊。高原上，气候多变，气象万千。在拉萨，我看到的是蓝天丽日，可到了草原上，东边太阳在云朵里时隐时现，西边却乌云翻滚，大雨倾盆，而一到高山上，眼前却满天皆白，风雪直扑车窗。看着连天的风雪，我问列车员这到哪里了，他回答说："唐古拉山。"高程显示：海拔5072米。

　　第二个感受是享受氧吧。我们在西藏只生活了4天，由于高原缺氧，我感觉对人的体能消耗还是很大的。上了火车，虽说青藏线平均海拔都在4500米以上，但在火车上人没有缺氧的感觉。列车上，靠窗的每个座位边都有3个氧气孔在不停地给车厢输入氧气，整个火车就像一个大氧吧。人都是会走动的碳水化合物，有了充足的氧气，顿时也就恢复了生机。

　　第三个感受是享受舒适。青藏列车的设计是非常现代化的。车厢全封闭，全空调，一式软坐。不锈钢洗漱台一式按压式水龙头，并配有洗手液。卫生间与民航机上设施差不多，所不同的是比机上更宽敞、更明亮。列车运行非常平稳，舒适度非常高。

　　第四个感受是享受高雅。列车全程实施环保运行，所有生活垃圾与排泄物实施全程回收，到达西宁或拉萨后有专门的环保专列实施收运，铁道两旁看不到一点人们乱扔的垃圾，没有任何白色污染，给人以文明高雅的享受。

看着窗外的美景，耳畔响起了巴桑的歌声：

……
黄昏我站在高高的山冈，
看那铁路修到我家乡，
一条条巨龙翻山越岭，
为雪域高原送来安康。
那是一条神奇的天路，
把我们带进人间天堂，
从此山不再高路不再遥远，
各族儿女欢聚一堂
……

我在想，真是世界奇迹啊！欧美世界的铁路专家几乎都认为在平均海拔4000米以上的青藏高原修建铁路是不可能的。美国现代火车旅行家保罗·泰鲁在《游历中国》中写道："有昆仑山在，铁路就永远到不了拉萨。"可是，仅用了4年时间，投入330亿元人民币，中国人就把世界上最现代化的高原铁路修到了拉萨。

历史，记住吧！这是一个政党领导人民为21世纪的人类创造的巨大文明成果。这是人类社会有史以来创造的最大的高原文化奇迹！

197.纳木错遇险

西藏是一片神奇的土地，但是，要进入地球最高的地区，人们需要做好充分的让身体适应高原的准备，身体有不适应与有高原疾病的人们，最好不要冒险前往。

我是平时比较注意锻炼身体的人，到西藏旅行时，正是自己年富力强的年纪，但稍有不慎，还是遇到危险。

到拉萨的第三天，导游安排我们去纳木错。我在网上收集了一下资料，感觉这是一个不错的景点。

纳木错是西藏第二大湖泊，是中国第三大咸水湖，湖面海拔4718米，形状为长方形，东西长70多千米，南北宽30多千米，为世界海拔最高的大型湖泊，相当于宁波市五分之一国土面积。

"纳木错"，藏语为"天湖"之意。它位于西藏中部地区，形成约10亿年前的前寒武纪陆壳构成基底，经过漫长岁月，约在晚侏罗纪增生到部分羌塘地体上面，是喜马拉雅地壳运动凹陷而形成的巨大湖盆，为断陷构造湖，并具冰川作用痕迹。

我们怀着极大兴趣，一早就从太阳岛路出发了，沿金珠东路，开到金珠中路，后进入金珠西路，七拐八绕开上一条通往纳木错的109国道公路。导游告诉我们，纳木错位于拉萨当雄县和那曲班戈县之间，路线是拉萨到堆龙德庆，再到羊八井，到当雄，再到纳木错。拉萨到当雄县城有161千米左右，当雄县城到纳木错有80千米左右，路虽不远，但高原地区气压低、空气稀薄、气候多变，容易出现胸闷、气短、头晕、易疲劳等高原反应，车子不能开快，司机开个把小时就要进路边休息站打卡。时间如果提前了就要等到规定时间才能开，否则，会受到惩处。

车子开开停停。既然如此，我们就耐下性子，把高原路途当风景看。在公路上能看见火车奔驰而过，路两旁的草原上还有许多牛羊在草滩上啃草，遇到开阔的风景，我们就叫停，下来照相。

4个多小时后，我们到达立有纳木错石碑的景区大门口，导游说，进了景区大门，还要开1小时左右，翻越一道海拔5190米的山口才到湖边。可是，还没等到我们抖擞精神进门，却传来一个坏消息：纳木错一线公路全部结冰，为保证旅客安全，景区封闭了道路。

路经念青唐古拉山

我们只好打道回府。导游说，不能让大家白跑，带我们到羊八井泡温泉。这倒是真正的高原温泉，值得体验。

　　羊八井地热位于拉萨市西北 90 千米的当雄县境内。沐浴的地点是一个露天游泳池，温度保持在 47℃ 左右，处在群山环抱之中，在它的周围远远可以看见层峦叠嶂的雪山，在这样的环境里洗温泉，确是一种新体验。温泉水含大量硫化氢，对多种慢性疾病有治疗作用。

　　买票，更衣，下水，发现温泉池其实是个大型游泳池，宽度有 70 米左右，长度有 100 多米，水深浅处 1 米多，深处 2 米左右。我是个会游泳的人，下水后，自然而然地就游了起来。一趟游过去，感觉良好；两趟游回来，人还很轻松，我想那就游它个千把米。

　　可是，当第三个来回游到离池岸还有五六米时，我的心脏突然狂跳起来，瞬间瘫痪了我的战斗力，用臂划一次水的力气都没有了，说句话叫声人的力气都没有了，感觉人要倒在水池里。但是，我的意识还有点清醒，感觉不能让自己倒在水池里，池里已没有人，那样要淹死的，意志支撑着我慢慢挪动脚步走上岸，走进浴室。这时，我们同行的 12 人中，只剩下市安监局处长俞刚还在穿衣服，他见我脸色蜡黄吓坏了，直问我，怎么啦，我指指胸口，说不出话来。本来，我想在热水龙头下冲一冲，也许人就缓过来了。谁知开发商缺德，浴室里的水温像冷水，一冲更糟糕，这时，俞处长大叫服务生过来，让他给我倒来一杯开水，我喝了一口，感觉心里要舒服一点。这时，我想到，陈玫给我带了速效救心丸。于是，打开柜子，从背包里取出速效救心丸，发现是个拇指盖大小的青花瓷葫芦装着的。就这样吞下去吗？嗓子眼会不会卡住？怎么消化？意识还有点清醒，试着拧开盖子，拧开了，倒出 10 粒像油菜籽一样的药丸在手心，一口吸进嘴里，喝了口水咽下去。瞬间，像通电一样，全身马上不难受了，恢复了体力。

　　坐上车，除了俞处长，谁也不知道刚才发生过什么。

　　这是我这次西藏之行真正遇险，它对生命安全构成重大威胁。之所以发生这样的事，是我对高原的危险性缺乏清醒认识，想挑战高原。经历生命之险使我认识到，人对大自然要有真正的敬畏之心，不要轻易挑战大自然，你再气吞山河，大自然都不动声色，但它可以瞬间击溃你。同时，也想到，人的一生，亲人的关爱是生命的守护神。人在幼年、童年与青年时代，这个守护神是自己的父母，结婚成家之后，这个守护神就是爱人，但人生之路，最重大最重要最有效最可靠的守护神应该是自己，是自己的安全意识。只有一个时时处处有安全意识、远离危险与不确定风险因素的人，才能确保自己人生安全。

　　西藏是片神秘的土地，是人们探索生命之源的地方，走进西藏，能思考人生应该是旅行的最高价值。

第三十五章

北欧印象

中华文明哺育了我，滋养了我的整个成长成熟过程，它不只是塑造了我的文化基因，也使我确立了文明自信。在世界任何文明面前，中华文明不只是有它悠久的历史，灿烂的内涵，至今还表现出强大的生命力，这种文明的基因与生态是世界其他文明所不具有的。

看看吧。古希腊文明、古印度文明、古巴比伦文明怎么样了？古埃及文明，其实就是长老文明，存活于长老的记忆里，长老死了，文明就死了，几千年前就灭亡了，而其他几种古文明，人种不是灭种了就是迁徙了，唯有古中国文明至今还活着。当今世界呈现的主要文明为：中华文明、西方文明、东正教文明、日本文明、印度文明、伊斯兰文明、拉美文明、非洲文明，西方文明主要是基督教与天主教文明。这些文明构成了全球的文明状态，引领与制约着人类的未来。

在这些文明中，为何中华文明的发展与状态一枝独秀，最根本的原因就是中华文明兼收并蓄，是一种包容性文明，而不像西方文明，往往把宗教当疆土，是一种排斥性文明。中华文明的载体也最大，它包含世界汉语言文化圈，有14亿多人口共同承载着这种文明的基因。

中华文明如此伟大，兼收并蓄使它更强大，既然如此，在有条件的情况下，我要去看看其他文明状态。

转业进报业集团后，单位每年都有多批干部奔赴世界各地考察，政治处陈星主任几次问我想到哪些国家去他来安排，我都说哪儿都不想去，直到2005年春末，宁波市委宣传部要组织一个北欧文化考察团，才引起我的兴趣。于是，申报，签证，集合，于2005年7月29日10:30乘坐中国国际航空公司的AY0058航班从浦东国际机场起飞，直飞芬兰首都赫尔辛基，开始了12天的北欧之旅。

198.走进赫尔辛基

空中飞行约 9 小时,飞机降落在芬兰首都赫尔辛基机场。当地时间是 14:30,两国时差 5 小时,地面温度摄氏 22 度。赫尔辛基三面环海,一面靠山,港湾分外多,岛屿星罗棋布。城市被森林所包围,森林又被海湾所拥抱。从空中俯瞰,赫尔辛基被森林挤得只剩下一点空间,飞机场建在森林的空隙之中。

当地派出接待我们的是一位中国重庆姑娘,名叫丁嗣,在芬兰本、硕连读,课余出来勤工俭学。一辆面包车将我们一行 12 人直接拉到赫尔辛基市政厅广场。

放眼望去,周围所有建筑都不高,高楼为八九层,一般只有六七层。总统府主体建筑是一幢三层楼建筑,每层有 20 来个房间,墙体为乳黄色,房顶处为淡蓝色。其他建筑大都为灰白色调为主,掺杂乳黄、淡蓝、淡绿,少数高出的建筑有或圆形或方形穹顶,市内建筑多用浅色花岗岩建成,有"北方洁白城市"之称。整个城市建筑新旧混合,朴素间流露着大都会的自信魅力与北欧式优雅,城内富有特色的建筑和博物馆数不胜数。简约主义风格配合各种活泼独到的创意。

但芬兰总统府的位置很不好,它外面就是赫尔辛基最热闹的码头集市,前面过条马路就是露天市场。感觉总统府与老百姓完全混在一起,没有气派,没有威严,没有安静,不过,这也正是芬兰民主政治的象征。

赫尔辛基毗邻波罗的海,是一座古典美与现代文明融为一体的都市,又是一座都市建筑与自然风光巧妙结合在一起的花园城。大海边,空气特别新鲜,花朵特别鲜艳,城市显得美丽,被赞美为"波罗的海的女儿"。在赫尔辛基的海港市场上,我们看到了这尊名叫"波罗的海的女儿"的铜像。

赫尔辛基也是芬兰最大的港口城市,全国 50%的进口货物通过这里进入芬兰。

异国情调对我们是有吸引力的。每个人都拿出手机照相,在灿烂的笑容里,一夜航行的疲劳无影无踪了。大家照一会,走一会,导游介绍一会。在赫尔辛基市"议会广场"上,丁嗣告诉我们,这里是市民活动中心,也是欣赏新古典主义建筑的最佳场所,被视为芬兰的重要地标。广场的中心是塑于 1894 年的沙皇亚历山大二世铜像,他是一位统治者,但由于他给予芬兰自治权,芬兰人民就建造了这尊雕塑纪念他。站在广场上还可看到白色大教堂、政府大楼和赫尔辛基大学。芬兰的总人口比宁波市还少,只有 550 万人,整个国家也就这么一所大学。

市政厅一楼是对外开放的,人们可以随意进去参观,于是,我们也走进看了看。很普通,也很干净,亲民,随和。

历史上俄罗斯长期统治芬兰,瑞典也曾统治芬兰,芬兰保持着这种被统治的标记。赫尔辛基,人们既可以看到基督教教堂,也可以看到北欧最大的俄罗斯东正教堂——乌斯班斯基教堂,还有很多俄罗斯的雕塑和俄罗斯时期的纪念碑等,这种殖民地建筑却作为芬兰文化的一部分保留着。由此，也可看出芬兰人性格特点。

一种考察，一旦从文化上进行探源，就有味道了。上午，我们就在赫尔辛基大街上徜徉。累了，在街口一个又一个街头咖啡吧坐下来，喝上一杯。这也是芬兰街头一景，7月份的北欧气温与中国11月中上旬差不多，阴凉之处已有点冷，阳光照耀的地方，很温暖。这些咖啡店有几十张黑色的桌椅摆在街头，供人们休闲使用。成群的芬兰各个年龄层的人，年轻女性更多，点上一杯咖啡，长时间在这里休憩。

随后，我们与赫尔辛基官员交流，考察芬兰社区文化建设。

晚上，我们住在赫尔辛基索科斯总统酒店。晚饭后，导游建议我们体验一下芬兰浴。

其实就是洗桑拿。芬兰浴，有2000年以上历史。它通过利用对全身反复干蒸冲洗的冷热刺激，使血管反复扩张收缩，以增强血管弹性，预防血管硬化。很长时间，桑拿房还是芬兰妇女分娩的地方，芬兰人认为，桑拿房高温杀菌，最洁净，蒸汽可以减轻分娩的痛苦。芬兰全国各地各种形式的桑拿设施不少于160万，平均每3个人就有一个桑拿房，芬兰人宣称，在芬兰，"凡有人活动的地方就有桑拿"。

没有异议，一致响应，男男女女，全部出动。先蒸，出汗，然后走出小木屋，在室外的一个个大小浴池里泡。当我们走出时，各浴池里都泡有芬兰人，尤其是年轻女性居多。怎么办？撤吧？后来想想，还是要与异国的人们同流合污，享受芬兰浴的完整过程。

大家相视一笑，微微挪动身躯，浸泡一池，偶尔肌肤相触，也是相视一笑，一派地球人的友好。

一夜无梦。清晨，赫尔辛基街头，偶尔出现一两位在报摊分报纸、送报纸的人们，只见一位外国人在街头奔跑着，一口气跑了5千米多，然后回跑。

这位外国人就是我。

199.西贝柳斯文化

索科斯总统酒店提供的早餐是完全西化的，是面包黄油的天下，没有稀饭，没有咸菜，有的只是火腿肠、大片烤肉类食品，有炒鸡蛋，但装在一大方形铁盆里就像烂泥巴一样厚实，根本吃不习惯，但入乡必须随俗。我取了一堆面包，倒了几杯咖啡，就吃面包吞咖啡。我在想，中国人的早餐，大都是稀饭、豆浆、油条、荷包蛋与红薯之类，多养胃呀。

吃饱肚子后，领队告诉我们第一站去参观19世纪纯白绿顶教堂与乌斯班斯基教堂。

坦率地说，我对任何宗教场所缺乏兴趣，但集体活动，只好随波逐流。赫尔辛基大教堂在总统府与市政厅北面，东西两侧分别为内阁大楼和赫尔辛基大学，建于1852年，其最大特点是在岩石中挖建而成，教堂仅高出海平面80来米，远远望去，希腊廊柱支撑的乳白色教堂主体和淡绿色青铜圆顶的钟楼十分醒目，宏伟的气势和精美的结构使其成为芬兰建筑史上的经典，也成为赫尔辛基市的地标性建筑，所以人们也称它为十九世纪纯白绿顶教堂，芬兰青年人喜欢到这里举行婚礼。每年，赫尔辛基大学的神学院都会在教堂举行传统而又隆重的毕业典礼。这些活动，使教堂地位显赫。

进入教堂，我仅看了一会壁画和雕塑，就跑到教堂外玩了，沿着昨天的参观路线故地重游。

其他人用时90分钟，参观完了白教堂，集合起来，丁嗣姑娘领我们去参观乌斯班斯基教堂，俗称红教堂。这座教堂建于1862年，是斯堪的纳维亚半岛上最大的东正教教堂。

大概这两个教堂只是我感兴趣的铺垫，下午到达西贝柳斯公园时，我才来了兴致。

顾名思义，西贝柳斯公园是为了纪念芬兰大音乐家西贝柳斯而建的。它坐落在芬兰首都赫尔辛基市西北面，公园内鲜花怒放，碧草如茵，场地开阔，情绪浪漫，是年轻人嬉戏与市民休憩的好地方。有意思的是，在这个公园里，有两组西贝柳斯的纪念雕塑，一个是西贝柳斯头部雕像，那是一个沉醉于音乐狂涛中的西贝柳斯头部与面部表情，这时的西贝柳斯心里的所有音乐细胞都涌到了脸上头上，他的每根汗毛、眉毛、胡须、头发与肌肤的每个毛孔都在颤动，他的头颅就立在公园围墙的花岗岩上，3大块锡块构成了整个雕塑，一块是头颅，一块连着头颅的像是音乐家飞扬的长发，脖子下面的一块既像身体的一部分，也像飞舞的音乐细胞，任由人们想象吧。这就是大师的雕塑，它会让亿万看见雕塑的人也参与到雕塑的创作之中，在人们的想象、理解、猜测之中，雕像就活了，就活到了人们的眼中、口中、心中。

丁嗣告诉我们，西贝柳斯纪念碑还有一个有趣的故事，这两座充满浪漫色彩的雕像都是芬兰著名女雕塑家艾拉·希尔图宁的作品。西贝柳斯去世后，为纪念这位伟大的作曲家，政府公开征集纪念西贝柳斯纪念碑雕塑作品，希尔图宁设计了一个以600根钢管组成的类似管风琴超现实意象表现的造型入选，各方都称赞她的这幅作品在具象中抽象，抽象中洋溢着浓厚的现代气息，毫无悬念地被采用。可是，尽管人们喜欢这个作品，可又觉得这座雕像实在太超前了，也使人们感到意犹未尽，因此，市政府要求她再完成一座作曲家的头像放在公园里。艺术家感觉不爽，觉得这是画蛇添足，但最终她还是同意再制作一座头像雕塑。这就是大师，不出手就罢，一出手就让世人惊叹。西贝柳斯头部雕像表情奇特，让人无限遐想，过目不忘，后来作为艺术瑰宝，将它的小型复制品作为芬兰国礼送到联合国大厦永久展出。几年后，我参观联合国，看到了这个雕塑，感觉亲切。

200.夜航波罗的海

结束芬兰的旅程有点意犹未尽，但前方的美景更值得期待。30 傍晚，丁嗣姑娘告知我们连夜乘坐豪华邮轮"维京"号夜航波罗的海，前往瑞典首都斯德哥尔摩。

波罗的海，一下提起了我的兴趣。最早的印记是小时候看苏联电影，那里面有波罗的海舰队，有个呼号我们还记得："波罗的海舰队，你在哪里？"1917 年 11 月 7 日 21 时 40 分，正是波罗的海舰队的"阿芙乐尔"号巡洋舰的舰首炮用空爆弹发出攻打冬宫的信号，波罗的海舰队电台最先发布了列宁签署的革命军事委员会关于推翻临时政府的《告俄国公民书》，为苏联十月革命的胜利立下了汗马功劳。

波罗的海，每寸海域都是黄金水域。它是世界上盐度最低的海。海域长度 1600 多千米，平均宽度 190 千米，总面积 42 万平方千米，平均深度只有 55 米，海域面积比我国黄海略大。

波罗的海在斯堪那维亚半岛与欧洲大陆之间，战略地位十分重要，是欧洲北部的战略水道。它是北欧的内海，北冰洋的边缘海、大西洋的属海。世界最大的半咸水海。

有趣的是，地球在大海的怀抱之中，但波罗的海却几乎四面均在陆地环抱之中，处于芬兰、瑞典、俄罗斯、丹麦、德国、波兰、爱沙尼亚、拉脱维亚、立陶宛 9 个国家之间。芬兰湾由东伸入芬兰、爱沙尼亚、俄罗斯之间，北边的波的尼亚湾则伸入芬兰与瑞典之间，芬兰则处于两个湾区之中。

我们拿着船票，进入"维京"号邮轮客舱，我的舱室在 B4，两人一室。我

波罗的海风平浪静，犹如西湖。

们航行的这条航线叫北欧海盗线。北欧人，一点也不回避自己的不光彩历史，包括建立的海盗博物馆，把老祖宗的足迹保留得很完整。

这是一艘超大型豪华邮轮，一次性可载客3000多人。

放下行李，我与市委宣传部组织人事处处长张敏等人，就开始在船上各处转，看到船上有游泳池，酒吧，桑拿浴，各种娱乐设施，有夜总会，有免税商店与小型赌场。各种场合，到处都是身材高大的外国人。游泳场里，水里有很多人在游，甲板躺椅上躺满了各个年龄层情侣模样的人，女人们，都是三点式，或躺或立，或从人们身边走来走去，毫无拘束。无疑，这也是一种文明。

转了一个多小时后，傍晚了，叫我们到餐厅用餐。我们12人选坐在长条桌两旁，餐桌上铺着洁白餐布，杯盘洁净，刀叉勺齐全，只是没有筷子。餐食十分丰富，有牛排，有龙虾、石斑鱼、鲷鱼、鲱鱼、鱿鱼、墨鱼、左口鱼、鳕鱼等几十种海洋鱼类，还有各种蔬菜水果沙拉，各种面包点心。果汁饮料种类繁多，葡萄酒、黄啤酒、黑啤酒，数量充足，人们喝完了去酒桶水龙头一按，又是满满一杯。可能是便于大酒量的人们吃饱喝足，酒杯都是超大的，装满一杯就是一瓶葡萄酒。

我们一桌人，几乎个个酒量都很好，大家频频干杯，到后来，在几位女同胞鼓动下，几位帅哥还用大杯玩起干杯。量是超人的，但由于大家心情好，尽管喝得很多，可没人醉。

几小时喝下来，我与张敏等人走到船舷边，欣赏波罗的海夜景。

波罗的海水面，风平浪静，海面平静得如同杭州西湖。海水透明度不高，有点泛绿，没有大海那样湛蓝。

波罗的海中散布着奇形怪状的小岛，上面树木葱郁，使人容易想起千岛湖、舟山群岛与北部湾海域的海上桂林，寸海寸金的水域，太具观赏性了。

已是凌晨时间了，可太阳还在波罗的海的天空挂着，没有要落下的意思。

午夜阳光我们感到新奇，可北极圈国家却觉得遭罪。每年，到了中国节气的春分过后，北极附近就会出现极昼，范围越来越大，夏至时达到最大，覆盖整个北极圈，夏至过后，北极附近极昼范围逐渐缩小，可极夜又要来临。

可第一次看到这一奇观的我们，哪舍得午夜就去睡觉。

舍不得就留住这一最美时光，我与张敏不停地拍照。波罗的海、北极圈、巨轮、太阳、海浪、北欧姑娘，我们欣赏之中拍照，拍照之中欣赏，看看腕上，2点多了，想起当天行程，决定回船舱睡觉。穿过船舷，穿过走廊，发现许多北欧少男少女没买船舱票，就一个个和衣东倒西歪地睡在舱室走廊与楼梯口旁甲板上。他们不需要什么条件，只需要随意与快乐，这船这海这夜这梦这快乐这自由就属于他们的了。

关了舱门，我也进入梦乡。

201. 考察斯德哥尔摩

没有黑夜的日子，难有清晰的时间概念，只有手机告诉我们到了哪个时段了。

这已是 7 月 31 日了。天阴，下着间隙性小雨。

邮轮停靠在斯德哥尔摩港。瑞典前来接站的小伙子在码头与我们接上了头，便开始了行程。

我们来到瑞典皇宫，看到许多海鸥在皇宫楼顶与广场上飞翔。

这个皇宫建于 17 世纪，为一座方形小城堡。皇宫正面大门前，站着两名头戴一尺多高红缨军帽、身穿中世纪军服的卫兵，显得威严神圣。皇宫华丽的大厅里，壁上挂着大幅瑞典历代国王和皇后肖像画，有精美的壁画和浮雕，穹顶饰有雕刻和瑰丽绘画，有的室内还陈设着古代战车兵器、珠宝饰物与手持长矛、全身披挂铜盔铁甲的中世纪骑士实体模型。

我们的兴趣转到近旁的斯德哥尔摩市政厅。这是一座宏伟壮观，设计新颖的红砖建筑物，它的外墙由 800 万块红砖砌成的，保持着北欧传统古典建筑诗情画意。市政厅的右侧是一座高 106 米，带有 3 个镀金皇冠的尖塔，代表瑞典、丹麦、挪威三国人民亲密无间。1901 年以来，市政厅内巨大的宴会厅就是每年 12 月 10 日瑞典国王和王后为诺贝尔奖获得者举行颁奖典礼的地方。

这是瑞典最大的软实力。全世界每年都对这里遥望，期待每年的物理、化学、医学、经济学、文学奖获奖者名单的公布。我们在大厅里仔细观望，在诺贝尔照片墙边拍照，细细阅读诺贝尔的生平事迹。

市政厅内还有一个"金厅"，是用 1800 万块 1 厘米见方的金块镶嵌而成，灯光一照，金碧辉煌。大厅正中墙上还镶嵌着大幅壁画，壁画最上方是端坐着神采飞扬的梅拉伦湖女神，女神脚下画有两组人物，分别从左右两侧走向她，右边一路是欧洲人，左边一路则是亚洲人。由此可看出，瑞典人的国家观。

午饭是在市中心一家中餐馆吃的。饭后，我在斯德哥尔摩街头闲逛，看街景。这座城市与芬兰一样，处于大海的怀抱中。市区分布在 14 个岛屿和一个半岛上，面积 142.5 平方千米，人口 70 多万。由于一战、二战中斯德哥尔摩没有被摧毁，市区建筑保存良好，市区共有美术、自然、历史、民族等博物馆和名胜 100 多处。

这个城市最发达的是服务业。全市几乎没有重工业，服务业提供了 85%的就业职位。城市北部卫星城西斯塔卫是北欧最大科技中心，瑞典本国通讯巨头爱立信总部就在这里。

瑞典人身材较高，男子脸较长，女子身材姣好，看不到美国那种到处都是胖女人。正在我漫步间，通知我们集合，去看瓦萨古战船博物馆。

这艘战船是由瑞典国王古斯塔夫二世下令建造的，船长61米、宽11米、主桅杆52米，排水量1200吨，装备64门加农炮，能发射8公斤炮弹。造了3年，曾是当时欧洲最强大的战船，可出航不久遭遇大风侧翻沉没，在海底沉睡了333年，到了1961年才打捞上岸，修复后，成了这座博物馆。

　　讲解人员说瓦萨战船是当时世界上最大的战船，我告诉她不是。中国明朝永乐年间，公元1405年到1433年，郑和七下西洋，其大船长达130多米，宽60米，载重量数千吨，可容纳上千人，船的一个铁舵，就需要二三百人才能搬动。比你们这艘瓦萨战船早200多年，大了几条街，只是船上没有火炮，我们的船是和平之舟，航行数万里，无一翻船，看来和平之舟，受到了"上帝保佑"。

　　对我的呛声，她先是一惊，听到"上帝保佑"又笑了。

　　说说笑笑中，我们又来到尤根王子故居花园。这是一位不爱江山爱艺术的王子。尤根王子是国王古斯塔夫六世·阿道夫的小儿子，被老国王指定为王位继承人。但在老国王去世后，这位浑身有着法国浪漫血统的王子便将王位让给他的侄儿卡尔·古斯塔夫，他自己潜心于艺术与收集艺术品，他的主要藏品和他的一些作品现存故居博物馆与市政厅二楼宴会厅"王子画廊"中，他的故居后花园里，小道边、树阴下、草坪上安置着十几尊举世闻名的雕塑青铜复制品，如古希腊胜利女神尼姬雕塑，还有罗丹的雕塑"思想者"等。"思想者"这座雕塑我早有耳闻，于是，围着它又是合影，又是特写照片，看看能不能让自己也有点思想。

峡湾触目皆景点

随后，我们来到峡湾街。它建在近30米高的悬崖上，是个天然观景台，在悬崖上可近看梅拉伦湖及其通向波罗的海入海口。峡湾街上有很多几百年历史的老房子，外墙色彩鲜艳，房顶上有高高的烟囱，向人们诉说着那段烤火炉的历史。我们当天最后一站是游逛皇后大街，几位女同胞咧开了嘴。

这里是瑞典首都一条有名的商业步行街，分为老街与新街，许多大商店都聚集于此。大街一头伸到老城的购物街，另一头通向市中心交通枢纽。新街两旁是不计其数的商场、小店，专门经销服饰、金银珠宝、食品、工艺品与图书。我对购物没兴趣，就拿着手机拍建筑、拍古董、拍人流众生相。

到晚归的时间了，尽管太阳还在高空。

7月31日夜，我们夜宿4星级菲利普王子品质酒店。

202.美丽峡湾

8月1日，上午晴天，下午下雨。

我们早餐后驱车前往瑞典第四大城市乌普萨拉市考察。这里是瑞典的大学城，途中参观了瑞典老首都、一个建了175年的老教堂，一个湖泊与木街。

晚上10点乘飞机飞往奥斯陆，当夜，住在斯堪迪克·舍里斯特酒店。这次，我们只是经过挪威首都。

8月2日早饭后，我们从酒店驱车前往峡湾小城金沙维克。这是一天的路程，全程行驶在峡湾，既在路上，也在景中。挪威峡湾位于斯堪的纳维亚半岛的挪威西海岸，山高峻险，峡湾海水湛蓝，整个湾区有10万多个岛屿、岩礁，两岸大都是悬崖峭壁，最深处的悬崖一眼望不到底，有恐高症的人，离崖边几百米已腿发软。峡湾里，海水最浅处只有几十米，最深处有1000多米。有一条柏油公路，蜿蜒在峡湾沿岸。公路左侧是山峦，缓坡处，挪威人建有大量别墅。这些别墅全都用木料作外墙，大都是单层，少数为双层，门窗很薄，似乎一巴掌就能拍开，有些上了锁，有些没上锁，门一推就开了，里面被褥、家电、炊具等生活设施齐全。这是挪威人周末度假的地方。公路上，一辆辆轿车开过，车顶上大都放着两辆山地自行车，挪威人将车子开到一定地点后就放下自行车，在峡湾山道上骑行健身。在平坦处峡湾水边有木制亭台，供人们休息与赏景拍照，我们在好几个地方，都遇到相貌秀美的挪威姑娘铺着布垫，躺在地上晒日光浴，见到我们，笑着挥挥手。

别具风情的是，阳光下，和暖的风吹在脸上，抬起头来，极目远方，一边是蔚蓝的大海，一侧远山上还有很多没有融化的积雪，仲夏雪景尽收眼底。

驾车的小伙子兼陪同，态度温和，大脑机敏，看见我们对某个景点感兴趣，他就把车停下来，让我们静静欣赏，慢慢拍照。走走停停，风景美不胜收，难怪有人说峡湾是挪威美景的灵魂，只感觉眼睛不够用，手机拍不完，好在我们团中的一位副部长带了一部微型摄像机，一路上他录个不停，景中有我们，我们在景中。

8月2日傍晚，我们到达金沙维克，夜宿金沙维克峡湾酒店。这个酒店位置好，每个房间都能看到峡湾与山景，酒店还免费向客人提供桑拿浴与捕鱼工具。当夜，我一个人在小镇转了转，感觉特别清静。

203.卑尔根之夜

8月3日，温暖的阳光照耀着峡湾海面上，海水透明度更高了。昨天，如果说我们只是在峡湾的身旁转悠，今天我们就到峡湾的怀抱之中了。我们从金沙维克码头上船，前往挪威第二大城市卑尔根。

世界海洋的风景不尽相同，但更多的是熟悉的味道。海面平静，我们的白色大船犁开蓝色诗行。在海面上往岸上看，再望万丈悬崖，只有雄奇，没有险峻，这是与峡湾最亲密接触，融为一体了。

临近中午，多云的天空，不时下起雨。我们到达挪威第二大城市卑尔根。这里，我们没有文化考察任务，只需开阔眼界，了解这个城市的风土人情。

卑尔根，是挪威西南海岸港口城市，国家航运与商业中心，40多万人口。直到1299年前，卑尔根都是挪威的首都。挪威全国约半数鱼类及其制品经此外运，有鱼产加工、纺织、化学、冶金、造船与机械等工业，铁路直通首都奥斯陆，设有卑尔根大学。

我们参观了老街、汉莎商人住所、露天渔市场。

卑尔根的城市房屋建筑色彩丰富，风格浪漫，整个城市堪称是一个建筑美学博物馆。这里集中了千百年来无数奇幻建筑大师的奇思妙想。房顶有尖形、棱形、线圈形、圆形、半圆形、交叉形，各种形状，千奇百怪，很多房子还像积木搭建的玩具。着色是赤橙黄绿青蓝紫的几十种混杂派生，白色、蓝色、黄色、灰色、朱色更多一些。

夜晚的太阳照耀着大街，有些背阴房屋檐下也亮了一些灯，给人以梦幻般的感觉。街面的酒吧，坐着不少人，我与一位同行者也坐下小饮，不一会儿，一群挪威少女坐到我们边上的桌旁，喝酒、拍照、嬉戏，一片欢声笑语，更增添了这座海洋城市的活力与浪漫气息。我在这里的超市买了几瓶深海鱼油。

这个夜晚我们下榻在卑尔根小城莱达的拉尔达尔酒店。酒店设施豪华，窗外是风景海湾，放满一浴池水，泡在里面，远眺海湾，顿感心旷神怡。

204.抵达奥斯陆

8月4日，一阵雨后，天转多云。我们从峡湾乘车前往挪威首都奥斯陆。这一天,我们又行走在峡湾的海岸线上。沿途经过几个小镇,饱览了乡村风光。成片的麦田,齐刷刷,金灿灿,使人想起一篇小说《麦田的守望者》。途中,参观了一个有1800年历史的教堂,中午,就在这个小镇就餐。我与张敏在一个加油站浏览当地的报刊画册,差点错过开饭时间,团长王桂娣为找不到我们而焦急。下午,在一个村庄,我们做了停留,了解一户挪威农民家庭生活状态。这户人家夫妻二人有个儿子,长得很帅,可39岁了还没娶到媳妇,主要原因是当地姑娘不愿守望乡村,看来,城市化遇到的问题,具有普遍性。市旅游局副局长陈明宪承诺要给他介绍一位宁波姑娘。我在想,假如哪位宁波姑娘要嫁到这里,还不孤独死了!真是瞎扯。

我们到达奥斯陆已是傍晚,入住奥斯陆斯堪迪克酒店,现代,舒适,豪华,大气,健身房很好。

北欧考察、旅行,都是平地行动,无山可攀,体能消耗小。清晨5点,全团的人都在熟睡,我已在奥斯陆街头奔跑了。

奥斯陆是挪威首都,位于挪威东南部,临近北大西洋。是每年诺贝尔和平奖的颁奖地。奥斯陆,坐落在峡湾北端的山上,面朝大海,背靠大山,城市濒临曲折迂回的奥斯陆湾,山海相连,风光旖旎。街道两旁的建筑大多只有六七层高,带有浓厚中世纪色彩和独具一格的北欧风光。

文化考察过后,我们参观了奥斯陆非常有代表性的地方。

一处是挪威生命公园。它在奥斯陆西郊,是占地80公顷的雕塑公园。公园里绿树成荫,草如毡毯,鲜花盛开。园中雕塑,是维格兰大师40年心血的结晶。一进门,看到的是雕塑的第一部分,生命之桥。这是进入公园必经的一座石桥,桥栏的每根柱子上雕有各种裸体造型,千姿百态,变化多端。

第二部分是生命之源。在喷水池中央有6位形态逼真的人体雕像烘托着一个巨大的铜盘,清清泉水从盘子中央高高喷射而起,随后向四面八方洒下来,犹如给雕像蒙上一层薄薄轻纱。在喷水池周围,有几十棵高大树木,每棵树下都有一组男人和女人的裸体雕像,这些雕像有的蹲着,有的坐着,有的相互偎依。主题是嬉戏的童年、热恋的青年、沉思的中年、孤独的老年。4个人生乐章,构成生命的交响。

第三部分是生命支柱。在一个巨大的石台中央,矗立着一根像中国华表形状的石柱,凌空耸立。17米高的巨型石柱上雕刻着121个形态各异的男女裸体,雕像层层叠摞,自上而下,从生到死,讲述着众生多彩多姿又艰难曲折的生命过程。石柱周围18对情态各异的男女雕像,表现人生喜怒哀乐。

第四部分是生命之环。有4个成年人和3个孩子手脚相连,前赴后继,象征人生世代繁衍,生生不息。

生命之美,高于一切。大海、天空、山川河流,宇宙万物,各种美,美不胜收,但都比不了人类自身的裸体之美,比不了由爱生成的向往、渴望、求偶、孕育过程的激情之美,这是人类产生与发展永世不竭的动力。

这是我在挪威生命公园里参观时想到的。

人们说挪威是雕塑的王国,真是名不虚传。这种基因,可能要追溯到古希腊人体雕塑与欧洲文艺复兴时期。

奥斯陆还有一处值得闲逛的地方就是步行街。北欧国家,街市行人稀少,但整个奥斯陆感觉人最多的地方,就是这条步行街,它一头连着皇宫,一头连着中央火车站,约有3千米。街道不宽,但整条街都散发着温馨、芳香、高雅、浪漫气息,街道两旁分布着大小服装店、奢侈品店、咖啡厅、高档餐厅,隔段路就会有纪念品摊位摆在街中央,以女孩头饰、胸饰、鞋饰居多,也有许多玩具与各色纪念品,琳琅满目,千奇百怪。这里还分布着大教堂、议会大楼、美术馆、艺术馆等。沿街有餐厅露天餐位与咖啡吧,有许多行为艺人。起初,我们看到街边立着一些雕塑,这些雕塑,有些是青铜色、有些是铅色,有些雕塑旁还伏着一条大狗,大狗边放着一个毡帽,里面有行人施舍的欧元纸币与硬币。可就在我们驻足观看时,雕塑突然挥起手中的旗帜,脚嘚地一跺,吓人一跳,这时我们才知道,这雕塑是行为艺人扮的。整个步行街人来人往,熙熙攘攘,尤其是挪威少男少女相貌俊秀,他们结伴闲游,一群一群,如过江之鲫。我们走累了,就坐咖啡吧点些咖啡与小吃,一些女孩与我们坐在一起,我拿起手机与她们合影,她们微笑着像小鸟一样围过来,身子紧紧贴着我后背,你会感到背部被富有弹性的坚挺挤压着,一种温热的体温与气息传导开来,使你感觉挪威姑娘的大方与对你的友好。其实,这就是人民之间的友好交往。

8月5日这一天,我们还参观了挪威的民俗博物馆、郝美考伦滑雪跳台、阿克胡斯城堡与王宫广场等。

205.迷人哥本哈根

我们又一次进入瑞典。6日清晨下雨,我在酒店锻炼。上午,我们从奥斯陆驱车4小时,到达瑞典第二大城市哥德堡。这里有一个很大的游艇码头,数十位年纪较大的瑞典人在这里晒太阳、聊天。一艘游艇上,一位胖胖的女性躺在一位白胡须老者腿上,老者不停地用手抚摸女性的脸,仿佛要抹平她脸上的皱纹。文化考察过后,参观了老城、汽车博物馆、哥德堡的象征海神像以及16—18世纪建筑的市政厅、教堂与东印度公司等。

夜宿哥德堡品质酒店。

第二天上午,我们驱车前往童话的王国。大街上,行人车辆稀少,有点像我们大年初一的大街。偶尔驰过一辆公共汽车,30多米长的车厢里只坐几个人,车厢后半部还设有咖啡吧,这说明这个城市人是多么少。高速公路上车子也不多。北欧之行，路上很少看到宾利、奔驰、宝马、奥迪等高档汽车，奔跑的大都是档次较低的家用轿车。但在各大城市的港口都看到大量游艇，白白一片聚在一起，犹如一群白天鹅。

途中，我们观看了两座著名城堡：莎士比亚名剧《王子复仇记》中的哈姆雷特城堡与丹麦女王的夏宫——和平宫。

傍晚入住克拉丽奥哥本哈根酒店，酒店设施高档，收费高于国内四星级酒店，2300多元人民币的房价还要加500多元税。我们在这里要住留3天。在房间里泡澡，隔着玻璃可以看到窗外港湾，那里泊满游艇。

从瑞典到丹麦，要过一个海峡，要航渡。这里，海天气象万千，空气清新通透，感觉超好，我让张敏为我照了许多照片。这时，海峡下起大雨，乌云翻滚，海天一片苍茫。渡轮上，瑞典的香烟便宜，丹麦的酒便宜，但没过海峡只能买瑞典的烟，只有过了海峡中线，船上响起"嘀嘀"两声鸣响，这时才能买丹麦的酒。北欧国家，人们法制观念很强，没有变通。

我对吃什么、喝什么已无兴趣，就想去看看安徒生与美人鱼有关的文化遗存。

公务考察的主题还是比较大的，我们要了解整个丹麦的文化经济发展现状与经验，与我们座谈的是丹麦国家相关部门官员。考察内容这里就不说了，仅座谈笔记我就写了万字以上，后来成为考察报告的一部分。

丹麦官员告诉我们，丹麦是个高税收、高福利国家，个人工资收入的50%要交税。失业人员每月可领1000~1200欧元补助金。国家鼓励生育，每生一个孩子就补助600欧元，欧盟国家每年要安排几万非洲难民，这些难民利用这一政策每户家庭大量生育，生七八个孩子的都有，领取大量欧元寄回母国。这也是北欧国家的基本模式，英国后来搞脱欧，这是英国人对欧盟不满的一大原因。

第二天，我们看到了安徒生雕像。他就默默坐在市政厅广场路旁，身边几米远的地方就是居民楼，他很像一个流浪老头。这副形象太普通了，一如安徒生灰暗的流浪童年。出身贫寒的他11岁丧父，母亲改嫁，14岁流浪到哥本哈根。

我们步入上层街20号的小院子里，这是他14岁写作第一部童话的地方。

这位19世纪丹麦的著名童话作家，写下的童话故事有《小锡兵》《海的女儿》《拇指姑娘》《卖火柴的小女孩》《丑小鸭》《皇帝的新装》等，结集出版的《安徒生童话》被译成150多种文字在全世界出版，给丹麦、欧洲与全世界无数儿童带来快乐。可他没有结过婚，没有后代，他一生全部献给全人类。

站在他的铜像旁，我照了几张照片，为儿时读过他的童话，向他致敬。离他塑像不远的地方，就是下层街，这里有一家脱衣舞夜总会。

接着，我们驱车来到海边，看到一个与安徒生相关的世界闻名的雕塑：小美人鱼。

这尊雕塑是根据安徒生小说《海的女儿》中的人物创作而成的。

小美人鱼铜像位于哥本哈根市东北部的长堤公园海边,已成丹麦国家文化象征。我们走到她身旁,只见她坐在一块不大的花岗石上,恬静娴雅,文静安闲,可少女面部表情却冥思忧郁,充满忧愁。铜像高约1.5米,极为低调。她为什么不快乐?是为心上人!是的,她宁愿自己化成泡沫水滴,也不愿将匕首刺向就要成为别人丈夫的心上人。

这种忧郁,这种格调,这种情怀,其实就是安徒生自己。安徒生青梅竹马的恋人是邻家女孩福格特,由于家庭条件相差悬殊,门第差距葬送了他的爱情,他26岁时,福格特嫁给了富家公子,安徒生伤痛欲绝,对爱情绝望,从此孤独终身,直到去世那天,他的脖子上还挂着一个小皮袋子,里面装着的竟是福格特当年写给他的信。

他为爱情坚守了一生,小美人鱼在海边守望的正是这样的爱情。

看了这两尊雕塑,我认为丹麦其他景点都显得不重要了,但必须随团走。后又看了新港酒吧街、皇宫广场、神农喷泉与大理石教堂。出教堂时看到一位年轻母亲儿童车里推了一个婴儿,身子左右各跟着2个孩子,背上还背了一个,而且肚子又大了,年轻的七孩之母,太了不起了!我向她打招呼,与她友好合影,一位中国男人向丹麦女人表达友好与敬意,她笑容灿烂。

在童话的故乡

在北欧考察的日子里，发现北欧人基本素养很好，见到我们总是微笑致意，尤其是清晨见面，"Morning""Morning"叫不停，这在世界其他地区很难见到。西欧地域广阔，国家富裕，但人口较少，这可能与曾遭遇两次世界大战有关，与人口繁衍状态有关，这多少会影响欧洲文明发展。

8月9日，我们进入北欧考察最后一天，除了购物之外，我们驱车前往嘉士伯啤酒博物馆，了解嘉士伯的发展历史，参观啤酒生产整个流程，然后直接品尝刚从生产线上流淌出的各种啤酒。北欧之行这么多天，除了邮轮上喝酒之外，还真没有好好喝过一顿。北欧超市里，一小瓶啤酒需要60多元人民币，想喝还真要考虑一下。今天，我们都开怀畅饮，为品尝，为新鲜，为文化，为考察，为北欧风情，干杯！

当天晚上，我们再次乘坐国航航班回国，机上一夜，飞过波罗的海，飞过爱沙尼亚，飞过莫斯科，飞过西伯利亚，飞过外蒙内蒙，沐浴着人民共和国的阳光，降落在浦东机场。

机轮接地机身一颤，全团人员个个脸上洋溢起笑意，感觉从未有过的轻松与快乐，这是一次平安之旅，一次快乐之旅。

几天后，我提议组织了一次聚会，在天一广场新石浦大酒店天一厅。大家举杯畅饮，有一句话被一遍遍重复着："转了一圈，感觉千好万好，还是中国最好。"

这句话的内涵主要是指生活的方方面面，尤其是吃的方面，生活质量，中国都比这几个世界最富裕国家要好，物价便宜多了，这个感受与万家灯火，千家炊烟有关，而文明的最好生态就在人间烟火之中。

第三十六章

台湾纪行

军人,大都具有国土意识,我也不例外。

我参军时,新兵入伍教育就有解放台湾的内容。改革开放后,国门打开,两岸的海峡之门也打开,实现两岸人员自由往来,通商、通婚,加深了两岸同胞的骨肉之情,"和平统一台湾"成为国家战略构想。

两岸人民盼统一,但反动政治势力不会自动退出历史舞台,总会捣乱与破坏,阻挠统一。作为一名军人,任何时候都不能放下手中的钢枪。

当同事、战友、朋友们继续不断频繁飞往欧洲、南北美洲、非洲与东南亚各国的时候,尽管我也去过一些欧美与亚洲国家,但我想,还是要优先排出日程,把自己国家看完再说。

单位又一次人员出国在排序,我提出,暂不出国了,我要去台湾。这时,省记协处长曹峰告诉我,省里计划组织一个新闻代表团到台湾考察,问我有没有兴趣,这便一下进入了程序。

206.飞过海峡

诗人余光中在《乡愁》中写道:

小时候,
乡愁是一枚小小的邮票,
我在这头,
母亲在那头。
长大后,
乡愁是一张窄窄的船票,

我在这头,
新娘在那头。
后来啊,
乡愁是一方矮矮的坟墓,
我在外头,
母亲在里头。
而现在,
乡愁是一湾浅浅的海峡,
我在这头,
大陆在那头。

这首诗,写出了诗人对故乡对亲人对大陆深厚情感。但今天,要跨越这"一湾浅浅的海峡",并不容易。

2014年8月21日上午9:38,我们乘坐的飞机从萧山机场起飞,飞向宝岛。很近的航路却飞得很远。由于台湾当局不愿意开放直飞航路,在台海中线设立了4个禁飞区,禁止两岸直飞客机飞越,我们的飞机起飞后先向东飞行了40分钟,再向台北飞。

奇怪曲折的航线,也像我们办赴台手续一样。台湾当局设置的这个表那个表,填起来比出国还麻烦,入境也麻烦。我的战友潘锡弟率领上海一个区政协代表团到台湾考察,入境时被台湾官员单独约谈,要他解释在军队服役时的职务,折腾1个多小时才放行。他告诉我要有心理准备,我想,如过分刁难咱就不出机场,直接返回也没什么了不起,那就等待统一后再去了。我的军旅生涯更长,于是,我带了一本我写的由中国青年出版社出版的著作《美丽守望》,那里面有我的任职经历与写的作品,谁拦我就让谁看吧。

我对台湾的认知复杂。远古时期,台湾与大陆是连在一起的,约几百万年前的地壳运动,部分陆地下沉,才形成了今天的海峡。3万年前,大陆的移民构成了台湾的原居民。夏商时期大陆就开始对台湾的管辖,此后历朝不断。

远离大陆,台湾不断遭受侵略。最早是荷兰人,西班牙人,直到1662年2月,郑成功收复台湾。明朝末期台湾人口已近20万,到清朝康熙年间,台湾居民超过200万人,多数是来自广东、福建的移民。

台湾被日本侵占时间最长。1894年日本蓄意挑起中日甲午战争,清朝战败,1895年4月17日卖国贼李鸿章与日本签订丧权辱国的《马关条约》,把台湾和澎湖列岛割让给日本。台湾爱国军民一直没有停止抵抗,由原台湾巡抚唐景崧与清军将领刘永福率领的黑旗军以及以徐骧为首领的义军抵抗5个多月,给日军造成重大伤亡，最终失败。但反抗没有停止，台湾有部电影叫《赛德克·巴莱》，反映的就是台湾少数民族对日本鬼子的反抗，他们光着脚，挥舞着砍刀，视死如归，英勇战斗。有种说法，说台湾有血性的人都被日本人杀光了。

日本鬼子一直统治台湾 50 年。直到二战结束，中国人民抗日战争结束，根据中、美、英三国共同签署的《开罗宣言》，日本所窃取中国之领土，包括台湾、澎湖列岛等归还中国。

1949 年春，蒋介石国民党政权逃台，劫走大陆巨额财富。劫走国民党政府当时在大陆的几乎所有黄金、银元、美元，还用一个军的部队劫走了故宫文物国宝，大部分运到台湾，也有一些丢失在中缅边境的丛林中。还有，这一年台湾人口增加了 90 多万人，这当中相当一部分是经济、文化、科技、教育人才。这是奠定台湾经济 60 年代腾飞的基础。

在台北"国父纪念馆"门前留影。

台湾的一切与大陆血脉相连。思絮飘飞，时间过得快。11:16，飞机降落在桃园机场。

出关时，值班窗口同胞官员看了看我的赴台通行证，没说什么也就盖章放行了。看来，他们对浙江新闻代表团还是客气的。在机场通行走廊边的一个窗口，我用人民币换了 5 万元新台币，就走到机场停车场登车了。

大巴车上，除了一名司机、一名导游，还有一名没有介绍身份的中年人。导游唐季和先生，50 多岁，台湾辅仁大学法律系毕业生，在读书时就兼职导游，毕业后创建帐篷公司，从此正式开始导游生涯。父母亲是湖南人，1946 年到台湾。他对人热情友好，在通报姓名、告知电话、简要介绍了台湾概况之后，他拿出笛子，给我们吹奏《迎宾曲》。

悠扬的笛声，洋溢着浓浓同胞情。

从桃园机场开车到台北，用了 40 分钟。

中餐在一家景色秀丽的餐馆，林木葱茏，庭院里有小桥流水，一条小溪蜿蜒东去，感觉仿佛在苏州园林。

207.考察《中国时报》集团

下午，车上那位眼神犀利，身份不明的中年人走了。

13:10，我们先是参观了台北"国父纪念馆"。文史资料，我们细细看了一遍，应该说都是熟悉的内容。有两个卫兵在孙中山塑像前走来走去，换岗时用步枪搞点带响的动作，跺跺脚，弄出点响声，围观的群众很多，举着手机拍照。而我一看，觉得滑稽可笑，太小儿科了。于是走到广场，对着台湾唯一引为自豪的建筑101大楼拍了几张照片。

《中国时报》与大陆交往较多，对我们的到访，热情友好。看看他们的接待阵营吧：《中国时报》副社长张景为、国际广告总经理吕庭华、《旺报》副总编林美姿、总编特别助理郑线线、《中国时报》大陆新闻中心记者朱建凌、国际广告部广告业务部总监汪甫英、时报广告总经理秘书方士昀共8人参加。

双方介绍递名片后，张景为副社长作了礼节性发言，让人先给我们放了两部集团史料片。接着，介绍集团情况。

他告诉我们，集团纸媒状态不好，每年发行与营收以3个至5个百分点在下滑，现在集团上下在求变，发展多元化经营，买了电视台，共有24家公司，全部独立经营。目前经营状态比较好的是《中天电视》《中国电视》《美国中时电视》，每天自产新闻800条。在新闻发布方面，《中国时报》具有一锤定音的权威性。他说，台湾目前没有一家赢利的在线，没有一名专职的在线记者。

不知不觉，已到傍晚，张副社长带了3位美女部下请我们吃饭。他们考虑得很周到，晚宴安排在我们入住的台北馥敦大饭店二楼宴会厅。举杯换盏间，坐在我身旁的郑线线告诉我，她老家河南，2001年至2007年她在中央电视台财经部当记者，后随夫嫁到台北，入职后，她感觉工作较轻松。她觉得，台北人最大的特点就是"温"，方方面面都是"温"，不急，一个小店，年年就那么开着，不急于扩张，房子住着，也不换。她说，现在台北只有100来万人，据说有200万台北人在北京、上海。我想，他们在大陆可不温，经济扩张可快呢。一天傍晚，我在台北街上散步，与水果店小老板聊天，他对我说，台北有钱的头脑精明的人都跑到大陆去了，老实巴交的留在台北。

这场酒，气氛很好，仿佛不是在台北，就像在自己城市一样。我们代表团团长是《浙江日报》一位副总编，为人谨慎，酒量也小，喝了几杯就没什么话了，这时，我唱起了主角，与同胞们干杯，喝了一杯又一杯，喝了一瓶又一瓶，边喝边加起微信，喝出了朋友般友情。看看表，21点多了，我将在包厢门口徘徊的副总编请进来喝了一杯团圆酒，然后大家一起去逛街。

208.考察联合报系

暖阳高照，春风拂面。4月22日上午10时，我们考察台北联合报系。

车行台北街头，实在不敢恭维。主要道路两旁的楼房，大都是七八层高的老旧建筑，墙体脏黑，许多房子装着钢筋生锈的防盗窗，楼与楼之间，站在防盗窗上似乎都能跳过去，小巷脏、乱、差，不像现代都市。城市大道上，摩托车与汽车混杂在一起，还有大量燃油助动车，冒着呛人的黑烟。红绿灯口，大家静静等候，倒没人闯红灯。

到达报社时，联合报系相关人员已在大楼门口迎候。台湾《联合晚报》社长罗国俊、《联合报》大陆新闻中心主任刘秀珍、广告中心企划总监邓智元与我们座谈。

罗国俊社长首先介绍联合报系情况，他们的产业主要分为3个层面。

核心层，报系；外围层，新媒体；产业层，主要是办展览，开展多种经营，设有电子商务、重要出版社、专卖简体书与小语种图书的书店。

他们认为，媒体的竞争归根结底是人才的竞争，因此，他们在发掘、培养与留住人才上采取了一些措施。主要是给员工合理的待遇，分不同的层级，确立人才梯队，现有的与未来的，明确升迁资格。利用《世界日报》这个平台，让有发展前途的员工具有海外任职资历，过去，派驻海外的人员是终身制，现在是3年一轮换。在选拔任用管理层时不拘一格选人才，一方面在海内外选，一方面在内部选，有几位主播就是从记者当中挑选的。

他们在办展览方面经验丰富。有专门的活动事业部，策划几年后的展览。集团媒体与各经营部门联动，参与企业都按牵头、协同、管理、参与等分成，事先就谈好分成比例，展览越办越红火。

谈完工作就闲聊，他给我们介绍起台湾的情况。说台湾比较繁华的路就叫"中山路""中正路""中华路"，台北有条"南京路"分成6段，还叫"南京路"。无疑，这也反映了当年国民党高层的思乡情。

午饭后，我们开始南下路程。这让我有机会观察台湾岛的地形地貌与海洋风光。

209.凝思海岛

汽车从台北开出，望着窗外的山脉与海岸线，我在想台湾的安全生存空间。其实，这块地壳运动造成断裂漂移的大陆，说它小也不小，它是中国第一大岛，说它大也不大，台湾岛南北长395千米，东西宽145千米，你想车子再往前开就到海里了，总面积3.6万平方千米不到，环岛海岸线长约1200千米。但对大陆来说，它的战略地位却十分重要。它处在大陆西太平洋航道的中心，是我国与亚太地区各国重要海上交通枢纽，是第一岛链的重要战略要地，处于大陆胸腹部。

台湾说它是宝岛，地理的奇特还在于，它是一个海岛，可它又具有像青藏高原那样的高山峻岭，这是中国除青藏高原以外的省份都不具有的。它的5大山脉由东向西分别为海岸山脉、中央山脉、雪山山脉、玉山山脉、阿里山山脉，其高度超过3000米的山峰有238座，玉山主峰海拔为3952米，海域面积大，同时有盆地、有丘陵、有山地，也有平原，东部山区地形占台湾地域面积一半，耕地面积约占24%。

从军事上来说，海岛漫长的海岸线是无法坚守防御的，更重要的是，这么狭小狭长的地域面积，是毫无战略纵深的，大规模作战，摆上去几个集团军都展不开，换句话说，摆上几个集团军就可形成拉网了。还没有中国西部一个县域面积大的这点地方，导弹、炸弹、炮弹、无人机，只要落下来，都会砸出一个坑，你能耗得起炸多久？

历史也表明，当年荷兰人、西班牙人、日本人渡海攻击作战侵略台湾，耗时不长，全部得手，台湾只有融入祖国怀抱，战略安全才有根本保障。

210.花莲海岸

我们走的是苏花公路。来之前，我做过功课，苏花公路沿线，风景很美，但却是一条"死亡公路"，前后有1000多人在这条公路丧命。2013年11月，大陆游客一车人，就是行驶在苏花公路上掉进太平洋，至今尸骨未见，在太平洋底什么位置都不知道。

汽车一会行驶在海岸线边沿，一会行驶在险峻的高山腰间，不宽的路面，不时有急弯，迎面而来的车速大都较快。不难想象，台湾这条风景线道路交通事故为何那么高。

穿越号称亚洲最长的13千米雪山隧道后，我发现，道路更惊险了，两车交会时，感觉仿佛半个车身在海上。我不时提醒司机："师傅，我们不急，你慢慢开。"同时，提醒坐在副驾驶位置的团友加强瞭望与提醒，当好副驾驶。

从台北到花莲，全程不到400千米，一路有山有海，花莲风景丰富。它位于台湾东部，有120多千米的东部海岸线，多条河流入海，造成种类众多的海岸景观，其中以断崖峭壁为最险峻景观。一路惊险刺激，没有地方可以停车，好不容易遇到清水断崖有地方可停车了，司机在这里把车停下来，断崖旁，还有一条线性沙滩可以下去走走，亲近海水，蔚蓝的海面，风平浪静，偶有一艘大船驶过，搅起雪白的浪花。

一番拍照，烟民过足烟瘾，我们继续上路。海岸线旁我们看到大片礁岩，唐季和先生告诉我们，这些岩礁有的是海蚀岩，有的是珊瑚礁，形态各异，它们存在也许数万年了。

花莲县位于台东,是台湾最大的县,人口34万,东接太平洋,西边沿中央山脉脊线与台中市、南投县、高雄市为邻,中央山脉在花莲县内有很长一段高于3000米以上,列入"台湾百岳"的山峰,在花莲县就有43座,北回归线穿过花莲等地,这里是台湾原居民最多的地区。

下坡、上坡、拐弯,车子一直处于摇摆状态,有时又像坐过山车似的,我抑制内心的惊吓,怕分散司机注意力,我不时悄悄举起手机,对着太平洋拍照。

傍晚,车子驶出苏花公路,唐季和先生长吁一口气,对我们说这条惊险之路走完了,大家一阵欢呼。

当夜,我们入住花莲美仑大饭店。这个酒店设计得像本书,南面有一个小湖泊,湖水湛蓝,设有泰国宫廷建筑式休闲门廊建筑,湖边一棵棵高大的绿化树、棕榈树给人以热带风光感觉,距海边约2.5千米。

比起现代时尚大酒店,花莲街道破旧,道路两旁大都是五六层高的楼房,房与房之间,大都有宽阔长廊相连,临街的门面开的大都是食品、服装、水果、电器等商店,门廊上充斥着各式广告箱、广告灯、广告牌,电线横七竖八,乱糟糟,百姓烟火味道倒挺浓。

211.穿越北回归线

11月23日是周六,我们全天安排参观活动。

上午看了太鲁阁山崖区域。台湾本地人称为"公园",以雄伟奇峻、几近垂直的岩峡谷景观闻名。

"公园"面积较大,有一条横贯东西的公路穿过,地跨花莲县、台中县、南投县。公路建在断崖下,无数的山窟底层被掏空,一侧开凿的花岗岩山体,一侧是山崖,许多山崖边沿被掏空成隧道,也有许多山崖留有几米、十几米、几十米的崖体没有掏空,成为间隔性的封闭区,有点像桂林象鼻崖那种形状。离这种特征最明显的地段还有3千米的地方,导游让司机将车停下,让我们自由行。

感觉颇好的是,人行道与车行道是隔开的,即使前方与身后有汽车驶来,行人也不用避让。

我们沿着立雾溪的峡谷风景线漫步而行,看到的都是峭壁、断崖、峡谷、连绵曲折的山洞隧道、岩层和溪流等风景,边走边拍照。从公园告示牌上得知,园内的高山保留了许多冰河时期的孑遗生物,如山椒鱼等。它的形成约在400万年前,欧亚大陆板块碰撞而成,慢慢隆起的中央山脉在这里最高处有3700多米,露出地表的大理岩受到立雾溪长期侵蚀下切作用与地壳不断隆起上升,最终形成现在的U形峡谷。高山巨峰,渐次落差,形成层次构建复杂的林木植物带,有利于各类野生动物生殖栖息。

因为只是一种平缓的移动,逛这类景点还是很轻松的。不过,由于是沿着公

在花莲北回归线纪念塔留影

路行走的,受到汽车尾气影响,感觉不到山涧的清新。

下午,大海把这些问题全解决了。

我们先观看了一个竖着奇特石碑的景点,叫水往高处流。

公路边的一个小水沟,水流在爬坡。其实,这是一种山体与地面造成的错觉,但如不科学分析,肉眼是看不出来的。

汽车行驶在太平洋海边,满目一望无际的大海,浅蓝、蔚蓝、深蓝,还有天际飘浮的白云,航行在路上,感觉就在海上。我举起手机,不停地拍,这是一种习惯性喜爱的颜色。大海是一种你看不完的同色,如果你照片也不拍几张,几小时车程,仿佛一无所获。

这大概是一种补偿。我们前方出现一个标志性建筑:北回归线塔。北回归线是太阳光直射在地球上最北的界线,是太阳在北半球能够直射到离赤道最远的位置,是热带和北温带的分界线。北回归线在地球表面共经过16个国家和地区,在我国自西向东穿过云南、广西、广东、台湾4个省区。大约在北纬23.5度,有正负1度的变化。我们经过的这座坐落在花莲丰滨乡的白色北回归线标志塔,呈圆柱形灯塔状,高20多米,一柱擎天,石柱中间有条留空的垂直直线,碑顶有南北水平相交的圆球,球体中间就是北回线的穿越点,标志塔的塔身南北两面刻有"北回归线"字样。唐季和先生告诉我们,北回归线横穿过台湾的澎湖、嘉义、南投、花莲县。

大陆多地建有北回归线纪念碑、广场、标志塔等纪念建筑,其中云南西畴县城西面的标志塔海拔1526米,是中国海拔最高的北回归线标志塔。云南墨江的北回归线标志园占地1500平方米,是北回归线最大的标志园,筑有"太阳之路""夸父追日""北回归线之门""日晷广场"等雕塑。广东汕头北回归线标志塔坐落在汕头鸡笼山上,一条与北回归线重合的线串起彩色地球模型,非常震撼。

随后,我们还观看了由大大小小16个洞组成的八仙洞;礁丛密布、长虹桥跨海的三仙洞,但留在我心里的美好都被北回归线标志塔覆盖了。

晚上，我们住在五星级台东富野大饭店。

212.在巴士海峡

从花莲县穿过北回归线向南，进入台东县与屏东县，我们驶入垦丁景区。

可以说，环岛观光，这里海洋景观是最美丽丰富的。它位于台湾岛最南端的怀春半岛上，这里三面都是蔚蓝无际的大海。其东面是太平洋，西有台湾海峡，南有巴士海峡，是西太平洋一个具有重要战略意义的海域。

这里，每一处都是美不胜收的景点，让你想在这里住下不走了。拍照，你站那不动就可拍出几十个侧面的画面，尤其是在半岛最南端的岬角——鹅銮鼻。

鹅銮鼻建了一个24米高的白色灯塔，夜间每隔10秒闪烁一次，航行的舰船27海里外就能看到。这个灯塔是清政府在1883年建造的，后因战争两次毁坏又重建。

在鹅銮鼻的另一端是猫鼻头，它为台湾海峡与巴士海峡分界点，这里有大量珊瑚礁岩，是典型的珊瑚礁海岸侵蚀地貌，形成了像百褶裙裙摆一样的崩崖、礁柱、壶穴、层间洞穴等奇特景象。

我久久站在巴士海峡岸边，望着翻卷的蔚蓝，心潮翻滚。

作为海军军人，尤其是在东海舰队服役几十年的军人，我知道这个海峡的军事、经济、政治、地缘价值。

巴士海峡位于台湾岛和菲律宾吕宋岛之间。是太平洋与南海的天然分界线。海峡最宽处约370千米，可中间被巴坦群岛和巴布延群岛分隔成了巴士海峡、巴林塘海峡和巴布延海峡3条水道，但这3条水道依然统称为巴士海峡。海峡深度起伏变化复杂。由于地处北回归线以南，属热带海洋气候，高温多雨，季风盛行，雷暴天气较多，是西太平洋生成台风进入台湾与大陆的主要通道。这3条水道，是日本与美国石油等战略物资必经之地，是我东海舰队与俄罗斯太平洋舰队水面舰艇与潜艇进入南太平洋的主要通道，也是海上物资运输的战略通道。

一旦有战争发生，凭台湾弱小的军力是守不住这条战略通道的，只有两岸统一后中国海军的军力，能确保这一战略通道不被人觊觎与封锁。

213.夜宿高雄

带着一身的海蓝色与巴士海峡咸腥的海风，我们驶入高雄市。入住高雄寒轩国际大饭店。这是一家我们在台湾住宿给人最现代感的五星级酒店，大楼高40多层。

一座扼守台湾海峡与巴士海峡的城市的海洋风光肯定是最好的。城市建筑也比台北市好，高层建筑明显增多，以褐色、白色、墨色居多，给人以现代城市感。总人口约280万。

行走高雄港

  港口城市，给人最大的印象还是港口。走进高雄港，感觉它不像是海洋大港，仿佛这个港口设在内河之中。这是因为高雄湾处在一个狭长的小海湾里，长度有18千米，可宽度仅为1千米左右，最宽处也不超过1.5千米，而入口处仅100来米宽，形状酷似一只口袋，湾内港阔水深，风平浪静，航道和港区水域水深自11.3米到16米不等，可供15万吨级船只进出港和停泊，矿砂、石油、天然气和集装箱码头泊位80多个，其集装箱吞吐量曾位居世界第四。但随着台湾当局搞"台独"，经济搞得一团糟，高雄港现已跌出前十。2019年世界排名前十的港口为：

  1.宁波舟山港7亿吨；2.上海港6.3亿吨；3.新加坡港6亿吨；4.天津港5亿吨；5.香港葵涌货柜码头4.9亿吨；6.韩国釜山港4.5亿吨；7.广州港4.3亿吨；8.苏州港4亿吨；9.青岛港3.8亿吨；10.迪拜港3.5亿吨。

  实践证明，政客只能给人民带来灾难，只有全心全意为人民谋幸福的政党才能给人民带来繁荣富强。

  高雄之夜，全团解散，发给每人几百元餐费，让大家自由活动。我不习惯在这样一个光怪陆离的地域一个人行走，但又不便强拉别人与我同行。在高雄美食一条街，各种海鲜、小炒布满街道，连路中央也摆满烧烤与小炒店，于是，我点了4个小炒，2瓶啤酒，边吃边看街头人流。吃饱，正往回逛，碰到也溜单的团友美女廖康，她是省台办的副处长，两人有点惺惺相惜之感，便并肩前行，逛过美食街逛市容，走进璀璨之中，可啥也没买，直到深夜返回宾馆，各自休息。

214.考察《民众日报》

8月24日上午10时,我们如约来到台湾《民众日报》社考察。

坦率地说,这家报社不景气。《民众日报》报道的立场是担任民众与"政府"的桥梁,但屡屡"闯祸",曾被停刊过。我们考察时,它已被东森媒体集团收入旗下。

当天,接待我们的是记者公会(相当于我们的记协)陈明成理事长。他告诉我们,由于报业不景气,他们报社正与学校合作,建电子商城,让农产品也能进入销售。

他说,台湾媒体业现在转型,搞活动是其重要举措,主要是文化产业方面的活动,2013年报社竞标一项文化活动取得成功。目前报社主业只能维持日常开支,要赚钱就靠策划搞活动了。

他还介绍了台湾与高雄记者公会情况。高雄记者公会只有170人,每位参加公会的记者每年要交500新台币会费,这相当于100元人民币。只是我们大陆记者,全员参加记者协会,但从来不需个人交费。

中午,陈理事长请我们吃午饭。坦率地说,他们经济状况如此不好,我们真不忍心让他们开销,推脱不过,只能一个劲地劝他们点个几菜一汤就可以了。

我曾接待过几批台湾记者公会组织的访问团到宁波访问,几乎台湾各家媒体都有。一次,我与集团社长两人接待了他们30多人,中午宴请他们,开始我担心寡不"酒"众,要不陪不好他们,要么我们被喝趴下。好在他们酒风好,每次,我敬一杯,他们全桌人人倒满,全部干杯。使我感到从未有过的轻松。

215.考察佛光山

8月25日下午,行程安排考察佛光山。我们一行,大都是无神论者,但单从文化产业与媒体传播角度来说,这里值得探究。

这里的一切,都与星云大师分不开。大师生于1927年,江苏江都人,俗名李国深,12岁时,出家南京栖霞寺,1945年入栖霞律学院修学佛法,1949年春,组织僧侣救护赴台湾,1967年创建佛光山,他将佛教带入现代化新里程碑,先后在世界各地创建200多个道场,一些寺院为北美、澳洲、非洲第一大佛寺。他一生中创办9所美术馆、26家图书馆与出版社、12家书局、50余所中华学校、16所佛教学院等完全中、小学与大学,美国西来和台湾地区佛光、南华及筹办澳洲南天等大学,一生著作等身,创立"人间佛教"学说,获得世界华文作家协会颁发"终身成就奖",堪称高僧大德,在他的影响下,佛光山已发展成为台湾信众最多、富有盛名的佛教圣地,也是一个有名风景名胜区,还拥有自己的报纸、期刊与电视台。

我们抵达时，佛光山专门安排了一次会见。院方出席的有监院、书记与衣钵等人，向我们介绍了佛光山的历史与现状，赠送了相关书籍、光碟与佛袋等。我除保留一盒《人生卜事》星云大师人生格言外，将赠品送给擦肩而过的信徒了。

而后，参观了佛光山主要佛教文化景区。

原先的一座荒山，现在成了东南亚闻名的佛教圣地，它给文化产业发展留下的启迪是丰富而深厚的。

当夜，我们住在南投县映涵大饭店，只有三星级，但它离日月潭只有6千米。

216.行走日月潭

8月26日，周二。因为离景区近，我们很早就来到日月潭，几乎看不到游人。在码头，我们满怀新奇，登上一艘游艇。

日月潭位于台中县，地处阿里山以北，卧伏在玉山和阿里山之间的山头上，海拔748米，湖岸周长35千米，水深20多米，面积7.7平方千米，是台湾省第二大湖泊、最大的天然湖泊，水面比杭州西湖略大一点。早在清朝时即被选为台湾八大景之一。

艇靠岸后，我们爬了一段山路，登上日月潭潭中的小岛，唐季和先生告诉我们，此岛以北湖形如日轮，以南似新月，所以称为日月潭。

我们在岛上漫步。耳边传来悠扬的"高山青，涧水蓝"与《绿岛小夜曲》笛声，笛曲一支接着一支，我们犹如行走在歌声里。坦率地说，日月潭与它的这个小岛上，不论是玄奘楼、梅荷园、亲水公园，还是涵碧步道都不能填满我们对这一著名景点的期待，但因为有了这笛声，够了。

我们眉眼舒展，登艇返岸。

217.再入台北

我们重新入住台北馥敦大饭店，从前台得知，这家五星级酒店标准房收费千元不到，真是不贵。

剩下的都是台北中心城区活动。唐季和先生陪同我们看了自由广场、孙逸仙纪念馆后，我们自由行。想想在台湾几乎转了一圈，感觉把这些城市所有的高层建筑加起来放在一起，可能还没有宁波市的高层建筑多，整个台湾，真正的高层建筑可能只有一幢，就是101大楼，这是台北的骄傲，那就去看看吧。

这幢大楼是由岛内14家企业共同组成的台北金融大楼股份有限公司建造的，是抱团取暖的产物。我们从外观上看到大楼一节一节的，是设计8层为一节，彼此接续、层层相叠，构筑整体，宛若劲竹节节高升。

这幢大楼在2004年刚造好时是世界最高建筑，如今在大陆大概进入前十也难。

我们进入 101 大楼里闲逛。它的 1 层是 101 大道，主要销售服饰流行品牌、化妆品与佩饰等；2 层为时尚大道，与世贸中心楼道相接；3 楼为名人大道，有各种名牌精品以及品牌旗舰店；4 楼为都会广场，挑高 40 米，占地 500 多平方米，四周有露天咖啡座及精致点心、欧式、泰式与中华料理餐厅；5 层为金融中心。在 5 楼我们找到售票处，拟买票到 89 楼观景台俯瞰台北，门票只需 400 新台币，折合人民币 80 元，一点不贵，可是要排很长时间队。我们选择放弃。

打的时还有个插曲。来时，遇到的那个出租车司机是绿营的人，他一听我们大陆口音，路上给我们绕圈子，收了我们 100 多新台币。返程时，遇到的司机是蓝营的人，一路上向我们介绍"台独"分子对台湾的破坏性，对大陆每次在外交、军事、政治上就台湾问题表现出的强硬立场而感到欢欣鼓舞，到宾馆后，他收了我们 60 新台币，我们告知前面的收费后，他建议我们投诉。只是我们没有时间去做这个事，便宜了那家伙。

晚上，还得看点地方。随便逛，我们来到西门町。唐先生告诉我们，西门町主要包括中华路、康定路、汉口街及成都路之内的范围，是台北西区最重要的消费商圈，最具特色的是台北市第一条徒步街区，行人摩肩接踵，街道两边是红楼、刺青街、电影街、KTV、万年大楼、万国百货、诚品书店、精品屋、服装店、中西小吃，电影院蛮多，年轻人聚焦度非常高。言谈中我们得知，西门町与东区、士林夜市并列台北青少年犯罪率最高的地方，西门町也是台北市著名的学生卖春场所。

看来，商圈之地、文化之地、休闲之地，也是是非之地，少停留为佳，打开高德导航，我们往回走。

一夜无梦。

8 月 27 日上午，我们从桃园机场登上返程航班，结束了为期 7 天的台北考察之旅。

临别时，唐季和先生为我们吹奏了孟庭苇的《冬季到台北来看雨》《你看你看月亮的脸》《往事》等。"时间在飘动，像记忆的雨线，我们望着天，不愿说出聚散，回忆像支箭，总往最深处钻，总觉得那端，才是最初的岸，越是消失的，才越让人眷恋……"

一行 7 天，这位台湾同胞先后给我们吹奏了几十首歌曲，以台湾校园歌曲为多，也有民歌，类似孟庭苇、林淑容、高胜美、费玉清、罗大佑、齐秦等歌唱家正是我所喜欢的。这些歌曲，是中华文明在旋律中的流淌，也是血脉相连的同胞的真情表白与倾诉。

这个冬季到台北来看雨可能性不大，但台湾我一定还会再来，当然，希望那时的航班不要在空中再拐一个大弯。

第三十七章

美国印象

美国是西方文明的代表,最能反映当今西方文明发展的状态。

考察与了解美国,一直是我出国计划中考虑的优先目标。作为世界头号资本主义国家,当今世界经济、科技、教育最发达国家,军事最强大,二战后一直在对第三世界国家发动战争的国家,它是值得人们了解与探究的。

一次考察与学习之旅,给我带来机会。

中国商务部组织一个出版产业国际市场开拓赴美培训考察团,我进入了他们17人名单,时间是21天,而且要从美国西海岸,行走到东海岸,从太平洋边走到大西洋边。

辽阔纵深,拉大了感触时空。

我11月8日参加中国新闻奖颁奖大会后,就住在中央电视台好友家中。10号傍晚,美丽主持人驾车将我送到团队出发集合地——西藏大厦,送给我一个指甲钳,还有一个拥抱,笑靥中挥挥手,我的赴美行程由此开启了。

218.飞往旧金山

2010年11月11日14:10,我乘坐的UA888美联航航班从首都机场腾空而起。深灰色的庞大机身,载着400多名乘客,仅空乘人员就有19人。

这么个大家伙,可滑行不长的距离就直接拉起了,飞机性能好,起飞非常顺利。

飞机进入平飞状态后,我看到了机身下的海水。这说明飞机已飞到我国渤海上空。

白云朵朵,也使我的思绪飘荡。其实,赴美考察之路并不顺坦。半年前,第一次,我的赴美签证就被上海美领馆给卡住了,笑容可掬的签证官告诉我:"对不起,我们领事馆不能决定您能否访美,美国大使馆要对您进行背景调查。"

为何要调查我的背景，因我在中国海军服役时担任过东海舰队政治部政研室主任。这一调查不要紧，70多天后才等来"恭喜你，美利坚合众国欢迎你去访问"的通知。

这意味着又一次折腾。

赴美办签证是很折腾人的。一大早，人们就要到位于上海南京西路的梅龙镇广场排队领取表格，然后，再排队等待工作人员领着走过商场大堂进入电梯，到8楼美领馆签证大厅，排队安检。过安检时，要求抽下裤带，脱掉鞋子，光脚接受安检。坦率地说，这对中国公民不够尊重，一种不文明的出现一定是这个国家的文明哪个环节出了问题，原因大家心知肚明。我早有准备，穿了一条腰部有松紧带的长裤与松紧口皮鞋，轻松应对了不文明。

机身下的海面一望无际，烟波浩渺，无疑，我们已到太平洋上空。从北京到旧金山有11000千米，除很短的地面距离，这就是太平洋的宽度。引擎，系着万里安全，曾在海军航空兵工作过的我，心里有点不踏实。

空奶奶给我们送吃的了。机上的空姐，除一名香港年轻女士外，全是60岁以上胖老奶奶，但服务态度非常好。飞行过程给我们送了3次食品，每次都有三四件西点，中间还送了一次热狗。每次送吃后，送两次水，推车送过，最后还用托盘托了十几杯水，在过道走来走去，问大家要不要。

我不明白，她们为何这么大年纪还工作，一位胖奶奶告诉我，她的养老金还不足以养老，她还需再工作几年。这反映了这个国家养老与社会劳动力资源利用的状态。

一夜看书，飞越了太平洋。

空中11小时30分的飞行，满身疲惫。美国时间，正值上午9点多，中国时间凌晨1点不到，人们正值梦乡。进入美国海关，边检签证审查官详细审阅了我们每个入境人员的护照、通关申请表、邀请函、电子客票行程单，让每个人留下左右手指纹，并进行了一些简单询问后，便在护照上盖章放行。

取出行李后，美国关员对我们这批人没有进行开箱检查，在过道上收走申报单后全部放行。

走出机场航站大厅，正好看见一群中国国航的空姐列队走过。姑娘们身材高挑、容貌美丽，气质高雅，浑身散发着青春气息，美极了。因为在飞机上被十几名空奶奶服务了十几个小时，内心形成强烈对比冲击。

这是否也象征着两个国家的发展状态？

走进旧金山。这是太平洋西岸一个很美的城市。旧金山又译"三藩市""圣弗朗西斯科"，120平方千米，人口80万，其中华人18万，临近世界著名高新技术产业区硅谷，旧金山是世界最重要的高新技术研发基地和美国西部最重要的金融中心，是联合国的诞生地。这里还是世界重要科教文化中心之一，拥有世界著名高等学府加州大学伯克利分校、斯坦福大学、世界顶级医学中心加州大学旧金山分校、全美最大艺术院校旧金山艺术大学，曾经出过150多位诺贝尔奖得主与200多位奥运会冠军。

旧金山还是世界同性恋总部所在地，全城上空，同性恋紫色旗高高飘扬。

219.最美城市

纵横美国几十天，要是有人问哪个城市最美，我会毫不犹豫地说是旧金山。

这是一个太平洋之滨的海洋城市，三面环海，山峦不高，民居大都是连体式3层楼房，黄、深灰、深红色居多，淡雅干净，并不雄伟，由于土地资源奇缺，这里房价很贵。因长期受海风影响，旧金山夏季气温通常只有20摄氏度左右，一年只有几天超过摄氏30度。风光旖旎，太平洋的海水伸手可及，世界上海洋城市所具有的美丽与特色它都具有，而且，它还有其他城市所没有的东西。

中国时间12日下午4:30我们入住酒店，一个胖胖的美国白人女子用了很长时间才办完我们17人的入住手续。

旧金山之行，在完成对一家报社的新闻出版考察后，我们进入文化考察行程。

最先，吸引我们目光的当属联合国旧址。一幢不太起眼的旧建筑上空仍飘荡着联合国旗帜。联合国的成立，是与美国第32任总统罗斯福分不开的。第二次世界大战刚结束，他反思第二次世界大战给人类带来的巨大灾难，希望人类成立

在旧金山金门大桥留影

一个国际组织维护和平，反对战争。而且，对中国成为联合国常任理事国、中共能派出董必武参加代表团，他也起到重要作用。

后来在华盛顿参观罗斯福纪念公园时，我向罗斯福塑像深鞠一躬，感谢这位美国政治家当时对中国与中共的帮助，并与塑像合影。

我们参观了旧金山的艺术宫。它始建于1915年，是举办巴拿马"太平洋万国博览会"的主体建筑，主要设计有一个圆顶大厅，配上拱门和石柱，一副罗马建筑遗风。博览会结束后，其他建筑都被拆除，第二次世界大战中成了美军停车场，唯有它凭借艺术生命活了下来。参观时，我感觉艺术宫还活着，与之连体的是一个完整的生态。通往艺术宫的道路逶迤在太平洋海岸边，一侧是伸手可及的太平洋海水，一侧是翠绿的草坪与树林，天空湛蓝，海水湛蓝，各种开放的花朵，无比鲜艳。

艺术宫里，水榭楼台，曲径通幽，花木繁茂，古老与现代，交相辉映。这是最没历史的国度的一个历史建筑。

还有一处令人惊叹的建筑是金门大桥。金门大桥1937年5月建成通车，大桥全长2737米，桥面宽27.4米，有6条车行道和两条人行道，桥塔高227米，桥身塔的顶端用两根直径各为92.7厘米、重2.45万吨的钢缆相连，钢缆由27000根钢丝绞成，中点下垂，几乎接近桥身，钢缆和桥身之间用一根根细钢绳连接起来，钢缆两端伸延到岸上用锚钉钉于岩石中。从海面到桥面中心高度约60米，又宽又高，所以即使涨潮时，大型船只也能畅通无阻。桥身呈朱红色，横卧于碧海白浪之上，生成在那个淘金热的年代，被命名为"金门大桥"。金门大桥现今依然是世界上最繁忙的桥梁之一，每天约有10万辆汽车从桥上驶过。

大桥的设计者是工程师约瑟夫·斯特劳斯。人们为纪念他在桥头堡处为他建造了一尊全身铜像，他与大桥一样活着。我们在大桥钢索剖面前照相，感觉27000根钢丝绞成钢索的力量，在那个科技并不太发达的年代，它是怎么被拉过海峡架设起来的？

金门大桥在世界上出名还有一个因素，就是跑到大桥上自杀的人最多，从建成至今，已有1200多人从桥上跳下自杀，每年都有20多人从距水面60多米的桥身上纵身跳下，瞬间粉身碎骨，葬身白浪。这也反映出激烈竞争的资本主义社会给人们造成的精神压力有多大。

旧金山的"九曲花街"很好玩。旧金山市内有大小山峦42座，不少街道相当陡斜，从浪巴街到利文街这一段是一个大下坡，离渔人码头不远，从坡底到顶部有400多米，陡的地方坡度有40多度，由8个Z字形急转弯道组成，车道只能容一辆小车从坡顶单向缓缓下行。车道两边的阶梯状斜坡上布满了花坛，花坛里花团锦簇，万紫千红，四季不衰，华人给它起了个"九曲花街"的名字。旧金山是由色彩缤纷的低层小楼盘山而建，汽车行至此，只能盘旋而下，时速不得超过 8 千米。花街两旁，铺设有供游人赏景的人行步道，步道外侧，是一排排色调明快的住宅楼，每一家的窗台和阳台上都种满鲜花，与中心花街交相辉映，美艳诱人。把一段危险的城市陡坡车道建成闻名遐迩的"花街"，这是城市管理者的智慧。我在花街行走了几个来回，拍了许多照片。

旧金山的奢侈品店很集中。服装香奈儿、迪奥、阿玛尼、纪梵希、博柏利、古弛、路易威登、普拉达等；手表劳力士、江诗丹顿、浪琴、欧米茄等；皮包 LV、古奇、普拉达、爱玛仕、BV、香奈儿、克洛伊、芬迪、圣罗兰、巴宝莉等应有尽有。有趣的是，几乎我在每一家奢侈品店门口都遇到了乞丐，而且以年轻与中年女性居多，这是否在一定程度上反映了美国社会的贫富差距？

旧金山女性身材高挑苗条，面容姣好，大胖子少，美女较多。

220. 参观斯坦福

11 月 12 日，我们一天都在硅谷参观。

13 日上午，行程安排我们参观斯坦福大学，未进校门，首先被学校大门外的大公园吸引住了，千米以上长、宽的草坪绿草如茵，修剪得如同毡毯一样，中部的亭台道路开满了各色鲜花。

难怪说它是美国占地面积最大的大学之一，校区占地约 33 平方千米。最早这里是用来培训优种赛马的农场，后拿出来作为校园时这里还是荒凉闭塞的西部边远之地，因此当时人们亦把这所民营大学称为"农场大学"。直到 20 世纪 60 年代，当旧金山湾区公立加州大学伯利克分校已享誉国内外时，这所"农场大学"还默默无闻。

发达则正缘于农场土地与农民思维。1951 年学校工程院院长提出一个大胆计划，将学校 1000 多英亩土地以极低廉地租，长期租给工商业界或毕业学生设立公司，而他们与学校合作，提供各种研究项目和学生实习基地。几经发展，斯坦福成为美国首家在校园内成立工业园区的大学。这一来，教学与实验结合起来了，大学的人才与科研结合起来了，源头活水，厂校皆活，工业园区内企业一家接一家地开张，不久就超出斯坦福能提供的土地范围，不得不由此延伸，向外扩张，逐渐推动美国加州科技尖端、人才高地硅谷的诞生。斯坦福大学被小型、中型与大型科技集团与企业重重包围，毕业生还没毕业就已经创业，毕业后更被抢走，地位越来越显赫，成为硅谷人才与科技创新摇篮，世界科技创新中心。

这便是重商主义、实用主义和开拓精神相融合的"美国精神"，这便是斯坦福大学腾飞的转折点。

它会创造奇迹的。截至我们到访时，斯坦福大学共有 83 位毕业生、教授及研究人员获得诺贝尔奖（世界第七）、27 位获得计算机界最负盛名的图灵奖（世

在斯坦福校园参观

界第一),培养了众多高科技公司的领导者,其中包括惠普、谷歌、雅虎、耐克、思科、罗技等公司的创办人。

斯坦福大学校园建筑黄砖红瓦,风格统一,均为17世纪西班牙传道堂式建筑,只有二三层高。校园棕榈成林,草坪碧绿,道路宽阔,拱廊相接,宽得可以在里面开汽车,在古典与现代交融中充满浓浓文化与学术气息,胡佛纪念塔,是斯坦福大学地标性建筑。

参观斯坦福,是我们在旧金山考察的压轴戏,看完这所名校,我们转移。

221.飞往洛杉矶

11月16日上午7:30,我们从旧金山叫最佳西部的宾馆出发,乘车往机场。空中距离760千米,于9:10降落在洛杉矶国际机场。

此前的14日、15日,我们除公务考察外,还游览了加州优美胜地公园。这个公园从景观上说,比不了我国的黄山、香格里拉与长白山风景区,但是自然生态保护较好,野鹿、狐狸等就在游人身边走动。沿途一路,看到了农村气象。广袤的原野,土地肥沃,村民房屋全是成品建材构建搭起的一到两层建筑,以淡绿、浅青、深灰为主,绿树掩映,房边停着汽车。田野里种植着大豆、棉花、玉米,还有许多果树,有些田间,已长满绿油油作物,生机盎然。高速公路两侧,密集高压线排空而过,山岭上,有成百上千的风能发电机风叶在轻轻转动。可以看出，美国农村现代化程度还是较高的。

坐了飞机坐汽车，我们还是在加州的地界上。

洛杉矶是加州市政府所在地，是美国第二大城市。城区面积近1300平方千米，下辖洛杉矶县、长滩、河畔县等8个区域，全市400万人口。洛杉矶号称是"第三世界的首都"，生活了100多个国家的移民。

接待人员安排我们住在一家叫"号角"的酒店，放下行李，我们立即集合，去参观美国西部影城。

222.感受好莱坞文化

看似来玩，但我们对好莱坞是刮目相看的。美国军事上的强大称霸全球，但它也是具有文化影响力的头号大国。好莱坞影片，成为美国软实力重要载体风靡世界。

在陪同人员引导下，我们先参观了好莱坞星光大道与颁奖典礼大厅。

一条普通的街道，3个普通的街区，就因为藏青与深蓝色的人行道大理石上镶嵌了2500枚金色的五星水磨石及黄铜的"星星"，记载着好莱坞明星演员、音乐家、导演、制作人、音乐组合乐队、戏剧团体、虚拟人物和其他具有杰出文化成就者的名字与手模，代表着对美国娱乐产业有杰出成就的人的永恒纪念，一下就变得熠熠生辉了。我们留心观察，看到我国电影人成龙、吴宇森等几个人的名字，大家一阵亲切，便驻足照相。这里每天成千上万不同肤色的人流，彰显着它与世界文化的互渗。

好莱坞颁奖典礼大厅，要爬很多台阶才能登上，似乎象征着每个明星爬上去都不容易。金色的隧道拱门、金色背景、金色的斑光、金色旋律等，把个金色大厅映衬得美轮美奂。

可星光闪闪的背后，有汗水，也有辛酸的泪水。有光彩照人的辉煌成就，也有金钱与肉体交换的龌龊。

随后，我们坐进了多维、立体、动感电车，开始4小时环球影城惊险刺激之旅，一路上我们遇到了大地震、洪水、木桥坍塌、大白鲨追尾、与金刚对峙等种种意外，沿途经过了好莱坞电影中时常出现的世界各国布景，下车后，进入一条条有名的街道与一幢幢特技格斗大楼，现场观看了山洪暴发、河流决堤的情景。

有个鬼屋，里面一片黑暗，伸手不见五指，只能摸索着在低矮通道前行，可突然间，电光一闪，从一个窟窿中钻出一个青面獠牙的魔鬼来，冲着你就张开血盆大口，吓得人魂飞魄散。走在我前面的是解放军上校陈锐，是一位知性美女，一路行为矜持，谈吐优雅，可这时，她一把抓住我的手，再也不放，直到几十分钟后走出门她才松了手，我们手心里都有汗水。

毫无疑问，影城的这些景点，互动性特别强，电子科技含量高。

华灯初放时，我们登上车。一路行驶，有人指着不远处的贝弗利山庄上的一片灯火告诉我们，那儿是好莱坞大牌明星与洛杉矶最有钱人的别墅区。

223.加州大学培训

11月17日与21日，我们进入加州大学圣伯纳迪诺分校培训日程，其间还穿插了我们在《中国日报》《洛杉矶日报》等地方半天的活动。这所建于1960年的大学，连续11年被评为"美国西部最佳大学"之一，位居全美前25之列，在加州州立大学23所分校中，只有7所列入"西部最佳"。校园广阔，风景宜人，位于洛杉矶和棕榈泉之间的旅游景点之中。

但是，走进教室，我觉得还是有点贫寒，课桌还不如宁波中学的课桌。教室只有20几张课桌，一桌一人，桌子仿佛是纤维板制作的伸缩型，听课时将另一部分拉开才能放得下课本，椅子是纤维板浅靠背木椅，舒适感较差，一上午坐下来，有疲惫感，也许青春的身躯感觉不大。

身材庞大的戴维教授讲的是英文，但提供中文PPT。他重点讲了美国与世界电子出版的历史、现状与展望，电子出版市场越来越大，它对纸媒、纸质出版业造成的冲击是巨大的。

此间，我们通过与洛杉矶华人领袖、FCC公司副总裁林旭博士等人接触，了解美国社会与华人在美国生存发展的一些情况。在美国的300多万华人，其经济文化表现还是优秀的。亚洲人种在美国有一种说法，中国人开餐饮，印度人开宾馆，日本人开车行，阿拉伯人开出租。中国人勤劳，失业率全美最低，在外来裔全美职业收入排名中，中国人稳排前三，有几次排在第一。中国的新移民以大学毕业生、研究生为主体，精英辈出，美国硅谷有三分之一工程师是中国人。美国本土的学生，大多已不适应当科学家，主要是数学成绩太差。美国从小学到中学注重培养学生的是三种能力：演讲能力、组织能力、体育能力。这些基本能力是培养未来领导人模式，适合当政治家。在美国有个说法，你不是社会管理的参与者，往往就是受害者。在美华人是个不给美国政府找麻烦的族群，是社会的稳定器，这也是中华文明在异地的生长状态。

老华侨深情地告诉我们，美国是少年的天堂、中年的战场、老年的坟场。许多华侨都谋划老年返回中国定居。

我们也了解了美国移民文化的丰富性。一个移民的国度，允许各国各种族群保留与呈现自己的文化。华人移民在美国的武术、舞龙、舞狮、腰鼓、戏剧都有名气，好莱坞搞巡游，请去华人社团的扇子舞，华盛顿搞大巡游，曲子也选用"在希望的田野上"，联欢演出《红色娘子军》片段。

华侨精英们向我们强调了一个概念，叫文化英雄，说美国利用好莱坞制造一个又一个文化英雄，然后把他们推向世界，而中国往往喜欢丑化文化英雄，他们举例说像唐国强、陈宝国、成龙、巩俐、章子怡、范冰冰、姚明、刘翔等都是国家文化英雄，可是社会对他们的爱护维护不够。一个国家文化英雄的多寡，直接影响国家在世界上的软实力。

224.父女团圆

女儿朱迪从浙江大学毕业后，报考了加州大学国际经济专业研究生被录取。她表示，要学好知识，长了本事要报效祖国。她选择了一个美丽校园，蔚蓝色的大海，成排的椰子树，鲜艳粉花，清新的椰风吹过来，使人感觉到了中国三亚。校园比公园还美，令人心旷神怡，但朱迪并不轻松，因她在浙大外语系4年学的都是外国语，加州大学的国际经济研究生课程要学懂，还必须将大学本科专业知识补上。没有捷径可走，她只能白天在课堂听研究生课，晚上补本科生相关课程，两年研究生生活，她每夜只睡三四个小时，有时更少。除此之外，她还在加州大学兼了中文助教一职，每个月可减免她的部分学费。这可能就是她留学学到与体现的美国精神了。

我说到学校去看她，她说，你不认识路，从洛杉矶到我们学校来要费时间的，来了，我上课也没空见你，还是我没课的时候去看你吧。

11月18日上午，阳光普照，我正在洛杉矶《中国日报》二楼大会议室听课，女儿言笑晏晏地来了。我向她简明扼要谈了在美国考察行程安排，她却妈妈这样妈妈那样问了半天，一副"小棉袄"表情。课间休息时，我介绍她与几位华侨领袖认识，也认识一下我的"国友们"，1.73米的身高与姣好的容貌，受到大家夸奖，夸她秀气。华侨领袖对我说："你女儿很美丽，她一走进来，就照亮了我们整个会场。"我谢谢他的夸奖。一番言笑，她说下午学校有课，就拿着我带给她的吃的用的一些东西回学校了。

父女深情拥抱话别。在异国他乡相见与离别，心里感觉是不一样的。相隔几万里，小鸟，独自飞翔。

女儿离开后，中午我们去参观了洛杉矶时报社印刷厂。这个厂投资2亿美元，有300名工人。印报机器，每小时能印7万份报纸，每份报纸65页，从周一到周五这个报纸的发行量都是7万份，周日为10万份。报社有员工3000人，年利润2亿美元。我们在车间参观时，看见24台机器人从仓库里往外搬运纸卷，每卷纸重量为1吨。美国报纸全国性发行难度大，邮局效率低，从一个城市寄到另一个城市要7天。一城一报，符合它们的格局。

美国媒体没有党报一说，但它们"讲政治"丝毫不含糊。

225.参观盖蒂艺术馆

这是一个私人捐赠的博物馆。盖蒂是美国一位石油大亨，23岁时靠2000美元起家，第二次世界大战时开发中东石油，第二次世界大战后迅速成为中东地区最大石油大亨，1976年去世前将个人几十亿美元与收藏的艺术品全部捐给加州政府。盖蒂年轻时就对古地中海文化着迷，收藏了许多文物，起初放在意大利别墅里，后来实在放不下了，就在洛杉矶西部圣·莫尼卡山买下了110亩土地，用来建造艺术馆。

艺术馆坐落在花园中，馆里也有花园。里面花木品种很多，人们走累了，就席地而坐，感触巨大圆形中央馆花园种植的300多种10000多株不同植物散发的花草芳香。为避免过多庞大建筑破坏山体自然景观，盖蒂中心地下化深达6层。馆套馆，廊接廊，厅连厅，展品丰富。里面有世界著名绘画大师梵高等素描和名画《鸢尾花》，有14世纪早期至19世纪末法国、荷兰、意大利等油画大师的真迹，有中世纪拜占庭时期144件书卷手稿，有路易十四到拿破仑时期服装艺术收藏，有文艺复兴时期至19世纪末雕刻，有不同时期的玻璃器皿，藏品有5万多件。

人不在了，但艺术让盖蒂活着。每年有180万人次来此参观，都会想到他，用目光打量他收藏时的目光。

226.又见胜利之吻

11月22日上午，天空晴朗。昨日，洛杉矶下了一场中雨，今天空气格外清新。今天，全团到圣迭戈参观。海军出身的我知道，圣迭戈是美国海军太平洋舰队所辖第三舰队基地所在地。

下车后，沿着海岸走了几百米我们就到了海军公园。公园一侧，停泊着二战中战功卓著的1976年退役的"中途岛"号航母，舰舷号41。往前走，就是巨大彩色雕塑"胜利之吻"。美国水兵身着海军蓝水兵服，深吻着身穿洁白护士服的女护士，他们是那么忘我，那么陶醉，散发着青春之美的气息。

走到他们身边的人们，不拍照留念的不多。雕像是物质的，但他俩是活着的，依然有气场，因为他们用男女之爱的表情动作，传递了人类对和平对生活的热爱。

1945年8月15日，日本宣布无条件投降的消息传到纽约，时代广场上一名美国水兵与一名美丽女护士擦肩而过，浪漫的美国水兵与她没有商量，走上前抱着她就热吻起来，一口下去，已成深吻。女护士也不反抗，她温柔地享受着胜利日的激情快乐。一名摄影师按下了快门，后来这张照片被称作"胜利之吻"。

随后，我们集体踏上游船甲板，游览圣迭戈港。有意思的是，港内停泊着美国海军数十艘驱逐舰和里根号航空母舰，舷号76，是美国尼米兹级航空母舰的9号舰，现役核动力航母。航道中间用彩色塑料浮标隔了一下，神圣不可靠近。游船甲板数百男女，不停地对着军舰拍照，有些还在录像，只有我的手机一张也没拍。我考虑到曾被美国大使馆背景调查几十天，还是小心为妙，美国中央情报局

在圣迭戈海军公园

没事都能给你整出点事来。

1个多小时后,我们走上码头,碰到几个法轮功分子在散发报纸,我拒绝接受,对他们说:"败类,滚!"

下午,我们游览海滩公园。这儿有高高的椰子树,各色花卉很多,弯弯绕绕进入有几千米长的沙滩,蔚蓝无际,艳阳西斜在头顶上,太平洋的无边长浪一波接一波轻吻着沙滩,温暖的大洋季风吹起成群美女的裙裾。我们在这里走走停停,挽起裤管站到海浪里拍照,70多分钟后上岸,走过公园边的科朗纳多旅馆时被告知,这个旅馆因英国那位不爱江山爱美人的国王爱德华八世携妻曾入住这里而闻名,旅馆与海滩布满了他俩的足迹。

他因为爱情而活着。人类的爱情是永远不会死的。

227.飞往华盛顿

11月23日,我们从"号角"酒店出发,乘机到华盛顿。有4300多千米的航程,5小时后,到达杜勒斯国际机场。

华盛顿人口85万,其中黑人占61%,华人占1%。

接机的是位美籍华人,他来自上海。他再三提醒我们,贵重物品要保管好,放在宾馆也靠不住,他让我们记住一句话:"美国无好人。"我们都笑了。

直接住到宾馆。宾馆不高,有300多个房间,装修精致,走廊宽阔,一楼有游泳池,有火炉,炉火熊熊。房间单、标间全为套间,外间为客厅与厨房,有沙发，有餐桌、茶几、冰箱、微波炉、咖啡机、煤气灶、食品厨、西餐刀叉等，还有一台平面直角电视机。卧室有写字桌、衣橱、洗漱台、浴室、卫生间，有10多盏灯，打开一片雪亮。床单、被褥、毛巾、浴巾、浴衣雪白，大小枕头有5个，品质很好。床头墙上挂着两幅很大的抽象画。

度过了舒适的华盛顿之夜。

11月24日，华盛顿，多云，有3级风，早晨跑步感觉手冷。

11月25日，清晨下过一场雨，气温继续下降。

了解美国，不能不了解它的核心地带。这两天，我们都在华盛顿参观。两天的参观，看的东西可用10个字来概括：

圆的——国会山。

尖的——华盛顿纪念塔。

方的——林肯纪念堂、国家二战纪念碑。

平的——罗斯福、杰佛逊公园。

白的——白宫。

这些都位于华盛顿国家广场。

我们先到白宫铁栅栏边拍照，留影纪念，陪同顺便介绍了它的历史。这是一幢白色新古典风格砂岩建筑物，占地7.3万平方米，由主楼和东、西两翼三部分组成，是历任美国总统官邸与办公室，1800年建成，1812年英国和美国发生战争，英国军队占领华盛顿城后，放火烧了包括美国国会大厦和总统府之类建筑物。战后，美国人为了掩盖被大火烧过的痕迹，墙体被涂上了白色，1902年老罗斯福总统正式命名其为"白宫"。

国会大厦，建于1793年，由华盛顿总统奠基，1800年使用，1814年也被英军严重毁坏，后修复。它是一幢以白色大理石为主全长233米、高3层的建筑，四周巨型罗马柱环立，雄伟壮观，现出古典复兴建筑风格。国会大厦288英尺的圆顶之上，有一尊6米高的自由女神青铜雕像，头顶羽冠饰，右手持剑，左手握盾。圆顶内部是一个可容纳二三千人金碧辉煌的中央圆形大厅，圆顶南北两侧翼楼是众议院和参议院办公场所。

白宫与国会周边街道四周的建筑都为国家机关，有意思的是，美国之音总部也聚焦在国会山上，其办公楼比国会各个部还要多还要大，可见美国政府这一"喉舌"的地位。

华盛顿国家广场有韩战与越战两大战争纪念碑，这两个园区都与中国军队有关。

我细细察看了韩战纪念碑园区。这个园区由三部分组成：

第一部分是雕塑群。有19个白色与真人尺度相仿的美国军人头戴钢盔，端着枪，成散兵线在开阔草地上惊恐地搜索前进。

第二部分是一堵黑色花岗岩纪念墙。墙上隐现着浅浅蚀刻的许多士兵的脸部，这些形象是根据朝鲜战争中美军各个兵种无名士兵的新闻照片刻摹的。这堵墙的尽头，黑色大理石上用英文写着："自由总是要付出代价的。"

第三部分是纪念池。一个黑色有几十米见方的水池，水深几公分，在阳光的照射下，滚滚水流往下流淌，犹如血流成河。河岸边的黑色大理石上刻着朝鲜战争的伤亡人数。

我从皮包里拿出采访本，记下了如下数字：

美军死亡人数：54266 人；联合国军死亡人数：628833 人；

美军伤：103284 人；联合国军伤：1064453 人；

美军被俘：7140 人；联合国军被俘：92970 人；

美军失踪：8177 人；联合国军失踪：470267 人。

这是美国官方统计，比中国与朝鲜发表的美军与联合国军的伤亡、失踪人数要高出许多。这也从另一个侧面证明，当年的志愿军与朝鲜人民军大大少报了战果。

228.在费城

11 月 26 日，阴天，我们从华盛顿乘车赴纽约，全程 380 千米。

中途，我们在费城停留 4 个多小时，参观了两大人文景点。

费城是美国建国后最早的首都，直到 1860 年才迁都华盛顿。这里有美国最早的参、众两院，大法院等国家行政机关。

我们参观的第一个地方是独立宫。是美国著名历史纪念建筑，坐落在费城国家独立历史公园里的独立大厦内。1776 年 7 月 2 日，13 个英属美洲殖民地 51 名代表组成的大陆会议在此举行，7 月 4 日通过由杰克逊起草的《独立宣言》，宣布北美殖民地脱离英国，建立"自由独立合众国"，这幢两层旧式红砖楼房，由此成为美国独立的象征。

自由钟也是公园里一件历史纪念物，它在美国的知名度仅次于自由女神像。走出公园不远，就到了河边。前行千米后就是滑铁卢桥，桥边水面停泊着美国二战时期的巡洋舰与潜艇。看着这座大桥，我想起由费雯丽与罗伯特·泰勒主演的电影《魂断蓝桥》。战争使罗伊走向战场，芭蕾舞女演员玛亚沦落为街头应召女郎，重逢之后她无法面对心爱的人，她来到滑铁卢桥，撞向飞驰的军车。

如今，桥还在，悲剧爱情故事还在，但人不在了。小说《乱世佳人》描写的许多场景也出自这里。

一座浪漫之城。我与另一位团友在照相，一位本地女孩走过来，要与我合影，拍照时，她的一条胳膊又伸了过来搭在我肩上，让人感到郝思嘉遗风犹在呀。

229.在麻省理工与哈佛大学

我是怀着浓厚兴趣走进麻省理工学院的。

11月27日上午,我们是从纽约乘车到达波士顿。这座大西洋岸边的城市68万人。1624年,欧洲101名清教徒在此登陆,幸存50人,在当地印第安人帮助下,学会了捕鱼与狩猎。现在,它在世界上出名的可能还不是它的经济成果,而是因为拥有两座著名大学。

我对麻省理工学院有兴趣,则是因为军中前辈、中国导弹之父钱学森曾在这所学校读书与教学。1935年9月,钱学森进入麻省理工学院航空系学习,1936年9月获航空工程硕士学位,在获加州理工学院航空、数学博士学位后,1947年,任麻省理工学院教授。

麻省理工的校训很有意思:"手脚并用,创新世界。"

麻省理工的教学楼都是老旧房子,有的外形看着像教堂,大都两三层高,个别楼层七八层高,院子大,房子多,长廊很多,一条接一条,有数百米长,许多楼与楼互通。走廊上有学校毕业学生各类精英照片与生平介绍,有每个班级的墙报,反映学习生活。学生们进进出出,有些教室在上课,有的教室学生们聚拢在一起研究讨论问题,它就是一所研究型学府。

麻省理工与哈佛大学两校距离很近,近到两校的学生可以到对方学校修课与食堂换口味。

哈佛校园建筑风格与面貌与麻省理工差不多,你看不出有何雄伟与别出心裁。这两所大学的学术成就不去说它了,说一件搞笑的事吧。

哈佛每个学期都有裸奔节,名牌大学生搞裸奔,看似有失斯文,可学生们持有的理由是:"如果当众裸奔都不怕了,期末考试还用怕吗?如果身体都不受束缚了,思想还会被束缚吗?"似有逻辑。其实,学校批准他们裸奔,主要是在考试前让学生释放压力。由此可以看出,美国大学生的学习压力还是超大的,美国没有全国统一的高考,上大学的概率很高,但是,它实行的是宽进严出,美国高校平均毕业率为53.1%。对比中国99%以上的毕业率,这个数字确实还是很可怕的,美国名校更不好混,搞不好就要卷铺盖走人。由此,不难想象出为何名校大学生要裸奔了。

哈佛院子里有一个哈佛铜像,但凡进入哈佛校园的人都要与塑像合影。人们排着队,来到塑像边,摸着哈佛的靴子与其合影,久而久之,哈佛靴子的鞋头被摸得锃亮。

关于哈佛先生的生平简介中写道:

1638年9月14日,牧师兼伊曼纽尔学院院长J.哈佛病逝,他把一半的积蓄

720英镑和400余册图书捐赠给这所学校。同年正式开学,第一届学生共9名。

1639年3月13日,为感谢以及纪念约翰·哈佛牧师在创立初期对学院的慷慨捐助,马萨诸塞海湾殖民地议会通过决议,将学校更名为哈佛学院。

这位牧师赚大了,那么一点点钱与图书就获得了永生。当然,永生的应该是良知与教育精神。

我们参观时,大西洋寒风刮得人脸上、手上皮肤发疼,人们衣服穿少了,寒风能瞬间吹光你身上所有热气。难怪这个城市造的一种羽绒服很出名。

我们走出哈佛大学时已是万家灯火。在大学门外一家纪念品店,大家各自选购一些小纪念品。临出门时,我们听到了一声尖尖的乞讨声,我回头一看,只见一名美国老妇坐在寒风中的轮椅上,伸手乞讨。太可怜了!我走过去,给了她1美元,她连连致谢。我想起赴美以来购物商店找零有许多零钱,于是,从包里全掏出来倒给了她,她连连致谢。

看来,世界最强最富的国家两极分化也许更严重,那些穷人真的很可怜。

这一夜,我们住在波士顿一个离麻省理工较近的宾馆。我们原先订的是标间,可当夜标间全用完了,于是,宾馆给我们每人提供套间,只按标间收费。无意之中,享受了一个豪华宁静的夜晚。

230.在纽约

11月28日,天空晴朗,国内周日。我们从波士顿乘车返回纽约。中巴车8

在麻省理工学院校园参观

点30分准时发车，3个半小时后，到达纽约。

有一项活动是乘船游览纽约港，从海上欣赏纽约市容。毫无疑问，碧海蓝天、林立的摩天大厦，迎面吹来的大西洋清新海风，是令人心旷神怡的。望着高高的自由女神像，游客们变换着不同角度拍照。

这座雕塑已被列入世界遗产名录。自由女神穿着古希腊风格服装，头戴的7道尖芒冠冕，象征着亚非与欧洲、南美、北美、南极、大洋洲地球上的7个陆地板块。脚下是打碎的手铐、锁链、脚镣，象征着挣脱暴政、歧视与束缚，获得完全自由。

望着女神像我想，就今日美国而言，她依然任重道远。上岸后，我们进入曼哈顿大街。

徜徉在纽约曼哈顿大街上，给人一个明显感觉：就是你不用把自己当成是外国人。这里的国际化程度太高了，满街的人流，各种肤色的都有，来自世界各地。

既然大家都是五大洲四大洋的，有什么国不国区分！

这可能就是一座世界级都会区城市形成的开放气场，要是搞孤立主义、恣意排外就没有这个气场了。它的经济、金融、媒体、教育、时尚、娱乐等，都聚积了垄断资本与金融寡头。这里集中了美国与世界金融、证券、期货、保险等大公司。2008年华尔街闹金融危机，一下就把世界经济拖入寒冬。纽约濒临大西洋。它由曼哈顿、布鲁克林、布朗克斯、昆斯和里士满5个区组成，是全美人口最多的城市，约900万人。美国主要广播电视网与报纸、通讯社也在这里。这里还有一条著名的唐人街，有15万华人。

在完成对《世界日报》的考察后，我们重点是参观。

华尔街，只是一条长度仅540米的狭窄街道，但它两旁云集了2900多家金融和外贸机构，著名的纽约证券交易所就在这里。楼房的二层走廊，到处插着美国国旗。这条街最初是由24名交易员发展起来的，那时，我国正遭受鸦片战争之苦。

不远处，看到一头高3.4米，长4.8米，重3.2吨的铜牛塑像，可以想象人们对股市"牛市"的祈盼。我们拍照时，不断看到有女士钻到牛屁股下，用手托着牛的睾丸拍照，那儿已被摸得锃亮。

我们在参观了洛克菲勒中心后，在时代广场、百老汇、第五大道闲逛。时代广场人流像潮水一样涌来涌去，我在那儿坐了一会，一不留神，影像就被摄像头拍下在屏幕墙上显现出来，姑娘们的笑脸格外灿烂。

60街到34街之间的第五大道，则被称为"梦之街"，聚集了世界主要奢侈品商店，是高级购物街区，受朋友之托，帮她在这里选了一个名牌包。出门时，看到门口一位年轻漂亮的美国女人坐在地上，旁边的婴儿车用白色纱巾遮盖着，

在纽约时代广场小憩

小宝宝正在熟睡,一块纸片上写着,失业了,付不起房租。我掏出零钱给了她,她微微点头致谢。看来,这也是个会行乞的乞丐,很会言实情、用"道具"、找地方。

纵横美国,感觉有两多:一个是大胖子特别多,不分男女,10人中,至少有六七个大胖子,庞大的身躯,门小了还真进不去。这使我想到我们在好几家收费12美金的自助餐店吃饭,都听到祝你生日快乐这首歌,回首一看,一群大胖子围坐一起,庆祝某人生日。这就是贫困阶层生存状态,从小他们就是吃垃圾食品长大的。二是军人大墓地特别多。每个城市都有军人大墓地,低矮洁白的十字架横竖成行,整齐列队。第一次世界大战、第二次世界大战后,美国在世界上进行的战争始终不断,和平年代的美军还在世界上打仗,每年还要死人。可是,这些阵亡的官兵有多少是高官富豪子弟?

看来,绝大多数中国人的生存状态比美国人要好,和平年代的中国军人守望和平,已40年不打仗了。这在世界大国中是唯一。

231.参观联合国

这是我们在美国培训考察的压轴戏,全团人员进入联合国总部大厦参观。

联合国总部占地约110亩,有5000多名工作人员。规定的参观时间是每天9:00至16:45,每隔15分钟一次,参观所需时间大约45分钟。拥有汉语、俄语、英语、法语、德语、西班牙语解说员。禁止穿着无袖上衣及短裤进入。我与广州的黄永跑到联合国总部大厦马路对面大楼上拍照，要将联合国总部大厦与193个成员国国旗拍成我们的背景，落单后，我们凭参观证进入大门安检大厅。过安检后，是宽阔的长廊，边上陈列着历任联合国秘书长彩像，现任秘书长像是一个真人模照立在那里迎接人们的到来，许多人都站在喜欢的秘书长身边合影。然后，进入国礼展厅，各国送给联合国的国礼大都陈放在展陈空间里，一层放不下，放了好几层，有的放在大厦外面。

广场入口处矗立着一座青铜枪雕塑，名为"打结的手枪"，它道出全世界人民的心声：要和平，不要战争。大门口还有意大利赠送的一座巨大的金黄色铜质开裂的地球，非常具有视觉冲击力，它告诉全人类，地球因遭受自然灾害和人类破坏已千疮百孔，伤痕累累，人类要守护共同的家园不再破碎。

俄罗斯赠送的是"铸剑为犁"雕塑；日本赠送的是和平钟；泰国赠送的是和平佛塔；丹麦赠送的是青铜器文物复制品——《太阳马车》；巴林赠送了一棵《金树》摆件；韩国赠送的是文物《金属活字印刷模版》，看了不免让人发笑；挪威送的是一幅叫《无名》油画壁画，一群人在分粮食；美国赠送的是一幅马赛克镶嵌画《黄金律》，描绘了各个种族、信仰和肤色人的尊严，镶嵌画里有一句题词"己所不欲、勿施于人"。如果这是美国历届政府信奉的准则，那是世界之幸。

中国是礼仪之邦，赠送给联合国的礼物比较多。最早是1974年送给联合国的第一件礼物，成昆铁路象牙雕塑。98位雕刻家用两年时间在8根象牙上雕刻了成昆铁路，崇山峻岭、峡谷河流、丛林热植，意气风发的人民与飞驰的列车，栩栩如生，美轮美奂。由于现今象牙已被禁止使用，这牙雕已是绝版珍品，价值连城。联合国成立50周年，我国又赠送了一个世纪宝鼎，重达1.6吨，上面有56条夔龙，象征我国56个民族都是龙的传人，现安放于联合国大厦北花园绿草坪上。我国还赠有景泰蓝摆件《和平尊》和挂毯《长城》，挂在多主题会议厅里。联合国派出一名实习生陪同我们参观，看过这些展品后，他领我们参观联合国自成立以来在控制疾病、救助难民、制止冲突、防灾减灾、保护环境、救助妇女儿童、防治艾滋病、保护遗产、维和等方面取得的成就，揭露战争给人类造成的毁坏与痛苦，表达人类热爱和平建设美好世界的愿望。

接着，参观安理会大厅。根据《联合国宪章》，安理会负有维护和平与安全首要责任。当国家间发生争端导致敌对行动时，安理会首要任务是开会谴责侵略、通过停火决议、派出维和部队、制止敌对行动，促使和平解决争端。

我坐在会场深思，联合国成立后，总体上发挥了积极作用，但也有重大错误，尽管是被操纵与绑架的。它只要不被军事实力最强大国家与国家集团所操纵，是能够发挥制止战争、保卫世界和平作用的，反之，亦然。

走出联合国大厦，曼哈顿岛已成灯的海洋、车的河流。

纽约，一个梦幻般的城市。

11月30日，我们从纽约乘坐7时起飞的UA819航班飞芝加哥，于8:42降落；经停、购物并办理出关手续后，乘坐12:01飞往北京的CA851航班，于12月1日下午4:40到达首都国际机场。下车后，入驻我战友韩建刚、彭司芬夫妇开的四星级酒店。酒店临近天安门广场，坐落在北京饭店、贵宾楼饭店后面，叫天安瑞嘉酒店。

半夜醒来，闹时差，再也睡不着了。我站在6楼窗口，看见子夜的天安门，宁静安详。

我想，这是国泰民安的状态。

第三十八章

中国突破

世界上很多人和事的遇见是偶然的,但在这种偶然之中又似乎存在某种必然。

离开新闻采编岗位好几年了,有时候受到邀请表示付给高额报酬帮助写东西,也懒得动。

可偶然遇到一个人,一下就被他打动了。

他不是院士,不是留洋归来的专家学者,不是有头衔的科学家,甚至连大学都没上过,可他却突破了困扰中国也是困扰世界的"三大环保难题",一个真正的地球拯救者。

写到这里时,我突然想起鲁迅先生说过的一段话:"我们从古以来,就有埋头苦干的人,有拼命硬干的人,有为民请命的人,有舍身求法的人,……虽是等于为帝王将相作家谱的所谓'正史',也往往掩不住他们的光耀,这就是中国的脊梁。"

我认为,他就是中国的脊梁。

于是,2019年仲夏,我便邀约记者朋友一起,驱车来到杭州湾畔,开始了从宁波到内蒙古的采访。不久,《现代金报》便刊发了从头版到二、三版的3个整版报道,人民网、中国网、人民日报·海外网、中国环境网、新华网、《中国环境报》《宁波晚报》等媒体也连篇累牍进行报道,掀开了这位不是科学家的大科学家的面纱。

232.传奇人物

他的人生充满传奇。史汉祥,1956年12月出生的土生土长的浙江慈溪人。最初他是农民,后来是商人,他现在是宁波太极环保设备有限公司创始人、董事长,北京汉祥环境生物科学研究院首席科学家,慈溪市汉祥生物技术研究所首席研究员。

第一次在他办公室见到他,他戴着一副墨镜,半天不说一句话。后来才知道,他戴墨镜可不是装酷,这是他搞科研付出的健康代价。

他是慈溪市改革开放后走出的第一批企业家,荣获"第四届全国乡镇企业家"称号。最初,他创办的是紫铜冶炼厂,将国内大量废弃铜件收回冶炼,后来到国外去收购,成了东南亚最大的废铜回收商,1993年起着手开展"铜锌物料鼓风炉熔炼铜锌分离新工艺"工业试验,1996年创办宁波东方铜业总公司,冶炼所有工艺流程都走通了,可是,第一炉铜水在炉子里怎么也放不出来,请来北京、上海的冶炼专家也解决不了这一问题,他每天就盯着1000多度的铜水凝思化解之策,最终想出办法,取得成功,可是他的眼睛受到永久伤害。4年间,他冶炼出80多万吨紫铜。

正在企业干得红红火火的时候,他发现污染太严重,对环境破坏太大,"个人钱赚到了,环境破坏掉了",这不是一个有责任感的企业家该干的事。他转型了,而转型的这个专业则正是治理工业固废,解决中国与世界遇到的最难解决的环保难题。于是,2004年,他的宁波太极环保设备有限公司成立了,不久,他创建的北京汉祥环境生物科学研究院也宣告成立。

史汉祥研发的方向是攻克世界性环保难题。他秉承"平衡创科技,回归大自然"理念,坚定不移地走"以企业养科技,以科技促发展"的创新之路。前后,近3亿元资金投了进去,向世界环保难题发起冲击,近20年的研发,成果卓著,如今,他共获得国内外授权专利60余项,其中国际发明专利1项,国家发明专利31项、实用新型专利33项、外观设计专利2项,国家权威评估机构确认他企业的专利资产价值达185.8亿元人民币。如今宁波太极环保设备有限公司,已成为一个集科研、产品设计、工程总承包和设备制造于一体的国家级重点高新技术企业。

史汉祥以其独特平衡理念和顽强拼搏精神,提出一整套成熟的"循环经济"理论,找到了一条符合中国国情、经济、有效的综合治理烟气污染的科学方法,尤其是解决攻克了环境资源领域制约当前经济社会可持续发展的多项世界性难题,其中,他研制成功的"DS-低浓度二氧化硫烟气治理技术",成为我国破解立体污染、恢复土壤生态的循环经济核心技术,通过了中国有色金属工业协会、中国电力企业协会评审,被院士、专家等国家级权威人士评价为"国内首创、国际先进",并被国家环保总局确定为国家重点环境保护实用技术,荣获中国有色金属工业科学技术一等奖。

更有意思的是,史汉祥还在医学领域开展研究,成了中医学界创奇迹、传佳话的民间发明家。他研发的"史氏乾坤汤""史氏胃舒宁""非典病因探究和中草药防治"被国家中医药管理局录入处方库;"史氏方"攻克恶性肿瘤治愈率达85.77%,为此,他在2003年人类新增及疑难疾病国际医学大会上,获得世界医学组织颁发的"人类医学功勋奖"。

他成了技术创新带头人,获得一大堆头衔,成为宁波市人大代表、优秀共产党员,被评为"2004年度中国十大科技新闻人物",并被《中国新闻》2011年两会特刊誉为"中国循环经济产业领路人",被联合国国际生态安全科学院聘为高级研究员。

获奖与荣誉固然重要,但更重要的是他的科研成果应用获得的重大成就。

233. "以害治害",突破二氧化硫脱硫难系列难题

这项重大环保技术发明,不只是会改变中国,也会改变世界。

当今世界,高速发展的工业经济给人类带来高度发达的物质文明,但也带来臭氧层被破坏、酸雨蔓延、土地荒漠化、大气污染、固体废弃物成灾等十大环保难题,严重困扰全人类。世界各国都在寻找化解之策,大量科学家为节能减排与治理污染而苦苦探索。

史汉祥研发成功的一项重大发明专利,一举颠覆性突破世界"三大环保难题",解决了世界十大环保难题中最主要的部分,开创出一条"以害治害""变害为宝""低成本、高效益"的环保治理之路,可将中国15亿亩盐碱地改造成良田,19亿亩沙漠变成绿洲。

秋日的一天,我来到宁波慈溪,随后又奔赴内蒙古,探访了这种中国突破的全产业链。

先说个有趣的故事。2019年8月18日上午,亚布力中国企业家论坛2019年夏季高峰会举行闭幕式,万科集团创始人兼董事会名誉主席王石登台演讲,谈到自己曾赴河北钢铁德龙钢厂进行参观访问的感受,王

2010年11月在联合国安理会参观

石说，德龙控股有限公司董事局主席丁立国邀请我去企业参观，我问丁立国："你这儿没冒烟啊，大厂顶多黑烟变白烟，你没冒烟，炼钢怎么能不冒烟，是不是在整修？"丁立国告诉我说每天都在炼钢。我说："这个给我印象太深刻了！你说河北钢铁，河北的民营钢铁，你想想过去是个什么情况？反而现在这里看到的，竟和我在日本、在欧洲看到的钢铁厂一样，从直观环保方面来讲，这里做得更好。"

而王石不知道的是，德龙钢铁的脱硫设备采用的正是宁波太极环保设备有限公司的系列设备。

类似一幕，我在内蒙古包头钢铁公司焦化厂也亲眼目睹。目前，宁波太极环保设备有限公司已有335台（套）设备在10多个省、市、自治区的200多家钢铁厂、发电厂和工业企业使用，成为工业炉窑脱硫治污的新宠。

我国每年排放二氧化硫2000多万吨，钢渣怎么处理是世界性难题。全国每年工业产生废渣12亿吨，仅露天堆放加上历年遗存就占用土地几千万亩。这些脱硫不彻底甚至没有脱硫的废渣还会形成二次污染。

二氧化硫是形成酸雨的罪魁祸首。酸雨降落到地面，会损害农作物生长，导致森林枯萎，湖泊酸化，鱼类死亡，建筑物及名胜古迹遭受破坏。目前世界有三大著名酸雨区，一个在北美、一个在北欧，还有一个就在中国。

二氧化硫治理是困扰全球的难题，目前世界上比较流行的是"石灰石—石膏法"脱硫，存在诸多问题。

一是这一脱硫技术设备价格昂贵，运行成本高。

脱硫每吨需2000多元，中国每年仅用此法脱硫就需耗费400多亿元，而且脱硫不彻底。史汉祥发明的黑科技脱硫脱硝设备与技术，其脱硫塔采用高分子塑料制作，具有五大优势：耐高温、耐磨、防老化、防静电、耐腐蚀，成功破解脱硫成本高、高硫矿无法利用等难题，且无二次污染，使用寿命长，无喷嘴设计，大大提高了经济效益。高分子多相反应器优于花费几千万甚至上亿元从国外进口的设备，彻底改变了传统脱硫气液接触时间短的问题，黑科技多相反应器气液接触的时间是老设备的2倍多，大大提高脱硫成效，脱硫率高达98%~99.9%，实现超微排放。不仅杜绝二次污染，脱硫后，废渣全部变成宝贝。

二是脱硫技术设备造价昂贵，运行成本高，脱硫副产物综合利用难，会造成二次污染。史汉祥发明的黑科技，运行成本低，他采用的是"以害治害法"，脱硫使用的物质全部是企业生产中的废弃物——废钢渣或粉煤灰，完全是以废治废。

我国大型工业企业脱硫设备都是从国外进口的，一套设备，少则几千万元，多则上亿元。其脱硫塔采用的是碳钢衬鳞片防腐，脱硫过程被硫酸高腐蚀，鳞片短则1年长则3年就腐烂不能使用，必须停厂更换，严重的整个脱硫塔腐烂锈蚀，必须拆除。史汉祥发明的黑科技采用的是高分子合成物，脱硫设备可用20年至30年不会损坏。仅此一项，每年给每家此类企业节约的资金就达数千万元。

我在包钢焦炭厂看到，他们炼焦厂脱硫用的废钢渣，就地取废，起重机吊上架加入水就直接送入脱硫塔里，成本低廉，与使用"石灰石—石膏法"脱硫，费用节省数倍。

234. "变害为宝"，工业矿石冶炼废渣处理找到出路，废害之物变成优质资源

这是令人揪心的一幕：

浙东某钢铁厂年产钢铁400万吨，为使排放烟气中的二氧化硫达到国家允许的排放标准，他们花费巨资在安徽铜陵专门买了一座大型石膏矿山。数亿元的投资，换回一个车队每月从400千米外拉回石膏石，每年1200多吨石膏被磨成粉，供脱硫使用。

可是，一年脱硫下来，烟气排放是达标了，可脱硫后的石膏石却在厂区堆得像座山，它们全部含有二氧化硫。厂区，一边是还未搬走的废钢渣山，一边又增添一座二氧化硫石膏石山，露天堆放，对周围环境形成二次污染；掩埋，需要土地，需要资金，需要人力、物力。

这是我国工业炉窑治理二氧化硫排放的一个缩影。

世界通用的在我国属于"先进技术"的"石灰石—石膏法"脱硫，其实对于二氧化硫的治理，只是将污染改变了一种排放形式，将排放到空气中的有害气体，变成了留在地面的有害废渣。

劳民伤财，耗资巨大。

我国钢铁年产量11.3亿吨，基本上都是采用这种"先进"方法脱硫，每年产生脱硫石膏和磷石膏1亿多吨，全国工业每年产生废渣12亿吨，新增固体废物100亿吨左右，历史堆存总量高达600亿至700亿吨，如果堆成横截面1平方米的墙可绕地球70圈以上。固废露天堆放需占用大量土地不说，二次污染，危害巨大。

在史汉祥看来，用目前流行的石灰石脱硫法极不可取，因为：开山取石，使生态受影响；运输中有扬尘污染环境；在烧制中会产生二氧化碳；使用后变成脱硫石膏，其堆放、分解造成连续污染，对气候、土壤、植物和人类健康带来危害。而用废钢渣脱硫，原料几乎零成本，而且解决了废钢渣无处堆放问题；脱硫率高，对于石灰石法无法脱硫的高硫矿，照样有效且可削减成本50%，从而用活矿产资源，让低价高硫矿替代高价低硫矿，经济效益明显。

对这些废弃物，史汉祥认为都是宝，他说："世界上没有无用的物质，只是人类没有把它们放到对的地方。""万物平衡，平衡法是宇宙间一切事物产生、

发展与变化的规律。"

"二氧化硫是从矿石冶炼中逃逸的,为何不能用矿石残渣把它抓回来,吸收掉?""从哪里来,就应该让它到哪里去。"循着这一思路,史汉祥和他的团队花了10年时间,研制成功一种"黑科技",获得多项中国专利、一项美国专利,名为"多相反应器"的吸收塔,它利用钢铁厂炼钢后产生的废钢渣和发电厂发电后产生的粉煤灰代替石灰石作为吸附剂进行高效脱硫。这个"大肚子"反应器相当于人的胃,把钢渣或粉煤灰研磨成粉,喷水变成粉浆,用来吸收烟气中的二氧化硫,经过一系列化学反应,让气体脱硫率高达99.9%,实现超微排放。

对脱硫后吸收了二氧化硫形成的废钢渣与粉煤灰,史汉祥与他的团队在里面添加了一种东西,经科学检测与农业试种,肥力超强,被浙江省农业厅正式命名为"硫硅配方肥",颁发证书。史汉祥称它为"富硫生物肥"。这不只是完成了"以害治害",还实现了"变害为宝",工业废渣成了优质资源。

这是一个值得深思的现象,中国科技每每取得一项新突破,在国内似乎还未引起关注的时候,国外,尤其是西方国家往往就找上门来了,国外政府和企业对太极环保新技术非常推崇。中非论坛24个国家代表曾在国务院新闻办官员陪同下来太极公司参观考察,表现出浓厚兴趣。美国哈斯科集团十分看好太极环保的新技术,今年5月,这家在全球38个国家拥有200多家企业的美国公司,上门与宁波太极环保设备有限公司签订了合作协议,双方合作的内容是共同推动中国废钢渣的综合利用。对于这一新技术,《华盛顿邮报》《纽约时报》《时代周刊》"CNN"等国外媒体曾专程前来现场采访报道。

235.综合施策,循环经济产业链前景诱人

在史汉祥看来,建立环保高效的"工业—农业—畜牧业—生态环境—经济发展"大循环经济圈,只要综合施策,是完全可行的。深谙辩证法的他,反复强调,"废物从哪里来,就该到哪里去",通过循环经济综合利用,让污染环境、侵占土地资源的工业固废回归到大自然中造福人类,完全可行。

据国家统计局统计公报显示:2016年我国全年能源消费总量43.6亿吨标准煤,其中煤炭消费量达25亿吨,约占能源消费总量的62%。

这些数据的背后,是资源能源消耗和环境污染的增长。

经30多年的日积月累,粉煤灰、钢渣加上脱硫石膏占用土地逾千万亩,被称为工业污染的"三座大山",严重阻碍经济发展。

如果采用钢渣、粉煤灰法脱硫技术,就能搬掉粉煤灰、钢渣加上脱硫石膏这三座工业污染的大山,而且能使尾矿等废弃地进行土壤改良,成为一片良田绿地。另外,利用工业固废作为吸收剂对烟气进行高效脱硫脱硝、除尘除雾,还可带来可观的经济收入。

史汉祥和我算了一笔账:"以钢铁企业230M2烧结机(相当于火电30万机组)脱硫工程为例,年脱硫运行成本约1250万元,比其他脱硫方法节省费用50%以上。目前全国有烧结机约900台,全面推行钢渣法技术脱硫,年可节省脱硫运行成本约63亿元,而且副产物全部用作水泥原料或改造盐碱地、沙漠地新材料。火电厂采用粉煤灰为脱硫脱硝剂,每年可减少6000万吨石灰石的开采,仅此一项,年节省运行成本360亿元,还可减少二氧化碳排放1400多万吨,副产物可提炼50%的明矾。按年消耗原煤25亿吨,产生的粉煤灰约6.5亿吨计,每年可从中提炼出约3亿吨明矾,可创造经济效益约5000亿元。"

以人类的福祉为此生最大追求的史汉祥坦言,希望这一新技术能被更多企业采用,从根本上解决大气、土壤、水源、环境污染问题,同时,通过综合治理把我国盐碱地和沙漠早日变成良田。"如果能把这一新技术与'无废城市'建设对接起来,必能为中国循环经济发展打造出最科学的发展模式。"

236.2000亩土地上的成功实践,昭示着这一技术能将我国15亿亩盐碱地变成良田,19亿亩沙漠变为绿洲

初秋,我从包头驱车3个多小时,来到内蒙古自治区乌拉特前旗先锋镇杨贵圪旦村,茫茫盐碱滩上,道路、河床上结了一层白白的盐霜,走行一路,突然,眼前出现一片嫩绿田野吸引了我们。我们跳下车,宁波太极环保设备有限公司技术员杨国森与62岁的村民章二喜迎了上来,他俩陪同我们走进农田。

2009年4月在云南香格里拉文化考察

站在一片生机盎然齐膝深的苜蓿地里，真不敢相信脚下这片土地就是原先寸草不生的盐碱地。

这个村，因缺地少粮长年背负着生活的艰辛。虽人均拥有土地的数字不小，可大部分都是白花花的盐碱地，无法通过辛勤劳作向土地要生存。

转机发生在两年前。宁波太极公司与包钢焦化厂合作，把它们脱硫后生产的富硫钢渣粉作为盐碱地土壤改良剂，通过铺设约50公分厚的钢渣粉，与盐碱地进行离子交换改造，硬地变得松软，氧气得以增加，雨水能被涵养，寸草难生的盐碱地当年就成了理想的农田，种出的苜蓿草茂盛浓密，高达一米多，且富含各种营养，是牛羊的理想饲料。

苜蓿草属于多年生开花植物，可一次种植10年收割，只须拔草、浇肥，每年便能稳定收获3茬。一亩地每茬可产300-400公斤，按2000元一吨计，每亩一茬可有700元左右收入。而改造盐碱地的成本每亩2000多元，当年便可收回成本。这一变废为宝的实践，突破了世界治理盐碱地最大难题，引发各方关注。被誉为"中国盐碱地改造第一人"的清华大学教授陈昌和慕名来到这里考察后，由衷地赞叹，史汉祥才是"真正的盐碱地改造第一人"。联合国粮农组织专家去年也来该基地考察，当他看到地里活跃着蚯蚓、戮蛊、小虫等时，充分肯定改造过的盐碱地活了。

神奇出自"富硫生物肥"。记者在包钢看到，与一般钢厂排放的颗粒坚硬粗糙的废钢渣不同，成为脱硫副产物之后的废钢渣呈粉末状，质地细腻，搓起来像淋湿的土壤，透着潮气。太极公司通过对不同盐碱地土壤"肤质"含盐碱量的检测进行配方，添加微量元素，最终制成可以改良土壤的"富硫生物肥"。

宁波太极环保公司总经理史跃展告诉记者："盐碱地的土壤就像胶质体一样，把盐分一直吸收在里面。脱硫副产物进去后，通过自身的钙、铁等元素，把土壤中的钾、钠、镁等离子置换出来。置换后再浇上水就能够将盐分带出来。我们还采取一些措施确保地下和周边土地的盐分不回流。盐分降低，pH值调整，土地就适合种经济作物了。"

这里的脱硫副产物，是指将工业废渣作为脱硫吸附剂，然后加工而成。浙江省农业厅鉴定为富硫生物肥，颁发了名为"硫硅配方肥"的证书。据悉，如果我国采用这种"硫硅配方肥"改造盐碱地，每年可新增优质耕地面积几十万亩。同时，我国还有9565处矿山尾矿占用2500多万亩土地需要治理，这些都可用"硫硅配方肥"改造利用。

章二喜告诉我们，这一块土地有2000多亩，百年荒芜，是全镇最穷的地方。改造地周边是一片片重度盐碱地，可以看到改造前的模样。"你看，这白花花的都是地里冒出来的盐。这草，都是咸的呢！"章二喜说："以前这里土块板结，种下去大部分玉米苗都没法破土，一亩地还得赔一两百块钱。现在种什么都行。"

图为史汉祥（右）察看改造后盐碱地里结出的甜瓜

现在，这里当年治理，当年就脱贫致富了。要是这些盐碱地都改造好了，村里的生活就富裕起来了。他期待着通过国家生态扶贫，解决他们短缺的改造资金问题。

在地边，章二喜指给我们看结出的一溜甜瓜，史汉祥蹲下身，摸摸甜瓜，犹如宝贝。其实，它们是科学家心血的结晶。该项目科技指导员杨国森对我说，现在，玉米、小麦、甜瓜等其他农作物，都能在改良过的土壤里获得丰收。

目前，内蒙古包钢、湖南华菱湘潭钢厂、河北唐山德龙钢厂等实践范本成果喜人。这3家企业年减排二氧化硫1.8万吨，二氧化碳7.2万吨，6.8万吨废钢渣实现高效利用，改造的2000余亩盐碱地全部变成良田。通过这样的改造，河北德龙钢厂的道路两旁，房前屋后几百亩曾都是盐碱地，改造后变成了郁郁葱葱的绿化带。

这一技术的成功应用，昭示着，只要宁波太极环保设备有限公司的技术与设备在全国推广开来，有望将我国15亿亩盐碱地全部变为良田、19亿亩沙漠能够变成绿洲。

一名新闻工作者的文字，如果能与造福人类的事业联系到一起，那一定是快乐事业，不论处在什么阶段，只要对接上，就会进入工作状态。

第三十九章

兼职教授

春花秋月，岁月轮回，不同季节，大自然呈现的面貌是不同的，人们在不同季节会发现不同的美。

人生也是这样。在身心阳光奋发进取者心里，60岁以后，也是人生最美季节。2015年7月，按官方体系规定，我从宁波日报报业集团高级编辑岗位退休，领到退休证当夜，我与报社同事陈喜妍、王勇、赵珂等几位朋友在舟宿夜江状元楼露天海鲜餐厅喝酒庆祝。我让同事们看了我下午刚领到的退休证，频频干杯。官场上，多少人把退休看成一件痛苦的事，感觉人生的路走到头了，可我的快乐却由此开始。从此，我能进入轻松生活状态，做点自己想做的事了。

其实，从此我的人生进入新的学习与探索、实践与思考的新天地。不过，它是以比较轻松的状态进行的。有新奇，有挫折，有经历，也有收获。

今天，依然在路上。

237.深情告别

人生事业与生活，总会有些变化。对一个有思想有情怀的人来说，面对重大变化，总会做出一些有点纪念意义的事来。别人也许察觉不到，但在他的内心却相当重要。

其实，我在几年前对工薪阶层退休已有思考。

我有人生重大转折时要进行文化总结的习惯。而且，我出版的一些著作，大都与此有关。

我从舰航训练团调到军政治部工作，由从事部队思想政治教育工作转变为新闻工作后，出版了第一本书《思想政治教育学》，这就是对在基层带兵、在团里当政治教员工作经验的总结。

2000年从军队转业到地方新闻单位工作，出版了《超越蔚蓝》，这是对我在海军部队从事8年新闻工作的总结，也是对我军旅生涯的总结。在前言中我向21世纪的军人们作了深情告白。这件事做成了，我的心才真正放下了，晚上才能睡好觉。

现在，在《宁波日报》工作了15年，也是包括文字能力在内的我人生最成熟的年轮，现在需要告别工作岗位，我想，也应该留下一点弥足珍贵的纪念。

于是，我从这些年来散落在报纸、杂志上的百万字以上作品中，抽选了40余万字，分成3辑：蓝色守望、金色守望、绿色守望，书名为《美丽守望》，寄到了中国青年出版社。社长胡守文、责任编辑李滢，批准并编辑出版了此书。出版社在向全国发行的同时，还给了我一部分书，这正是我所喜欢的，我需要赠送给战友、同事、朋友。这事被时任社长何伟知道了，他说，集团高级编辑的作品被国家级出版社出版，这是件喜事，是个重要成果，提出集团要买200册，发给中层以上干部。这事，让我心里春风荡漾，这就是我与新闻事业最深情的告别。

238.第一次播种

鲁迅先生说过，没有播种，便没有收获。这话，通俗，实在，道出了宇宙间的一个真理。

2015年秋天，在川陕革命根据地采访。

我在青少年时代，就把这话记在心里。

我退休后的第一次播种，是选取一个题材。我亲历了改革开放40年国家、社会与个人的变化。这种变化是翻天覆地的，每个家庭每个人要把自己的今天与40年前的生活作个对比，你会感到，这种变化大到堪称神奇的程度，今天拥有许多许多东西，40年前，你做梦都想不到。如拥有家庭轿车，用智能手机，并用手机可以付钱买东西，开车甚至走路都可用卫星导航，家里的门锁采用人脸识别，扫地做家务用机器人，等等，这些，即使你的想象力比吴承恩还丰富，恐怕也想象不到。

13亿多中国人的生活都发生了巨变。我想，一滴水也能映出太阳的光辉，于是，我选取了很有代表性的一户人家，来反映这种变化。40年前，他家还处在饿饭状态，孩子冬天连鞋都没得穿，光着脚上学。可今天，他们家却拥有3个上亿元企业，是真正的企业家。应该说，在亿万农民中，这样的企业家数以万计。所有的成功，所有的财富，所有的幸福都不是天上掉馅饼，都是勤劳的双手，千方百计，千辛万苦干出来的。别的不说，就说吃苦这一点，我写的主人公的精神就是不得了的。男主人公创业之初，每夜只睡二三个小时觉，这种严重短缺睡眠的时间前后长达10年。女主人公整个怀孕期，都是在夜夜只睡二三个小时，天天在蹬踩载重四五百斤三轮车中度过。一般人忍受得住吗？

我在序言中写道：本书不只是对10亿中国农民的礼赞，更是献给21世纪有志奋斗的时代青年的精神佳肴。你要奋斗吗？你想当创客吗？你渴望成功吗？你想超越贫寒、超越卑微、超越平平淡淡过上幸福生活吗？书中有你砥砺意志的磨刀石，有你实现梦想建构精神家园所需要的所有品质。虽然送给你的不是万能的钥匙，但一定有奋斗者绝对不可缺少的"秘门绝技"。

我把这本书的名字定为《美丽定制》。我要向读者朋友报告：幸福生活是可以定制的。只要你有与时代合拍的梦想，你就朝着目标去奋斗，吃尽千般苦，受尽万般累，坚决不向挫折与艰难困苦低头，坚韧前行，你就一定能成功，即使没有大成功，也会有小成功。

书稿寄到人民日报出版社后，受到社领导与责任编辑陈丹的重视与关爱，这本书顺利出版。全国发行，友情渠道也有一些发行，大学生、军人、职场金领，还有不少中小学生，读后反馈的信息有一个共同的肯定：这本书，只要从头到尾认真看一遍，人的精神面貌都会不一样。

可以给自己一个鼓励，第一次播种取得成功。

239. 遇　挫

一部长篇报告文学的发表，它的成功总体上还是属于我职业生涯的本行，我还想作点新的探索。心里这么想，机会一下就来了。

我结识的象山一位20多年的朋友与几个合伙人要在宁波开一家资产管理公司，其上家是上海陆家嘴国际金融资产交易市场股份有限公司（以下简称陆金所）。

这是国企与民企的结合。中国平安是国内首家具有金融全业务牌照的金融集团，位居全球企业500强第181名。

深圳平安投资担保有限公司是平安集团旗下一家从事担保业务的专业子公司。平安投资担保公司为通过上海"陆金所"投融资服务达成的个人借款提供担保服务。

陆金所成立于2011年9月，注册资金8.37亿元人民币。作为中国领先的互联网金融平台，陆金所致力于增进科技与金融融合，为中小企业提供高效、便捷融资渠道，为个人提供创新型投资理财服务。陆金所的业务模式和风控管理能力受到政府、金融监管机构和市场一致肯定。2013年，陆金所被授予互联网企业AAA级最高信用评级，是中国获得此项最高评级的首家互联网投融资平台。

他们要开拓沿海开放城市市场，宁波选择的合作方就是象山朋友2015年1月9日登记成立、注册资金518万元的宁波正进和资产管理有限公司，其主营业务是给中小企业与个人提供房产抵押贷款，贷款额只要符合条件，从200万元到亿元之间甚至更多都能提供。

他们要在宁波落地，遇到一系列难题，首先要在宁波金融办、市建委备案，要得到宁波市房产交易中心批准，才能在宁波全市开展房产抵押贷款业务。

这是他们不可能完成的任务。于是，朋友拉我与另一位杨姓专家入伙，条件是我们帮助完成宁波市的备案与批准，并提供64万元开展业务保证金，然后占有12%的股份。

又是朋友，又是合伙人，我们签约加入。对64万元保证金他们3人承诺，钱交给总公司，即使公司倒闭，保证金一分不少退还。

我以战斗的英姿投入工作。启动全部人脉资源，在前后30多天里，完成了在宁波局委办的备案，通过了宁波市房产管理中心的批准。然后，到各个县、市、区去备案开展业务。

这里要写写我的多位帅哥美女朋友，他们的支持太给力了。宁海县委新闻办新老主任周武军、陈勇直接陪同我们到宁海行政中心办好了备案不算，还自掏腰包宴请我们，临别时，还不忘给我们每人一盒宁海特产——长街蛏子。奉化市委新闻办吴培维、慈溪市新闻办卢萌卿等几位美女，事情没办好就守在那里不走人，直到行政中心的大印盖上。余姚市遇到的情况有点复杂，《余姚日报》帅哥社长龚宁陪着，直接向市政府相关领导汇报，直到办妥所有手续，拉着我到小酒馆自掏银子请我喝酒。走到哪里，都是这片景象，象山几位朋友合伙人的嘴巴乐得合不拢。

办备案的日子，正值宁波 8 月、9 月，是最热的时候，可我每天感受到的都是春风荡漾。

可是，这时，我国融资贷款市场出现了一些抵押贷款坏账情况。在这种情况下，允许家有一套住房人用房子抵押贷款风险太大了，万一不能如期归还本息，你总不能让一家人住到马路上去吧？考虑到这种情况，我们研究决定，在宁波不做这种小额贷款业务了，以给新楼盘贷款为主，同时，辐射浙江省 11 个地级市，少量覆盖全国其他省市。前后有几个月，我们公司门庭若市，我们给其排队，一家一家审核，提供相关一摞摞楼盘抵押担保资质与材料。陆金所设定的贷款门槛也许真是太高了，还没进入实地考察阶段，我们初评合格的多家单位都被他们拍死了。

几个月没有成功一例，大家都很着急，我也不例外。我想，我这个副董事长就放下架子吧，直接当业务员，给宁波 100 多家房地产公司董事长与总经理发信息，接连几天，每天发一遍，收到 10 来个回复，有意与我们合作，可一具体下去，了解到他们的楼盘已部分办理过抵押贷款，而我们寻找的则是没有出嫁过的黄花闺女，只能作罢。

我们得知陆金所这项业务在北京、广州、合肥等城市开展得较火。只能寄希望于外省了。可半年后，面对宁波南部商务区不菲的房租，我们商定关闭设在红巨大厦 6 楼气派的办公区，改为经济型办公，最后公司转型。

可是，出了一个问题。按讲，公司转型后，我们出的 64 万元保证金应该退还我们，可是，董事长郑世伟先生等将此款装入了个人腰包，悄然跑到海南女儿家去了，从此，杳无音讯。

这是我与那位专家朋友交的学费吗？也许，应该用法律讨回公道，可毕竟是几十年的朋友，一出手，就会伤了他。

240.苦涩的成功

创业年代，机会随时会与你打照面。这里刚从贷款公司走出来，那里又"转角遇到爱"。两位创业的 80 后找到我，一位是皖南籍副司令员的儿子傅方政，一位是上海创业人士方天叶，曾是华为美国公司高级雇员，他们要在宁波创办一家文化创意公司，邀请我加盟。2016 年下半年，宁波拿趣文化产业发展有限公司成立了，注册资金 3000 万元，让我拥有 10% 的股份。

公司成立后，我们接连成功地干了几件大事。

2017 年 4 月，举办"中国数字创意产业高峰论坛"。

我们的目光是前沿的。目前我国数字创意产业正在往产品形态多元化、商业配套产业化方向发展，数字创意策划、产品加工制作、IP 衍生开发、资本投融资运作，这些已成为一个日趋成熟的完整产业生态。中国的创意土壤如何培育、国内外的 IP 如何有效商业化运作、新兴产业如何动漫化品牌化等，这些已成为业内探索的前沿课题。我们这个论坛，邀请几十位业内重量级嘉宾，从行业高度全球论道，对数字创意、动漫、可视化、IP 产业的内容创新、技术变革、价值开发和可持续发展等主题进行深度交流，共同探讨数字创意产业的行业定位与内容拓展，并与传统产业融合发展，探索多方合作的新思路、新模式、新动能，推动动漫产业良性快速发展。

论坛的组织结构是由中国动漫集团、宁波市文化促进会为主办单位，承办单位为宁波广告产业园区，我们公司为执行单位。

嘉宾如约而至。他们是中国科学院可视化传播中心主任葛水英、中国数字化创意产业蓝皮书主编宋磊、国广东方音乐演绎事业部总裁宋丽洁等 20 多位嘉宾，还有宁波市局委办领导，在论坛上交流。

一炮打响。论坛结束的夜晚，我在宁波状元楼大酒店宴请嘉宾，谈笑风生，大家都很开心。晚宴结束后，送走客人，董事长傅方政与他的 90 后妻子怀茜璐蹲在花坛边吐。这是他俩为这次论坛最后的盛情付出。

第二件大事是承办国际动漫电影节中国赛区赛。法国昂西国际动画电影节始办于 1960 年，在每年 6 月举行，是世界四大动画电影节中举办历史最长、享有"动画界奥斯卡、动画界戛纳"等盛誉的世界顶级国际动画节。

57 年来，中国从未承办过这一赛事。近些年随着中国动漫电影产业的兴起，要参赛，可是代表亚洲参赛的名额却被日本霸占着，中国动漫人要参加国际动漫电影节评奖，要飞越万里，参加拉丁美洲赛区竞赛。

我们公司通过中法文化交流协会搭桥，由我们公司全额出资将这一赛事成功引到宁波。

国际动画电影节中国首设赛区。从 2016 年 10 月网上发布消息征集中国动画电影作品开始，到 2017 年 1 月，中国赛区共征集动画电影 800 余部。1 月到 3 月 25 日进行初选，经中国赛区组委会组织专家评审，确定了进入第二轮的 135 部电影作品。又经过一轮评审，最终确定 9 部动画电影进入 4 月 10 日开始在宁波进行的争夺最高奖项竞赛。

这 9 部作品分别为：《寻找布烈松》《板桥三娘子》《蒸汽世界》《山鬼》《午后三时见》《了》《缝隙中的人》《来我心里看天堂》《Just Plain Love》。

国际动漫电影节评委飞到宁波。在国际动漫界，他们的名气都很大，说几个他们的代表作品吧：《艾特熊和赛娜鼠》《小黄人》《漫长假期》《抵制枪击暴力》《电梯操作员》《千年海盗》《喜羊羊与灰太郎》。

4 月 10 日，在宁波市南苑环球酒店举行了中国赛区开幕式，随后，法国昂西国际动画电影节评委用两天时间，对参赛学员进行了集体与一对一封闭培训，此后对 9 部作品进行路演评审，于 4 月 13 日晚，在浙江大学宁波理工学院举行中国赛区闭幕式，公布了法国昂西国际电影节中国赛区组委会评审结果：李毅先生创作的动画电影《寻找布烈松》获得冠军，将代表中国赛区参加2017年6月在法国昂西举行的国际动画电影节大赛最高奖项的评比，进行孵化推介。

此间，我是超级大忙人。除了团队对评委、学员竞赛与生活保障、协调宁波市与区政府、园区、高校相关领导出席活动，发表讲话，我还负责整个竞赛期间的省、市与国家媒体报道协调，起草纸媒与新媒体多版本通稿，发布新闻，从开幕式到闭幕式，从法国评委对中国学员的培训，到竞赛冠军的产生，宁波市媒体全部上阵，《宁波日报》等6报、甬派、宁波电视台、宁波人民广播电台全都展开了报道。宁波报纸每天的阅读量有100多万人次，甬派的阅读人数有100多万人次，手机报有80万用户，大赛每次新闻的发布都有几百万人在观看。网易、新华网、凤凰网等也发布了部分新闻，这些中国区动画电影大赛的阅读是超千万人次的。

4月下旬，法国驻中国大使馆举行法国昂西国际动画电影节中国赛区大奖揭晓新闻发布会，发布会的主讲稿，中法交流协会美女联络人宗燕萍出面请我执笔撰写。几十家中外各大媒体的新闻发布与传播，中国与世界知晓这一大赛新闻的大众应该是数以亿计的。

这次活动取得巨大成功，提高了中国动漫电影在国际上的影响力，《寻找布烈松》参展后获奖。但是，我们公司承办此次大赛，由于市场广告投入与政府经费补助都没达到预期而亏损100多万元。

我们公司承办的第三项重大活动是承办2017中国宁波青年大学生创业大赛。这个大赛是由宁波市人民政府主办的面向全国大学生青年群体的创业大赛，是贯彻落实中央、省关于促进双创工作决策部署和实施大学生创业引领计划的重要举措。自2015年起，宁波每年举办大学生创业大赛。大赛从无到有，知名度、影响力、实效性逐年增强。2017年的大赛招标，市政府主管部门很看好我们公司。我从来不知道招标、开标是咋回事，于是，趁这次开标专门参加观看了一次。当各家把标书上交到评标公司手里时，我觉得公司中标的概率极大。我们的标书制作得就像大学教科书一样，内容不用说了，仅设计那就是国家图书出版规格质量。

这次开标有三大项目：智能制造行业赛、数字文化创意行业赛、互联网云生活行业赛。果然，我们公司中标数字文化创意行业赛，超出第二名10多分。

根据规定，我们要以宁波市人民政府为主办单位分赴全国12座中心城市组织15场赛事，但是，我们中标的总经费只有47万元，平均摊到每个赛区只有3万多元，最多只够发评委费。既然接标了就义无反顾，我们想办法解难题。鄞州区政府资助了20万元；调动人脉资源，降低与减免场租费、评委费、主持人费。

2017年6月，在上海启动2017中国宁波青年大学生创业大赛路演。

大赛期间正值高温酷暑季节，我们率领公司小伙子们转战上海、南京、厦门、重庆、哈尔滨等各城市，每场竞赛都尽最大努力将所在城市大学生创业项目吸引来参赛路演。

每场大赛，我有3件事必须做：给参加这个地区赛的政府领导准备一个讲话稿；撰写大赛比赛过程新闻速写稿，供当地与宁波媒体选用；陪评委与朋友们喝酒，要喝好，喝出快乐与友谊。说真的，出席竞赛活动的官员都比我年轻，职务大都没我高，我一个高级记者为他们写讲稿，心里别扭，觉得太滑稽，但想想布展大赛的公司小伙子们，他们一干就是几个通宵不睡觉，从不叫苦叫累，老家伙，还是副董事长呢，你就干吧！

天气越来越热，赛事越办越好。全国巡回赛中我们公司从500多个入选项目中，评选出了81个项目参加最后在宁波举行的总决赛。

宁波市举办这一大赛的目的是将全国优秀大学生创业项目吸引到宁波落地。为此，市政府对于在宁波落地发展且带动就业的优秀项目，设置20万元、15万元和10万元不等的启动扶持资金，宁波股权交易中心也将为优秀创业项目提供优先挂牌政策支持。

对这些有望获奖的大学生团队，我们公司必须为每一个参赛项目配备领域相同的创业导师，帮助梳理商业模式，在甬开展创业培训，让他们了解宁波生活和创业环境，帮助对接本地优质产业资源，通过创业项目引进落地与传统产业转型升级，创造出更多适合高校毕业生实现高质量就业岗位，打造青年大学生创业之城和创新实践目的地城市。

3场大赛总决赛与颁奖典礼，市政府就业局指定由我们公司承办。历年大赛大视频拍摄、场景布设、主持人聘请、主持词、颁奖词与市领导讲话稿撰写、多媒体声光电呈现、30位礼仪小姐聘请等，一切都成了我们的劳动程序。公司的小伙子、美女们进入了几天几夜不睡觉模式，弄得上海一家参赛公司的总经理对我说："你们搞得太好太大气了，你让央视来做也不过如此。"与央视比，这是夸奖我们。但我自己在赛场确实能感受到这种震撼。

我公司参赛的《新武侠世界》《小狐狸发明记之农场保卫战》《特神文化传播》《民谣与诗》《宙影信息技术》《城市蜗牛》等12个项目获得金奖，另有10个项目获得银奖，按规定全部获得在宁波落地政府扶持资金。

好评如潮，有官员放出话，希望我公司明年继续举办大创赛，甚至可以不招标获得。可是，通过秋后算账，我们3人作出一个决定，此后不再参加大创赛，因为一年大创赛下来，公司亏损数十万元。而原先承诺给我们公司的装修补助、动漫电影节补助、落地企业补助等一项没兑现。可是，2018年，市政府有关局领导找到我们，要求我们至少承办3个赛区的竞赛，这是对我们公司最大的认可与信任啊！我们宁可赔钱，也接了下来。

成功之中有苦涩的味道。公司成立后，我们每一项重大活动的创办、承办都很成功，公司很受政府部门青睐却没有获得应有的市场回报，这是值得我们反思的。但是，社会效益好，奉献者无悔。

241.教授生涯

青少年时代，上大学一直是我的梦想。当人到老年我走进大学时，却不是去读书，而是作为教授给学生讲课。

我总觉得自己离教授的知识构成相差很远，但作为某一项专门知识，我有从理论到实践的全流程实践与思考可以传授给90后、00后大学生们。

我的受聘与创业实践是平行的。还有一所省属在宁波的大学还想聘我去当创业导师。本来想，创业成功了，也兼职当这个导师。后来的实践，使我没再接受这所大学的邀请。

不能误人子弟。

这也是我出任宁波大学兼职教授自己给自己立的一个标尺，或者说确立的一个原则，每堂课都不能误人子弟。

宁波大学为我举行的聘请仪式是庄严的。2014年11月4日下午3时，百余名师生齐聚人文与传媒学院报告厅。宁波大学副校长邵千钧、人文与传播学院书记来建雯、副书记骆明伟、学校组织人事处长余怡春等出席。

人文学院来建雯书记宣布兼职教授聘请仪式开始，余怡春介绍朱学文简历，邵千钧副校长向我颁发证书，并给我佩戴红色大学校徽，随后发表讲话。这也表明，宁波大学对我的聘请是以大学名义进行的，而不是某个学院。聘书上盖的是宁波大学与校长沈满洪的印章。概念上讲，社会科学类学院都可请我去讲学。

对受聘，我也发表了讲话。内容都是礼仪式、赞美式、表态式的。

热烈的掌声，青春的面容，抒发了大学校园这个黄昏的优雅情怀。

242. 开 讲

紧接着，安排我开讲。我这个专题讲座的题目是3个关键词：《信仰、胸怀、担当》。

内容是针对大学生讲的，涉及世界观、人生观、价值观。

这个选题是我决定的。我们这个时代，总体上大学生是蓬勃向上的，但是，由于我们大学实行的是严进宽出的教育模式，进了大学犹如进了保险箱，反正，随便学学，到时候都能毕业，以致形成一些学生学习不用功，随时翘课，不服从老师教授与管理。我虽然是位兼职教授，但我的第一课就是要同他们谈"三观"，其次再谈业务。"三观"问题不解决，也学不好业务。

信仰是政党的旗帜，信仰是国家的方向，信仰是民族的精神，信仰是社会的品质，信仰是一切团结与力量的文化基因，信仰是永不放弃的坚持，信仰是人民对某种理论、学说、主义的信服和尊崇，并把它奉为自己的行为准则和人生指南，信仰是人们对世界观、人生观、价值观的选择和持有，它是一个人做什么和不做什么的根本准则和态度。信仰属于信念，是信念的一部分，是信念最集中、最崇高的表现形式。从一定意义上讲，对政党、国家和个人来说没有信仰就没有政治生命，没有信仰就没有巩固的国家。

可我讲到这里时，我听到台下有嗡嗡的议论声，巡视了一下报告厅，发现在左侧。我在军队给千人上大课，给宁波各大银行上百的总经理讲课，都没遇到这种情况。我突然停了下来，整个课堂只剩下那几个人的声音了。我说："那几位同学，你们来自哪里？有什么意见、观点与思想要传输给我吗？"

3男1女，说来自台湾。我说："我3个月前从台湾考察回来，总体感觉，台湾人尤其是台湾姑娘们是温文尔雅的，很有礼貌，不像你们刚才的表现。请问，你觉得我哪里讲的不对吗？提出来，我们讨论一下。"

他们说："没有啦！"

我说："你们来自宝岛，政治观、世界观、价值观、人生观可能与我们不尽相同，你们可以保持自己的思考，但不要做课堂交流。现在听我讲，好吗？"

他们点头。

我提高了声调，说高尚的信仰，是净化灵魂的甘露，是催人奋进的动力。"为大多数人谋幸福"的信仰是一面永不褪色的精神旗帜，是一座抵御诱惑的精神堡垒，更是一种护佑我们到达彼岸的精神力量。

坚定信仰要有大视野。历史视野、世界视野、纵横现实的大视野。

《三国演义》第21回中说："夫英雄者，胸怀大志，腹有良谋，有包藏宇宙之机，吞吐天地之志者也。"过去有句话讲胸怀祖国，放眼世界，是胸怀，四海之内，皆兄弟也，也是胸怀，当下讲的实现中华民族百年复兴也是胸怀。胸怀是一种修养，是一种抱负，是一种优秀，是一种气度，是一种包容，对异己的包容，对陌生的包容，对不如己者的包容，对万事万物的包容，也是一种战略视野，有胸怀的人才能把生命的境界放大，把事业做大。

有胸怀的人一定有信仰，要拓宽放大自己的胸怀，我们必须将自己体内可能塞得满满的东西作些清空与删除。

要清空、删除与放下哪些东西？

第一放下贪婪；第二，放下浮躁；第三，放下忽悠；第四，放下暴戾；第五，放下炫耀；第六，放下冷漠；第七，放下压力；第八，放下自卑；第九，放下懒惰；第十，放下抱怨。

还有放下消极、狭隘、怀疑、犹豫等。

同时，还要守住一些底线，所谓底线就是你根本不能突破的东西，一突破就要出问题，让你付出代价甚至沉痛代价。我认为人生最基本的底线就是法律，你不能突破。你不能吸毒，不能赌博，不能徇私舞弊，不能贪污受贿。

但是，仅仅清空与删除还不够，还必须添加。添加什么？

一是添加信仰，这是人生的阳光；二是添加真诚；三是添加善良；四是添加公平正义；五是添加乐观；六是添加敬畏；七是添加宽容；八是添加慈悲；九是添加感恩；十是添加珍惜；十一是添加热情；十二是添加宁静；等等。

当然还可分出很多，如美、温、秀、雅、勤，甚至还包括矜持与羞涩等。

第三个关键词：担当

做有担当的人，必须是一个坚强的人。要有抗击打能力，抗挫折能力，遇到一点困难就不想干了，遇到一点苦就叫了，遇到一点事就火了，遇到一点麻烦就躁了，遇到一点感情挫折就要跳楼不想活了，肯定不行。

做有担当的人，必须是一个坚持的人。行百里者半九十，人生的成功关键在于坚持。

做有担当的人，必须是一个坚韧的人，具有韧性精神，徽商的徽骆驼、绩溪牛精神。司马迁在《报任安书》里有一段话句句用典：盖西伯拘而演《周易》；仲尼厄而作《春秋》；屈原放逐，乃赋《离骚》；左丘失明，厥有《国语》；孙子膑脚，《兵法》修列；不韦迁蜀，世传《吕览》；韩非囚秦，《说难》《孤愤》。《诗》三百篇，大底贤圣发愤之所为作也。而他自己呢？公元前104年，司马迁在主持历法修改工作的同时，正式动笔写《太史公书》。公元前99年，他因为"李陵事件"，为投降匈奴的李陵求情，因直言触怒了汉武帝，认为他是在为李陵

在延安杨家岭参观学习

辩护,遂遭受宫刑。在狱中司马迁自强不息,忍受了常人所不能忍受的痛苦,继续编写《史记》。司马迁出狱后任中书令,继续发愤著书,终于在公元前91年完成了《史记》。公元前87年,司马迁逝世,终年56岁。

做有担当的人,必须是一个能吃苦的人。不经历风雨,怎么见彩虹,没有人能随随便便成功。讲到吃苦,我想起中国当代大学者,他是宁波余姚人——余秋雨教授。我讲两个他吃苦的故事。一个是在奉化半山书屋山野苦读,一个是他下放在太湖农场劳动,一担能挑500斤稻谷的那段苦难生活。教授回忆那段苦难时说,有很长一段时间,肩上一直血肉模糊,从未愈合,同去的一个男学生用电线缠身,自杀了。留下遗言是:"实在太苦了,再也熬不过任何一天。"

就是在这样的环境中,余秋雨教授还成了学生中的冒尖人物。他被选为副班长、班长,最后任副排长,而正排长则是现役军人。

他后来的几次读书,直至今天,他认为这辈子吃的任何苦,都比不了在农场吃的这个苦。

有了这个苦底子并由这种苦难磨砺出坚强意志的成熟人生,他什么苦也不怕了。

这倒应了《孟子》在《生于忧患,死于安乐》中说的那段话:"故天将降大任于斯人也,必先苦其心志,劳其筋骨,饿其体肤,空乏其身,行拂乱其所为,所以动心忍性,曾益其所不能……然后知生于忧患,而死于安乐也。"

有这样的吃苦精神,还有干不好的事么?而这一切都与信念与胸怀与担当是联系在一起的。

报告厅里,鸦雀无声。当我宣布,今天的课就讲到这里时,全场响起热烈掌声。

这应该算作老师与同学们的一种接受与肯定。

晚上吃饭时,一位领导对我说,朱教授,你敢讲敢批评,我们老师讲课可不敢做这样的课堂纪律要求。我笑笑:"我是带兵出来的,一个团的两栖侦察兵,那可人人都是孙悟空啊。"

每一次讲课,都是一次开心之旅。课间,我宣布休息10分钟,可是,除了几位同学出去上一下洗手间马上又进来了,全教室的学生坐在那里,一个不走。这怎么办?总不能让同学们干坐在这里,于是,我接着讲。这符合我内心的准则:不能误人子弟。

这就是我退而不休的生活。除了讲课,我是中国散文学会、报告文学协会,还有作协的会员,还有大量写作任务,正如钱钟书先生的夫人杨绛女士说的与做的那样,100岁也不会退休,还要天天写。96岁时,她出版了哲理散文集《走到人生边缘》,102岁时,出版250万字的《杨绛文集》。

这就是文化人的精神状态与生命状态。

哪怕到了100岁,也依然是青山在,人未老。

后 记

人类社会进化已 400 多万年，各种挑战始终不断。2020 年初春，出现了新冠病毒，至今，全球已有 2.4 亿人得病，490 多万人丧生。但是，人类社会总是在同自然与社会的各种灾害作斗争中前进与发展的，每次战胜灾害，人类都会更强大。使我感到幸运的是生活在中国，在这样世界性大灾之年，中国政府不只是成功地控制了疫情，使全国人民生活在幸福安宁的环境之中，而且实现了国家经济社会全面发展。我国发射的"天问一号"探测器在太空飞行 4.7 亿多千米，成功降落火星，"祝融号"火星车已开始火星探测；我国的"嫦娥五号"探测器从月球挖土后，又飞回来成功降落；我国的深海探测器"奋斗者号"与"沧海号"成功潜入万米海底，再创世界之最；我国成功研制的量子原形机"九章"问世，它的计算速度比目前世界上最先进的计算机要快 100 亿倍；而正当我写下这几行文字时，我国的"神舟十二号"宇宙飞船正对接在"天和号"核心舱上，3 名宇航员正在建设中的中国空间站开展为期 3 个月的各项太空研究、试验与探索。中国重大科技成就，不断取得历史性突破。这是中华民族复兴的伟大时代。

要感恩伟大的党、伟大的人民军队。生我者父母，培养与造就我的是伟大的党，伟大的人民军队。如果说我的人生取得过一些进步，有点小成就，有点小本事，这一切都归功于人民军队。是党和人民军队将一名皖南山乡的普通青年培养成了海军军官、军事记者、机关干部。离开了军队的培养，自己什么都不是。

要感恩伟大时代。中国共产党领导中国人民创造了一个 70 多年中国无大规模本土战争的和平建设时代，尽管我参军前在农村也吃过一些苦，但与战乱社会的摧毁、动荡与流离失所的民众生活比起来，那都不是个事。中国现代化建设的时代大潮，给了我学习与在平凡岗位上从事和平劳动，发挥聪明才智的舞台与机遇，也使全家人过上了小康生活。亿万军民追星揽月的丰富创造，使我的采访与写作有了源头活水，力量源泉。感恩伟大的时代伟大的党！

要感恩单位和领导、战友与朋友们。单位是国家赐予我的事业阵地与人生舞台，在我前行的道路上，身上始终沐浴着温暖关爱的阳光，激励、鼓舞、帮助、成全、滋润、美丽始终环绕着我，成为我不畏艰难，砥砺前行的原动力。当然，人生路上，也遇到过小人，但只有几个，比余秋雨教授遇到的少多了。他们短时间内给我造成过困扰，但没能阻挡我前进的步伐。我庆幸自己遇到的都是好领导、好战友、好朋友、好同志。

要感恩为本书出版提供强大支持的人们。感谢宁波日报照排室陆勇主任提供的一如既往的强大帮助；感谢我们拿趣公司美术总监柴斌付出的辛勤劳动；感谢美术家、宁波日报印务公司总经理翁志刚与曾为我出版《美丽定制》提供完美技术支持的张如英老师精心为此书作出的图片设计与内容排版；感谢美术家刘红刚老师百忙之中挤出时间为本书进行的精美封面设计；感谢军事摄影家莫小亮为我提供的航空母舰海上编队航行图片；感谢东海舰队政治部代宗锋上校提供的多幅精美图片；感谢舰队年轻战友马玲上校利用晚上时间为我精细地校对了书稿；还要特别感谢安徽青年企业家、宁波晨帆汽车附件有限公司董事长、总经理霍守广等朋友提供的及时雨般的友情支持，使我有条件保证出版此书的国家出版物品质。

当然，还要感谢我们家的后勤部长陈玫，她提供的"全天候"强大后勤保障体系，使我能全身心投入创作。更不容易的是在美国工作、抗疫、学习"三不误"的女儿朱迪，她不只是在世界疫情最严重的地区领导着一家亿元企业，疫情期间没有停止运营，还实现企业利润的重大增长，业余时间，她还在世界排名前十三的商学院"充电"。当然，还有我皖南老家的姐妹兄弟等亲人，我已经7年没回老家了，他们的支持，一个都不能少。

好事多磨。这是在出版过程中最折腾的一本书，时间上先后拖了一年多。

不说很多了，以后出书再说吧。那时，我家的高素质人才一定已回到祖国，用自己的聪明才智报效国家。

(写于2021年冬天)